UNIVERSALE
ECONOMICA
FELTRINELLI / CLASSICI

Giovanni Verga nasce a Catania nel 1840, da una famiglia di proprietari terrieri di Vizzini. Si iscrive nel 1858 alla facoltà di Giurisprudenza, ma senza portare a termine gli studi. Si dedica invece precocemente alla letteratura e alla pubblicistica: compone fra il 1856 e il 1861 due romanzi, *Amore e patria*, rimasto inedito, e *I carbonari della montagna*, stampato a proprie spese. Nel 1863 pubblica il romanzo *Sulle lagune* su una rivista fiorentina e nel 1865 si reca nel suo primo viaggio importante a Firenze. Nel 1866 esce *Una peccatrice* e nel 1871 *Storia di una capinera*, il suo primo vero successo di pubblico. Intanto soggiorna sempre più a lungo a Firenze, dove frequenta l'ambiente intellettuale. Dal 1872 si stabilisce a Milano, con qualche breve ritorno in Sicilia, ma intraprende anche viaggi all'estero, a Parigi, a Londra e in Germania. È il periodo di più intensa attività compositiva: dai romanzi *Eva*, *Tigre reale*, *Eros*, ai primi esperimenti di realismo con *Nedda* (1874) e altre novelle. La grande stagione creativa verghiana dura circa dieci anni, dal 1880 al 1889, comprendendo fra l'altro le raccolte *Vita dei campi*, *Novelle rusticane*, *Per le vie*, e i romanzi *I Malavoglia*, *Mastro-don Gesualdo*, primi due del progettato ciclo dei *Vinti*, che l'autore non riuscì tuttavia a proseguire (sono rimaste solo poche pagine del terzo romanzo previsto, *La duchessa di Leyra*). Risale a questo periodo anche il maggior successo teatrale, la trasposizione della novella *Cavalleria rusticana*, che andò in scena a Torino nel 1884. Nel 1893 ritorna a Catania. Comincia a diradarsi la composizione letteraria: escono ancora alcune raccolte di novelle e qualche opera teatrale, fra cui la più rilevante è *Dal tuo al mio* (1903). Verga conduce per anni una vita appartata, finendo con l'essere dimenticato. Soltanto nel 1920 viene pubblicamente festeggiato per gli ottant'anni e nominato senatore. Muore nel 1922.

Vincenzo Consolo (Sant'Agata di Militello, 1933 – Milano, 2012), scrittore e saggista, è stato uno dei più importanti narratori italiani contemporanei. Ha pubblicato tra l'altro: *La ferita dell'aprile* (1963), *Il sorriso dell'ignoto marinaio* (1976, 1987), *Lunaria* (1985), *Retablo* (1987), *Le pietre di Pantalica* (1988), *Nottetempo, casa per casa* (1992, vincitore del Premio Strega), *Fuga dall'Etna* (1993), *Nero metallico* (1994), *L'olivo e l'olivastro* (1994), *Lo spasimo di Palermo* (1998), *Di qua dal faro* (1999) e *Il teatro del sole* (1999). Suo ultimo lavoro è *Il corteo di Dioniso* (2009).

Francesco Spera, docente di Letteratura italiana all'Università di Milano, specialista di letteratura italiana tra Otto e Novecento, ha poi approfondito i suoi interessi orientandosi verso la tragedia nel Settecento e nell'età rinascimentale, e in seguito Dante. Ha curato edizioni di testi e pubblicato numerosi saggi critici, fra cui *Il principio dell'antiletteratura* (1976), *Vitaliano Brancati* (1981), *Metamorfosi del linguaggio tragico* (1990), *La realtà e la differenza* (1994).

GIOVANNI
VERGA
Novelle

Introduzione di Vincenzo Consolo
Cura di Francesco Spera

© Giangiacomo Feltrinelli Editore Milano
Prima edizione nell'"Universale Economica" – I CLASSICI
ottobre 1992
Tredicesima edizione ottobre 2017

Stampa Nuovo Istituto Italiano d'Arti Grafiche - BG

ISBN 978-88-07-90055-6

www.feltrinellieditore.it
Libri in uscita, interviste, reading,
commenti e percorsi di lettura.
Aggiornamenti quotidiani

razzismobruttastoria.net

Sopra il vulcano

di Vincenzo Consolo

"Come d'arbor cadendo un picciol pomo, / ... / d'un popol di formiche i dolci alberghi, / ... / schiaccia, diserta e copre / in un punto;
così d'alto piombando, / dall'utero tonante / scagliata al cielo profondo, / di ceneri e di pomici e di sassi / notte e ruina..."
Così la visione del mondo, della vita degli uomini, del Leopardi
de *La ginestra*. E simile a quella del poeta di Recanati crediamo sia
la visione di Giovanni Verga: di una natura matrigna, avversa e mi-
nacciosa, della sua aridità e desolazione, del suo aspetto di tempesta pietrificata, o di malarico pantano, dell'impotenza dell'uomo,
del suo fatale, ricorrente scacco, della fragilità sua di formica che il
caso ha posto sull'estremità fisica d'un vulcano, nell'irredimibilità
dell'esistenza. "Vi siete mai trovata, dopo una pioggia d'autunno, a
sbaragliare un esercito di formiche tracciando sbadatamente il
nome del vostro ultimo ballerino sulla sabbia del viale? Ognuna di
quelle povere bestioline sarà rimasta attaccata alla ghiera del vostro ombrellino, torcendosi di spasimo; ma tutte le altre, dopo cinque minuti di panico e di viavai, saranno tornate ad aggrapparsi disperatamente al loro monticello bruno" scrive in quella dichiarazione di nuova poetica, in quella anticipazione de *I Malavoglia* che
è la novella *Fantascheria*. E ancora ne *I galantuomini*, nella straordinaria descrizione di una eruzione e della distruzione che la lava
scorrendo cagiona: "Chi non stava a guardare si affacendava a levar
tegole, imposte, mobili, a sgombrar le camere, a salvar quello che si
poteva, perdendo la testa nella fretta e nella disperazione, come un
formicaio in scompiglio".
Il mondo dunque come luogo aspro e inospitale al pari di un vulcano; la vita degli uomini come quella precaria e disperatamente
ostinata delle formiche. E nel deserto della natura e della storia,
unica consolazione si trova nell'"odorata ginestra", nella fratellanza umana; si trova nella religione della tradizione e della famiglia,
nell'attaccamento, tenace come quello dell'ostrica allo scoglio, al
paese della nascita. Leopardi giunse alla metafora del vulcano, trovandosi a Napoli, davanti allo "sterminator Vesevo", alle antiche
città sepolte che si chiamavano Pompei, Ercolano, Stabia; Verga

sul vulcano, sopra le lave dell'Etna, sotto il suo cielo di cenere, era nato: di Vizzini, dei paesi Etnei, dei campi, liberati dal duro sudario della lava e restituiti alle colture delle chiuse, degli stagni, delle fiumare, delle sciare, dei geli degli inverni e dei caldi implacabili delle estati si portava da sempre dentro sepolto il ricordo, così profondamente da credere di averlo cancellato, e procedendo, per buona parte della sua vita, per sentieri estranei e scivolosi, verso mete d'abbaglio o illusione.

Cosa avvenne perché a un punto lo scrittore di Vizzini si vedesse incenerire nelle mani tutti i fogli che fin lì aveva scritto, perché fosse investito dallo smarrimento, dalla crisi d'identità che faceva riemergere la memoria sepolta, il nero mondo che fin lì aveva rimosso?

Nel novembre del 1872, in una di quelle giornate d'autunno in cui la nebbia gravava sulla città sfumando o cancellando le guglie del Duomo, le cime imbandierate delle impalcature della Galleria, s'addensava sulle acque dei Navigli, arrivava a Milano Giovanni Verga. Veniva da Firenze, dove, abbandonando nel 1865 la sua Catania, aveva soggiornato per sei anni. A Firenze erano in parte ambientati i romanzi, le trame di passioni "mondane" di *Eva, Tigre reale, Eros*. Ma, abbandonata Firenze, Verga si presentava a Milano con un romantico e accreditato biglietto da visita, con il romanzo di una malmonacata che gli aveva dato discreta fama. *Storia di una capinera* e il suo autore, giovane siciliano, sottile ed elegante, olivastro e pallido, fanno di Verga un personaggio di spicco nei salotti della contessa Maffei, della Cima, della Ravizza...

"La prima volta che lo vidi fu in casa Maffei una domenica sera che le due salette erano piene di signore tra cui sei o sette giovani e belle, e queste lo circondavano in modo ch'io non mi potei appressare a lui. Lui stava là contegnoso in silenzio in mezzo al vivace cicalìo, e sorrideva di quel suo sorriso serio, a fior di labbra che fa malinconia. Per questo suo fare riservato, misterioso, che dimostra patimenti profondi, non meno che per la eleganza del suo sentimento artistico, dicono che abbia delle avventure," scrive Roberto Sacchetti. La diceria delle avventure amorose di Verga scatena la gelosia del Carducci, il quale teme che anche la sua amante sia rimasta vittima del fascino del siciliano, del "vigliacco ridicolo *parvenu*". Ma contrariamente a quanto possa far credere l'ira schiumosa del vate d'Italia e anche senza sposare la tesi d'una misoginia verghiana sostenuta da Carlo A. Madrignani (introduzione a *Drammi intimi*, Sellerio, 1979), Verga non è un personaggio brancatiano *avant la lettre*, un *Paolo il caldo* che dissipa il suo tempo e il suo talento passando ossessivamente da un'avventura amorosa a un'altra, ma è metodico, intransigente lavoratore, molto preoccupato nel far quadrare il magro bilancio economico privato, che concede ai ritiri mondani solo le poche ore di libertà. Dalla sua prima dimora in piazza della Scala e quindi dalle successive di via Principe Umberto e di Corso Venezia, muoveva per andare al Cova, al Biffi, alla Scala, per passare le serate in uno dei salotti alla moda, per fare le sue passeggiate per le vie del centro. Di un'eleganza un po' troppo puntigliosa, forse eccessivamente inamidato nella forma, non frequenta certo l'osteria del Polpetta di via Vivaio, il ritrovo degli *scapigliati*, ma Verga, come sempre capita agli immigrati, frequenta quella piccola colonia di siciliani formata da Onufrio, Farina, Auteri, Navarro della Miraglia, Scontrino, Avellone, a cui poi si aggiungerà Capuana. "Sì, Milano è proprio bella, amico mio, e qualche volta c'è proprio bisogno di una tenace volontà per resistere alle sue seduzioni e restare al lavoro" aveva scritto Verga a Capuana nel '73. Ma era soltanto bella la Milano degli anni Settanta? Era certo una città in pieno fermento industriale ed edilizio. Gli opifici ammodernavano i loro impianti e nuove fabbriche nascevano, come la *Pirelli & C*. Si costruivano nuove stazioni sussidiarie, nuovi quartieri borghesi e operai; si aprivano nuovi teatri e alberghi. Con la rivoluzione industriale, con lo sviluppo edilizio, nascevano anche i conflitti sociali[1]. Cominciavano, tra il 1875 e il '76, le inchieste in Sicilia, promosse dal Parlamento, fatte da "giovani colti e disinteressati", come dice Capuana nel saggio *La Sicilia e il brigantaggio*, da studiosi come Franchetti e Sonnino. Dalla Sicilia arrivavano le relazioni dei prefetti, le notizie più preoccupanti sulla mafia, sulle condizioni dei contadini e degli zolfatari. Dell'inchiesta Franchetti-Sonnino, quello che aveva colpito di più l'opinione pubblica era stato il capitolo supplementare all'inchiesta dal titolo *Il lavoro dei fanciulli nelle zolfatare siciliane*[2]: si alzava per la prima volta un velo su una terribile realtà pressoché sconosciuta, e l'Italia ne rimaneva inorridita. Anticipando qui intanto un nostro assunto di cui diremo più avanti, se *Nedda*, del '74, può essere stata scritta da Verga sulla spinta di un bisogno di ritorno "sentimentale" in Sicilia, in una Sicilia contadina sepolta nella memoria, vista e conosciuta nella sua "verità" negli anni dell'adolescenza, possiamo ipotizzare che *Jeli il pastore* e *Rosso Malpelo* di *Vita dei campi*, dell'80, siano stati dettati dalla presa di coscienza di un'altra Sicilia attraverso lo specchio delle sopraddette inchieste? Presa di coscienza dell'assoluta "naturalità", dell'intatto mondo ultraliminare, presociale del tredicenne guardiano di cavalli di Tébidi Jeli e della disumana, terrifica condizione del cavamonte Malpelo. L'uno e l'altra tanto simili al mondo e alle condizioni dei contadini e dei *carusi* di Franchetti e Sonnino.

Ma torniamo a Milano. Torniamo alla profonda trasformazione, al fermento di innovazioni, in campo industriale, sociale, urbanistico a cui la città è in preda a partire dal 1872. Innovazione, trasformazione che trova il suo culmine e la sua massima espressione nell'Esposizione Nazionale dell'81. Alla Scala, durante i giorni dell'Esposizione, si rappresenta il *Ballo Excelsior*. I temi dei vari quadri

---

[1] Per queste e altre notizie su Verga a Milano vedi: *Verga* di G. Cattaneo, Torino, 1963.
[2] L. Franchetti e S. Sonnino, *La Sicilia*, Firenze, 1876.

del balletto sono l'oscurantismo, la luce, il primo battello a vapore, i prodigi dell'invenzione, il genio dell'elettricismo e via di queste immagini. E il balletto si conclude con l'inno alla scienza, al progresso, alla fratellanza, all'amore. Scrive il librettista nella prefazione: "Vidi il monumento innalzato a Torino in gloria del portentoso traforo del Cenisio e immaginai la presente composizione coreografica. È la titanica lotta del *Progresso* contro il *Regresso* ch'io presento a questo intelligente pubblico: è la grandezza della civiltà che vince, abbatte, distrugge, pel bene dei popoli, l'antico oscurantismo che li teneva nelle tenebre del servaggio e dell'ignominia". Ce n'era abbastanza. E anche se il simbolismo retorico dell'*Excelsior*, il suo ingenuo, declamatorio ottimismo in un progresso al ritmo di mazurca non è da paragonare alle "magnifiche sorti e progressive" del Mamiani o al "migliore dei mondi possibili" del Leibniz, avrà sicuramente suscitato nell'animo di Verga reazioni o sentimenti simili a quelli espressi da Leopardi nel pessimismo cosmico de *La ginestra* o da Voltaire nello scetticismo, nella sferzante ironia del *Candide*. Ma certo non solamente l'Esposizione Nazionale e il Ballo Excelsior, ma tutto quanto avveniva sotto i suoi occhi: l'affacciarsi alla ribalta, e prendere direzione e potere economico, di una nuova, intraprendente borghesia imprenditoriale, da una parte, dall'altra, l'organizzarsi e il prendere parola da parte di una *plebe* che si fa popolo, si fa mondo del lavoro che, antagonisticamente, reclama e difende i suoi diritti. Nella Milano industriosa e laboriosa, capitale della "scienza e della tecnica" gli si rivelano dunque due mondi in movimento, due realtà insieme complementari e in conflitto, che dai salotti nobiliari, dalle strade del lusso, dai luoghi conclamati dell'arte difficilmente si potevano scorgere; e neanche dalle "crepuscolari", patetiche portinerie, dai bastioni, dai viali, dalle Gallerie, dai veglioni della Scala, dalle osterie, da tutti i luoghi frequentati da dimesse e rassegnate sartine, commesse, servette, ballerine, da brumisti, doganieri, soldati, da quelle persone insomma che "non sbraitano, non stampano giornali, non si mettono in prima fila nelle dimostrazioni"[3]. A Milano si rivelano a Verga delle nuove storie, si rivela una nuova storia. Di cui non ha cognizione, memoria, linguaggio. E di fronte alla quale si ritrae, smarrito. Si ritrae dal nuovo capitalismo inventivo e intraprendente per rifugiarsi nell'arcaico capitalismo terriero e feudale della sua Sicilia. Nasce a questo punto nello scrittore il bisogno di "risalire alle origini e risuscitare le memorie pure della sua infanzia e riprender contatto con la sua terra. Alla quale egli tornava con l'animo del figliol prodigo, come all'unico bene che ancora gli rimanesse, intatto e solido dopo tanta dissipazione, bene vicino e tangibile, eppure indecifrabile e remoto come un miraggio, come l'ideale oggetto di una suprema e già disperata nostalgia" scrive Natalino Sapegno.[4] Un mondo "intatto e solido" e fuori dalla sto-

---

[3] *In piazza della Scala*, in *Per le vie*.
[4] N. SAPEGNO, *Disegno storico della letteratura italiana*, Firenze, 1949.

ria. Fuori, vale a dire, e in contrasto, nella sua immobilità o nel suo movimento circolarmente chiuso, dalla e con l'illusione del cammino progressivo della storia. Recupera quindi il suo mondo, Verga, memorialmente e, soprattutto, linguisticamente: con una lingua – e ad essa bisogna imputare quel "brusco salto nel genio" di cui parla Debenedetti – che appartiene al mondo narrato e al soggetto narrante (che poi significa, per la teoria dell'impersonalità di Verga, al mondo che si narra da sé). Una lingua che non è matericamente e naturalisticamente la sub-lingua dialettale, ma un italiano "irradiato" di sentimento e ideologia dialettali, una lingua periferica in conflitto con la lingua centrale. Conflitto da cui nasce la poesia, come dice Luigi Russo: la poesia di *Vita dei campi*, delle *Novelle rusticane*, e quindi de *I Malavoglia* e di *Mastro-don Gesualdo*. Non finiremo mai di ringraziare gli ingegneri e gli industriali milanesi che con il loro attivismo e il loro progressismo ci hanno restituito uno scrittore della grandezza di Verga; gli stessi ingegneri e industriali milanesi che, in anni più recenti, provocando ritrazioni e opposizioni di altro tipo, espressi con una straordinaria invenzione linguistica, ci restituiranno uno scrittore come Gadda.

Il 1881, data storica dell'Esposizione Nazionale e della pubblicazione de *I Malavoglia*, non è l'anno della caduta di Verga da cavallo sulla via di Damasco o sui viali del parco di Monza: la *conversione*, naturalmente, comincia a serpeggiare da epoca più remota. Dal '74 almeno, dall'anno della pubblicazione di *Nedda*.

Questa novella *in limine* ha, nell'attacco, come una sorta di rito d'ingresso, d'inizio di viaggio, di *regressus* in un mondo lontano nel tempo, nello spazio, nella memoria sepolta. Il borghese Giovanni Verga, scrittore mondano, davanti al caminetto della sua casa milanese, "col sigaro semispento, con gli occhi socchiusi" si abbandona al ricordo. E come in una dissolvenza cinematografica, dalla docile fiamma domestica trapassa alla "fiamma gigantesca" della fattoria del Pino, alle falde dell'Etna, ritorna alla fatalità del vulcano. Con *Nedda* dunque il nuovo Verga inizia il viaggio che, dalle soglie di questa prima novella, dagli indugi di *Le storie del castello di Trezza* o dalla esposizione, della mappa o guida di *Fantasticheria*, lo porterà al punto più profondo, alla tragica realtà di una vera umanità: lo porterà ai capolavori di *Jeli il pastore* o di *Rosso Malpelo*. Dove, abbandonando del tutto le incertezze linguistiche, sciolti i corsivi dialettali "che bucano la pagina", come dice Carla Riccardi, approderà a quel sicuro amalgama, a quella nuova, straordinaria scrittura che sarà compiutamente dispiegata nel poema de *I Malavoglia*. Viaggio fino al punto più profondo quello di Verga abbiamo detto. E lo vogliamo intendere anche letteralmente: nella cava di rena dove lavora Malpelo.

"Malpelo si chiamava così perché aveva i capelli rossi; ed aveva i capelli rossi perché era un ragazzo malizioso e cattivo, che prometteva di riescire un fior di birbone." Così inizia il racconto. Ma ci accorgiamo subito che non è Verga a narrare, che lo scrittore ha ceduto pensiero e parola ai minatori della cava, alla gente delle contrade Monserrato e Carvana presso Catania. E il linguaggio è quindi di quella gente. È dei popolani catanesi il pensiero, il movimento del discorso. Movimento che rettilineo non è, ma circolare, chiuso, affidato cioè a una conseguenzialità illogica, a una superstizione. Malpelo si chiama così perché ha i capelli rossi. Ora, quelli che hanno i capelli rossi, stabilisce la credenza popolare, sono cattivi come lo sono i mancini, i gobbi, gli sciancati, tutti quelli insomma segnati da una qualche diversità. Malpelo è rosso, è diverso, quindi è cattivo, portatore di male per sé e per gli altri. È "un monellaccio che nessuno avrebbe voluto vedersi davanti, e che tutti schivavano come un can rognoso", "era davvero un brutto ceffo, torvo, ringhioso, e selvatico". E perciò è tagliato fuori da ogni relazione umana. Persino la madre e la sorella gli hanno negato amore. Degli unici due legami affettivi, vissuti dentro la cava, col padre e con l'amico Ranocchio, è stato privato dalla sorte malvagia. È separato dalla comunità anche fisicamente: come un appestato, come "un can rognoso" o come l'evangelico indemoniato di Gerasa che si aggira fra i sepolcri, è obbligato a vivere dentro o presso la cava, nella desolazione delle caverne o della superficie di *sciare*. Nella cava, come il padre mastro Misciu Bestia, Malpelo è destinato a morire. È legata, la vita del piccolo minatore, al colore maledetto di quei suoi capelli. Il rosso avuto per ventura dalla nascita lo lega, si direbbe, al rosso della rena della cava, che è tale per immemorabile cataclisma naturale, per eruzione dell'Etna. Malpelo è dunque creatura perfettamente adeguata a quel luogo (fino alla mimesi: "... con quel suo visaccio imbrattato di lentiggini e di rena rossa"), adeguata a quel luogo sotterraneo di rischio e di pena, di metafisica condanna. Il destino di Rosso Malpelo è già tutto racchiuso nella frase d'attacco. Dopo, da quel primo nucleo, il racconto si svilupperà per cerchi concentrici, come generati dalla caduta fatale d'una iniziale sfera di pietra. I successivi capoversi saranno dunque come il variare, l'allargarsi del primo tema musicale. E così è per *Cavalleria rusticana* (l'acceso simbolo iniziale del rosso berretto di Turiddu è il segno lampante del suo destino d'amore e di morte), così per *La Lupa*, per *La roba*, per *Libertà*... Così è per tutte le creature verghiane, per tutti i "vinti" che, sin dal loro primo affacciarsi nel racconto, ci dicono subito del loro destino, della supina accettazione di esso.

La ribellione, lo squarcio in questa implacabile crosta di lava, lo produrrà un altro grande scrittore, nato lontano dal vulcano, ma in mezzo a miniere di zolfo, l'agrigentino Pirandello: farà egli parlare i suoi personaggi non più per proverbi, li farà ragionare; farà loro chiedere il perché della condanna del vivere in un continuo, lucido, e amaramente umoristico, processo verbale che genera, se possibile, ancora più strazio, più pena. A cui solo qualche volta, in uno stupito Malpelo che si chiama Ciàula, sorto dalla profonda miniera, darà sollievo la tenera luce di una leopardiana luna notturna.

NOVELLE

Nota del curatore

Il *corpus* delle novelle verghiane ha una storia complessa e non facile da ricostruire sinteticamente. Si tenga conto che i testi vennero pubblicati prima in diversi periodici, poi raccolti in volume; si aggiunga che nelle successive ristampe di questi volumi furono apportate modifiche nell'ordinamento delle novelle e soprattutto costante fu l'intervento dell'autore nella revisione del testo, talvolta anche in misura massiccia, fino a giungere a casi di autentici rifacimenti. Particolarmente complicata, ad esempio, la vicenda di *Vita dei campi*, dove è possibile documentare una sostanziale revisione nel passaggio dalla rivista al volume e poi ulteriori varianti sia nel testo sia nella successione delle novelle nelle nuove edizioni del 1892 e del 1897.

Ardui problemi si pongono dunque all'editore di queste opere verghiane, anche se in via di soluzione grazie alle utilissime edizioni critiche promosse dalla Fondazione Verga. Poiché, tuttavia, per le raccolte presenti in questo volume era disponibile soltanto l'edizione critica di *Vita dei campi* a cura di Carla Riccardi (1987), si è preferito adottare l'edizione di *Tutte le novelle*, uscita nei "Meridiani", Mondadori, Milano 1979, a cura della stessa Riccardi.

Fra le altre edizioni moderne delle novelle si segnalano in particolare quelle a cura di N. Merola, Garzanti, Milano 1980; G. Tellini, Salerno Editrice, Roma 1980; G. Carnazzi, Rizzoli, Milano 1981; V. Guarracino, Bompiani, Milano 1991.

Nedda

Il focolare domestico era per me una figura rettorica, buona per incorniciarvi gli affetti più miti e sereni, come il raggio di luna per baciare le chiome bionde; ma sorridevo allorquando sentivo dirmi che il fuoco del camino è quasi un amico. Sembravami in verità un amico troppo necessario, a volte uggioso e dispotico, che a poco a poco avrebbe voluto prendervi per le mani, o per i piedi, e tirarvi dentro il suo antro affumicato per baciarvi alla maniera di Giuda. Non conoscevo il passatempo di stuzzicare la legna, né la voluttà di sentirsi inondare dal riverbero della fiamma; non comprendevo il linguaggio del cepperello[1] che scoppietta dispettoso, o brontola fiammeggiando; non avevo l'occhio assuefatto ai bizzarri disegni delle scintille correnti come lucciole sui tizzoni anneriti, alle fantastiche figure che assume la legna carbonizzandosi, alle mille gradazioni di chiaroscuro della fiamma azzurra e rossa che lambisce quasi timida, accarezza graziosamente, per divampare con sfacciata petulanza. Quando mi fui iniziato ai misteri delle molle e del soffietto,[2] mi innamorai con trasporto della voluttuosa pigrizia del caminetto. Io lascio il mio corpo su quella poltroncina, accanto al fuoco, come vi lascerei un abito, abbandonando alla fiamma la cura di far circolare più caldo il mio sangue e di far battere più rapido il mio cuore; e incaricando le faville fuggenti, che folleggiano come farfalle innamorate, di farmi tenere gli occhi aperti, e di far errare capricciosamente del pari i miei pensieri. Cotesto spettacolo del proprio pensiero che svolazza vagabondo senza di voi, che vi lascia per correre lontano, e per gettarvi a vostra insaputa come dei soffi, di dolce e d'amaro in cuore, ha attrattive indefinibili. Col sigaro semispento, cogli occhi socchiusi, le molle fuggendovi dalle dita allentate, vedete l'altra parte di voi andar lontano, percorrere vertiginose distan-

---

*Il racconto fu pubblicato nella "Rivista italiana di scienze, lettere ed arti", 15 giugno 1874, e poi in un volumetto edito da Brigola a Milano, nello stesso anno. L'opera ebbe successo, superando anche le aspettative dell'autore, che la ristampò in seguito più volte, a cominciare dalla raccolta *Primavera* del 1877.
[1] *cepperello*: piccolo ceppo, legno per ardere.
[2] *soffietto*: piccolo mantice per ravvivare la fiamma.

ze: vi par di sentirvi passar per i nervi correnti di atmosfere sconosciute; provate, sorridendo, l'effetto di mille sensazioni che farebbero incanutire i vostri capelli e solcherebbero di rughe la vostra fronte, senza muovere un dito, o fare un passo.[3]

E in una di coteste peregrinazioni vagabonde dello spirito la
fiamma che scoppiettava, troppo vicina forse, mi fece rivedere
un'altra fiamma gigantesca che avevo visto ardere nell'immenso focolare della fattoria del Pino, alle falde dell'Etna. Pioveva, e il vento
urlava incollerito; le venti o trenta donne che raccoglievano le ulive
del podere facevano fumare le loro vesti bagnate dalla pioggia dinanzi al fuoco; le allegre, quelle che avevano dei soldi in tasca, o
quelle che erano innamorate, cantavano; le altre ciarlavano della
raccolta delle ulive, che era stata cattiva, dei matrimoni della par-
rocchia, o della pioggia che rubava loro il pane di bocca: la vecchia
castalda[4] filava, tanto perché la lucerna appesa alla cappa del focolare non ardesse per nulla, il grosso cane color di lupo allungava il
muso sulle zampe verso il fuoco, rizzando le orecchie ad ogni diverso ululato del vento. Poi, nel tempo che cuocevasi la minestra, il pecorajo si mise a suonare certa arietta montanina che pizzicava le
gambe, e le ragazze si misero a ballare sull'ammattonato sconnesso
della vasta cucina affumicata, mentre il cane brontolava per timore
che gli pestassero la coda. I cenci svolazzavano allegramente, mentre le fave ballavano anch'esse nella pentola, borbottando in mezzo
alla schiuma che faceva sbuffare la fiamma. Quando tutte furono
stanche, venne la volta alle canzonette, *Nedda! – Nedda la varannisa!*[5] esclamarono parecchie. Dove s'è cacciata la *varannisa?*

Son qua; rispose una voce breve dall'angolo più buio, dove s'era
accoccolata una ragazza su di un fascio di legna.

– O che fai tu costà?[6]

– Nulla.

– Perché non hai ballato?

– Perché son stanca.

– Cantaci una delle tue belle canzonette.

– No, non voglio cantare.

– Che hai?

– Nulla.

– Ha la mamma che sta per morire, rispose una delle sue compagne, come se avesse detto che aveva male ai denti.

---

[3]L'ampia divagazione dell'io narrante, che si presenta in uno stato d'animo di abbandono memoriale, serve per introdurre il lettore alle innovazioni della scrittura narrativa:
il personaggio campagnolo non è una novità, ma nuova è l'insistenza sulla drammaticità
delle sue vicissitudini economiche ed esistenziali, e soprattutto l'attenzione realistica nel
riprodurre atteggiamenti e forme espressive tipiche del mondo popolare.

[4]*castalda*: fattoressa.

[5]*Nedda la varannisa*: il diminutivo è un'abbreviazione da Sebastiana-Bastianedda;
varannisa perché proviene da Viagrande, uno dei paesi vicino a Catania. Tutte le località geografiche, citate nel corso del racconto, appartengono all'area catanese-etnea.

[6]*O che fai tu costà?*: espressione toscana, secondo un uso non raro di Verga nella mimesi del linguaggio popolare.

La ragazza che stava col mento sui ginocchi alzò su quella che aveva parlato certi occhioni neri, scintillanti, ma asciutti, quasi impassibili, e tornò a chinarli, senza aprir bocca, sui suoi piedi nudi.

Allora due o tre si volsero verso di lei, mentre le altre si sbandavano ciarlando tutte in una volta come gazze che festeggiano il lauto pascolo, e le dissero:

– O allora perché hai lasciato tua madre?

– Per trovar del lavoro.

– Di dove sei?

– Di Viagrande, ma sto a Ravanusa.[7]

Una delle spiritose, la figlioccia del castaldo, che dovea sposare il terzo figlio di Massaro[8] Jacopo a Pasqua, e aveva una bella crocetta d'oro al collo, le disse volgendole le spalle: – Eh! non è lontano! la cattiva nuova dovrebbe recartela proprio l'uccello![9]

Nedda le lanciò dietro un'occhiata simile a quella che il cane accovacciato dinanzi al fuoco lanciava agli zoccoli che minacciavano la sua coda.

– No! lo zio[10] Giovanni sarebbe venuto a chiamarmi! esclamò come rispondendo a se stessa.

– Chi è lo zio Giovanni?

– È lo zio Giovanni di Ravanusa: lo chiamano tutti così.

– Bisognava farsi imprestare qualche cosa dallo zio Giovanni, e non lasciare tua madre, disse un'altra.

– Lo zio Giovanni non è ricco, e gli dobbiamo diggià dieci lire! E il medico? e le medicine? e il pane di ogni giorno? Ah! si fa presto a dire: aggiunse Nedda scrollando la testa, e lasciando trapelare per la prima volta un'intonazione più dolente nella voce rude e quasi selvaggia, ma a veder tramontare il sole dall'uscio, pensando che non c'è pane nell'armadio, né olio nella lucerna, né lavoro per l'indomani, la è una cosa assai amara, quando si ha una povera vecchia inferma, là su quel lettuccio!

E scuoteva sempre il capo dopo aver taciuto, senza guardar nessuno, con occhi asciutti, che tradivano tale inconscio dolore quale gli occhi più abituati alle lagrime non saprebbero esprimere.

– Le vostre scodelle, ragazze! gridò la castalda scoperchiando la pentola in aria trionfale.

Tutte si affollarono attorno al focolare, ove la castalda distribuiva con sapiente parsimonia le mestolate di fave. Nedda aspettava ultima, colla sua scodelletta sotto il braccio. Finalmente ci fu posto anche per lei, e la fiamma l'illuminò tutta.

Era una ragazza bruna, vestita miseramente, dall'attitudine ti-

[7] *Ravanusa*: contrada di San Giovanni La Punta, paese nei pressi di Catania.

[8] *Massaro*: titolo dato al capo di una tenuta agricola, cui il proprietario affida vari compiti di custodia e contabilità.

[9] *la cattiva nuova... l'uccello!*: detto proverbiale secondo cui le cattive notizie arrivano subito, "al volo".

[10] *zio*: appellativo di rispetto dato, secondo l'uso meridionale, a una persona anziana, pur senza legami di parentela.

mida e ruvida che danno la miseria e l'isolamento. Forse sarebbe stata bella, se gli stenti e le fatiche non avessero alterato profondamente non solo le sembianze gentili della donna, ma direi anche la forma umana. I suoi capelli erano neri, folti, arruffati, appena annodati con dello spago, avea denti bianchi come avorio, e una certa grossolana avvenenza di lineamenti che rendeva attraente il suo sorriso. Gli occhi avea neri, grandi, nuotanti in un fluido azzurrino, quali li avrebbe invidiati una regina a quella povera figliuola raggomitolata sull'ultimo gradino della scala umana, se non fossero stati offuscati dall'ombrosa timidezza della miseria, o non fossero sembrati stupidi per una triste e continua rassegnazione. Le sue membra schiacciate da pesi enormi, o sviluppate violentemente da sforzi penosi erano diventate grossolane, senza esser robuste. Ella faceva da manovale, quando non avea da trasportare sassi nei terreni che si andavano dissodando, o trasportava dei carichi in città per conto altrui, o faceva altri di quei lavori più duri che da quelle parti stimansi inferiori al compito dell'uomo. I lavori più comuni della donna, anche nei paesi agricoli, la vendemmia, la messe, la ricolta delle ulive, erano delle feste, dei giorni di baldoria, proprio un passatempo anziché una fatica. È vero bensì che fruttavano appena la metà di una buona giornata estiva da manovale, la quale dava 13 bravi soldi![11] I cenci sovrapposti in forma di vesti rendevano grottesca quella che avrebbe dovuto essere la delicata bellezza muliebre. L'immaginazione più vivace non avrebbe potuto figurarsi che quelle mani costrette ad un'aspra fatica di tutti i giorni, a raspar fra il gelo, o la terra bruciante, o i rovi e i crepacci, che quei piedi abituati ad andar nudi nella neve e sulle roccie infuocate dal sole, a lacerarsi sulle spine, o ad indurirsi sui sassi, avrebbero potuto esser belli. Nessuno avrebbe saputo dire quanti anni avesse cotesta creatura umana; la miseria l'avea schiacciata da bambina con tutti gli stenti che deformano e induriscono il corpo, l'anima e l'intelligenza[12] – così era stato di sua madre, così di sua nonna, così sarebbe stato di sua figlia – e dell'impronta dei suoi fratelli in Eva[13] bastava che le rimanesse quel tanto che occorreva per comprenderne gli ordini e per prestar loro i più umili, i più duri servigi.

Nedda sporse la sua scodella, e la castalda ci versò quello che rimaneva di fave nella pentola, e non era molto!

– Perché vieni sempre l'ultima? Non sai che gli ultimi hanno quel che avanza? le disse a mo' di compenso la castalda.

La povera ragazza chinò gli occhi sulla broda nera che fumava nella sua scodella, come se meritasse il rimprovero, e andò pian pianino perché il contenuto non si versasse.

[11] *soldi*: monete di poco valore.
[12] Il ritratto del personaggio è condotto secondo i dettami del realismo, con riferimenti soprattutto ai dati socioeconomici che hanno condizionato l'esistenza della giovane, abbruttita nel corpo e nella mente dalla miseria.
[13] *fratelli in Eva*: gli altri uomini, tutti biblicamente discendenti da Eva (espressione ironica, visto che nulla di "fraterno" la giovane ha mai ricevuto dall'umanità, bensì soltanto soprusi).

– Io te ne darei volentieri della mia, disse a Nedda una delle sue compagne che aveva miglior cuore; ma se domani continuasse a piovere... davvero!... oltre a perdere la mia giornata non vorrei anche mangiare tutto il mio pane.

– Io non ho questo timore! rispose Nedda con un tristo sorriso.

– Perché?

– Perché non ho pane di mio. Quel po' che ci avevo, insieme a quei pochi quattrini li ho lasciati alla mamma.

– E vivi della sola minestra?

– Sì, ci sono avvezza; rispose Nedda semplicemente.

– Maledetto tempaccio, che ci ruba la nostra giornata! imprecò un'altra.

– To' prendi dalla mia scodella.

– Non ho più fame; riprese la *varannisa* ruvidamente a mo' di ringraziamento.

– Tu che bestemmi la pioggia del buon Dio, non mangi forse del pane anche tu! disse la castalda a colei che avea imprecato contro il cattivo tempo. E non sai che pioggia d'autunno vuol dire buon anno!

Un mormorìo generale approvò quelle parole.

– Sì, ma intanto son tre buone mezze giornate che vostro marito toglierà dal conto della settimana!

Altro mormorìo d'approvazione.

– Hai forse lavorato in queste tre mezze giornate perché ti s'abbiano a pagare? rispose trionfalmente la vecchia.

– È vero! è vero! risposero le altre con quel sentimento istintivo di giustizia che c'è nelle masse, anche quando questa giustizia danneggia gli individui.

La castalda intuonò il rosario, le avemarie si seguirono col loro monotono brontolìo accompagnate da qualche sbadiglio. Dopo le litanie si pregò per i vivi e per i morti; allora gli occhi della povera Nedda si riempirono di lagrime, e dimenticò di rispondere *amen*.

– Che modo è cotesto di non rispondere *amen*! le disse la vecchia in tuono severo.

– Pensava alla mia povera mamma che è tanto lontana: rispose Nedda facendosi seria.

Poi la castalda diede la *santa notte*, prese la lucerna e andò via. Qua e là, per la cucina o attorno al fuoco, s'improvvisarono i giacigli in forme pittoresche; le ultime fiamme gettarono vacillanti chiaroscuri sui gruppi e su gli atteggiamenti diversi. Era una buona fattoria quella, e il padrone non risparmiava, come tant'altri, fave per la minestra, né legna pel focolare, né strame pei giacigli. Le donne dormivano in cucina, e gli uomini nel fienile. Dove poi il padrone è avaro, o la fattoria è piccola, uomini e donne dormono alla rinfusa, come meglio possono, nella stalla, o altrove, sulla paglia o su pochi cenci, i figliuoli accanto ai genitori, e quando il genitore è ricco, e ha una coperta di suo, la distende sulla sua famigliuola; chi ha freddo si addossa al vicino, o mette i piedi nella cenere calda, o si copre di paglia, s'ingegna come può; dopo un giorno di fatica, e per ricominciare un altro giorno di fatica, il sonno è profondo, come un despota benefico, e la moralità del padrone non è permalosa che per negare il lavoro alla ragazza che, essendo prossima a divenir madre, non potesse compiere le sue dieci ore di fatica.

Prima di giorno le più mattiniere erano uscite per vedere che tempo facesse, e l'uscio che sbatteva ad ogni momento sugli stipiti spingeva turbini di pioggia e di vento freddissimo su quelli che intirizziti dormivano ancora. Ai primi albori il castaldo era venuto a spalancare l'uscio, per svegliare anche i più pigri, giacché non è giusto defraudare il padrone di un minuto della giornata lunga dieci ore che egli paga il suo bravo tarì, e qualche volta anche tre carlini[14] (sessantacinque centesimi!) oltre la minestra!

– Piove! era la parola uggiosa che correva su tutte le bocche con accento di malumore. La Nedda, appoggiata all'uscio, guardava tristamente i grossi nuvoloni color di piombo che gettavano su di lei le livide tinte del crepuscolo. La giornata era fredda e nebbiosa; le foglie avvizzite si staccavano dal ramoscello, strisciavano lungo i rami, e svolazzavano alquanto prima di andare a cadere sulla terra fangosa, e il rigagnolo s'impantanava in una pozzanghera dove s'avvoltolavano voluttuosamente dei maiali: le vacche mostravano il muso nero attraverso il cancello che chiudeva la stalla, e guardavano la pioggia, che cadeva, con occhio malinconico; i passeri, rannicchiati sotto le tegole della gronda, pigolavano in tuono piagnoloso.

– Ecco un'altra giornata andata a male! mormorò una delle ragazze addentando un grosso pan nero.

– Le nuvole si distaccano dal mare laggiù, disse Nedda stendendo il braccio; sul mezzogiorno forse il tempo cambierà.

– Però quel birbo del fattore non ci pagherà che un terzo della giornata!

– Sarà tanto di guadagnato.

– Sì, ma il nostro pane che mangiamo a tradimento?

– E il danno che avrà il padrone delle ulive che andranno a male, e di quelle che si perderanno fra la mota?

– È vero! disse un'altra.

– Ma provati ad andare a raccogliere una sola di quelle ulive che andranno perdute fra una mezz'ora, per accompagnarla al tuo pane asciutto, e vedrai quel che ti darà di giunta il fattore.

– È giusto, perché le ulive non sono nostre!

– Ma non son nemmeno della terra che se le mangia!

– La terra è del padrone to'! replicò Nedda trionfante di logica, con certi occhi espressivi.[15]

---

[14]*tarì... carlini*: antiche monete, la prima tipicamente siciliana, la seconda molto diffusa in parecchie regioni italiane (il nome deriva da Carlo I d'Angiò, che la fece coniare nel Duecento).

[15]Il personaggio popolare accetta la disuguaglianza sociale e l'ingiustizia come un dato immutabile della vita, sopporta quindi la miseria come una condanna fatale.

– È vero anche questo; rispose un'altra che non sapeva che rispondere.

– Quanto a me preferirei che continuasse a piovere tutto il giorno piuttosto che stare una mezza giornata carponi in mezzo al fango, con questo tempaccio, per tre o quattro soldi.

– A te non ti fanno nulla tre o quattro soldi, non ti fanno! esclamò Nedda tristamente.

La sera del sabato, quando fu l'ora di fare il conto della settimana, dinanzi alla tavola del fattore, tutta carica di cartaccie e di bei gruzzoletti di soldi, gli uomini più turbolenti furono pagati i primi, poscia le più rissose delle donne, in ultimo, e peggio, le timide e le deboli. Quando il fattore le ebbe fatto il suo conto Nedda venne a sapere che, detratte le due giornate e mezzo di riposo forzato, restava ad avere quaranta soldi.

La povera ragazza non osò aprir bocca. Solo le si riempirono gli occhi di lagrime.

– E lamentati per giunta, piagnucolona! gridò il fattore, il quale gridava sempre da fattore coscienzioso che difende i soldi del padrone. Dopo che ti pago come le altre, e sì che sei più povera e più piccola delle altre! e ti pago la tua giornata come nessun proprietario ne paga una simile in tutto il territorio di Pedara, Nicolosi e Trecastagne! Tre carlini, oltre la minestra!

– Io non mi lamento! disse timidamente Nedda intascando quei pochi soldi che il fattore, come ad aumentarne il valore, avea conteggiato per grani.[16] La colpa è del tempo che è stato cattivo e mi ha tolto quasi la metà di quel che avrei potuto buscarmi.

– Pigliatela col Signore! disse il fattore ruvidamente.

– Oh, non col Signore! ma con me che son tanto povera!

– Pagagli intiera la sua settimana a quella povera ragazza; disse al fattore il figliuolo del padrone che assisteva alla ricolta delle ulive. Non sono che pochi soldi di differenza.

– Non devo darle che quel ch'è giusto!

– Ma se te lo dico io!

– Tutti i proprietari del vicinato farebbero la guerra a voi e a me se *facessimo delle novità*.

– Hai ragione! rispose il figliuolo del padrone, che era un ricco proprietario e avea molti vicini.

Nedda raccolse quei pochi cenci che erano suoi, e disse addio alle compagne.

– Vai a Ravanusa a quest'ora! dissero alcune.

– La mamma sta male!

– Non hai paura?

– Sì, ho paura per questi soldi che ho in tasca; ma la mamma sta male, e adesso che non son costretta a star più qui a lavorare mi sembra che non potrei dormire se mi fermassi ancora stanotte.

– Vuoi che t'accompagni? le disse in tuono di scherzo il giovane pecorajo.

[16]*grani*: altra moneta di rame in uso in Sicilia.

– Vado con Dio e con Maria; disse semplicemente la povera ragazza prendendo la via dei campi a capo chino.

Il sole era tramontato da qualche tempo e le ombre salivano rapidamente verso la cima della montagna. Nedda camminava sollecita, e quando le tenebre si fecero profonde cominciò a cantare come un uccelletto spaventato. Ogni dieci passi voltavasi indietro, paurosa, e allorché un sasso, smosso dalla pioggia che era caduta, sdrucciolava dal muricciolo, e il vento le spruzzava bruscamente addosso a guisa di gragnuola[17] la pioggia raccolta nelle foglie degli alberi, ella si fermava tutta tremante, come una capretta sbrancata.[18] Un assiolo la seguiva d'albero in albero col suo canto lamentoso, ed ella tutta lieta di quella compagnia lo imitava col fischio di tempo in tempo, perché l'uccello non si stancasse di seguirla. Quando passava dinanzi ad una cappelletta, accanto alla porta di qualche fattoria, si fermava un istante nella viottola per dire in fretta un'avemaria, stando all'erta che non le saltasse addosso dal muro di cinta il cane di guardia che abbaiava furiosamente; poi partiva di passo più lesto rivolgendosi due o tre volte a guardare il lumicino che ardeva in omaggio alla Santa e rischiarava la via al fattore quando egli tornava tardi alla sera. – Quel lumicino le dava coraggio, e la faceva pregare per la sua povera mamma. Di tempo in tempo un pensiero doloroso le stringeva il cuore come una fitta improvvisa, e allora si metteva a correre, e cantava ad alta voce per stordirsi, o pensava ai giorni più allegri della vendemmia, o alle sere d'estate, quando, con la più bella luna del mondo, si tornava a stormi dalla Piana,[19] dietro la cornamusa che suonava allegramente; ma il suo pensiero ritornava sempre là, dinanzi al misero giaciglio della sua inferma. Inciampò in una scheggia di lava tagliente come un rasojo, e si lacerò un piede, l'oscurità era sì fitta che alle svolte della viottola la povera ragazza spesso urtava contro il muro o la siepe, e cominciava a perder coraggio e a non sapere dove si trovasse. Tutt'a un tratto udì l'orologio della Punta[20] che suonava le nove così vicino che sembrolle i rintocchi le cadessero sul capo, e sorrise come se un amico l'avesse chiamata per nome in mezzo ad una folla di stranieri.

Infilò allegramente la via del villaggio cantando a squarciagola

[17]*gragnuola*: grandine.

[18]La descrizione del viaggio notturno riporta a illustri precedenti, come il viaggio di Renzo verso l'Adda nei *Promessi Sposi*, ma soprattutto denuncia una fase di transizione nella conquista di un autentico realismo: si veda da un lato l'ostentata ricerca di una prospettiva dal basso, secondo il punto di vista del personaggio, con il ricorso alle numerose comparazioni col mondo animale (*come una capretta sbrancata*, cioè uscita dal branco), che rimandano all'orizzonte culturale popolare, e dall'altro, contraddittoriamente, la persistenza di una prospettiva dall'alto, propria del narratore, con una certa connotazione patetica del personaggio (*la povera ragazza*), lontana da quell'"impassibilità" prescritta dal canone narrativo del verismo per la riproduzione oggettiva della realtà.

[19]*Piana*: denominazione della pianura alle spalle di Catania, importante economicamente in quanto molto fertile, ma anche nefastamente afflitta, allora, dalla malaria.

[20]*Punta*: San Giovanni La Punta.

la sua bella canzone, e tenendo stretti nella mano, dentro la tasca del grembiule, i suoi quaranta soldi.

Passando dinanzi alla farmacia vide lo speziale ed il notaro tutti inferraiuolati[21] che giocavano a carte. Alquanto più in là incontrò il povero matto di Punta che andava su e giù, da un capo all'altro della via, colle mani nelle tasche del vestito, canticchiando la solita canzone che l'accompagna da venti anni, nelle notti d'inverno e nei meriggi della canicola. Quando fu ai primi alberi del diritto viale che fa capo a Ravanusa incontrò un pajo di buoi che venivano a passo lento ruminando tranquillamente.

– Ohé! Nedda! gridò una voce nota.

– Sei tu! Janu?[22]

– Sì, son io, coi buoi del padrone.

– Da dove vieni? domandò Nedda senza fermarsi.

– Vengo dalla Piana. Son passato da casa tua; tua madre t'aspetta.

– Come sta la mamma?

– Al solito.

– Che Dio ti benedica! esclamò la ragazza come se avesse temuto di peggio, e ricominciò a correre.

– Addio! Nedda! le gridò dietro Janu.

– Addio, balbettò da lontano Nedda.

E le parve che le stelle splendessero come soli, che tutti gli alberi, che conosceva ad uno ad uno, stendessero i rami sulla sua testa per proteggerla, e che i sassi della via le accarezzassero i piedi indolenziti.

L'indomani, poiché era domenica, venne la visita del medico, che concedeva ai suoi malati poveri il giorno che non poteva consacrare ai suoi poderi. Una triste visita davvero! perché il buon dottore non era abituato a far complimenti coi suoi clienti, e nel casolare di Nedda non c'era anticamera, né amici di casa ai quali potere annunziare il vero stato dell'inferma.

Nella giornata seguì anche una mesta funzione; venne il curato in rocchetto,[23] il sagrestano coll'olio santo, e due o tre comari che borbottavano non so che preci. La campanella del sagrestano squillava acutamente in mezzo ai campi, e i carrettieri che l'udivano fermavano i loro muli in mezzo alla strada, e si cavavano il berretto. Quando Nedda l'udì per la sassosa viottola che metteva dallo stradale al casolare tirò su la coperta tutta lacera dell'inferma, perché non si vedesse che mancavano le lenzuola, e piegò il suo più bel grembiule bianco sul deschetto zoppo che avea reso fermo con dei mattoni. Poi, mentre il prete compiva il suo ufficio, andò ad inginocchiarsi fuori dell'uscio, balbettando macchinalmente delle preci, guardando come trasognata quel sasso dinanzi alla soglia su cui

[21]*inferraiuolati*: con indosso il "ferraiuolo", un ampio mantello senza maniche.
[22]*Janu*: forma dialettale abbreviata di Sebastiano.
[23]*rocchetto*: sopravveste bianca indossata dai religiosi.

la sua vecchierella soleva scaldarsi al sole di marzo, e ascoltando con orecchio disattento i consueti rumori delle vicinanze, ed il via vai di tutta quella gente che andava per i proprii affari senza avere angustie pel capo. Il curato partì, ed il sagrestano indugiò invano sull'uscio perché gli facessero la solita limosina pei poveri.

Lo zio Giovanni vide a tarda ora della sera la Nedda che correva sulla strada di Punta.

– Ohé! dove vai a quest'ora?

– Vado per una medicina che ha ordinato il medico.

Lo zio Giovanni era economo e brontolone.

– Ancora medicine! borbottò, dopo che ha ordinato la medicina dell'olio santo! già loro fanno a metà collo speziale, per dissanguare la povera gente! Fai a mio modo, Nedda, risparmia quei quattrini e vatti a star colla tua vecchia.

– Chissà che non avesse a giovare! rispose tristamente la ragazza chinando gli occhi, e affrettò il passo.

Lo zio Giovanni rispose con un brontolìo. Poi le gridò dietro: – Ohé *la varannisa!*

– Che volete?

– Anderò io dallo speziale. Farò più presto di te, non dubitare. Intanto non lascerai sola la povera malata.

Alla ragazza vennero le lagrime agli occhi.

– Che Dio vi benedica! gli disse, e volle anche mettergli in mano i denari.

– I denari me li darai poi; le disse ruvidamente lo zio Giovanni, e si diede a camminare colle gambe dei suoi vent'anni.

La ragazza tornò indietro e disse alla mamma: – C'è andato lo zio Giovanni, – e lo disse con voce dolce insolitamente.

La moribonda udì il suono dei soldi che Nedda posava sul deschetto, e la interrogò cogli occhi. – Mi ha detto che glieli darò poi; rispose la figlia.

– Che Dio gli paghi la carità! mormorò l'inferma, così non resterai senza un quattrino.

– Oh, mamma!

– Quanto gli dobbiamo allo zio Giovanni?

– Dieci lire. Ma non abbiate paura, mamma! Io lavorerò!

La vecchia la guardò a lungo coll'occhio semispento, e poscia l'abbracciò senza aprir bocca. Il giorno dopo vennero i becchini, il sagrestano e le comari. Quando Nedda ebbe acconciato la morta nella bara, coi suoi migliori abiti, le mise fra le mani un garofano che avea fiorito dentro una pentola fessa,[24] e la più bella treccia dei suoi capelli; diede ai becchini quei pochi soldi che le rimanevano perché facessero a modo, e non scuotessero tanto la morta per la viottola sassosa del cimitero; poi rassettò il lettuccio e la casa, mise in alto, sullo scaffale, l'ultimo bicchiere di medicina, e andò a sedersi sulla soglia dell'uscio guardando il cielo.

[24]*fessa*: incrinata, e quindi ormai inutilizzabile per cucinare.

Un pettirosso, il freddoloso uccelletto del novembre, si mise a cantare fra le frasche e i rovi che coronavano il muricciolo di faccia all'uscio, e alcune volte, saltellando fra le spine e gli sterpi, la guardava con certi occhietti maliziosi come se volesse dirle qualche cosa: Nedda pensò che la sua mamma, il giorno innanzi, l'avea udito cantare. Nell'orto accanto c'erano delle ulive per terra, e le gazze venivano a beccarle, ella le avea scacciate a sassate, perché la moribonda non ne udisse il funebre gracidare, adesso le guardò impassibile e non si mosse, e quando sulla strada vicina passarono il venditore di lupini, o il vinaio, o i carrettieri, che discorrevano ad alta voce per vincere il rumore dei loro carri e delle sonagliere dei loro muli, ella diceva: costui è il tale, quegli è il tal altro. Allorché suonò l'avemaria, e s'accese la prima stella della sera, si rammentò che non doveva andar più per le medicine alla Punta, ed a misura che i rumori andarono perdendosi nella via, e le tenebre a calare nell'orto, pensò che non avea più bisogno di accendere il lume.

Lo zio Giovanni la trovò ritta sull'uscio.

Ella si era alzata udendo dei passi nella viottola, perché non aspettava più nessuno.

– Che fai costà? le domandò lo zio Giovanni. Ella si strinse nelle spalle, e non rispose.

Il vecchio si assise accanto a lei, sulla soglia, e non aggiunse altro.

– Zio Giovanni, disse la ragazza dopo un lungo silenzio, adesso che non ho più nessuno, e che posso andar lontano a cercar lavoro, partirò per la Roccella ove dura ancora la ricolta delle ulive, e al ritorno vi restituirò i denari che ci avete imprestati.

– Io non son venuto a domandarteli, i tuoi denari! le rispose burbero lo zio Giovanni.

Ella non disse altro, ed entrambi rimasero zitti ad ascoltare l'assiolo che cantava.

Nedda pensò ch'era forse quello stesso che l'avea accompagnata dal *Pino*, e sentì gonfiarlesi il cuore.

– E del lavoro ne hai? domandò finalmente lo zio Giovanni.

– No, ma qualche anima caritatevole troverò che me ne darà.

– Ho sentito dire che ad Aci Catena pagano le donne abili per incartare le arancie in ragione di una lira al giorno, senza minestra, e ho subito pensato a te; tu hai già fatto quel mestiere lo scorso marzo, e devi esser pratica. Vuoi andare?

– Magari!

– Bisognerebbe trovarsi domani all'alba al giardino del Merlo, sull'angolo della scorciatoia che conduce a S. Anna.

– Posso anche partire stanotte. La mia povera mamma non ha voluto costarmi molti giorni di riposo!

– Sai dove andare?

– Sì. Poi mi informerò.

– Domanderai all'oste che sta sulla strada maestra di Valverde, al di là del castagneto ch'è sulla sinistra della via. Cercherai di Massaro Vinirannu,[25] e dirai che ti mando io.

– Ci andrò, disse la povera ragazza tutta giuliva.

– Ho pensato che non avresti avuto del pane per la settimana, disse lo zio Giovanni, cavando un grosso pan nero dalla profonda tasca del suo vestito, e posandolo sul deschetto.

La Nedda si fece rossa, come se facesse lei quella buona azione. Poi dopo qualche istante gli disse:

– Se il signor curato dicesse domani la messa per la mamma io gli farei due giornate di lavoro alla ricolta delle fave.

– La messa l'ho fatta dire; rispose lo zio Giovanni.

– Oh! la povera morta pregherà anche per voi! mormorò la ragazza coi grossi lagrimoni agli occhi.

Infine, quando lo zio Giovanni se ne andò, e udì perdersi in lontananza il rumore dei suoi passi pesanti, chiuse l'uscio, e accese la candela. Allora le parve di trovarsi sola al mondo, ed ebbe paura di dormire in quel povero lettuccio ove soleva coricarsi accanto alla sua mamma.

E le ragazze del villaggio sparlarono di lei perché andò a lavorare subito il giorno dopo la morte della sua vecchia, e perché non aveva messo il bruno[26]; e il signor curato la sgridò forte quando la domenica successiva la vide sull'uscio del casolare che si cuciva il grembiule che avea fatto tingere in nero, unico e povero segno di lutto, e prese argomento da ciò per predicare in chiesa contro il mal uso di non osservare le feste e le domeniche. La povera fanciulla, per farsi perdonare il suo grosso peccato, andò a lavorare due giorni nel campo del curato, perché dicesse la messa per la sua morta il primo lunedì del mese e la domenica. Quando le fanciulle, vestite dei loro begli abiti da festa, si tiravano in là sul banco, o ridevano di lei, e i giovanotti, all'uscire di chiesa le dicevano facezie grossolane, ella si stringeva nella sua mantellina tutta lacera, e affrettava il passo, chinando gli occhi, senza che un pensiero amaro venisse a turbare la serenità della sua preghiera, e alle volte diceva a se stessa, a mo' di rimprovero che avesse meritato: Son così povera! – oppure, guardando le sue due buone braccia: – Benedetto il Signore che me le ha date! e tirava via sorridendo.

Una sera – aveva spento da poco il lume – udì nella viottola una nota voce che cantava a squarciagola, e con la melanconica cadenza orientale delle canzoni contadinesche: *"Picca cci voli ca la vaju' a viju. – A la mi' amanti di l'arma mia"*.[27]

– È Janu! disse sottovoce, mentre il cuore le balzava nel petto come un uccello spaventato, e cacciò la testa fra le coltri.

E l'indomani, quando aprì la finestra, vide Janu col suo bel ve-

[25] *Vinirannu*: Venerando.
[26] *il bruno*: il lutto.
[27] *"Picca... l'arma mia"*: per la filastrocca è conservato il dialetto: "Fra non molto andrò a rivederla, l'amante dell'anima mia".

stito nuovo di fustagno, nelle cui tasche cercava far entrare le sue grosse mani nere e incallite al lavoro, con un bel fazzoletto di seta nuova fiammante che faceva capolino con civetteria dalla scarsella del farsetto,[28] e che si godeva il bel sole d'aprile appoggiato al muricciolo dell'orto.

– Oh, Janu! diss'ella, come se non ne sapesse proprio nulla.

– *Salutamu!*[29] esclamò il giovane col suo più grosso sorriso.

– O che fai qui?

– Torno dalla Piana.

La fanciulla sorrise, e guardò le lodole che saltellavano ancora sul verde per l'ora mattutina. – Sei tornato colle lodole.

– Le lodole vanno dove trovano il miglio, ed io dove c'è del pane.

– O come?

– Il padrone m'ha licenziato.

– O perché?

– Perché avevo preso le febbri laggiù, e non potevo più lavorare che tre giorni per settimana.

– Si vede, povero Janu!

– Maledetta Piana! imprecò Janu stendendo il braccio verso la pianura.

– Sai, la mamma!... disse Nedda.

– Me l'ha detto lo zio Giovanni.

Ella non disse altro e guardò l'orticello al di là del muricciolo. I sassi umidicci fumavano; le goccie di rugiada luccicavano su di ogni filo d'erba; i mandorli fioriti sussurravano lieve lieve e lasciavano cadere sul tettuccio del casolare i loro fiori bianchi e rosei che imbalsamavano[30] l'aria; una passera petulante e sospettosa nel tempo istesso schiamazzava sulla gronda, e minacciava a suo modo Janu, che avea tutta l'aria, col suo viso sospetto, di insidiare al suo nido, di cui spuntavano fra le tegole alcuni fili di paglia indiscreti. La campana della chiesuola chiamava a messa.

– Come fa piacere a sentire la *nostra* campana! esclamò Janu.

– Io ho riconosciuto la tua voce stanotte, disse Nedda facendosi rossa e zappando con un coccio la terra della pentola che conteneva i suoi fiori.

Egli si volse in là, ed accese la pipa, come deve fare un uomo.

– Addio, vado a messa! disse bruscamente la Nedda, tirandosi indietro dopo un lungo silenzio.

– Prendi, ti ho portato codesto dalla città; le disse il giovane sciorinando il suo bel fazzoletto di seta.

– Oh! com'è bello! ma questo non fa per me!

– O perché? se non ti costa nulla! rispose il giovanotto con logica contadinesca.

Ella si fece rossa, come se la grossa spesa le avesse dato idea dei caldi sentimenti del giovane, gli lanciò, sorridente, un'occhiata fra

---

[28]*dalla scarsella del farsetto*: dalla tasca del giubbino.
[29]*Salutamu!*: il più comune saluto in dialetto siciliano.
[30]*imbalsamavano*: profumavano.

carezzevole e selvaggia, e scappò in casa, e allorché udì i grossi scarponi di lui sui sassi della viottola, fece capolino per vederlo che se ne andava.

Alla messa le ragazze del villaggio poterono vedere il bel fazzoletto di Nedda, dove c'erano stampate delle rose *che si sarebbero mangiate*, e su cui il sole, che scintillava dalle invetriate della chiesuola, mandava i suoi raggi più allegri. E quand'ella passò dinanzi a Janu, che stava presso il primo cipresso del sacrato, colle spalle al muro e fumando nella sua pipa tutta intagliata, ella sentì gran caldo al viso, e il cuore che le faceva un gran battere in petto, e sgusciò via alla lesta. Il giovane le tenne dietro zufolando, e la guardava a camminare svelta e senza voltarsi indietro, colla sua veste nuova di fustagno che faceva delle belle pieghe pesanti, le sue brave scarpette, e la sua mantellina fiammante – ché la povera formica, or che la mamma stando in paradiso non l'era più a carico, era riuscita a farsi un po' di corredo col suo lavoro. – Fra tutte le miserie del povero c'è anche quella del sollievo che arrecano quelle perdite più dolorose pel cuore!

Nedda sentiva dietro di sé, con gran piacere o gran sgomento (non sapeva davvero che cosa fosse delle due) il passo pesante del giovanotto, e guardava sulla polvere biancastra dello stradale tutto diritto e inondato di sole un'altra ombra che qualche volta si distaccava dalla sua. Tutt'a un tratto, quando fu in vista della sua casuccia, senza alcun motivo, si diede a correre come una cerbiatta innamorata. Janu la raggiunse, ella si appoggiò all'uscio, tutta rossa e sorridente, e gli allungò un pugno sul dorso. – To'!

Egli ripicchiò con galanteria un po' manesca.

– O quanto l'hai pagato il tuo fazzoletto? domandò Nedda togliendoselo dal capo per sciorinarlo al sole e contemplarlo tutta festosa.

– Cinque lire; rispose Janu un po' pettoruto.[31]

Ella sorrise senza guardarlo; ripiegò accuratamente il fazzoletto, cercando di farlo nelle medesime pieghe, e si mise a canticchiare una canzonetta che non soleva tornarle in bocca da lungo tempo.

La pentola rotta, posta sul davanzale, era ricca di garofani in boccio.

– Che peccato, disse Nedda, che non ce ne siano di fioriti, e spiccò il più grosso bocciolo e glielo diede.

– Che vuoi che ne faccia se non è sbocciato? diss'egli senza comprenderla, e lo buttò via. Ella si volse in là.

– E adesso dove andrai a lavorare? gli domandò dopo qualche secondo. Egli alzò le spalle.

– Dove andrai tu domani!

– A Bongiardo.

– Del lavoro ne troverò; ma bisognerebbe che non tornassero le febbri.

---

[31]*pettoruto*: impettito, orgoglioso.

– Bisognerebbe non star fuori la notte a cantare dietro gli usci! gli diss'ella tutta rossa, dondolandosi sullo stipite dell'uscio con certa aria civettuola.

– Non lo farò più se tu non vuoi.

Ella gli diede un buffetto e scappò dentro.

– Ohé! Janu! chiamò dalla strada la voce dello zio Giovanni.

– Vengo! gridò Janu; e alla Nedda: Verrò anch'io a Bongiardo, se mi vogliono.

– Ragazzo mio, gli disse lo zio Giovanni quando fu sulla strada, la Nedda non ha più nessuno, e tu sei un bravo giovinotto; ma insieme non ci state proprio bene. Hai inteso?

– Ho inteso, zio Giovanni: ma se Dio vuole, dopo la messe, quando avrò da banda[32] quel po' di quattrini che ci vogliono, insieme ci staremo bene.

Nedda, che avea udito da dietro il muricciolo, si fece rossa, sebbene nessuno la vedesse.

L'indomani, prima di giorno, quand'ella si affacciò all'uscio per partire, trovò Janu, col suo fagotto infilato al bastone. – O dove vai? gli domandò. – Vengo anch'io a Bongiardo a cercar del lavoro.

I passerotti, che si erano svegliati alle voci mattiniere, cominciarono a pigolare dentro il nido. Janu infilò al suo bastone anche il fagotto di Nedda, e s'avviarono alacremente, mentre il cielo si tingeva sull'orizzonte, delle prime fiamme del giorno, e il venticello era frizzante.

A Bongiardo c'era proprio del lavoro per chi ne voleva. Il prezzo del vino era salito, e un ricco proprietario faceva dissodare un gran tratto *di chiuse*[33] da mettere a vigneti. Le *chiuse* rendevano 1200 lire all'anno in lupini[34] ed ulivi, messe a vigneto avrebbero dato, fra cinque anni, 12 o 13 mila lire, impiegandovene soli 10 o 12 mila; il taglio degli ulivi avrebbe coperto metà della spesa. Era un'eccellente speculazione, come si vede, e il proprietario pagava, di buon grado, una gran giornata ai contadini che lavoravano al dissodamento, 30 soldi agli uomini, 20 alle donne, senza minestra; è vero che il lavoro era un po' faticoso, e che ci si rimettevano anche quei pochi cenci che formavano il vestito dei giorni di lavoro; ma Nedda non era abituata a guadagnar 20 soldi tutti i giorni.

Il soprastante si accorse che Janu, riempiendo i corbelli[35] di sassi, lasciava sempre il più leggiero per Nedda, e minacciò di cacciarlo via. Il povero diavolo, tanto per non perdere il pane, dovette accontentarsi di discendere dai 30 ai 20 soldi.

Il male era che quei poderi quasi incolti mancavano di fattoria, e la notte uomini e donne dovevano dormire alla rinfusa nell'unico casolare senza porta, e sì che le notti erano piuttosto fredde. Janu

---

[32]*da banda*: da parte.
[33]*chiuse*: terreni recintati.
[34]*lupini*: semi gialli commestibili, simili alle fave.
[35]*corbelli*: cesti.

avea sempre caldo e dava a Nedda la sua casacca di fustagno perché si coprisse per bene. La domenica poi tutta la brigata si metteva in cammino per vie diverse.

Janu e Nedda avevano preso le scorciatoie, e andavano attraverso il castagneto chiacchierando, ridendo, cantando a riprese, e facendo risuonare nelle tasche i grossi soldoni. Il sole era caldo come in giugno; i prati lontani cominciavano ad ingiallire; le ombre degli alberi avevano qualche cosa di festevole, e l'erba che vi cresceva era ancora verde e rugiadosa.

Verso il mezzogiorno sedettero al rezzo[36] per mangiare il loro pan nero e le loro cipolle bianche. Janu avea anche del vino, del buon vino di Mascali che regalava a Nedda senza risparmio, e la povera ragazza, che non c'era avvezza, si sentiva la lingua grossa, e la testa assai pesante. Di tratto in tratto si guardavano e ridevano senza saper perché.

— Se fossimo marito e moglie si potrebbe tutti i giorni mangiare il pane e bere il vino insieme; disse Janu con la bocca piena, e Nedda chinò gli occhi perché egli la guardava in un certo modo. Regnava il profondo silenzio del meriggio, le più piccole foglie erano immobili; le ombre erano rade; c'era per l'aria una calma, un tepore, un ronzìo di insetti che pesava voluttuosamente sulle palpebre. Ad un tratto una corrente d'aria fresca, che veniva dal mare, fece sussurrare le cime più alte de' castagni.

— L'annata sarà buona pel povero e pel ricco, disse Janu, e se Dio vuole alla messe un po' di quattrini metterò da banda... e se tu mi volessi bene!... – e le porse il fiasco.

— No, non voglio più bere; disse ella colle guance tutte rosse.

— O perché ti fai rossa? diss'egli ridendo.

— Non te lo voglio dire.

— Perché hai bevuto?

— No!

— Perché mi vuoi bene?

Ella gli diede un pugno sull'omero e si mise a ridere.

Da lontano si udì il raglio di un asino che sentiva l'erba fresca. – Sai perché ragliano gli asini? domandò Janu.

— Dillo tu che lo sai.

— Sì che lo so; ragliano perché sono innamorati, disse egli con un riso grossolano, e la guardò fiso. Ella chinò gli occhi come se vedesse delle fiamme, e le sembrò che tutto il vino che aveva bevuto le montasse alla testa, e tutto l'ardore di quel cielo di metallo le penetrasse nelle vene.

— Andiamo via! esclamò corrucciata, scuotendo la testa pesante.

---

[36]*rezzo*: ombra. A questo punto inizia la scena d'amore, uno dei passi dove meglio si evidenzia l'operazione di rinnovamento posta in atto dallo scrittore rispetto alla tipologia letteraria allora in auge per situazioni analoghe in ambito borghese e aristocratico. I contadini non possono dedicarsi a raffinate schermaglie amorose, bensì agiscono e parlano in un insieme di timidezza e grossolanità, secondo i loro peculiari schemi di comportamento (colpì molto il pubblico del tempo il riferimento "spoetizzante" al raglio dell'asino).

– Che hai?

– Non lo so, ma andiamo via!

– Mi vuoi bene?

Nedda chinò il capo.

– Vuoi essere mia moglie?

Ella lo guardò serenamente, e gli strinse forte la mano callosa nelle sue mani brune, ma si alzò sui ginocchi che le tremavano per andarsene. Egli la trattenne per le vesti, tutto stravolto, e balbettando parole sconnesse, come non sapendo quel che si facesse.

Allorché si udì nella fattoria vicina il gallo che cantava, Nedda balzò in piedi di soprassalto, e si guardò attorno spaurita.

– Andiamo via! andiamo via! disse tutta rossa e frettolosa.

Quando fu per svoltare l'angolo della sua casuccia si fermò un momento trepidante, quasi temesse di trovare la sua vecchiarella sull'uscio deserto da sei mesi.

Venne la Pasqua, la gaia festa dei campi, coi suoi falò giganteschi, colle sue allegre processioni fra i prati verdeggianti e sotto gli alberi carichi di fiori, colla chiesuola parata a festa, gli usci delle casipole incoronati di festoni, e le ragazze colle belle vesti nuove d'estate. Nedda fu vista allontanarsi piangendo dal confessionale, e non comparve fra le fanciulle inginocchiate dinanzi al coro che aspettavano la comunione. Da quel giorno nessuna ragazza onesta le rivolse più la parola, e quando andava a messa non trovava posto al solito banco, e bisognava che stesse tutto il tempo ginocchioni – se la vedevano piangere pensavano a chissà che peccatacci, e le volgevano le spalle inorridite. – E quelli che le davano da lavorare ne approfittavano per scemarle[37] il prezzo della sua giornata.

Ella aspettava il suo fidanzato che era andato a mietere alla Piana per raggruzzolare i quattrini che ci volevano a metter su un po' di casa, e a pagare il signor curato.

Una sera, mentre filava, udì fermarsi all'imboccatura della viottola un carro da buoi, e si vide comparir dinanzi Janu pallido e contraffatto.[38]

– Che hai? gli disse.

– Sono stato ammalato. Le febbri mi ripresero laggiù, in quella maledetta Piana; ho perso più di una settimana di lavoro, ed ho mangiato quei pochi soldi che avevo fatto.

Ella rientrò in fretta, scucì il pagliericcio, e volle dargli quel piccolo gruzzolo che aveva legato in fondo ad una calza.

– No, diss'egli. Domani andrò a Mascalucia per la rimondatura[39] degli ulivi, e non avrò bisogno di nulla. Dopo la rimondatura ci sposeremo.

[37] *scemarle*: diminuirle.
[38] *contraffatto*: stravolto.
[39] *rimondatura*: potatura.

Egli aveva l'aria triste facendole questa promessa, e stava appoggiato allo stipite, col fazzoletto avvolto attorno al capo, e guardandola con certi occhi luccicanti.

– Ma tu hai la febbre! gli disse Nedda.

– Sì, ma spero che mi lascerà ora che son qui; ad ogni modo non mi coglie che ogni tre giorni.[40]

Ella lo guardava senza parlare, e sentiva stringersi il cuore vedendolo così pallido e dimagrato.

– E potrai reggerti sui rami alti? gli domandò.

– Dio ci penserà! rispose Janu. Addio, non posso fare aspettare il carrettiere che mi ha dato un posto sul suo carro dalla Piana sin qui. A rivederci presto! e non si muoveva. Quando finalmente se ne andò, ella lo accompagnò sino alla strada maestra, e lo vide allontanarsi senza una lagrima, sebbene le sembrasse che stesse a vederlo partire per sempre; il cuore ebbe un'altra strizzatina, come una spugna non spremuta abbastanza, nulla più, ed egli la salutò per nome alla svolta della via.

Tre giorni dopo udì un gran cicaleccio per la strada. Si affacciò al muricciolo, e vide in mezzo ad un crocchio di contadini e di comari Janu disteso su di una scala a piuoli, pallido come un cencio lavato, e colla testa fasciata da un fazzoletto tutto sporco di sangue. Lungo la via dolorosa che dovette farsi prima di giungere al casolare di lui, egli, tenendola per mano, le narrò come, trovandosi così debole per le febbri, era caduto da un'alta cima, e s'era concio[41] a quel modo. – Il cuore te lo diceva! mormorò egli con un triste sorriso. Ella l'ascoltava coi suoi grand'occhi spalancati, pallida come lui, e tenendolo per mano. L'indomani egli morì.

Allora Nedda, sentendo muoversi dentro di sé qualcosa che quel morto le lasciava come un triste ricordo, volle correre in chiesa a pregare per lui la Vergine Santa. Sul sacrato incontrò il prete che sapeva la sua vergogna, si nascose il viso nella sua mantellina e tornò indietro derelitta.

Adesso, quando cercava del lavoro, le ridevano in faccia, non per schernire la ragazza colpevole, ma perché la povera madre non poteva più lavorare come prima. Dopo i primi rifiuti e le prime risate ella non osò cercare più oltre, e si chiuse nella sua casipola, come un uccelletto ferito che va a rannicchiarsi nel suo nido. Quei pochi soldi raccolti in fondo alla calza se ne andarono l'un dopo l'altro, e dietro ai soldi la bella veste nuova, e il bel fazzoletto di seta. Lo zio Giovanni la soccorreva per quel poco che poteva, con quella carità indulgente e riparatrice senza la quale la morale del curato è ingiusta e sterile, e le impedì così di morire di fame. Ella diede alla luce una bambina rachitica e stenta: quando le dissero che non era un maschio pianse come avea pianto la sera in cui avea chiuso l'uscio del casolare e s'era trovata

---

[40] *ogni tre giorni*: nella malaria la febbre si manifesta a giorni alterni.
[41] *concio*: conciato.

senza la mamma, ma non volle che la buttassero alla Ruota.[42]

– Povera bambina! che incominci a soffrire almeno il più tardi che sarà possibile! disse. Le comari la chiamavano sfacciata, perché non era stata ipocrita, e perché non era snaturata. Alla povera bimba mancava il latte, giacché alla madre scarseggiava il pane. Ella deperì rapidamente, e invano Nedda tentò spremere fra i labbruzzi affamati il sangue del suo seno. Una sera d'inverno, sul tramonto, mentre la neve fioccava sul tetto, e il vento scuoteva l'uscio mal chiuso, la povera bambina, tutta fredda, livida, colle manine contratte, fissò gli occhi vitrei su quelli ardenti della madre, diede un guizzo, e non si mosse più.

Nedda la scosse, se la strinse al seno con impeto selvaggio, tentò di scaldarla coll'alito e coi baci, e quando s'accorse ch'era proprio morta, la depose sul letto dove avea dormito sua madre, e le s'inginocchiò davanti, cogli occhi asciutti e spalancati fuor di misura.

– Oh! benedette voi che siete morte! esclamò. – Oh benedetta voi, Vergine Santa! che mi avete tolto la mia creatura per non farla soffrire come me.[43]

---

[42] *Ruota*: apparecchio girevole agli ingressi dei brefotrofi dove, senza essere visti, era possibile abbandonare i neonati.

[43] Nella chiusa si esplicita il senso nichilista della novella, con l'attribuzione al personaggio popolare di un'idea di profonda tragicità: meglio il non essere che l'essere in una così degradata e irredimibile condizione di vita, o meglio di non vita.

PRIMAVERA
ED ALTRI RACCONTI

Primavera

Allorché Paolo era arrivato a Milano colla sua musica sotto il braccio – in quel tempo in cui il sole splendeva per lui tutti i giorni, e tutte le donne erano belle – avea incontrato la Principessa: le ragazze del magazzino le davano quel titolo perché aveva un visetto gentile e le mani delicate; ma soprattutto perch'era superbiosetta, e la sera, quando le sue compagne irrompevano in Galleria[1] come uno stormo di passere, ella preferiva andarsene tutta sola, impettita sotto la sua sciarpetta bianca, sino a Porta Garibaldi. Così s'erano incontrati con Paolo, mentre egli girandolava, masticando pensieri musicali, e sogni di giovinezza e di gloria – una di quelle sere beate in cui si sentiva tanto più leggiero per salire verso le nuvole e le stelle, quanto meno gli pesavano lo stomaco e il borsellino. – Gli piacque di seguire le larve[2] gioconde che aveva in mente in quella graziosa personcina, la quale andava svelta dinanzi a lui, tirando in su il vestitino grigio quand'era costretta a scendere dal marciapiedi sulla punta dei suoi stivalini un po' infangati. In quel modo istesso la rivide due o tre volte, e finirono per trovarsi accanto. Ella scoppiò a ridere alle prime parole di lui; rideva sempre tutte le volte che lo incontrava, e tirava di lungo. Se gli avesse dato retta alla prima, ei non l'avrebbe cercata mai più. Finalmente, una sera che pioveva – in quel tempo Paolo aveva ancora un ombrello – si trovarono a braccetto, per la via che cominciava a farsi deserta. Gli disse che si chiamava la Principessa, poiché, come spesso avviene, il suo pudore rannicchiavasi ancora nel suo vero nome, ed ei l'accompagnò sino a casa, cinquanta passi lontano dalla porta. Ella non voleva che nessuno, e lui meno di ogni altro, potesse vedere in qual castello da trenta lire al mese vivessero i genitori della Principessa.

Trascorsero in tal modo due o tre settimane. Paolo l'aspettava in

*La novella fu pubblicata in due puntate nell'"Illustrazione italiana", 1° e 7 novembre 1875.

[1] *Galleria*: è la celebre Galleria Vittorio Emanuele II, che collega piazza del Duomo con piazza della Scala; eretta proprio in quegli anni (fra il 1865 e il 1877), divenne subito il centro della vita cittadina. Anche in questa novella Verga ripropone scrupolosamente luoghi autentici e verosimili itinerari milanesi.

[2] *larve*: illusioni.

Galleria, dalla parte di via Silvio Pellico, rannicchiato nel suo gramo soprabito estivo che il vento di gennaio gli incollava sulle gambe; ella arrivava lesta lesta, col manicotto[3] sul viso rosso dal freddo; infilava il braccio sotto quello di lui, e si divertivano a contare i sassi, camminando adagio, con due o tre gradi di freddo. Paolo chiacchierava spesso di fughe e di canoni,[4] e la ragazza lo pregava di spiegarle *la cossa*[5] in milanese. – La prima volta che salì nella cameretta di lui, al quarto piano, e l'udì suonare sul pianoforte una di quelle sue romanze di cui le aveva tanto parlato, cominciò a capire, ancora in nube,[6] mentre guardava attorno fra curiosa e sbigottita, si sentì venir gli occhi umidi, e gli fece un bel bacio – ma questo avvenne molto tempo dopo.

Dalla modista si ciarlava sottovoce, dietro le scatole di cartone e i mucchi di fiori e di nastri sparsi sulla gran tavola da lavoro, del nuovo *moroso*[7] della Principessa, e si rideva molto di *quest'altro*, il quale aveva un soprabitino *che sembrava quello della misericordia di Dio*,[8] e non regalava mai uno straccio di vestito alla sua bella. La Principessa fingeva non intendere, faceva una spallata, e agucchiava, zitta e fiera.

Il povero grande artista in erba le avea tanto parlato della gloria futura, e di tutte le altre belle cose che dovevano far corteo a madonna gloria, che ella non poteva accusarlo di essersi spacciato per un principe russo o per un barone siciliano. – Una volta ei volle regalarle un anellino, un semplice cerchietto d'oro che incastonava una mezza perla falsa – erano i primi del mese allora. – Ella si fece rossa e lo ringraziò tutta commossa – per la prima volta – gli strinse le mani forte, forte, ma non volle accettare il regalo: avea forse indovinato quante privazioni dovesse costare il povero gingillo al Verdi dell'avvenire, e sì che aveva accettato assai più da *quell'altro*, senza tanti scrupoli, ed anche senza tanta gratitudine. Quindi, per fare onore al suo amante, si sobbarcò a gravi spese; prese a credenza una vesticciuola al Cordusio[9]; comperò una mantellina da venti lire sul Corso di Porta Ticinese, e dei gingilli di vetro che si vendevano in Galleria Vecchia. *L'altro* le avea ispirato il gusto e il bisogno di certe eleganze. Paolo non lo sapeva, lui; non sapeva nemmeno che si fosse indebitata, e le diceva: – Come sei bella così! Ella godeva di sentirselo dire; era felice per la prima volta di non dover nulla della sua bellezza al suo amante.

La domenica, quand'era bel tempo, andavano a spasso fuori la cinta daziaria, o lungo i bastioni, all'Isola Bella, o all'Isola Botta,[10]

[3]*manicotto*: piccola pelliccia modellata a cilindro per infilarvi le mani contro il freddo.
[4]*fughe... canoni*: forme di composizione musicale.
[5]*cossa*: "cosa" in milanese, secondo il moderato uso del dialetto, tipico del Verga.
[6]*in nube*: vagamente.
[7]*moroso*: fidanzato.
[8]*misericordia di Dio*: sono riprodotte le battute delle compagne di lavoro, che rilevano la povertà del giovane.
[9]*Cordusio*: una delle piazze principali del centro milanese, a pochi passi da piazza del Duomo.
[10]*Isola Bella... Isola Botta*: per *isola* s'intende una trattoria di campagna; queste citate erano poco fuori Milano, fuori appunto della *cinta daziaria* (per entrare in città alcune merci dovevano pagare il dazio).

in una di quelle isole di terraferma affogate nella polvere. Erano i giorni delle pazze spese; sicché quand'era l'ora di pagare lo scotto,[11] la Principessa si pentiva delle follie fatte nella giornata, si sentiva stringere il cuore, e andava ad appoggiare i gomiti alla finestra che dava sull'orto. Egli veniva a raggiungerla, si metteva accanto a lei, spalla contro spalla, e lì, cogli occhi fissi in quel quadretto di verdura, mentre il sole tramontava dietro l'Arco del Sempione,[12] sentivano una grande e melanconica dolcezza. Quando pioveva avevano altri passatempi: andavano in omnibus[13] da Porta Nuova a Porta Ticinese, e da Porta Ticinese a Porta Vittoria; spendevano trenta soldi e scarrozzavano per due ore come signori. La Principessa arricciava blonde[14] e attaccava fiori di velo su gambi di ottone durante sei giorni, pensando a quella festa della domenica; spesso il giovanotto non desinava il giorno prima o il giorno dopo.

Passarono l'inverno e l'estate in tal modo, giocando all'amore come dei bimbi giocano alla guerra o alla processione. Ella non accordavagli nulla più di codesto, e l'innamorato si sentiva troppo povero per osare di chieder altro. Eppure ella gli voleva *proprio* bene; ma aveva troppo pianto, per via di *quell'altro*, ed ora credeva aver messo giudizio. Non sospettava nemmeno che *dopo quell'altro*, ora che gli voleva proprio bene, non buttarglisi fra le braccia fosse l'unica prova d'amore che il suo istinto delicato le suggerisse: povera ragazza!

Venne l'ottobre; ei sentiva la grande melanconia dell'autunno, e le avea proposto di andare in campagna, sul Lago. Approfittarono di un giorno in cui il babbo di lei era assente per fare una scappata, una scappata grossa che costò cinquanta lire, e andarono a Como per tutto un giorno. Quando furono all'albergo, l'oste domandò se ripartivano col treno della sera; Paolo lungo il viaggio avea domandato alla Principessa come avrebbe fatto se fosse stata costretta a rimaner la notte fuori di casa; ella avea risposto ridendo: – Direi di aver passato la notte al magazzino per un lavoro urgente. – Ora il giovane guardava imbarazzato lei e l'oste, e non osava dir altro. Ella chinò il capo e rispose che partivano il domani; quando furono soli si fece di bracia – così gli si lasciò andare.

Oh, i bei giorni in cui si andava a braccetto sotto gli ippocastani fioriti senza nascondersi, senza vedere le belle vesti di seta che passavano nelle carrozze a quattro cavalli, e i bei cappelli nuovi dei giovanotti che caracollavano col sigaro in bocca! le domeniche in cui si andava a far baldoria con cinque lire! le belle sere in cui stavano un'ora sulla porta, prima di lasciarsi, scambiando venti parole in tutto, tenendosi per mano, mentre i viandanti passavano affrettati! Quando avevano cominciato non credevano che dovessero arri-

---

[11]*scotto*: conto.

[12]*l'Arco del Sempione*: l'Arco della Pace, iniziato sotto Napoleone e dedicato infine all'Indipendenza italiana.

[13]*omnibus*: grande vettura a cavalli per il trasporto pubblico in città.

[14]*blonde*: merletti di seta (francesismo).

vare a volersi bene sul serio; – ora che ne avevano le prove sentivano altre inquietudini.

Paolo non le avea mai parlato di *quell'altro* di cui avea indovinato l'esistenza fin dalla prima volta che la Principessa si era lasciata mettere sotto il suo ombrello: l'avea indovinato a cento nonnulla, a cento particolari insignificanti, a certo modo di fare, al suono di certe parole. Ora ebbe un'insana curiosità. – Ella possedeva in fondo una gran rettitudine di cuore, e gli confessò tutto. Paolo non disse nulla; guardava le cortine di quel gran letto d'albergo su cui delle mani sconosciute avevano lasciato ignobili macchie.

Sapevano che quella festa un giorno o l'altro avrebbe avuto fine; lo sapevano entrambi e non se ne davano pensiero gran fatto, – forse perché avevano dinanzi la gran festa della giovinezza. – Lui anzi si sentì come alleggerito da quella confessione che la ragazza gli avea fatto, quasi lo sdebitasse di ogni scrupolo tutto in una volta, e gli rendesse più agevole il momento di dirle addio. A quel momento ci pensavano spesso tutt'e due, tranquillamente, come cosa inevitabile, con certa rassegnazione anticipata e di cattivo augurio. Ma adesso si amavano ancora e si tenevano abbracciati. – Quando quel giorno arrivò davvero fu tutt'altra storia.[15]

Il povero diavolo avea gran bisogno di scarpe e di quattrini; le sue scarpe s'erano logorate a correr dietro le larve dei suoi sogni d'artista, e della sua ambizione giovanile, – quelle larve funeste che da tutti gli angoli d'Italia vengono in folla ad impallidire e sfumare sotto i cristalli lucenti della Galleria, nelle fredde ore di notte, o in quelle tristi del pomeriggio. Le meschine follie del suo amore costavano care! A venticinque anni, quando non s'è ricchi d'altro che di cuore e di mente, non si ha il diritto di amare, fosse anche una Principessa; non si ha il diritto di distogliere lo sguardo, fosse anche per un sol momento, sotto pena di precipitare nell'abisso, dalla splendida illusione che vi ha affascinato e che può farsi la stella del vostro avvenire; bisogna andare avanti, sempre avanti, cogli occhi intenti in quel faro, avidi, fissi, il cuore chiuso, le orecchie sorde, il piede instancabile e inesorabile, dovesse camminare sul cuore istesso. Paolo fu malato, e nessuno seppe nulla di lui per tre interi giorni, nemmen la Principessa. Erano incominciati i giorni squallidi e lunghi in cui si va a passeggiare nelle vie polverose fuori le porte, a guardare le mostre dei gioiellieri, e a leggere i giornali appesi agli sportelli delle edicole, i giorni in cui l'acqua che scorre sotto i ponti del Naviglio[16] dà le vertigini, e guardando in alto si vedono sempre le guglie del Duomo che vi affascinano. La sera, quando aspettava in via Silvio Pellico, faceva più freddo del solito; le ore erano più

---

[15]La figura dell'artista povero e incompreso rimanda a tematiche della Scapigliatura, ma qui manca il clima *bohémien* e trasgressivo di scrittori come Tarchetti e compagni, e prevale invece un senso di mediocrità e di squallore, sia per i due personaggi sia per la loro prevedibile storia amorosa: nella rappresentazione di un quadro di tal fatta va individuato il realismo dell'opera.

[16]*Naviglio*: rete di canali che attraversa una parte della città.

lunghe, e la Principessa non aveva più la solita andatura svelta e leggiadra.

In quel tempo gli capitò addosso una fortuna colossale, qualcosa come 4000 lire all'anno perché andasse a pestare il piano pei caffè e i concerti americani. Accettò colla stessa gioia come se avesse avuto il diritto di scegliere: dopo pensò alla Principessa. La sera, la invitò a cena, in un gabinetto riservato del Biffi,[17] al pari di un riccone dissoluto. Avea avuto un acconto di 100 lire e ne spese buona parte. La povera ragazza spalancava gli occhi a quel festino da Sardanapalo,[18] e dopo il caffè, col capo alquanto peso, appoggiò le spalle al muro, seduta come era sul divano. Era un po' pallida, un po' triste, ma più bella che mai. Paolo le metteva spesso le labbra sul collo, vicino alla nuca; ella lo lasciava fare, e lo guardava con occhi attoniti, quasi avesse il presentimento di una sciagura. Ei sentivasi il cuore stretto in una morsa, e per dirle che le voleva un gran bene le domandava come avrebbero fatto quando non si fossero più visti. La Principessa stava zitta, volgendo il capo dalla parte dell'ombra, cogli occhi chiusi, e non si muoveva per dissimulare certi lagrimoni grossi e lucenti che scorrevano e scorrevano per le guance. Allorché il giovane se ne accorse ne fu sorpreso: era la prima volta che la vedeva piangere. – Cos'hai? domandava. Ella non rispondeva, o diceva – nulla! – con voce soffocata; – diceva sempre così, ch'era poco espansiva, e aveva superbiette da bambina. – Pensi a quell'altro? domandò Paolo per la prima volta. – Sì! accennò ella col capo, sì! – ed era vero. Allora si mise a singhiozzare.

L'altro! voleva dire il passato: voleva dire i bei giorni di sole e d'allegria, la primavera della giovinezza, il suo povero affetto destinato a strascinarsi così, da un Paolo all'altro, senza pianger troppo quand'era triste, e senza far troppo chiasso quand'era gaio; voleva dire il presente che se ne andava, quel giovane che oramai faceva parte del suo cuore e della sua carne, e che sarebbe divenuto un estraneo anche lui, fra un mese, fra un anno o due. Paolo in quel momento ruminava forse vagamente i medesimi pensieri e non ebbe il coraggio di aprir bocca. Soltanto l'abbracciò stretto stretto e si mise a piangere anche lui. – Avevano cominciato *per ridere.*

– Mi lasci? balbettò la Principessa. – Chi te l'ha detto? – Nessuno, lo so, lo indovino. Partirai? – Ei chinò il capo. Ella lo fissò ancora un istante cogli occhi pieni di lagrime, poi si voltò in là, e pianse cheta cheta.

Allora, forse perché non avea la testa a casa, o il cuore troppo grosso, ricominciò a vaneggiare, e gli raccontò quel che gli aveva sempre nascosto per timidità o per amor proprio; gli disse com'era andata con *quell'altro.* A casa non erano ricchi, per dir la verità; il babbo aveva un piccolo impiego nell'amministrazione delle ferrovie, e la mamma ricamava; ma da molto tempo la sua vista s'era in-

---

[17]*Biffi*: rinomato ristorante sotto la Galleria.

[18]*Sardanapalo*: re assiro immortalato dalla tradizione storica per la sua dissolutezza.

debolita, e allora la Principessa era entrata in un magazzino di mode per aiutare alquanto la famiglia. Colà, un po' le belle vesti che vedeva, un po' le belle parole che le si dicevano, un po' l'esempio, un po' la vanità, un po' la facilità, un po' le sue compagne e un po' quel giovanotto che si trovava sempre sui suoi passi, avevano fatto il resto. Non avea capito di aver fatto il male, che allorquando aveva sentito il bisogno di nasconderlo ai suoi genitori; il babbo era un galantuomo, la mamma una santa donna; sarebbero morti di dolore se avessero potuto sospettare *la cosa*, e non l'aveano mai creduto possibile, giacché avevano esposto la figliuola alla tentazione. La colpa era tutta sua... o piuttosto non era sua; ma di chi era dunque? Certo che non avrebbe voluto conoscer *quell'altro*, ora che conosceva il suo Paolo, e quando Paolo l'avrebbe lasciata non voleva conoscer più nessuno...

Parlava a voce bassa, sonnecchiando, appoggiando il capo sulla spalla di lui.

Allorché uscirono dal Biffi indugiarono alquanto pel cammino, rifacendo tutta la triste *via crucis*[19] dei loro cari e mesti ricordi: la cantonata dove s'erano incontrati, il marciapiedi sul quale s'erano fermati a barattar parole la prima volta. – To'! dicevano, è qui! – No, è più in là. – Andavano come oziando, intontiti; nel separarsi si dissero – a domani.

Il giorno dopo Paolo faceva le valigie, e la Principessa, inginocchiata dinanzi al vecchio baule sgangherato, l'aiutava ad assestarvi le poche robe, i libri, le carte di musica sulle quali ella avea scarabocchiato il suo nome, in quei giorni là. – Quei panni glieli aveva visti indosso tante volte! – una cosa copriva l'altra, e stringeva il cuore il vederle scomparire così, una alla volta. Paolo le porgeva ad uno ad uno i panni che andava a prendere dal cassettone o dall'armadio; ella li guardava un momento, li voltava e rivoltava, poi riponeva per bene, senza che facessero una piega, fra le calze e i fazzoletti; non dicevano molte parole, e mostravano d'aver fretta. La ragazza avea messo da banda un vecchio calendario sul quale Paolo soleva fare delle annotazioni. – Questo me lo lascerai? gli disse. Ei fece cenno di sì senza voltarsi.

Quando il baule fu pieno rimanevano ancora qua e là, su per le seggiole e il portamantelli, dei panni logori e il vecchio soprabito. – A quella roba penserò domani, disse Paolo; la ragazza premeva sul coperchio col ginocchio mentre egli affibbiava le correggie; poi andò a raccogliere il velo e l'ombrellino che aveva lasciati sul letto e si mise a sedere sulla sponda tristamente. Le pareti erano nude e tristi; nella camera non rimaneva altro che quella gran cassa, e Paolo il quale andava e veniva, frugando nei cassetti, e raccogliendo in un gran fagotto le altre robe.

La sera andarono a spasso l'ultima volta. Ella gli si appoggiava al braccio timidamente, quasi l'amante cominciasse a diventare

---

[19]*via crucis*: l'itinerario di Cristo verso il Golgota (qui indica la tormentata storia d'amore).

un estraneo per lei. Entrarono al Fossati,[20] come nei giorni di festa, ma partirono di buon'ora, e non si divertirono molto. Il giovine pensava che tutta quella gente lì ci sarebbe tornata altre volte e avrebbe trovato la Principessa – ella, che non avrebbe più visto Paolo fra tutta quella gente. Solevano bere la birra in un caffeuzzo al Foro Bonaparte; Paolo amava quella gran piazza per la quale avea passeggiato tante volte, nelle sere di estate, colla sua Principessa sotto il braccio.

Da lontano s'udiva la musica del caffè Gnocchi, e si vedevano illuminate le finestre rotonde del Teatro Dal Verme. Di tratto in tratto, lungo la via oscura, formicolavano dei lumi e della gente dinanzi i caffè e le birrerie. Le stelle sembravano tremolare in un azzurro cupo e profondo; qua e là, nel buio dei viali e fra mezzo agli alberi, luccicava una punta di gas, davanti alla quale passavano a due a due delle ombre nere e tacite. Paolo pensava: "Ecco l'ultima sera!".

S'erano messi a sedere lontano dalla folla, nel cantuccio meno illuminato, volgendo le spalle ad una contraspalliera[21] di arbusti rachitici piantati in vecchie botti di petrolio; la Principessa strappò due fogliuzze e ne diede una a Paolo – altre volte si sarebbe messa a ridere. – Venne un cieco che strimpellava un intero repertorio sulla chitarra; Paolo gli diede tutti i soldi che aveva in tasca.

Si rividero un'ultima volta alla stazione, al momento della partenza, nell'ora amara dell'addio affrettato, distratto, senza pudore, senza espansione e senza poesia, fra la ressa, l'indifferenza, il frastuono e la folla della partenza. La Principessa seguiva Paolo come un'ombra, dal registro dei bagagli allo sportellino dei biglietti, facendo tanti passi quanti ne faceva lui, senza aprir bocca, col suo ombrellino sotto il braccio: era bianca come un cencio e null'altro. – Egli al contrario era tutto sossopra e avea un'aria affaccendata. Al momento d'entrare nella sala d'aspetto un impiegato domandò i biglietti; Paolo mostrò il suo; ma la povera ragazza non ne aveva; – colà dunque si strinsero la mano in fretta dinanzi un mondo di gente che spingeva per entrare, e l'impiegato che marcava il biglietto.

Ella era rimasta ritta accanto all'uscio, col suo ombrellino fra le mani, come se aspettasse ancora qualcheduno, guardando qua e là i grandi avvisi incollati alle pareti, e i viaggiatori che andavano dallo sportello dei biglietti alle sale d'aspetto; li accompagnava con quello stesso sguardo imbalordito[22] dentro la sala, e poi tornava a guardare gli altri che giungevano.

Infine, dopo dieci minuti di quell'agonia, suonò la campana, e s'udì il fischio della macchina. La ragazza strinse forte il suo ombrellino, e se ne andò lenta lenta, barcollando un poco; fuori della stazione si mise a sedere su di un banco di pietra.

– Addio! tu che te ne vai, tu con cui il mio cuore ha vissuto! Addio tu che sei andato prima di lui! Addio tu che verrai dopo di lui,

---

[20]*Fossati*: un teatro.
[21]*contraspalliera*: filare.
[22]*imbalordito*: confuso.

e te ne andrai come lui se n'è andato, addio! – Povera ragazza! E tu, povero grande artista da birreria, va a strascinare la tua catena; va a vestirti meglio e a mangiare tutti i giorni; va ad ubbriacare i tuoi sogni di una volta fra il fumo delle pipe e del *gin*,[23] nei lontani paesi dove nessuno ti conosce e nessuno ti vuol bene; va a dimenticare la Principessa fra le altre principesse di laggiù, quando i danari raccolti alla porta del caffè avranno scacciato la melanconica immagine dell'ultimo addio scambiato là, in quella triste sala d'aspetto. E poi, quando ritornerai, non più giovane, né povero, né sciocco, né entusiasta, né visionario come allora, e incontrerai la Principessa, non le parlare del bel tempo passato, di quel riso, di quelle lagrime, ché anche ella si è ingrassata, non si veste più a credenza al Cordusio, e non ti comprenderebbe più. E ciò è ancora più triste – qualchevolta.

---

[23] *gin*: liquore anglosassone, acquavite con aroma di ginepro.

La coda del diavolo

Questo racconto è fatto per le persone che vanno colle mani dietro la schiena, contando i sassi; per coloro che cercano il pelo nell'uovo e il motivo per cui tutte le cose umane danno una mano alla ragione e l'altra all'assurdo; per quegli altri cui si rizzerebbe il fiocco di cotone sul berretto da notte quando avessero fatto un brutto sogno, e che lascerebbero trascorrere impunemente gli Idi di Marzo[1]; per gli spiritisti, i giuocatori di lotto, gli innamorati, e i novellieri; per tutti coloro che considerano col microscopio gli uncini coi quali un fatto ne tira un altro, quando mettete la mano nel cestone della vita; per i chimici e gli alchimisti che da 5000 anni passano il loro tempo a cercare il punto preciso dove il sogno finisce e comincia la realtà, e a decomporvi le unità più semplici della verità nelle vostre idee, nei vostri principii, e nei vostri sentimenti, investigando quanta parte del voi della notte ci sia nel voi desto, e la reciproca azione e reazione, gente sofistica la quale sarebbe capace di dirvi tranquillamente che dormite ancora quando il sole vi sembra allegro, o la pioggia vi sembra uggiosa – o quando credete d'andare a spasso tenendo sotto il braccio la moglie vostra, il che sarebbe peggio. Infine, per le persone che non vi permetterebbero di aprir bocca, fosse per dire una sciocchezza, senza provare qualche cosa, questo racconto potrebbe provare e spiegare molte cose, le quali si lasciano in bianco apposta, perché ciascuno vi trovi quel che vi cerca.

Narro la storia ora che i personaggi di essa sono tutti in salvo dalle indiscrete ricerche dei curiosi; poiché dei tre personaggi – è una storia a tre personaggi, come le storie perfette, e di tutti e tre avete già indovinato l'azione, per poca pratica che abbiate di queste cose; – *lui* è al Cairo, o lì presso, a dirigere non so che lavori ferroviari; *lei* è morta, poveretta! e *l'altro* in certo modo è morto anche lui, si è trasformato, ha preso moglie, non si rammenta più di nulla, e non si riconoscerebbe più nemmeno dinanzi ad uno specchio di dieci

*La novella fu pubblicata in due puntate nell'"Illustrazione italiana", 16 e 23 gennaio 1876.
[1] *gli Idi di Marzo*: il giorno del calendario latino profetato come nefasto a Cesare, che invece trascurò la profezia e fu ucciso proprio in tale data.

anni addietro, se non fossero certi calabroni petulanti e ronzanti attorno a sua moglie, che gli mettono lo specchio sotto il naso, e somigliano così a lui quand'era petulante e ronzante anch'esso, da fargli montare la mosca. Insomma, tre personaggi comodissimi che non contano più, che non esistono quasi – potete anche immaginare che non sieno mai esistiti.[2]

Lui e *l'altro* erano due buoni e bravi ragazzi, due anime gemelle, amici fin dall'infanzia, Oreste e Pilade[3] dell'Amministrazione ferroviaria. *Lui* era ingegnere, *l'altro* disegnatore; abitavano nella medesima casa, e andavano sempre insieme, ciò che li avea fatti soprannominare i Fratelli Siamesi; si vedevano tutti i giorni all'ufficio dalle nove del mattino alle cinque della sera. Non si seppe spiegare come *lui* avesse potuto conoscere la Lina, farle la corte, e sposarla; – era l'unico torto in trent'anni che Damone avesse fatto al suo Pitia.[4]

Ma alla fin fine non era stato un torto nemmen quello. Pitia-Donati sulle prime avea tenuto il broncio al suo Damone-Corsi, è vero, ma il broncio non era durato una settimana. Lina era tale ragazza che si sarebbe fatta voler bene da un orso, e Donati poi non era un orso; ella sapeva quali gelosie dovesse disarmare, e col suo dolce sorriso e le sue maniere gentili e carezzevoli s'era messa tranquillamente nell'intimità dei due amici come un ramoscello d'ellera,[5] invece di ficcarcisi come un cuneo. In capo ad alcuni mesi erano tre amici invece di due, ecco tutto il cambiamento. Donati sapeva d'avere anche una sorella oltre il fratello, e Corsi lo sapeva meglio di lui. Di tutto quello che immaginate, e che avvenne difatti, non c'era neppur l'ombra del sospetto nella mente di alcuno dei tre – altrimenti la storia che vi racconto non avrebbe avuto nulla di singolare.

Più singolare ancora è che questo stato di cose sia durato otto anni, e avrebbe potuto durare anche indefinitamente. Da principio nelle manifestazioni dell'amicizia, della gran simpatia che sentivano l'un per l'altro Donati e Lina, c'era stato un leggiero imbarazzo, forse causato dal timore che potessero essere male interpretate; poi l'abitudine, la lealtà dei loro cuori, la purezza istessa di quei sentimenti, li avevano resi più espansivi, più schietti, e più fiduciosi . Donati avea assistito la Lina in una lunga e pericolosa malattia come un vero fratello avrebbe potuto fare, ed ella avea per il quasi fratello di suo marito tutte le cure, tutte le delicate premure di una sorella. La intimità delle due piccole famiglie era divenuta così

---

[2] L'introduzione del narratore dà la chiave di lettura del racconto, basato sulla situazione, tipica della narrativa del secondo Ottocento, del triangolo amoroso e dell'adulterio, ma qui giocato ironicamente. S'insinua anche qualche venatura parodica rispetto a un tema letterario fin troppo sfruttato, con l'invenzione di una situazione paradossale, l'adulterio mancato, che sembra preannunciare il Pirandello del romanzo *L'esclusa* (1901).

[3] *Oreste e Pilade*: celebre esempio di grande amicizia, tratto dalla mitologia greca.

[4] *Damone... Pitia*: altro classico esempio di grande amicizia.

[5] *ellera*: edera.

cordiale, così sincera, così aperta a due battenti,[6] che gli amici, i conoscenti, il mondo insomma, non la stimavano né troppa, né sospetta. Cosa rara, ne convengo, com'era rara l'onestà di quelle anime;
ma se in una sola di esse ci fosse stato del poco di buono, non avrei
bisogno di tirare in campo il Fato degli antichi, o la coda del diavolo
dei moderni.

La sera, dopo il desinare, andavano a spasso tutti e tre. Donati
dava il braccio alla Lina, e si impettiva allorché leggeva negli occhi
dei viandanti "che bella donnina!". La domenica pranzavano insieme, e prendevano un palchetto al Comunale o all'Alfieri.[7] Donati
avea la mania delle sorprese; sorprese che si poteano indovinare col
calendario alla mano, a Natale, a Pasqua, e il dì dell'onomastico di
Lina. Arrivava con un'aria disinvolta che lo tradiva peggio delle sue
tasche rigonfie come bisacce, e si fregava le mani vedendo sorridere la Lina. La sera, d'inverno, si raccoglievano nel salotto, presso il
tavolino; facevano quattro chiacchiere; sfogliavano delle riviste, dei
romanzi nuovi; indovinavano delle sciarade,[8] o Lina suonava il piano. Donati aveva una pazienza ammirabile per sorbirsi il racconto
dettagliato di tutti i romanzi che leggeva Lina – era il solo vizio che
ella avesse – sapeva indovinare delicatamente l'arte di ascoltare, di
farsi punto ammirativo, o punto interrogativo, di agitarsi sulla seggiola, di convertire lo sbadiglio in esclamazione, mentre, povero
diavolo, cascava dal sonno, o capiva poco, o, semplice e tranquillo
com'era, non s'interessava affatto a tutti i punti ammirativi cui si
credeva obbligato dalla situazione. Spesso, risalendo nelle sue stanze, trovava dei fiori freschi sullo scrittoio, un tappetino nuovo dinanzi al canapè,[9] qualche cosuccia elegante messa in bella mostra
sui mobili modesti. Un risolino giocondo che veniva dal fondo del-
l'anima faceva capolino discretamente su quel viso sereno da galantuomo, e si rifletteva su tutte quelle cosucce silenziose; allora, a mo'
di ringraziamento, egli picchiava due o tre colpi sul pavimento.
Lina si era data un gran da fare per cercargli moglie; ei rispondeva
invariabilmente: – Oibò! stiamo benone così. Non mettiamo il diavolo in casa. – Il poveretto era così persuaso d'appartenere a quella
famigliuola, era così contento di quella tranquilla esistenza, che
avrebbe creduto di metter il fuoco all'appartamento, se avesse fatto
un sol passo al di fuori della falsariga sulla quale era uso a camminare, e sulla quale erano regolate tutte le sue azioni, da perfetto impiegato. Ai suoi amici che gli consigliavano di farsi una famiglia, rispondeva: – Ne ho una e mi basta. – E gli amici non ridevano. Lina
invece diceva che non bastava; pensava agli anni più maturi, alle in-
fermità, alla vecchiaia del suo amico, come avrebbe potuto farlo una
madre. Qualche volta, prima di chiudere la finestra, sentendolo pas-

seggiare tutto solo nella camera soprastante, alzava gli occhi al soffitto e mormorava: – Povero giovane! – L'isolamento di quella vita melanconica, scolorita, monotona, nell'età delle passioni e dei piaceri, dava un certo risalto a quel carattere calmo e modesto, ingigantiva la figura austera di quel solitario, esagerava l'idea del sacrificio, rendeva l'uomo simpatico, s'insinuava come una puntura in mezzo alla felicità di lei, così piena, così completa; le faceva pensare, con un sentimento di dolcezza, alla parte di protezione, di affetto fraterno e di conforto che ella poteva esercitarvi.

A voi, cercatori d'uncini!

A Catania la quaresima vien senza carnevale; ma in compenso c'è la festa di Sant'Agata,[10] – gran veglione di cui tutta la città è il teatro – nel quale le signore, ed anche le pedine,[11] hanno il diritto di mascherarsi, sotto il pretesto d'intrigare amici, i conoscenti, e d'andar attorno, dove vogliono, come vogliono, con chi vogliono, senza che il marito abbia il diritto di metterci la punta del naso. Questo si chiama il *diritto di 'ntuppatedda*,[12] diritto il quale, checché ne dicano i cronisti, dovette esserci lasciato dai Saraceni, a giudicarne dal gran valore che ha per la donna dell'harem. Il costume componesi di un vestito elegante e severo, possibilmente nero, chiuso quasi per intero nel *manto*, il quale poi copre tutta la persona e lascia scoperto soltanto un occhio per vederci e per far perdere la tramontana, o per far dare al diavolo.[13] La sola civetteria che il costume permette è una punta di guanto, una punta di stivalino, una punta di sottana o di fazzoletto ricamato, una punta di qualche cosa da far vedere insomma, tanto da lasciare indovinare il rimanente. Dalle quattro alle otto o alle nove di sera la 'ntuppatedda è padrona di sé (cosa che da noi ha un certo valore), delle strade, dei ritrovi, di voi, se avete la fortuna di esser conosciuto da lei, della vostra borsa e della vostra testa, se ne avete; è padrona di staccarvi dal braccio di un amico, di farvi piantare in asso la moglie o l'amante, di farvi scendere di carrozza, di farvi interrompere gli affari, di prendervi dal caffè, di chiamarvi se siete alla finestra, di menarvi pel naso da un capo all'altro della città, fra il mogio e il fatuo, ma in fondo con cera parlante d'uomo che ha una paura maledetta di sembrar ridicolo; di farvi pestare i piedi dalla folla, di farvi comperare, per amore di quel solo occhio che potete scorgere, tutto ciò che lascereste volentieri dal mercante, sotto pretesto che ne ha il capriccio, di rompervi la testa e le gambe – le 'ntuppatedde più delicate, più fragili, sono instancabili – di rendervi geloso, di rendervi innamorato, di rendervi imbecille, e allor-

[10]*festa di Sant'Agata*: è la festa patronale della città, che cade il 5 febbraio e dura parecchi giorni.
[11]*pedine*: donne di condizione popolare.
[12]*'ntuppatedda*: usanza catanese secondo cui la donna, travestita e velata nel viso, girava per le strade durante la festa prendendo scherzosamente l'iniziativa di avvicinare qualche uomo, che doveva galantemente accondiscendere alle sue richieste.
[13]*dare al diavolo*: disperare.

ché siete rifinito,[14] intontito, balordo, di piantarvi lì, sul marciapiede della via, o alla porta del caffè, con un sorriso stentato di cuor contento che fa pietà, e con un punto interrogativo negli occhi, un punto interrogativo fra il curioso e l'indispettito. Per dir tutta la verità, c'è sempre qualcuno che non è lasciato così, né con quel viso; ma sono pochi gli eletti, mentre voi ve ne restate colla vostra curiosità in corpo, nove volte su dieci, foste anche il marito della donna che vi ha rimorchiato al suo braccio per quattro o cinque ore – il segreto della 'ntuppatedda è sacro. Singolare usanza in un paese che ha la riputazione di possedere i mariti più suscettibili di cristianità! È vero che è un'usanza che se ne va.

Ora accadde che una volta, tre o quattro giorni prima della festa, Lina, burlona com'era, parlando di 'ntuppatedde, dicesse a Donati:

– Stavolta, sapete, non vi consiglio di farvi vedere per le strade.

Donati sapeva che Lina non s'era travestita mai da 'ntuppatedda, e siccome era la sola sua amica da cui potesse aspettarsi una sorpresa, rispose facendo una spallata:

– Poiché me la son passata liscia per otto anni!...

– Liscia o non liscia, a voi! Uomo avvisato uomo salvato.

Ma Donati non cercava di salvarsi, anzi quel tal pericolo lo attraeva, senza fargli sospettare il detto del Vangelo.[15] Sarebbe stata una festa, una superba occasione di fare alla Lina un bel regaluccio fingendo di non riconoscerla, di prendere il di sopra[16] e intrigarla invece di lasciarsi intrigare, di godersi l'imbarazzo di lei, far lo gnorri,[17] e riderne poi di gusto insieme a lei. Stette tutto il giorno almanaccandoci sopra, mentre all'ufficio tirava linee rette e curve, passandosi la lezione a memoria, studiando le botte e le risposte, facendo provvista di spirito a mente riposata. L'idea di condursi sotto il braccio quella bella donnina, potendo fingere di non conoscerla, di trovarsi solo con lei, in mezzo alla folla, di essere per un'ora il suo solo protettore, uno sconosciuto, un uomo nuovo, avea qualcosa di clandestino che lo faceva ringalluzzire come una buona fortuna.

Ora ecco la coda del diavolo, quella benedetta coda che si diverte a mettere sossopra tutte le buone intenzioni di cui è lastricato l'inferno, insinuandosi fra le commessure di esse, scoprendo il rovescio dei migliori sentimenti, mettendo in luce l'altro lato delle azioni più oneste, dei fatti che sembrano avere il motivo meno indeterminato. – La notte che precedette il giorno della festa Donati fece un brutto sogno; ma così vivo, così strano, così sorprendente, accompagnato da tale verità di circostanze, che allorché fu sveglio rimase un bel pezzo incerto se fosse stato un brutto sogno oppure no, e non poté chiudere occhio pel resto della notte. Sognò di trovarsi insieme a Lina, una Lina che parevagli di non aver conosciuto mai, vestita da 'ntuppatedda, coll'occhio nero e luccicante, la voce e le mani tre-

[14]*rifinito*: sfinito.
[15]*il detto del Vangelo*: "la carne è debole".
[16]*prendere il di sopra*: prendere il sopravvento.
[17]*far lo gnorri*: fingere di non capire.

manti d'emozione; erano seduti ad un tavolino del caffè di Sicilia, dov'egli non soleva andar mai, stavano immobili, zitti, guardandosi. Ad un tratto ella s'era lasciata scivolare il manto sulle spalle, fissandolo sempre con quegli occhi indiavolati, rossa come non l'aveva mai vista, e afferrandogli il capo per le tempie gli avea avventato in faccia un bacio caldo e febbrile.

Il povero Donati saltò alto un palmo sul letto, si svegliò con un gran batticuore, e stette cinque minuti fregandosi gli occhi, ancora balordo. A poco a poco si calmò, finì col ridere di sé stesso, e non ci pensò più.

Il giorno dopo fece l'indiano; finse di non accorgersi di certi sorrisi maliziosi della Lina, dell'aria affaccendata di lei, dell'insolito va e vieni che c'era per casa. Disse che avrebbe passata la sera all'ufficio, per un lavoro straordinario, e andò a piantarsi in sentinella sul marciapiede del Gabinetto di lettura.

Aspetta e aspetta, finalmente, verso le cinque, Lina comparve lesta lesta dai Quattro Cantoni,[18] un po' impacciata nel manto, ma impacciata con grazia; andò difilato dov'egli trovavasi, come se l'avesse saputo, si cacciò in mezzo alla folla, e infilò senz'altro il suo braccino sotto quello di lui. Donati l'avrebbe riconosciuta a questo soltanto. Ella, spiritosa e chiacchierina, badava a stordirlo con un cicaleccio che scoppiettìo, ad inventargli mille frottole per intrigarlo, ad imbarazzarlo con quel po' d'inglese e di francese che l'era rimasto del collegio, facendosi credere ora una signora forestiera, ora una ragazza che avesse il diritto di cavargli gli occhi, ora una amica che si fosse travestita per salvarlo da un gran pericolo, ora una lontana parente che si fosse rammentata di lui per venirgli a chiedere la strenna di una catenella d'oro. Donati fingeva di cascarci, se la rideva sotto i baffi, se la godeva mezzo mondo, si divertiva ad intrigarla lui, alla sua volta, lasciandole supporre che avesse indovinato dei gran segreti, permettendole di edificare cento storie che non esistevano sul fantastico addentellato che ella stessa gli avea offerto. Infine, quando la vide più curiosa, quando le sorprese negli occhi il primo baleno di un sentimento nuovo, qualcosa fra la sorpresa e la timidità di trovarsi con tutt'altro uomo, scoppiò a ridere, e con quella sua faceta bonomia le disse: – Cara Lina, quando volete sorprendere il mio segreto, e farvi passare per l'incognita che ha il diritto di cavarmi gli occhi, non dovete mettere quel braccialetto lì, che me li cava davvero, tanto lo conosco! – Lina si mise a ridere anche lei, sollevò un po' il manto, e disse: – Bravo! Ora che avete vinto, giacché siamo davanti al Caffè di Sicilia, offritemi un sorbetto. – Ed entrarono.

Bizzarria del caso! andarono a mettersi proprio a quel medesimo tavolino che Donati avea visto in sogno, l'uno di faccia all'altra, come nel sogno. Lina avea caldo e si faceva vento col fazzoletto; lasciò scivolare il manto sulle spalle, e appoggiò il gomito sul tavolino. Donati la vedeva fare senza aprir bocca.

[18]*Quattro Cantoni*: incrocio fra le due principali e centrali vie della città.

Da alcuni minuti Donati mostravasi singolarmente imbarazzato; rispondeva sconnesso, a sproposito, e finalmente le parole gli erano morte in bocca. Lina chiacchierava per due, un po' rossa dal caldo, coll'occhio acceso dalla maschera, come nel sogno. Finalmente si avvide del turbamento che Donati non sapeva padroneggiare, e ad una risposta di lui più sbalestrata delle altre, dissegli: – O... cos'avete?

Ei si fece rosso. Infine, davvero... che aveva? Era una cosa ridicola! Possibile che quel sogno della notte lo avesse imbecillito per tutta la giornata! e si stringeva nelle spalle ridendo ingenuamente di se stesso. – To'! rispose, ho che sono un asino. Una sciocchezza! e se ve la nascondessi, sarei sciocco due volte: ecco! – e le raccontò il sogno quale s'era riprodotto punto per punto nella realtà, meno una circostanza che tacque, ben inteso, o piuttosto tradusse *ad usum delphini*,[19] dicendole che ella nel sogno gli avesse confessato di amarlo – nientemeno!

Donati rideva ancora, rideva di tutto cuore riandando per filo e per segno le stramberie della notte, che raccontate diventavano più assurde; rideva dell'impressione singolare che il ripetersi di talune circostanze del sogno avea fatto su di lui. Ella da principio s'era fatta rossa; l'ascoltava in silenzio, col mento sulla mano, senza guardarlo più, senza ridere più. Quando egli ebbe finito, abbozzò un pallido sorriso per non lasciarlo senza risposta – non ne trovò una migliore – e s'alzò. Se ne andarono in fretta, discorrendo a sbalzi, qualche volta cercando le parole.

Donati non era precisamente certo di non aver detto qualche corbelleria; ma sentiva in nube che avrebbe dato una mesata del suo stipendio perché non avesse parlato, ed anzi perché non avesse avuto di che parlare. La festa finì zitta zitta, e senza allegria.

Tutti gli anni, il domani della festa, i tre amici solevano andare a desinare in campagna. Stavolta Lina fu indisposta e non se ne fece nulla. Donati avrebbe voluto a qualunque costo che quel giorno si fosse passato come tutti gli altri anni, perché avea sempre sullo stomaco il sogno e il gran ciarlare che ne avea fatto, e avrebbe voluto metterci sopra una buona pietra, col seguitare a far quello che avevano sempre fatto, e non pensarci più. La sera però la passarono come di consueto, in famiglia. Lina comparve un po' tardi, con un viso di donna che ha l'emicrania, ma calma e serena. Donati le domandò come si sentisse. Ella gli piantò gli occhi in faccia, due occhi che gli fecero l'effetto di due chiodi, e rispose secco secco: – Bene.

Fu la prima sera passata freddamente. D'allora in poi ce ne furono parecchie di simili. Lina agucchiava, Donati suonava o leggeva, e Corsi s'ingegnava di attaccare uno scampolo di conversazione, alla quale la moglie rispondeva con monosillabi tenendo gli oc-

---

[19]*ad usum delphini*: in versione epurata (come per le letture del Delfino, il principe ereditario di Francia).

chi fitti sul lavoro, e Donati con una specie di grugnito senza lasciare il libro, né il sigaro; persino Corsi, allegro per natura ed espansivo, diveniva anch'esso taciturno ed uggito[20]; spirava un'aria di musoneria in casa sua che agghiacciava tutto. Si lasciavano di buon'ora, Lina porgeva appena la mano: qualche volta non compariva che un momento per dare la buona notte.

Il povero Donati non sapeva darsi pace. Si sentiva colpevole, ma la colpa maggiore era stata quella di esagerare il male che aveva fatto, colla sua aria di reo; e chiamava in aiuto tutti i santi, perché gli dessero il coraggio di prendere una buona volta la Lina a quattro occhi e dirle: – Orsù, infine, cos'avete? cosa è stato? cosa ho fatto? – Ma quella domanda semplicissima diveniva la cosa più difficile di questo mondo. Il nuovo contegno di lei, la sua riservatezza, la sua freddezza insolita, la rendevano tutt'altra donna, una donna che gli chiudeva in bocca le perorazioni più eloquenti, e gli legava la lingua e i movimenti.

Una di quelle sere, voltandosi all'improvviso, sorprese gli occhi di Lina, fissi su di lui con tale espressione che gli fece rimescolare il sangue dai piedi alla testa; era uno sguardo che non le avea mai visto, profondo, in cui brillava dell'amarezza, una curiosità insolita, acre e pungente. Lina avvampò in viso e chinò il capo; ei non osò più voltarsi per timore d'incontrare un'altra volta quegli occhi indiavolati.

Finalmente, una volta che Corsi non c'era, gli parve ad un tratto sentirsi invadere dal coraggio che avea tanto invocato. Lina era immersa a capo fitto in quel che stava leggendo, e non fiatava da un gran pezzo; ei si alzò, fece un passo verso di lei, e balbettò:

– Lina!

Ella si rizzò, spaventata da quella sola parola, pallida come un cencio e tutta tremante. Donati rimase a bocca aperta e non seppe andare innanzi. Rimasero alcuni istanti così. Ella si rimise per la prima; prese il ricamo che avea accanto, ma le mani le tremavano ancora talmente che l'ago punzecchiava la stoffa. Egli si arrovellava dentro di sé d'essere così grullo.[21] – Cosa avete? disse infine. Siete in collera con me? Non mi perdonerete mai?

La donna alzò il capo, sgomenta, e lo guardò come esterrefatta. Chinò la fronte di nuovo e balbettò con voce spenta e malferma alcune parole inintelligibili.

A poco a poco Donati diradò le sue visite. Corsi gli si mostrava sempre più freddo. Quando i due antichi amici si trovavano insieme, provavano, senza saper perché, un imbarazzo inesplicabile. La freddezza di entrambi si comunicava e si moltiplicava dall'uno all'altro. Corsi avea tutto indovinato dal nuovo contegno della moglie e dell'amico, oppure Lina gli avea tutto raccontato? L'ultima volta che Donati andò da lei, pel suo onomastico, la trovò che era sola in

---

[20]*uggito*: infastidito.
[21]*grullo*: istupidito e impacciato.

casa. Lina si fece di bracia e represse a stento un movimento di sorpresa. Donati non sapeva più trovare il verso del pelo del suo cappello, né le prime frasi di un discorso che andasse.

Ella stava sul canapè, in gran cerimonia, sì da far venire la voglia al disgraziato visitatore d'andarsene dalla finestra. La visita durò dieci minuti. Mentre scendeva le scale l'ex Polluce[22] mormorava con voce soffocata nella gola: – È finita! è finita!

D'allora in poi non ebbe più il coraggio di picchiare a quell'uscio. Veniva a casa mogio mogio, il più tardi che poteva, guardando furtivamente quella finestra rischiarata che gli rammentava le sere gioconde passate accanto al fuoco, col cuore e i piedi caldi, e affrettava il passo sul ripiano della scala. Giammai le sue modeste stanzuccie non gli erano sembrate più silenziose, più fredde, e più melanconiche; adesso il povero romito[23] ci stava il meno che potesse. Stando fuori, fece come avea fatto Corsi, conobbe un'altra Lina.

Venuto il settembre, Corsi avea sloggiato senza nemmen dirgli addio, e non s'erano più visti. Lina era stata inferma, e gravemente: Donati l'aveva saputo molto tempo dopo. Gli avevano detto che la malattia l'avea cambiata di molto; ei ci avea pensato spesso, avea avuto spesso dinanzi agli occhi quel profilo delicato e pallido, e quegli occhi febbrili, come una trafitta,[24] come un rimorso; ma non avrebbe immaginato mai l'impressione che dovevano fare su di lui quel viso e quell'occhiata furtiva la prima volta che, andando colla sua fidanzata, incontrò la Lina. – Ella s'era voltata a guardarlo di nascosto, come si guarda un mostro o un malfattore.

Intanto era trascorso l'anno, ed era sopravvenuta la festa di Sant'Agata. Donati dovea sposare da lì a poco. Egli aspettava in mezzo alla folla una 'ntuppatedda che quasi gli avea promesso di farsi vedere un momento, quando si sentì afferrare all'improvviso pel braccio. Gettò una rapida occhiata sulla donna mascherata, ma la sua fidanzata era più piccola di statura e non aveva quell'occhio nero così sfavillante. Ei sentì che il cuore dava un tuffo; non seppe cosa dire, e si lasciò rimorchiare dentro il caffè.

La sua compagna cercò un tavolino appartato e sedette di faccia a lui; sembrava stanca e commossa fuor di modo. Ei la considerava ansiosamente. – Lina! esclamò alfine.

– Ah! diss'ella con un riso che voleva dir tante cose; e appoggiò la fronte incappucciata sulla mano.

Donati balbettava parole senza senso.

– Vi sorprende vedermi qui? domandò Lina dopo un lungo silenzio.

– Voi?

– Vi sorprende?

---

[22]*l'ex Polluce*: altro riferimento tratto dalla mitologia classica: Castore e Polluce erano fratelli gemelli, figli di Zeus e Leda.
[23]*romito*: eremita.
[24]*trafitta*: ferita.

Donati chinò il capo. Ella lasciò scivolare il manto sulle spalle, e mormorò: – Vedete!

– Mio Dio! esclamò Donati.

– Vi faccio pietà? Oh, almeno!... Ma non è colpa vostra, no!... Ho avuto sempre una salute cagionevole. State tranquillo dunque... Non vorrei avvelenare la vostra luna di miele.

– Oh, cosa dite mai!... Se sapeste... se sapeste quanto ho sofferto!...

– Voi?

– Sì!... e quanto mi sono pentito!...

– Ah! vi siete pentito!

– Non so darmi pace!... Non so comprendere io stesso perché... cosa sia avvenuto per...

– Non lo sapete?

– No, per l'anima mia!

– È accaduto... che vi ho amato.

– Voi! voi!

Ella si fece ancora più pallida; si rizzò in piedi quasi fosse spinta da una molla, e gli disse con voce sorda:

– Perché mi avete raccontato quel sogno dunque?

X

Quella fatale tendenza verso l'ignoto che c'è nel cuore umano, e si rivela nelle grandi come nelle piccole cose, nella sete di scienza come nella curiosità del bambino, è uno dei principali caratteri dell'amore, direi la principale attrattiva: triste attrattiva, gravida di noie[1] o di lagrime – e di cui la triste scienza inaridisce il cuore anzi tempo. Cotesto amore dunque che ha ispirato tanti capolavori, e che riempie per metà gli ergastoli e gli ospedali, non avrebbe in sé tutte le condizioni di essere, che a patto di servire come mezzo transitorio di fini assai più elevati – o assai più modesti, secondo il punto di vista – e non verrebbe che l'ultimo nella scala dei sentimenti? La ragione della sua caducità starebbe nella sua essenza più intima? e il terribile dissolvente che c'è nella sazietà, o nel matrimonio, starebbe nell'insensato soddisfacimento d'una pericolosa curiosità? La colpa più grave del fanciullo-uomo sarebbe la pazza avidità del desiderio che gli fa frugare colle carezze e coi baci il congegno nascosto del giocattolo-donna, il quale ieri ancora gli faceva tremare il cuore in petto come foglia?

All'ultimo veglione della Scala, in mezzo a quel turbine d'allegria frenetica, avevo incontrato una donna mascherata, della quale non avevo visto il viso, di cui non conoscevo il nome, che non avrei forse riveduta mai più, e che mi fece battere il cuore quando i suoi sguardi s'incontrarono nei miei, e mi fece passare una notte insonne, col suo sorriso sempre dinanzi agli occhi, e negli orecchi il fruscìo del raso del suo dominò.[2]

Ella appoggiavasi al braccio di un bel giovanotto, era circondata dagli eleganti del Circolo, adulata, corteggiata, portata in trionfo; era svelta, elegante, un po' magrolina, avea due graziose fossette agli ómeri,[3] le braccia delicate, il mento roseo, gli occhi neri e lu-

*La novella fu pubblicata nella "Strenna italiana 1874" della Ripamonti-Carpano, a Milano.
[1] *noie*: pene.
[2] *dominò*: lunga cappa che ricopre interamente la persona, fornita anche di cappuccio, indossata per mascherarsi (è completata, infatti, da una mascherina per il viso).
[3] *ómeri*: spalle.

centi, il collo eburneo,[4] un po' troppo lungo ed esile, ombreggiato da vaghe sfumature, là dove folleggiavano certi ricciolini ribelli; il suo sorriso era affascinante; vestiva tutta di bianco, con una gala di nastro color di rosa al cappuccio, e faceva strisciare sul tappeto il lembo della veste, come una regina avrebbe fatto col suo manto. Tutto ciò insieme a quel pezzettino di raso nero che le celava il viso, ricamato da tutti i punti interrogativi della curiosità, dove brillavano i suoi occhi, e dietro al quale l'immaginazione avrebbe potuto vedere tutte le bellezze della donna, e porla su tutti i gradini della scala sociale. Ella imponeva l'ingenuità, la grazia, il pudore di una fanciulla da collegio in mezzo ad un crocchio di uomini, fra i quali una signora per bene non sarebbesi avventurata neppure in maschera.

Era seduta colle spalle rivolte alla sala, accanto al suo giovanotto, e gli parlava come parlano le donne innamorate, divorandolo cogli occhi, e facendogli indovinare i vaghi rossori che scorrevano sotto la sua maschera, e i sorrisi affascinanti; gli posava la mano sulla spalla, e l'accarezzava col ventaglio; sembrava che si facesse promettere qualche cosa, con una insistenza affettuosa e carezzevole.

Io avrei dato qualunque cosa per essere al posto di quel giovanotto, il quale sembrava mediocremente lusingato da quella preferenza; avrei voluto indovinare tutto quello che non potevo udire, tutto quello che si agitava nel cuore di lei; avrei voluto penetrare attraverso la seta di quella maschera; l'incognito di quel viso, di quella persona, e di quel modesto romanzetto sbocciato al gas[5] della Scala avea mille attrattive per un osservatore. La mia simpatia, o la mia curiosità, avrà dovuto penetrarla come corrente elettrica: ella si volse a guardarmi due o tre volte, con quei suoi occhioni neri; poi si alzò, prese il braccio del suo compagno e si allontanò.

Sembrommi che all'allegria di quella festa fosse succeduta una inesplicabile musoneria, che mi mancasse qualche cosa; la cercavo con un'avida speranza di rivederla, quasi cotesta sconosciuta fosse diggià qualche cosa per me.

Sul tardi ci trovammo di nuovo faccia a faccia accanto alla porta, mentre ella usciva dalla sala ed io vi rientravo. Rimanemmo immobili, guardandoci fissamente, a lungo, come due che si conoscono, quasi anch'io, dopo averla guardata tre o quattro volte durante la sera, fossi diventato qualche cosa per lei; il cuore mi batteva, e sentivo che doveva battere anche a lei; sembravami che entrambi bevessimo qualche cosa l'uno negli occhi dell'altra; assaporavo il suo sorriso assai prima che le sue labbra si schiudessero: ella mi sorrise infatti – un getto di buonumore e di simpatia che diceva: "So che ti piaccio, e anche tu mi piaci!". La parola più affettuosa, la lingua più dolce del mondo, non avrebbero potuto riprodurre l'eloquenza di quel sorriso; il pensatore più eminente, o l'uomo di mon-

[4] *eburneo*: di colore avorio.
[5] *gas*: usato per l'illuminazione.

do più sperimentato, non avrebbe potuto analizzare quel sentimento che irrompeva improvviso in un'occhiata, fra due persone che s'incontravano in mezzo alla folla, come due viaggiatori che partono per opposte direzioni s'incontrano in una stazione, l'una accanto ad uomo che amava forse ancora, l'altro che avea visto il braccio di lei sull'ómero di quell'uomo. Due o tre volte ella si rivolse a guardarmi collo stesso sorriso, ed io la seguii, senza sapere io stesso dietro a quale lusinga corressi. La folla me la fece perdere di vista; la cercai inutilmente nel ridotto,[6] pei corridoi, nel caffè, in platea, da Canetta,[7] in quei palchi che potei passare in rassegna, dappertutto.

Avevo la febbre di uno strano desiderio; divoravo cogli occhi tutti i dominò bianchi, tutte le vesti che avessero ondulazioni graziose. Tutt'a un tratto me la vidi improvvisamente dinanzi, o piuttosto incontrai il suo sguardo che mi cercava. Io dava il braccio ad una donna che rivedevo quella sera dopo lungo tempo. Nello sguardo dell'incognita[8] c'era una muta interrogazione; ella mi sorrise di nuovo; non potei far altro che mandarle un saluto mentre mi passava accanto; ella si voltò vivamente, mi lanciò a bruciapelo uno sguardo ed un sorriso e ripeté: – Addio! – Non dimenticherò mai più quella voce e quell'accento!

Non la vidi più. Rimasi a digerire il mio dispetto e il cicaleccio della mia compagna. Sognai tutta la notte, senza chiudere gli occhi, quel viso che non conoscevo; sentivami in cuore un solco luminoso lasciatovi da quello sguardo; l'impossibilità di rintracciarla dava all'apparizione di quella sconosciuta un prestigio di cosa straordinaria; nel sorriso di lei io potevo immaginare un poema d'amore, che riceveva tutto l'interesse dall'essere troncato sul fiore e per sempre. *Per sempre!* non è la parola che scuote maggiormente l'animo umano? Io prolungai quel sogno per tutto il giorno. Sembravami che ci fosse qualche cosa di nuovo in me, e che avessi ricevuto il sacramento[9] di una perdita immensa. Quando la mia immaginazione si stancò di vagare nelle azzurre immensità dell'ignoto, per una reazione naturale del pensiero, io guardai con sorpresa nel mio cuore, e domandai a me stesso, se mi fossi innamorato di quel pezzettino di raso nero che nascondeva un viso sconosciuto.

Lo sguardo di quell'incognita mi aveva messo il cuore in sussulto mentre davo il braccio ad un'altra donna che un tempo avevo amato come un pazzo, e che in quel momento istesso si esponeva al più grave pericolo per me. Io maledivo l'ostinazione di cotesto affetto che mi impediva di correre dietro alla sconosciuta con tutto l'egoismo che c'è in un altro amore.

Per due o tre giorni cercai ansiosamente quell'amante che non conoscevo, e sentivo che il rivederla mi avrebbe tolto qualche cosa di lei. La rividi in Galleria, la riconobbi a quello sguardo e a quel

[6]*ridotto*: salone dove s'intrattengono gli spettatori negli intervalli dello spettacolo.
[7]*Canetta*: un caffè appena fuori del teatro.
[8]*incognita*: sconosciuta.
[9]*sacramento*: giuramento.

sorriso che mi dicevano: "Son io, mi ravvisi?". Mi sentivo spinto fatalmente verso di lei, e venti volte fui sul punto di prenderle la mano al cospetto delle persone che l'accompagnavano.

In piazza della Scala si rivolse due o tre volte per vedere se la seguissi. Le vaghe incertezze, le gioie tumultuose, i febbrili desiderii dell'amore a vent'anni mi inondarono il cuore in una volta: l'ondeggiare della sua veste sembravami avesse qualche cosa di carezzevole; il suo paltoncino bianco, e il fazzoletto che pel freddo si teneva sul viso, avevano irradiazioni luminose. Io non saprei ridire l'emozione che provai al pensiero di poterle dare il braccio, o di poter toccare un lembo di quel fazzoletto. Ad un tratto ella attraversò la via, insieme alla sua compagna, e seguìta dalla sua scorta di parenti, camminando sulla punta dei piedi e rialzando il lembo del suo vestito, venne a mettersi al mio fianco. Mi guardò in viso, come se aspettasse qualche cosa da me. Io sentii un dolore atroce, e volsi le spalle.

La rividi ancora parecchie volte, e gli occhi di lei mi domandavano: "Cos'hai?". Io non osavo dirle: "Non mi piaci più". Ella si stancò di sollecitare i miei sguardi, e quando mi incontrò volse altrove il capo. Una sera, sotto il portico della Scala, sentii afferrarmi la mano da una mano tremante che vi lasciò un bigliettino microscopico. Mi rivolsi vivamente: non vidi che visi sconosciuti, e un po' più lungi la mia incognita che si allontanava senza guardarmi; sebbene fosse passata così lontano, sebbene da qualche tempo distogliesse da me lo sguardo con indifferenza, tutte le volte che mi incontrava, il mio pensiero corse a lei senza esitare un momento, nello stesso tempo che per una strana contraddizione tacciavo di follia il mio presentimento.

Una sola parola riempiva tutto il biglietto *"Seguitemi"*. Chi? dove? perché? Coteste interrogazioni diedero colori di fuoco a quella semplice parola; il mistero che vi era racchiuso si rannodava, con logica irresistibile, a quell'incognita, e le ridava tutta quella vaga e indefinibile attrattiva che il vedermela al fianco, sotto il fanale a gas, avea fatto svanire in un lampo; il dubbio d'ingannarmi mi mise addosso mille impazienze. Ella non sembrava nemmeno accorgersi di me – io la seguii. Quando la porta della sua casa mi si chiuse in faccia rimasi in mezzo alla strada, senza avere la forza di andarmene, coi piedi nella neve, tutte le finestre della via che mi guardavano, e i questurini che venivano a passarmi vicino. Dalle undici alle due del mattino io non ebbi un momento di esitazione o di stanchezza; non dubitai un istante. Udii aprire pian piano la porta, e vidi nell'ombra dell'arcata una forma bianca. Ella tremava come una foglia quando la toccai la mano; sembrava che avesse la febbre; mi disse con voce strozzata dalla commozione: – Che avete? che vi ho fatto? ditemelo – come se ci conoscessimo da dieci anni. Certe situazioni, certe parole, certe inflessioni di voce hanno significazioni evidenti, irresistibili; la giovinetta che avevo incontrata al veglione, in mezzo ad uomini che portavano in trionfo Cora Pearl,[10] e la quale mi gettava le braccia al collo nel buio di una scala, dava la più luminosa prova di candore coll'espansione della sua simpatia: sentimento strano che non sapevo spiegare, e di cui non osavo chiederle ragione. Nella sua fiducia c'era tanta innocenza che avrei voluto rubarle gli orecchini per insegnarle a diffidare degli uomini. Sentivo fra le mie le sue povere mani tremanti, e le sue parole sommesse sembrava che mi sfiorassero il viso come un bacio. Certi sentimenti inesplicabili hanno un fondamento essenzialmente materiale; tutto l'incanto di quell'ora di paradiso stava nel buio di quella scala. Sembravami che le larve dell'ideale avessero preso corpo e mi stringessero le mani: – Io ti son piaciuta senza che tu mi avessi vista in viso, ella mi disse. Ecco perché ti amo – e non mi domandò nemmeno come mi chiamassi.

Ella si fece promettere che sarei tornato a vederla la notte seguente. Ahimè! insensata promessa che rimpiccioliva il desiderio nelle meschine proporzioni di un volgare appuntamento. Noi avremmo dovuto inventare tutti gli ostacoli che mancavano alla nostra felicità, o non rivederci mai più. La notte seguente tornai da lei con un sentimento penoso, come se avessi perduto qualche cosa. La rividi nel suo salottino, raggiante di bellezza, e il cuore mi si dilatò di gioia, quasi le prime sensazioni della sciagura fossero piacevoli; contemplavo avidamente quelle leggiadre sembianze che s'imporporavano per me, e in mezzo alla festa del mio cuore sentivo insinuarsi un vago turbamento – il mio ideale svaniva; tutto quello che c'era in quella bellezza veramente incantevole era tolto ai miei sogni; sembravami che il mio pensiero si fosse impoverito trovandosi costretto nei limiti della realtà. – Che hai? mi disse. – Nulla, risposi, c'è troppa luce qui. – Ella, povera ragazza, moderò la fiamma della lucerna. Non si avvedeva del turbamento che c'era in me, e non avea paura della funesta avidità con la quale i miei occhi la divoravano. Parlava sorridente, giuliva, come un uccelletto innamorato canta su di un ramoscello; tutto mi raccontò la sua storia, una di quelle storie che l'angelo custode ascolta sorridendo. Avea amato il cugino con cui l'avevo vista al veglione, era venuta colla zia da Lecco per lui, e il cugino, in capo a due o tre giorni di esitazione, le avea fatto capire bellamente che non l'amava più. Allora, dopo le prime lagrime, ella avea pensato a quello sconosciuto che al veglione della Scala l'avea guardata in quel modo. – Io ti ho letto negli occhi che ti piacevo, mi disse, e ti sorrisi perché ciò mi rendeva tutta lieta; in quel momento avevo un gran dolore in cuore. Se mio cugino avesse seguitato ad amarmi, io non te lo avrei mai detto, ma ti avrei sempre voluto bene come ad un fratello. Ora che mio cugino non vuol saperne più di me... ebbene, anch'io voglio amare chi più mi piace! – Tossiva di quando in quando, le guancie le si imporporavano, e gli occhi le si facevano umidi. – Non mi dire che mi sposerai, se vuoi la-

---

[10]*Cora Pearl*: una delle più famose cortigiane del tempo.

sciarmi come quell'altro... Sono stata tanto malata! – Addio! le dissi. – Tornerai domani? La zia va dalle mie cugine, non aver paura; tornerai? – Addio.[11]

Non la vidi più. Sentivo che non mi sarei trovato umile e basso dinanzi alla fiducia e all'entusiasmo di quell'amore che non dividevo più. E sentivo del pari di aver perduto irremissibilmente un tesoro.

In novembre ricevetti una lettera listata di nero; era lo stesso carattere che avea scritto *"seguitemi"*; le mani mi tremavano prima d'aprirla: *"Se volete ripetere l'addio che deste ad una mascherina all'ultimo veglione della Scala,* scrivevami, *recatevi al Cimitero fra una settimana, e cercate della croce sulla quale sarà scritto X"*.

Quella lettera, per un caso che farebbe credere alla fatalità, s'era smarrita alla Posta, e mi pervenne con qualche giorno di ritardo. Io volai a quella casa che non avevo più riveduta; scorgendo le persiane chiuse, il cuore mi si strinse dolorosamente. Corsi al Cimitero, senza osare di credere al presagio funesto di quella lettera; al primo viale che infilai, quasi il destino si fosse incaricato di guidare i miei passi, alla prima terra smossa di fresco, su di una croce di ferro, lessi quel segno che ella avea desiderato sulla tomba triste geroglifico del suo amore; e lì, coi ginocchi nella polvere, mi parve di guardare in un immenso buio, tutto riempito dalla figura della mia incognita, dal suo sorriso, dal suono della sua voce, dalle menome[12] parole che mi avea dette, dai luoghi dove l'avevo vista. Sentii un gran freddo.

---

[11] Il tono del racconto sembra riecheggiare certe atmosfere scapigliate, soprattutto per la situazione di partenza con l'incontro con la donna misteriosa e seducente; ma il nocciolo del racconto sta nella sottile autoanalisi psicologica dell'io narrante, nell'indagine degli affascinanti meccanismi interiori della fantasticheria amorosa e della successiva delusione alla scoperta di una realtà prosaica.

[12] *menome*: minime.

Certi argomenti

C'era un aneddoto che in Napoli, dopo più di un anno, faceva ancora le spese della conversazione alla tavola rotonda dell'Albergo di Russia, quando i tre o quattro ospiti che tutti gli anni solevano trovarsi al medesimo posto, dal cominciar del novembre alla fine di maggio, rimanevano faccia a faccia, col sigaro in bocca e i gomiti sulla tovaglia.

A quella medesima tavola s'erano incontrati un tale Assanti, uomo elegante ed uomo di spirito, ed una signora Dal Colle, donna elegante e donna di spirito, un po' civetta, capricciosa e bizzarra, sul conto della quale si raccontavano cento storielle singolari, ben inteso senza provarne una sola, e che veniva ad epoche fisse, come una rondine, da Baden,[1] da Vienna o da Parigi. Tra i due commensali e vicini di tavola si era dichiarata una decisa e poco velata antipatia, non ostante che fossero entrambi persone assai bene educate, e scambiassero alle volte, il meno che potevano, degli atti e delle parole di cortesia. Una sera, dopo il caffè, Assanti, trovandosi nella sala dei fumatori, insieme a tre o quattro amici che parlavano della sua vicina, avea motivato la sua antipatia con un lusso di buon umore che aveva fatto rider tutti. Ad un tratto però si fece silenzio come per incanto, la signora Dal Colle passava nella sala contigua per andare a mettersi al pianoforte, come soleva fare qualche volta. – Ha udito tutto! – Non ha potuto udire! – dicevano sommessamente fra di loro quei signori. Il solo colpevole non se n'era preoccupato gran fatto. Si strinse nelle spalle, e disse ridendo: – Or ora vedremo se ha udito.

La signora scartabellava dei quaderni di musica, e non voltava nemmeno la testa; Assanti le si avvicinò col più bell'inchino, e le domandò tranquillamente:

– Scusi, ha udito quel che dicevamo a proposito di lei?

Ella gli piantò in faccia due grand'occhi ben aperti, due occhi innocenti o traditori, e rispose colla massima disinvoltura:

– Scusi, perché mi fa questa domanda?

– Perché abbiamo scommesso d'indovinare quel che avrebbe suonato stassera.

La donna sorrise, inchinò il capo, e incominciò a suonare la *Bella Elena*.[2]

– Signori, disse Assanti voltandosi verso i suoi amici, che rimanevano mogi e ingrulliti,[3] avete perduto.

Infatti sembrava impossibile che una donna potesse restare così bene nei gangheri[4] dopo aver udito tutto quel che si era detto nella sala dei fumatori; e, cosa strana, un po' per la novità della cosa, un po' per obbligo di cortesia, Assanti, discorrendo con la Dal Colle di musica e d'altro, avea osservato come più d'una volta cane e gatta si fossero trovati d'accordo, sicché il discorso era andato per le lunghe, e gli amici, ad uno ad uno, se l'erano sgattaiolata. – Non ha udito nulla! pensava Assanti.

Ad un tratto, quando furono soli, cambiando improvvisamente accento e maniere, la Dal Colle domandò, puntandogli contro quegli occhi indiavolati:

– È contento che gli abbia fatto vincere la scommessa, mio signor nemico?

Egli s'inchinò e stette coraggiosamente ad aspettar l'assalto.

– Perché ci facciamo la guerra? riprese ella con un altro tono di voce.

– Perché ella mi faceva paura.

– Oh! oh! eccoci in piena galanteria! Ebbene, mio bel cavaliere, quando mi salterà in capo di vendicarmi ne incaricherò voi stesso. Ma francamente, non sarebbe stato meglio che fossimo andati d'accordo fin da principio?

– Facciamo la pace allora.

– Adesso è troppo tardi.

– Perché?

– Perché, perché... disse alzandosi, prima di tutto perché ora vi detesto – e poi perché fra due o tre settimane partirò.

– Vi seguirò.

– Dove?

– Dove andrete.

– Ma non lo so dove andrò; né lo saprete voi. Nemici dunque.

Assanti la salutò ridendo, ma dovette convenire che la sua graziosa nemica poteva avere tutti i difetti, all'infuori di uno.

Il domani, mentre si vestiva per andare a pranzo, trovò sul tavolino un biglietto scritto da mano sconosciuta.

"Venite al N. 11, a mezzanotte. Non bussate."

Egli si mise a ridere, e disse fra di sé:

– Non v'è più dubbio, ha udito tutto; ma il tranello è troppo grossolano per una donna di spirito! che peccato!

[2] *la Bella Elena*: operetta di successo di J. Offenbach (1864).
[3] *ingrulliti*: istupiditi.
[4] *restare così bene nei gangheri*: conservare così bene il controllo di sé.

La signora Dal Colle non era venuta a tavola. Assanti sorrise più di una volta sotto i baffi volgendo gli occhi a quel posto vuoto. Dopo desinare andò a teatro, e non ci pensò più.

Finita l'opera, passò una mezz'ora al caffè d'Europa, e quando tornò all'albergo il gas era spento. Passando pel corridoio, dinanzi all'uscio di quel famoso numero undici, si rammentò un'altra volta del biglietto che avea in tasca e involontariamente rallentò il passo.

Si mise alla finestra, fumò il suo sigaro, lesse il suo giornale, e poi andò a letto. Il letto era duro ed uggioso[5] insolitamente quella notte; faceva caldo, e Assanti avea un bel voltarsi e rivoltarsi senza poter chiudere occhio.

Quelle due linee sottili che teneva chiuse nel portafogli posto sulla tavola a capo del letto, sgusciavano fuori della busta, s'allungavano serpeggiando in ghirigori per le pareti, gli si attortigliavano alle coperte e alle sbarre del cortinaggio,[6] s'insinuavano sotto l'uscio, e guizzavano pel corridoio oscuro, lasciando sul tappeto una striscia fosforescente.

Spense il lume, lo riaccese, rilesse il bigliettino, stavolta senza ridere, ché l'odore del foglietto profumato gli dava alla testa, spense il lume di nuovo per addormentarsi, e fu peggio di prima; nelle tenebre faceva sogni stravaganti ad occhi aperti; vedeva quell'uscio del numero undici socchiuso, una forma bianca che sporgeva la testa dal vano, e quella donna, per la quale il giorno innanzi non avrebbe mosso un dito, ora che gli era passata pel capo sotto altro aspetto, un solo istante, per ischerzo, assumeva forme e sorrisi affascinanti. Il sangue gli martellava nelle vene. Finalmente si vestì a guisa di un sonnambulo, quasi non avesse coscienza di quel che facesse; arrivò a mettere la mano sulla maniglia dell'uscio, e tornò a cacciarsi frettolosamente fra le coltri, vergognoso della ridicola tentazione alla quale avea ceduto con facilità inesplicabile, come se la sua nemica avesse potuto vederlo e dargli la baia.[7] La notte dormì male, e si levò di cattivo umore. All'ora del pranzo trovò la Dal Colle al suo solito posto, gaia e disinvolta come se nulla fosse stato, e civetta più che mai. Non gli fece l'onore di accorgersi menomamente di lui, e una volta gli lanciò a bruciapelo uno sguardo schernitore che avrebbe fatto montare la mosca al naso ad un uomo meno padrone di sé dell'Assanti. Egli si era fatto il suo piano di rappresaglie e di allusioni pungenti, ma aspettò inutilmente tutta la sera nel salotto dove la Dal Colle soleva far della musica. A poco a poco, a suo dispetto, quel sangue freddo, quella sicurezza, quella disinvoltura, lo dominavano e lo facevano arrabbiare.

Evidentemente costei che l'aveva vinto con la burla più grossolana del mondo era più forte di lui; sapeva che sarebbe bastato un nonnulla, un cattivo scherzo, per insinuarglisi tutta nelle fibre come una spina, impadronirsene, metterlo sossopra, e agitarlo co' suoi menomi capricci.

[5] *uggioso*: fastidioso.
[6] *cortinaggio*: tendaggio.
[7] *dargli la baia*: prenderlo in giro.

Dopo che la Dal Colle si era data la soddisfazione di quella piccola vendetta da donna, sembrava non pensasse più ad Assanti, e si lasciava fare la corte da un certo barone Ciriani, il quale passava per un don Giovanni, inclusa la bravura e la fortuna di duellista; ora ad Assanti sembrava che la Dal Colle in quel lasciarsi corteggiare, così sotto i suoi occhi, ci mettesse dell'ostentazione, e questo lo seccava assai.

La furba sapeva al certo che si può fare a fidanza,[8] toccando certi tasti, colla semplicità mascolina, s'avesse a fare coll'uomo più avveduto di questo mondo. Era bastata la lusinga più lontana, più sciocca, più inverosimile, perché Assanti si montasse la testa a poco a poco, sino a credere che i successi ottenuti dal Ciriani fossero rubati a lui, e che la civetteria di lei fosse un torto che gli si facesse. Il brillante giovanotto era ridotto alla più grulla[9] figura possibile; cominciava ad accorgersene anche lui, ciò aumentava la sua stizza, e un dispetto ne chiamava un altro, sino a fargli perdere la tramontana; sicché alla sua volta intraprese contro il Ciriani un sistema di ostilità così poco velate, e di provocazione così diretta, che non ci volle meno di tutta l'abilità della donna per scongiurare il pericolo di un serio guaio.

Finalmente ella parve stanca della lotta che dovea sostenere con Assanti quotidianamente, e prendendolo una sera a quattr'occhi nel vano della finestra, dissegli:

– Orsù, mio bel nemico, a che giuoco giuochiamo? Con qual diritto ad ogni momento vi gettate a testa bassa fra me e il Ciriani?

– Con qual diritto mi fate questa domanda? ribatté Assanti.

– Parliamoci chiaro. Voi mi eravate debitore di una piccola soddisfazione di amor proprio, ed io ho ottenuto il mio intento col mezzo più semplice. Non vi ho fatto il torto di pensare che avreste preso sul serio il mio biglietto, ho reso sempre giustizia al vostro spirito, e del resto nemmeno un ragazzo di scuola ci sarebbe cascato; ma eccovi lì, fra vergognoso, bizzoso, e incapricciato, e questo deve bastarmi. Ora siamo pari; lasciatemi tranquilla, caro mio; Ciriani non c'entra.

– Ce lo tireremo pei capelli!

– Impresa arrischiata! Sapete che come duellista ha una brutta riputazione.

– Ebbene, esclamò Assanti un po' rosso in viso, se mi gettassi attraverso cotesta riputazione, mi perdonereste?

– La storia del biglietto? Per chi mi prendete, caro signore, cercando di scambiarmi le carte in mano?

– Non ridete così, in fede mia! Son qui, dinanzi a voi, ridotto ad arrossire di quel che ho fatto e detto contro di voi; mi sento ridicolo, deve bastarvi.

– Ridicolo, perché?

---

[8] *fare a fidanza*: fare affidamento.
[9] *grulla*: sciocca.

– Perché vi amo.

– Da quanto in qua?

– Dacché mi ci avete fatto pensare.

– Dacché siete indispettito contro di me allora?

– Non so se sia amore o dispetto, so che così non può durare, che voi m'avete stregato, e che finirete per farmi impazzire.

– Oibò!

Assanti rimase zitto un istante, di faccia al sorriso mordente della Dal Colle; poi riprese, cambiando tono e maniere, e facendosi improvvisamente serio: – Orsù, bisogna fare qualche cosa perché prestiate fede a quel che vi dico. Bisogna provocare Ciriani e rendermi ridicolo completamente.

– Guardatevene bene! diss'ella senza ridere più. Detesto gli scandali, e non mi vedreste mai più, né voi, né lui!

La signora Dal Colle faceva i preparativi per la partenza; Assanti venne a saperlo il giorno dopo.

– Partite? le disse.

– Sì: fuggo. Siete soddisfatto? Facciamo la pace prima di lasciarci.

– No, facciamo di meglio: ditemi dove andrete. Noi siamo più di due semplici conoscenze, siamo due nemici; siamo liberi entrambi e padroni di noi; entrambi scorazziamo pel mondo onde fuggire la noia. C'incontreremo in tutte le stazioni, ci faremo dei dispetti, ci faremo la guerra, ci odieremo, e così non avremo il tempo di annoiarci.

– No, no! E il pericolo d'innamorarsi lo contate per nulla?

– Anche voi?

– Sì, mi par di sì, dopo quello che mi avete detto ieri sera.

– Ebbene! alla peggio!...

– Non la prendete così; parlo sul serio, e sapete che sono franca.

– In tal caso franchezza per franchezza... Chiudete gli occhi e lasciate fare al pericolo.

– Ci penserò.

– ...Ci ho pensato, gli disse il giorno dopo, poche ore prima di partire all'insaputa di lui. No, sarebbe peggio di una disgrazia, sarebbe una sciocchezza. È un gran brutto affare, due amanti che un giorno o l'altro possano ridersi sul naso! e questo giorno arriverebbe, a meno di un miracolo... poiché bisognerebbe proprio un miracolo! qualcosa di grosso! un atto di eroismo, una grande azione o una grande follia, per scongiurare cotesto pericolo... e come io non farò nulla di tutto questo, né voi lo farete, né voglio che lo facciate, così... nemici!

– Chi vi dice che non lo farò?

– Davvero?... Mi par di essere in piena cavalleria!... Ebbene, allora!... Intanto a rivederci.

Il giorno dopo non si vide né alla tavola rotonda, né altrove. Assanti seppe che era partita, e che anche il Ciriani era partito.

Quella notizia gli fece ardere il sangue nelle vene come se l'avessero schiaffeggiato. Ogni menoma parola, ogni sorriso, ogni inflessione di voce di lei, nell'ultimo colloquio che avevano avuto, gli tornava alla mente con acute punture di dispetto, di gelosia, ed anche d'amore. Dal momento che era fuggita con un altro, quella donna eragli divenuta diabolicamente necessaria, per tutto quello che non era stato, per tutto quello che s'era detto fra di loro. Allora cotesto eroe da salone, per puntiglio o per vanità, si sentì capace di quelle virtù eroiche da palcoscenico, delle quali ella si era promessa in premio. – Avrebbe voluto acciuffarsi con dieci Ciriani; avrebbe voluto traversare un villaggio in fiamme sulla punta dei suoi stivalini verniciati, recandosi lei sulle braccia; avrebbe voluto saltare un precipizio di mezza lega per salvarla, senza fare uno strappo ai suoi pantaloni di Lennon.[10] Si sentiva invaso da una specie di febbre. Partì sulle tracce di lei; gettò il denaro a due mani; viaggiò notte e giorno, in ferrovia, in carrozza e a cavallo, con un tempaccio da lupi, in mezzo alle selvagge solitudini per le quali correva la linea di Foggia, allora incompleta, col pericolo di cadere di momento in momento nelle mani dei briganti che scorazzavano per quelle parti.

Finalmente ebbe le prime notizie della Dal Colle ad Ariano[11]; ella viaggiava in carrozza, seguita dai suoi domestici, senza l'ombra di un Ciriani. Prima di annottare, una o due poste[12] prima di Bovino,[13] l'oste ed il conduttore cercarono di dissuaderlo di andare innanzi, perché la campagna era infestata dai briganti. Fu come se gli avessero messo il diavolo addosso. Lei era in pericolo: non pensava ad altro. La notte istessa, poco dopo Bovino, raggiunse le due carrozze colle quali ella viaggiava, ferme dinanzi ad un povero casolare che era la posta dei cavalli. Il lanternino appeso all'uscio era stato fracassato da mano invisibile; la porta era spalancata, e la stalla vuota.

I postiglioni avevano chiamato e strepitato senza che comparisse alcuno. Assanti da lontano gridava di non andare avanti: uno dei postiglioni temendo d'essere inseguito dai briganti gli sparò addosso una pistolettata senza colpirlo.

– Fermatevi, ripeté Assanti. Fermatevi, in nome di Dio! o siete perduti.

Allo sportello di una delle due carrozze si vide dietro il cristallo, al riflesso incerto dei fanali, il viso un po' pallido della Dal Colle. Ella riconobbe Assanti in mezzo a quella scena di confusione e di spavento, e gridò al cocchiere con accento febbrile:

– Avanti! avanti! duecento lire di mancia!

– Avanti ci sono i briganti! gridò il giovane quasi fuori di sé.

In quell'istante, senza che si vedesse anima viva, si udì una voce che sembrava venire da una rupe che sovrastava il lato sinistro della via.

– Fermi tutti!... o per la Madonna! siete morti!

[10]*Lennon*: nome celebre per la manifattura di abiti.
[11]*Ariano*: comune in provincia di Avellino, sulla strada fra Napoli e Foggia.
[12]*poste*: stazioni per il cambio dei cavalli.
[13]*Bovino*: località pugliese, vicino a zone allora poco sicure per il brigantaggio.

Il cocchiere applicò una vigorosa frustata ai cavalli che puntarono le zampe ed inarcarono le schiene per slanciarsi al galoppo; ma prima che avessero fatto un sol passo si udì un colpo di fucile, ed il cavallo di sinistra cadde imbrogliandosi nei fornimenti,[14] il cocchiere si buttò da cassetta e sparì nelle tenebre; la seconda carrozza, quella in cui erano i domestici della Dal Colle, voltò indietro, e fuggì a rotta di collo. Tuttociò era avvenuto in meno che non ci vuole per dirlo. Assanti si slanciò allo sportello della vettura, afferrò la donna per la vita come una bambina, la spinse nella stalla e ne chiuse la porta alla meglio, ammucchiandovi contro tutto quel che poté trovare. Al primo trambusto di quella scena era succeduto un silenzio profondo e misterioso; gli assalitori, prima di scendere nella strada, volevano al certo misurare la resistenza che avrebbero incontrata.

La Dal Colle, ritta in un angolo, non diceva una sola parola, e Assanti, rivolto verso l'uscio, colla carabina a due colpi in pugno, aspettava. Come si furono abituati all'oscurità, si vide sorgere, alla fioca luce dei fanali della carrozza che trapelava dalle commessure mal giunte dell'uscio, una scala a piuoli, la quale dal fondo della stalla metteva per una botola al fienile soprastante. Sulla strada si cominciava ad udire un tramestìo attorno alla carrozza, rimasta dinanzi al casolare. Assanti fece salire la sua compagna al piano di sopra, e quando fu salito anche lui, tirò su la scala. Al difuori durava ancora il silenzio, e di quando in quando il cavallo rimasto in piedi, scuoteva la sonagliera.

– Voi mi scaricherete la vostra carabina alla testa se dovessi cader viva nelle mani di coloro! furono le prime parole che la donna pronunziò con voce breve e febbrile.

– Sì! rispose Assanti collo stesso tono.

Egli era corso alla finestra; non si vedeva nessuno; la carrozza era sempre ferma dinanzi all'uscio, descrivendo un breve cerchio di luce coi suoi due fanali; il cavallo fiutava con curiosità il compagno caduto. Ad un tratto si udì un secondo colpo di fucile, e dall'architrave della finestra, a due dita dal capo di Assanti, caddero dei calcinacci. La Dal Colle lo tirò indietro bruscamente. Allora per la prima volta i loro sguardi s'incontrarono. Ella era pallida come uno spettro, ma i suoi occhi erano sfavillanti.

All'improvviso la porta della stalla fu scossa da un urto che rimbombò come se l'avesse sconquassata. Assanti corse alla finestra e fece fuoco; si udì un grido, seguito da una scarica generale diretta contro di lui. Assanti si chinò sulla botola, mirò alla porta della stalla e fece fuoco una seconda volta. I briganti, a quei due colpi di carabina che venivano dall'alto e dal basso, credettero di avere a fare con parecchi, decisi di vender cara la loro vita, e ricorsero ad un altro mezzo di attacco più sicuro e meno pericoloso. La fucilata cessò come per incanto.

Si udirono al di fuori rumori diversi, che da principio i due asse-

<hr>

[14] *fornimenti*: finimenti.

diati non sapevano spiegarsi: un via vai, un risuonare di sonagliuoli dei cavalli, un muovere di ruote; poi rimbombò un secondo e forte urto alla porta della stalla, come se la carrozza vi fosse stata spinta contro a guisa d'ariete. Assanti trasalì per l'imminenza di un nuovo e sconosciuto pericolo; il cuore gli batteva forte. – Chi ci avrebbe detto che il miracolo di cui vi parlavo sarebbe stato così vicino! disse la Dal Colle con uno strano sorriso. Ei le afferrò la mano ed ella non la ritirò. In quel momento un riflesso rossastro si disegnò come una apparizione infernale di faccia alla porta, sulla parete nera della stalla. Il giovane, dimentico del pericolo passato per quello più grande che li minacciava, corse alla finestra, e la spalancò; le fiamme che bruciavano la carrozza e l'uscio della stalla illuminarono vivamente il fienile. – Cosa fanno adesso? domandò la donna stringendosi a lui con mano tremante. – Bruciano la casa! rispose Assanti con voce sorda. – Voi mi avete promesso che morremo insieme! diss'ella dopo un minuto di silenzio.

Presso la finestra le travi del solaio cominciarono a scoppiettare, e le fiamme mostravano attraverso le assi le loro lingue azzurrognole che lambivano le pareti; il fumo annebbiava la stanzuccia e li soffocava. La donna guardava Assanti con occhi singolari.

– Vi siete perduto per me! mormorò finalmente, con un accento di cui egli non avrebbe supposto capace quella donna leggiera.

– Vi amo! egli rispose.

Allora in mezzo al fumo che li accecava, dinanzi alle fiamme che allungavano verso di loro lingue sitibonde, sotto una pioggia di faville infuocate, fra gli urli dei banditi che danzavano e sghignazzavano attorno a quell'orribile rogo, ella gli avvinse le braccia al collo, e posò la guancia sulla guancia di lui.

Tutt'a un tratto si udì sulla strada un gran tumulto, colpi di fuoco, urli di dolore, grida di collera. I carabinieri di Bovino avevano incontrato la carrozza colla quale erano scappati i domestici della Dal Colle, ed erano accorsi in fretta. Un brigadiere si precipitò tra le fiamme, e strappò i due amanti da quell'amplesso di morte.

Albeggiava appena. Assanti e la Dal Colle furono accompagnati a Bovino. Ella era pallidissima. Quando furono soli nella miglior stanza dell'albergo, gli stese la mano.

– Ora separiamoci.

– Come, separarci!...

– Abbiamo passato un bel momento, abbiamo realizzato il miracolo che sembrava impossibile alla tavola rotonda dell'Albergo di Russia. Non lo guastiamo! Siamo stati degli eroi, e siccome non potremmo aver sempre sottomano dei briganti per esaltarci, finiremo per trovarci ridicoli. Lasciamoci eroi dunque.

– Che donna siete mai?

– Mi dicono che sono una matta; ma mi accorgo che una matta è sempre più ragionevole dell'uomo più savio. Vediamo, amico mio, discorriamola ora che la stanchezza fa dar giù la febbre. In due settimane voi passate dall'antipatia all'entusiasmo; vi gettate a corpo perduto su di me, e mi fate il sagrificio della vostra vita, senza sapere se io ne sia degna. È ragionevole cotesto? Avete fatto per me una bella azione, qualcosa che può toccare il cuore o la testa di una donna, e far mettere il cappuccio[15] alle sue follie... non c'è che dire; ma siete certo che non abbiate fatto il sagrificio pel sagrificio? perché vi eravate montata la testa? più per voi che per me insomma? Siete persuaso che l'abbiate fatto schiettamente e semplicemente per amor mio?

– Qual altra prova ne vorreste?

– Una prova semplicissima: voi dite che mi amate?

– Sì.

– Non mi conoscete, non sapete chi sia, né da dove venga; non sapete se sia degna di voi, e se potrei amarvi come vorreste essere amato!...

– So che vi amo!

– Su dieci uomini, e dei più savi, nove risponderebbero come voi. E se vi amassi, sareste felice?

– Sì.

– E questa felicità vi basterebbe? Quanto vorreste che durasse?

– Sempre.

– Perché non mi sposate allora?

– ...Ci penserò.[16]

---

[15]*mettere il cappuccio*: mettere fine.

[16]La novella testimonia, nell'alternarsi del tono ironico e frivolo delle schermaglie amorose con il momento drammatico dell'aggressione dei malfattori, l'impossibilità per il personaggio borghese di sfuggire alle convenzioni mondane, la sua incapacità di attingere un livello alto, eroico. Proprio tale consapevolezza indusse Verga a privilegiare in seguito l'ambiente popolare, dove invece si potevano raffigurare personaggi privi di complicazioni e remore psicologiche, e soprattutto in grado di operare incisivamente, di diventare protagonisti di azioni autenticamente tragiche.

Le storie
del castello di Trezza

I

La signora Matilde era seduta sul parapetto smantellato, colle spalle appoggiate all'edera della torre, spingendo lo sguardo pensoso nell'abisso nero e impenetrabile; suo marito, col sigaro in bocca, le mani nelle tasche, lo sguardo vagabondo dietro le azzurrine spirali del fumo, ascoltava con aria annoiata; Luciano, in piedi accanto alla signora, sembrava cercasse leggere quali pensieri si riflettessero in quegli occhi impenetrabili come l'abisso che contemplavano. Gli altri della brigata erano sparsi qua e là per la spianata ingombra di sassi e di rovi, ciarlando, ridendo, motteggiando; il mare andavasi facendo di un azzurro livido, increspato lievemente, e seminato di fiocchi di spuma. Il sole tramontava dietro un mucchio di nuvole fantastiche, e l'ombra del castello[1] si allungava melanconica e gigantesca sugli scogli.

– Era qui? domandò ad un tratto la signora Matilde, levando bruscamente il capo.

– Proprio qui.

Ella volse attorno uno sguardo lungo e pensieroso. Poscia domandò con uno scoppio di risa vive, motteggiatrici:

– Come lo sa?

– Ricostruisca coll'immaginazione le volte di queste arcate, alte, oscure, in cui luccicano gli avanzi delle dorature, quel camino immenso, affumicato, sormontato da quello stemma geloso che non si macchiava senza pagare col sangue; quell'alcova profonda come un antro, tappezzata a foschi colori, colla spada appesa al capezzale di quel signore che non l'ha tirata mai invano dal fodero, il quale dorme sul chi vive, l'orecchio teso, come un brigante – che ha il suo onore al di sopra del suo Dio, e la sua donna al disotto del suo cavallo di battaglia: – cotesta donna, debole, timida, sola, tremante al fiero cipiglio del suo signore e padrone, ripudiata dalla sua famiglia il giorno che le fu affidato l'onore ombroso e implacabile di un altro

*Il lungo racconto fu pubblicato in quattro puntate nella "Nuova illustrazione universale", 17 gennaio-7 febbraio 1875.

[1]*castello*: castello normanno sulla costa del mare, in un borgo denominato appunto Aci Castello, a pochi chilometri a nord di Catania. La costruzione, in pietra nera lavica, ha un suo fascino un po' inquietante.

nome; – dietro quell'alcova, separato soltanto da una sottile parete, sotto un'asse traditrice, quel trabocchetto che oggi mostra senza ipocrisia la sua gola spalancata – il carnaio[2] di quel mastino bruno, membruto, baffuto, che russa fra la sua donna e la sua spada; – il lume della lampada notturna che guizza sulle immense pareti, e vi disegna fantasmi e paure; il vento che urla come uno spirito maligno nella gola del camino, e scuote rabbiosamente le imposte tarlate; e di tanto in tanto, dietro quella parete, dalla profondità di quel trabocchetto attorno a cui il mare ruggisce, un gemito soffocato dall'abisso, delirante di spasimo, un gemito che fa drizzare la donna sul guanciale, coi capelli irti di terrore, molli del sudore di un'angoscia più terribile di quella dell'uomo che agonizza nel fondo del trabocchetto, e, fuori di sé, le fa volgere uno sguardo smarrito, quasi pazzo, su quel marito che non ode e russa.

La signora Matilde ascoltava in silenzio, cogli occhi fissi, intenti, luccicanti. Non disse "È vero!" ma chinò il capo. Il marito si strinse nelle spalle e si alzò per andarsene. Le ombre sorgevano da tutte le profondità delle rovine e del precipizio.

– Se tutto ciò è vero, ella disse con voce breve; s'è accaduto così come dite, essi debbono essersi appoggiati qui, a questi avanzi di davanzale, a guardare il mare, come noi adesso... – ed ella vi posò la mano febbrile – qui.

Ei chinò lo sguardo sulla mano, poi guardò il mare, poi la mano di nuovo. Ella non si muoveva, non diceva motto, guardava lontano.

– Andiamo, disse a un tratto, la leggenda è interessante, ma mio marito a quest'ora deve preferire la campana del desinare. Andiamo.

Il giovane le offrì il braccio, ed ella vi si appoggiò, rialzando i lembi del vestito, saltando leggermente fra i sassi e le rovine. Passando presso uno stipite sbocconcellato, osservò che c'erano ancora attaccati gli avanzi degli stucchi.

– Se potessero raccontare anche questi! disse ridendo.

– Direbbero che allo stesso posto dove s'è posata la sua mano, ci si è aggrappata la mano convulsa della baronessa, la quale tendeva l'orecchio, ansiosa, verso quell'andito dove non si udiva più il rumore dei passi di lui, né una voce, né un gemito, ma risuonavano invece gli sproni sanguinosi del barone.

La signora si tirò indietro vivamente, come se avesse toccato del fuoco; poi vi posò di nuovo la mano, risoluta, nervosa, increspata[3]; sembrava avida d'emozione[4]; avea sulle labbra uno strano sorriso, le guance accese e gli occhi brillanti.

---

[2] *il carnaio*: il corpo massiccio.

[3] *increspata*: rattrappita.

[4] In questa affermazione la chiave del racconto: il personaggio borghese è desideroso di "emozioni", che, non provate nella conformistica vita quotidiana, sono vissute nell'immaginario attraverso la narrazione di episodi del passato (in questo caso le leggende nefaste del castello). I personaggi borghesi si proiettano insomma nei personaggi medievali, capaci di forti passioni, e tentano poi di imitarli con le inevitabili conseguenze negative. Il gioco degli incastri narrativi fra la vicenda moderna e la storia del passato ruota, anche in questo caso, intorno al tema dell'adulterio, con l'alternarsi dell'atmosfera fantastica paurosa per l'ambiente medievale e dell'indagine dei meccanismi psicologici per i personaggi borghesi, tutti dediti ai loro vagheggiamenti mentali.

– Vede! disse. Non si ode più nulla!

– Alla buon'ora![5] esclamò il signor Giordano; dunque possiamo andare.

La moglie gli rivolse uno sguardo distratto, e soggiunse:

– Scusami, sai!

Il raggio di sole prima di tramontare si insinuò per un crepaccio a fior d'acqua, e illuminò improvvisamente il fondo di quella specie di pozzo ch'era stato il trabocchetto, le punte aguzze delle nere pareti, i ciottoli bianchi che spiccavano sul muschio e l'umidità del fondo, e i licheni rachitici che l'autunno imporporava. Il sorriso era sparito dal viso della signora spensierata, e volgendosi al marito, timida, carezzevole, imbarazzata:

– Vieni? gli disse.

– Bada, rispose il signor Giordano col suo ironico sorriso; ci vedrai le ossa di quel bel cavaliere, e farai brutti sogni stanotte.

Ella non rispose, non si mosse, stava chinata sulla buca; appoggiandosi ai sassi che la circondavano; infine, con voce sorda:

– Infatti... c'è qualcosa di bianco, laggiù in fondo...

E senza attender risposta:

– Se quest'uomo è caduto qui, ha dovuto afferrarsi per istinto a quella punta di scoglio... vedete? si direbbe che c'è ancora del sangue.

Suo marito vi buttò il sigaro spento, e volse le spalle; ella rabbrividì, come se avesse visto profanare una tomba, si fece rossa, e si rizzò per andarsene. Era una graziosa bruna, palliduccia, delicata, nervosa, con grandi e begli occhi neri e profondi; il piede le sdrucciolò un istante sul sasso mal fermo, vacillò, e dovette afferrarsi alla mano di Luciano.

– Grazie! gli disse con un sorriso intraducibile. Si direbbe che l'abisso mi chiama.

II

Il pranzo era stato eccellente; non per nulla il signor Giordano preferiva la campana del desinare alle leggende del Castello. Verso le undici alla villa si pestava sul piano, si saltava nel salotto, e si giuocava a carte nelle altre stanze. La signora Matilde era andata a prendere una boccata d'aria in giardino, e s'era dimenticata di una polca che avea promessa al signor Luciano, il quale la cercava da mezz'ora.

– Alfine! le disse scorgendola. E la nostra polca?

– Ci tiene proprio?

– Molto.

– Se la lasciassimo lì?

– Povera polca!

– Francamente, sa... Ella racconta così bene certe storie, che non l'avrei creduto un ballerino cotanto arrabbiato...

[5] *Alla buon'ora!*: finalmente.

– Ci crede dunque alle storie?

– Ma... secondo il quarto d'ora.

Il silenzio era profondo; il vento cacciava le nuvole rapidamente, e di tanto in tanto faceva stormire gli alberi del giardino; il cielo era inargentato a strappi; le ombre sembravano inseguirsi sulla terra illuminata dalla luna, e il mormorìo del mare e quel sussurrìo delle foglie, sommesso, ad intervalli, a quell'ora aveano un non so che di misterioso. La signora Matilde volse gli occhi qua e là, in aria distratta, e li posò sulla mole nera e gigantesca del castello che disegnavasi con profili fantastici su quel fondo cangiante ad ogni momento. La luce e le ombre si alternavano rapidamente sulle rovine, e un arbusto che avea messo radici sul più alto rivellino,[6] agitavasi di tanto in tanto, come un grottesco fantasma che s'inchinasse verso l'abisso.

– Vede? diss'ella con quel sorriso incerto e colla voce mal ferma. C'è qualche cosa che vive e si agita lassù!

– Gli spettri della leggenda.

– Chissà!

– Cotesto è il quarto d'ora delle storie...

– Oppure...

– Oppure cosa?

– Chissà... Cosa fa mio marito?

– Giuoca a tresette.

– E la signora Olani?

– Sta a guardare.

– Ah!...

– Mi racconti la sua storia... riprese da lì a poco, con singolare vivacità – se non le rincresce per la sua polca.

La storia che Luciano raccontò era strana davvero!

III

La seconda moglie del barone d'Arvelo era una Monforte, nobile come il re e povera come Giobbe,[7] forte come un uomo d'arme e tagliata in modo da rispondere per le rime alla galanteria un po' manesca di Don Garzia, e da promettergli una nidiata di D'Arvelo, numerosi come le uova che avrebbe potuto covare la chioccia più massaia di Trezza.[8] Prima delle nozze, le avevano detto degli spiriti che si sentivano nel Castello, e che la notte era un gran tramestìo pei corridoi e per le sale, che si trovavano usci aperti e finestre spalancate, senza sapere come né da chi – usci e finestre ch'erano stati ben chiusi il giorno innanzi – che si udivano gemiti dell'altro mondo, e scrosci di risa da far venire la pelle d'oca al più ardito scampaforche

---

[6]*rivellino*: uno degli elementi avanzati delle fortificazioni.

[7]*come Giobbe*: personaggio biblico messo alla prova da Dio con la perdita dei suoi beni.

[8]*Trezza*: Aci Trezza, località sul mare, immediatamente vicina ad Aci Castello (fondale poi del romanzo *I Malavoglia*).

che avesse tenuto alabarda e vestito arnese.[9] Donna Isabella avea risposto che, fra lei e un marito come al vedere prometteva esserlo don Garzia, ella non avrebbe avuto paura di tutte le streghe di Spagna e di Sicilia, né di tutti i diavoli dell'inferno. Ed era donna da tener parola.

La prima volta che si svegliò nel letto dove avea dormito l'ultima notte la povera donna Violante, mentre Grazia, la cameriera della prima moglie del barone, le recava il cioccolatte e apriva le finestre, ancora mezzo addormentata, domandò svogliatamente:

– E così, come va che gli spiriti non hanno ballato il trescone[10] di benvenuto alla nuova castellana?

– Non s'è sentito stanotte?... rispose la povera Grazia, che anche a parlare ne avea una gran paura.

– Sì, ho udito il russare di Don Garzia; e ti so dire che russa come dieci guardie vallone.[11]

– Vuol dire che il cappellano ha benedetto la camera meglio delle altre volte.

– Ah! sarà così, oppure che faccio paura al diavolo e agli spiriti.

– O che sarà per domani.

– Eh! hanno dunque il loro cerimoniale, messeri gli spiriti, come nostro signore il re? Racconta dunque!

– Io non so nulla, madonna.

– Chi lo sa?

– Mamma Lucia, Brigida, Maso il cuoco, Anselmo ed il Rosso, i due valletti di messere il barone, e messer Bruno, il capocaccia.

– E cosa hanno visto costoro?

– Nulla.

– Nulla! Cosa hanno udito dunque?

– Hanno udito ogni sorta di cose, che Dio ce ne liberi!

– E da quando si sono udite di queste cose che Dio ce ne liberi?

– Dacché è morta la povera donna Violante, la prima moglie di messere.

– Qui?

– Proprio qui, in questo lato del castello soltanto; ma dalla cima dei merli sino in fondo alle cucine, di cui le finestre danno sulla corte.

La baronessa si mise a ridere, e la sera narrò al marito quel che le era stato detto. Don Garzia, invece di riderne anch'esso, montò in una tal collera che mai la maggiore, e incominciò a bestemmiar Dio e i santi come donna Isabella non avea visto né udito fare dagli staffieri più staffieri che fossero a casa de' suoi fratelli, e a minacciare che se avesse saputo chi si permetteva di spargere cotali fandonie, l'avrebbe fatto saltare dal più alto rivellino del castello. La baronessa fu estremamente sorpresa che quel pezzo di uomo, il quale non

[9]*ardito scampaforche... vestito arnese*: coraggioso furfante che avesse portato la lancia e rivestito l'armatura.
[10]*trescone*: ballo popolare di ritmo vivace.
[11]*guardie vallone*: soldati del Brabante al servizio degli Spagnoli.

doveva aver paura nemmen del diavolo, avesse dato tanto peso a delle sciocche storielle, e in cuor suo ne fu contenta, ché si sentiva più degna del marito di portare i calzoni, e di far la castellana come andava fatto.

– Dormite in santa pace, madonna – le disse Don Garzia – ché qui, nel castello e fuori, pel giro di dieci leghe, sin dove arriva il mio buon diritto e la mia buona spada, non c'è a temere altro che la mia collera.

Però la baronessa, sia che le parole del marito l'avessero colpita, sia che delle sciocchezze udite le fosse rimasta qualcosa in mente, si svegliò di soprassalto verso la mezzanotte, credendo d'aver udito, o d'aver sognato, un rumore indistinto, non molto lontano, proprio dietro la parete dell'alcova. Stette in ascolto con un po' di batticuore; ma non s'udiva più nulla, la lampada notturna ardeva ancora, e il barone russava della meglio. Ella non ardì svegliarlo, ma non poté ripigliar sonno. Il giorno dopo la sua donna[12] la trovò pallida e accigliata, e mentre la pettinava dinanzi allo specchio, la baronessa, coi piedi sugli alari e bene avvolta nella sua veste da camera di broccato, le domandò, dopo avere esitato alquanto:

– Orsù, dimmi quel che sai degli spiriti del castello.

– Io non so altro che quel che ho udito raccontare dal Rosso e da Brigida. Volete che vi chiami Brigida?

– No! rispose con vivacità donna Isabella. Anzi non dire ad anima viva che io te n'abbia parlato... Raccontami tu quel che t'hanno detto Brigida e il Rosso.

– Brigida, quando dormiva nella stanzuccia accanto al corridoio qui vicino, udiva tutte le notti, poco prima o poco dopo dei dodici colpi della campana grossa, aprire la finestra che dà sul ballatoio, e la porta del corridoio. La prima volta che Brigida udì quel rumore fu la seconda domenica dopo Pasqua, la ragazza avea avuto la febbre e non poteva dormire; l'indomani tutti coloro ai quali raccontò il fatto credettero che fosse stato inganno della febbre; ma la poverina a misura che il giorno tramontava aveva una gran paura, e cominciò a parlare in tal modo del gran va e vieni della notte, che tutti credettero fosse delirante, e mamma Lucia rimase a dormire con lei. L'indomani anche mamma Lucia disse che in quella camera non avrebbe voluto dormire una seconda volta per tutto l'oro del mondo. Allora anche coloro i quali s'erano mostrati più increduli cominciarono ad informarsi e del come e del quando, e Maso raccontò quello che non avea voluto dire per timore di farsi dar la baia dai più coraggiosi. Da più di un mese avea udito rumore anche nel tinello, e s'era accorto che gli spiriti facevano man bassa sulla credenza. A poco a poco raccontò pure quel che avea visto.

– Visto?

– Sì, madonna; sospettando che alcuno dei guatteri gli giocasse quel tiro, si appostò nell'andito, dietro il tinello, col suo gran coltel-

---

[12]*la sua donna*: la sua cameriera.

laccio alla cintola, e attese la mezzanotte, ora in cui solevasi udire il rumore. Quando tutt'a un tratto – non si udiva ronzare nemmeno una mosca – si vede comparir dinanzi un gran fantasma bianco, il quale gli arriva addosso senza dire né ahi né ohi, e gli passa rasente senza fare altro rumore di quel che possa fare un topo che va a caccia del formaggio vecchio. Il povero cuoco non volle saperne altro, e fu per farne una bella e buona malattia.

– Ah! disse la baronessa ridendo. E cosa fece in seguito?

– Non fece nulla, fece acqua in bocca, andò a confessarsi, a comunicarsi, ed ogni sera, prima di mettersi in letto, non mancava di farsi due volte la croce anziché una volta, e di raccomandarsi ben bene a tutte le anime del purgatorio che sogliono gironzare la notte, in busca[13] di *requiem* e di suffragi.

– Giacché sono degli spiriti i quali rubano in tinello come dei gatti affamati o dei guatteri ladri, se fossi stata messer Maso, invece d'infilar paternostri, mi sarei raccomandata alla mia miglior lama, onde cercare di scoprire chi fosse il gaglioffo che si permetteva di scambiar le parti coi fantasmi.

– Oh madonna, fu quel che disse il Rosso, il quale è un pezzo di giovanotto che il diavolo istesso, che è il diavolo, non gli farebbe paura; e si mise a rider forte, e gli disse bastargli l'animo di prendere lo spirito, il fantasma, il diavolo stesso per le corna, e fargli vomitare tutto il ben di Dio di cui dicevasi si desse una buona satolla[14] in cucina; mai non l'avesse fatto! La notte seguente s'apposta anche lui nel corridoio, come avea fatto il cuoco, colla sua brava partigiana[15] in mano, ed aspetta un'ora, due, tre. Infine comincia a credere che Maso si sia burlato di lui, o che il vino gli abbia fatto dire una burletta, e comincia ad addormentarsi, così seduto sulla panca e colle spalle al muro. Quand'ecco tutt'a un tratto, tra veglia e sonno, si vede dinanzi una figura bianca, la quale toccava il tetto col capo, e stava ritta dinanzi a lui, senza muoversi, senza che avesse fatto il minimo rumore nel venire, senza che si sapesse da dove fosse venuta; un po' di barlume veniva dalla lampada posta nella sala delle guardie, dal vano dell'arco al disopra della parete, e il Rosso giura d'aver visto i due occhi che il fantasma fissava su di lui, lucenti come quelli di un gatto soriano. Il Rosso, o non fosse ancora ben sveglio, o provasse un po' di paura a quella sùbita apparizione, senza dire né una né due, mise mano alla sua partigiana e menò tal colpo da spaccare in due un toro, fosse stato di bronzo; ma la spada gli si rompe in mano, così come se fosse stata di vetro, o avesse urtato contro il muro; si vide un fuoco d'artifizio di faville, a guisa dei razzi che si sparano per la festa della Madonna dell'Ognina,[16] e il fantasma scomparve, né più né meno di come fa un soffio di vento, lasciando il Rosso atterrito, col suo troncone di spada in mano, e tal-

---

[13]*in busca*: in cerca.
[14]*satolla*: scorpacciata.
[15]*partigiana*: asta con lama appuntita.
[16]*Ognina*: sobborgo costiero di Catania.

mente pallido da far paura agli altri che lo videro per i primi, e d'allora in poi, invece di chiamarlo il Rosso gli dicono il Bianco.

La baronessa rideva ancora in aria d'incredulità; ma le sue ciglia si corrugavano di tanto in tanto, e pur tenendo gli occhi fissi nello specchio, non avea badato né al come Grazia la stesse pettinando, né al come le avesse increspato i cannoncini della sua gorgierina[17] ricamata. O che la convinzione della cameriera fosse talmente sincera da esser comunicativa, o che il sogno della notte avesse fatto una potente impressione su di lei, pensava più che non volesse alla notte che doveva passare un'altra volta in quella medesima alcova.

– E cosa si dice nel castello di coteste apparizioni? domandò dopo un silenzio di qualche durata.

– Madonna...

– Parla!

– Madonna... si dicono delle sciocchezze...

– Raccontamele.

– Messere il barone andrebbe su tutte le furie se lo sapesse.

– Tanto meglio! raccontamele.

– Madonna... io sono una povera fanciulla... Sono un'ignorante... Avrò parlato senza sapere quel che mi dicessi... Messere il barone mi butterebbe dalla finestra più facilmente ch'io non butti via questo pettine che non serve più. Per carità, madonna, non vogliate espormi alla collera di messere!

– Preferiresti esporti alla mia? esclamò la baronessa aggrottando le ciglia.

– Ahimè!... Madonna!

– Orsù, spicciati; voglio saper tutto quel che si dice, ti ripeto, e bada che se la collera del barone è pericolosa, la mia non ischerza.

– Si dice che sia l'anima della povera donna Violante, la prima moglie del barone, rispose Grazia messa alle strette, e tutta tremante.

– Come è morta donna Violante?

– S'è buttata in mare.

– Lei?

– Proprio lei, dal ballatoio mezzo rovinato che gira dinanzi alle finestre del corridoio grande, sugli scogli che stanno laggiù; in fondo al precipizio fu trovato il suo velo bianco... Era la notte del secondo giovedì dopo Pasqua.

– E perché s'è uccisa?

– Chi lo sa? Messere dormiva tranquillamente accanto a lei, fu svegliato da un gran grido, non se la trovò più al fianco, e prima che fosse ben sveglio vide una figura bianca la quale fuggiva. Si udì un gran baccano pel castello, tutti furono in piedi in men che non si dica un'*avemaria*, si trovarono gli usci e le finestre del gran corridoio spalancati, e il barone che correva sul ballatoio come un gatto

---

[17]*i cannoncini della sua gorgierina*: le pieghe del suo colletto.

inferocito; se non era il capocaccia, il quale l'afferrò a tempo, il barone sarebbe caduto dal parapetto rovinato, nel punto dove cominciava la scala per la torretta di guardia, di cui non rimangono altro che le testate[18] degli scalini. Il fantasma era scomparso giusto in quel luogo.

La baronessa s'era fatta pensierosa.

– È strano! mormorò.

– Della povera signora non rimase né si vide altro che quel velo; nella cappella del castello e nella chiesa del villaggio furono dette delle messe per tre giorni, in suffragio della morta, e una gran folla assisté ginocchioni ai funerali, ché tutti le volevano un ben dell'anima per le gran limosine che faceva quand'era in vita; però, sebbene messere avesse dato ordine che le esequie fossero quali si convenivano a così ricca e potente signora, e la bara, colle armi[19] della famiglia ricamate sulle quattro punte della coltre, stesse tre dì e tre notti nella cappella, con più di quaranta ceri accesi continuamente, e lo stendardo grande ai piedi dell'altare, e drappelloni[20] e scudi intorno che mai non si vide pompa più grande, il barone partì immediatamente, né si vide mai più al castello prima d'ora.

– Meno male! mormorò donna Isabella. Don Garzia non m'ha detto nulla di ciò, ma è bene ch'io lo sappia.

– Alcuni pescatori poi ch'erano andati sul mare assai prima degli altri, raccontano d'aver visto l'anima della baronessa, tutta vestita di bianco, come una santa che ella era, sulla porta della guardiola lassù, e passeggiava tranquillamente su e giù per la scala rovinata, ove un gabbiano avrebbe paura ad appollaiarsi, quasi stesse camminando su di un bel tappeto turco, e nella miglior sala del castello.

– Ah! esclamò la baronessa; e non disse altro, si alzò e andò a mettersi alla finestra.

Il giorno era tiepido e bello, e il sole festante che entrava dall'alta finestra sembrava rallegrasse la tetra camera; ma donna Isabella non se ne avvedeva, sembrava meditabonda, e voltandosi a un tratto verso la Grazia:

– Mostrami dov'è caduta donna Violante, le disse.

– Colà in quel punto dove il muro è rotto e cominciava la scala per la guardiola della sentinella, quando vi si metteva sentinella.

– E perché non ci si mette più adesso? domandò la baronessa con un singolare interesse.

– Bisognerebbe aver le ali per arrampicarsi lassù; adesso che la scala è rovinata il più ardito manovale non metterebbe i piedi su quel che rimane degli scalini.

– Ah, è vero!...

E rimase contemplando lungamente la torricciuola, la quale isolata com'era sembrava attaccarsi, paurosa dell'abisso che spalan-

[18]*testate*: le parti estreme.
[19]*armi*: le insegne di famiglia.
[20]*drappelloni*: drappi stesi per ornamento.

cavasi al di sotto, alla cortina[21] massiccia, e gli avanzi della scalinata, cadenti, smantellati, senza parapetto, sospesi in aria a quattrocento piedi dal precipizio sembravano un addentellato per qualche costruzione fantastica.

– Infatti, mormorò come parlando fra di sé, sarebbe impossibile; c'è da averne il capogiro soltanto a guardare.

Si tirò indietro bruscamente, e chiuse la finestra.

Grazia, vedendo la sua beffarda padrona così accigliata, e accorgendosi che la sua storia avea fatto tale inattesa impressione su di lei, sentiva una tale paura come se avesse dovuto passare la notte nella camera di Rosalia.

– Ahimè! Madonna, io ho detto tutto per obbedirvi e senza pensare che ci va della mia vita se lo risapesse il barone. Abbiate pietà di me, madonna!

– Non temere, rispose donna Isabella con un singolare sorriso; coteste cose, vere o false, non si raccontano al mio signore e marito. Ma dimmi anche quel che si dice del motivo che abbia spinto donna Violante ad uccidersi; poiché un motivo qualunque ci sarà stato; qualcosa si dirà, a torto o a ragione, di'.

– Giuro per le cinque piaghe di Nostro Signore[22] e per la santa giornata di venerdì che è oggi, che non si dice nulla, o almeno che non so nulla. Da principio, quando si è incominciato a sentire dei gemiti nelle notti di temporale, ed anche tutte le notti dal sabato alla domenica, e tutte le volte che fa la luna, o che qualche disgrazia deve avvenire nel castello o nei dintorni, si credeva che la baronessa fosse morta in peccato mortale, e perciò la sua anima chiedesse aiuto dall'altro mondo, mentre i demoni l'attanagliavano; ma poi Beppe, il pescatore, raccontò la visione che gli apparve sull'alto della guardiola, e alcuni giorni dopo quel bravo vecchio di suo zio Gaspare la ebbe confermata, e si ebbe la certezza che l'anima benedetta della baronessa era in luogo di salvazione, e si pensò invece a quella di Corrado il paggio, poveretto!

– Come era morto il paggio? s'era ucciso anche lui?

– Non era morto, era scomparso.

– Quando?

– Due giorni prima della morte di donna Violante.

– E chi l'avea fatto sparire?

– Chi!... balbettò la ragazza facendosi pallida. – Ma chi può far sparire un'anima del Signore e portarsela a casa sua, come un lupo ruba una pecora? – Messer demonio.

– Ah! era dunque un gran peccatore cotesto messer Corrado!

– No, madonna, era il giovane più bello e gentile che sia stato al castello.

La baronessa si mise a ridere.

– Eh! mia povera Grazia, quelli sono i peccatori che messer de-

---

[21] *cortina*: tratto di mura fra due torri.
[22] *le cinque piaghe di Nostro Signore*: le ferite alle mani, ai piedi e al costato del Crocifisso.

monio suol rapire a cotesta maniera!... E poi, rifacendosi pensosa, volse un lungo e profondo sguardo su quel letto dove il gemito pauroso l'avea fatta sussultare la notte.

– Quando si odono questi gemiti dell'altro mondo? domandò.
– In quelle notti in cui il fantasma non si fa vedere.
– È strano! E dove?
– Qui, Madonna, in quest'alcova, nell'andito che c'è accanto, nel corridoio che passa vicino a questa camera, e nello spogliatoio che è dietro l'alcova.
– Insomma qui vicino?
Per tutta risposta Grazia, si fece il segno della croce.
La baronessa strinse le labbra tutt'a un tratto.
– Va bene, le disse bruscamente. Ora vattene. Non temere. Non dirò nulla di quel che mi hai detto.

IV

Donna Isabella passò la giornata ad esaminare minutamente tutte le stanze, anditi, e corridoi vicini alla sua camera, e don Garzia le chiese inutilmente il motivo della sua preoccupazione. La notte dormì poco e agitata, ma non udì nulla; soltanto il vento che s'era levato verso l'alba faceva sbattere una delle finestre che davano sul ballatoio.

L'indomani la baronessa era ancora in letto, quando da dietro il cortinaggio udì il seguente dialogo fra suo marito e il Rosso che l'aiutava a calzare i grossi stivaloni:

– Dimmi un po', mariuolo, cos'è stato tutto questo baccano che hanno fatto le mie finestre stanotte?

Il Rosso si grattò il capo e rispose:

– È stato che un'ora prima dell'alba si è messo a soffiare lo scirocco.

– Sarà benissimo, ma se le finestre fossero state ben chiuse, lo scirocco non avrebbe potuto farle ballare come una ragazza che abbia il male di San Vito.[23] Ora bada bene al tuo dovere, marrano![24] ché intendo tutto vada come l'orologio ch'è sul campanile della chiesa, adesso che son qua io.

– Messere, voi siete il padrone, rispose il Rosso esitando, ma quella finestra lì bisogna lasciarla aperta.

– Dimmi il perché.

– Perché quando la finestra non resta aperta... si sente.

– Eh?

– Si sente, messere!

– Malannaggia l'anima tua! urlò il barone dando di piglio ad uno stivale per buttarglielo in faccia.

[23]*il male di San Vito*: accessi convulsivi.
[24]*marrano*: appellativo oltraggioso (in spagnolo *marrani* erano il mussulmano o l'ebreo convertiti al Cristianesimo).

– Messere, voi potete ammazzarmi, se volete, ma ho detto la verità.

– Chi te l'ha soffiata cotesta verità, briccone maledetto?

– Ho visto e udito come vedo ed odo voi, che siete in collera per mia disgrazia e senza mia colpa.

– Tu?

– Io stesso.

– Tu mi rubi il vino della mia cantina, scampaforche!

– Io non avevo bevuto né acqua né vino, messere.

– Tu mi diventi poltrone, dunque! un gatto che fa all'amore ti fa paura. Diventi vecchio, Rosso mio, arnese da ferravecchi, e ti butterò fuori del castello con un calcio più sotto delle reni.

– Messere, io sono buono ancora a qualche cosa, quando mi metterete di faccia a una dozzina di diavoli in carne e ossa, che possano raggiungersi con un buon colpo di partigiana, o che possano ammazzare me come un cane; ma contro un nemico il quale non ha né carne né ossa, e vi rompe il ferro nelle mani come voi fareste di un fil di paglia, per l'anima che darei al primo cane che la volesse! non so cosa potreste fare voi stesso, sebbene siate tenuto il più indiavolato barone di Sicilia.

Il barone questa volta si grattò il capo, e si accigliò, ma senza collera, o almeno senza averla col Rosso. – Orbè, gli disse, chiudimi bene tutte le finestre stanotte, e vattene a dormire senza pensare ad altro.

Donna Isabella si levò pallida e silenziosa più del solito.

– Avreste paura? domandò don Garzia.

– Io non ho paura di nulla! rispose secco secco la baronessa.

Ma la notte non poté chiudere occhio, e mentre suo marito russava come un contrabbasso, ella si voltava e rivoltava pel letto, e ad un tratto, scuotendolo bruscamente pel braccio, e rizzandosi a sedere cogli occhi sbarrati e pallida in viso – Ascoltate! gli disse.

Don Garzia sbarrò gli occhi anche lui, e vedendola così, si rizzò a sedere sul letto e mise mano alla spada.

– No! diss'ella, la vostra spada non vi servirà a nulla.

– Cosa avete udito?

– Ascoltate.

Entrambi rimasero immobili, zitti, intenti. Alfine Don Garzia buttò la spada con dispetto in mezzo alla camera e si ricoricò sacramentando.[25]

– Mi diventate matta anche voi! borbottò – quella canaglia del Rosso vi ha fatto girare il capo! gli taglierò le orecchie a quel mariuolo.

– Zitto! esclamò la donna nuovamente, e questa volta con tal voce, con tali occhi, che il barone non osò replicare motto. Udiste?

– Nulla! per l'anima mia!

Ad un tratto si rizzò a sedere una seconda volta, se non pallido e

---

[25]*sacramentando*: imprecando, bestemmiando.

turbato come la sua donna, almeno curioso ed attento, e cominciò a vestirsi; mentre infilava gli stivali trasalì vivamente.

– Udite! ripeté donna Isabella facendosi la croce.

Egli attaccò una grossa bestemmia invece della croce; saltò sulla spada che avea gettato in mezzo alla camera, e così com'era, mezzo svestito, colla spada nuda in pugno, al buio, si slanciò nell'andito che era dietro all'alcova.

Ritornò poco dopo. – Nulla! disse, le finestre son chiuse, ho percorso il corridoio, l'andito, lo spogliatoio; siamo matti voi ed io; lasciatemi dormire in pace adesso, giacché se domani il Rosso venisse a sapere quel che ho fatto stanotte, e sino a qual segno sia stato imbecille, dovrei vergognarmi anche di lui.

Né si udì più nulla; la baronessa rimase sveglia, e Don Garzia, sebbene avesse attaccato di nuovo due o tre russate sonore, non poté dormire di seguito come al solito; all'alba si alzò con tal cera che il Rosso, spicciatosi alla svelta dei soliti servigi, stava per battersela.

– Chiamami Bruno; gli disse il barone, e ricominciò a passeggiar per la camera, mentre la baronessa stava pettinandosi. Donna Isabella, preoccupata, lo seguiva colla coda dell'occhio, e lo vide andare per l'alcova, l'udì camminare nello spogliatoio; poi lo vide ritornare scuotendo il capo, e mormorando fra di sé: No! è impossibile!...

Bruno e il Rosso comparvero. – Vecchio mio, gli disse il barone, ti senti di buscarti un bel ducato d'oro, e passare una notte nel corridoio qui accanto, senza tremare come la rocca[26] di una donnicciuola cui si parli di spiriti?

– Messere, io mi sento di far tutto quel che comandate, rispose Bruno ma non senza alquanto esitare.

Il barone che conosceva da un pezzo il suo Bruno per un bravaccio indurito a tutte le prove, fu sorpreso da quell'esitazione, e dallo scorgere che il Bruno, contro ogni aspettativa, s'era fatto serio.

– Per l'inferno! gridò battendo un gran pugno sulla tavola, mi diventate tutti un branco di poltroni qui!

– Messere, per provarvi come poltroni non lo siamo tutti, farò quel che mi ordinerete.

– E anch'io, rispose il Rosso, vergognoso di non esser messo alla prova invece del capocaccia. Così, non avrete più a dubitare delle parole nostre.

– Orbene! giacché tutti avete visto, giacché tutti avete udito, giacché tutti avete toccato con mano, fatemi buona guardia stanotte, appostatevi sul cammino che suol tenere cotesto gaglioffo[27] che ha messo la tremarella addosso a tutta la mia gente. Da qual parte si suol vedere questo fantasma?

– Nel corridoio qui accanto, di solito... Ma nessuno ha più visto nulla dacché quest'ala del castello non è stata più abitata...

– Tu, Bruno, ti porrai a guardia dietro l'uscio che mette nella

---

[26]*rocca*: strumento per filare.
[27]*gaglioffo*: inetto, buono a nulla.

sala grande, e il Rosso dietro la finestra, in capo al corridoio. Allorché cotesto spirito malnato sarà dentro, e voi avrete accanto le vostre brave daghe, e non vi tremerà né la mano né il cuore, il ribaldo non potrà scappare altro che dalla mia camera... e allora, pel mio Dio o pel suo Diavolo! l'avrà da fare con me. Andate, e buona guardia!

– Io credo che fareste meglio ad ordinare delle messe per l'anima della vostra donna Violante; gli disse la baronessa seria seria, allorquando furono soli.

Il barone fu sul punto di mettersi in collera, ma seppe padroneggiarsi, e rispose in aria di scherno:

– Da quando in qua mi siete divenuta credula come una femminuccia, moglie mia?

– Dacché vedo ed odo cose che non ho mai udite né viste.

– Cos'avete udito, di grazia?

– Quel che avete udito voi! ribatté essa senza scomporsi.

Don Garzia s'accigliò. – Io non ho udito né visto nulla: esclamò dispettosamente.

– Ed io ho visto voi come vi vedo in questo momento, e come sareste sorpreso voi stesso di vedervi se lo poteste!

– Ah! esclamò il barone con un riso che mostrava i suoi denti bianchi ed aguzzi al pari di quelli di un lupo, è che mi avete fatto girare il capo anche a me, ed ho paura anch'io!

– Credete che io abbia paura, messere?

Il messere non rispose e andò a mettersi alla finestra di un umore più nero delle grosse nuvole che s'accavallavano sull'orizzonte.

V

Il barone fu insolitamente sobrio a cena quella sera. Donna Isabella andò a coricarsi senza dire una parola, senza fare un'osservazione, ma pallida e seria. Don Garzia, quando si fu accertato che il Rosso e Bruno erano già al loro posto, andò a letto e disse alla moglie motteggiando:

– Stanotte vedremo se il diavolo ci lascerà la coda.

Donna Isabella non rispose, ma Don Garzia non russò e dormì di un occhio solo.

Mezzanotte era suonata da un pezzo, il barone avea levato il capo ascoltando i dodici tocchi, poi s'era voltato e rivoltato pel letto due o tre volte, avea sbadigliato, infine s'era addormentato per davvero. Tutto era tranquillo, e taceva anche il vento; Donna Isabella, che era stata desta sino allora, cominciava ad assopirsi.

Ad un tratto un grido terribile rimbombò per l'immenso corridoio; era un grido supremo di terrore, di delirio, che non poteva riconoscersi a qual voce appartenesse, che non avea nulla d'umano; nello stesso tempo si udì un gran tramestìo, l'uscio e la finestra della camera furono spalancati con impeto, quasi da un violento colpo di vento, e al lume dubbio della lampada parve che una figura bianca in un baleno attraversasse la camera e fuggisse dalla finestra.

La baronessa, agghiacciata dal terrore fra le coltri, vide il marito slanciarsi dietro il fantasma colla spada in pugno, e saltare dalla finestra sul ballatoio. Egli correva come un forsennato, seguito da Bruno, inseguendo il fantasma che fuggiva come un uccello, sull'orlo del parapetto rovinato; entrambi, coi capelli irti sul capo, videro al certo, non fu illusione, la bianca figura arrampicarsi leggermente pei sassi che sporgevano ancora dalla cortina, al posto dov'era stata la scala, e sparire nel buio.

– Per la Madonna dell'Ognina! esclamò il barone dopo alcuni istanti di stupore, lo toccherò colla mia spada, o che si prenda l'anima mia, s'è il diavolo in carne ed ossa!

Don Garzia non credeva né a Dio né al Diavolo, sebbene li rispettasse entrambi; ma senza saper perché, si ricordò delle parole dettegli da Donna Isabella la mattina, e fremette.

Donna Isabella non gli avea fatto la più semplice domanda, o si spaventasse a farla, o la credesse inutile. Il barone del resto era di tale umore da non permetterne taluna. L'indomani però dissegli risolutamente che non intendeva dormire più oltre in quella camera.

– Aspettate ancora stanotte, rispose il marito, farò buona guardia io stesso, e se domani non riderete delle vostre paure, vi lascerò padrona di far quel che meglio vorrete.

Ella non osò aggiunger verbo, soltanto qualche momento dopo gli domandò:

– Di che malattia è morta la vostra prima moglie, messere?

Ei la guardò bieco, e rispose:

– Di mal caduco,[28] madonna.

– Io non avrò cotesto male, vi prometto! disse ella con strano accento.

Don Garzia, insieme a tutti i vizi del soldato di ventura e del gentiluomo-brigante, ne avea la sola virtù: una bravura[29] a tutta prova. Egli fece quel che non osava più fare Bruno, il terribile Bruno, e per cui era mezzo morto anche il Rosso, giovanotto ardito se mai ce ne fossero; e passò tre notti di seguito nel corridoio, senza batter ciglio, senza muoversi più che non si muovesse il pilastro al quale stava appoggiato, colla mano sull'elsa della spada e l'orecchio teso: il vento sbatteva le imposte della finestra ch'era stata lasciata aperta per ordine suo, i gufi svolazzavano sul ballatoio, i pipistrelli s'inseguivano stridendo pel corridoio; il lume della lampada riverberavasi pel vano dell'arco della sala delle guardie e sembrava vacillante; ma del resto tutto era queto, e don Garzia sarebbesi stancato di passar le notti in sentinella, come un uomo d'armi, se il ricordo di quel che avea visto coi propri occhi non fosse stato ancora profondamente impresso nella sua mente, e se una parola della moglie non gli avesse messo in corpo una di quelle preoccupazioni che non lasciano più dormire né lo spirito né il corpo, uno di quei dubbi che

[28]*mal caduco*: epilessia.
[29]*bravura*: ardimento.

imperiosamente domandano uno schiarimento; la sua coscienza dormiva ancora; ma le sue reminiscenze, talune circostanze lasciate passare inosservate, si svegliavano ad un tratto, gli si rizzavano dinanzi in forma di tal sospetto, che don Garzia, zotico, brutale, dispotico signore, scettico e superstizioso ad un tempo, ma in fondo sinceramente barone, vale a dire ossequioso al re, alla legge e alla chiesa, che lo facevano quello che egli era, se ne sentiva padroneggiato, e provava il bisogno di sciorglierlo colla persuasione, o colla spada.

Era la quarta notte che don Garzia attendeva; il mare era in tempesta, il tuono scuoteva il castello dalle fondamenta, la grandine scrosciava impetuosamente sui vetri, e le banderuole dei torrioni gemevano ad intervalli; di tanto in tanto un lampo solcava il buio del corridoio per tutta la sua lunghezza, e sembrava gettarvi un'onda di spettri; tutt'a un tratto il lume ch'era nella sala delle guardie si spense.

Don Garzia rimase al buio. Le tenebre che lo avvolgevano sembravano stringerlo ed opprimerlo da tutte le parti, soffocargli il respiro nel petto, la voce nella gola, e inchiodargli il ferro nella guaina; improvvisamente quel soldataccio risoluto sentì un brivido che gli penetrava tutte le ossa: fra le tenebre, in mezzo a tutti quei rumori varii, confusi, ma che aveano un non so che di pauroso, parvegli udire un altro rumore più vicino, più spaventoso, tale da far battere di febbre il polso di quell'uomo; le tenebre si squarciarono in un lampo, e videsi di faccia, ritta, immobile, quella figura bianca che aveva visto fuggire un'altra volta dinanzi a lui, e d'allora in poi l'aveva inseguito nella coscienza o nel pensiero, – ora lo guardava con occhi lucenti e terribili. Tutto ciò non fu che un istante, una visione; – coi capelli irti, vibrò una botta formidabile, sentì l'elsa urtare contro qualche cosa, udì un grido di morte che gli agghiacciò tutto il sangue nelle vene, e in un delirio di terrore gli fece ritirare la spada e fare un salto indietro, atterrito, chiamando la sua gente con quanta voce aveva in corpo.

Scorsero due o tre minuti terribili, in cui non si udì più nulla; egli rimase in mezzo a quel buio, vicino a quella *cosa* che la sua spada aveva toccato. Pel castello si udì un gran trambusto, si vide correre della gente, e sulle pareti cominciarono a riflettersi le fiaccole dei valletti. Don Garzia si slanciò sull'uscio gridando:

– Non entri nessuno all'infuori del Bruno, se v'è cara la vita!

Tutti s'erano fermati attoniti vedendo il barone così pallido, coll'occhio stralunato e la spada in pugno, ancora macchiata di sangue. Bruno entrò, e vide uno spettacolo orribile.

Vicino alla parete giaceva il cadavere di donna Violante, vestita del suo accappatoio bianco, com'era fuggita dal letto del marito la notte in cui s'era creduto che si fosse buttata in mare. Il viso avea pallido come cera e dimagrato enormemente, i capelli arruffati ed incolti, gli occhi spalancati, lucidi, fissi, spaventosi. La ferita era stata mortale e non sanguinava quasi, solo alcune goccie di sangue l'erano uscite dalla bocca e le rigavano il mento.

– Avevi ragione, Bruno! disse il barone con voce sorda. Non volevo crederci ai fantasmi; le credevo sciocchezze di femminuccie; ma adesso ci credo anch'io. Bisogna buttare in mare questa forma della mia povera moglie che ha preso lo spirito maligno... e senza che nessuno al castello e fuori ne sappia nulla, ché sarebbero capaci d'inventarci su non saprei quale storia assurda...

Bruno capiva e non ebbe bisogno d'altre spiegazioni; però il suo signore non dimenticò di aggiungere sottovoce:

– Senti, vecchio mio, sai bene che se la cosa si risapesse così come sembra essere avvenuta, io sarei stato bigamo e peggio, e la tua testa sarebbe assai malferma sulle tue spalle, in fede mia!

In chiesa, ricorrendo l'anniversario della morte di donna Violante, le furono resi dei pomposi e costosi suffragi; però, non si sa come, cominciavasi a buccinare[30] al castello e fuori che *la cosa fosse proprio avvenuta come sembrava*, e come don Garzia non voleva che sembrasse; e Bruno, il quale perciò cominciava a dubitare che la sua testa non fosse ben ferma sulle sue spalle, un bel giorno a caccia mise per distrazione una palla d'archibugio fra la prima e la seconda vertebra del suo signore.

Donna Isabella, che avea una gran paura del mal caduco, era andata a villeggiare presso la sua famiglia, e siccome l'aria le faceva bene, non era più ritornata.

VI

Questa era la leggenda del Castello di Trezza, che tutti sapevano nei dintorni, che tutti raccontavano in modo diverso, mescolandovi gli spiriti, le anime del Purgatorio, e la Madonna dell'Ognina. I terremoti, il tempo, gli uomini, avevano ridotto un mucchio di rovine la splendida e forte dimora di signori i quali, al tempo di Artale d'Alagona,[31] aveano sfidato impunemente la collera del re, e sembravano avervi impresso una stimmate maledetta, che dava una misteriosa attrattiva alla leggenda, e affascinava lo sguardo della signora Matilde, mentre ascoltava silenziosamente.

– E di quell'uomo? domandò improvvisamente, di quel giovanetto che per sua disgrazia non era morto cadendo nel trabocchetto, e che vi agonizzava lentamente, cosa ne è avvenuto?

– Chissà? Forse il barone avrà udito ancora dei gemiti soffocati, o delle grida disperate che imploravano la morte, forse dopo alcuni giorni, si sarà sentito odor di cadavere da quella specie di pozzo, forse avrà voluto prevenire che ciò avvenisse, – vi fece gettar della calce viva, e non si sentì più nulla.

– È una storia spaventosa! mormorò la signora Matilde. Togliamone pure i fantasmi, il suono della mezzanotte, il vento che spa-

---

[30]*buccinare*: propalare.
[31]*Artale d'Alagona*: vicario del regno di Sicilia nel secondo Trecento.

lanca usci e finestre, e le banderuole che gemono, è una spaventosa storia!

– Una storia la quale non sarebbe più possibile oggi che i mariti ricorrono ai Tribunali, o alla peggio si battono; rispose Luciano ridendo.

Ella gli agghiacciò il riso in bocca con uno sguardo singolare. – Lo credete? domandò.

Egli ammutolì per quello sguardo, per quell'accento, pel sentirsi dar del voi così distrattamente e a quella guisa. Sopraggiungeva il signor Giordano.

– Parlatemi d'altro, – diss'ella sottovoce, con singolare vivacità, – non discorriamo più di cotesto...

VII

Il signor Luciano e la signora Matilde si vedevano quasi tutti i giorni, in quella piccola società d'amici che le veglie o le escursioni pei dintorni riunivano quotidianamente. La signora fu indisposta due o tre giorni, e non si fece vedere. Allorché s'incontrarono la prima volta parve così mutata a Luciano che le domandò premurosamente della salute; il contegno di lei, le sue risposte, furono così imbarazzate, che il giovane ne fu imbarazzato egli pure, senza saper perché.

Evidentemente ella lo evitava. Era sempre allegra, spiritosa ed amabile con tutti, ma con lui era cambiata. – Anche il marito avea cambiato maniere – senza che nulla fosse avvenuto, senza che una parola fosse stata detta, senza che Luciano stesso sapesse ancora perché ei fosse così turbato, perché l'imbarazzo di lei rendesse imbarazzato anche lui, e perché si fosse accorto del cambiamento del signor Giordano. Una bella sera di luna piena tutta la comitiva era uscita a passeggiare, e Luciano offrì risolutamente il braccio alla signora Matilde; ella esitò alquanto, ma non osò rifiutare; camminavano lentamente, in silenzio, mentre gli altri ciarlavano e ridevano; ad un tratto ella gli strinse il braccio, e gli disse con un soffio di voce: – Vedete!

Il signor Giordano era lì presso, dando di braccio alla signora Olani. La mano che stringeva il braccio di Luciano era convulsa e tremante, la voce avea una vibrazione insolita.

Quando il signor Giordano ebbe lasciata al cancello della villa la signora Olani, sembrò lasciare anche una maschera che si fosse imposta sino a quel momento, e mostrossi soprappensieri, taciturno e accigliato.

– Ho paura!... ho paura di lui!... mormorò Matilde sottovoce.

Luciano premette quel braccio delicato che s'appoggiava leggermente al suo, e che gli rispose tremante e gli si abbandonò confidente e innamorato, a lui che non avrebbe potuto proteggerla neppure dando tutto il sangue delle sue vene. Si volsero uno sguardo, uno sguardo solo, lucente nella penombra, – quello della donna smarrito – e chinarono gli occhi. Sull'uscio della casa si lasciarono. Ei non osò stringerle la mano.

Ella partì, né seppe giammai quali notti ardenti di visioni egli avesse passato, quali febbri l'avessero roso accanto a lei, mentre sembrava così calmo e indifferente, quante volte fosse stato a divorarla, non visto, cogli occhi, e quel che si fosse passato dentro di lui allorché sorridendo dovette dirle addio dinanzi a tutti, e quando la vide passare, rincantucciata nell'angolo della carrozza, colle guance pallide e gli occhi fisi nel vuoto, e qual nodo d'amarezza gli avesse affogato il cuore allorché rivide chiusa quella finestra dove l'avea vista tante volte. L'indovinò? indovinò egli stesso quel che avesse sofferto ella pure? Quando s'incontrarono di nuovo, dopo lungo tempo, parvero non conoscersi, non vedersi, impallidirono e non si salutarono.

Finalmente s'incontrarono un'altra volta – al ballo, in chiesa, al teatro, auspice Dio o la fatalità; ei le disse: – Come potrei vedervi? – Ella impallidì, si fece di bracia, chinò gli occhi, glieli fissò ardenti nei suoi, e rispose: – Domani.

E il domani si videro – un'ora dopo ella avea l'anima ebbra di estasi, i polsi tremanti di febbre, e gli occhi pieni di lagrime. – Perché m'avete raccontato quella storia? ripeteva balbettando come in sogno.

Era pentimento, rimprovero, o presentimento?

Alcuni mesi dopo, in autunno, la medesima compagnia d'amici s'era riunita ad Aci Castello. I due che s'amavano avevano saputo nascondere la loro febbre, o il marito avea saputo dissimulare la sua collera, o la signora Olani era stata più assorbente. Si vedevano come prima, si riunivano come prima, erano allegri, o sembravano, come prima. – Qualche fuggitivo rossore di più sulle gote, e qualche lampo negli occhi – null'altro! Si facevano le solite scampagnate, i soliti ballonzoli, si andava in barca o a cavallo sugli asini, e si progettò anche il solito pranzo sulla vecchia torre del castello. La signora Matilde mise in mezzo tutti gli ostacoli; il marito la guardò in un certo modo, e le domandò la ragione dell'insolita ripugnanza...

Andò anche lei.

Il pranzo fu allegro come quello dell'anno precedente. Si mangiò sull'erba, si ballò sull'erba, e si buttarono sull'erba le bottiglie dopo che ne furono fatti saltare i turaccioli. Si ciarlò del castello, di memorie storiche, dei Normanni e dei Saraceni, della pesca delle acciughe e dei secoli cavallereschi, e tornarono in campo le vecchie leggende, e si raccontò di nuovo a pezzi e a bocconi la storia che Luciano avea raccontato la prima volta in quel luogo medesimo, e che alcuni nuovi venuti ascoltavano con avidità, digerendo tranquillamente, ed assaggiando il buon moscato di Siracusa.

Luciano e la signora Matilde stavano zitti da lungo tempo, ed evitavano di guardarsi.

VIII

Don Garzia d'Arvelo s'era trovato inaspettatamente, a cinquant'anni, signore dei numerosi feudi che dipendevano dalla baronia di Trezza; il barone suo nipote era stato trovato in un burrone, lungo stecchito, un bel dì, o una brutta notte, che era andato a caccia di non so qual selvaggina. Il cavaliere d'Arvelo, divenuto barone, fece impiccare preliminarmente due o tre vassalli i quali avevano la disgrazia di possedere bella selvaggina in casa, e la triste riputazione di tenere all'onore come altrettanti gentiluomini; poi era montato a cavallo, e siccome sospettavasi anche che il signore di Grevia avesse saldato in quel tal modo spicciativo alcuni vecchi conti di famiglia, era andato ad aspettarlo ad un certo crocicchio, e senza stare a sofisticare sulla probabilità del *si dice*, avea messo il saldo alla partita.

Soddisfatti così i suoi obblighi di d'Arvelo e di signore non uso a farsi posare mosca sul naso, era andato ad assidersi tranquillamente sul seggio baronale, avea appeso la spada al chiodo del suo antecessore, e, tanto per farsi la mano da padrone, avea fatto sentire come la sua fosse di ferro a tutti quei poveri diavoli che stavano nei limiti della sua giurisdizione, ed anche delle sue scorrerie, ché un po' del predone gli era rimasto colle vecchie abitudini di cavalier di ventura. Tutti coloro che nel *requiem* ordinato in suffragio del giovane barone avevano innestato sottovoce certi mottetti[32] che non erano nella liturgia, ebbero a pentirsene, e dovettero ripetere, senza che sapessero di storia, il detto della vecchia di Nerone.[33] – Lupo per lupo, il vecchio che succedeva al giovane mostrava tali ganasce e tale appetito, che al paragone il lupacchiotto morto diventava un agnellino. Il cavaliere, cadetto di grande famiglia, era stato tanto tempo ad aguzzarsi le zanne ed ad ustolare[34] attorno a tutto quel ben di Dio in cui sguazzava il nipote, capo signore e padrone, che malgrado le scorrerie di tutti i generi, sulle quali il fratello e poscia il nipote avevano chiuso un occhio, si poteva dire di lui che fosse affamato da cinquant'anni; sicché era naturalissimo che allorquando poté darsi una buona satolla di tutti gli intingoli del potere più sfrenato, lo fece da ghiottone, il quale abbia stomaco di struzzo.

Del resto il Re, suo signore dopo Dio, era lontano, e i d'Arvelo erano d'illustre famiglia, grandi di Spagna, di quelli che non si sberrettano né dinanzi al Re, né dinanzi a Dio, titolari di diverse cariche a Corte, baroni ricchi e potenti, un po' alleati della mano sinistra coi Barbareschi,[35] di quei mastini insomma, che andavano lisciati pel

---

[32] *mottetti*: voci, dicerie.

[33] *il detto della vecchia di Nerone*: nel senso che a un tiranno ne succede uno peggiore e che quindi "al peggio non c'è mai fine", secondo un proverbio siciliano che riprende analoghi motti degli antichi.

[34] *ustolare*: dimostrare visibilmente il desiderio di possesso.

[35] *alleati... coi Barbareschi*: nascostamente alleati con i pirati saraceni dell'Africa settentrionale.

verso del pelo. Don Garzia andò a Corte; si batté con un gentiluomo che osò ridere dei suoi baffi irsuti e dei suoi galloni consunti, e gli mise tre pollici di ferro fra le costole, prestò il suo omaggio di sudditanza al Re, il quale lo invitò alla sua tavola, e fra il caciocavallo e i fichi secchi gli disse, che poiché la famiglia d'Arvelo non avea altri successori, il suo buon piacere era che Don Garzia sposasse una damigella Castilla, la quale attendeva marito nel Monastero di Monte Vergine.[36] Don Garzia, buon suddito e buon capo di grande famiglia, sposò la damigella senza farselo dir due volte, e senza vederla una volta sola prima di condurla all'altare, ma dopo aver ben guardato nelle pergamene della famiglia della sposa e nei quattro quarti del suo blasone; la mise in una lettiga nuova, con buona mano d'uomini d'arme e di cagnotti[37] davanti, ai lati, e dietro, montò il suo cavallo pugliese, e se la menò a Trezza.

La sera dell'arrivo degli sposi si fecero gran luminarie al castello, nel villaggio, e nei dintorni, la campana della chiesuola suonò sino a creparne, si ballò tutta la notte sulla spiaggia, e del vino del Bosco e di Terreforti[38] delle cantine del barone ne bevve persino il mare. Nondimeno, allorché la sposa fu entrata in quella cameraccia scura e triste, in fondo all'alcova immensa della quale ergevasi come un catafalco il talamo nuziale, non poté vincere un senso di ripugnanza e quasi di paura, e domandò al marito:

– Come va, mio signore, che essendo voi tanto ricco, avete una sì brutta cameraccia?

Don Garzia, il quale ricordavasi di dover essere galante pel quarto d'ora, rispose:

– La camera sarà bella ora che ci starete voi, madonna.

Però la prima volta che Donna Violante si svegliò in quella brutta cameraccia, e al fianco di quel brutto sire, dovette essere un gran brutto svegliarsi. Ma ell'era damigella di buona famiglia, bene educata all'obbedienza passiva, fiera soltanto del nome della sua casa e di quello che le era stato dato in tutela; era stata strappata bruscamente alla calma del suo convento, ai tranquilli diletti, ai sogni vagamente turbati della sua giovinezza, ad un romanzetto appena abbozzato, ed era stata gettata, – ella che avea sangue di re nelle vene, – nell'alcova di quel marrano, cui per caso era caduto in capo un berretto di barone; ella avea accettato quel marrano perché il Re, il capo della sua famiglia, le leggi della sua casta glielo imponevano, e avea soffocato la sua ripugnanza allorché la mano nera e callosa di quel vecchio s'era posata sulle sue spalle bianche e superbe, perché era suo marito: dolce e gentile com'era, cercava a furia di dolci e gentili maniere raddolcire quel vecchio lupo che le ringhiava accanto, e le mostrava i denti aguzzi allorché voleva sembrare amabile. Però quello non era tal lupo cui l'acqua santa del matrimonio

---

[36] *Monte Vergine*: non infrequenti i monasteri con tale denominazione; qui si allude probabilmente a quello di Catania (che aveva appunto un collegio femminile).
[37] *cagnotti*: scagnozzi.
[38] *vino del Bosco e di Terreforti*: vini prodotti in zone alle pendici dell'Etna.

potesse far cambiare di pelo; e quanto a vizi avea tutti quelli che s'incontrano sulla strada di un soldato di ventura, dietro le insegne delle bettole. Per giunta, e per disgrazia, Donna Violante dopo due anni di matrimonio non solo non avea messo al mondo il dito mignolo d'un baroncino, ma non avea nemmen l'aria di darsene per intesa, e d'aver capito il motivo per cui Don Garzia s'era tolto[39] in casa la noia e la spesa di una moglie. Quella moglie delicata, linfatica,[40] colle mani bianche, che gli parlava a voce bassa, che arrossiva alle sue canzonette allegre ed alle sue esclamazioni gioviali, che scappava spaventata allorché il sire si metteva in buon umore, che non gli sapeva condire i suoi intingoli prediletti, e che non era stata buona nemmeno a dargli un successore, gli faceva l'effetto d'un ninnolo di lusso, da tenersi sotto chiave come i diamanti di famiglia; perciò lungi di smettere le sue abitudini di lanzichenecco,[41] ci s'era dato della più bella,[42] senza prendersi nemmeno la pena di nasconderlo alla moglie, la quale era così timida, e tremava talmente, allorché ei si metteva in collera alla menoma osservazione, da sembrargli stupida. Cacciava, beveva, correva pei tetti e scavalcava le siepi, e quando ritornava ubbriaco, o di cattivo umore, guai alle mosche che si permettevano di ronzare!

Un'ultima scappata di Don Garzia però avea fatto tale scandalo, che andò a colpire nel vivo quella vittima rassegnata. La fierezza di patrizia, l'amor proprio di donna, la gelosia di moglie, si ribellarono alfine in Donna Violante, e le diedero per la prima volta un'energia fittizia.

– Mio signore, dissegli con voce tremante, ma senza chinare gli occhi dinanzi al brusco cipiglio del marito, rimandatemi al convento dal quale m'avete tolta, poiché sono tanto scaduta nella vostra stima!

– Che vuol dir ciò? borbottò Don Garzia, e chi vi ha detto di esser scaduta?

– Come va dunque, che vi rispettiate così poco voi stesso, da scendere sino alla Mena?[43]

Il barone stava per attaccare una mezza dozzina di quei sacrati[44] che facevan tremare il castello sino alle fondamenta, ma si contentò di sghignazzar forte:

– Da quando in qua, madonna, al castello di Trezza le galline si permettono di alzar la cresta? Badate a covarmi dei baroni, piuttosto, com'è vostro dovere, e lasciatemi cantar mattutino e compieta[45] secondo il mio buon piacere.

<hr/>

[39]*tolto*: preso.
[40]*linfatica*: debole di salute.
[41]*di lanzichenecco*: di soldataccio violento e grossolano (propriamente era un mercenario tedesco).
[42]*ci s'era... più bella*: se l'era spassata.
[43]*Mena*: diminutivo di Filomena.
[44]*sacrati*: imprecazioni.
[45]*mattutino e compieta*: le preghiere da recitarsi obbligatoriamente per i religiosi all'inizio e alla fine della giornata (qui in citazione ironica).

La baronessa l'indomani s'era levata pallida e sofferente, ma con gli occhi luccicanti di un insolito splendore; sembrava rassegnata, ma di una rassegnazione cupa, meditabonda, lampeggiante di tratto in tratto la ribellione e la vendetta; quel marito istesso così rozzo, così brutale, fu una volta sorpreso e impensierito dell'aria indefinibile ed insolita di quella donna che posava il capo sul suo medesimo guanciale, quantunque un sol muscolo della fisonomia di lei non si movesse, e volle mostrarle che le avea perdonato la sua velleità di resistenza con un bacio avvinazzato. – Ella non lo respinse, non si mosse, rimase cogli occhi chiusi, le labbra scolorite e serrate, le guance pallide e ombreggiate dalla lunga frangia delle sue ciglia: soltanto una lagrima ardente luccicò un momento fra quelle ciglia, e scese lenta lenta.

IX

Una sera il barone tardava a venire; la luna specchiavasi sui vetri istoriati dell'alta finestra, e il mare fiottava[46] sommessamente. La baronessa stava da lunga pezza assorta, sulla sua alta seggiola a braccioli, col mento nella mano, distratta o meditabonda. Corrado, il bel paggio del barone d'Arvelo, le aveva domandato inutilmente due volte se gli comandasse di montare a cavallo, e d'andare in traccia del suo signore.

Alfine donna Violante gli fissò in viso lo sguardo pensoso. – Era un bel giovanetto, Corrado, dall'occhio nero e vellutato, e dalle guance brune e fresche come quelle di una vaga fanciulla di Trezza, così timido che quelle guance dorate si imporporarono alquanto sotto lo sguardo distratto della sua signora. – Ella lo fissò a lungo senza vederlo.

– No! disse poscia. Perché?...

Si alzò, andò ad aprire la finestra, e appoggiò i gomiti al davanzale. Il mare era levigato e lucente; i pescatori sparsi per la riva, o aggruppati dinanzi agli usci delle loro casipole, chiacchieravano della pesca del tonno e della salatura delle acciughe; lontan lontano, perduto fra la bruna distesa, si udiva ad intervalli un canto monotono e orientale, le onde morivano come un sospiro ai piedi dell'alta muraglia, la spuma biancheggiava un istante, e l'acre odore marino saliva a buffi, come ad ondate anch'esso. La baronessa stette a contemplare sbadatamente tutto ciò, e sorprese sé stessa, sé posta così in alto nella camera dorata di quella dimora signorile, ad ascoltare con singolare interesse i discorsi di quella gente posta così in basso al piede delle sue torri. Poi guardò il vano nero di quei poveri usci, il fiammeggiare del focolare, il fumo che svolgevasi lento lento dal tetto; infine si volse bruscamente, quasi sorpresa dal paggio che, ritto sull'uscio, attendeva i suoi ordini, guardò di nuovo la spiaggia, il mare, l'orizzonte segnato da una sfumatura di luce, l'ombra degli scogli che andava e veniva coll'onda, e tornò a fissar

[46]*fiottava*: fluttuava.

Corrado, questa volta più lungamente. Ad un tratto arrossì, come sorpresa della sua distrazione, e per dir qualche cosa domandò sbadatamente:

– Che ora è, Corrado?

– Sono le due di notte, madonna.

– Ah!

Le sue ciglia si corrugarono di nuovo, chinò gli occhi un istante, e con un suono d'amarezza indicibile:

– Tarda molto stasera il barone!...

– Non temete, madonna, la campagna è sicura, la sera è bella, e la luna non ha una nube.

– È vero! diss'ella con uno strano sorriso. È proprio una sera da amanti!...

E seguitò a fissare il giovinetto col suo sguardo da padrona, senza pensare a lui che ne era colpito.

Lasciò la finestra e andò a sedere sulla seggiola stemmata, ai piedi della quale si teneva il paggio, non più melanconica, né meditabonda, ma inquieta, agitata, e nervosa.

– Conosci la Mena? domandò ad un tratto bruscamente.

– La mugnaia del Capo dei Molini?[47]

– Sì, la mugnaia del Capo dei Molini! ripeté con un singolare sorriso.

– La conosco, madonna.

– E anch'io! – esclamò con voce sorda. – Me l'ha fatta conoscere mio marito!

Per l'altera castellana Corrado non era altro che un domestico, un essere che portava il suo stemma ricamato sul giustacuore[48] di velluto, e che era leggiadro, e avea la chioma bionda e inanellata per far onore alla casa. Ella dunque parlava come fra sé, colla sua eco, perché il suo cuore era troppo pieno, perché l'amarezza non s'era sfogata in lagrime, e gli fece una singolare domanda, con singolare accento e cogli occhi fissi al suolo:

– Perché non sei l'amante della Mena anche tu?

– Io, madonna?

– Sì, tutti vanno pazzi per cotesta mugnaia!

– Io sono un povero paggio, madonna!...

Ella gli fissò in viso quello sguardo accigliato, e a poco a poco le sopracciglia si spianarono.

– Povero o no, tu sei un bel paggio. Non lo sai?

I loro occhi si incontrarono un istante e si evitarono nello stesso tempo. Se la vanità del giovinetto si fosse risvegliata a quelle parole, tutto sarebbe finito fra di loro, e l'orgoglio della patrizia si sarebbe inalberato così all'audacia del paggio, che il cuore della donna si sarebbe chiuso per sempre. Ma il giovinetto sospirò, e rispose chinando gli occhi:

[47] *Capo dei Molini*: promontorio a nord di Aci Trezza.
[48] *giustacuore*: attillata veste maschile, lunga fino al ginocchio.

– Aimè! madonna!

Quel sospiro aveva un'immensa attrattiva.

Mille nuovi sentimenti confusi e violenti andavano gonfiandosi nell'animo della baronessa, come le nubi su di un mare tempestoso. Ella pura, bianca, superba, ella che discendeva da principi reali e da re castigliani, non poté fare a meno di paragonare quel giovinetto ingenuo, leggiadro, che avea cuore di cavaliere sotto una livrea di domestico, a quell'uomo rozzo, brutto, villano, coronato di barone, cui s'era data, e il quale la posponeva ad una bellezza da trivio,[49] che portava zoccoli ai piedi e sacchi di farina sul dorso. Lagrime ardenti le luccicarono nell'orbita, asciugate subito da qualcosa di più ardente ancora, divorate in segreto; tutto quel movimento interno sembrava aver voce e parola, sembrava gridare da tutte le sue membra e da tutti i suoi pori, e il paggio osava fissare per la prima volta su quella sovrana bellezza, delirante in segreto e che faceva delirare, i suoi begli occhi azzurri scintillanti di luce insolita.

– Corrado! esclamò ella all'improvviso, con voce sorda e interrotta, come perdesse la testa; tu che la conosci... tu che sei uomo... dimmi se cotesta mugnaia... è bella... s'è più bella di me... Oh dimmelo! non aver paura...

Il giovanetto guardava affascinato quella donna corrucciata, fremente, gelosa, rossa di onta e di dispetto, bella da far dannare un angelo; impallidì e non rispose: poi colla voce tremante, colle mani giunte, con un accento che fece scuotere e trasalire la sua signora, esclamò: – Oh... abbiate pietà di me!... madonna!...

Ella gli lanciò un'occhiata fosca, senza sguardo, e si allontanò rapidamente, fuggendo; andò ad appoggiarsi al davanzale, a bere avidamente la fresca brezza della notte. Quattro ore suonavano in quel momento; non si vedeva un sol lume, né si udiva una voce. Che cosa avveniva in quell'anima combattuta? Nessuno avrebbe saputo dirlo, lei meno di ogni altro, ché tali pensieri sono vertiginosi, tempestosi anche, come è complesso il sentimento da cui emanano. E ad un tratto volgendosi bruscamente verso di lui:

– Senti, gli disse. Hai torto! Paggio o no, povero o no, sei bello e giovane da far perdere la testa, e hai torto a non essere l'amante della Mena; il tuo padrone, che è vecchio e brutto, l'ama... l'amore è la giovinezza, la beltà, il piacere; non ci credevo... ma mio marito me l'ha insegnato, – e sai, questo marito non è né giovane, né gentile. – Io mi son data a lui – ero bella, ti giuro, ero bella allora, delicata, tutta sorriso, col cuore ansioso e trepidante arcanamente sotto la ruvida mano che m'accarezzava. Nel convento avevo sognato tante volte che quella prima carezza mi sarebbe venuta da un'altra mano bianca e delicata che mi avea salutato, e che le mie vergini labbra avrebbero rabbrividito la prima volta sotto quelle altre che m'avevano sorriso, ombreggiate da baffetti d'oro, attraverso la grata. Invece furono le labbra irsute del barone d'Arvelo... – *Colui* era

[49] *da trivio*: volgare.

bello come te, biondo come te, giovane come te, io gli rapii la mia beltà, la mia giovinezza, il mio primo bacio che gli avevo promesso col primo sguardo, il mio cuore, che era suo, per darli a quest'uomo cui m'avevano ordinato di darli, e glieli diedi lealmente. Ora senti, io sono povera come te, non possedevo che il mio bel nome e gli ho dato anche quello, e ho combattuto i miei sogni, le mie ripugnanze, i palpiti stessi del mio cuore. Adesso quest'uomo, cui ho sacrificato tutto ciò, che mi ha rapito tutto ciò; questo ladro, questo sleal cavaliere, questo marito infame, ha mescolato il mio primo bacio di vergine al bacio impuro di una cortigiana...

Ella chiuse gli occhi con un'espressione indicibile di raccapriccio.

– Tu non sai, non puoi sapere qual effetto possano fare tali infamie sull'animo di una patrizia... Ma giuro, per santa Rosalia! che mi vendicherò in tal modo, che farò tale ingiuria a quest'uomo, che lo coprirò di tale vergogna, quale non basterà a lavare tutto il sangue delle sue vene e delle mie... Io son giovane ancora, sarò ancora bella quando amerò... Ti giuro!... Vuoi? di'! vuoi?

Egli tremava tutto. – Ella gli afferrò il capo con gesto risoluto, con occhi ardenti e foschi, e gli stampò sulla bocca un bacio di fuoco.

X

Donna Violante non chiuse occhio in tutta la notte. Stava col gomito sul guanciale, fissando uno sguardo intraducibile, immobile, istancabile, su quel marito che dormiva tranquillo accanto a lei, di cui l'alito avvinazzato le sfiorava il viso, e il quale l'avrebbe stritolata sotto il suo pugno di ferro, se avesse potuto immaginare quali fantasmi passassero per gli occhi sbarrati di lei. E all'indomani, colle guance accese di febbre, e il sorriso convulso, gli disse:

– Non vi pare che sarebbe tempo di cambiare di paggio, Don Garzia?

– Perché?

– Corrado è in età da poter servire da scudiero, e voi lasciate troppo spesso sola vostra moglie, perché egli possa starle sempre vicino senza dar da ciarlare ai vostri nemici.

Il barone aggrottò le ciglia, e rispose:

– Amici e nemici mi conoscono abbastanza perché né la cosa né le ciarle siano possibili.

Sugli occhi della donna lampeggiò un sorriso da demone.

– E poi, aggiunse Don Garzia, vi stimo abbastanza per temere che voi, nobile e fiera, possiate scendere sino ad un paggio. E buttandole galantemente le braccia al collo accostò le sue labbra a quelle di lei. Ella, bianca come una statua, gli rese il bacio con insolita energia.

Nondimeno, malgrado l'alterigia baronale, e la fiducia della sua possanza, Don Garzia era tal vecchio peccatore da non dormir più tranquillo i suoi sonni una volta che gli era stata messa nell'orecchio una pulce di quella fatta, e, andato a trovar Corrado:

– Orsù, bel giovane, gli disse, eccoti questo borsellino pel viaggio e queste due righe di benservito, e vatti a cercar fortuna altrove.

Il giovane rimase sbalordito, e non potendo aspettarsi da che parte gli venisse il congedo, temette che qualcosa del terribile segreto fosse trapelato, e tremante, non per sé, ma per colei di cui avea sognato tutta la notte gli occhi lucenti, e l'ebbrezze convulse:

– Almeno, mio signore, balbettò, piacciavi dirmi, in grazia, perché mi scacciate!

– Perché sei già in età da guadagnarti il pane dove c'è da menar le mani, invece di stare a grattar la chitarra, ed è tempo di pensare a vestir l'arnese, invece del farsettino[50] di velluto.

– Orbè, messere, lasciatemi al vostro servizio, in mercé, se in nulla vi dispiacqui, e in quell'ufficio che meglio vi tornerà.

Il barone si grattò il naso, come soleva fare tutte le volte che gli veniva voglia di assestare un ceffone.

– Via! gli disse con tal piglio da non dover tornar due volte sulle cose dette; levamiti dai piedi, mascalzone, ché dei tuoi servigi non so che farmene, e bada che se la sera di domani ti trova ancora nel castello non ne uscirai dalla porta.

Il povero paggio aveva perduto la testa; malgrado la gran paura che mettevagli addosso il suo signore tentò tutti i mezzi, per cercar di vedere quella donna che gli avea irradiato di luce la vita in un attimo, e che amava più della vita. Ma la baronessa lo evitava, come avesse voluto fuggire sé stessa o le sue memorie. Tutti i progetti e i timori più assurdi si affollarono nella testa delirante del giovane innamorato, e credendo la vita di donna Violante minacciata dal barone, decise di far di tutto per salvarla. Finalmente, mentre sollevava una tenda sotto la quale ella passava, fiera, calma, e impenetrabile, le sussurrò sottovoce:

– Se il mio sangue può giovarvi a qualcosa, prendetevelo, madonna!

Ella non si volse, non rispose, e passò oltre. Ei rimase come fulminato.

XI

La sera che non dovea più trovarlo al castello si avvicinava rapidamente, ed egli non si rammentava nemmeno della terribile minaccia di quel signore che giammai non minacciava invano. Era pazzo di amore; avrebbe pagato colla testa un quarto d'ora di colloquio colla sua signora. Il barone prima di andare a dormire soleva fare tutte le sere una visita del castello. Corrado contava su quel momento per avere un'ultima spiegazione, o un ultimo addio dalla ba-

[50]*farsettino*: corpetto che s'indossava sopra la camicia.

ronessa. Allorché tutto fu buio, s'insinuò non visto pel ballatoio, e venne a riuscire dietro la finestra di Donna Violante.

Don Garzia era seduto colle spalle alla finestra, e stava cenando. La moglie eragli di faccia, col mento sulla mano e gli occhi fissi, impietriti. Ad un tratto, fosse presentimento, fosse fluido misterioso, fosse qualche lieve rumore fatto dal giovane coll'appoggiare il viso ai vetri, ella trasalì, alzò il capo vivamente, e i suoi sguardi s'incontrarono con quelli del paggio a guisa di due correnti elettriche.

– Cos'avete? domandò il barone.

– Nulla; diss'ella, bianca e impassibile come una statua.

Il barone si voltò verso la finestra: – Che rumore è cotesto?

Donna Violante chiamò la cameriera; e le ordinò di chiudere bene; era fredda e rigida come una statua di marmo. – Sarà il vento, soggiunse, o la finestra non è ben chiusa.

Corrado ebbe appena il tempo di rannicchiarsi rasente al muro. Il barone di tanto in tanto volgeva alla sfuggita sulla moglie uno sguardo singolare, e, cosa più singolare, era sobrio! – Non bevete un sorso? domandò versandole del vino.

Ella non osò rifiutare, alzò lentamente il bicchiere, e si udirono i suoi denti urtare due o tre volte contro il vetro.

Poi rimase pensierosa, ma con certa ansietà febbrile, gettando sguardi irrequieti qua e là.

– Bisogna che vi cerchi un altro paggio, ora che Corrado è partito; disse il barone figgendole gli occhi in viso.

Donna Violante non rispose, ma levò gli occhi anche lei, e si guardarono. Il barone bevve un altro bicchier di moscato, e si alzò per andare a far la ronda della sera.

Come fu sola la donna si levò anch'essa, quasi spinta da una molla, e si diede a passeggiar per la camera, agitata e convulsa. Ogni volta che passava dinanzi alla finestra vi gettava un'occhiata scintillante. Ad un tratto vi andò risolutamente, e l'aperse.

Essi si trovarono faccia a faccia, e si guardarono in silenzio.

– Che fai qui? domandò Donna Violante con accento febbrile.

– Son venuto a morire; rispose il paggio con calma terribile.

– Ah! esclamò ella con un sorriso amaro. Lo sai che t'ho fatto scacciar io?

– Voi!

– Io!

– Perché m'avete fatto scacciare?

– Perché non ho potuto far scacciare me stessa, e perché non ho avuto il coraggio di uccidermi dopo di essermi vendicata.

– Che vi ho fatto? esclamò egli colle lagrime nella voce.

– Che m'hai fatto?... rispose la donna fissandolo con occhi stralunati. – Che m'hai fatto?... Ebbene, cosa vuoi ancora? cosa sei venuto a fare?

– Son venuto a dirvi che vi amo! diss'egli senza entusiasmo e senza amarezza.

– Tu! esclamò la baronessa celandosi il viso fra le mani.

– Perdonatemelo, madonna! aggiunse il paggio sorridendo tristamente – cotesto amore che vi offende lo sconterò in un modo terribile.

– No! diss'ella con voce delirante. Non voglio che tu muoia, non voglio più amarti, e non voglio rivederti mai più!... no! no! vattene!

Egli scosse il capo rassegnato. – Andarmene? È tardi, il ponte levatoio è tirato, e il barone mi ha detto che questa sera non avrebbe voluto trovarmi più qui. Bisognava che io arrischiassi qualche cosa per vedervi un'ultima volta, così bella come vi ho sempre dinanzi agli occhi, e che io paghi con qualcosa di prezioso il potervi dire la terribile parola che vi ho detto.

– Ebbene! rispose Donna Violante, pallida come lui, tremante come lui – anche io sconterò il mio fallo... È giusto!

In questo momento si udirono i passi del barone che ritornava accompagnato da qualcuno.

– Sia! esclamò convulsivamente la baronessa. Ti amo, son tua, sia! moriamo!

E gli cinse le braccia al collo, e gli attaccò alle labbra le labbra febbrili. Si udì la voce di don Garzia che diceva al Bruno:

– Tu va' sul ballatoio.

Corrado si strappò da quell'amplesso di morte, con uno sforzo più grande di quel che ci sarebbe voluto per precipitarsi dalla finestra di cui gli veniva chiuso lo scampo, e stringendole la mano risolutamente:

– No! voi no! Ricordatevi di me, Violante, e non temete per voi. Il povero paggio saprà morire come un gentiluomo.

E mentre si udivano già i passi del barone dietro l'uscio, e Bruno che percorreva il ballatoio, si slanciò nell'andito ch'era dietro l'alcova, e in fondo al quale spalancavasi il trabocchetto.

Don Garzia entrò con passo rapido, non guardò nemmen la moglie, la quale sembrava un cadavere, gittò un'occhiata alla finestra chiusa, ed entrò nell'andito senza dire una parola.

Non si udì più nulla. Poco dopo riapparve d'Arvelo, calmo e impenetrabile come al solito. – Tutto è tranquillo, disse. Andiamo a dormire, madonna.

XII

La notte s'era fatta tempestosa, il vento sembrava assumere voci e gemiti umani, e le onde flagellavano la rôcca con un rumore come di un tonfo che soffocasse un gemito d'agonia. Il barone dormiva.

Ella lo guardava dormire, immobile, sfinita, moribonda d'angoscia, sentiva la tempesta dentro di sé, e non osava muoversi per timor di destarlo. Avea gli occhi foschi, le labbra semiaperte, il cuore le si rompeva nel petto, e sembravale che il sangue le si travolgesse nelle vene. Provava bagliori, sfinimenti, impeti inesplicabili, vertigini che la soffocavano, tentazioni furibonde, grida che le salivano alla gola, fascini che l'agghiacciavano, terrori che la spingevano alla follìa. Sembravale di momento in momento che la vôlta dell'alcova si abbassasse a soffocarla, o che l'onda salisse e traboccasse dalla finestra, o che le imposte fossero scosse con impeto disperato da una mano che si afferrasse a qualcosa, o che il muggito del mare soffocasse un urlo delirante d'agonia; il gemito del vento le penetrava sin nelle ossa, con parole arcane ch'ella intendeva, che le dicevano arcane cose, e le facevano dirizzare i capelli sul capo – e teneva sempre gli occhi intenti e affascinati nelle orbite incavate ed oscure di quel marito dormente, il quale sembrava la guardasse attraverso le palpebre chiuse, e leggesse chiaramente tutti i terrori che sconvolgevano la sua ragione. – Di tanto in tanto si asciugava il freddo sudore che le bagnava la fronte, e ravviava macchinalmente i capelli che sembravale le formicolassero sul capo, come fossero divenuti cose animate anch'essi. Quando l'uragano taceva, provava un terrore più arcano, e con un movimento macchinale nascondeva il capo sotto le coltri, per non udire qualcosa di terribile. Ad un tratto quel suono che parevale avere udito in mezzo agli urli della tempesta, quel gemito d'agonia, visione o realtà, s'udì più chiaro e distinto. Allora mise uno strido che non aveva più nulla d'umano, e si slanciò fuori del letto.

Il barone, svegliato di soprassalto, la scorse come un bianco fantasma fuggire dalla finestra, si precipitò ad inseguirla, saltò sul ballatoio e non vide più nulla. La tempesta ruggiva come prima.

Sul precipizio fu trovato il fazzoletto che avea asciugato quel sudore d'angoscia sovrumana.

XIII

La storia avea divertito tutti, anche quelli che la conoscevano diggià, e che la commentavano ai nuovi venuti colla leggenda degli spiriti che avevano abitato il castello. La sera era venuta, l'ora e il racconto aiutavano le vagabonde fantasticherie dell'eccellente digestione. Luciano e la signora Matilde avevano impallidito qualche volta durante quel racconto che conoscevano:

– Badate, le sussurrò egli sottovoce. Vostro marito vi osserva!

Ella si fece rossa, poi impallidì, guardò il mare che imbruniva, e s'avviò la prima. Scesero le scale crollanti, e giunti al basso era quasi buio. La grossa tavola che faceva da ponte levatoio sull'abisso spaventoso il quale spalancasi sotto la rocca, a quell'ora era un passaggio pericoloso. I più prudenti si fermarono prima di metterci piede, e proposero di mandare al villaggio per cercar dei lumi.

– Avete paura, esclamò il signor Giordano con un sorrisetto sardonico.

E si mise arditamente sullo strettissimo ponte. Sua moglie lo seguì tranquilla e un po' pallida, Luciano le tenne dietro e le strinse la mano.

In quel momento, a 150 metri sul precipizio, accanto a quel marito di cui s'erano svegliati i sospetti, quella stretta di mano, di furto, fra le tenebre, avea qualcosa di sovrumano. L'altro li vide forse nell'ombra, lo indovinò, avea calcolato su di ciò... Si volse bruscamente e la chiamò per nome. Si udì un grido, un grido supremo, ella vacillò, afferrandosi a quella mano che l'avea perduta per aiutarla, e cadde con lui nell'abisso.

A Trezza si dice che nelle notti di temporale si odano di nuovo dei gemiti, e si vedano dei fantasmi fra le rovine del castello.

VITA DEI CAMPI

Fantasticheria

Una volta, mentre il treno passava vicino ad Aci-Trezza, voi, affacciandovi allo sportello del vagone, esclamaste: "Vorrei starci un mese laggiù!".

Noi vi ritornammo e vi passammo non un mese, ma quarantott'ore; i terrazzani[1] che spalancavano gli occhi vedendo i vostri grossi bauli avranno creduto che ci sareste rimasta un par d'anni. La mattina del terzo giorno, stanca di vedere eternamente del verde e dell'azzurro, e di contare i carri che passavano per via, eravate alla stazione, e gingillandovi impaziente colla catenella della vostra boccettina da odore,[2] allungavate il collo per scorgere un convoglio che non spuntava mai. In quelle quarantott'ore facemmo tutto ciò che si può fare ad Aci-Trezza: passeggiammo nella polvere della strada e ci arrampicammo sugli scogli; col pretesto d'imparare a remare vi faceste sotto il guanto delle bollicine che rubavano i baci; passammo sul mare una notte romanticissima, gettando le reti tanto per far qualche cosa che a' barcaiuoli potesse parer meritevole di buscare dei reumatismi, e l'alba ci sorprese nell'alto del *fariglione*,[3] un'alba modesta e pallida, che ho ancora dinanzi agli occhi, striata di larghi riflessi violetti, sul mare di un verde cupo; raccolta come una carezza su quel gruppetto di casuccie che dormivano quasi raggomitolate sulla riva, e in cima allo scoglio, sul cielo trasparente e profondo, si stampava netta la vostra figurina, colle linee sapienti che ci metteva la vostra sarta, e il profilo fine ed elegante che ci mettevate voi. – Avevate un vestitino grigio che sembrava fatto apposta per intonare coi colori dell'alba. – Un bel quadretto davvero! e si indovinava che lo sapevate anche voi dal modo col quale vi modellavate nel vostro scialletto, e sorridevate coi grandi occhioni sbarrati e stanchi a quello strano spettacolo, e a quell'altra stranezza di trovarvici anche voi presente. Che cosa avveniva nella vostra

*La novella fu pubblicata nel "Fanfulla della Domenica", 24 agosto 1879.
[1] *terrazzani*: paesani.
[2] *odore*: profumo.
[3] *fariglione*: grande scoglio emergente dal mare. I faraglioni sono caratteristici del paesaggio marino davanti al porticciolo di Aci Trezza.

testolina mentre contemplavate il sole nascente? Gli domandavate forse in qual altro emisfero vi avrebbe ritrovata fra un mese? Diceste soltanto ingenuamente: "Non capisco come si possa viver qui tutta la vita".

Eppure, vedete, la cosa è più facile che non sembri: basta non possedere centomila lire di entrata, prima di tutto; e in compenso patire un po' di tutti gli stenti fra quegli scogli giganteschi, incastonati nell'azzurro, che vi facevano batter le mani per ammirazione. Così poco basta perché quei poveri diavoli che ci aspettavano sonnecchiando nella barca, trovino fra quelle loro casipole sgangherate e pittoresche, che viste da lontano vi sembravano avessero il mal di mare anch'esse, tutto ciò che vi affannate a cercare a Parigi, a Nizza ed a Napoli.

È una cosa singolare; ma forse non è male che sia così – per voi, e per tutti gli altri come voi. Quel mucchio di casipole è abitato da pescatori; "gente di mare", dicon essi, come altri direbbe "gente di toga",[4] i quali hanno la pelle più dura del pane che mangiano, quando ne mangiano, giacché il mare non è sempre gentile, come allora che baciava i vostri guanti... Nelle sue giornate nere, in cui brontola e sbuffa, bisogna contentarsi di stare a guardarlo dalla riva, colle mani in mano, o sdraiati bocconi, il che è meglio per chi non ha desinato; in quei giorni c'è folla sull'uscio dell'osteria, ma suonano pochi soldoni sulla latta del banco, e i monelli che pullulano nel paese, come se la miseria fosse un buon ingrasso,[5] strillano e si graffiano quasi abbiano il diavolo in corpo.

Di tanto in tanto il tifo, il colèra, la malannata, la burrasca, vengono a dare una buona spazzata in quel brulicame,[6] il quale si crederebbe che non dovesse desiderar di meglio che esser spazzato, e scomparire; eppure ripullula[7] sempre nello stesso luogo; non so dirvi come, né perché.

Vi siete mai trovata, dopo una pioggia di autunno, a sbaragliare un esercito di formiche tracciando sbadatamente il nome del vostro ultimo ballerino sulla sabbia del viale? Qualcuna di quelle povere bestioline sarà rimasta attaccata alla ghiera[8] del vostro ombrellino, torcendosi di spasimo; ma tutte le altre, dopo cinque minuti di pànico e di viavai, saranno tornate ad aggrapparsi disperatamente al loro monticello bruno. Voi non ci tornereste davvero, e nemmen io; ma per poter comprendere siffatta caparbietà, che è per certi aspetti eroica, bisogna farci piccini anche noi, chiudere tutto l'orizzonte fra due zolle, e guardare col microscopio le piccole cause che fanno battere i piccoli cuori. Volete metterci un occhio anche voi, a cotesta lente, voi che guardate la vita

---

[4]*gente di toga*: chi indossa la toga per professione (magistrati, avvocati).
[5]*ingrasso*: concime.
[6]*brulicame*: moltitudine d'insetti.
[7]*ripullula*: rispunta in gran quantità.
[8]*ghiera*: anello metallico sulla punta dell'ombrello.

dall'altro lato del cannocchiale? Lo spettacolo vi parrà strano, e perciò forse vi divertirà.[9]

Noi siamo stati amicissimi, ve ne rammentate? e mi avete chiesto di dedicarvi qualche pagina. Perché? *à quoi bon?*[10] come dite voi? Che cosa potrà valere quel che scrivo per chi vi conosce? e per chi non vi conosce che cosa siete voi? Tant'è, mi son rammentato del vostro capriccio un giorno che ho rivisto quella povera donna cui solevate far l'elemosina col pretesto di comperar le sue arancie messe in fila sul panchettino dinanzi all'uscio. Ora il panchettino non c'è più; hanno tagliato il nespolo[11] del cortile, e la casa ha una finestra nuova. La donna sola non aveva mutato, stava un po' più in là a stender la mano ai carrettieri, accoccolata sul mucchietto di sassi che barricano il vecchio *posto* della guardia nazionale[12]; ed io girellando, col sigaro in bocca, ho pensato che anche lei, così povera com'è, vi avea vista passare, bianca e superba.

Non andate in collera se mi son rammentato di voi in tal modo a questo proposito. Oltre i lieti ricordi che mi avete lasciati, ne ho cento altri, vaghi, confusi, disparati, raccolti qua e là, non so più dove; forse alcuni son ricordi di sogni fatti ad occhi aperti; e nel guazzabuglio che facevano nella mia mente, mentre io passava per quella viuzza dove son passate tante cose liete e dolorose, la mantellina di quella donnicciola freddolosa, accoccolata, poneva un non so che di triste e mi faceva pensare a voi, sazia di tutto, perfino dell'adulazione che getta ai vostri piedi il giornale di moda, citandovi spesso in capo alla cronaca elegante – sazia così da inventare il capriccio di vedere il vostro nome sulle pagine di un libro.

Quando scriverò il libro, forse non ci penserete più; intanto i ricordi che vi mando, così lontani da voi in ogni senso, da voi inebbriata di feste e di fiori, vi faranno l'effetto di una brezza deliziosa, in mezzo alle veglie ardenti del vostro eterno carnevale. Il giorno in cui ritornerete laggiù, se pur ci ritornerete, e siederemo accanto un'altra volta, a spinger sassi col piede, e fantasie col pensiero, parleremo forse di quelle altre ebbrezze che ha la vita altrove. Potete anche immaginare che il mio pensiero siasi raccolto in quel cantuccio ignorato del mondo, perché il vostro piede vi si è posato, – o per distogliere i miei occhi dal luccichìo che vi segue dappertutto, sia di

---

[9]La novella contiene fondamentali dichiarazioni di poetica; in particolare l'idea del microcosmo da analizzare col *microscopio* rinvia direttamente alla teoria di una narrativa impostata sull'indagine scientifica della realtà, espressa e praticata da Zola, il principale esponente del naturalismo francese. Ancora più importante appare, tuttavia, l'accenno al comportamento *eroico* dei personaggi popolari, che sottintende una loro grandezza tragica, da contrapporre evidentemente alla frivolezza della signora borghese, interessata soltanto superficialmente al mondo dei pescatori, visto come *spettacolo strano*, in grado di divertirla momentaneamente (la donna raffigura il potenziale lettore borghese di queste narrazioni).

[10]*à quoi bon?*: a che pro.

[11]*nespolo*: i personaggi e gli scenari, sommariamente qui raffigurati come esempi, rinviano al romanzo *I Malavoglia*, pubblicato nel 1881 (il nespolo è appunto l'albero nel cortile della casa dei protagonisti del romanzo).

[12]*posto... nazionale*: il posto di guardia di questa forza pubblica, costituita da privati cittadini, cui si fece ricorso durante la lotta al brigantaggio di quegli anni.

gemme o di febbri – oppure perché vi ho cercata inutilmente per tutti i luoghi che la moda fa lieti. Vedete quindi che siete sempre al primo posto, qui come al teatro.

Vi ricordate anche di quel vecchietto che stava al timone della nostra barca? Voi gli dovete questo tributo di riconoscenza perché egli vi ha impedito dieci volte di bagnarvi le vostre belle calze azzurre. Ora è morto laggiù all'ospedale della città, il povero diavolo, in una gran corsìa tutta bianca, fra dei lenzuoli bianchi, masticando del pane bianco, servito dalle bianche mani delle suore di carità, le quali non avevano altro difetto che di non saper capire i meschini guai[13] che il poveretto biascicava[14] nel suo dialetto semibarbaro.

Ma se avesse potuto desiderare qualche cosa egli avrebbe voluto morire in quel cantuccio nero vicino al focolare, dove tanti anni era stata la sua cuccia "sotto le sue tegole", tanto che quando lo portarono via piangeva guaiolando, come fanno i vecchi. Egli era vissuto sempre fra quei quattro sassi, e di faccia a quel mare bello e traditore col quale dové lottare ogni giorno per trarre da esso tanto da campare la vita e non lasciargli le ossa; eppure in quei momenti in cui si godeva cheto cheto la sua "occhiata di sole" accoccolato sulla pedagna[15] della barca, coi ginocchi fra le braccia, non avrebbe voltato la testa per vedervi, ed avreste cercato invano in quegli occhi attoniti il riflesso più superbo della vostra bellezza; come quando tante fronti altere s'inchinano a farvi ala nei saloni splendenti, e vi specchiate negli occhi invidiosi delle vostre migliori amiche.

La vita è ricca, come vedete, nella sua inesauribile varietà; e voi potete godervi senza scrupoli quella parte di ricchezza che è toccata a voi, a modo vostro. Quella ragazza, per esempio, che faceva capolino dietro i vasi di basilico, quando il fruscìo della vostra veste metteva in rivoluzione la viuzza, se vedeva un altro viso notissimo alla finestra di faccia, sorrideva come se fosse stata vestita di seta anch'essa. Chi sa quali povere gioie sognava su quel davanzale, dietro quel basilico odoroso, cogli occhi intenti in quell'altra casa coronata di tralci di vite? E il riso dei suoi occhi non sarebbe andato a finire in lagrime amare, là nella città grande, lontana dai sassi che l'avevano vista nascere e la conoscevano, se il suo nonno non fosse morto all'ospedale, e suo padre non si fosse annegato, e tutta la sua famiglia non fosse stata dispersa da un colpo di vento che vi avea soffiato sopra – un colpo di vento funesto, che avea trasportato uno dei suoi fratelli fin nelle carceri di Pantelleria[16]: "nei guai!" come dicono laggiù.

Miglior sorte toccò a quelli che morirono; a Lissa l'uno, il più grande, quello che vi sembrava un David di rame,[17] ritto colla sua

[13]*guai*: lamenti.
[14]*biascicava*: balbettava.
[15]*pedagna*: asse all'interno dello scafo di una barca, dove si puntano i piedi per remare.
[16]*Pantelleria*: isola al centro del Mediterraneo, sede di un reclusorio.
[17]*David di rame*: il personaggio biblico uccisore di Golia, spesso ritratto dagli artisti (celebri la statua di Michelangelo e il bronzo di Donatello); *di rame* per il colorito bruno della pelle.

fiocina in pugno, e illuminato bruscamente dalla fiamma dell'elle-ra.[18] Grande e grosso com'era, si faceva di brace anch'esso se gli fissavate in volto i vostri occhi arditi; nondimeno è morto da buon marinaio, sulla verga di trinchetto,[19] fermo al sartiame,[20] levando in alto il berretto, e salutando un'ultima volta la bandiera col suo maschio e selvaggio grido d'isolano. L'altro, quell'uomo che sull'isolotto non osava toccarvi il piede per liberarlo dal lacciuolo teso ai conigli nel quale v'eravate impigliata da stordita che siete, si perdé in una fosca notte d'inverno, solo, fra i cavalloni scatenati, quando fra la barca e il lido, dove stavano ad aspettarlo i suoi, andando di qua e di là come pazzi, c'erano sessanta miglia di tenebre e di tempesta. Voi non avreste potuto immaginare di qual disperato e tetro coraggio fosse capace per lottare contro tal morte quell'uomo che lasciavasi intimidire dal capolavoro del vostro calzolaio.

Meglio per loro che son morti, e non "mangiano il pane del re",[21] come quel poveretto che è rimasto a Pantelleria, e quell'altro pane che mangia la sorella, e non vanno attorno come la donna delle arancie, a viver della grazia di Dio; una grazia assai magra ad Aci-Trezza. Quelli almeno non hanno più bisogno di nulla! Lo disse anche il ragazzo dell'ostessa, l'ultima volta che andò all'ospedale per chieder del vecchio e portargli di nascosto di quelle chiocciole stufate che son così buone a succiare per chi non ha più denti, e trovò il letto vuoto, colle coperte belle e distese, e sgattaiolando nella corte andò a piantarsi dinanzi a una porta tutta brandelli di cartaccie, sbirciando dal buco della chiave una gran sala vuota, sonora e fredda anche di estate, e l'estremità di una lunga tavola di marmo, su cui era buttato un lenzuolo, greve e rigido. E dicendo che quelli là almeno non avevano più bisogno di nulla, si mise a succiare ad una ad una le chiocciole che non servivano più, per passare il tempo. Voi, stringendovi al petto il manicotto di volpe azzurra, vi rammenterete con piacere che gli avete dato cento lire al povero vecchio.

Ora rimangono quei monellucci che vi scortavano come sciacalli e assediavano le arancie; rimangono a ronzare attorno alla mendica, a branciicarle[22] le vesti come se ci avesse sotto del pane, a raccattar torsi di cavolo, buccie d'arancie e mozziconi di sigari, tutte quelle cose che si lasciano cadere per via ma che pure devono avere ancora qualche valore, perché c'è della povera gente che ci campa su; ci campa anzi così bene che quei pezzentelli paffuti e affamati cresceranno in mezzo al fango e alla polvere della strada, e si faranno grandi e grossi come il loro babbo e come il loro nonno, e popoleranno Aci-Trezza di altri pezzentelli, i quali tireranno allegramente la vita coi denti più a lungo che potranno, come il vecchio nonno, sen-

[18]*fiamma dell'ellera*: luce prodotta da torce resinose di edera.
[19]*verga di trinchetto*: il pennone dell'albero di prua. Leonardo Sciascia ha rilevato l'incongruenza cronologica fra la battaglia di Lissa, che avvenne nel 1866, e la ferrovia più volte citata nel racconto, che fu inaugurata soltanto nel gennaio del 1867.
[20]*sartiame*: l'insieme delle corde sulle vele delle navi.
[21]*mangiano il pane del re*: i reclusi delle prigioni.
[22]*branciicarle*: tastarle.

za desiderare altro; e se vorranno fare qualche cosa diversamente da lui, sarà di chiudere gli occhi là dove li hanno aperti, in mano del medico del paese che viene tutti i giorni sull'asinello, come Gesù, ad aiutare la buona gente che se ne va.

– Insomma l'ideale dell'ostrica! direte voi. – Proprio l'ideale dell'ostrica, e noi non abbiamo altro motivo di trovarlo ridicolo che quello di non esser nati ostriche anche noi. Per altro il tenace attaccamento di quella povera gente allo scoglio sul quale la fortuna li ha lasciati cadere mentre seminava principi di qua e duchesse di là, questa rassegnazione coraggiosa ad una vita di stenti, questa religione della famiglia che si riverbera sul mestiere, sulla casa, e sui sassi che la circondano, mi sembrano – forse pel quarto d'ora – cose serissime e rispettabilissime anch'esse. Parmi che le irrequietudini del pensiero vagabondo s'addormenterebbero dolcemente nella pace serena di quei sentimenti miti, semplici, che si succedono calmi e inalterati di generazione in generazione. – Parmi che potrei vedervi passare, al gran trotto dei vostri cavalli, col tintinnìo allegro dei loro finimenti e salutarvi tranquillamente.

Forse perché ho troppo cercato di scorgere entro al turbine che vi circonda e vi segue, mi è parso ora di leggere una fatale necessità nelle tenaci affezioni dei deboli, nell'istinto che hanno i piccoli di stringersi fra loro per resistere alle tempeste della vita, e ho cercato di decifrare il dramma modesto e ignoto che deve aver sgominati gli attori plebei che conoscemmo insieme. Un dramma che qualche volta forse vi racconterò e di cui parmi tutto il nodo debba consistere in ciò: – che allorquando uno di quei piccoli, o più debole, o più incauto, o più egoista degli altri, volle staccarsi dal gruppo per vaghezza dell'ignoto, o per brama di meglio, o per curiosità di conoscere il mondo, il mondo da pesce vorace com'è, se lo ingoiò, e i suoi più prossimi con lui. – E sotto questo aspetto vedete che il dramma non manca d'interesse. Per le ostriche l'argomento più interessante deve esser quello che tratta delle insidie del gambero, o del coltello del palombaro che le stacca dallo scoglio.[23]

[23] Nell'immagine dell'ostrica si racchiude la legge, basilare nel mondo verghiano, che prevede l'inevitabile destino negativo per il personaggio popolare che, per sua volontà (uno sconsiderato desiderio di cambiamento del suo stato) o per i casi della vita (travolto, come dice Verga, dal fiume del progresso), viene a trovarsi lontano dal suo luogo e condizione d'origine. La narrativa verghiana sceglie sì personaggi "piccoli", cioè umili, ma resi grandi dalla *fatale necessità* che governa le loro vicissitudini.

Jeli il pastore

Jeli,[1] il guardiano di cavalli, aveva tredici anni quando conobbe don Alfonso, il signorino; ma era così piccolo che non arrivava alla pancia della *bianca*, la vecchia giumenta che portava il campanaccio della mandra. Lo si vedeva sempre di qua e di là, pei monti e nella pianura, dove pascolavano le sue bestie, ritto ed immobile su qualche greppo, o accoccolato su di un gran sasso. Il suo amico don Alfonso, mentre era in villeggiatura, andava a trovarlo tutti i giorni che Dio mandava a Tebidi,[2] e divideva con lui il suo pezzetto di cioccolata, e il pane d'orzo del pastorello, e le frutta rubate al vicino. Dapprincipio, Jeli dava dell'*eccellenza* al signorino, come si usa in Sicilia, ma dopo che si furono accapigliati per bene, la loro amicizia fu stabilita solidamente. Jeli insegnava al suo amico come si fa ad arrampicarsi sino ai nidi delle gazze, sulle cime dei noci più alti del campanile di Licodia,[3] a cogliere un passero a volo con una sassata, e montare con un salto sul dorso nudo delle sue bestie mezze selvagge, acciuffando per la criniera la prima che passava a tiro, senza lasciarsi sbigottire dai nitriti di collera dei puledri indomiti, e dai loro salti disperati. Ah! le belle scappate pei campi mietuti, colle criniere al vento! i bei giorni d'aprile, quando il vento accavallava ad onde l'erba verde, e le cavalle nitrivano nei pascoli; i bei meriggi d'estate, in cui la campagna, bianchiccia, taceva, sotto il cielo fosco, e i grilli scoppiettavano fra le zolle, come se le stoppie si incendiassero! il bel cielo d'inverno attraverso i rami nudi del mandorlo, che rabbrividivano al rovajo,[4] e il viottolo che suonava gelato sotto lo zoccolo dei cavalli, e le allodole che trillavano in alto, al caldo, nell'azzurro! le belle sere di estate che salivano adagio adagio come la nebbia; il buon odore del fieno in cui si affondavano i gomiti, e il ronzìo malinconico degli insetti della sera, e quelle due note del-

---

*La novella fu pubblicata in parte nella "Fronda" di Firenze, 29 febbraio 1880.
[1] *Jeli*: forma dialettale abbreviata di Raffaele.
[2] *Tebidi*: località vicino a Vizzini, il paese del padre di Verga, dove c'erano ancora proprietà della famiglia.
[3] *Licodia*: Licodia Eubea, nella zona dei monti Iblei, vicino a Vizzini.
[4] *rovajo*: vento di tramontana.

lo zufolo di Jeli, sempre le stesse – iuh! iuh! iuh! che facevano pensare alle cose lontane, alla festa di San Giovanni, alla notte di Natale, all'alba della scampagnata, a tutti quei grandi avvenimenti trascorsi, che sembrano mesti, così lontani, e facevano guardare in alto, cogli occhi umidi, quasi tutte le stelle che andavano accendendosi in cielo vi piovessero in cuore, e l'allagassero!

Jeli, lui, non pativa di quella malinconia; se ne stava accoccolato sul ciglione, colle gote enfiate, intentissimo a suonare iuh! iuh! iuh! Poi radunava il branco a furia di gridi e di sassate, e lo spingeva nella stalla, di là del *poggio alla Croce*.[5]

Ansando, saliva la costa, di là dal vallone, e gridava qualche volta al suo amico Alfonso: – Chiamati il cane! ohé, chiamati il cane; oppure: – Tirami una buona sassata allo *zaino*,[6] che mi fa il signorino, e se ne viene adagio adagio, gingillandosi colle macchie del vallone; oppure: – Domattina portami un ago grosso, di quelli della gnà[7] Lia.

Ei sapeva fare ogni sorta di lavori coll'ago; e ci aveva un batuffoletto di cenci nella sacca di tela, per rattoppare al bisogno le brache e le maniche del giubbone; sapeva anche tessere dei trecciuoli di crini di cavallo, e si lavava anche da sé colla creta[8] del vallone il fazzoletto che si metteva al collo, quando aveva freddo. Insomma, purché ci avesse la sua sacca ad armacollo, non aveva bisogno di nessuno al mondo, fosse stato nei boschi di Resecone, o perduto in fondo alla piana di Caltagirone. La gnà Lia soleva dire: – Vedete Jeli il pastore? è stato sempre solo pei campi come se l'avessero figliato le sue cavalle, ed è perciò che sa farsi la croce con le due mani!

Del rimanente è vero che Jeli non aveva bisogno di nessuno, ma tutti quelli della fattoria avrebbero fatto volentieri qualche cosa per lui, poiché era un ragazzo servizievole, e ci era sempre il caso di buscarci qualche cosa da lui. La gnà Lia gli cuoceva il pane per amor del prossimo, ed ei la ricambiava con bei panierini di vimini per le ova, arcolai[9] di canna, ed altre coserelle. – Facciamo come fanno le sue bestie, diceva la gnà Lia, che si grattano il collo a vicenda.

A Tebidi tutti lo conoscevano da piccolo, che non si vedeva fra le code dei cavalli, quando pascolavano nel *piano del lettighiere*,[10] ed era cresciuto, si può dire, sotto i loro occhi, sebbene nessuno lo vedesse mai, e ramingasse[11] sempre di qua e di là col suo armento! "Era piovuto dal cielo, e la terra l'aveva raccolto" come dice il proverbio; era proprio di quelli che non hanno né casa né parenti. La sua mamma stava a servire a Vizzini, e non lo vedeva altro che una

[5]*poggio alla Croce*: collina nei pressi di Vizzini. Anche in questa novella lo scrittore ambienta scrupolosamente le scene, citando precise località intorno a Vizzini.
[6]*zaino*: cavallo con il mantello di un solo colore, senza tracce di bianco.
[7]*gnà*: dallo spagnolo *doña*, quindi "signora", ma titolo di rispetto soltanto per donna di condizione popolare (in casi di più alta condizione si ricorreva a "donna").
[8]*creta*: la creta ha potere detergente.
[9]*arcolai*: strumenti per dipanare matasse.
[10]*lettighiere*: conduttore di una lettiga (qui il nome serve evidentemente per indicare una località vicino a Vizzini).
[11]*ramingasse*: vagasse.

volta all'anno quando egli andava coi puledri alla fiera di San Giovanni; e il giorno in cui era morta, erano venuti a chiamarlo, un sabato sera, ed il lunedì Jeli tornò alla mandra, sicché il contadino che l'aveva surrogato nella guardia dei cavalli, non perse nemmeno la giornata; ma il povero ragazzo era ritornato così sconvolto che alle volte lasciava scappare i puledri nel seminato. – Ohé! Jeli! gli gridava allora Massaro Agrippino dall'aja; o che vuoi assaggiare le nerbate delle feste,[12] figlio di cagna? – Jeli si metteva a correre dietro i puledri sbrancati,[13] e li spingeva mogio mogio verso la collina; però davanti agli occhi ci aveva sempre la sua mamma, col capo avvolto nel fazzoletto bianco, che non gli parlava più.

Suo padre faceva il vaccaro a Ragoleti, di là di Licodia, "dove la malaria si poteva mietere" dicevano i contadini dei dintorni; ma nei terreni di malaria i pascoli sono grassi, e le vacche non prendono le febbri. Jeli quindi se ne stava nei campi tutto l'anno, o a Don Ferrante, o nelle chiuse della Commenda, o nella valle del Jacitano,[14] e i cacciatori, o i viandanti che prendevano le scorciatoie lo vedevano sempre qua e là, come un cane senza padrone. Ei non ci pativa, perché era avvezzo a stare coi cavalli che gli camminavano dinanzi, passo passo, brucando il trifoglio, e cogli uccelli che girovagavano a stormi, attorno a lui, tutto il tempo che il sole faceva il suo viaggio lento lento, sino a che le ombre si allungavano e poi si dileguavano; egli avea il tempo di veder le nuvole accavallarsi a poco a poco e figurar monti e vallate; conosceva come spira il vento quando porta il temporale, e di che colore sia il nuvolo quando sta per nevicare. Ogni cosa aveva il suo aspetto e il suo significato, e c'era sempre che vedere e che ascoltare in tutte le ore del giorno. Così, verso il tramonto quando il pastore si metteva a suonare collo zufolo di sambuco, la cavalla mora si accostava masticando il trifoglio svogliatamente, e stava anch'essa a guardarlo, con grandi occhi pensierosi.[15]

Dove soffriva soltanto un po' di malinconia era nelle lande deserte di Passanitello, in cui non sorge macchia né arbusto, e ne' mesi caldi non ci vola un uccello. I cavalli si radunavano in cerchio colla testa ciondoloni, per farsi ombra scambievolmente, e nei lunghi giorni della trebbiatura quella gran luce silenziosa pioveva sempre uguale ed afosa per sedici ore.

Però dove il mangime era abbondante, e i cavalli indugiavano volentieri, il ragazzo si occupava con qualche altra cosa: faceva delle gabbie di canna per i grilli, delle pipe intagliate, e dei panierini di giunco; con quattro ramoscelli, sapeva rizzare un po' di tettoia, quando la tramontana spingeva per la valle le lunghe file dei corvi, o quando le cicale battevano le ali nel sole che abbruciava le stoppie; arrosti-

---

[12]*le nerbate delle feste*: le percosse più pesanti.
[13]*sbrancati*: allontanatisi dal branco.
[14]*Don Ferrante... Jacitano*: nomi di contrade, sempre nei pressi di Vizzini.
[15]Dal ritratto iniziale Jeli emerge come un ragazzo del tutto autonomo e autosufficiente, perfettamente integrato nel mondo naturale, con un positivo rapporto, quasi affettivo, con gli animali, senza patire la solitudine del suo lavoro.

va le ghiande del querceto nella brace de' sarmenti di sommacco,[16] che pareva di mangiare delle bruciate,[17] o vi abbrustoliva le larghe fette di pane allorché cominciava ad avere la barba dalla muffa, perché quando si trovava a Passanitello nell'inverno, le strade erano così cattive che alle volte passavano quindici giorni senza che si vedesse passare anima viva.

Don Alfonso che era tenuto nel cotone[18] dai suoi genitori, invidiava al suo amico Jeli la tasca di tela dove ci aveva tutta la sua roba, il pane, le cipolle, il fiaschetto del vino, il fazzoletto pel freddo, il batuffoletto dei cenci col refe e gli aghi grossi, la scatoletta di latta coll'esca[19] e la pietra focaja; gli invidiava pure la superba cavalla *vajata*,[20] quella bestia dal ciuffetto di peli irti sulla fronte, che aveva gli occhi cattivi, e gonfiava le froge al pari di un mastino ringhioso quando qualcuno voleva montarla. Da Jeli invece si lasciava montare e grattare le orecchie, di cui era gelosa, e l'andava fiutando per ascoltare quello che ei voleva dirle. – Lascia stare la *vajata*, gli raccomandava Jeli, non è cattiva, ma non ti conosce.

Dopo che Scordu il Bucchierese[21] si menò via la giumenta calabrese che aveva comprato a San Giovanni, col patto che gliela tenessero nell'armento sino alla vendemmia, il puledro zaino rimasto orfano non voleva darsi pace, e scorrazzava su pei greppi del monte con lunghi nitriti lamentevoli, e colle froge al vento. Jeli gli correva dietro, chiamandolo con forti grida, e il puledro si fermava ad ascoltare, col collo teso e le orecchie irrequiete, sferzandosi i fianchi colla coda. – È perché gli hanno portato via la madre, e non sa più cosa si faccia – osservava il pastore. – Adesso bisogna tenerlo d'occhio perché sarebbe capace di lasciarsi andar giù nel precipizio. Anch'io, quando mi è morta la mia mamma, non ci vedevo più dagli occhi.

Poi, dopo che il puledro ricominciò a fiutare il trifoglio, e a darvi qualche boccata di malavoglia – Vedi! a poco a poco comincia a dimenticarsene.

– Ma anch'esso sarà venduto. I cavalli sono fatti per esser venduti; come gli agnelli nascono per andare al macello, e le nuvole portano la pioggia. Solo gli uccelli non hanno a far altro che cantare e volare tutto il giorno.

Le idee non gli venivano nette e filate l'una dietro l'altra, ché di rado aveva avuto con chi parlare e perciò non aveva fretta di scovarle e distrigarle in fondo alla testa, dove era abituato a lasciare che sbucciassero e spuntassero fuori a poco a poco, come fanno le gemme dei ramoscelli sotto il sole. – Anche gli uccelli, soggiunse, devono buscarsi il cibo, e quando la neve copre la terra se ne muoiono.

[16]*sarmenti di sommacco*: ramaglia di un piccolo albero, le cui foglie e corteccia, ricche di tannino, si usano per la concia delle pelli.
[17]*bruciate*: caldarroste.
[18]*nel cotone*: nella bambagia, cioè con molte cure.
[19]*esca*: la sostanza vegetale secca, che prende fuoco alle scintille prodotte dalla pietra focaia.
[20]*vajata*: cavalla con occhi dal colore diverso o con un cerchio bianco intorno alla pupilla.
[21]*Bucchierese*: di Buccheri, località a pochi chilometri da Vizzini.

Poi ci pensò su un pezzetto. – Tu sei come gli uccelli; ma quando arriva l'inverno te ne puoi stare al fuoco senza far nulla.

Don Alfonso però rispondeva che anche lui andava a scuola, a imparare. Jeli allora sgranava gli occhi, e stava tutto orecchi se il signorino si metteva a leggere, e guardava il libro e lui in aria sospettosa, stando ad ascoltare con quel lieve ammiccar di palpebre che indica l'intensità dell'attenzione nelle bestie che più si accostano all'uomo. Gli piacevano i versi che gli accarezzavano l'udito con l'armonia di una canzone incomprensibile, e alle volte aggrottava le ciglia, appuntava il mento, e sembrava che un gran lavorìo si stesse facendo nel suo interno; allora accennava di sì e di sì col capo, con un sorriso furbo, e si grattava la testa. Quando poi il signorino mettevasi a scrivere per far vedere quante cose sapeva fare, Jeli sarebbe rimasto delle giornate intiere a guardarlo, e tutto a un tratto lasciava scappare un'occhiata sospettosa. Non poteva persuadersi che si potesse poi ripetere sulla carta quelle parole che egli aveva dette, o che aveva dette don Alfonso, ed anche quelle cose che non gli erano uscite di bocca, e finiva col fare quel sorriso furbo.

Ogni idea nuova che gli picchiasse nella testa per entrare, lo metteva in sospetto, e pareva la fiutasse colla diffidenza selvaggia della sua *vajata*. Però non mostrava meraviglia di nulla al mondo; gli avessero detto che in città i cavalli andavano in carrozza, egli sarebbe rimasto impassibile con quella maschera d'indifferenza orientale che è la dignità del contadino siciliano. Pareva che istintivamente si trincerasse nella sua ignoranza, come fosse la forza della povertà. Tutte le volte che rimaneva a corto di argomenti ripeteva: – Io non ne so nulla. Io sono povero – con quel sorriso ostinato che voleva essere furbo.[22]

Aveva chiesto al suo amico Alfonso di scrivergli il nome di Mara su di un pezzetto di carta che aveva trovato chi sa dove, perché egli raccattava tutto quello che vedeva per terra, e se l'era messo nel batuffoletto dei cenci. Un giorno, dopo di esser stato un po' zitto, a guardare di qua e di là soprappensiero, gli disse serio serio:
– Io ci ho l'innamorata.

Alfonso, malgrado che sapesse leggere, sgranava gli occhi. – Sì, ripetè Jeli, Mara, la figlia di Massaro Agrippino che era qui; ed ora sta a Marineo, in quel gran casamento della pianura che si vede dal *piano del lettighiere*, lassù.
– O ti mariti dunque?
– Sì, quando sarò grande, e avrò sei onze[23] all'anno di salario. Mara non ne sa nulla ancora.
– Perché non gliel'hai detto?
Jeli tentennò il capo, e si mise a riflettere. Poi svolse il batuffoletto e spiegò la carta che s'era fatta scrivere.

[22]Anche Jeli accetta la sua condizione di povertà come un dato di fatto, anzi si difende da ogni richiamo del mondo esterno proprio per la sua felice armonia col mondo naturale.
[23]*onze*: monete siciliane.

– È proprio vero che dice Mara; l'ha letto pure don Gesualdo, il campiere,[24] e fra Cola,[25] quando venne giù per la cerca delle fave.

– Uno che sappia scrivere, osservò poi, è come uno che serbasse le parole nella scatola dell'acciarino, e potesse portarsele in tasca, ed anche mandarle di qua e di là.

– Ora che ne farai di quel pezzetto di carta tu che non sai leggere? gli domandò Alfonso.

Jeli si strinse nelle spalle, ma continuò ad avvolgere accuratamente il suo fogliolino scritto nel batuffoletto dei cenci.

La Mara l'aveva conosciuta da bambina, che avevano cominciato dal picchiarsi ben bene, una volta che s'erano incontrati lungo il vallone, a cogliere le more nelle siepi di rovo. La ragazzina, la quale sapeva di essere "nel fatto suo",[26] aveva aguantato pel collo Jeli, come un ladro. Per un po' s'erano scambiati dei pugni nella schiena, uno tu ed uno io, come fa il bottaio sui cerchi delle botti, ma quando furono stanchi andarono calmandosi a poco a poco, tenendosi sempre acciuffati.

– Tu chi sei? gli domandò Mara.

E come Jeli, più salvatico, non diceva chi fosse. – Io sono Mara, la figlia di Massaro Agrippino, che è il campaio[27] di tutti questi campi qui.

Jeli allora lasciò la presa dell'intutto,[28] e la ragazzina si mise a raccattare le more che le erano cadute nella lotta, sbirciando di tanto in tanto il suo avversario con curiosità.

– Di là del ponticello, nella siepe dell'orto, ci son tante more grosse; aggiunse la piccina, e se le mangiano le galline.

Jeli intanto si allontanava quatto quatto, e Mara, dopo che stette ad accompagnarlo cogli occhi finché poté vederlo nel querceto, volse le spalle anche lei, e se la diede a gambe verso casa.

Ma da quel giorno in poi cominciarono ad addomesticarsi. Mara andava a filare la stoppa sul parapetto del ponticello, e Jeli adagio adagio spingeva l'armento verso le falde del *poggio del Bandito*. Da prima se ne stava in disparte ronzandole attorno, guardandola da lontano in aria sospettosa, e a poco a poco andava accostandosi coll'andatura guardinga del cane avvezzo alle sassate. Quando finalmente si trovavano accanto, ci stavano delle lunghe ore senza aprir bocca. Jeli osservando attentamente l'intricato lavorìo delle calze che la mamma aveva messo al collo alla Mara, oppure costei gli vedeva intagliare i bei zig zag sui bastoni di mandorlo. Poi se ne andavano l'uno di qua e l'altro di là, senza dirsi una parola, e la bambina, com'era in vista della casa, si metteva a correre, facendo levar alta la sottanella sulle gambette rosse.

Al tempo dei fichidindia poi si fissarono nel folto delle macchie,

[24]*campiere*: incaricato della sorveglianza e del governo dei campi e del bestiame di una tenuta agricola.
[25]*Cola*: forma abbreviata di Nicola.
[26]*nel fatto suo*: nel suo terreno.
[27]*campaio*: campiere.
[28]*dell'intutto*: del tutto.

sbucciando dei fichi tutto il santo giorno. Vagabondavano insieme sotto i noci secolari, e Jeli ne bacchiava[29] tante delle noci, che piovevano fitte come la gragnuola; e la ragazzina si affaticava a raccattarle con grida di giubilo più che ne poteva; e poi scappava via, lesta lesta, tenendo tese le due cocche del grembiale, dondolandosi come una vecchietta.

Durante l'inverno Mara non osò mettere fuori il naso, in quel gran freddo. Alle volte, verso sera, si vedeva il fumo dei fuocherelli di sommacchi che Jeli andava facendo sul *piano del lettighiere*, o sul *poggio di Macca*, per non rimanere intirizzito al pari di quelle cinciallegre[30] che la mattina trovava dietro un sasso, o al riparo di una zolla. Anche i cavalli ci trovavano piacere a ciondolare un po' la coda attorno al fuoco, e si stringevano gli uni agli altri per star più caldi.

Col marzo tornarono le allodole nel piano, i passeri sul tetto, le foglie e i nidi nelle siepi, Mara riprese ad andare a spasso in compagnia di Jeli nell'erba soffice, fra le macchie in fiore, sotto gli alberi ancora nudi che cominciavano a punteggiarsi di verde. Jeli si ficcava negli spineti come un segugio per andare a scovare delle nidiate di merli che guardavano sbalorditi coi loro occhietti di pepe; i due fanciulli portavano spesso nel petto della camicia dei piccoli conigli allora stanati, quasi nudi, ma dalle lunghe orecchie diggià inquiete. Scorazzavano pei campi al seguito del branco dei cavalli, entrando nelle stoppie dietro i mietitori, passo passo coll'armento, fermandosi ogni volta che una giumenta si fermava a strappare una boccata d'erba. La sera, giunti al ponticello, se ne andavano l'uno di qua e l'altra di là, senza dirsi addio.

Così passarono tutta l'estate. Intanto il sole cominciava a tramontare dietro il *poggio alla Croce*, e i pettirossi gli andavano dietro verso la montagna, come imbruniva, seguendolo fra le macchie dei fichidindia. I grilli e le cicale non si udivano più, e in quell'ora per l'aria si spandeva una grande malinconia.

In quel tempo arrivò al casolare di Jeli suo padre, il vaccaro, che aveva preso la malaria a Ragoleti, e non poteva nemmen reggersi sull'asino che l'aveva portato. Jesi accese il fuoco, lesto lesto, e corse "alle case" per cercargli qualche uovo di gallina. – Piuttosto stendi un po' di strame[31] vicino al fuoco, gli disse suo padre, ché mi sento tornare la febbre.

Il ribrezzo[32] della febbre era così forte che compare Menu,[33] seppellito sotto il suo gran tabarro, la bisaccia dell'asino, e la sacca di Jeli, tremava come fanno le foglie in novembre, davanti alla gran vampa di sarmenti che gli faceva il viso bianco bianco come un

---

[29]*bacchiava*: faceva cadere.
[30]*cinciallegre*: uccelli canterini con piumaggio colorato.
[31]*strame*: paglia, fieno, che serve da giaciglio.
[32]*ribrezzo*: i brividi che accompagnano la febbre alta.
[33]*compare Menu*: *compare* è un appellativo usuale, che non comporta un effettivo rapporto di comparatico; *Menu* è forma dialettale abbreviata di Carmelo.

morto. I contadini della fattoria venivano a domandargli: – Come vi sentite, compare Menu? Il poveretto non rispondeva altro che con un guaito come fa una cagnuolo di latte. – È malaria di quella che ammazza meglio di una schioppettata, dicevano gli amici, scaldandosi le mani al fuoco.

Fu chiamato anche il medico, ma erano denari buttati via, perché la malattia era di quelle chiare e conosciute che anche un ragazzo saprebbe curarla, e se la febbre non era di quelle che ammazzano ad ogni modo, col solfato[34] si sarebbe guarita subito. Compare Menu ci spese gli occhi della testa in tanto solfato, ma era come buttarlo nel pozzo. – Prendete un buon decotto di *ecalibbiso*[35] che non costa nulla, suggeriva Massaro Agrippino, e se non serve a nulla come il solfato almeno non vi rovinate a spendere. – Si prendeva anche il decotto di eucaliptus, eppure la febbre tornava sempre, e anche più forte. Jeli assisteva il genitore come meglio sapeva. Ogni mattina, prima d'andarsene coi puledri, gli lasciava il decotto preparato nella ciotola, il fascio dei sarmenti sotto la mano, le uova nella cenere calda, e tornava presto alla sera colle altre legne per la notte e il fiaschetto del vino e qualche pezzetto di carne di montone che era corso a comperare sino a Licodia. Il povero ragazzo faceva ogni cosa con garbo, come una brava massaia, e suo padre, accompagnandolo cogli occhi stanchi nelle sue faccenduole qua e là pel casolare, di tanto in tanto sorrideva pensando che il ragazzo avrebbe saputo aiutarsi, quando fosse rimasto solo.

I giorni in cui la febbre cessava per qualche ora, compare Menu si alzava tutto stravolto e col capo stretto nel fazzoletto, e si metteva sull'uscio ad aspettare Jeli, mentre il sole era ancora caldo. Come Jeli lasciava cadere accanto all'uscio il fascio della legna e posava sulla tavola il fiasco e le uova, ei gli diceva: – Metti a bollire l'*ecalibbiso* per stanotte, – oppure – guarda che l'oro di tua madre l'ha in consegna la zia Agata, quando non ci sarò più. – Jeli diceva di sì col capo.

– È inutile; ripeteva Massaro Agrippino ogni volta che tornava a vedere compare Menu colla febbre. Il sangue oramai è tutto una peste. – Compare Menu ascoltava senza batter palpebra, col viso più bianco della sua berretta.

Diggià non si alzava più. Jeli si metteva a piangere quando non gli bastavano le forze per aiutarlo a voltarsi da un lato all'altro; poco per volta compare Menu finì per non parlare nemmen più. Le ultime parole che disse al suo ragazzo furono:

– Quando sarò morto andrai dal padrone delle vacche a Ragoleti, e ti farai dare le tre onze e i dodici tumoli[36] di frumento che avanzo da maggio a questa parte.

– No, rispose Jeli, sono soltanto 2 onze e quindici, perché avete

[34]*solfato*: il chinino usato come farmaco per la cura della malaria.
[35]*ecalibbiso*: eucalipto.
[36]*tumoli*: tumolo, o più comunemente "tomolo", è misura di capacità utilizzata per granaglie.

lasciato le vacche che è più di un mese, e bisogna fare il conto giusto col padrone.

– È vero! affermò compare Menu socchiudendo gli occhi.

– Ora son proprio solo al mondo come un puledro smarrito, che se lo possono mangiare i lupi! pensò Jeli quando gli ebbero portato il babbo al cimitero di Licodia.

Mara era venuta a vedere anche lei la casa del morto colla curiosità acuta che destano le cose spaventose. – Vedi come son rimasto? le disse Jeli, la ragazzetta si tirò indietro sbigottita per paura che la facesse entrare nella casa dove era stato il morto.

Jeli andò a riscuotere il denaro del babbo, e poscia partì coll'armento per Passanitello, dove l'erba era già alta sul terreno lasciato pel maggese[37] e il mangime era abbondante; perciò i puledri vi restarono a pascolarvi per molto tempo. Frattanto Jeli s'era fatto grande, ed anche Mara doveva esser cresciuta, pensava egli sovente mentre suonava il suo zufolo; e quando tornò a Tebidi dopo tanto tempo, spingendosi innanzi adagio adagio le giumente per i viottoli sdrucciolevoli della *fontana dello zio Cosimo*, andava cercando cogli occhi il ponticello del vallone, e il casolare nella *valle del Iacitano*, e il tetto delle "case grandi" dove svolazzavano sempre i colombi. Ma in quel tempo il padrone aveva lìcenziato Massaro Agrippino e tutta la famiglia di Mara stava sloggiando. Jeli trovò la ragazza la quale s'era fatta grandicella e belloccia alla porta del cortile, che teneva d'occhio la sua roba mentre la caricavano sulla carretta. Ora la stanza vuota sembrava più scura e affumicata del solito. La tavola, e il letto, e il cassettone, e le immagini della Vergine e di San Giovanni, e fino i chiodi per appendervi le zucche[38] delle sementi ci avevano lasciato il segno sulle pareti dove erano state per tanti anni. – Andiamo via, gli disse Mara come lo vide osservare. Ce ne andiamo laggiù a Marineo dove c'è quel gran casamento nella pianura.

Jeli si diede ad aiutare Massaro Agrippino e la gnà Lia nel caricare la carretta, e allorché non cì fu altro da portare via dalla stanza andò a sedere con Mara sul parapetto dell'abbeveratojo. – Anche le case, le disse quand'ebbe visto accatastare l'ultima cesta sulla carretta, anche le case, come se ne toglie via qualche oggetto non sembrano più quelle.

– A Marineo, rispose Mara, ci avremo una camera più bella, ha detto la mamma, e grande come il magazzino dei formaggi.

– Ora che tu sarai via, non voglio venirci più qui; ché mi parrà di esser tornato l'inverno a veder quell'uscio chiuso.

– A Marineo invece troveremo dell'altra gente, Pudda[39] la rossa, e la figlia del campiere; si starà allegri, per la messe verranno più di ottanta mietitori, colla cornamusa, e si ballerà sull'aja.

Massaro Agrippino e sua moglie si erano avviati colla carretta,

[37]*maggese*: campo lasciato a riposo, a coltura soltanto per il foraggio degli animali.
[38]*zucche*: essiccate, potevano servire da contenitori.
[39]*Pudda*: forma dialettale abbreviata di Giuseppa.

Mara correva loro dietro tutta allegra, portando il paniere coi piccioni. Jeli volle accompagnarla sino al ponticello, e quando Mara stava per scomparire nella vallata la chiamò: – Mara! oh! Mara!

– Che vuoi? disse Mara.

Egli non lo sapeva che voleva. – O tu, cosa farai qui tutto solo? gli domandò allora la ragazza.

– Io resto coi puledri.

Mara se ne andò saltellando, e lui rimase lì fermo, finché poté udire il rumore della carretta che rimbalzava sui sassi. Il sole toccava le roccie alte del *poggio alla Croce*, le chiome grigie degli ulivi sfumavano nel crepuscolo, e per la campagna vasta, lontan lontano, non si udiva altro che il campanaccio della *bianca* nel silenzio che si allargava.

Mara, come se ne fu andata a Marineo in mezzo alla gente nuova, e alle faccende della vendemmia, si scordò di lui, ma Jeli ci pensava sempre a lei, perché non aveva altro da fare, nelle lunghe giornate che passava a guardare la coda delle sue bestie. Adesso non aveva poi motivo alcuno per calar nella valle, di là del ponticello, e nessuno lo vedeva più alla fattoria. In tal modo ignorò per un pezzo che Mara si era fatta sposa,[40] giacché dell'acqua intanto ne era passata e passata sotto il ponticello. Egli rivide soltanto la ragazza il dì della festa di San Giovanni, come andò alla fiera coi puledri da vendere: una festa che gli si mutò tutta in veleno, e gli fece cascare il pan di bocca per un accidente toccato ad uno dei puledri del padrone, Dio ne scampi.

Il giorno della fiera il fattore aspettava i puledri sin dall'alba, andando su e giù cogli stivali inverniciati dietro le groppe dei cavalli e dei muli, messi in fila di qua e di là dello stradone. La fiera era già sul finire, né Jeli spuntava ancora colle bestie, di là del gomito che faceva lo stradone. Sulle pendici riarse del *Calvario* e del *Mulino a vento*, rimaneva tuttora qualche branco di pecore, strette in cerchio col muso a terra e l'occhio spento, e qualche pariglia di buoi, dal pelo lungo, di quelli che si vendono per pagare il fitto delle terre, che aspettavano immobili, sotto il sole cocente. Laggiù, verso la valle, la campana di San Giovanni suonava la messa grande, accompagnata dal lungo crepitìo dei mortaletti.[41] Allora il campo della fiera sembrava trasalire, e correva un gridìo che si prolungava fra le tende dei trecconi[42] schierate nella salita dei Galli, scendeva per le vie del paese, e sembrava ritornare dalla valle dov'era la chiesa. Viva San Giovanni!

– Santo diavolone! strillava il fattore, quell'assassino di Jeli mi farà perdere la fiera!

Le pecore levavano il muso attonito, e si mettevano a belare tutte in una volta, e anche i buoi facevano qualche passo lentamente, guardando in giro, con grandi occhi intenti.

[40] *sposa*: fidanzata.
[41] *mortaletti*: mortaretti.
[42] *trecconi*: venditori.

Il fattore era così in collera perché quel giorno dovevasi pagare il fitto delle chiuse grandi, "come San Giovanni fosse arrivato sotto l'olmo,"[43] diceva il contratto, e a completare la somma si era fatto assegnamento sulla vendita dei puledri. Intanto di puledri, e cavalli, e muli ce n'erano quanti il Signore ne aveva fatti, tutti strigliati e lucenti, e ornati di fiocchi, e nappine, e sonagli, che scodinzolavano per scacciare la noia, e voltavano la testa verso ognuno che passava, e pareva che aspettassero un'anima caritatevole che volesse comprarli.

– Si sarà messo a dormire, quell'assassino! seguitava a gridare il fattore; e mi lascia i puledri sulla pancia!

Invece Jeli aveva camminato tutta la notte acciocché i puledri arrivassero freschi alla fiera, e prendessero un buon posto nell'arrivare, ed era giunto al piano del Corvo che ancora i *tre re*[44] non erano tramontati, e luccicavano sul *monte Arturo*, colle braccia in croce. Per la strada passavano continuamente carri, e gente a cavallo che andavano alla festa; per questo il giovanetto teneva ben aperti gli occhi, acciò i puledri, spaventati dall'insolito via vai, non si sbandassero, ma andassero uniti lungo il ciglione della strada, dietro la *bianca* che camminava diritta e tranquilla, col campanaccio al collo. Di tanto in tanto, allorché la strada correva sulla sommità delle colline, si udiva sin là la campana di San Giovanni, che anche nel bujo e nel silenzio della campagna si sentiva la festa, e per tutto lo stradone, lontan lontano, sin dove c'era gente a piedi o a cavallo che andava a Vizzini si udiva gridare: – Viva San Giovanni! – e i razzi salivano diritti e lucenti dietro i monti della Canziria,[45] come le stelle che piovono in agosto.

– È come la notte di Natale! andava dicendo Jeli al ragazzo che l'aiutava a condurre il branco, – che in ogni fattoria si fa festa e luminaria, e per tutta la campagna si vedono qua e là dei fuochi.

Il ragazzo sonnecchiava, spingendo adagio adagio una gamba dietro l'altra, e non rispondeva nulla; ma Jeli, che si sentiva rimescolare tutto il sangue da quella campana, non poteva star zitto, come se ognuno di quei razzi che strisciavano sul bujo taciti e lucenti dietro gli sbocciassero dall'anima.

– Mara sarà andata anche lei alla festa di San Giovanni, diceva, perché ci va tutti gli anni.

E senza curarsi che Alfio il ragazzo, non rispondeva nulla:

– Tu non sai? ora Mara è alta così, che è più grande di sua madre che l'ha fatta, e quando l'ho rivista non mi pareva vero che fosse proprio quella stessa con cui si andava a cogliere i fichidindia, e a bacchiare le noci.

E si mise a cantare ad alta voce tutte le canzoni che sapeva.

– O Alfio, che dormi? gli gridò quand'ebbe finito. Bada che la *bianca* ti vien sempre dietro, bada!

---

[43] *sotto l'olmo*: data (il 24 giugno, la festa di San Giovanni) e luogo convenzionali, stabiliti nel contratto di pagamento.
[44] *i tre re*: le tre stelle della costellazione di Orione.
[45] *Canziria*: zona presso Vizzini (ritorna in *Mastro-don Gesualdo*).

– No, non dormo! rispose Alfio con voce rauca.

– La vedi la *puddara*,[46] che sta ad ammiccarci lassù, verso Granvilla, come sparassero dei razzi anche a Santa Domenica? Poco può passare a romper l'alba[47]; pure alla fiera arriveremo in tempo per trovare un buon posto. Ehi, morellino[48] bello! che ci avrai la cavezza nuova, colle nappine rosse, per la fiera! e anche tu, *stellato*![49]

Così andava parlando all'uno e all'altro dei puledri perché si rinfrancassero sentendo la sua voce nel buio. Ma gli doleva che lo *stellato* e il *morellino* andassero alla fiera per esser venduti.

– Quando saran venduti, se ne andranno col padrone nuovo, e non si vedranno più nella mandria, com'è stato di Mara, dopo che se ne fu andata a Marineo.

– Suo padre sta benone laggiù a Marineo; ché quando andai a trovarli mi misero dinanzi pane, vino, formaggio, e ogni ben di Dio, che egli è quasi il fattore, ed ha le chiavi di ogni cosa, e avrei potuto mangiarmi tutta la fattoria se avessi voluto. Mara non mi conosceva quasi più da tanto che non ci vedevamo! e si mise a gridare: – Oh! guarda! è Jeli, il guardiano dei cavalli, quello di Tebidi! Gli è come quando uno torna da lontano, che al vedere soltanto il cocuzzolo di un monte gli basta a riconoscere subito il paese dove è cresciuto. La gnà Lia non voleva che le dessi più del tu, alla Mara, ora che sua figlia si è fatta grande, perché la gente che non sa nulla, chiacchiera facilmente. Mara invece rideva, e sembrava che avesse infornato il pane allora allora, tanto era rossa; apparecchiava la tavola, e spiegava la tovaglia che non pareva più quella. – O che non ti rammenti più di Tebidi? le chiesi appena la gnà Lia fu sortita per spillare del vino fresco dalla botte. – Sì, sì, me ne rammento, mi disse ella, a Tebidi c'era la campana col campanile che pareva un manico di saliera, e si suonava dal ballatoio, e c'erano pure due gatti di sasso, che facevano le fusa sul cancello del giardino. – Io me le sentivo qui dentro tutte quelle cose, come ella andava dicendole. Mara mi guardava da capo a piedi con tanto d'occhi, e tornava a dire: – Come ti sei fatto grande! e si mise pure a ridere, e mi diede uno scapaccione qui, sulla testa.

In tal modo Jeli, il guardiano dei cavalli, perdette il pane, perché giusto in quel punto sopravveniva all'improvviso una carrozza che non si era udita prima, mentre saliva l'erta passo passo, e s'era messa al trotto com'era giunta al piano, con gran strepito di frusta e di sonagli, quasi la portasse il diavolo. I puledri, spaventati, si sbandarono in un lampo, che pareva un terremoto, e ce ne vollero delle chiamate, e delle grida e degli ohi! ohi! ohi! di Jeli e del ragazzo pri-

---

[46]*puddara*: nome dialettale della costellazione delle Pleiadi.

[47]*a romper l'alba*: al far del giorno.

[48]*morellino*: puledro col manto di colore nero.

[49]*stellato*: cavallo con una macchia sulla fronte. Qui avviene la svolta del racconto: la caduta del cavallo per Jeli è fonte di sofferenza morale, per il padrone è una perdita economica. Il protagonista, vissuto sinora secondo natura, scopre così la legge del danaro e ne sconta duramente le conseguenze, venendo licenziato e dovendosi accontentare in seguito di un lavoro meno gratificante e redditizio.

ma di raccoglierli attorno alla *bianca*, la quale anch'essa trotterellava svogliatamente, col campanaccio al collo. Appena Jeli ebbe contato le sue bestie, si accorse che mancava lo *stellato*, e si cacciò le mani nei capelli, perché in quel posto la strada correva lungo il burrone, e fu nel burrone che lo *stellato* si fracassò le reni, un puledro che valeva dodici onze come dodici angeli del paradiso! Piangendo e gridando egli andava chiamando il puledro – ahu! ahu! ahu! che non ci si vedeva ancora. Lo *stellato* rispose finalmente dal fondo del burrone, con un nitrito doloroso, come avesse avuto la parola, povera bestia!

– Oh! mamma mia! andavano gridando Jeli e il ragazzo. Oh! che disgrazia, mamma mia!

I viandanti che andavano alla festa, e sentivano piangere a quel modo in mezzo al buio, domandavano cosa avessero perso; e poi, come sapevano di che si trattava, andavano per la loro strada.

Lo *stellato* rimaneva immobile dove era caduto colle zampe in aria, e mentre Jeli l'andava tastando per ogni dove, piangendo e parlandogli quasi avesse potuto farsi intendere, la povera bestia rizzava il collo penosamente, e voltava la testa verso di lui e allora si udiva l'anelito rotto dallo spasimo.

– Qualche cosa si sarà rotto! piagnucolava Jeli, disperato di non poter vedere nulla pel buio; e il puledro inerte come un sasso lasciava ricadere il capo di peso. Alfio rimasto sulla strada a custodia del branco, s'era rasserenato per il primo e aveva tirato fuori il pane dalla sacca. Ora il cielo s'era fatto bianchiccio e i monti tutto intorno parevano che spuntassero ad uno ad uno, neri ed alti. Dalla svolta dello stradone si cominciava a scorgere il paese, col *monte del Calvario* e *del Mulino a vento* stampato sull'albore, ancora foschi, seminati dalle chiazze bianche delle pecore, e come i buoi che pascolavano sul cocuzzolo del monte, nell'azzurro, andavano di qua e di là, sembrava che il profilo del monte stesso si animasse e formicolasse di vita. La campana dal fondo del burrone non si udiva più, i viandanti si erano fatti più rari, e quei pochi che passavano avevano fretta di arrivare alla fiera. Il povero Jeli non sapeva a qual santo votarsi in quella solitudine; lo stesso Alfio da solo non poteva giovargli per niente; perciò costui andava sbocconcellando pian piano il suo pezzo di pane.

Finalmente si vide venire a cavallo il fattore, il quale da lontano strepitava e bestemmiava accorrendo, al vedere gli animali fermi sulla strada, sicché lo stesso Alfio se la diede a gambe per la collina. Ma Jeli non si mosse d'accanto allo *stellato*. Il fattore lasciò la mula sulla strada, e scese nel burrone anche lui, cercando di aiutare il puledro ad alzarsi e tirandolo per la coda. – Lasciatelo stare! diceva Jeli bianco in viso come se si fosse fracassate le reni lui. Lasciatelo stare! Non vedete che non si può muovere, povera bestia!

Lo *stellato* infatti ad ogni movimento, e ad ogni sforzo che gli facevano fare metteva un rantolo che pareva un cristiano. Il fattore si sfogava a calci e scapaccioni su di Jeli, e tirava pei piedi gli angeli e i santi del paradiso. Allora Alfio più rassicurato era tornato sulla strada, per non lasciare le bestie senza custodia, e badava a scolparsi dicendo: – Io non ci ho colpa. Io andavo innanzi colla *bianca*.

– Qui non c'è più nulla da fare, disse alfine il fattore, dopo che si persuase che era tutto tempo perso. Qui non se ne può prendere altro che la pelle, sinché è buona.

Jeli si mise a tremare come una foglia quando vide il fattore andare a staccare lo schioppo dal basto della mula. – Levati di lì, paneperso! gli urlò il fattore, ché non so chi mi tenga dallo stenderti per terra accanto a quel puledro che valeva assai più di te, con tutto il battesimo porco che ti diede quel prete ladro!

Lo *stellato*, non potendosi muovere, volgeva il capo con grandi occhi sbarrati quasi avesse inteso ogni cosa, e il pelo gli si arricciava ad onde, lungo le costole, sembrava ci corresse sotto un brivido. In tal modo il fattore uccise sul luogo lo *stellato* per cavarne almeno la pelle, e il rumore fiacco che fece dentro le carni vive il colpo tirato a bruciapelo parve a Jeli di sentirselo dentro di sé.

– Ora se vuoi sapere il mio consiglio, gli lasciò detto il fattore, cerca di non farti veder più dal padrone per quel salario che avanzi, perché te lo pagherebbe salato assai!

Il fattore se ne andò insieme ad Alfio, cogli altri puledri che non si voltavano nemmeno a vedere dove rimanesse lo *stellato*, e andavano strappando l'erba dal ciglione. Lo *stellato* se ne stava solo nel burrone, aspettando che venissero a scuoiarlo, cogli occhi ancora spalancati, e le quattro zampe distese, che allora solo aveva potuto distenderle. Jeli, ora che aveva visto come il fattore aveva potuto prender di mira il puledro che penosamente voltava la testa sbigottito, e gli fosse bastato il cuore per tirare il colpo, non piangeva più, e stava a guardare lo *stellato* duro duro, seduto sul sasso, fin quando arrivarono gli uomini che dovevano prendersi la pelle.

Adesso poteva andarsene a spasso, a godersi la festa, o starsene in piazza tutto il giorno, a vedere i galantuomini nel caffè,[50] come meglio gli piaceva, ché non aveva più né pane, né tetto, e bisognava cercarsi un padrone, se pure qualcuno lo voleva, dopo la disgrazia dello *stellato*.

Le cose del mondo vanno così: mentre Jeli andava cercando un padrone colla sacca ad armacollo e il bastone in mano, la banda suonava in piazza allegramente, coi pennacchi nel cappello, in mezzo a una folla di berrette bianche[51] fitte come le mosche, e i galantuomini stavano a godersela seduti nel caffè. Tutta la gente era vestita da festa, come gli animali della fiera, e in un canto della piazza c'era una donna colla gonnella corta e le calze color di carne che pareva colle gambe nude, e picchiava sulla gran cassa, davanti a un gran lenzuolo dipinto, dove si vedeva una carneficina di cristiani, col sangue che colava a torrenti, e nella folla che stava a

---

[50]*i galantuomini nel caffè*: gli esponenti dei ceti più abbienti riuniti nel circolo.
[51]*berrette bianche*: i copricapi del popolo.

guardare a bocca aperta c'era pure massaro Cola, il quale lo conosceva da quando stava a Passanitello, e gli disse che il padrone glielo avrebbe trovato lui, poiché compare Isidoro Macca cercava un
guardiano per i porci. – Però non dir nulla dello *stellato*, gli racco-
mandò massaro Cola. Una disgrazia come questa può accadere a
tutti, nel mondo. Ma è meglio non dir nulla.

Andarono perciò a cercare compare Macca, il quale era al ballo,
e nel tempo che Massaro Cola andò a fare l'imbasciata Jeli aspettò
sulla strada, in mezzo alla folla che stava a guardare dalla porta
della bottega. Nella stanzaccia c'era un mondo di gente che saltava
e si divertiva, tutti rossi e scalmanati, e facevano un gran pestare di
scarponi sull'ammattonato, che non si udiva nemmeno il ron ron
del contrabasso, e appena finiva una suonata, che costava un grano,
levavano il dito per far segno che ne volevano un'altra; e quello del
contrabasso faceva una croce col carbone sulla parete, per fare il
conto all'ultimo, e ricominciava da capo. – Costoro li spendono senza pensarci, s'andava dicendo Jeli, e vuol dire che hanno la tasca
piena, e non sono in angustia come me, per difetto di un padrone, se
sudano e s'affannano a saltare per loro piacere come se li pagassero
a giornata! – Massaro Cola tornò dicendo che compare Macca non
aveva bisogno di nulla. Allora Jeli volse le spalle e se ne andò mogio
mogio.

Mara stava di casa verso Sant'Antonio, dove le case s'arrampica-
no sul monte, di fronte al vallone della Canziria, tutto verde di fichidindia, e colle ruote dei mulini che spumeggiavano in fondo, sul torrente; ma Jeli non ebbe il coraggio di andare da quelle parti ora che
non l'avevano voluto nemmeno per guardare i porci, e girandolo-
do in mezzo alla folla che lo urtava e lo spingeva senza curarsi di
lui, gli pareva di essere più solo di quando era coi puledri nelle lande di Passanitello, e si sentiva voglia di piangere. Finalmente massaro Agrippino lo incontrò nella piazza, che andava di qua e di là
colle braccia ciondoloni, godendosi la festa, e cominciò a gridargli
dietro – Oh! Jeli! oh! – e se lo menò a casa. Mara era in gran gala,
con tanto d'orecchini che le sbattevano sulle guancie, e stava sull'u-
scio, colle mani sulla pancia, cariche d'anelli, ad aspettare che im-
brunisse per andare a vedere i fuochi.

– Oh! gli disse Mara, sei venuto anche tu per la festa di San Giovanni!

Jeli non avrebbe voluto entrare perché era vestito male, però
massaro Agrippino lo spinse per le spalle dicendogli che non si vedevano allora per la prima volta, e che si sapeva che era venuto per
la fiera coi puledri del padrone. La gnà Lia gli versò un bel bicchiere
di vino e vollero condurlo con loro a veder la luminaria, insieme
alle comari ed ai vicini.

Arrivando in piazza, Jeli rimase a bocca aperta dalla meraviglia; tutta la piazza pareva un mare di fuoco, come quando si incen-
diavano le stoppie, per il gran numero di razzi che i devoti accendevano sotto gli occhi del santo, il quale stava a goderseli dall'imboc-

catura del Rosario, tutto nero sotto il baldacchino d'argento. I devoti andavano e venivano fra le fiamme come tanti diavoli, e c'era persino una donna discinta, spettinata, cogli occhi fuori della testa, che accendeva i razzi anch'essa, e un prete colla sottana nera, senza cappello, che pareva un ossesso dalla devozione.

– Quello lì è il figliuolo di massaro Neri, il fattore della Salonia, e spende più di dieci lire di razzi! diceva la gnà Lia accennando a un giovinotto che andava in giro per la piazza tenendo due razzi alla volta nelle mani, al pari di due candele, sicché tutte le donne se lo mangiavano cogli occhi, e gli gridavano: – Viva San Giovanni.

– Suo padre è ricco e possiede più di venti capi di bestiame, aggiungeva massaro Agrippino.

Mara sapeva anche che aveva portato lo stendardo grande, nella processione e lo reggeva diritto come un fuso, tanto era forte e bel giovane.

Il figlio di massaro Neri pareva che li sentisse, e accendesse i suoi razzi per la Mara, facendo la ruota dinanzi a lei; e dopo che i fuochi furono cessati si accompagnò con loro e li condusse al ballo, e al cosmorama,[52] dove si vedeva il mondo vecchio e il mondo nuovo, pagando lui per tutti, anche per Jeli il quale andava dietro la comitiva come un cane senza padrone, a veder ballare il figlio di massaro Neri colla Mara, la quale girava in tondo e si accoccolava come una colombella sulle tegole, e teneva tesa con bel garbo una cocca del grembiale, e il figlio di massaro Neri saltava come un puledro, tanto che la gnà Lia piangeva come una bimba dalla consolazione, e massaro Agrippino faceva cenno di sì col capo, che la cosa andava bene.

Infine, quando furono stanchi, se ne andarono di qua e di là *nel passeggio*, trascinati dalla folla come fossero in mezzo a una fiumana, a vedere i trasparenti illuminati,[53] dove tagliavano il collo a San Giovanni, che avrebbe fatto pietà agli stessi turchi, e il santo sgambettava come un capriuolo sotto la mannaja. Lì vicino c'era la banda che suonava, sotto un gran paracqua di legno tutto illuminato, e nella piazza c'era una folla tanto grande che mai s'erano visti alla fiera tanti cristiani.

Mara andava al braccio del figlio di massaro Neri come una signorina, e gli parlava nell'orecchio, e rideva che pareva si divertisse assai. Jeli non ne poteva più dalla stanchezza, e si mise a dormire seduto sul marciapiede fin quando lo svegliarono i primi petardi del fuoco d'artifizio. In quel momento Mara era sempre al fianco del figlio di massaro Neri, gli si appoggiava colle due mani intrecciate sulla spalla, e al lume dei fuochi colorati sembrava ora tutta bianca ed ora tutta rossa. Quando scapparono pel cielo gli ultimi razzi in folla, il figlio di massaro Neri si voltò verso di lei, verde in viso, e le diede un bacio.

---

[52]*cosmorama*: strumento ottico utilizzato un tempo per ingrandire immagini panoramiche.

[53]*trasparenti illuminati*: schermi dipinti, illuminati da dietro, dove erano effigiate scene come, appunto, quella della decapitazione di San Giovanni Battista.

Jeli non disse nulla, ma in quel punto gli si cambiò in veleno tutta la festa che aveva goduto sin allora, e tornò a pensare a tutte le sue disgrazie che gli erano uscite di mente, e che era rimasto senza padrone, e non sapeva più che fare, né dove andare, e non aveva più né pane né tetto, che potevano mangiarselo i cani al pari dello *stellato* il quale era rimasto in fondo al burrone, scuoiato sino agli zoccoli.

Intanto attorno a lui la gente faceva gazzarra ancora nel buio che si era fatto, Mara colle compagne saltava, e cantava per la stradicciuola sassosa, mentre tornavano a casa.

– Buona notte! Buona notte! andavano dicendo le compagne a misura che si lasciavano per la strada.

Mara dava la buona notte, che pareva che cantasse, tanta contentezza ci aveva nella voce e il figlio di massaro Neri poi sembrava proprio che non volesse lasciarla andare più, mentre massaro Agrippino e la gnà Lia litigavano nell'aprire l'uscio di casa. Nessuno badava a Jeli, soltanto massaro Agrippino si rammentò di lui, e gli chiese:

– Ed ora dove andrai?

– Non lo so – disse Jeli.

– Domani vieni a trovarmi, e t'aiuterò a cercar d'allogarti.[54] Per stanotte torna in piazza dove siamo stati a sentir suonare la banda; un posto su qualche panchetta lo troverai, e a dormire allo scoperto tu devi esserci avvezzo.

Jeli c'era avvezzo, ma quello che gli faceva pena era che Mara non gli diceva nulla, e lo lasciasse a quel modo sull'uscio come un pezzente; e il domani, tornando a cercar di massaro Agrippino, appena furono soli colla ragazza le disse:

– Oh gnà Mara! come li scordate gli amici!

– Oh, sei tu Jeli? disse Mara. No, io non ti ho scordato. Ma ero così stanca dopo i fuochi!

– Gli volete bene almeno, al figlio di massaro Neri? chiese lui voltando e rivoltando il bastone fra le mani.

– Che discorsi andate facendo! rispose bruscamente la gnà Mara. Mia madre è di là che sente tutto.

Massaro Agrippino gli trovò da allogarlo come pecoraio alla Salonia, dov'era fattore massaro Neri, ma siccome Jeli era poco pratico del mestiere si dovette contentare di una grossa diminuzione di salario.

Adesso badava alle sue pecore, e ad imparare come si fa il formaggio, e la ricotta, e il caciocavallo, e ogni altro frutto di mandra, ma fra le chiacchiere che si facevano alla sera nel cortile cogli altri pastori e contadini, mentre le donne sbucciavano le fave della minestra, se si veniva a parlare del figlio di massaro Neri, il quale si prendeva in moglie Mara di massaro Agrippino, Jeli non diceva più nulla, e nemmeno osava di aprir bocca. Una volta che il campajo lo

---

[54]*allogarti*: sistemarti, trovarti un lavoro.

motteggiò dicendogli che Mara non aveva voluto saperne più di lui, dopo che tutti avevano detto che sarebbero stati marito e moglie, Jeli che badava alla pentola in cui bolliva il latte, rispose facendo sciogliere il caglio[55] adagio adagio:

– Ora Mara si è fatta più bella col crescere, che sembra una signora.

Però siccome egli era paziente e laborioso, imparò presto ogni cosa del mestiere meglio di uno che ci fosse nato, e siccome era avvezzo a star colle bestie amava le sue pecore come se le avesse fatte lui, e quindi il *male*[56] alla Salonia non faceva tanta strage, e la mandra prosperava ch'era un piacere per massaro Neri tutte le volte che veniva alla fattoria, tanto che ad anno nuovo si persuase ad indurre il padrone perché aumentasse il salario di Jeli, sicché costui venne ad avere quasi quello che prendeva col fare il guardiano dei cavalli. Ed erano danari bene spesi, ché Jeli non badava a contar le miglia e miglia per cercare i migliori pascoli ai suoi animali, e se le pecore figliavano o erano malate se le portava a pascolare dentro le bisaccie dell'asinello, e si recava in collo gli agnelli che gli belavano sulla faccia col muso fuori del sacco, e gli poppavano le orecchie. Nella nevicata famosa della notte di Santa Lucia la neve cadde alta quattro palmi nel *lago morto* alla Salonia, e tutto all'intorno per miglia e miglia che non si vedeva altro per tutta la campagna, come venne il giorno, – e delle pecore non sarebbero rimaste nemmeno le orecchie, se Jeli non si fosse alzato nella notte tre o quattro volte a cacciare le pecore pel chiuso, così le povere bestie si scuotevano la neve di dosso, e non rimasero seppellite come tante ce ne furono nelle mandre vicine – a quel che disse Massaro Agrippino quando venne a dare un'occhiata ad un campicello di fave che ci aveva alla Salonia, e disse pure che di quell'altra storia del figlio di massaro Neri, il quale doveva sposare sua figlia Mara, non era vero niente, ché Mara aveva tutt'altro per il capo.

– Se avevano detto che dovevano sposarsi a Natale, disse Jeli.

– Non è vero niente, non dovevano sposare nessuno; tutte chiacchiere di gente invidiosa che si immischia negli affari altrui; rispose massaro Agrippino.

Però il campajo, il quale la sapeva più lunga, per averne sentito parlare in piazza, quando andava in paese la domenica, raccontò invece la cosa tale e quale com'era, dopo che massaro Agrippino se ne fu andato. Non si sposavano più perché il figlio di massaro Neri aveva risaputo che Mara di massaro Agrippino se la intendeva con don Alfonso, il signorino, il quale aveva conosciuta Mara da piccola; e massaro Neri aveva detto che il suo ragazzo voleva che fosse onorato come suo padre, e delle corna in casa non ne voleva altre che quelle dei suoi buoi.

Jeli era lì presente anche lui, seduto in circolo cogli altri a cole-

[55]*caglio*: sostanza acida per coagulare il latte.
[56]*male*: genericamente per le malattie proprie degli armenti.

zione, e in quel momento stava affettando il pane. Egli non disse nulla, ma l'appetito gli andò via per quel giorno.

Mentre conduceva al pascolo le pecore tornò a pensare a Mara quando era ragazzina, che stavano insieme tutto il giorno e andavano nella *valle del Jacitano* e sul *poggio alla Croce*, ed ella stava a guardarlo col mento in aria mentre egli si arrampicava a prendere i nidi sulle cime degli alberi; e pensava anche a don Alfonso il quale veniva a trovarlo dalla villa vicina e si sdraiavano bocconi sull'erba a stuzzicare con un fuscellino i nidi di grilli. Tutte quelle cose andava rimuginando per ore ed ore, seduto sull'orlo del fossato, tenendosi i ginocchi fra le braccia, e i noci alti di Tebidi, e le folte macchie dei valloni, e le pendici delle colline verdi di sommacchi, e gli ulivi grigi che si addossavano nella valle come nebbia, e i tetti rossi del casamento, e il campanile "che sembrava un manico di saliera" fra gli aranci del giardino. – Qui la campagna gli si stendeva dinanzi brulla, deserta, chiazzata dall'erba riarsa, sfumando silenziosa nell'afa lontana.

In primavera, appena i baccelli delle fave cominciavano a piegare il capo, Mara venne alla Salonia col babbo e la mamma e il ragazzo e l'asinello, a raccogliere le fave, e tutti insieme venivano a dormire alla fattoria per quei due o tre giorni che durò la raccolta. Jeli in tal modo vedeva la ragazza mattina e sera, e spesso sedevano accanto sul muricciuolo dell'ovile, a discorrere insieme, mentre il ragazzo contava le pecore. – Mi pare d'essere a Tebidi, diceva Mara, quando eravamo piccoli, e stavamo sul ponticello della viottola.

Jeli si rammentava di ogni cosa anche lui, sebbene non dicesse nulla perché era stato sempre un ragazzo giudizioso e di poche parole.

Finita la raccolta, alla vigilia della partenza, Mara venne a salutare il giovanotto, nel tempo che ei stava facendo la ricotta, ed era tutto intento a raccogliere il siero colla cazza.[57] – Ora ti dico addio, gli disse ella, perché domani torniamo a Vizzini.

– Come sono andate le fave?

– Male sono andate! la *lupa*[58] le ha mangiate tutte questo anno.

– Dipende dalla pioggia che è stata scarsa, disse Jeli, noi siamo stati costretti ad uccidere anche le agnelle perché non avevano da mangiare; su tutta la Salonia non è venuta tre dita di erba.

– Ma a te poco te ne importa. Il salario l'hai sempre, buona o mal'annata!

– Sì, è vero, disse lui: ma mi rincresce dare quelle povere bestie in mano al beccajo.[59]

– Ti ricordi quando sei venuto per la festa di San Giovanni, ed eri rimasto senza padrone?

– Sì, me ne ricordo.

– Fu mio padre che ti allogò qui, da massaro Neri.

---

[57]*raccogliere il siero colla cazza*: raccogliere col mestolo il siero da cui si fa la ricotta.
[58]*la lupa*: il succiamele, una pianta parassita.
[59]*beccajo*: macellaio.

– E tu perché non l'hai sposato il figlio di massaro Neri?

– Perché non c'era la volontà di Dio. Mio padre è stato sfortunato, riprese di lì a poco. Dacché ce ne siamo andati a Marineo ogni cosa ci è riescita male. La fava, il seminato, quel pezzetto di vigna che ci abbiamo lassù. Poi mio fratello è andato soldato, e ci è morta pure una mula che valeva quarant'onze.

– Lo so, rispose Jeli, la mula baia![60]

– Ora che abbiamo perso la roba, chi vuoi che mi sposi?

Mara andava sminuzzando uno sterpolino di pruno, mentre parlava, col mento sul seno, e gli occhi bassi, e col gomito stuzzicava un po' il gomito di Jeli, senza badarci. Ma Jeli cogli occhi sulla zangola[61] anche lui non rispondeva nulla; ed ella riprese:

– A Tebidi dicevano che saremmo stati marito e moglie, lo rammenti?

– Sì, disse Jeli, e posò la cazza sull'orlo della zangola. Ma io sono un povero pecoraio e non posso pretendere alla figlia di un massaro come sei tu.

La Mara rimase un pochino zitta e poi disse:

– Se tu mi vuoi, io per me ti piglio volentieri.

– Davvero?

– Sì, davvero.

– E massaro Agrippino che cosa dirà?

– Mio padre dice che ora il mestiere lo sai, e tu non sei di quelli che vanno a spendere il loro salario, ma di un soldo ne fai due, e non mangi pe' non consumare il pane, così arriverai ad aver delle pecore anche tu, e ti farai ricco.

– Se è così, conchiuse Jeli, ti piglio volentieri anch'io.

– To'! gli disse Mara come si era fatto buio, e le pecore andavano tacendosi a poco a poco. Se vuoi un bacio adesso te lo dò, perché saremo marito e moglie.

Jeli se lo prese in santa pace, e non sapendo che dire soggiunse:

– Io t'ho sempre voluto bene, anche quando volevi lasciarmi pel figlio di massaro Neri; ma non ebbe cuore di dirgli di quell'altro.

– Non lo vedi? Eravamo destinati! conchiuse Mara.

Massaro Agrippino infatti disse di sì, e la gnà Lia mise insieme presto presto un giubbone nuovo, e un paio di brache di velluto per il genero. Mara era bella e fresca come una rosa, con quella mantellina bianca che sembrava l'agnello pasquale, e quella collana d'ambra che le faceva il collo bianco; sicché Jeli quando andava per le strade al fianco di lei, camminava impalato, tutto vestito di panno e di velluto nuovo, e non osava soffiarsi il naso col fazzoletto di seta rosso, per non farsi scorgere, e i vicini e tutti quelli che sapevano la storia di Don Alfonso gli ridevano sul naso. Quando Mara disse *sissignore*, e il prete gliela diede in moglie con un gran crocione, Jeli se la condusse a casa, e gli parve che gli avessero dato tutto l'oro della Madonna, e tutte le terre che aveva visto cogli occhi.

[60]*baia*: col mantello di colore rosso bruno.
[61]*zangola*: recipiente di legno.

– Ora che siamo marito e moglie, – le disse giunti a casa, seduto di faccia a lei e facendosi piccino piccino, – ora che siamo marito e moglie posso dirtelo che non mi par vero come tu m'abbia voluto... mentre avresti potuto prenderne tanti meglio di me... così bella e graziosa come sei!...

Il poveraccio non sapeva dirle altro, e non capiva[62] nei panni nuovi dalla contentezza di vedersi Mara per la casa, che rassettava e toccava ogni cosa, e faceva la padrona. Egli non trovava il verso di spiccicarsi dall'uscio per tornarsene alla Salonia; quando fu venuto il lunedì, indugiava nell'assettare sul basto dell'asinello le bisacce e il tabarro e il paracqua incerato. – Tu dovresti venirtene alla Salonia anche te! diceva alla moglie che stava a guardarlo dalla soglia. Tu dovresti venirtene con me. – Ma la donna si mise a ridere, e gli rispose che ella non era nata a far la pecoraia, e non aveva nulla da andare a farci alla Salonia.

Infatti Mara non era nata a far la pecoraia, e non ci era avvezza alla tramontana di gennaio quando le mani si irrigidiscono sul bastone, e sembra che vi caschino le unghie, e ai furiosi acquazzoni, in cui l'acqua vi penetra fino alle ossa, e alla polvere soffocante delle strade, quando le pecore camminano sotto il sole cocente, e al giaciglio duro e al pane muffito, e alle lunghe giornate silenziose e solitarie, in cui per la campagna arsa non si vede altro di lontano, rare volte, che qualche contadino nero dal sole, il quale si spinge innanzi silenzioso l'asinello, per la strada bianca e interminabile. Almeno Jeli sapeva che Mara stava al caldo sotto le coltri, o filava davanti al fuoco, in crocchio colle vicine, o si godeva il sole sul ballatojo, mentre egli tornava dal pascolo stanco ed assetato, o fradicio di pioggia, o quando il vento spingeva la neve dentro il casolare, e spegneva il fuoco di sarmenti. Ogni mese Mara andava a riscuotere il salario dal padrone, e non le mancavano né le uova nel pollaio, né l'olio nella lucerna, né il vino nel fiasco. Due volte al mese poi Jeli andava a trovarla, ed ella lo aspettava sul ballatojo, col fuso in mano; e dopo che egli avea legato l'asino nella stalla e toltogli il basto, messogli la biada nella greppia, e riposta la legna sotto la tettoja nel cortile, o quel che portava in cucina, Mara l'aiutava ad appendere il tabarro al chiodo, e a togliersi le gambiere[63] di pelle, davanti al focolare, e gli versava il vino, metteva a bollire la minestra, apparecchiava il desco, cheta cheta e previdente come una brava massaia, nel tempo stesso che gli parlava di questo e di quello, della chioccia che aveva messo a covare, della tela che era sul telaio, del vitello che allevavano, senza dimenticare una sola delle faccenduole che andava facendo. Jeli quando si trovava in casa sua, si sentiva d'essere di più del papa.

Ma la notte di Santa Barbara tornò a casa ad ora insolita, che tutti i lumi erano spenti nella stradicciuola, e l'orologio della città

[62]*capiva*: stava.
[63]*gambiere*: gambali.

suonava la mezzanotte. Egli veniva perché la cavalla che il padrone aveva lasciata al pascolo s'era ammalata all'improvviso, e si vedeva chiaro che quella era cosa che ci voleva il maniscalco[64] subito subito, e ce n'era voluto per condurla sino in paese, colla pioggia che cadeva come una fiumara, e colle strade dove si sprofondava sino a mezza gamba. Tuttavia ebbe un bel bussare e chiamar Mara da dietro l'uscio, gli toccò d'aspettare mezzora sotto la grondaja, sicché l'acqua gli usciva dalle calcagna. Sua moglie venne ad aprirgli finalmente, e cominciò a strapazzarlo peggio che se fosse stata lei a scorazzare per i campi con quel tempaccio. – O cos'hai? gli domandava lui.

– Ho che m'hai fatto paura a quest'ora! che ti par ora da cristiani questa? Domani sarò ammalata!

– Va' a coricarti, il fuoco l'accenderò io.

– No, bisogna che vada a prender la legna.

– Andrò io.

– No, ti dico!

Quando Mara ritornò colla legna nelle braccia Jeli le disse:

– Perché hai aperto l'uscio del cortile? Non ce n'era più di legna in cucina?

– No, sono andata a prenderla sotto la tettoja.

Ella si lasciò baciare, fredda fredda, e volse il capo dall'altra parte.

– Sua moglie lo lascia a infradiciare dietro l'uscio, dicevano i vicini, quando in casa c'è il tordo![65]

Ma Jeli non sapeva nulla, ch'era becco,[66] né gli altri si curavano di dirglielo, perché a lui non gliene importava niente, e s'era accollata la donna col danno, dopo che il figlio di massaro Neri l'aveva piantata per aver saputo la storia di don Alfonso. Jeli invece ci viveva beato e contento nel vituperio, e s'ingrassava come un majale, "ché le corna sono magre, ma mantengono la casa grassa!".[67]

Una volta infine il ragazzo della mandra glielo disse in faccia, mentre si abbaruffavano per le pezze di formaggio che si trovavano tosate.[68] – Ora che don Alfonso vi ha preso la moglie, vi pare di essere suo cognato, e avete messo superbia che vi par di essere un re di corona[69] con quelle corna che avete in testa.

Il fattore e il campajo si aspettavano di veder scorrere il sangue a quelle parole; ma invece Jeli rimase istupidito come se non le avesse udite, o come se non fosse stato fatto suo, con una faccia da bue che le corna gli stavano bene davvero.

Ora si avvicinava la Pasqua e il fattore mandava tutti gli uomini della fattoria a confessarsi, colla speranza che pel timor di Dio non

---

[64]*maniscalco*: qui funge da veterinario.
[65]*tordo*: allusione all'amante.
[66]*becco*: marito tradito, volgarmente "cornuto".
[67]*la casa grassa*: secondo il detto popolare si può ricavare un tornaconto anche dalle corna, cioè dall'adulterio.
[68]*pezze... tosate*: forme cui sono stati rasati i bordi.
[69]*re di corona*: re nel pieno della sua autorità (ma qui è ovviamente ironico).

rubassero più. Jeli andò anche lui e all'uscir di chiesa cercò del ragazzo con cui erano corse quelle parole e gli buttò le braccia al collo dicendogli:

– Il confessore mi ha detto di perdonarti; ma io non sono in collera con te per quelle chiacchiere; e se tu non toserai più il formaggio a me non me ne importa nulla di quello che mi hai detto nella collera.

Fu da quel momento che lo chiamarono per soprannome *Corna d'oro*, e il soprannome gli rimase, a lui e tutti i suoi, anche dopo che ei si lavò le corna nel sangue.

La Mara era andata a confessarsi anche lei, e tornava di chiesa tutta raccolta nella mantellina, e cogli occhi bassi che sembrava una santa Maria Maddalena. Jeli il quale l'aspettava taciturno sul ballatojo, come la vide venire a quel modo, che si vedeva come ci avesse il Signore in corpo, la stava a guardare pallido pallido dai piedi alla testa, come la vedesse per la prima volta o gliela avessero cambiata la sua Mara, e quasi non osava alzare gli occhi su di lei, mentre ella sciorinava la tovaglia, e metteva in tavola le scodelle, tranquilla e pulita al suo solito.

Poi dopo averci pensato un gran pezzo le domandò:

– È vero che te la intendi con don Alfonso?

Mara gli piantò in faccia i suoi occhioni neri neri, e si fece il segno della croce. – Perché volete farmi far peccato in questo giorno! esclamò.

– Io non ci ho creduto, perché con don Alfonso eravamo sempre insieme, quando eravamo ragazzi, e non passava giorno ch'ei non venisse a Tebidi, quand'era in campagna lì vicino. E poi egli è ricco che i denari li ha a palate, e se volesse delle donne potrebbe maritarsi, né gli mancherebbe la roba, o il pane da mangiare.

Mara però andavasi riscaldando, e cominciò a strapazzarlo in mal modo, sicché il poveraccio non osava alzare il naso dal piatto.

Infine perché quella grazia di Dio che stavano mangiando non andasse in tossico[70] Mara cambiò discorso, e gli domandò se ci avesse pensato a far zappare quel po' di lino che avevano seminato nel campo delle fave.

– Sì, rispose Jeli, e il lino verrà bene.

– Se è così, disse Mara, in questo inverno ti farò due camicie nuove che ti terranno caldo.

Insomma Jeli non lo capiva quello che vuol dire becco, e non sapeva cosa fosse la gelosia; ogni cosa nuova stentava ad entrargli in capo, e questa poi gli riesciva così grossa che addirittura faceva una fatica del diavolo ad entrarci; massime allorché si vedeva dinanzi la sua Mara, tanto bella, e bianca, e pulita, che l'aveva voluto ella stessa, ed alla quale egli aveva pensato tanti anni e tanti anni, fin da quando era ragazzo, che il giorno in cui gli avevano detto com'ella volesse sposarne un altro non aveva avuto più cuore di mangiare o

[70]*tossico*: veleno.

di bere tutto il giorno – ed anche se pensava a don Alfonso, col quale erano stati tante volte insieme, ed ei gli portava ogni volta dei dolci e del pane bianco, gli pareva di averlo tuttora dinanzi agli occhi con quei vestitini nuovi, e i capelli ricciuti, e il viso bianco e liscio come una fanciulla, e dacché non lo aveva più visto, perché egli era un povero pecoraio, e stava tutto l'anno in campagna, gli era sempre rimasto in cuore a quel modo. Ma la prima volta che per sua disgrazia rivide don Alfonso, dopo tanti anni, Jeli si sentì dentro come se lo cuocessero. Don Alfonso s'era fatto grande, da non sembrare più quello; ed ora aveva una bella barba ricciuta al pari dei capelli, e una giacchetta di velluto, e una catenella d'oro sul panciotto. Però riconobbe Jeli, e gli batté anche sulle spalle salutandolo. Era venuto col padrone della fattoria insieme a una brigata d'amici, a fare una scampagnata nel tempo che si tosavano le pecore; ed era venuta pure Mara all'improvviso col pretesto che era incinta e aveva voglia di ricotta fresca.

Era una bella giornata calda, nei campi biondi, colle siepi in fiore, e i lunghi filari verdi delle vigne, le pecore saltellavano e belavano dal piacere, al sentirsi spogliate da tutta quella lana, e nella cucina le donne facevano un gran fuoco per cuocere la gran roba che il padrone aveva portato per il desinare. I signori intanto che aspettavano si erano messi all'ombra, sotto i carrubi,[71] e facevano suonare i tamburelli e le cornamuse e ballavano colle donne della fattoria che parevano tutt'una cosa. Jeli mentre andava tosando le pecore, si sentiva qualcosa dentro di sé, senza sapere perché, come uno spino, come un chiodo, come una forbice che gli lavorasse internamente minuta minuta, come un veleno. Il padrone aveva ordinato che gli sgozzassero due capretti, e il castrato di un anno, e dei polli, e un tacchino. Insomma voleva fare le cose in grande, e senza risparmio, per farsi onore coi suoi amici, e mentre tutte quelle bestie schiamazzavano dal dolore, e i capretti strillavano sotto il coltello, Jeli si sentiva tremare le ginocchia e di tratto in tratto gli pareva che la lana che andava tosando e l'erba in cui le pecore saltellavano avvampassero di sangue.

– Non andare! disse egli a Mara, come don Alfonso la chiamava perché venisse a ballare cogli altri. Non andare, Mara!

– Perché?

– Non voglio che tu vada. Non andare!

– Lo senti che mi chiamano.

Egli non profferiva più alcuna parola intelligibile, mentre stava curvo sulle pecore che tosava. Mara si strinse nelle spalle, e se ne andò a ballare. Ella era rossa ed allegra cogli occhi neri che sembravano due stelle, e rideva che le si vedevano i denti bianchi, e tutto l'oro che aveva indosso le sbatteva e le scintillava sulle guancie e sul petto che pareva la Madonna tale e quale. Jeli s'era rizzato sulla vita, colla lunga forbice in pugno, e così bianco in viso, così bianco

[71]*carrubi*: tipici alberi siciliani, i cui frutti si usano per foraggio.

come aveva visto una volta suo padre il vaccajo, quando tremava di febbre accanto al fuoco, nel casolare. Tutt'a un tratto come vide che don Alfonso, colla bella barba ricciuta, e la giacchetta di velluto e la catenella d'oro sul panciotto, prese Mara per la mano per ballare, solo allora, come vide che la toccava, si slanciò su di lui, e gli tagliò la gola di un sol colpo, proprio come un capretto.

Più tardi, mentre lo conducevano dinanzi al giudice, legato, disfatto, senza che avesse osato opporre la menoma resistenza.

– Come! – diceva – Non dovevo ucciderlo nemmeno?... Se mi aveva preso la Mara!...[72]

---

[72] La domanda di Jeli denuncia il suo disorientamento: per il personaggio, che vive integralmente secondo i principi del mondo popolare, appare naturale farsi giustizia da sé. La novella si chiude con lo scacco del protagonista, incapace, per la sua ingenuità e purezza di sentimenti, di difendersi dagli inganni e dalle ingiustizie di una società ostile.

Rosso Malpelo

Malpelo[1] si chiamava così perché aveva i capelli rossi; ed aveva i capelli rossi perché era un ragazzo malizioso e cattivo, che prometteva di riescire un fior di birbone. Sicché tutti alla cava della rena rossa lo chiamavano Malpelo; e persino sua madre col sentirgli dir sempre a quel modo aveva quasi dimenticato il suo nome di battesimo.

Del resto, ella lo vedeva soltanto il sabato sera, quando tornava a casa con quei pochi soldi della settimana; e siccome era *malpelo* c'era anche a temere che ne sottraesse un paio di quei soldi; e nel dubbio, per non sbagliare, la sorella maggiore gli faceva la ricevuta a scapaccioni.

Però il padrone della cava aveva confermato che i soldi erano tanti e non più; e in coscienza erano anche troppi per Malpelo, un monellaccio che nessuno avrebbe voluto vedersi davanti, e che tutti schivavano come un can rognoso, e lo accarezzavano coi piedi, allorché se lo trovavano a tiro.

Egli era davvero un brutto ceffo, torvo, ringhioso, e selvatico. Al mezzogiorno, mentre tutti gli altri operai della cava si mangiavano in crocchio la loro minestra, e facevano un po' di ricreazione, egli andava a rincantucciarsi col suo corbello fra le gambe, per rosicchiarsi quel suo pane di otto giorni, come fanno le bestie sue pari; e ciascuno gli diceva la sua motteggiandolo, e gli tiravan dei sassi, finché il soprastante[2] lo rimandava al lavoro con una pedata. Ei c'ingrassava fra i calci e si lasciava caricare meglio dell'asino grigio, senza osar di lagnarsi. Era sempre cencioso e lordo di rena rossa, ché la sua sorella s'era fatta sposa, e aveva altro pel capo: nondimeno era conosciuto come la bettonica[3] per tutto Monserrato e la Carvana,[4] tanto che la cava dove lavorava la chiamavano "la cava

---

*La novella fu pubblicata in quattro puntate nel "Fanfulla", 2-5 agosto 1878, poi in opuscolo a Roma nel 1880.
[1] *Malpelo*: secondo la voce popolare, i capelli rossi erano indizio di cattivo soggetto (fama spiegabile con la "diversità" del colore rispetto alla maggioranza).
[2] *soprastante*: capo sorvegliante.
[3] *bettonica*: pianta medicinale. Qui l'espressione sta a significare "molto conosciuto'
[4] *Monserrato e la Carvana*: sobborghi di Catania

di Malpelo", e cotesto al padrone gli seccava assai. Insomma lo tenevano addirittura per carità e perché mastro[5] Misciu,[6] suo padre, era morto nella cava.

Era morto così, che un sabato aveva voluto terminare certo lavoro preso a cottimo,[7] di un pilastro lasciato altra volta per sostegno nella cava, e che ora non serviva più, e s'era calcolato così ad occhio col padrone per 35 o 40 carra di rena. Invece mastro Misciu sterrava da tre giorni e ne avanzava ancora per la mezza giornata del lunedì. Era stato un magro affare e solo un minchione come mastro Misciu aveva potuto lasciarsi gabbare a questo modo dal padrone; perciò appunto lo chiamavano mastro Misciu Bestia, ed era l'asino da basto[8] di tutta la cava. Ei, povero diavolaccio, lasciava dire e si contentava di buscarsi il pane colle sue braccia, invece di menarle addosso ai compagni, e attaccar brighe. Malpelo faceva un visaccio come se quelle soperchierie cascassero sulle sue spalle, e così piccolo com'era aveva di quelle occhiate che facevano dire agli altri: – Va' là, che tu non ci morrai nel tuo letto, come tuo padre.

Invece nemmen suo padre ci morì nel suo letto, tuttoché fosse una buona bestia. Zio Mommu[9] lo sciancato, aveva detto che quel pilastro lì ei non l'avrebbe tolto per venti onze, tanto era pericoloso; ma d'altra parte tutto è pericoloso nelle cave, e se si sta a badare al pericolo, è meglio andare a fare l'avvocato.

Adunque il sabato sera mastro Misciu raschiava ancora il suo pilastro che l'avemaria era suonata da un pezzo, e tutti i suoi compagni avevano accesa la pipa e se n'erano andati dicendogli di divertirsi a grattarsi la pancia per amor del padrone, e raccomandandogli di non fare *la morte del sorcio*.[10] Ei, che c'era avvezzo alle beffe, non dava retta, e rispondeva soltanto cogli ah! ah! dei suoi bei colpi di zappa in pieno; e intanto borbottava: – Questo è per il pane! Questo pel vino! Questo per la gonnella di Nunziata! – e così andava facendo il conto del come avrebbe speso i denari del suo *appalto* – il cottimante!

Fuori della cava il cielo formicolava di stelle, e laggiù la lanterna fumava e girava al pari di un arcolaio; ed il grosso pilastro rosso, sventrato a colpi di zappa, contorcevasi e si piegava in arco come se avesse il mal di pancia, e dicesse: *ohi! ohi!* anch'esso. Malpelo andava sgomberando il terreno, e metteva al sicuro il piccone, il sacco vuoto ed il fiasco del vino. Il padre che gli voleva bene, poveretto, andava dicendogli: "Tirati indietro!" oppure "Sta' attento! Sta' attento se cascano dall'alto dei sassolini o della rena grossa". Tutt'a un tratto non disse più nulla, e Malpelo, che si era voltato a riporre i ferri nel corbello, udì un rumore sordo e soffocato, come fa la rena allorché si rovescia tutta in una volta; ed il lume si spense.

[5]*mastro*: titolo dato all'operaio o all'artigiano.
[6]*Misciu*: forma dialettale abbreviata di Domenico.
[7]*a cottimo*: pagato non a orario ma per la quantità prodotta.
[8]*asino da basto*: cioè lavoratore sottoposto a tutti i servizi, anche i più pesanti.
[9]*Mommu*: forma dialettale abbreviata di Gerolamo.
[10]*la morte del sorcio*: come caduto e chiuso in trappola.

Quella sera in cui vennero a cercare in tutta fretta l'ingegnere che dirigeva i lavori della cava ei si trovava a teatro, e non avrebbe cambiato la sua poltrona con un trono, perch'era gran dilettante.[11] Rossi[12] rappresentava l'*Amleto*, e c'era un bellissimo teatro. Sulla porta si vide accerchiato da tutte le femminucce di Monserrato, che strillavano e si picchiavano il petto per annunziare la gran disgrazia ch'era toccata a comare Santa, la sola, poveretta, che non dicesse nulla, e sbatteva i denti quasi fosse in gennaio. L'ingegnere, quando gli ebbero detto che il caso era accaduto da circa quattro ore, domandò cosa venissero a fare da lui dopo quattro ore. Nondimeno ci andò con scale e torcie a vento, ma passarono altre due ore, e fecero sei, e lo sciancato disse che a sgomberare il sotterraneo dal materiale caduto ci voleva una settimana.

Altro che quaranta carra di rena! Della rena ne era caduta una montagna, tutta fina e ben bruciata dalla lava, che si sarebbe impastata colle mani e dovea prendere il doppio di calce.[13] Ce n'era da riempire delle carra per delle settimane. Il bell'affare di mastro Bestia!

L'ingegnere se ne tornò a veder seppellire Ofelia; e gli altri minatori si strinsero nelle spalle, e se ne tornarono a casa ad uno ad uno. Nella ressa e nel gran chiacchierìo non badarono a una voce di fanciullo, la quale non aveva più nulla di umano, e strillava: – Scavate! scavate qui! presto! – To'! – disse lo sciancato – è Malpelo! – Da dove è venuto fuori Malpelo? – Se tu non fossi stato Malpelo, non te la saresti scappata, no! – Gli altri si misero a ridere, e chi diceva che Malpelo avea il diavolo dalla sua, un altro che avea il cuoio duro a mo' dei gatti. Malpelo non rispondeva nulla, non piangeva nemmeno, scavava colle unghie colà nella rena, dentro la buca, sicché nessuno s'era accorto di lui; e quando si accostarono col lume gli videro tal viso stravolto, e tali occhiacci invetrati,[14] e tale schiuma alla bocca da far paura; le unghie gli si erano strappate e gli pendevano dalle mani tutte in sangue. Poi quando vollero toglierlo di là fu un affar serio: non potendo più graffiare, mordeva come un cane arrabbiato e dovettero afferrarlo pei capelli, per tirarlo via a viva forza.

Però infine tornò alla cava dopo qualche giorno, quando sua madre piagnuccolando ve lo condusse per mano; giacché alle volte il pane che si mangia non si può andare a cercarlo di qua e di là. Anzi non volle più allontanarsi da quella galleria, e sterrava con accanimento, quasi ogni corbello di rena lo levasse di sul petto a suo padre. Alle volte, mentre zappava, si fermava bruscamente, colla zappa in aria, il viso torvo e gli occhi stralunati, e sembrava che stesse ad ascoltare qualche cosa che il suo diavolo gli sussurrava negli orecchi, dall'altra parte della montagna di rena caduta. In quei

---

[11]*dilettante*: appassionato.
[12]*Rossi*: Ernesto Rossi, celebre attore del tempo.
[13]*il doppio di calce*: per l'impasto.
[14]*invetrati*: vitrei, fissi.

giorni era più tristo e cattivo del solito, talmente che non mangiava quasi, e il pane lo buttava al cane, come se non fosse *grazia di Dio*. Il cane gli voleva bene, perché i cani non guardano altro che la mano la quale dà loro il pane. Ma l'asino grigio, povera bestia, sbilenca e macilenta, sopportava tutto lo sfogo della cattiveria di Malpelo; ei lo picchiava senza pietà, col manico della zappa, e borbottava: – Così creperai più presto!

Dopo la morte del babbo pareva che gli fosse entrato il diavolo in corpo, e lavorava al pari di quei bufali feroci che si tengono coll'anello di ferro al naso. Sapendo che era *malpelo*, ei si acconciava ad esserlo il peggio che fosse possibile, e se accadeva una disgrazia, o che un operaio smarriva i ferri, o che un asino si rompeva una gamba, o che crollava un pezzo di galleria, si sapeva sempre che era stato lui; e infatti ei si pigliava le busse senza protestare, proprio come se le pigliano gli asini che curvano la schiena, ma seguitano a fare a modo loro. Cogli altri ragazzi poi era addirittura crudele, e sembrava che si volesse vendicare sui deboli di tutto il male che s'immaginava gli avessero fatto, a lui e al suo babbo. Certo ei provava uno strano diletto a rammentare ad uno ad uno tutti i maltrattamenti ed i soprusi che avevano fatto subire a suo padre, e del modo in cui l'avevano lasciato crepare. E quando era solo borbottava: "Anche con me fanno così! e a mio padre gli dicevano Bestia, perché ei non faceva così!". E una volta che passava il padrone, accompagnandolo con un'occhiata torva: "È stato lui, per trentacinque tarì!". E un'altra volta, dietro allo sciancato: "E anche lui! e si metteva a ridere! Io l'ho udito, quella sera!".

Per un raffinamento di malignità sembrava aver preso a proteggere un povero ragazzetto, venuto a lavorare da poco tempo nella cava, il quale per una caduta da un ponte s'era lussato il femore, e non poteva far più il manovale. Il poveretto, quando portava il suo corbello di rena in spalla, arrancava in modo che sembrava ballasse la tarantella, e aveva fatto ridere tutti quelli della cava, così che gli avevano messo nome Ranocchio; ma lavorando sotterra, così ranocchio com'era, il suo pane se lo buscava; e Malpelo gliene dava anche del suo, per prendersi il gusto di tiranneggiarlo, dicevano.

Infatti egli lo tormentava in cento modi. Ora lo batteva senza un motivo e senza misericordia, e se Ranocchio non si difendeva, lo picchiava più forte, con maggiore accanimento, e gli diceva: – To'! Bestia! Bestia sei! Se non ti senti l'animo di difenderti da me che non ti voglio male, vuol dire che ti lascerai pestare il viso da questo e da quello!

O se Ranocchio si asciugava il sangue che gli usciva dalla bocca o dalle narici: – Così, come ti cuocerà il dolore delle busse, imparerai a darne anche tu! – Quando cacciava un asino carico per la ripida salita del sotterraneo, e lo vedeva puntare gli zoccoli, rifinito, curvo sotto il peso, ansante e coll'occhio spento, ei lo batteva senza misericordia, col manico della zappa, e i colpi suonavano secchi sugli stinchi e sulle costole scoperte. Alle volte la bestia si piegava in due per le battiture, ma stremo[15] di forze non poteva fare un passo e cadeva sui ginocchi, e ce n'era uno il quale era caduto tante volte, che ci aveva due piaghe alle gambe; e Malpelo allora confidava a Ranocchio: – L'asino va picchiato, perché non può picchiar lui; e s'ei potesse picchiare, ci pesterebbe sotto i piedi e ci strapperebbe la carne a morsi.

Oppure: – Se ti accade di dar delle busse, procura di darle più forte che puoi; così coloro su cui cadranno ti terranno per da più di loro, e ne avrai tanti di meno addosso.

Lavorando di piccone o di zappa poi menava le mani con accanimento, a mo' di uno che l'avesse[16] con la rena, e batteva e ribatteva coi denti stretti, e con quegli *ah! ah!* che aveva suo padre. – La rena è traditora, diceva a Ranocchio sottovoce; somiglia a tutti gli altri, che se sei più debole ti pestano la faccia, e se sei più forte, o siete in molti, come fa lo Sciancato, allora si lascia vincere. Mio padre la batteva sempre, ed egli non batteva altro che la rena, perciò lo chiamavano Bestia, e la rena se lo mangiò a tradimento, perché era più forte di lui.

Ogni volta che a Ranocchio toccava un lavoro troppo pesante, e Ranocchio piagnucolava a guisa di una femminuccia, Malpelo lo picchiava sul dorso e lo sgridava: – Taci pulcino! – e se Ranocchio non la finiva più, ei gli dava una mano, dicendo con un certo orgoglio: – Lasciami fare; io sono più forte di te. – Oppure gli dava la sua mezza cipolla, e si contentava di mangiarsi il pane asciutto, e si stringeva nelle spalle, aggiungendo: – Io ci sono avvezzo.

Era avvezzo a tutto lui, agli scapaccioni, alle pedate, ai colpi di manico di badile, o di cinghia da basto, a vedersi ingiuriato e beffato da tutti, a dormire sui sassi, colle braccia e la schiena rotta da quattordici ore di lavoro; anche a digiunare era avvezzo, allorché il padrone lo puniva levandogli il pane o la minestra. Ei diceva che la razione di busse non gliela aveva levata mai il padrone; ma le busse non costavano nulla. Non si lamentava però, e si vendicava di soppiatto, a tradimento, con qualche tiro di quelli che sembrava ci avesse messo la coda il diavolo: perciò ei si pigliava sempre i castighi anche quando il colpevole non era stato lui; già se non era stato lui sarebbe stato capace di esserlo, e non si giustificava mai: per altro sarebbe stato inutile. E qualche volta come Ranocchio spaventato lo scongiurava piangendo di dire la verità e di scolparsi, ei ripeteva: – A che giova? Sono *malpelo*! – e nessuno avrebbe potuto dire se quel curvare il capo e le spalle sempre fosse effetto di bieco orgoglio o di disperata rassegnazione, e non si sapeva nemmeno se la sua fosse salvatichezza o timidità. Il certo era che nemmeno sua madre aveva avuta mai una carezza da lui, e quindi non gliene faceva mai.

Il sabato sera, appena arrivava a casa con quel suo visaccio imbrattato di lentiggini e di rena rossa, e quei cenci che gli piangevano

---

[15]*stremo*: esausto.
[16]*l'avesse*: provasse rancore, odio.

addosso da ogni parte, la sorella afferrava il manico della scopa se si metteva sull'uscio in quell'arnese, ché avrebbe fatto scappare il suo damo[17] se avesse visto che razza di cognato gli toccava sorbirsi; la madre era sempre da questa o da quella vicina, e quindi egli andava a rannicchiarsi sul suo saccone come un cane malato. Adunque, la domenica, in cui tutti gli altri ragazzi del vicinato si mettevano la camicia pulita per andare a messa o per ruzzare[18] nel cortile, ei sembrava non avesse altro spasso che di andar randagio per le vie degli orti, a dar la caccia a sassate alle povere lucertole, le quali non gli avevano fatto nulla, oppure a sforacchiare le siepi dei fichidindia. Per altro le beffe e le sassate degli altri fanciulli non gli piacevano.

La vedova di mastro Misciu era disperata di aver per figlio quel malarnese, come dicevano tutti, ed egli era ridotto veramente come quei cani, che a furia di buscarsi dei calci e delle sassate da questo e da quello, finiscono col mettersi la coda fra le gambe e scappare alla prima anima viva che vedono, e diventano affamati, spelati e selvatici come lupi. Almeno sottoterra, nella cava della rena, brutto e cencioso e sbracato com'era, non lo beffavano più, e sembrava fatto apposta per quel mestiere persin nel colore dei capelli, e in quegli occhiacci di gatto che ammiccavano se vedevano del sole. Così ci sono degli asini che lavorano nelle cave per anni ed anni senza uscirne mai più, ed in quei sotterranei, dove il pozzo di ingresso è verticale, ci si calan colle funi, e ci restano finché vivono. Sono asini vecchi, è vero, comprati dodici o tredici lire, quando stanno per portarli alla Plaja,[19] a strangolarli; ma pel lavoro che hanno da fare laggiù sono ancora buoni; e Malpelo, certo, non valeva di più, e se veniva fuori dalla cava il sabato sera, era perché aveva anche le mani per aiutarsi colla fune, e doveva andare a portare a sua madre la paga della settimana.

Certamente egli avrebbe preferito di fare il manovale, come Ranocchio, e lavorare cantando sui ponti, in alto, in mezzo all'azzurro del cielo, col sole sulla schiena – o il carrettiere, come compare Gaspare che veniva a prendersi la rena della cava, dondolandosi sonnacchioso sulle stanghe, colla pipa in bocca, e andava tutto il giorno per le belle strade di campagna – o meglio ancora avrebbe voluto fare il contadino che passa la vita fra i campi, in mezzo al verde, sotto i folti carrubi, e il mare turchino là in fondo, e il canto degli uccelli sulla testa. Ma quello era stato il mestiere di suo padre, e in quel mestiere era nato lui. E pensando a tutto ciò, indicava a Ranocchio il pilastro che era caduto addosso al genitore, e dava ancora della rena fina e bruciata che il carrettiere veniva a caricare colla pipa in bocca, e dondolandosi sulle stanghe, e gli diceva che quando avrebbero finito di sterrare si sarebbe trovato il cadavere di suo padre, il quale do-

---

[17]*damo*: fidanzato.
[18]*ruzzare*: giocare.
[19]*Plaja*: sobborgo di Catania lungo il mare, a sud del porto (in spagnolo il termine significa "spiaggia").

veva avere dei calzoni di fustagno quasi nuovi. Ranocchio aveva paura, ma egli no. Ei narrava che era stato sempre là da bambino, e aveva sempre visto quel buco nero, che si sprofondava sotterra, dove il padre soleva condurlo per mano. Allora stendeva le braccia a destra e a sinistra, e descriveva come l'intricato laberinto delle gallerie si stendesse sotto i loro piedi dappertutto, di qua e di là, sin dove potevano vedere la sciara nera[20] e desolata, sporca di ginestre riarse, e come degli uomini ce n'erano rimasti tanti, o schiacciati, o smarriti nel buio, e che camminano da anni e camminano ancora, senza poter scorgere lo spiraglio del pozzo pel quale sono entrati, e senza poter udire le strida disperate dei figli, i quali li cercano inutilmente.

Ma una volta in cui riempiendo i corbelli si rinvenne una delle scarpe di mastro Misciu, ei fu colto da tal tremito che dovettero tirarlo all'aria aperta colle funi, proprio come un asino che stesse per dar dei calci al vento. Però non si poterono trovare né i calzoni quasi nuovi, né il rimanente di mastro Misciu; sebbene i pratici asserissero che quello dovea essere il luogo preciso dove il pilastro gli si era rovesciato addosso; e qualche operaio, nuovo del mestiere, osservava curiosamente come fosse capricciosa la rena, che aveva sbatacchiato il Bestia di qua e di là, le scarpe da una parte e i piedi dall'altra.

Dacché poi fu trovata quella scarpa, Malpelo fu colto da tal paura di veder comparire fra la rena anche il piede nudo del babbo, che non volle mai più darvi un colpo di zappa; gliela dessero a lui sul capo, la zappa. Egli andò a lavorare in un altro punto della galleria e non volle più tornare da quelle parti. Due o tre giorni dopo scopersero infatti il cadavere di mastro Misciu, coi calzoni indosso, e steso bocconi che sembrava imbalsamato. Lo zio Mommu osservò che aveva dovuto stentar molto a morire, perché il pilastro gli si era piegato in arco addosso, e l'aveva seppellito vivo; si poteva persino vedere tuttora che mastro Bestia avea tentato istintivamente di liberarsi scavando nella rena, e avea le mani lacerate e le unghie rotte. – Proprio come suo figlio Malpelo! – ripeteva lo sciancato – ei scavava di qua, mentre suo figlio scavava di là. – Però non dissero nulla al ragazzo per la ragione che lo sapevano maligno e vendicativo.

Il carrettiere sbarazzò il sotterraneo dal cadavere al modo istesso che lo sbarazzava dalla rena caduta e dagli asini morti, ché stavolta oltre al lezzo del carcame, c'era che il carcame era di *carne battezzata*; e la vedova rimpiccioliò i calzoni e la camicia, e li adattò a Malpelo, il quale così fu vestito quasi a nuovo per la prima volta, e le scarpe furono messe in serbo per quando ei fosse cresciuto, giacché rimpiccioliirsi le scarpe non si potevano, e il fidanzato della sorella non ne aveva volute di scarpe del morto.

Malpelo se li lisciava sulle gambe quei calzoni di fustagno quasi nuovo, gli pareva che fossero dolci e lisci come le mani del

[20]*sciara nera*: lava solidificata, che diventa roccia di colore nerastro.

babbo che solevano accarezzargli i capelli, così ruvidi e rossi com'erano. Quelle scarpe le teneva appese ad un chiodo, sul saccone, quasi fossero state le pantofole del papa, e la domenica se le pigliava in mano, le lustrava e se le provava; poi le metteva per terra, l'una accanto all'altra, e stava a contemplarsele coi gomiti sui ginocchi, e il mento nelle palme per delle ore intere, rimugginando chi sa quali idee in quel cervellaccio.

Ei possedeva delle idee strane, Malpelo! Siccome aveva ereditato anche il piccone e la zappa del padre, se ne serviva, quantunque fossero troppo pesanti per l'età sua, e quando gli aveano chiesto se voleva venderli, che glieli avrebbero pagati come nuovi, egli aveva risposto di no; suo padre li ha resi così lisci e lucenti nel manico colle sue mani, ed ei non avrebbe potuto farsene degli altri più lisci e lucenti di quelli, se ci avesse lavorato cento e poi cento anni.

In quel tempo era crepato di stenti e di vecchiaia l'asino grigio; e il carrettiere era andato a buttarlo lontano nella sciara. – Così si fa, brontolava Malpelo; gli arnesi che non servono più si buttano lontano. – Ei andava a visitare il carcame[21] del *grigio* in fondo al burrone, e vi conduceva a forza anche Ranocchio, il quale non avrebbe voluto andarci; e Malpelo gli diceva che a questo mondo bisogna avvezzarsi a vedere in faccia ogni cosa bella o brutta; e stava a considerare con l'avida curiosità di un monellaccio i cani che accorrevano da tutte le fattorie dei dintorni a disputarsi le carni del *grigio*. I cani scappavano guaendo, come comparivano i ragazzi, e si aggiravano ustolando sui greppi dirimpetto, ma il Rosso non lasciava che Ranocchio li scacciasse a sassate. – Vedi quella cagna nera, gli diceva, che non ha paura delle tue sassate; non ha paura perché ha più fame degli altri. Gliele vedi quelle costole! Adesso non soffriva più, l'asino grigio, e se ne stava tranquillo colle quattro zampe distese, e lasciava che i cani si divertissero a vuotargli le occhiaie profonde e a spolpargli le ossa bianche e i denti che gli laceravano le viscere non gli avrebbero fatto piegar la schiena come il più semplice colpo di badile che solevano dargli onde mettergli in corpo un po' di vigore quando saliva la ripida viuzza. Ecco come vanno le cose! Anche il *grigio* ha avuto dei colpi di zappa e delle guidalesche,[22] e anch'esso quando piegava sotto il peso e gli mancava il fiato per andare innanzi, aveva di quelle occhiate, mentre lo battevano, che sembrava dicesse: Non più! non più! Ma ora gli occhi se li mangiano i cani, ed esso se ne ride dei colpi e delle guidalesche con quella bocca spolpata e tutta denti. E se non fosse mai nato sarebbe stato meglio.[23]

[21]*carcame*: carcassa.
[22]*guidalesche*: piaghe causate dai finimenti.
[23]Davvero, come viene detto prima, Malpelo esprime *idee strane:* il personaggio ha per così dire una sua filosofia, una sua visione radicalmente negativa, anzi nichilista, della vita. I discorsi sulla lotta crudele per la sopravvivenza e le riflessioni sulla morte davanti al cadavere dell'asino attingono livelli intellettuali non realisticamente attribuibili a un ragazzo popolare; ma qui non è più questione di realismo quanto piuttosto di raffigurare, attraverso la poetica realista, un personaggio "diverso", segnato fisicamente, emarginato dalla comunità, ma in grado di pronunciare un messaggio di alto rilievo universale.

La sciara si stendeva malinconica e deserta fin dove giungeva la vista, e saliva e scendeva in picchi e burroni, nera e rugosa, senza un grillo che vi trillasse, o un uccello che vi volasse su. Non si udiva nulla, nemmeno i colpi di piccone di coloro che lavoravano sotterra. E ogni volta Malpelo ripeteva che al di sotto era tutta scavata dalle gallerie, per ogni dove, verso il monte e verso la valle; tanto che una volta un minatore c'era entrato coi capelli neri, e n'era uscito coi capelli bianchi, e un altro cui s'era spenta la torcia aveva invano gridato aiuto ma nessuno poteva udirlo. Egli solo ode le sue stesse grida! diceva, e a quell'idea, sebbene avesse il cuore più duro della sciara, trasaliva.

– Il padrone mi manda spesso lontano, dove gli altri hanno paura d'andare. Ma io sono Malpelo, e se io non torno più, nessuno mi cercherà.

Pure, durante le belle notti d'estate, le stelle splendevano lucenti anche sulla sciara, e la campagna circostante era nera anch'essa, come la sciara, ma Malpelo stanco della lunga giornata di lavoro, si sdraiava sul sacco, col viso verso il cielo, a godersi quella quiete e quella luminaria dell'alto; perciò odiava le notti di luna, in cui il mare formicola di scintille, e la campagna si disegna qua e là vagamente – allora la sciara sembra più brulla e desolata. – Per noi che siamo fatti per vivere sotterra, pensava Malpelo, ci dovrebbe essere buio sempre e dappertutto. – La civetta strideva sulla sciara, e ramingava di qua e di là; ei pensava: – Anche la civetta sente i morti che son qua sotterra e si dispera perché non può andare a trovarli.

Ranocchio aveva paura delle civette e dei pipistrelli; ma il Rosso lo sgridava perché chi è costretto a star solo non deve aver paura di nulla, e nemmeno l'asino grigio aveva paura dei cani che se lo spolpavano, ora che le sue carni non sentivano più il dolore di esser mangiate.

– Tu eri avvezzo a lavorar sui tetti come i gatti – gli diceva – e allora era tutt'altra cosa. Ma adesso che ti tocca a viver sotterra, come i topi, non bisogna più aver paura dei topi, né dei pipistrelli, che son topi vecchi con le ali,[24] e i topi ci stanno volentieri in compagnia dei morti.

Ranocchio invece provava una tale compiacenza a spiegargli quel che ci stessero a far le stelle lassù in alto; e gli raccontava che lassù c'era il paradiso, dove vanno a stare i morti che sono stati buoni e non hanno dato dispiaceri ai loro genitori. – Chi te l'ha detto? – domandava Malpelo, e Ranocchio rispondeva che glielo aveva detto la mamma.

Allora Malpelo si grattava il capo, e sorridendo gli faceva un certo verso da monellaccio malizioso che la sa lunga. – Tua madre ti dice così perché, invece dei calzoni, tu dovresti portar la gonnella. –

E dopo averci pensato su un po':

– Mio padre era buono e non faceva male a nessuno, tanto che gli

---

[24]*topi vecchi con le ali*: secondo la credenza popolare.

dicevano Bestia. Invece è là sotto, ed hanno persino trovato i ferri e le scarpe e questi calzoni qui che ho indosso io. –

Da lì a poco, Ranocchio il quale deperiva da qualche tempo, si ammalò in modo che la sera dovevano portarlo fuori dalla cava sull'asino, disteso fra le corbe, tremante di febbre come un pulcin bagnato. Un operaio disse che quel ragazzo *non ne avrebbe fatto osso duro*[25] a quel mestiere, e che per lavorare in una miniera senza lasciarvi la pelle bisognava nascervi. Malpelo allora si sentiva orgoglioso di esserci nato, e di mantenersi così sano e vigoroso in quell'aria malsana, e con tutti quegli stenti. Ei si caricava Ranocchio sulle spalle, e gli faceva animo alla sua maniera, sgridandolo e picchiandolo. Ma una volta nel picchiarlo sul dorso Ranocchio fu colto da uno sbocco di sangue, allora Malpelo spaventato si affannò a cercargli nel naso e dentro la bocca cosa gli avesse fatto, e giurava che non avea potuto fargli quel gran male, così come l'aveva battuto, e a dimostrarglielo, si dava dei gran pugni sul petto e sulla schiena con un sasso; anzi un operaio, lì presente, gli sferrò un gran calcio sulle spalle, un calcio che risuonò come su di un tamburo, eppure Malpelo non si mosse, e soltanto dopo che l'operaio se ne fu andato, aggiunse: – Lo vedi? Non mi ha fatto nulla! E ha picchiato più forte di me, ti giuro!

Intanto Ranocchio non guariva e seguitava a sputar sangue, e ad aver la febbre tutti i giorni. Allora Malpelo rubò dei soldi della paga della settimana, per comperargli del vino e della minestra calda, e gli diede i suoi calzoni quasi nuovi che lo coprivano meglio. Ma Ranocchio tossiva sempre e alcune volte sembrava soffocasse, e la sera non c'era modo di vincere il ribrezzo della febbre, né con sacchi, né coprendolo di paglia, né mettendolo dinanzi alla fiammata. Malpelo se ne stava zitto ed immobile chino su di lui, colle mani sui ginocchi, fissandolo con quei suoi occhiacci spalancati come se volesse fargli il ritratto, e allorché lo udiva gemere sottovoce, e gli vedeva il viso trafelato e l'occhio spento, preciso come quello dell'asino grigio allorché ansava rifinito sotto il carico nel salire la viottola, ei gli borbottava: – È meglio che tu crepi presto! Se devi soffrire in tal modo, è meglio che tu crepi! – E il padrone diceva che Malpelo era capace di schiacciargli il capo a quel ragazzo, e bisognava sorvegliarlo.

Finalmente un lunedì Ranocchio non venne più alla cava, e il padrone se ne lavò le mani, perché allo stato in cui era ridotto oramai era più di impiccio che d'altro. Malpelo si informò dove stesse di casa, e il sabato andò a trovarlo. Il povero Ranocchio era più di là che di qua, e sua madre piangeva e si disperava come se il suo figliolo fosse di quelli che guadagnano dieci lire la settimana.

Cotesto non arrivava a comprendere Malpelo, e domandò a Ranocchio perché sua madre strillasse a quel modo, mentre che da due mesi ei non guadagnava nemmeno quel che si mangiava. Ma il po-

---

[25] *non... osso duro*: non avrebbe resistito.

vero Ranocchio non gli dava retta e sembrava che badasse a contare quanti travicelli c'erano sul tetto. Allora il Rosso si diede ad almanaccare che la madre di Ranocchio strillasse a quel modo perché il suo figliuolo era sempre stato debole e malaticcio, e l'aveva tenuto come quei marmocchi che non si slattano mai. Egli invece era stato sano e robusto, ed era *malpelo*, e sua madre non aveva mai pianto per lui perché non aveva mai avuto timore di perderlo.

Poco dopo, alla cava dissero che Ranocchio era morto, ed ei pensò che la civetta adesso strideva anche per lui nella notte, e tornò a visitare le ossa spolpate del *grigio*, nel burrone dove solevano andare insieme con Ranocchio. Ora del *grigio* non rimanevano più che le ossa sgangherate, ed anche di Ranocchio sarebbe stato così, e sua madre si sarebbe asciugati gli occhi, poiché anche la madre di Malpelo s'era asciugati i suoi dopo che mastro Misciu era morto, e adesso si era maritata un'altra volta, ed era andata a stare a Cifali[26]; anche la sorella si era maritata e avevano chiusa la casa. D'ora in poi, se lo battevano, a loro non importava più nulla, e a lui nemmeno, e quando sarebbe divenuto come il *grigio* o come Ranocchio, non avrebbe sentito più nulla.

Verso quell'epoca venne a lavorare nella cava uno che non s'era mai visto, e si teneva nascosto il più che poteva; gli altri operai dicevano fra di loro che era scappato dalla prigione, e se lo pigliavano ce lo tornavano a chiudere per degli anni e degli anni. Malpelo seppe in quell'occasione che la prigione era un luogo dove si mettevano i ladri, e i malarnesi come lui, e si tenevano sempre chiusi là dentro e guardati a vista.

Da quel momento provò una malsana curiosità per quell'uomo che aveva provata la prigione e n'era scappato. Dopo poche settimane però il fuggitivo dichiarò chiaro e tondo che era stanco di quella vitaccia da talpa e piuttosto si contentava di stare in galera tutta la vita, ché la prigione, in confronto, era un paradiso e preferiva tornarci coi suoi piedi. – Allora perché tutti quelli che lavorano nella cava non si fanno mettere in prigione? – domandò Malpelo.

– Perché non sono *malpelo* come te! – rispose lo sciancato. – Ma non temere, che tu ci andrai e ci lascerai le ossa.

Invece le ossa le lasciò nella cava, Malpelo, come suo padre, ma in modo diverso. Una volta si doveva esplorare un passaggio che si riteneva comunicasse col pozzo grande a sinistra, verso la valle, e se la cosa era vera, si sarebbe risparmiata una buona metà di mano d'opera nel cavar fuori la rena. Ma se non era vero, c'era il pericolo di smarrirsi e di non tornare mai più. Sicché nessun padre di famiglia voleva avventurarvisi, né avrebbe permesso che ci si arrischiasse il sangue suo per tutto l'oro del mondo.

Ma Malpelo non aveva nemmeno chi si prendesse tutto l'oro del mondo per la sua pelle, se pure la sua pelle valeva tutto l'oro del mondo; sua madre si era rimaritata e se n'era andata a stare a Cifali, e sua sorella s'era maritata anch'essa. La porta della casa era chiusa, ed ei non aveva altro che le scarpe di suo padre appese al chiodo; perciò gli commettevano[27] sempre i lavori più pericolosi, e le imprese più arrischiate, e s'ei non si aveva riguardo alcuno, gli altri non ne avevano certamente per lui. Quando lo mandarono per quella esplorazione si risovvenne del minatore, il quale si era smarrito da anni ed anni, e cammina e cammina ancora al buio gridando aiuto, senza che nessuno possa udirlo; ma non disse nulla. Del resto a che sarebbe giovato? Prese gli arnesi di suo padre, il piccone, la zappa, la lanterna, il sacco col pane, e il fiasco del vino, e se ne andò: né più si seppe nulla di lui.

Così si persero persin le ossa di Malpelo, e i ragazzi della cava abbassano la voce quando parlano di lui nel sotterraneo, ché hanno paura di vederselo comparire dinanzi, coi capelli rossi e gli occhiacci grigi.[28]

[27]*commettevano*: affidavano.
[28]La fine di Rosso è propria di un personaggio eroico, di chi affronta con audace coraggio un destino di morte, in coerenza con le proprie idee, donde la conseguente fama di spirito errante che l'accompagna.

Cavalleria rusticana

Turiddu[1] Macca, il figlio della gnà Nunzia, come tornò da fare il soldato, ogni domenica si pavoneggiava in piazza coll'uniforme da bersagliere e il berretto rosso, che sembrava quello della buona ventura, quando mette su banco colla gabbia dei canarini.[2] Le ragazze se lo rubavano cogli occhi, mentre andavano a messa col naso dentro la mantellina, e i monelli gli ronzavano attorno come le mosche. Egli aveva portato anche una pipa col re a cavallo che pareva vivo, e accendeva gli zolfanelli sul dietro dei calzoni, levando la gamba, come se desse una pedata. Ma con tutto ciò Lola di massaro Angelo non si era fatta vedere né alla messa, né sul ballatoio ché si era fatta sposa con uno di Licodia, il quale faceva il carrettiere e aveva quattro muli di Sortino[3] in stalla. Dapprima Turiddu come lo seppe, santo diavolone! voleva trargli fuori le budella dalla pancia, voleva trargli, a quel di Licodia! però non ne fece nulla, e si sfogò coll'andare a cantare tutte le canzoni di sdegno che sapeva sotto la finestra della bella.[4]

– Che non ha nulla da fare Turiddu della gnà Nunzia, dicevano i vicini, che passa le notti a cantare come una passera solitaria?

Finalmente s'imbatté in Lola che tornava dal *viaggio*[5] alla Madonna del Pericolo, e al vederlo, non si fece né bianca né rossa quasi non fosse stato fatto suo.

*La novella apparve nel "Fanfulla della Domenica", 14 marzo 1880. Il successo del racconto spinse l'autore a trasporre la vicenda in teatro, nell'atto unico con lo stesso titolo, che ottenne molto successo, fin dalla prima di Torino, il 14 gennaio 1884 (successo rinnovatosi anche per la trasposizione musicale di Pietro Mascagni, nel 1890).
[1] *Turiddu*: diminutivo dialettale di Salvatore.
[2] *buona ventura... canarini*: si riferisce all'uso delle indovine di portare un copricapo dal colore vivace, come appunto il fez rosso dei bersaglieri (si ricordi che i canarini erano usati per estrarre a sorte i responsi).
[3] *Sortino*: paese del Siracusano.
[4] Magistrale attacco della novella, esemplare per l'adesione alla poetica verista, per il coerente rispetto della prospettiva dal basso, secondo la visione del mondo tipica del ceto popolare, tanto che la narrazione sembra sgorgare dalla viva voce di un testimone della vicenda (e la conferma viene dallo stile, dal cosiddetto "stile indiretto libero", che riporta espressioni e costrutti della parlata popolare, anche se tradotti in lingua italiana).
[5] *viaggio*: pellegrinaggio.

– Beato chi si vede! le disse.

– Oh, compare Turiddu, me l'avevano detto che siete tornato al primo del mese.

– A me mi hanno detto delle altre cose ancora! rispose lui. Che è vero che vi maritate con compare Alfio, il carrettiere?

– Se c'è la volontà di Dio! rispose Lola tirandosi sul mento le due cocche[6] del fazzoletto.

– La volontà di Dio la fate col tira e molla come vi torna conto! E la volontà di Dio fu che dovevo tornare da tanto lontano per trovare ste belle notizie, gnà Lola!

Il poveraccio tentava di fare ancora il bravo,[7] ma la voce gli si era fatta roca; ed egli andava dietro alla ragazza dondolandosi colla nappa del berretto che gli ballava di qua e di là sulle spalle. A lei, in coscienza, rincresceva di vederlo così col viso lungo, però non aveva cuore di lusingarlo con belle parole.

– Sentite, compare Turiddu, gli disse alfine, lasciatemi raggiungere le mie compagne. Che direbbero in paese se mi vedessero con voi?...

– È giusto, rispose Turiddu; ora che sposate compare Alfio, che ci ha quattro muli in stalla, non bisogna farla chiacchierare la gente. Mia madre invece, poveretta, la dovette vendere la nostra mula baia, e quel pezzetto di vigna sullo stradone, nel tempo ch'ero soldato. Passò quel tempo che Berta filava,[8] e voi non ci pensate più al tempo in cui ci parlavamo dalla finestra sul cortile, e mi regalaste quel fazzoletto, prima d'andarmene, che Dio sa quante lagrime ci ho pianto dentro nell'andar via lontano tanto che si perdeva persino il nome del nostro paese. Ora addio, gnà Lola, *facemu cuntu ca chioppi e scampau, e la nostra amicizia finiu.*[9]

La gnà Lola si maritò col carrettiere; e la domenica si metteva sul ballatoio, colle mani sul ventre per far vedere tutti i grossi anelli d'oro che le aveva regalati suo marito. Turiddu seguitava a passare e ripassare per la stradicciuola, colla pipa in bocca e le mani in tasca, in aria d'indifferenza, e occhieggiando le ragazze; ma dentro ci si rodeva che il marito di Lola avesse tutto quell'oro, e che ella fingesse di non accorgersi di lui quando passava. – Voglio fargliela proprio sotto gli occhi a quella cagnaccia! borbottava.

Di faccia a compare Alfio ci stava massaro Cola, il vignaiuolo, il quale era ricco come un maiale, dicevano, e aveva una figliuola in casa. Turiddu tanto disse e tanto fece che entrò camparo da massaro Cola, e cominciò a bazzicare per la casa e a dirle paroline dolci alla ragazza.

– Perché non andate a dirle alla gnà Lola ste belle cose? rispondeva Santa.

---

[6]*cocche*: angoli.
[7]*bravo*: disinvolto, spavaldo.
[8]*quel tempo che Berta filava*: detto proverbiale per riferirsi molto indietro nel tempo.
[9]*facemu cuntu... finiu*: facciamo conto che sia piovuto e spiovuto, e la nostra amicizia sia finita (uno dei tanti detti e proverbi siciliani frequentemente riportati da Verga, in lingua e in dialetto, quali componenti fondamentali della cultura popolare).

– La gnà Lola è una signorona! La gnà Lola ha sposato un re di corona, ora!

– Io non me li merito i re di corona.

– Voi ne valete cento delle Lole, e conosco uno che non guarderebbe la gnà Lola, né il suo santo, quando ci siete voi, ché la gnà Lola, non è degna di portarvi le scarpe, non è degna.

– La volpe quando all'uva non ci poté arrivare...

– Disse: come sei bella, *racinedda*[10] mia!

– Ohé! quelle mani, compare Turiddu.

– Avete paura che vi mangi?

– Paura non ho né di voi, né del vostro Dio.

– Eh! vostra madre era di Licodia, lo sappiamo! Avete il sangue rissoso! Uh! che vi mangerei cogli occhi!

– Mangiatemi pure cogli occhi, che briciole non ne faremo; ma intanto tiratemi su quel fascio.

– Per voi tirerei su tutta la casa, tirerei!

Ella, per non farsi rossa, gli tirò un ceppo che aveva sottomano, e non lo colse per miracolo.

– Spicciamoci, che le chiacchiere non ne affastellano sarmenti.[11]

– Se fossi ricco, vorrei cercarmi una moglie come voi, gnà Santa.

– Io non sposerò un re di corona come la gnà Lola, ma la mia dote ce l'ho anch'io, quando il Signore mi manderà qualcheduno.

– Lo sappiamo che siete ricca, lo sappiamo!

– Se lo sapete allora spicciatevi, ché il babbo sta per venire, e non vorrei farmi trovare nel cortile.

Il babbo cominciava a torcere il muso, ma la ragazza fingeva di non accorgersi, poiché la nappa del berretto del bersagliere gli aveva fatto il solletico dentro il cuore, e le ballava sempre dinanzi gli occhi. Come il babbo mise Turiddu fuori dell'uscio, la figliuola gli aprì la finestra, e stava a chiacchierare con lui tutta la sera, che tutto il vicinato non parlava d'altro.

– Per te impazzisco, diceva Turiddu, e perdo il sonno e l'appetito.

– Chiacchiere.

– Vorrei essere il figlio di Vittorio Emanuele per sposarti!

– Chiacchiere.

– Per la Madonna che ti mangerei come il pane!

– Chiacchiere!

– Ah! sull'onor mio!

– Ah! mamma mia!

Lola che ascoltava ogni sera, nascosta dietro il vaso di basilico, e si faceva pallida e rossa, un giorno chiamò Turiddu.

– E così, compare Turiddu, gli amici vecchi non si salutano più?

– Ma! sospirò il giovinotto, beato chi può salutarvi!

– Se avete intenzione di salutarmi, lo sapete dove sto di casa! rispose Lola.

[10]*racinedda*: vezzeggiativo di "uva" in siciliano.

[11]*sarmenti*: tralci. L'intera espressione sta a significare "basta con le chiacchiere".

Turiddu tornò a salutarla così spesso che Santa se ne avvide, e gli batté la finestra sul muso. I vicini se lo mostravano con un sorriso, o con un moto del capo, quando passava il bersagliere. Il marito di Lola era in giro per le fiere con le sue mule.

– Domenica voglio andare a confessarmi, ché stanotte ho sognato dell'uva nera,[12] disse Lola.

– Lascia stare! lascia stare! supplicava Turiddu.

– No, ora che s'avvicina la Pasqua, mio marito lo vorrebbe sapere il perché non sono andata a confessarmi.

– Ah! mormorava Santa di massaro Cola, aspettando ginocchioni il suo turno dinanzi al confessionario[13] dove Lola stava facendo il bucato dei suoi peccati. Sull'anima mia non voglio mandarti a Roma per la penitenza![14]

Compare Alfio tornò colle sue mule, carico di soldoni, e portò in regalo alla moglie una bella veste nuova per le feste.

– Avete ragione di portarle dei regali, gli disse la vicina Santa, perché mentre voi siete via vostra moglie vi adorna la casa!

Compare Alfio era di quei carrettieri che portano il berretto sull'orecchio,[15] e a sentir parlare in tal modo di sua moglie cambiò di colore come se l'avessero accoltellato. – Santo diavolone! esclamò, se non avete visto bene, non vi lascerò gli occhi per piangere! a voi e a tutto il vostro parentado!

– Non son usa a piangere! rispose Santa; non ho pianto nemmeno quando ho visto con questi occhi Turiddu della gnà Nunzia entrare di notte in casa di vostra moglie.

– Va bene, rispose compare Alfio, grazie tante.

Turiddu, adesso che era tornato il gatto, non bazzicava più di giorno per la stradicciuola, e smaltiva l'uggia all'osteria, cogli amici; e la vigilia di Pasqua avevano sul desco un piatto di salsiccia. Come entrò compare Alfio, soltanto dal modo in cui gli piantò gli occhi addosso, Turiddu comprese che era venuto per quell'affare e posò la forchetta sul piatto.

– Avete comandi da darmi, compare Alfio? gli disse.

– Nessuna preghiera, compare Turiddu, era un pezzo che non vi vedevo, e voleva parlarvi di quella cosa che sapete voi.

Turiddu da prima gli aveva presentato il bicchiere, ma compare Alfio lo scansò colla mano. Allora Turiddu si alzò e gli disse:

– Son qui, compar Alfio.

Il carrettiere gli buttò le braccia al collo.

– Se domattina volete venire nei fichidindia della Canziria potremo parlare di quell'affare, compare.

– Aspettatemi sullo stradone allo spuntar del sole, e ci andremo insieme.

[12] *sognato dell'uva nera*: sogno che annunzia disgrazia.
[13] *confessionario*: confessionale.
[14] Nel senso che ella stessa procurerà la punizione di Lola con la denuncia al marito.
[15] *berretto sull'orecchio*: come segno di sicurezza di sé, di spavalderia. Si ricordi che il berretto è il copricapo popolare, contrapposto al cappello dei "signori" (ma qui il gioco dei riferimenti è anche al *berretto rosso* di Turiddu citato all'inizio della narrazione).

Con queste parole si scambiarono il bacio della sfida. Turiddu strinse fra i denti l'orecchio del carrettiere, e così gli fece promessa solenne di non mancare.[16]

Gli amici avevano lasciato la salsiccia zitti zitti, e accompagnarono Turiddu sino a casa. La gnà Nunzia, poveretta, l'aspettava sin tardi ogni sera.

– Mamma, le disse Turiddu, vi rammentate quando sono andato soldato, che credevate non avessi a tornar più? Datemi un bel bacio come allora, perché domattina andrò lontano.

Prima di giorno si prese il suo coltello a molla, che aveva nascosto sotto il fieno quando era andato coscritto, e si mise in cammino pei fichidindia della Canziria.

– Oh! Gesummaria! dove andate con quella furia? piagnucolava Lola sgomenta, mentre suo marito stava per uscire.

– Vado qui vicino, rispose compar Alfio, ma per te sarebbe meglio che io non tornassi più.

Lola, in camicia, pregava ai piedi del letto e si stringeva sulle labbra il rosario che le aveva portato fra Bernardino dai Luoghi Santi, e recitava tutte le avemarie che potevano capirvi.[17]

– Compare Alfio, cominciò Turiddu dopo che ebbe fatto un pezzo di strada accanto al suo compagno, il quale stava zitto, e col berretto sugli occhi. Come è vero Iddio so che ho torto e mi lascierei ammazzare. Ma prima di venir qui ho visto la mia vecchia che si era alzata per vedermi partire, col pretesto di governare il pollaio, quasi il cuore le parlasse, e quant'è vero Iddio vi ammazzerò come un cane per non far piangere la mia vecchierella.

– Così va bene, rispose compare Alfio, spogliandosi del farsetto, e picchieremo sodo tutt'e due.

Entrambi erano bravi tiratori; Turiddu toccò[18] la prima botta, e fu a tempo a prenderla nel braccio; come la rese, la rese buona, e tirò all'anguinaia.[19]

– Ah! compare Turiddu! avete proprio intenzione di ammazzarmi!

– Sì, ve l'ho detto; ora che ho visto la mia vecchia nel pollaio, mi pare di averla sempre dinanzi agli occhi.

– Apriteli bene, gli occhi! gli gridò compar Alfio, che sto per rendervi la buona misura.

Come egli stava in guardia tutto raccolto per tenersi la sinistra sulla ferita, che gli doleva, e quasi strisciava per terra col gomito, acchiappò rapidamente una manata di polvere e la gettò negli occhi dell'avversario.

– Ah! urlò Turiddu accecato, son morto.

[16]Verga descrive sobriamente il rituale della sfida, proprio secondo la legge realista della rappresentazione oggettiva di usi e costumi del mondo popolare. Su questi elementi calcherà invece la mano lo stesso scrittore nella trasposizione teatrale, puntando sul pittoresco della vicenda, che poteva colpire il pubblico borghese, a detrimento degli aspetti socioeconomici, che saranno attenuati o rimossi.

[17]*capirvi*: entrarci.

[18]*toccò*: subì.

[19]*anguinaia*: inguine.

Ei cercava di salvarsi facendo salti disperati all'indietro; ma compar Alfio lo raggiunse con un'altra botta nello stomaco e una terza nella gola.

– E tre! questa è per la casa che tu m'hai adornato. Ora tua madre lascierà stare le galline.[20]

Turiddu annaspò un pezzo di qua e di là fra i fichidindia e poi cadde come un masso. Il sangue gli gorgogliava spumeggiando nella gola, e non poté profferire nemmeno: – Ah! mamma mia![21]

[20]*Ora... le galline*: la madre non dovrà più ricorrere a pretesti per vedere il figlio (perché morto).

[21]La catastrofe si dipana essenziale, senza ridondanze e commenti patetici. Nella lotta per la vita, la vittoria di Alfio conferma la legge del più forte, cioè del più abbiente e del più astuto (Turiddu ha la peggio prima, quando perde Lola soprattutto a causa dei suoi scarsi mezzi economici, e poi, quando viene accecato nel duello dal pugno di terra lanciatogli dal rivale).

La Lupa

Era alta, magra; aveva soltanto un seno fermo e vigoroso da bruna e pure non era più giovane; era pallida come se avesse sempre addosso la malaria, e su quel pallore due occhi grandi così, e delle labbra fresche e rosse, che vi mangiavano.

Al villaggio la chiamavano *la Lupa* perché non era sazia giammai – di nulla. Le donne si facevano la croce quando la vedevano passare, sola come una cagnaccia, con quell'andare randagio e sospettoso della lupa affamata; ella si spolpava i loro figliuoli e i loro mariti in un batter d'occhio, con le sue labbra rosse, e se li tirava dietro alla gonnella solamente a guardarli con quegli occhi da satanasso, fossero stati davanti all'altare di Santa Agrippina.[1] Per fortuna *la Lupa* non veniva mai in chiesa né a Pasqua, né a Natale, né per ascoltar messa, né per confessarsi. – Padre Angiolino di Santa Maria di Gesù, un vero servo di Dio, aveva persa l'anima per lei.

Maricchia,[2] poveretta, buona e brava ragazza, piangeva di nascosto, perché era figlia della *Lupa*, e nessuno l'avrebbe tolta in moglie, sebbene ci avesse la sua bella roba nel cassettone, e la sua buona terra al sole, come ogni altra ragazza del villaggio.

Una volta *la Lupa* si innamorò di un bel ragazzo che era tornato da soldato, e mieteva il fieno con lei nelle chiuse del notaro, ma proprio quello che si dice innamorarsi, sentirsene ardere le carni sotto al fustagno del corpetto, e provare, fissandolo negli occhi, la sete che si ha nelle ore calde di giugno, in fondo alla pianura. Ma colui seguitava a mietere tranquillamente col naso sui manipoli,[3] e le diceva: – O che avete, gnà Pina? Nei campi immensi, dove scoppiettava soltanto il volo dei grilli, quando il sole batteva a piombo, *la Lupa* affastellava manipoli su manipoli, e covoni su covoni, senza stancarsi mai, senza rizzarsi un momento sulla vita, senza accostare le labbra al

---

*La novella fu pubblicata nel periodico napoletano "Rivista nuova di scienze, lettere ed arti", 15 febbraio 1880. La vicenda divenne soggetto di un dramma teatrale in due atti, andato in scena a Torino, il 27 gennaio 1896.

[1] *Santa Agrippina*: chiesa parrocchiale di Mineo, paese in provincia di Catania, dov'è ambientata la vicenda.

[2] *Maricchia*: diminutivo di Mara.

[3] *manipoli*: fasci di spighe.

fiasco, pur di stare sempre alle calcagna di Nanni, che mieteva e mieteva, e le domandava di quando in quando: – Che volete, gnà Pina?

Una sera ella glielo disse, mentre gli uomini sonnecchiavano nell'aia, stanchi della lunga giornata, ed i cani uggiolavano per la vasta campagna nera: – Te voglio! Te che sei bello come il sole, e dolce come il miele. Voglio te!

– Ed io invece voglio vostra figlia, che è zitella,[4] rispose Nanni ridendo.

La Lupa si cacciò le mani nei capelli, grattandosi le tempie senza dir parola, e se ne andò, né più comparve nell'aia. Ma in ottobre rivide Nanni, al tempo che cavavano[5] l'olio, perché egli lavorava accanto alla sua casa; e lo scricchiolìo del torchio non la faceva dormire tutta notte.

– Prendi il sacco delle ulive, disse alla figliuola, e vieni con me.

Nanni spingeva colla pala le ulive sotto la macina, e gridava ohi! alla mula perché non si arrestasse. – La vuoi mia figlia Maricchia? gli domandò la gnà Pina. – Cosa gli date a vostra figlia Maricchia? rispose Nanni. – Essa ha la roba di suo padre, e dippiù io le dò la mia casa; a me mi basterà che mi lasciate un cantuccio nella cucina, per stendervi un po' di pagliericcio. – Se è così se ne può parlare a Natale, disse Nanni. – Nanni era tutto unto e sudicio dell'olio e delle ulive messe a fermentare, e Maricchia non lo voleva a nessun patto; ma sua madre l'afferrò pe' capelli, davanti al focolare, e le disse co' denti stretti: – Se non lo pigli ti ammazzo!

La Lupa era quasi malata, e la gente andava dicendo che il diavolo quando invecchia si fa eremita. Non andava più in qua e in là; non si metteva più sull'uscio, con quegli occhi da spiritata. Suo genero, quando ella glieli piantava in faccia quegli occhi, si metteva a ridere, e cavava fuori l'abitino della Madonna[6] per segnarsi. Maricchia stava in casa ad allattare i figliuoli, e sua madre andava nei campi, a lavorare cogli uomini, proprio come un uomo, a sarchiare,[7] a zappare, a governare le bestie, a potare le viti, fosse stato greco e levante di gennaio, oppure scirocco[8] di agosto, allorquando i muli lasciavano cader la testa penzoloni, e gli uomini dormivano bocconi a ridosso del muro a tramontana. *In quell'ora fra vespero e nona, in cui non ne va in volta femmina buona,*[9] la gnà Pina era la sola anima viva che si vedesse errare per la campagna, sui sassi infuocati delle viottole, fra le stoppie riarse dei campi immensi, che si perdevano nell'afa, lontan lontano, verso l'Etna nebbioso, dove il cielo si aggravava sull'orizzonte.

[4]*zitella*: giovane non ancora andata a marito, ma senza le attuali connotazioni negative di significato.
[5]*cavavano*: estraevano, facevano uscire.
[6]*l'abitino della Madonna*: l'immagine della Madonna, portata al collo come scapolare.
[7]*sarchiare*: ripulire dalle erbe selvatiche il campo con apposita zappa.
[8]*greco... levante... scirocco*: venti di varia direzione e stagione.
[9]*In quell'ora... femmina buona*: nelle ore pomeridiane, quando non va in giro la donna onesta (secondo un detto popolare).

– Svegliati! disse *la Lupa* a Nanni che dormiva nel fosso, accanto alla siepe polverosa, col capo fra le braccia. Svegliati, ché ti ho portato il vino per rinfrescarti la gola.

Nanni spalancò gli occhi imbambolati, fra veglia e sonno, trovandosela dinanzi ritta, pallida, col petto prepotente, e gli occhi neri come il carbone, e stese brancolando le mani.

– No! non ne va in volta femmina buona nell'ora fra vespero e nona! singhiozzava Nanni, ricacciando la faccia contro l'erba secca del fossato, in fondo in fondo, colle unghie nei capelli. – Andatevene! Andatevene! non ci venite più nell'aia!

Ella se ne andava infatti, *la Lupa*, riannodando le trecce superbe, guardando fisso dinanzi ai suoi passi nelle stoppie calde, cogli occhi neri come il carbone.

Ma nell'aia ci tornò delle altre volte, e Nanni non le disse nulla; e quando tardava a venire, nell'ora fra vespero e nona, egli andava ad aspettarla in cima alla viottola bianca e deserta, col sudore sulla fronte; – e dopo si cacciava le mani nei capelli, e le ripeteva ogni volta: Andatevene! andatevene! Non ci tornate più nell'aia! – Maricchia piangeva notte e giorno, e alla madre le piantava in faccia gli occhi ardenti di lagrime e di gelosia, come una lupacchiotta anch'essa, quando la vedeva tornare da' campi pallida e muta ogni volta. – Scellerata! le diceva. Mamma scellerata!

– Taci!

– Ladra! ladra!

– Taci!

– Andrò dal brigadiere, andrò!

– Vacci!

E ci andò davvero, coi figli in collo, senza temere di nulla, e senza versare una lagrima, come una pazza, perché adesso l'amava anche lei quel marito che le avevano dato per forza, unto e sudicio dalle ulive messe a fermentare.

Il brigadiere fece chiamare Nanni, e lo minacciò della galera, e della forca. Nanni si diede a singhiozzare ed a strapparsi i capelli; non negò nulla, non tentò scolparsi. – È la tentazione! diceva; è la tentazione dell'inferno! si buttò ai piedi del brigadiere supplicandolo di mandarlo in galera.

– Per carità, signor brigadiere, levatemi da questo inferno! fatemi ammazzare, mandatemi in prigione; non me la lasciate veder più, mai! mai!

– No! rispose però *la Lupa* al brigadiere. Io mi son riserbato un cantuccio della cucina per dormirvi, quando gli ho data la mia casa in dote. La casa è mia. Non voglio andarmene!

Poco dopo, Nanni s'ebbe nel petto un calcio dal mulo e fu per morire; ma il parroco ricusò di portargli il Signore[10] se *la Lupa* non usciva di casa. *La Lupa* se ne andò, e suo genero allora si poté preparare ad andarsene anche lui da buon cristiano; si confessò e comuni-

---

[10]*il Signore*: gli ultimi sacramenti.

cò con tali segni di pentimento e di contrizione che tutti i vicini e i curiosi piangevano davanti al letto del moribondo. E meglio sarebbe stato per lui che fosse morto in quel tempo, prima che il diavolo tornasse a tentarlo e a ficcarglisi nell'anima e nel corpo quando fu guarito. – Lasciatemi stare! diceva alla *Lupa*; per carità, lasciatemi in pace! Io ho visto la morte cogli occhi! La povera Maricchia non fa che disperarsi. Ora tutto il paese lo sa! Quando non vi vedo è meglio per voi e per me...

Ed avrebbe voluto strapparsi gli occhi per non vedere quelli della *Lupa*, che quando gli si ficcavano ne' suoi gli facevano perdere l'anima ed il corpo. Non sapeva più che fare per svincolarsi dall'incantesimo. Pagò delle messe alle anime del Purgatorio e andò a chiedere aiuto al parroco e al brigadiere. A Pasqua andò a confessarsi, e fece pubblicamente sei palmi di lingua a strasciconi[11] sui ciottoli del sacrato innanzi alla chiesa, in penitenza, e poi come *la Lupa* tornava a tentarlo:

– Sentite! le disse, non ci venite più nell'aia, perché se tornate a cercarmi, com'è vero Iddio, vi ammazzo!

– Ammazzami, rispose *la Lupa*, ché non me ne importa; ma senza di te non voglio starci.

Ei come la scorse da lontano, in mezzo a' seminati verdi, lasciò di zappare la vigna, e andò a staccare la scure dall'olmo. *La Lupa* lo vide venire, pallido e stralunato, colla scure che luccicava al sole, e non si arretrò di un sol passo, non chinò gli occhi, seguitò ad andargli incontro, con le mani piene di manipoli di papaveri rossi, e mangiandoselo con gli occhi neri. – Ah! malanno all'anima vostra! balbettò Nanni.[12]

[11]*sei palmi... a strasciconi*: nella religione popolare, strisciare con la lingua per terra era pratica cui si ricorreva per penitenza o per lo scioglimento di un voto (il palmo corrisponde circa a 25 cm).

[12]La conclusione cruenta della vicenda rinvia a un ineluttabile fato tragico: la donna va incontro al suo carnefice dimostrando ancora tutta quella forza demoniaca su cui aveva insistito lo scrittore all'inizio del racconto. La violenza trasgressiva di questa passione fisica va naturalmente contrapposta per antitesi alle snervate passioni senti mentali e intellettuali degli amori borghesi della narrativa contemporanea

L'amante di Gramigna

Caro Farina,[1] eccoti non un racconto ma l'abbozzo di un racconto. Esso almeno avrà il merito di esser brevissimo, e di esser storico – un documento umano,[2] come dicono oggi; interessante forse per te, e per tutti coloro che studiano nel gran libro del cuore. Io te lo ripeterò così come l'ho raccolto pei viottoli dei campi, press'a poco colle medesime parole semplici e pittoresche della narrazione popolare, e tu veramente preferirai di trovarti faccia a faccia col fatto nudo e schietto, senza stare a cercarlo fra le linee del libro, attraverso la lente dello scrittore. Il semplice fatto umano farà pensare sempre; avrà sempre l'efficacia dell'*essere stato*, delle lagrime vere, delle febbri e delle sensazioni che sono passate per la carne; il misterioso processo per cui le passioni si annodano, si intrecciano, maturano, si svolgono nel loro cammino sotterraneo nei loro andirivieni che spesso sembrano contradditorî, costituirà per lungo tempo ancora la possente attrattiva di quel fenomeno psicologico che dicesi l'argomento di un racconto, e che l'analisi moderna si studia di seguire con scrupolo scientifico. Di questo che ti narro oggi ti dirò soltanto il punto di partenza e quello d'arrivo, e per te basterà, e un giorno forse basterà per tutti.

Noi rifacciamo il processo artistico al quale dobbiamo tanti monumenti gloriosi, con metodo diverso, più minuzioso e più intimo; sacrifichiamo volentieri l'effetto della catastrofe, del risultato psicologico, intravvisto con intuizione quasi divina dai grandi artisti del passato, allo sviluppo logico, necessario di esso, ridotto meno imprevisto, meno drammatico, ma non meno fatale; siamo più modesti, se non più umili; ma le conquiste che facciamo delle verità psicologiche non saranno un fatto meno utile all'arte dell'avvenire.

---

*La novella apparve, col titolo *L'amante di Raja*, nel periodico milanese "Rivista minima di scienze, lettere ed arti", diretta da Salvatore Farina, nel febbraio 1880.
[1] *Farina*: Salvatore Farina (1846-1918), scrittore molto in vista nell'ambiente milanese, autore di narrativa di consumo con buon successo di pubblico.
[2] *documento umano*: Verga riprende in questa introduzione teorica, che si amplia in vera e propria dichiarazione di poetica, espressioni tipiche del linguaggio critico del realismo francese e italiano.

Si arriverà mai a tal perfezionamento nello studio delle passioni, che diventerà inutile il proseguire in cotesto studio dell'uomo interiore? La scienza del cuore umano, che sarà il frutto della nuova arte, svilupperà talmente e così generalmente tutte le risorse dell'immaginazione che nell'avvenire i soli romanzi che si scriveranno saranno *i fatti diversi*?[3]

Intanto io credo che il trionfo del romanzo, la più completa e la più umana delle opere d'arte, si raggiungerà allorché l'affinità e la coesione di ogni sua parte sarà così completa che il processo della creazione rimarrà un mistero, come lo svolgersi delle passioni umane; e che l'armonia delle sue forme sarà così perfetta, la sincerità della sua realtà così evidente, il suo modo e la sua ragione di essere così necessarie, che la mano dell'artista rimarrà assolutamente invisibile, e il romanzo avrà l'impronta dell'avvenimento reale, e l'opera d'arte sembrerà *essersi fatta da sé*, aver maturato ed esser sorta spontanea come un fatto naturale, senza serbare alcun punto di contatto col suo autore; che essa non serbi nelle sue forme viventi alcuna impronta della mente in cui germogliò, alcuna ombra dell'occhio che la intravvide, alcuna traccia delle labbra che ne mormorarono le prime parole come il *fiat*[4] creatore; ch'essa stia per ragion propria, pel solo fatto che è come dev'essere, ed è necessario che sia, palpitante di vita ed immutabile al pari di una statua di bronzo, di cui l'autore abbia avuto il coraggio divino di eclissarsi e sparire nella sua opera immortale.[5]

Parecchi anni or sono, laggiù lungo il Simeto,[6] davano la caccia a un brigante, certo Gramigna,[7] se non erro, un nome maledetto come l'erba che lo porta, il quale da un capo all'altro della provincia s'era lasciato dietro il terrore della sua fama. Carabinieri, soldati, e militi a cavallo lo inseguivano da due mesi, senza esser riesciti a mettergli le unghie addosso: era solo, ma valeva per dieci, e la mala pianta minacciava di abbarbicare. Per giunta si approssimava il tempo della messe, il fieno era già steso pei campi, le spighe chinavano il capo e dicevano di sì ai mietitori che avevano già la falce in pugno, e nonostante nessun proprietario osava affacciare il naso al disopra della siepe del suo podere, per timore di incontrarvi Gramigna che se ne stesse sdraiato fra i solchi, colla carabina fra le gambe, pronto a far saltare il capo al primo che venisse a guardare nei fatti suoi. Sicché le lagnanze erano generali. Allora il prefetto si fece chiamare tutti quei signori della questura, dei carabinieri, e dei compagni d'armi,[8] e disse loro due paroline di quelle che fanno

---

[3] *i fatti diversi*: fatti di cronaca, secondo un francesismo assai ricorrente della poetica realista.

[4] *fiat*: la parola (in latino) attribuita dalla Bibbia a Dio per la creazione del mondo.

[5] Fondamentali queste affermazioni in cui si racchiude l'idea verghiana della costruzione perfetta del racconto, come organismo in sé concluso, dove tutte le componenti si fondono così necessariamente da rendere invisibile l'autore.

[6] *Simeto*: fiume che scorre nella Piana di Catania.

[7] *Gramigna*: ancora un soprannome da personaggio emarginato, maledetto.

[8] *compagni d'armi*: polizia paesana.

drizzar le orecchie. Il giorno dopo un terremoto per ogni dove; pattuglie, squadriglie, vedette per ogni fossato, e dietro ogni muricciolo; se lo cacciavano dinanzi come una mala bestia per tutta una provincia, di giorno, di notte, a piedi, a cavallo, col telegrafo. Gramigna sgusciava loro di mano, e rispondeva a schioppettate se gli camminavano un po' troppo sulle calcagna. Nelle campagne, nei villaggi, per le fattorie, sotto le frasche delle osterie, nei luoghi di ritrovo, non si parlava d'altro che di lui, di Gramigna, di quella caccia accanita, di quella fuga disperata; i cavalli dei carabinieri cascavano stanchi morti; i compagni d'armi si buttavano rifiniti per terra in tutte le stalle, le pattuglie dormivano all'impiedi; egli solo, Gramigna, non era stanco mai, non dormiva mai, fuggiva sempre, s'arrampicava sui precipizi, strisciava fra le messi, correva carponi nel folto dei fichidindia, sgattajolava come un lupo nel letto asciutto dei torrenti. Il principale argomento di ogni discorso, nei crocchi, davanti agli usci del villaggio, era la sete divorante che doveva soffrire il perseguitato, nella pianura immensa, arsa, sotto il sole di giugno. I fannulloni spalancavano gli occhi.

Peppa, una delle più belle ragazze di Licodia, doveva sposare in quel tempo compare Finu[9] "candela di sego"[10] che aveva terre al sole e una mula baia in stalla, ed era un giovanotto grande e bello come il sole, che portava lo stendardo di Santa Margherita[11] come fosse un pilastro, senza piegare le reni.

La madre di Peppa piangeva dalla contentezza per la gran fortuna toccata alla figliuola, e passava il tempo a voltare e rivoltare nel baule il corredo della sposa, "tutto di roba bianca a quattro"[12] come quella di una regina, e orecchini che le arrivavano alle spalle, e anelli d'oro per le dieci dita delle mani; dell'oro ne aveva quanto ne poteva avere Santa Margherita, e dovevano sposarsi giusto per santa Margherita, che cadeva in giugno, dopo la mietitura del fieno. "Candela di sego" nel tornare ogni sera dalla campagna, lasciava la mula all'uscio della Peppa, e veniva a dirle che i seminati[13] erano un incanto, se Gramigna non vi appiccava il fuoco, e il graticcio[14] di contro al letto non sarebbe bastato a contenere tutto il grano della raccolta, che gli pareva mill'anni di condursi la sposa in casa, in groppa alla mula baia. Ma Peppa un bel giorno gli disse: – La vostra mula lasciatela stare, perché non voglio maritarmi.

Il povero "candela di sego" rimase sbalordito e la vecchia si mise a strapparsi i capelli come udì che sua figlia rifiutava il miglior partito del villaggio. – Io voglio bene a Gramigna, le disse la ragazza, e non voglio sposare altri che lui!

9*Finu*: forma dialettale abbreviata di Serafino.
10*candela di sego*: soprannome, per indicare persona alta e melensa.
11*Santa Margherita*: patrona di Licodia Eubea.
12*tutto... quattro*: il corredo era di tessuto fine e composto di quattro capi per ogni componente.
13*seminati*: campi coltivati.
14*graticcio*: struttura di canne o vimini intrecciati

– Ah! gridava la mamma per la casa, coi capelli grigi al vento, che pareva una strega. – Ah! quel demonio è venuto sin qui a stregarmi la mia figliuola!

– No! rispondeva Peppa coll'occhio fisso che pareva d'acciajo. – No, non è venuto qui.

– Dove l'hai visto dunque?

– Io non l'ho visto. Ne ho sentito parlare. Sentite! ma lo sento qui, che mi brucia!

In paese la cosa fece rumore, per quanto la tenessero nascosta. Le comari che avevano invidiato a Peppa il seminato prosperoso, la mula baia, e il bel giovanotto che portava lo stendardo di Santa Margherita senza piegar le reni, andavano dicendo ogni sorta di brutte storie, che Gramigna veniva a trovarla di notte nella cucina, e che glielo avevano visto nascosto sotto il letto. La povera madre aveva acceso una lampada alle anime del purgatorio, e persino il curato era andato in casa di Peppa, a toccarle il cuore colla stola, onde scacciare quel diavolo di Gramigna che ne aveva preso possesso. Però ella seguitava a dire che non lo conosceva neanche di vista quel cristiano; ma che la notte lo vedeva in sogno, e alla mattina si levava colle labbra arse quasi avesse provato anch'essa tutta la sete ch'ei doveva soffrire.

Allora la vecchia la chiuse in casa, perché non sentisse più parlare di Gramigna; e tappò tutte le fessure dell'uscio con immagini di santi. Peppa ascoltava quello che dicevano nella strada dietro le immagini benedette, e si faceva pallida e rossa, come se il diavolo le soffiasse tutto l'inferno nella faccia.

Finalmente sentì dire che avevano scovato Gramigna nei fichidindia di Palagonia.[15] – Ha fatto due ore di fuoco! dicevano, c'è un carabiniere morto, e più di tre compagni d'armi feriti. Ma gli hanno tirato addosso tal gragnuola di fucilate che stavolta hanno trovato un lago di sangue dove egli si trovava.

Allora Peppa si fece la croce dinanzi al capezzale della vecchia, e fuggì dalla finestra.

Gramigna era nei fichidindia di Palagonia, che non avevano potuto scovarlo in quel forteto[16] da conigli, lacero, insanguinato, pallido per due giorni di fame, arso dalla febbre, e colla carabina spianata: come la vide venire, risoluta, in mezzo alle macchie dei fichidindia, nel fosco chiarore dell'alba, ci pensò un momento, se dovesse lasciare partire il colpo. – Che vuoi? le chiese. Che vieni a far qui?

– Vengo a star con te; gli disse lei guardandolo fisso. Sei tu Gramigna?

– Sì, son io Gramigna. Se vieni a buscarti quelle venti oncie della taglia, hai sbagliato il conto.

– No, vengo a star con te! rispose lei.

---

[15]*Palagonia*: paese a sud di Catania, non distante da Licodia.
[16]*forteto*: terreno malagevole ricoperto di boscaglia.

– Vattene! diss'egli. Con me non puoi starci, ed io non voglio nessuno con me! Se vieni a cercar denaro hai sbagliato il conto ti dico, io non ho nulla, guarda! Sono due giorni che non ho nemmeno un pezzo di pane.

– Adesso non posso più tornare a casa, disse lei; la strada è tutta piena di soldati.

– Vattene! cosa m'importa? ciascuno per la sua pelle!

Mentre ella voltava le spalle, come un cane scacciato a pedate, Gramigna la chiamò. – Senti, va' a prendermi un fiasco d'acqua, laggiù nel torrente, se vuoi stare con me bisogna rischiar la pelle.

Peppa andò senza dir nulla, e quando Gramigna udì la fucilata si mise a sghignazzare, e disse fra sé: – Questa era per me. – Ma come la vide comparire poco dopo, col fiasco al braccio, pallida e insanguinata, prima le si buttò addosso, per strapparle il fiasco, e poi quando ebbe bevuto che pareva il fiato le mancasse le chiese – L'hai scappata? Come hai fatto?

– I soldati erano sull'altra riva, e c'era una macchia folta da questa parte.

– Però t'hanno bucata la pelle. Hai del sangue nelle vesti?

– Sì.

– Dove sei ferita?

– Sulla spalla.

– Non fa nulla. Potrai camminare.

Così le permise di stare con lui. Ella lo seguiva tutta lacera, colla febbre della ferita, senza scarpe, e andava a cercargli un fiasco d'acqua o un tozzo di pane, e quando tornava colle mani vuote, in mezzo alle fucilate, il suo amante, divorato dalla fame e dalla sete, la batteva. Finalmente una notte in cui brillava la luna nei fichidindia, Gramigna le disse – Vengono! e la fece addossare alla rupe, in fondo al crepaccio, poi fuggì dall'altra parte. Fra le macchie si udivano spesseggiare[17] le fucilate, e l'ombra avvampava qua e là di brevi fiamme. Ad un tratto Peppa udì un calpestìo vicino a sé e vide tornar Gramigna che si strascinava con una gamba rotta, e si appoggiava ai ceppi dei fichidindia per ricaricare la carabina – È finita! gli disse lui. Ora mi prendono; – e quello che le agghiacciò il sangue più di ogni cosa fu il luccicare che ci aveva negli occhi, da sembrare un pazzo. Poi quando cadde sui rami secchi come un fascio di legna, i compagni d'armi gli furono addosso tutti in una volta.[18]

Il giorno dopo lo strascinarono per le vie del villaggio, su di un carro, tutto lacero e sanguinoso. La gente che si accalcava per vederlo, si metteva a ridere trovandolo così piccolo, pallido e brutto, che pareva un pulcinella. Era per lui che Peppa aveva lasciato compare Finu "candela di sego"! Il povero "candela di sego" andò a na-

---

[17] *spesseggiare*: ripetersi spesso.
[18] La novella riprende figure e temi della mitologia letteraria: il personaggio del bandito e l'innamoramento per fama della Peppa, ma togliendo loro ogni aura romantica, per calcare la mano invece sulla forza e sulla violenza degli istinti e dei comportamenti.

scondersi quasi toccasse a lui di vergognarsi, e Peppa la condussero fra i soldati, ammanettata, come una ladra anche lei, lei che ci aveva dell'oro quanto Santa Margherita! La povera madre di Peppa dovette vendere "tutta la roba bianca" del corredo, e gli orecchini d'oro, e gli anelli per le dieci dita, onde pagare gli avvocati di sua figlia, e tirarsela di nuovo in casa, povera, malata, svergognata, brutta anche lei come Gramigna, e col figlio di Gramigna in collo. Ma quando gliela diedero, alla fine del processo, recitò l'avemaria, nella casermeria nuda e già scura, in mezzo ai carabinieri; le parve che le dessero un tesoro, alla povera vecchia, che non possedeva più nulla e piangeva come una fontana dalla consolazione. Peppa invece sembrava che non ne avesse più di lagrime, e non diceva nulla, né in paese nessuno la vide più mai, nonostante che le due donne andassero a buscarsi il pane colle loro braccia. La gente diceva che Peppa aveva imparato il mestiere, nel bosco, e andava di notte a rubare. Il fatto era che stava rincantucciata nella cucina come una bestia feroce, e ne uscì soltanto allorché la sua vecchia fu morta di stenti, e dovette vendere la casa.

– Vedete! le diceva "candela di sego" che pure le voleva sempre bene. – Vi schiaccerei la testa fra due sassi pel male che avete fatto a voi e agli altri.

– È vero! rispondeva Peppa, lo so! Questa è stata la volontà di Dio.

Dopo che fu venduta la casa e quei pochi arnesi che le restavano se ne andò via dal paese, di notte come era venuta, senza voltarsi indietro a guardare il tetto sotto cui aveva dormito tanto tempo, e se ne andò a fare la volontà di Dio in città, col suo ragazzo, vicino al carcere dove era rinchiuso Gramigna. Ella non vedeva altro che le gelosie[19] tetre, sulla gran facciata muta, e le sentinelle la scacciavano se si fermava a cercare cogli occhi dove potesse esser lui. Finalmente le dissero che egli non ci era più da un pezzo, che l'avevano condotto via, di là del mare, ammanettato e colla sporta al collo. Ella non disse nulla. Non si mosse più di là, perché non sapeva dove andare, e non l'aspettava più nessuno. Vivacchiava facendo dei servizii ai soldati, ai carcerieri, come facesse parte ella stessa di quel gran fabbricato tetro e silenzioso, e pei carabinieri poi che le avevano preso Gramigna nel folto dei fichidindia, e gli avevano rotto la gamba a fucilate, sentiva una specie di tenerezza rispettosa, come l'ammirazione bruta della forza. La festa, quando li vedeva col pennacchio, e gli spallini lucenti, rigidi ed impettiti nell'uniforme di gala, se li mangiava cogli occhi, ed era sempre per la caserma spazzando i cameroni e lustrando gli stivali, tanto che la chiamavano "lo strofinacciolo dei carabinieri". Soltanto allorché li vedeva caricare le armi a notte fatta, e partire a due a due, coi calzoni rimboccati, il revolver sullo stomaco, o quando montavano a cavallo, sotto il lam-

[19]*gelosie*: persiane.

pione che faceva luccicare la carabina, e udiva perdersi nelle tenebre lo scalpito dei cavalli, e il tintinnìo della sciabola, diventava pallida ogni volta, e mentre chiudeva la porta della stalla rabbrividiva; e quando il suo marmocchio giocherellava cogli altri monelli nella spianata davanti al carcere, correndo fra le gambe dei soldati, e i monelli gli dicevano "il figlio di Gramigna, il figlio di Gramigna!" ella si metteva in collera, e li inseguiva a sassate.

Guerra di Santi

Tutt'a un tratto, mentre San Rocco se ne andava tranquillamente per la sua strada, sotto il baldacchino, coi cani al guinzaglio,[1] e un gran numero di ceri accesi tutt'intorno, e la banda, la processione, la calca dei devoti, accadde un parapiglia, un fuggi fuggi, un casa del diavolo: preti che scappavano colle sottane per aria, trombe e clarinetti sulla faccia, donne che strillavano, il sangue a rigagnoli, e le legnate che piovevano come pere fradicie fin sotto il naso di San Rocco benedetto. Accorsero il pretore, il sindaco, i carabinieri; le ossa rotte furono portate all'ospedale, i più riottosi andarono a dormire in prigione, il santo tornò in chiesa a corsa piuttosto che a passo di processione, e la festa finì come le commedie di Pulcinella.

Tutto ciò per l'invidia di que' del quartiere di San Pasquale. Quell'anno i devoti di San Rocco avevano speso gli occhi della testa per far le cose in grande; era venuta la banda dalla città, si erano sparati più di duemila mortaretti, e c'era persino uno stendardo nuovo, tutto ricamato d'oro, che pesava più d'un quintale, dicevano, e in mezzo alla folla sembrava "una spuma d'oro" addirittura. La qual cosa doveva fare maledettamente il solletico a quei di San Pasquale, sicché uno di costoro alla fine perse la pazienza, e si diede a urlare, pallido come un morto: – Viva San Pasquale! – Allora s'erano messe le legnate.

Poiché andare a dire viva San Pasquale sul mostaccio[2] di San Rocco in persona è una provocazione bella e buona; è come venirvi a sputare in casa, o come uno che si diverta a dar dei pizzicotti alla donna che avete sotto il braccio. In tal caso non c'è più né cristi né diavoli, e si mette sotto i piedi quel po' di rispetto che si ha anche per gli altri santi, che infine fra di loro son tutti parenti. Se si è in chiesa, vanno in aria le panche, nelle processioni piovono pezzi di torcetti[3] come pipistrelli, e a tavola volano le scodelle.

---

*Il racconto fu pubblicato nel "Fanfulla della Domenica", 23 maggio 1880.
[1] *coi cani al guinzaglio*: generalmente San Rocco è rappresentato col cane (secondo la leggenda, un nobile mandava al santo malato, quotidianamente, un cane con un pane in bocca).
[2] *mostaccio*: faccia.
[3] *torcetti*: candele multiple, formate da quattro intrecciate.

– Santo diavolone! – urlava compare Nino, tutto pesto e malconcio. – Voglio un po' vedere chi gli basta l'anima di gridare ancora viva San Pasquale!

– Io! – rispose furibondo Turi[4] il "conciapelli" il quale doveva essergli cognato, ed era fuori di sé per un pugno acchiappato nella mischia, che lo aveva mezzo accecato. – Viva San Pasquale sino alla morte!

– Per l'amor di Dio! per l'amor di Dio! – strillava sua sorella Saridda,[5] cacciandosi tra il fratello ed il fidanzato, ché tutti e tre erano andati a spasso d'amore e d'accordo sino a quel momento.

Compare Nino, il fidanzato, vociava per ischerno: – Viva i miei stivali! viva san stivale!

– Te'! – urlò Turi colla spuma alla bocca, e l'occhio gonfio e livido al pari d'una petronciana.[6] – Te' per San Rocco, tu dei stivali! Prendi!

Così si scambiarono dei pugni che avrebbero accoppato un bue, sino a quando gli amici riuscirono a separarli a furia di busse e di pedate. Saridda scaldatasi anche lei, strillava viva San Pasquale, che per poco non si presero a ceffoni collo sposo, come fossero già stati marito e moglie.

In tali occasioni si accapigliano i genitori coi figliuoli, e le mogli si separano dai mariti, se per disgrazia una del quartiere di San Pasquale ha sposato uno di San Rocco.

– Non voglio sentirne parlare più di quel cristiano! – sbraitava Saridda coi pugni sui fianchi, alle vicine che le domandavano come era andato all'aria il matrimonio. – Neanche se me lo danno vestito d'oro e d'argento, sentite!

– Per me Saridda può far la muffa! – diceva dal canto suo compare Nino, mentre gli lavavano all'osteria il viso tutto sporco di sangue. Una manica di pezzenti e di poltroni, in quel quartiere di conciapelli! Quando m'è saltato in testa d'andare a cercarmi colà l'innamorata dovevo essere ubbriaco.

– Giacché è così! – aveva conchiuso il sindaco – e non si può portare un santo in piazza senza legnate, che è una vera porcheria, non voglio più feste, né quarantore,[7] e se mi mettono fuori un moccolo,[8] che è un moccolo! li caccio tutti in prigione.

La faccenda poi s'era fatta grossa, perché il vescovo della diocesi aveva accordato il privilegio di portar la mozzetta[9] ai preti di San Pasquale. Quelli di San Rocco, che avevano i preti senza mozzetta, erano andati sino a Roma, a fare il diavolo ai piedi del Santo Padre, coi documenti in mano, in carta bollata, e ogni cosa; ma tutto era stato inutile, giacché i loro avversari del quartiere basso, che ognu-

---

[4] *Turi*: forma dialettale abbreviata di Salvatore.

[5] *Saridda*: diminutivo di Sara.

[6] *petronciana*: melanzana.

[7] *quarantore*: esposizione del SS. Sacramento per quaranta ore, in commemorazione del tempo passato da Gesù nel sepolcro.

[8] *moccolo*: candela o residuo di candela.

[9] *mozzetta*: sopravveste indossata dai religiosi.

no se li rammentava senza scarpe ai piedi, s'erano arricchiti come porci, colla nuova industria della concia delle pelli, e a questo mondo si sa che la giustizia si compra e vende come l'anima di Giuda.

A San Pasquale aspettavano il delegato di monsignore, il quale era un uomo di proposito,[10] che ci aveva due fibbie d'argento di mezza libbra l'una alle scarpe, chi l'aveva visto, e veniva a portare la mozzetta ai canonici; perciò avevano fatto venire anche loro la banda, per andare ad incontrare il delegato di monsignore tre miglia fuori del paese, e si diceva che la sera ci sarebbero stati i fuochi in piazza, con tanto di "Viva San Pasquale" a lettere di scatola.

Gli abitanti del quartiere alto erano quindi in gran fermento, e alcuni, più eccitati, mondavano certi randelli di pero o di ciriegio[11] grossi come pertiche, e borbottavano:

– Se ci dev'esser la musica si ha da portar la battuta![12]

Il delegato del vescovo correva un gran pericolo di uscirne colle ossa rotte dalla sua entrata trionfale. Ma il reverendo, furbo, lasciò la banda ad aspettarlo fuor del paese, e a piedi, per le scorciatoie, se ne venne pian piano alla casa del parroco, dove fece riunire i caporioni dei due partiti.

Come quei galantuomini si trovarono faccia a faccia, dopo tanto tempo che litigavano, cominciarono a guardarsi nel bianco degli occhi, quasi sentissero una gran voglia di strapparseli a vicenda, e ci volle tutta l'autorità del reverendo, il quale s'era messo per la circostanza il ferraiuolo[13] di panno nuovo, per far servire i gelati e gli altri rinfreschi senza inconvenienti.

– Così va bene! – approvava il sindaco col naso nel bicchiere – quando mi volete per la pace, mi ci trovate sempre.

Il delegato disse infatti ch'egli era venuto per la conciliazione, col ramoscello d'ulivo in bocca, come la colomba di Noè,[14] e facendo il fervorino andava distribuendo sorrisi e strette di mano, e andava dicendo: – Loro signori favoriranno in sagrestia, a prendere la cioccolata, il dì della festa.

– Lasciamo stare la festa, disse il vice-pretore, se no nasceranno degli altri guai.

– I guai nasceranno se si fanno di queste prepotenze, che uno non è più padrone di spassarsela come vuole, spendendo i suoi denari! – esclamò Bruno il carradore.[15]

– Io me ne lavo le mani. Gli ordini del governo sono precisi. Se fate la festa mando a chiamare i carabinieri. Io voglio l'ordine.

– Dell'ordine rispondo io! sentenziò il sindaco, picchiando in terra coll'ombrella, e girando lo sguardo intorno.

[10]*di proposito*: fermo e serio.
[11]*ciriegio*: ciliegio (toscanismo).
[12]*portar la battuta*: battere il tempo, ma qui nel senso figurato di picchiare gli avversari.
[13]*ferraiuolo*: ampio mantello senza maniche.
[14]*la colomba di Noè*: nella Bibbia si narra che Noè mandò fuori dall'arca una colomba, che tornò indietro con un ramoscello d'ulivo nel becco, a indicazione della fine del diluvio.
[15]*carradore*: artigiano che costruisce e ripara i carri.

– Bravo! come se non si sapesse che chi vi tira i mantici[16] in consiglio è vostro cognato Bruno! – ripicchiò il vice-pretore.

– E voi fate l'opposizione per la picca di quella contravvenzione del bucato che non potete mandar giù!

– Signori miei! signori miei! – andava raccomandando il delegato. – Così non facciamo nulla!

– Faremo la rivoluzione, faremo! – urlava Bruno colle mani in aria.

Per fortuna il parroco aveva messo in salvo, lesto lesto, le chicchere e i bicchieri, e il sagrestano era corso a rompicollo a licenziare la banda, che, saputo l'arrivo del delegato, accorreva a dargli il benvenuto, soffiando nei corni e nei clarinetti.

– Così non si fa nulla! borbottava il delegato, e gli seccava pure che le messi fossero già mature di là delle sue parti, mentre ei se ne stava a perdere il suo tempo con compare Bruno e col vice-pretore che volevano mangiarsi l'anima. – Cos'è questa storia della contravvenzione pel bucato?

– Le solite prepotenze. Ora non si può sciorinare un fazzoletto da naso alla finestra, che subito vi chiappano la multa. La moglie del vice-pretore, fidandosi che suo marito era in carica, – sinora un po' di riguardo c'era sempre stato per le autorità, – soleva asciugare sul terrazzino tutto il bucato della settimana, si sa... quel po' di grazia di Dio... Ma adesso colla nuova legge è peccato mortale, e son proibiti perfino i cani e le galline, e gli altri animali, con rispetto, che fino ad ora facevano la polizia nelle strade; e alla prima pioggia, Dio ce la mandi buona di non affogare tutti nel sudiciume. La verità vera poi è che Bruno l'assessore l'ha contro il vice-pretore, per certa sentenza che gli ha dato contro.

Il delegato, per conciliare gli animi, stava inchiodato nel confessionario come una civetta dalla mattina alla sera, e tutte le donne volevano essere confessate dal rappresentante del vescovo, il quale ci aveva l'assoluzione plenaria per ogni sorta di peccati, come se fosse stata la persona stessa di monsignore.

– Padre! – gli diceva Saridda col naso alla graticola del confessionario. – Compare Nino ogni domenica mi fa far peccati in chiesa.

– In che modo, figliuola mia?

– Quel cristiano doveva esser mio marito, prima che vi fossero queste chiacchiere in paese, ma ora che il matrimonio è rotto, si pianta vicino all'altar maggiore, per guardarmi e ridere coi suoi amici tutto il tempo della santa messa.

E come il reverendo cercava di toccare il cuore a compare Nino:

– È lei piuttosto che mi volta le spalle quando mi vede, quasi fossi un pezzente, – rispondeva il contadino.

Egli invece se la gnà Saridda passava dalla piazza la domenica, affettava di esser tutt'uno col brigadiere, o con qualche altro pezzo grosso, e non si accorgeva nemmeno di lei. Saridda era occupatissi-

---

[16]*vi tira i mantici*: vi istiga.

ma a preparare lampioncini di carta colorata, e glieli schierava sul mostaccio, lungo il davanzale, col pretesto di metterli ad asciugare. Una volta che si trovarono insieme in un battesimo non si salutarono nemmeno, come se non si fossero mai visti, e anzi Saridda fece la civetta col compare che aveva battezzata la bambina.

– Compare da strapazzo! – sogghignava Nino. – Compare di bambina! Quando nasce una femmina si rompono persino i travicelli del tetto.[17]

E Saridda, fingendo di parlare colla puerpera:

– Tutto il male non viene per nuocere. Alle volte, quando vi pare d'aver perso un tesoro, dovete ringraziar Dio e San Pasquale; ché prima di conoscere bene una persona bisogna mangiare sette salme di sale.[18]

– Già le disgrazie bisogna pigliarle come vengono, e il peggio è guastarsi il sangue per cose che non ne valgono la pena. Morto un papa, se ne fa un altro.

– I bambini sono destinati come devono nascere, al pari dei matrimoni; perché è meglio sposare uno che vi voglia bene davvero e non lo faccia per secondo fine, anche se non abbia né roba, né chiuse, né mule, né nulla.

In piazza suonava il tamburo, quello della meta.[19] – Il sindaco dice che vi sarà la festa – susurravano nella folla.

– Litigherò sino alla consumazione dei secoli! mi ridurrò povero e in camicia come il santo Giobbe, ma quelle cinque lire di multa non le pagherò! dovessi lasciarlo nel testamento!

– Sangue d'un cane! che festa vogliono fare se quest'anno morremo tutti di fame! – esclamava Nino.

Sin dal mese di marzo non pioveva una goccia d'acqua, e i seminati gialli, che scoppiettavano come l'esca "morivano di sete". Bruno il carradore diceva invece che quando San Pasquale esciva in processione pioveva di certo. Ma che gliene importava della pioggia a lui se faceva il carradore, e a tutti gli altri conciapelli del suo partito?... Infatti portarono San Pasquale in processione a levante e a ponente, e l'affacciarono sul poggio, a benedir la campagna, in una giornata afosa di maggio, tutta nuvoli: una di quelle giornate in cui i contadini si strappano i capelli dinanzi ai campi "bruciati" e le spighe chinano il capo proprio come se morissero.

– San Pasquale maledetto! – gridava Nino sputando in aria, e correndo come un pazzo pel seminato. – M'avete rovinato, San Pasquale! non mi avete lasciato altro che la falce per segarmi il collo!

Nel quartiere alto era una desolazione, una di quelle annate lunghe in cui la fame comincia a giugno, e le donne stanno sugli usci, spettinate e senza far nulla, coll'occhio fisso. La gnà Saridda, all'u-

[17] *i travicelli del tetto*: la valutazione negativa, tipica del mondo contadino, per la nascita di una figlia femmina.

[18] *sette salme di sale*: poiché la salma è un'unità di misura di capacità che vale circa 280 litri, il detto sta a significare che non si finisce mai di conoscere veramente una persona.

[19] *meta*: calmiere. Il banditore municipale annunciava il calmiere dei prezzi.

dire che si vendeva in piazza la mula di compare Nino onde pagare il fitto della terra che non aveva dato nulla, si sentì sbollire la collera in un attimo, e mandò in fretta e in furia suo fratello Turi, con quei soldi che avevano da parte, per aiutarlo.

Nino era in un canto della piazza, cogli occhi astratti e le mani in tasca, mentre gli vendevano la mula tutta in fronzoli e colla cavezza nuova.

– Non voglio nulla, ei rispose torvo. – Le braccia mi restano ancora, se Dio vuole! Bel santo, quel San Pasquale, eh!

Turi gli voltò le spalle per non finirla brutta, e se ne andò. Ma la verità era che gli animi si trovavano esasperati, ora che San Pasquale l'avevano portato in processione a levante e a ponente con quel bel risultato. Il peggio era che molti del quartiere di San Rocco si erano lasciati indurre ad andare colla processione anche loro, picchiandosi come asini, e colla corona di spine in capo, per amor del seminato. Ora poi si sfogavano in improperi, tanto che il delegato di monsignore aveva dovuto battersela a piedi e senza banda com'era venuto.

Il vice-pretore, per prendersi una rivincita sul carradore, telegrafava che gli animi erano eccitati, e l'ordine pubblico compromesso; sicché un bel giorno si udì la notizia che nella notte erano arrivati i compagni d'arme, e ognuno poteva andare a vederli nello stallatico.[20]

– Sono venuti pel colera – dicevano però degli altri. – Laggiù nella città la gente muore come le mosche.

Lo speziale mise il catenaccio alla bottega, e il dottore scappò il primo perché non l'accoppassero.

– Non sarà nulla, – dicevano quei pochi rimasti in paese, che non erano potuti fuggire qua e là per la campagna. – San Rocco benedetto lo guarderà il suo paese, e il primo che va in giro di notte gli faremo la pelle.

E anche quelli del quartiere basso erano corsi a piedi scalzi nella chiesa di San Rocco. Però di lì a poco i morti cominciarono a spesseggiare come i goccioloni grossi che annunziano il temporale, e di questo dicevasi ch'era un maiale, e aveva voluto morire per fare una scorpacciata di fichidindia, e di quell'altro che era tornato da campagna a notte fatta. Insomma il colera era venuto bello e buono, malgrado la guardia, e in barba a San Rocco, nonostante che una vecchia in odore di santità avesse sognato che San Rocco in persona le diceva:

– Del colera non abbiate paura, che ci penso io, e non sono come quel disutilaccio di San Pasquale.

Nino e Turi non si erano più visti dopo l'affare della mula; ma appena il contadino intese dire che fratello e sorella erano malati tutti e due, corse alla loro casa, e trovò Saridda nera e contraffatta, in fondo alla stanzuccia, accanto a suo fratello, il quale stava meglio, lui, ma si strappava i capelli e non sapeva più che fare.

---

[20]*stallatico*: l'alloggio per le bestie.

– Ah! San Rocco ladro! si mise a gemere Nino. – Questa non me l'aspettava! O gnà Saridda, che non mi conoscete più? Nino, quello di una volta?

La gnà Saridda lo guardava con certi occhi infossati che ci voleva la lanterna a trovarli, e Nino ci aveva due fontane ai suoi occhi. – Ah! San Rocco! diceva lui, questo tiro è più birbone di quello che mi ha fatto San Pasquale!

Però la Saridda guarì, e mentre stava sull'uscio, col capo avvolto nel fazzoletto, e gialla come la cera vergine, gli andava dicendo:

– San Rocco mi ha fatto il miracolo, e dovete venirci anche voi, a portargli la candela per la sua festa.

Nino, col cuore gonfio, diceva di sì col capo; ma intanto aveva preso il male anche lui, e stette per morire. Saridda allora si graffiava il viso, e diceva che voleva morire con lui, e si sarebbe tagliati i capelli e glieli avrebbe messi nel cataletto, ché nessuno l'avrebbe più vista in faccia finché era viva.

– No! no! – rispondeva Nino col viso disfatto. – I capelli torneranno a crescere; ma chi non ti vedrà più sarò io che sarò morto.

– Bel miracolo che ti ha fatto San Rocco! – gli diceva Turi per consolarlo.

E tutti e due, convalescenti, mentre si scaldavano al sole, colle spalle al muro e il viso lungo si gettavano in viso l'un l'altro San Rocco e San Pasquale.

Una volta passò Bruno il carradore, che tornava da campagna a colera finito, e disse:

– Vogliamo fare una gran festa, per ringraziare San Pasquale di averci salvati dal colera. D'ora innanzi non ci saranno più arruffapopoli,[21] né oppositori, ora che è morto quel vice-pretore che ha lasciato la lite nel testamento.

– Sì, la festa per quelli che son morti! – sogghignò Nino.

– E tu che sei vivo per San Rocco forse?

– La volete finire, saltò su Saridda, che poi ci vorrà un altro colera per far la pace![22]

[21] *arruffapopoli*: sobillatori.
[22] La novella riporta rivalità e scontri effettivamente in uso e testimoniati, ma qui sul realismo della vicenda prevale un tono ironico, evidente anche nel finale da commedia, che talvolta si alterna al più frequente tono drammatico della narrativa verghiana. Inoltre, a completare la rappresentazione dei flagelli che si abbattono sulla popolazione, è descritta una delle grandi malattie del tempo, il colera, che si diffondeva con epidemie micidiali a scadenza periodica.

Pentolaccia

Giacché facciamo come se fossimo al cosmorama, quando c'è la festa nel paese, che si mette l'occhio al vetro, e si vedono passare ad uno ad uno Garibaldi e Vittorio Emanuele, adesso viene "Pentolaccia"[1] ch'è un bello originale anche lui, e ci fa bella figura fra tanti matti che hanno avuto il giudizio nelle calcagna, e hanno fatto tutto il contrario di quel che suol fare un cristiano il quale voglia mangiarsi il suo pane in santa pace.

Ora se si ha a fare l'esame di coscienza a tutti coloro che hanno avuto il bel gusto di far parlare di sé, nell'aia, nell'ora delle chiacchiere, dopo colezione; e se si deve fare come fa il fattore il sabato sera che dice a questo: – Cosa ti viene per le tue giornate? – e a quell'altro: – Tu che hai fatto nella settimana? – non si può lasciar "Pentolaccia" senza dirgli il fatto suo, un brutto fatto in verità, ché gli avevano messo quel bel nomignolo per la brutta cosa che sapete.[2]

Già si sa che la gelosia è un difetto che l'abbiamo tutti, chi più chi meno, e per questo i galletti si spennacchiano fra di loro prima ancora di mettere la cresta, e i muli sparano calci nella stalla. Ma quando uno non ha mai avuto questo vizio, e ha chinato sempre il capo in santa pace, che sant'Isidoro[3] ce ne scampi, non si sa capire come abbia a infuriare tutt'a un tratto, al pari di un toro nel mese di luglio, e faccia cose da matto, come uno che non ci vegga più dagli occhi pel mal di denti; ché quelle cose lì sono appunto come i denti, che dànno un martoro[4] da far perdere la ragione allorché spuntano, ma dopo non dànno più noia, e servono a masticare il pane; e lui ci masticava così bene che aveva messo pancia, come un galantuomo, e pareva un canonico; per questo la gente lo chiamava "Pentolaccia"

*Il racconto fu pubblicato nel "Fanfulla della Domenica", 4 luglio 1880.

[1] *Pentolaccia*: soprannome di chi si fa mantenere disonestamente dalla moglie.

[2] La novella è il migliore esempio di narrazione con la prospettiva dal basso: a raccontare sembra il coro dei paesani testimoni del fatto, che interpretano la vicenda secondo i propri schemi mentali e la propria cultura (donde il vivace stile colloquiale e la frequenza di espressioni e proverbi popolari).

[3] *sant'Isidoro*: santo spagnolo, detto l'Agricoltore, patrono dei contadini. In ambito popolare era invocato anche quale protettore dei "cornuti", come appunto in questo caso, per via dei buoi (con le "corna") talvolta rappresentati in sua compagnia.

[4] *martoro*: martirio, sofferenza.

perché ci aveva la pentola al fuoco tutti i giorni, ché gliela manteneva sua moglie Venera con don Liborio. .

Egli aveva voluto sposare la Venera per forza, sebbene non ci avesse né re né regno, e anche lui dovesse far capitale sulle sue braccia per buscarsi il pane. Invano sua madre, poveretta, gli andava dicendo: – Lascia star la Venera, che non fa per te; porta la mantellina a mezza testa, e fa vedere il piede quando va per la strada. – I vecchi ne sanno più di noi, e bisogna ascoltarli pel nostro meglio.

Ma lui ci aveva sempre pel capo quella scarpetta e quegli occhi ladri che cercavano il marito fuori della mantellina; perciò se la prese senza volere udir altro, e la madre uscì di casa dopo trent'anni che c'era stata, perché suocera e nuora insieme ci stanno proprio come due mule selvagge alla stessa mangiatoia. La nuora, con quel suo bocchino melato, tanto disse e tanto fece che la povera vecchia brontolona dovette lasciarle il campo libero, e andarsene a morire in un tugurio; e fra marito e moglie succedeva anche una quistione ogni volta che doveva pagarsi la mesata del tugurio. E allorché il figlio accorse trafelato, al sentire che alla vecchiarella le avevano portato il viatico,[5] non poté ricevere la benedizione, né cavare l'ultima parola di bocca alla moribonda, la quale aveva già le labbra incollate dalla morte, e il viso disfatto, nell'angolo della casuccia dove cominciava a farsi scuro, e aveva vivi solamente gli occhi, coi quali pareva che volesse dirgli tante cose. – Eh?... Eh?...

Chi non rispetta i genitori fa il suo malanno e non fa buona fine.

La povera vecchia era morta col rammarico della mala riuscita che aveva fatto la moglie di suo figlio; e Dio le aveva accordata la grazia di andarsene da questo mondo, portandosi al mondo di là tutto quello che ci aveva nello stomaco contro la nuora, e che sapeva come gli avrebbe fatto piangere il cuore al figliuolo. Appena la nuora era rimasta padrona della casa, e colla briglia sul collo, ne aveva fatte tante e poi tante, che la gente ormai non chiamava altrimenti suo marito che con quel nomaccio, e quando arrivava a sentirlo anche lui, e si avventurava a lagnarsene colla moglie – Tu che ci credi? gli diceva lei: ed egli non ci credeva, contento come una pasqua.

Era fatto così poveretto, e sin qui non faceva male a nessuno. Se gliel'avessero fatta vedere coi suoi occhi, avrebbe detto che non era vero. O fosse che per la maledizione della madre la Venera gli era cascata dal cuore, e non ci pensasse più; o perché standosene tutto l'anno in campagna a lavorare, e non vedendola altro che il sabato sera, ella si era fatta sgarbata e disamorevole col marito, ed egli avesse finito di volergli bene; e quando una cosa non ci piace più, ci sembra che non debba premere nemmeno agli altri, e non ce ne importa più nulla che sia di questo o di quell'altro; insomma la gelosia non poteva entrargli in testa neanche a ficcarcela col cavicchio,[6] e

[5]*viatico*: l'ultima comunione prima della morte.
[6]*cavicchio*: piolo di legno.

avrebbe continuato per cent'anni ad andare lui stesso, quando ce lo mandava sua moglie, a chiamare il medico, il quale era don Liborio.

Don Liborio era anche suo socio, tenevano una chiusa a mezzeria[7]; ci avevano una trentina di pecore in comune; prendevano insieme dei pascoli in affitto, e don Liborio dava la sua parola in garenzia, quando si andava dinanzi al notaio. "Pentolaccia" gli portava le prime fave e i primi piselli, gli spaccava la legna per la cucina, gli pigiava l'uva nel palmento[8]; a lui in cambio non gli mancava nulla, né il grano nel graticcio, né il vino nella botte, né l'olio nell'orciuolo; sua moglie bianca e rossa come una mela, sfoggiava scarpe nuove e fazzoletti di seta; don Liborio non si faceva pagar le sue visite, e gli aveva battezzato anche un bambino. Insomma facevano una casa sola, ed ei chiamava don Liborio "signor compare" e lavorava con coscienza – su tal riguardo "Pentolaccia" non gli si poteva dire – a far prosperare la società col "signor compare" il quale perciò ci aveva il suo vantaggio anche lui, e così erano contenti tutti, ché alle volte il diavolo non è brutto come si dipinge.

Ora avvenne che questa pace degli angeli si mutò in una casa del diavolo tutt'a un tratto in un giorno solo, in un momento, come gli altri contadini che lavoravano nel maggese, mentre chiacchieravano all'ombra, nell'ora di vespero, vennero per caso a leggergli la vita,[9] a lui e a sua moglie, senza accorgersi che "Pentolaccia" s'era buttato a dormire dietro la siepe, e nessuno l'aveva visto, che per questo si suol dire "quando mangi chiudi l'uscio, e quando parli guardati d'attorno".

Stavolta parve proprio che il diavolo andasse a stuzzicare "Pentolaccia" il quale dormiva, e gli soffiasse nell'orecchio gl'improperii che dicevano di lui, e glieli ficcasse nell'anima con un chiodo. – E quel becco di "Pentolaccia!" dicevano, che si rosica[10] mezzo don Liborio! e ci mangia e ci beve nel brago,[11] e c'ingrassa come un maiale!

Allora egli si rizzò come se l'avesse morso un cane arrabbiato, e si diede a correre verso il paese senza vederci più dagli occhi, che fin l'erba e i sassi gli sembravano rossi al pari del sangue. Sulla porta di casa sua incontrò don Liborio, il quale se ne andava tranquillamente, facendosi vento col cappello di paglia. – Sentite, "signor compare", gli disse lui; se vi vedo un'altra volta in casa mia, com'è vero Dio! vi faccio la festa!

Don Liborio lo guardò negli occhi, quasi parlasse turco, e gli parve che gli avesse dato volta al cervello, con quel caldo, perché davvero non si poteva immaginare che a "Pentolaccia" saltasse in mente da un momento all'altro di esser geloso, dopo tanto tempo che

[7]*mezzeria*: mezzadria (toscanismo).
[8]*palmento*: vasca per la pigiatura dell'uva e la fermentazione del vino.
[9]*leggergli la vita*: sparlare, mormorare.
[10]*rosica*: mangia.
[11]*brago*: fango.

aveva chiuso gli occhi, ed era la miglior pasta d'uomo e di marito che fosse al mondo.

– Cosa avete oggi, compare? gli disse.

– Ho, che se vi vedo un'altra volta in casa mia, com'è vero Dio, vi faccio la festa.

Don Liborio si strinse nelle spalle e se ne andò ridendo. Lui entrò in casa tutto stralunato, e ripeté alla moglie: – Se vedo qui un'altra volta "il signor compare" com'è vero Dio, gli faccio la festa!

Venera si cacciò i pugni sui fianchi, e cominciò a sgridarlo e a dirgli degli improperi. Ei si ostinava a dire sempre di sì col capo, addossato alla parete, come un bue che ha la mosca, e non vuol sentir ragione. I bambini strillavano al veder quelle cose insolite. La moglie infine prese la stanga, e lo cacciò fuori dell'uscio per levarselo dinanzi, e gli disse che in casa sua era padrona di fare quello che le pareva e piaceva.

"Pentolaccia" non poteva più lavorare nel maggese, pensava sempre a una cosa, ed aveva una faccia di basilisco[12] che nessuno gli conosceva. Prima d'imbrunire, ed era sabato, piantò la zappa nel solco, e se ne andò senza farsi saldare il conto della settimana. Sua moglie, vedendoselo arrivare senza denari, e per giunta due ore prima del consueto, tornò di nuovo a strapazzarlo, e voleva mandarlo in piazza, a comprarle delle acciughe salate, che si sentiva una spina nella gola. Ma ei non volle andarsene dalla cucina, tenendosi la bambina fra le gambe, la quale, poveretta, non osava muoversi, e piagnucolava, per la paura che il babbo le faceva con quella faccia. Venera quella sera aveva un diavolo per capello, e la gallina nera,[13] appollaiata sulla scala, non finiva di chiocciare, come quando deve accadere una disgrazia.

Don Liborio soleva venire dopo le sue visite, prima d'andare al caffè, a far la sua partita di tresette; e quella sera Venera diceva che voleva farsi tastare il polso, perché tutto il giorno si era sentita la febbre, per quel male che ci aveva nella gola. "Pentolaccia", lui, stava zitto, e non si muoveva dal suo posto. Ma come si udì per la stradicciuola tranquilla il passo lento del dottore che se ne venia adagio adagio, un po' stanco delle visite, soffiando pel caldo, e facendosi vento col cappello di paglia, "Pentolaccia" andò a prender la stanga colla quale sua moglie lo scacciava fuori di casa, quando egli era di troppo, e si appostò dietro l'uscio. Per disgrazia Venera non se ne accorse, perché in quel momento era andata in cucina a mettere una bracciata di legna sotto la caldaia che bolliva. Appena don Liborio mise il piede nella stanza, il suo compare levò la stanga, e gli lasciò cadere fra capo e collo tal colpo, che l'ammazzò come un bue, senza bisogno di medico, né di speziale.

Così fu che "Pentolaccia" andò a finire in galera.

---

[12]*basilisco*: serpente leggendario che uccide con lo sguardo.

[13]*gallina nera*: segno di malaugurio, come l'uva nera sognata da Lola in *Cavalleria rusticana*.

NOVELLE RUSTICANE

Il Reverendo

Di reverendo non aveva più né la barba lunga, né lo scapolare di zoccolante,[1] ora che si faceva radere ogni domenica, e andava a spasso colla sua bella sottana di panno fine, e il tabarro colle rivolte[2] di seta sul braccio. Allorché guardava i suoi campi, e le sue vigne, e i suoi armenti, e i suoi bifolchi,[3] colle mani in tasca e la pipetta in bocca, se si fosse rammentato del tempo in cui lavava le scodelle ai cappuccini, e che gli avevano messo il saio per carità, si sarebbe fatta la croce colla mano sinistra.[4]

Ma se non gli avessero insegnato a dir messa, e a leggere e a scrivere per carità, non sarebbe riescito a ficcarsi nelle primarie casate del paese, né ad inchiodare neï suoi bilanci il nome di tutti quei mezzadri che lavoravano e pregavano Dio e la buon'annata per lui, e bestemmiavano poi come turchi al far dei conti. "Guarda ciò che sono e non da chi son nato" dice il proverbio. Da chi era nato lui, tutti lo sapevano, ché sua madre gli scopava tuttora la casa. Il Reverendo non aveva la boria di famiglia, no; e quando andava a fare il tresette dalla baronessa, si faceva aspettare in anticamera dal fratello, col lanternone[5] in mano.

Nel far del bene cominciava dai suoi, come Dio stesso comanda; e s'era tolta in casa una nipote, belloccia, ma senza camicia, che non avrebbe trovato uno straccio di marito; e la manteneva lui, anzi l'aveva messa nella bella stanza coi vetri alla finestra, e il letto a cortinaggio, e non la teneva per lavorare, o per sciuparsi le mani in alcun ufficio grossolano. Talché parve a tutti un vero castigo di Dio, allorquando la poveraccia fu presa dagli scrupoli, come accade alle donne che non hanno altro da fare, e passano i giorni in chiesa a picchiarsi il petto pel peccato mortale – ma non quando c'era lo zio,

---

*Il racconto fu pubblicato nella "Rassegna settimanale di politica, scienze, lettere ed arti", 9 ottobre 1881.

[1] *lo scapolare di zoccolante: scapolare* è una banda di stoffa che circonda il collo sulla tonaca di alcuni ordini religiosi; *zoccolanti* sono i frati minori francescani.

[2] *rivolte:* risvolti.

[3] *bifolchi:* contadini.

[4] *si sarebbe... sinistra:* gesto di sorpresa, di meraviglia.

[5] *lanternone:* lume portato su un'asta di legno.

ch'ei non era di quei preti i quali amano farsi vedere in pompa magna sull'altare dall'innamorata. Le donne, fuori di casa, gli bastava accarezzarle con due dita sulla guancia, paternamente, o dallo sportellino del confessionario, dopo che s'erano risciacquata la coscienza, e avevano vuotato il sacco dei peccati propri ed altrui, ché qualche cosa di utile ci si apprendeva sempre, per dar la benedizione, uno che speculasse sugli affari di campagna.

Benedetto dio! egli non pretendeva di essere un sant'uomo, no! I sant'uomini morivano di fame; come il vicario[6] il quale celebrava anche quando non gli pagavano la messa; e andava attorno per le case de' pezzenti con una sottana lacera che era uno scandalo per la Religione. Il Reverendo voleva *portarsi avanti*[7]; e ci si portava, col vento in poppa; dapprincipio un po' a sghembo per quella benedetta tonaca che gli dava noia, tanto che per buttarla nell'orto del convento aveva fatta la causa al Tribunale della Monarchia,[8] e i confratelli l'avevano aiutato a vincerla per levarselo di torno, perché sin quando ci fu lui in convento volavano le panche e le scodelle in refettorio ad ogni elezione di provinciale[9]; il padre Battistino, un servo di Dio robusto come un mulattiere, l'avevano mezzo accoppato, e padre Giammaria, il guardiano, ci aveva rimesso tutta la dentatura. Il Reverendo, lui, stava chiotto[10] in cella, dopo di aver attizzato il fuoco, e in tal modo era arrivato ad esser *reverendo* con tutti i denti, che gli servivano bene; e al padre Giammaria che era stato lui a ficcarsi quello scorpione nella manica, ognuno diceva: – Ben gli sta!

Ma il padre Giammaria, buon uomo, rispondeva masticandosi le labbra colle gengive nude:

– Che volete? Costui non era fatto per cappuccino. È come papa Sisto,[11] che da porcaio arrivò ad essere quello che fu. Non avete visto ciò che prometteva da ragazzo?

Per questo padre Giammaria era rimasto semplice guardiano dei Cappuccini, senza camicia e senza un soldo in tasca, a confessare per l'amor di Dio, e cuocere la minestra per i poveri.

Il Reverendo, da ragazzo, come vedeva suo fratello, quello del lanternone, rompersi la schiena a zappare, e le sorelle che non trovavano marito neanche a regalarle, e la mamma la quale filava al buio per risparmiar l'olio della lucerna, aveva detto: – Io voglio esser prete! – Avevano venduto la mula e il campicello, per mandarlo a scuola, nella speranza che se giungevano ad avere il prete in casa ci avevano meglio della chiusa e della mula. Ma ci voleva altro per mantenerlo al seminario! Allora il ragazzo si mise a ronzare attorno

[6]*vicario*: il prete del paese.

[7]*portarsi avanti*: locuzione siciliana che significa "farsi una posizione".

[8]*Tribunale della Monarchia*: l'istituto che dirimeva le cause concernenti il diritto civile e quello ecclesiastico.

[9]*provinciale*: religioso che presiede ai monasteri del suo ordine in una certa provincia.

[10]*chiotto*: quieto, ritirato.

[11]*papa Sisto*: Sisto V; di umili origini, fu guardiano di porci prima di diventare frate francescano.

al convento perché lo pigliassero novizio; e un giorno che si aspettava il provinciale, e c'era da fare in cucina, lo accolsero per dare una mano. Padre Giammaria, il quale aveva il cuore buono, gli disse: – Ti piace lo stato? e tu stacci. – E fra Carmelo, il portinaio, nelle lunghe ore d'ozio, che s'annoiava seduto sul muricciuolo del chiostro a sbattere i sandali l'un contro l'altro, gli mise insieme un po' di scapolare coi pezzi di saio buttati sul fico a spauracchio delle passere. La mamma, il fratello e la sorella protestavano che se entrava frate era finita per loro, e ci rimettevano i danari della scuola, perché non gli avrebbero cavato più un baiocco.[12] Ma lui che era frate nel sangue, si stringeva nelle spalle, e rispondeva: – Sta' a vedere che uno non può seguire la vocazione a cui Dio l'ha chiamato!

Il padre Giammaria l'aveva preso a ben volere perché era lesto come un gatto in cucina, e in tutti gli uffici vili, persino nel servir la messa, quasi non avesse fatto mai altro in vita sua, cogli occhi bassi, e le labbra cucite come un serafino.[13] – Ora che non serviva più la messa aveva sempre quegli occhi bassi e quelle labbra cucite, quando si trattava di un affare scabroso coi signori, che c'era da disputarsi all'asta le terre del comune, o da giurare il vero dinanzi al Pretore.

Di giuramenti, nel 1854, dovette farne uno grosso davvero, sull'altare, davanti alla pisside,[14] mentre diceva la santa messa, ché la gente lo accusava di spargere il colèra, e voleva fargli la festa.

– Per quest'ostia consacrata che ho in mano – disse lui ai fedeli inginocchiati sulle calcagna – sono innocente, figliuoli miei! Del resto vi prometto che il flagello cesserà fra una settimana. Abbiate pazienza!

Sì, avevano pazienza! per forza dovevano averla! Poiché egli era tutt'uno col giudice e col capitan d'armi, e il re Bomba[15] gli mandava i capponi a Pasqua e a Natale per disobbligarsi, dicevasi; e gli aveva mandato anche il contravveleno,[16] caso mai succedesse una disgrazia.

Una vecchia zia che aveva dovuto tirarsi in casa, per non fare mormorare il prossimo, e non era più buona che a mangiare il pane a tradimento, aveva sturato una bottiglia per un'altra, e acchiappò il colèra bell'e buono; ma il nipote stesso, per non fare insospettir la gente, non aveva potuto amministrarle il contravveleno. – Dammi il contravveleno! dammi il contravveleno! supplicava la vecchia, già nera come il carbone, senza aver riguardo al medico ed al notaio ch'erano lì presenti, e si guardavano in faccia imbarazzati. Il Reverendo, colla faccia tosta, quasi non fosse fatto suo, borbottava stringendosi nelle spalle: – Non le date retta, che sta delirando . – Il con-

---

[12]*baiocco*: centesimo.

[13]*serafino*: angelo di alto grado nella gerarchia angelica.

[14]*pisside*: calice dove si conservano le ostie consacrate.

[15]*re Bomba*: Ferdinando II di Borbone, re delle due Sicilie, così soprannominato per aver ordinato il bombardamento di Napoli e Messina durante i moti rivoluzionari del 1848.

[16]*contravveleno*: antidoto.

travveleno, se pur ce l'aveva, il re glielo aveva mandato sotto suggello di confessione, e non poteva darlo a nessuno. Il giudice in persona era andato a chiederglielo ginocchioni per sua moglie che moriva, e s'era sentito rispondere dal Reverendo:

– Comandatemi della vita, amico caro; ma per cotesto negozio, proprio, non posso servirvi.

Questa era storia che tutti la sapevano, e siccome sapevano che a furia di intrighi e d'abilità era arrivato ad essere l'amico intrinseco del re, del giudice e del capitan d'armi, che aveva la polizia come l'Intendente,[17] e i suoi rapporti arrivavano a Napoli senza passar per le mani del Luogotenente,[18] nessuno osava litigare con lui, e allorché gettava gli occhi su di un podere da vendere, o su di un lotto di terre comunali che si affittavano all'asta, gli stessi pezzi grossi del paese, se s'arrischiavano a disputarglielo, la facevano coi salamelecchi, e offrendogli una presa di tabacco. Una volta, col barone istesso, durarono una mezza giornata a tira e molla. Il barone faceva l'amabile, e il Reverendo seduto in faccia a lui, col tabarro raccolto fra le gambe, ad ogni offerta gli presentava la tabacchiera d'argento, sospirando: – Che volete farci, signor barone. Qui è caduto l'asino, e tocca a noi tirarlo su.[19] – Finché si pappò l'aggiudicazione,[20] e il barone tirò su la presa, verde dalla bile.

Cotesto l'approvavano i villani, perché i cani grossi si fanno sempre la guerra fra di loro, se capita un osso buono, e ai poveretti non resta mai nulla da rosicare. Ma ciò che li faceva mormorare era che quel servo di Dio li smungesse[21] peggio dell'anticristo, allorché avevano da spartire con lui, e non si faceva scrupolo di chiappare la roba del prossimo, perché gli arnesi della confessione li teneva in mano e se cascava in peccato mortale poteva darsi l'assoluzione da sé. – Tutto sta ad averci il prete in casa! – sospiravano. E i più facoltosi si levavano il pan di bocca per mandare il figliuolo al seminario.

– Quando uno si dà alla campagna, bisogna che ci si dia tutto, diceva il Reverendo, onde scusarsi se non usava riguardi a nessuno. E la messa stessa lui non la celebrava altro che la domenica, quando non c'era altro da fare, che non era di quei pretucoli che corrono dietro ai tre tarì della messa. Lui non ne aveva bisogno. Tanto che Monsignor Vescovo, nella visita pastorale, arrivando a casa sua, e trovandogli il breviario coperto di polvere, vi scrisse su col dito "Deo gratias". Ma il Reverendo aveva altro in testa che perdere il tempo a leggere il breviario, e se ne rideva del rimprovero di Monsignore. Se il breviario era coperto di polvere, i suoi buoi erano lucenti, le pecore lanute, e i seminati alti come un uomo, che i suoi mezzadri almeno se ne godevano la vista, e potevano fabbricarvi su dei

---

[17]*Intendente*: governatore di provincia.
[18]*Luogotenente*: incaricato di far le veci del re.
[19]*Qui... tirarlo su*: nel senso che ai due tocca decidere sull'affare.
[20]*aggiudicazione*: assegnazione in vendite all'incanto, in gare d'appalto.
[21]*smungesse*: spremesse, sfruttasse.

bei castelli in aria, prima di fare i conti col padrone. I poveretti slargavano tanto di cuore. – Seminati che sono una magìa! Il Signore ci è passato di notte! Si vede che è roba di un servo di Dio, e conviene lavorare per lui che ci ha in mano la messa e la benedizione! – In maggio, all'epoca in cui guardavano in cielo per scongiurare ogni nuvola che passava, sapevano che il padrone diceva la messa pella raccolta, e valeva più delle immagini dei santi, e dei pani benedetti[22] per scacciare il malocchio e la malannata. Anzi il Reverendo non voleva che spargessero i pani benedetti pel seminato, perché non servono che ad attirare i passeri e gli altri uccelli nocivi. Delle immagini sante poi ne aveva le tasche piene, giacché ne pigliava quante ne voleva in sagrestia, di quelle buone, senza spendere un soldo, e le regalava ai suoi contadini.

Ma alla raccolta, giungeva a cavallo, insieme a suo fratello, il quale gli faceva da campiere, collo schioppo ad armacollo, e non si muoveva più, dormiva lì, nella malaria, per guardare ai suoi interessi, senza badare neanche a Cristo. Quei poveri diavoli, che nella bella stagione avevano dimenticato i giorni duri dell'inverno, rimanevano a bocca aperta sentendosi sciorinare la litania dei loro debiti. – Tanti rotoli[23] di fave che tua moglie è venuta prendere al tempo della neve. – Tanti fasci di sarmenti consegnati al tuo figliuolo. – Tanti tumoli di grano anticipati per le sementi – coi frutti – a tanto il mese. – Fa' il conto. – Un conto imbrogliato. Nell'anno della carestia, che lo zio Carmenio[24] ci aveva lasciato il sudore e la salute nelle chiuse del Reverendo, gli toccò di lasciarvi anche l'asino, alla messe, per saldare il debito, e se ne andava a mani vuote, bestemmiando delle parolacce da far tremare cielo e terra. Il Reverendo, che non era lì per confessare, lasciava dire, e si tirava l'asino nella stalla.

Dopo che era divenuto ricco aveva scoperto nella sua famiglia, la quale non aveva mai avuto pane da mangiare, certi diritti ad un beneficio grasso[25] come un canonicato, e all'epoca dell'abolizione delle manimorte[26] aveva chiesto lo svincolo[27] e s'era pappato il podere definitivamente. Solo gli seccava per quei denari che si dovevano pagare per lo svincolo, e dava del ladro al Governo il quale non rilascia *gratis* la roba dei beneficii a chi tocca.

Su questa storia del Governo, egli aveva dovuto inghiottir della bile assai, fin dal 1860, quando avevano fatto la rivoluzione,[28] e gli

[22]*immagini... benedetti*: il personaggio popolare indulge a credenze superstiziose; così attribuisce un potere magico di protezione divina alle immagini dei santi e ai pani benedetti.

[23]*rotoli*: unità di peso.

[24]*Carmenio*: da avvicinarsi a "Càrminu", cioè Carmelo.

[25]*beneficio grasso*: ricco fondo patrimoniale con il reddito assegnato a un ecclesiastico.

[26]*manimorte*: i beni che, appartenendo a istituti ecclesiastici, erano inalienabili e non soggetti a tassazione.

[27]*svincolo*: la cancellazione del vincolo giuridico.

[28]*rivoluzione*: la figura dell'ecclesiastico messo in crisi dai cambiamenti politici successivi all'Unificazione è ricorrente nella narrativa di questi anni. Si aggiunga che Verga sembra interessato, in questa raccolta, a completare con una serie di ritratti e di situazioni un quadro totale del mondo popolare, donde l'esigenza di inserirvi come protagonista anche un religioso.

era toccato nascondersi in una grotta come un topo, perché i villani, tutti quelli che avevano avuto delle quistioni con lui, volevano fargli la pelle. In seguito era venuta la litania delle tasse, che non finiva più di pagare, e il solo pensarci gli mutava in tossico il vino a tavola. Ora davano addosso al Santo Padre, e volevano spogliarlo del temporale.[29] Ma quando il Papa mandò la scomunica per tutti coloro che acquistassero beni delle manimorte, il Reverendo sentì montarsi la mosca al naso, e borbottò:

– Che c'entra il Papa nella roba mia? Questo non ci ha a far nulla col temporale. – E seguitò a dir la santa messa meglio di prima.

I villani andavano ad ascoltare la sua messa, ma pensavano senza volere alle ladrerie del celebrante, e avevano delle distrazioni. Le loro donne, mentre gli confessavano i peccati, non potevano fare a meno di spifferargli sul mostaccio:

– Padre, mi accuso di avere sparlato di voi che siete un servo di Dio, perché quest'inverno siamo rimasti senza fave e senza grano a causa vostra. – A causa mia! Che li faccio io il bel tempo o la malannata? Oppure devo possedere le terre perché voialtri ci seminiate e facciate i vostri interessi? Non ne avete coscienza, né timore di Dio? Perché venite allora a confessarvi? Questo è il diavolo che vi tenta per farvi perdere il sacramento della penitenza. Quando vi mettete a fare tutti quei figliuoli non ci pensate che son tante bocche che mangiano? E che colpa ci ho io poi se il pane non vi basta? Ve li ho fatti far io tutti quei figliuoli? Io mi son fatto prete per non averne.

Però assolveva, come era obbligo suo; ma nondimeno nella testa di quella gente rozza restava qualche confusione fra il prete che alzava la mano a benedire in nome di Dio, e il padrone che arruffava i conti, e li mandava via dal podere col sacco vuoto e la falce sotto l'ascella.

– Non c'è che fare, non c'è che fare – borbottavano i poveretti rassegnati. – La brocca non ci vince contro il sasso,[30] e col Reverendo non si può litigare, ché lui sa la legge!

Se la sapeva! Quand'erano davanti al giudice, coll'avvocato, egli chiudeva la bocca a tutti col dire: – La legge è così e così. – Ed era sempre come giovava a lui. Nel buon tempo passato se ne rideva dei nemici, degli invidiosi. Avevano fatto un casa del diavolo, erano andati dal vescovo, gli avevano gettato in faccia la nipote, massaro Carmenio e la roba malacquistata, gli avevano fatto togliere la messa e la confessione. Ebbene? E poi? Egli non aveva bisogno del vescovo né di nessuno. Egli aveva il fatto suo ed era rispettato come quelli che in paese portano la battuta[31]; egli era di casa dalla baronessa, e più facevano del chiasso intorno a lui, peggio era lo scandalo. I pezzi grossi non vanno toccati, nemmeno dal vescovo, e ci si fà

---

[29]*temporale*: potere temporale (il che avvenne nel 1870, con la presa di Roma).

[30]*La brocca... il sasso*: "il sasso rompe la brocca", nel senso che il più forte, il più ricco, ha la meglio contro il più debole e il più povero.

[31]*portano la battuta*: nel senso che comandano.

di berretto,[32] per prudenza, e per amor della pace. Ma dopo che era trionfata l'eresia,[33] colla rivoluzione, a che gli serviva tutto ciò? I villani che imparavano a leggere e a scrivere, e vi facevano il conto meglio di voi; i partiti che si disputavano il municipio, e si spartivano la cuccagna senza un riguardo al mondo; il primo pezzente che poteva ottenere il gratuito patrocinio, se aveva una quistione con voi, e vi faceva sostener da solo le spese del giudizio! Un sacerdote non contava più né presso il giudice, né presso il capitano d'armi; adesso non poteva nemmeno far imprigionare con una parolina, se gli mancavano di rispetto, e non era più buono che a dir messa, e confessare, come un servitore del pubblico. Il giudice aveva paura dei giornali, dell'opinione pubblica, di quel che avrebbero detto Caio e Sempronio, e trinciava giudizi come Salomone! Perfino la roba che si era acquistata col sudore della fronte gliela invidiavano, gli avevano fatto il malocchio e la iettatura; quel po' di grazia di Dio che mangiava a tavola gli dava gran travaglio, la notte; mentre suo fratello, il quale faceva una vita dura, e mangiava pane e cipolla, digeriva meglio di uno struzzo, e sapeva che di lì a cent'anni, morto lui, sarebbe stato il suo erede, e si sarebbe trovato ricco senza muovere un dito. La mamma, poveretta, non era più buona a nulla, e campava per penare e far penare gli altri, inchiodata nel letto dalla paralisi, che bisognava servir lei piuttosto; e la nipote istessa, grassa, ben vestita, provvista di tutto, senza altro da fare che andare in chiesa, lo tormentava, quando le saltava in capo di essere in peccato mortale, quasi ei fosse di quegli scomunicati che avevano spodestato il Santo Padre, e gli aveva fatto levar la messa dal vescovo.

– Non c'è più religione, né giustizia, né nulla! – brontolava il Reverendo come diventava vecchio. – Adesso ciascuno vuol dire la sua. Chi non ha nulla vorrebbe chiapparvi il vostro. – Levati di lì, che mi ci metto io! – Chi non ha altro da fare viene a cercarvi le pulci in casa. I preti vorrebbero ridurli a sagrestani, dir messa e scopare la chiesa. La volontà di Dio non vogliono farla più, ecco cos'è!

---

[32]*ci si fà di berretto*: si trattano con rispetto e deferenza.
[33]*eresia*: le idee contrarie alla dottrina religiosa e più in generale alla Chiesa.

Cos'è il Re

Compare Cosimo il lettighiere aveva governato le sue mule, allungate un po' le cavezze per la notte, steso un po' di strame sotto i piedi della baia, la quale era sdrucciolata due volte sui ciottoli umidi delle viottole di Grammichele,[1] dal gran piovere che aveva fatto, e poi era andato a mettersi sulla porta dello stallatico, colle mani in tasca, a sbadigliare in faccia alla gente che era venuta per vedere il Re,[2] e c'era tal via vai quella volta per le strade di Caltagirone che pareva la festa di San Giacomo[3]; però stava coll'orecchio teso, e non perdeva d'occhio le sue bestie, le quali si rosicavano l'orzo adagio adagio, perché non glielo rubassero.

Giusto in quel momento vennero a dirgli che il Re voleva parlargli. Veramente non era il Re che voleva parlargli, perché il Re non parla con nessuno, ma uno di coloro per bocca dei quali parla il Re, quando ha da dire qualche cosa; e gli disse che Sua Maestà desiderava la sua lettiga,[4] l'indomani all'alba, per andare a Catania, e non voleva restare obbligato né al vescovo, né al sottointendente,[5] ma preferiva pagar di sua tasca, come uno qualunque.

Compare Cosimo avrebbe dovuto esserne contento, perché il suo mestiere era di fare il lettighiere, e proprio allora stava aspettando che venisse qualcuno a noleggiare la sua lettiga, e il Re non è di quelli che stanno a lesinare per un tarì dippiù o di meno, come tanti altri. Ma avrebbe preferito tornarsene a Grammichele colla lettiga vuota, tanto gli faceva specie[6] il doversi portare il Re nella lettiga, che la festa gli si cambiò tutta in veleno soltanto a pensarci, e non si godette più la luminaria, né la banda che suonava in piazza, né il carro trionfale che girava per le vie, col ritratto del Re e della Regina,

---

*La novella fu pubblicata nella "Rivista nuova di scienze, lettere ed arti", 15 gennaio 1881.
[1]*Grammichele*: località fra Catania e Caltagirone.
[2]*Re*: Ferdinando II di Borbone, con la moglie Maria Teresa d'Austria.
[3]*San Giacomo*: patrono di Caltagirone, paese della provincia di Catania dov'è ambientata la vicenda.
[4]*lettiga*: portantina sopra due stanghe, condotta da due muli.
[5]*sottointendente*: sottogovernatore.
[6]*gli faceva specie*: lo metteva in ansia.

né la chiesa di San Giacomo tutta illuminata, che sputava fiamme, e ove c'era il Santissimo esposto, e si suonavano le campane pel Re.[7]

Anzi più grande era la festa e più gli cresceva in corpo la paura di doverci avere il Re proprio nella sua lettiga, e tutti quei razzi, quella folla, quella luminaria e quello scampanìo se li sentiva sullo stomaco, e non gli fecero chiudere occhio tutta la notte, che la passò a visitare i ferri della baia, a strigliar le mule e a rimpinzarle d'orzo sino alla gola, per metterle in vigore, come se il Re pesasse il doppio di tutti gli altri. Lo stallatico era pieno di soldati di cavalleria, con tanto di speroni ai piedi, che non se li levavano neppure per buttarsi a dormire sulle panchette, e a tutti i chiodi dei pilastri erano appese sciabole e pistole che al povero zio Cosimo pareva gli dovessero tagliare la testa con quelle, se per disgrazia una mula avesse a scivolare sui ciottoli umidi della viottola mentre portava il Re; e giusto era venuta tanta acqua dal cielo in quei giorni che la gente doveva avere addosso la rabbia di vedere il Re per mettersi in viaggio sino a Caltagirone con quel tempaccio. Per conto suo, com'è vero Dio, in quel momento avrebbe preferito trovarsi nella sua casuccia, dove le mule ci stavano strette nella stalla, ma si sentivano a rosicar l'orzo dal capezzale del letto, e avrebbe pagato quelle due onze che doveva buscarsi dal Re per trovarsi nel suo letto, coll'uscio chiuso, e stare a vedere col naso sotto le coperte, sua moglie affacendarsi col lume in mano, a rassettare ogni cosa per la notte.

All'alba lo fece saltar su da quel dormiveglia la tromba dei soldati che suonava come un gallo che sappia le ore, e metteva in rivoluzione tutto lo stallatico. I carrettieri rizzavano la testa dal basto[8] messo per guanciale, i cani abbaiavano, e l'ostessa si affacciava dal fienile tutta sonnacchiosa, grattandosi la testa. Ancora era buio come a mezzanotte, ma la gente andava e veniva per le strade quasi fosse la notte di Natale, e i trecconi accanto al fuoco, coi lampioncini di carta dinanzi, battevano i coltellacci sulle panchette per vendere il torrone. Ah, come doveva godersi la festa tutta quella gente che comprava il torrone, e si strascinava stanca e sonnacchiosa per le vie ad aspettare il Re, e come vedeva passare la lettiga colle sonagliere e le nappine di lana, spalancava gli occhi, e invidiava compare Cosimo, il quale avrebbe visto il Re sul mostaccio, mentre sino allora nessuno aveva potuto avere quella sorte, da quarantott'ore che la folla stava nelle strade notte e giorno, coll'acqua che veniva giù come Dio la mandava. La chiesa di San Giacomo sputava ancora fuoco e fiamme, in cima alla scalinata che non finiva più, aspettando il Re, per dargli il buon viaggio, e suonava con tutte le sue cam-

---

[7] Non poteva mancare, nel mosaico intrapreso dallo scrittore, un personaggio come il *lettighiere*, che appartiene a un mondo arretrato, destinato a essere superato dal progresso (e infatti su questa decadenza del lettighiere per la costruzione di nuove strade s'incentra l'ultima parte del racconto). Qui si aggiunge la possibilità di raffigurare anche una festa spettacolare, con protagonista la massima autorità istituzionale (non la solita festa religiosa, ma l'epifania della figura irraggiungibile e mitica del Re).

[8] *basto*: sella per le bestie da soma.

pane per dirgli che era ora di andarsene. Che non li spegnevano mai quei lumi? e che aveva il braccio di ferro quel sagrestano per suonare a distesa notte e giorno? Intanto nel piano di San Giacomo spuntava appena l'alba cenerognola, e la valle era tutta un mare di nebbia; eppure la folla era fitta come le mosche, col naso nel cappotto, e appena vide arrivare la lettiga voleva soffocare compare Cosimo e le sue mule, che credeva ci fosse dentro il Re.

Ma il Re si fece aspettare un bel pezzo; a quell'ora forse si infilava i calzoni, o beveva il suo bicchierino d'acquavite, per risciacquarsi la gola, che compare Cosimo non ci aveva pensato nemmeno quella mattina, tanto si sentiva la gola stretta. Un'ora dopo arrivò la cavalleria, colle sciabole sfoderate, e fece far largo. Dietro la cavalleria si rovesciò un'altra ondata di gente, e poi la banda, e poi ancora dei galantuomini, e delle signore col cappellino, e il naso rosso dal freddo; e accorrevano persino i trecconi, colle panchette in testa, a piantar bottega per cercar di vendere un altro po' di torrone; tanto che nella gran piazza non ci sarebbe entrato più uno spillo, e le mule non avrebbero nemmeno potuto scacciarsi le mosche, se non fosse stata la cavalleria a far fare largo, e per giunta la cavalleria portava un nugolo di mosche cavalline,[9] di quelle che fanno imbizzarrire le mule di una lettiga, talché compare Cosimo si raccomandava a Dio e alle anime del Purgatorio ad ognuna che ne acchiappava sotto la pancia delle sue bestie.

Finalmente si udì raddoppiare lo scampanìo, quasi le campane fossero impazzate, e i mortaletti che sparavano al Re, e arrivò correndo un'altra fiumana di gente, e si vide spuntare la carrozza del Re, la quale in mezzo la folla pareva galleggiasse sulle teste. Allora suonarono le trombe e i tamburi, e ricominciarono a sparare i mortaletti, che le mule, Dio liberi, volevano romper i finimenti e ogni cosa sparando calci; i soldati tirarono fuori le sciabole, giacché le avevano messe nel fodero un'altra volta, e la folla gridava: – La Regina, la Regina! È quella piccolina lì, accanto a suo marito, che non par vero!

Il Re invece era un bel pezzo d'uomo, grande e grosso, coi calzoni rossi e la sciabola appesa alla pancia; e si tirava dietro il vescovo, il sindaco, il sottointendente, e un altro sciame di galantuomini coi guanti e il fazzoletto da collo bianco, e vestiti di nero che dovevano averci la tarantola[10] nelle ossa con quel po' di tramontana che spazzava la nebbia dal piano di San Giacomo. Il Re stavolta, prima di montare a cavallo, mentre sua moglie entrava nella lettiga, parlava con questo e con quello come se non fosse stato fatto suo, e accostandosi a compare Cosimo gli batté anche colla mano sulla spalla, e gli disse tale e quale, col suo parlare napoletano: – Bada che porti la tua Regina! che compare Cosimo si sentì rientrare le gambe nel ven-

[9]*mosche cavalline*: mosche parassite, che succhiano il sangue di cavalli, buoi e altri animali.
[10]*tarantola*: frenesia per l'agitazione.

tre, tanto più che in quel momento si udì un grido da disperati, la folla ondeggiò come un mare di spighe, e si vide una giovinetta, vestita ancora da monaca, e pallida pallida, buttarsi ai piedi del Re, e gridare: Grazia! – Chiedeva la grazia per suo padre, il quale si era dato le mani attorno per buttare il Re giù di sella, ed era stato condannato ad aver tagliata la testa. Il Re disse una parola ad uno che gli era vicino, e bastò perché non tagliassero la testa al padre della ragazza. Così ella se ne andò tutta contenta, che dovettero portarla via svenuta dalla consolazione.

Vuol dire che il Re con una sua parola poteva far tagliare la testa a chi gli fosse piaciuto, anche a compare Cosimo se una mula della lettiga metteva un piede in fallo, e gli buttava giù la moglie, così piccina com'era.

Il povero compare Cosimo aveva tutto ciò davanti agli occhi, mentre andava accanto alla baia colla mano sulla stanga, e l'abito della Madonna fra le labbra, che si raccomandava a Dio, come fosse in punto di morte, mentre tutta la carovana, col Re, la Regina e i soldati, si era messa in viaggio in mezzo alle grida e allo scampanìo, e allo sparare dei mortaletti che si udivano ancora dalla pianura; talché quando furono arrivati giù nella valle, in cima al monte si vedeva ancora la folla nera brulicare al sole come se ci fosse stata la fiera del bestiame nel piano di San Giacomo.

A che gli giovava il sole e la bella giornata a compare Cosimo? se ci aveva il cuore più nero del nuvolo, e non si arrischiava di levare gli occhi dai ciottoli su cui le mule posavano le zampe come se camminassero sulle uova; né stava a guardare come venissero i seminati, né a rallegrarsi nel veder pendere i grappoli delle ulive, lungo le siepi, né pensava al gran bene che aveva fatto tutta quella pioggia della settimana, ché gli batteva il cuore come un martello soltanto al pensare che il torrente poteva essere ingrossato, e dovevano passarlo a guado! Non si arrischiava a mettersi a cavalcioni sulle stanghe, come soleva fare quando non portava la sua Regina, e lasciarsi cadere la testa sul petto a schiacciare un sonnellino, sotto quel bel sole e colla strada piana che le mule l'avrebbero fatta ad occhi chiusi; mentre le mule che non avevano giudizio, e non sapevano quel che portassero, si godevano la strada piana ed asciutta, il sole tiepido e la campagna verde, scodinzolavano e scuotevano allegramente le sonagliere, che per poco non si mettevano a trottare, e compare Cosimo si sentiva saltare lo stomaco alla gola dalla paura soltanto al vedere mettere in brio[11] le sue bestie, senza un pensiero al mondo né della Regina, né di nulla.

La Regina, lei, badava a chiacchierare con un'altra signora che le avevano messa in lettiga per ingannare il tempo, in un linguaggio che nessuno ci capiva una maledetta[12]; guardava la campagna cogli occhi azzurri come il fiore del lino e appoggiava allo sportello una

[11]*mettere in brio*: imbizzarrire.
[12]*maledetta*: non si capiva nulla (perché parlava probabilmente in tedesco).

mano così piccina che pareva fatta apposta per non aver nulla da fare; che non valeva la pena di riempire d'orzo le mule per portare quella miseria, Regina tal quale era! Ma ella poteva far tagliare il collo alla gente con una sola parola, così piccola com'era, e le mule che non avevano giudizio con quel carico leggiero, e tutto quell'orzo che avevano nella pancia, provavano una gran tentazione di mettersi a saltare e ballare per la strada, e di far tagliare la testa a compare Cosimo.

Sicché il poveraccio per tutta la strada non fece che recitare fra i denti paternostri e avemarie, e raccomandarsi ai suoi morti, quelli che conosceva e quelli che non conosceva, fin quando arrivarono alla Zia Lisa,[13] che era accorsa una gran folla a vedere il Re, e davanti ad ogni bettola c'era il suo pezzo di maiale appeso e scuoiato per la festa. Come arrivò a casa sua, dopo aver consegnata la Regina sana e salva, non gli pareva vero, e baciò la sponda della mangiatoia legandovi le mule; poi si mise in letto senza mangiare e senza bere, ché non voleva vedere nemmeno i danari della Regina, e li avrebbe lasciati nella tasca del giubbone chissà quanto tempo, se non fosse stato per sua moglie che andò a metterli in fondo alla calza sotto il pagliericcio.

Gli amici e i conoscenti, che erano curiosi di sapere come erano fatti il Re e la Regina, venivano a domandargli del viaggio, col pretesto d'informarsi se aveva acchiappato la malaria. Egli non voleva dir nulla, che gli tornava la febbre soltanto a parlarne, e il medico veniva mattina e sera, e si prese circa la metà di quei danari della Regina.

Solamente molti anni dopo, quando vennero a pignorargli le mule in nome del Re, perché non aveva potuto pagare il debito, compare Cosimo non si dava pace pensando che pure quelle erano le mule che gli avevano portato la moglie sana e salva, al Re, povere bestie; e allora non c'erano le strade carrozzabili, ché la Regina si sarebbe rotto il collo, se non fosse stato per la sua lettiga, e la gente diceva che il Re e la Regina erano venuti apposta in Sicilia per fare le strade, che non ce n'erano ancora, ed era una porcheria. Ma allora campavano i lettighieri, e compare Cosimo avrebbe potuto pagare il debito, e non gli avrebbero pignorato le mule, se non veniva il Re e la Regina a far le strade carrozzabili.

E più tardi, quando gli presero il suo Orazio, che lo chiamavano Turco, tanto era nero e forte, per farlo artigliere, e quella povera vecchia di sua moglie piangeva come una fontana, gli tornò in mente quella ragazza ch'era venuta a buttarsi a' piedi del Re gridando grazia! e il Re con una parola l'aveva mandata via contenta. Né voleva capire che il Re d'adesso era un altro, e quello vecchio l'avevano buttato giù di sella.[14] Diceva che se fosse stato lì il Re, li avrebbe

[13]*Zia Lisa*: nei pressi di Catania.
[14]È ricorrente in Verga l'atteggiamento del personaggio allibito e incapace di comprendere gli eventi lontani, politici e sociali, che pure determinano la sua sorte.

mandati via contenti, lui e sua moglie, ché gli aveva battuto sulla spalla, e lo conosceva e l'aveva visto proprio sul mostaccio, coi calzoni rossi, e la sciabola appesa alla pancia, e con una parola poteva far tagliare il collo alla gente, e mandare puranco a pignorare le mule, se uno non pagava il debito, e pigliarsi i figliuoli per soldati, come gli piaceva.

Don Licciu Papa

Le comari filavano al sole, e le galline razzolavano nel pattume, davanti agli usci, allorché successe un gridìo, un fuggi fuggi per tutta la stradicciuola, che si vide comparire da lontano lo zio Masi,[1] l'acchiappaporci, col laccio in mano; e il pollame scappava schiamazzando, come se lo conoscesse.

Lo zio Masi si buscava dal municipio 50 centesimi per le galline, e 3 lire per ogni maiale che sorprendeva in contravvenzione. Egli preferiva i maiali. E come vide la porcellina di comare Santa, stesa tranquillamente col muso nel brago, di contro all'uscio, gli gittò al collo il nodo scorsoio.

– Ah! Madonna santissima! Cosa fate, zio Masi! – gridava la zia Santa, pallida come una morta. Per carità, zio Masi, non mi acchiappate la multa, che mi rovinate!

Lo zio Masi, il traditore, per pigliarsi il tempo di caricarsi la maialina sulle spalle, le sballava di belle parole: – Sorella mia, che posso farvi? Questo è l'ordine del sindaco. Maiali per le strade non ne vuole più. Se vi lascio la porcellina perdo il pane.

La zia Santa gli correva dietro come una pazza, colle mani nei capelli, strillando sempre: – Ah! zio Masi! non lo sapete che mi è costata 14 tarì a San Giovanni, e la tengo come la pupilla degli occhi miei! Lasciatemi la maialina, zio Masi, per l'anima dei vostri morti! Che all'anno nuovo, coll'aiuto di Dio, vale due onze!

Lo zio Masi, zitto, a capo chino, col cuore più duro di un sasso, badava solo dove metteva i piedi, per non isdrucciolare nella mota, colla maialina di traverso sulle spalle, che grugniva rivolta al cielo. Allora la zia Santa, disperata, per salvare la porcellina, gli assestò un solenne calcio nella schiena e lo fece andare ruzzoloni.

Le comari, appena videro l'acchiappaporci in mezzo al fango, gli furono addosso colle rocche e colle ciabatte, e volevano fargli la festa per tutti i porci e le galline che aveva sulla coscienza. Ma in

---

*La novella fu pubblicata nella "Rassegna settimanale di politica, scienze, lettere ed arti", 22 gennaio 1882.
[1] *Masi*: forma dialettale abbreviata di Tommaso.

questa accorse don Licciu[2] Papa, colla tracolla[3] dello sciabolotto attraverso la pancia, gridando da lontano come un ossesso, fuori tiro delle rocche: – Largo alla Giustizia! largo alla Giustizia!

La Giustizia condannò comare Santa alla multa ed alle spese, e per ischivare la prigione dovettero anche ricorrere alla protezione del barone, il quale aveva la finestra di cucina lì di faccia nella stradicciuola, e la salvò per miracolo, facendo vedere alla Giustizia che non era il caso di ribellione, perché l'acchiappaporci quel giorno non aveva il berretto col gallone del municipio.

– Vedete! esclamavano in coro le donne. – Ci vogliono i santi per entrare in Paradiso! Questa del berretto nessuno la sapeva!

Però il barone aggiunse il predicozzo: – Quei porci e quelle galline bisognava spazzarli via dal vicinato; il sindaco aveva ragione, ché sembrava un porcile. – D'allora in poi, ogni volta che il servo del barone buttava la spazzatura sul capo alle vicine, nessuno mormorava. Soltanto si dolevano che le galline chiuse in casa, per scansare la multa, non fossero più buone chioccie; e i maiali, legati per un piede accanto al letto, parevano tante anime del purgatorio. – Almeno prima la spazzavano loro la stradicciuola.

– Tutto quel concime sarebbe tant'oro per la chiusa dei Grilli![4] – sospirava massaro Vito. – Se avessi ancora la mula baia, spazzerei la strada colle mie mani.

Anche qui c'entrava don Licciu Papa. Egli era venuto a pignorare la mula coll'usciere, che dall'usciere solo massaro Vito non se la sarebbe lasciata portar via dalla stalla, nemmen se l'ammazzavano, e gli avrebbe piuttosto mangiato il naso come il pane. Lì, davanti al giudice, seduto al tavolino, che pareva Ponzio Pilato, quando massaro Venerando l'aveva citato per riscuotere il credito della mezzeria, non seppe che rispondere. La chiusa dei Grilli era buona soltanto per far grilli; il minchione era lui, se era tornato dalla messe a mani vuote, e massaro Venerando aveva ragione di voler esser pagato, senza tante chiacchiere e tante dilazioni, perciò aveva portato l'avvocato, che parlava per lui. Ma com'ebbe finito, e massaro Venerando se ne andava lieto, dondolandosi dentro gli stivaloni come un'anitra ingrassata, non poté stare di domandare al cancelliere se era vero che gli vendevano la mula.

– Silenzio! interruppe il giudice che si soffiava il naso, prima di passare a un altro affare.

Don Licciu Papa si svegliò di soprassalto sulla panchetta, e gridò: – Silenzio!

– Se foste venuto coll'avvocato, vi lasciavano parlare ancora, gli disse compare Orazio per confortarlo.

Sulla piazza, dinanzi agli scalini del municipio, il banditore gli vendeva la mula. – Quindici onze la mula di compare Vito Gnirri! Quindici onze una bella mula baia! Quindici onze!

[2]*Licciu*: forma dialettale di Livio.
[3]*tracolla*: la striscia di cuoio dalla spalla al fianco per reggere l'arma.
[4]*chiusa dei Grilli*: nella zona di Vizzini.

Compare Vito, seduto sugli scalini, col mento fra le mani, non voleva dir nulla che la mula era vecchia, ed eran più di 16 anni che gli lavorava. Essa stava lì contenta come una sposa, colla cavezza nuova. Ma appena gliela portaron via davvero, ei perse la testa, pensando che quell'usuraio di massaro Venerando gli acchiappava 15 onze per una sola annata di mezzeria, che tanto non ci valeva la chiusa dei Grilli, e senza la mula ormai non poteva più lavorare la chiusa, e all'anno nuovo si sarebbe trovato di nuovo col debito sulle spalle. Ei si mise a gridare come un disperato sul naso a massaro Venerando. – Cosa mi farete pignorare, quando non avrò più nulla? anticristo che siete! – E voleva levargli il battesimo dalla testa,[5] se non fosse stato per don Licciu Papa lì presente, collo sciabolotto e il berretto gallonato, il quale si mise a gridare tirandosi indietro: – Fermo alla Giustizia! Fermo alla Giustizia!

– Che Giustizia! strillava compare Vito tornando a casa colla cavezza in mano. – La Giustizia è fatta per quelli che hanno da spendere.[6]

Questo lo sapeva anche curatolo[7] Arcangelo, che quando era stato in causa col Reverendo per via della casuccia, perché il Reverendo voleva comprargliela per forza, tutti gli dicevano: – Che siete matto a pigliarvela col Reverendo? È la storia della brocca contro il sasso! Il Reverendo coi suoi denari si affitta la meglio lingua d'avvocato, e vi riduce povero e pazzo.

Il Reverendo, dacché s'era fatto ricco, aveva ingrandito la casuccia paterna, di qua e di là, come fa il porcospino che si gonfia per scacciare i vicini dalla tana. Ora aveva slargata la finestra che dava sul tetto di curatolo Arcangelo, e diceva che gli bisognava la casa di lui per fabbricarvi sopra la cucina e mutare la finestra in uscio. – Vedete, compare Arcangelo mio, senza cucina non ci posso stare! Bisogna che siate ragionevole.

Compare Arcangelo non lo era punto, e si ostinava a pretendere di voler morire nella casa dove era nato. Tanto, non ci veniva che una volta al sabato; ma quei sassi lo conoscevano, e se pensava al paese, nei pascoli di Carramone,[8] non lo vedeva altrimenti che sotto forma di quell'usciolo rattoppato, e di quella finestra senza vetri. – Va bene, va bene, – rispondeva fra di sé il Reverendo. – Teste di villani! Bisogna farci entrare la ragione per forza.

E dalla finestra del Reverendo piovevano sul tetto di curatolo Arcangelo cocci di stoviglie, sassi, acqua sporca; e riducevano il cantuccio dov'era il letto peggio di un porcile. Se curatolo Arcange-

<hr />

[5] *E voleva... testa*: voleva ammazzarlo di botte.
[6] Questa è la morale della novella: la consapevolezza che l'istituzione della giustizia garantisce un'uguaglianza davanti alla legge soltanto a livello formale, mentre in realtà finisce col proteggere le sopraffazioni dei più ricchi e potenti sui più poveri e indifesi. Per dimostrare tale tesi la novella si svolge secondo un intreccio di vicende economiche e familiari, con in più qualche venatura ironica e sarcastica non rara in Verga.
[7] *curatolo*: addetto alla sorveglianza di fondi, ma da intendere anche genericamente come titolo di rispetto.
[8] *Carramone*: sempre nella zona di Vizzini.

lo gridava, il Reverendo si metteva a gridare sul tetto, più forte di lui. – Che non poteva più tenerci un vaso di basilico sul davanzale? Non era padrone d'innaffiare i suoi fiori?

Curatolo Arcangelo aveva la testa dura peggio dei suoi montoni, e ricorse alla Giustizia. Vennero il giudice, il cancelliere, e don Licciu Papa, a vedere se il Reverendo era padrone d'innaffiare i suoi fiori, che quel giorno con ci erano più alla finestra, e il Reverendo aveva il solo disturbo di levarli ogni volta che doveva venire la Giustizia, e rimetterli al loro posto appena voltava le spalle. Il giudice stesso non poteva passare il tempo a far la guardia al tetto di curatolo Arcangelo, o ad andare e venire dalla straduccia; ogni sua visita costava cara.

Restava la quistione di sapere se la finestra del Reverendo doveva essere coll'inferriata o senza inferriata, e il giudice, e il cancelliere, e tutti, guardavano cogli occhiali sul naso, e pigliavano misure che pareva un tetto di barone, quel tettuccio piatto e ammuffito. E il Reverendo tirò pure fuori certi diritti vecchi per la finestra senza inferriata, e per alcune tegole che sporgevano sul tetto, che non ci si capiva più nulla, e il povero curatolo Arcangelo guardava in aria anche lui, per capacitarsi che colpa avesse il suo tetto. Ei ci perse il sonno della notte e il riso della bocca; si dissanguava a spese, e doveva lasciare la mandra in custodia del ragazzo per correre dietro al giudice e all'usciere. Per giunta le pecore gli morivano come le mosche, ai primi freddi dell'inverno, ché il Signore lo castigava perché se la pigliava colla Chiesa, dicevano.

– E voi pigliatevi la casa, disse infine al Reverendo, che dopo tante liti e tante spese non gliene avanzava il denaro da comprarsi la corda per impiccarsi a un travicello. Voleva mettersi in collo la sua bisaccia e andarsene colla figliola a stare colle pecore, ché quella maledetta casa non voleva vederla più, finché era al mondo.

Ma allora uscì in campo il barone, l'altro vicino, il quale ci aveva anche lui delle finestre e delle tegole sul tetto di curatolo Arcangelo, e giacché il Reverendo voleva fabbricarsi la cucina, egli aveva pure bisogno di allargare la dispensa, sicché il povero capraio non sapeva più di chi fosse la sua casa. Ma il Reverendo trovò il modo di aggiustare la lite col barone, dividendosi da buoni amici fra di loro la casa di curatolo Arcangelo, e poiché costui ci aveva anche quest'altra servitù,[9] gli ridusse il prezzo di un buon quarto.

Nina, la figlia di curatolo Arcangelo, come dovevano lasciare la casa e andarsene via dal paese, non finiva di piangere, quasi ci avesse avuto il cuore attaccato a quei muri e a quei chiodi delle pareti. Suo padre, poveraccio, tentava di consolarla come meglio poteva, dicendole che laggiù, nelle grotte del Carramone, ci si stava da principi, senza vicini e senza acchiappaporci. Ma le comari, che sapevano tutta la storia, si strizzavano l'occhio fra di loro borbottando:

[9]*servitù*: vincolo.

– Al Carramone il *signorino* non potrà più andarla a trovare, di sera, quando compare Arcangelo è colle sue pecore. Per questo la Nina piange come una fontana.

Come lo seppe compare Arcangelo cominciò a bestemmiare e a gridare: – Scellerata! adesso con chi vuoi che ti mariti?

Ma la Nina non pensava a maritarsi. Voleva soltanto continuare a stare dov'era il *signorino*, che lo vedeva tutti i giorni alla finestra, appena si alzava, e gli faceva segno se poteva andare a trovarla la sera. In tal modo la Nina c'era cascata, col veder tutti i giorni alla finestra il *signorino*, che dapprincipio le rideva, e le mandava i baci e il fumo della pipa, e le vicine schiattavano d'invidia. Poscia a poco a poco era venuto l'amore, talché adesso la ragazza non ci vedeva più dagli occhi, e aveva detto chiaro e tondo a suo padre:

– Voi andatevene dove volete, che io me ne sto qui dove sono. – E il *signorino* le aveva promesso che la campava[10] lui.

Curatolo Arcangelo di quel pane non ne mangiava, e voleva chiamare don Licciu Papa per condur via a forza la figliuola. – Almeno quando saremo via di qui, nessuno saprà le nostre disgrazie, – diceva. Ma il giudice gli rispose che la Nina aveva già gli anni del giudizio, ed era padrona di fare quel che gli pareva e piaceva.

– Ah! è padrona? – borbottava curatolo Arcangelo. – Anch'io son padrone! E appena incontrò il *signorino*, che gli fumava sul naso, gli spaccò la testa come una noce con una legnata.

Dopo che l'ebbero legato ben bene, accorse don Licciu Papa, gridando: – Largo alla Giustizia! largo alla Giustizia!

Davanti alla Giustizia gli diedero anche un avvocato per difendersi. – Almeno stavolta la Giustizia non mi costa nulla; – diceva compare Arcangelo. E fu meglio per lui. L'avvocato riuscì a provare come quattro e quattro fanno otto, che curatolo Arcangelo non l'aveva fatto apposta, di cercare d'ammazzare il *signorino*, con un randello di pero selvatico, ch'era del suo mestiere, e se ne serviva per darlo sulle corna ai montoni quando non volevano intender ragione.

Così fu condannato soltanto a 5 anni, la Nina rimase col *signorino*, il barone allargò la sua dispensa, e il Reverendo fabbricò una bella casa nuova su quella vecchia di curatolo Arcangelo, con un balcone e due finestre verdi.

---

[10]*campava*: manteneva.

Il Mistero

Questa, ogni volta che tornava a contarla, gli venivano i luccico-
ni allo zio Giovanni, che non pareva vero, su quella faccia di sbirro.

Il teatro l'avevano piantato nella piazzetta della chiesa: mortella, quercioli,[1] ed anche rami interi d'ulivo, colla fronda, tal quale,
ché nessuno si era rifiutato a lasciar pigliare la sua roba pel Sacro
Mistero.[2]

Lo zio Memmu,[3] al vedere nella sua chiusa il sagrestano a stron-
care e scavezzare[4] rami interi, si sentiva quei colpi di scure nello
stomaco, e gli gridava da lontano:

– Che non siete cristiano, compare Calogero? o non ve l'ha messo
il prete l'olio santo,[5] per dare così senza pietà su quell'ulivastro? –
Ma sua moglie, pur colle lagrime agli occhi, andava calmandolo:

– È pel Mistero; lascialo fare. Il Signore ci manderà la buon'annata. Non vedi quel seminato che muore di sete?

Tutto giallo, del verde-giallo che hanno i bambini malati, poveretto! sulla terra bianca e dura come una crosta, che se lo mangiava,
e vi faceva venire l'arsura in gola al solo vederlo.

– Questa è tutta opera di Don Angelino, brontolava il marito,
per farsi la provvista della legna, e chiapparsi i soldi della limosina.

Don Angelino, il pievano, aveva lavorato otto giorni come un facchino, col sagrestano, a scavar buche, rincalzar pali, appendere
lampioncini di carta rossa, e sciorinare in fondo il cortinaggio nuovo di massaro Nunzio, che si era maritato allora allora, e faceva un
bel vedere nel bosco e coi lampioni davanti.

Il Mistero rappresentava *la Fuga in Egitto*, e la parte di Maria

---

*La novella fu pubblicata nella "Nuova rivista. Pubblicazione settimanale politica,
letteraria, artistica", 12 febbraio 1882.

[1]*mortella, quercioli*: *mortella* è il mirto, arbusto con fiori bianchi e bacche blu; *quercioli* sono piante erbacee con le foglie simili a quelle della quercia e fiori rosei.

[2]*Sacro Mistero*: sacra rappresentazione.

[3]*Memmù*: forma dialettale abbreviata di Gerolamo.

[4]*scavezzare*: tagliare.

[5]*o non... olio santo*: tutta l'espressione sta a indicare che il comportamento del sagrestano non sarebbe proprio di un cristiano.

Santissima l'avevano data a compare Nanni,[6] che era piccolo di statura, e si era fatta radere la barba apposta. Appena compariva, portando in collo Gesù Bambino, ch'era il figlio di comare Mènica,[7] e diceva ai ladri: "Ecco il mio sangue!" la gente si picchiava il petto coi sassi, e si mettevano a gridare tutti in una volta: – Miseremini mei,[8] Vergine Santa!

Ma Janu e mastro Cola, che erano i ladri, colle barbe finte di pelle d'agnello, non davano retta, e volevano rapirle il Sacro Figlio, per portarlo ad Erode. Quelli aveva saputo sceglierli il pievano, da fare i ladri! Veri cuori di sasso erano! ché il Pinto, nella lite che aveva con compare Janu pel fico dell'orto, gli rinfacciava d'allora in poi: – Voi siete il ladro della *Fuga in Egitto!*

Don Angelino, collo scartafaccio in mano, badava a ripetere dietro il tendone di massaro Nunzio:

"Vano, o donna, è il pregar; pietà non sento! – Pietà non sento!" Tocca a voi, compare Janu; – ché quei due furfanti avevano persino dimenticata la parte, tal razza di gente erano! Maria Vergine aveva un bel pregare e scongiurarli, ché nella folla borbottavano:

– Compare Nanni fa il minchione perché è vestito da Maria Santissima. Se no li infilerebbe tutti e due col coltello a serramanico che ci ha in tasca.

Ma come entrò in scena San Giuseppe, con quella barba bianca di bambagia, il quale andava cercando la sua sposa in mezzo al bosco che gli arrivava al petto, la folla non sapeva più star ferma, perché ladri, Madonna, e San Giuseppe avrebbero potuto acchiapparsi colle mani, se il Mistero non fosse stato che dovevano corrersi dietro senza raggiungersi. Qui stava il miracolo. – Se i malandrini arrivavano ad acchiappare la Madonna e San Giuseppe, tutti insieme, ne facevano tonnina,[9] ed anche del bambino Gesù, Dio liberi!

Comare Filippa, la quale ci aveva il marito in galera per avere ammazzato a colpi di zappa il vicino della vigna, quello che gli rubava i fichidindia, piangeva come una fontana, al vedere San Giuseppe inseguito dai ladri peggio di un coniglio, e pensava a suo marito, quando gli era arrivato alla capannuccia della vigna tutto trafelato, coi gendarmi alle calcagna, e gli aveva detto:

– Dammi un sorso d'acqua. Non ne posso più!

Poi l'avevano ammanettato come Gesù all'orto,[10] e l'avevano chiuso nella stia[11] di ferro, per fargli il processo, col berretto fra le mani, e i capelli divenuti per intero una boscaglia grigia in tanti mesi di prigione – l'aveva ancora negli occhi – che ascoltava i giudi-

---

[6]*Nanni*: forma abbreviata di Giovanni.

[7]*Mènica*: forma abbreviata di Domenica.

[8]*Miseremini mei*: invocazione latina, "Abbiate pietà di me" (imperativo plurale corrispondente al più vulgato "Miserere mei" al singolare).

[9]*ne facevano tonnina*: li facevano a pezzi (*tonnina* è una specie di salume di carne di tonno).

[10]*Gesù all'orto*: nel Vangelo si narra che Gesù fu arrestato di notte, mentre pregava nell'orto di Getsemani.

[11]*stia*: gabbia.

ci e i testimoni con quella faccia gialla di carcerato. E quando se l'erano portato via per mare, che non ci era mai stato, il poveretto, colla sporta in spalla, e legato coi compagni di galera, a resta come le cipolle,[12] egli si era voltato a guardarla per l'ultima volta con quella faccia, finché non la vide più, ché dal mare non torna nessuno, e non se ne seppe più nulla.

– Voi lo sapete dove egli sia adesso, Madre Addolorata! – biascicava la vedova del vivo inginocchiata sulle calcagna, pregando pel poveretto, che gli pareva di vederlo, là, lontano, nel nero. Ella sola poteva sapere che razza di angoscia doveva esserci nel cuore della Madonna, in quel momento che i ladri erano lì lì per agguantare San Giuseppe pel mantello.

– Ora state a vedere l'incontro del patriarca San Giuseppe coi malandrini! – diceva Don Angelino asciugandosi il sudore col fazzoletto da naso. E Trippa,[13] il macellaio, picchiava sulla grancassa – zum! zum! zum! – per far capire che i ladri si accapigliavano con San Giuseppe. Le comari si misero a strillare, e gli altri raccattavano dei sassi, per rompere il grugno a quei due birbanti di Janu e di compare Cola, gridando:

– Lasciate stare il patriarca San Giuseppe! sbirri che siete! – E massaro Nunzio, per amore del cortinaggio, gridava anche lui che non glielo sfondassero. Don Angelino allora affacciò la testa dalla sua tana, colla barba lunga di otto giorni, affannandosi a calmarli colle mani e colle parole:

– Lasciateli fare! lasciateli fare! Così è scritto nella parte.

Bella parte che aveva scritto! e diceva pure che era tutta roba di sua invenzione. Già lui avrebbe messo Cristo in croce colle sue mani per chiappargli i tre tarì della messa. O compare Rocco, un padre di cinque figli, non l'aveva fatto seppellire senza uno straccio di mortorio,[14] perché non poteva spillargli nulla? – là, sotto la pietra della chiesa, di sera, al buio, che non ci si vedeva a calarlo giù nella sepoltura, per l'eternità. – E allo zio Menico non aveva espropriata la casuccia, perché era fabbricata sulla *sciara* della chiesa, e ci pesava addosso un censo[15] di due tarì all'anno che lo zio Menico non era riuscito a pagar mai? Allorché aveva fabbricato la casuccia, tutto contento, trasportando i sassi colle sue mani, non gli passava per la testa che un giorno o l'altro il pievano glie la avrebbe fatta vendere per quei due tarì del censo. Due tarì all'anno infine cosa sono? Il difficile era di metterli insieme tutti e due alla scadenza, e Don Angelino gli rispondeva, stringendosi nelle spalle:

---

[12]*a resta... cipolle*: come una filza di cipolle legate a treccia.

[13]*Trippa*: un bel nome per il suo mestiere di macellaio, indizio della componente comica della narrazione, soprattutto evidente nell'analisi delle reazioni ingenue degli spettatori di fronte alla finzione teatrale. Anche questa novella risponde all'esigenza della rappresentazione globale di usi e costumi popolari. Poi, come spesso accade, all'evento che coinvolge intensamente tutta la comunità s'intreccia la vicenda privata, questa invece drammatica.

[14]*mortorio*: funerale.

[15]*censo*: affitto.

– Cosa posso farci, fratel mio? Non è roba mia; è roba della Chiesa. – Tale e quale come mastro Calogero, il sagrestano, il quale ripeteva:

– "Altare servi, altare ti dà pane" diceva lui. Adesso s'era appeso alla fune del campanile e suonava a tutto andare, mentre Trippa batteva sulla grancassa, e le donne vociferavano: – Miracolo! Miracolo!

Qui lo zio Giovanni sentivasi rizzare in capo i vecchi peli, al rammentare.

Giusto un anno dopo, giorno per giorno, la vigilia del venerdì santo, Nanni e mastro Cola s'incontrarono in quello stesso luogo, di notte, che c'era la luna di Pasqua, e ci si vedeva chiaro come di giorno nella piazzetta.

Nanni stava appiattato dietro il campanile, per sorprendere chi andasse da comare Venera, ché due o tre volte l'aveva sorpresa tutta sossopra e discinta; e aveva sentito qualcuno sgattaiolarsela dal cancello dell'orto.

– Chi c'era qui con te? È meglio dirmelo. Se vuoi bene ad un altro, io me ne vado via, e buona notte ai suonatori. Ma sai, quelle cose in testa non voglio portarle!

Ella protestava che non era vero, giurava per l'anima di suo marito, e chiamava a testimonii il Signore e la Madonna appesi a capo del letto, e baciava colle mani in croce quella medesima sottana di cotonina[16] celeste che aveva imprestato a compare Nanni per fare la Maria. – Pensaci! pensaci bene a quello che mi dici! – Egli non sapeva che la Venera s'era incapricciata di mastro Cola quando l'aveva visto a fare il ladro del Mistero colla barba di pelle d'agnello. – Or bene, pensò allora – qui bisogna mettersi alla posta del coniglio come il cacciatore, per accertarsi della cosa cogli occhi propri. – La donna aveva detto all'altro: – Guardatevi di compare Nanni. Egli ci ha in testa qualche cosa, al modo come mi guarda, e come fruga per la casa ogni volta che arriva! Cola aveva la madre sulle spalle, che campava del suo lavoro, e non s'arrischiava più ad andare da comare Venera; – un giorno, due, tre, finché il diavolo lo tentò colla luna che trapelava sino al letto dalle fessure delle imposte, e gli metteva dinanzi agli occhi ad ogni momento la stradicciuola deserta, e l'uscio della vedova, allo svoltare della piazzetta di faccia al campanile. Nanni aspettava, nell'ombra, solo in mezzo alla piazza tutta bianca di luna, e in un silenzio che si udiva suonare ogni quarto d'ora l'orologio di Viagrande, e il trottellare dei cani che andavano fiutando ad ogni cantuccio e frugavano col muso nella spazzatura. Infine si udì una pedata,[17] rasente i muri, fermarsi all'uscio della Venera, e bussar piano, una, due volte, poi più lieve ed in fretta, come uno che gli batte il cuore dal desiderio e dalla paura, e Nanni si sentiva picchiare anche lui dentro il petto quei colpi. Poi l'uscio si

[16]*cotonina*: tessuto leggero di cotone.
[17]*pedata*: passo.

schiuse, adagio adagio, con uno spiraglio più nero dell'ombra, e si udì una schioppettata.

Mastro Cola cadde gridando: – Mamma mia! m'ammazzarono!

Nessuno udì né vide nulla, per timore della giustizia; la stessa comare Venera disse che dormiva. Soltanto la madre, all'udir la schioppettata, si sentì colpita nelle viscere, e corse come si trovava, a raccattare Cola dall'uscio della vedova, gridando – Figlio mio! figlio mio! I vicini si affacciarono coi lumi, e solo rimaneva chiuso quell'uscio contro il quale la madre disperata imprecava così: – Scellerata! scellerata! Mi hai assassinato il figliuolo!

La madre, ginocchioni accanto al letto del ferito, pregava Dio, giungendo le mani forte forte, cogli occhi asciutti che sembrava una pazza: – Signore! Signore! Mio figlio, Signore! – Ah! che mala Pasqua le aveva dato il Signore! Giusto il venerdì santo, mentre passava la processione, col tamburo e Don Angelino incoronato di spine! Ah! che nero faceva in quella casa! e dall'uscio aperto si vedeva il sole, e i seminati belli, ché la gente quella volta non aveva avuto bisogno di pregare Dio per la buona annata, e lasciava solo Don Angelino a battersi le spalle colla disciplina[18]; anzi quando il sagrestano era andato a far legna col pretesto del Mistero, l'avevano minacciato di rompergli le gambe a sassate, se non andava via lesto. – Nella sua casa sola si piangeva! ora che tutti erano contenti! Nella sua casa sola! Buttata lì davanti a quel lettuccio come un sacco di cenci, disfatta, diventata decrepita tutta in una volta, coi capelli grigi, pendenti di qua e di là della faccia. E non udiva nessuno della gente che riempiva la stanza per curiosità. Non vedeva altro che quegli occhi appannati del figliuolo e quel naso affilato. Gli avevano chiamato il medico; ci avevano condotta comare Barbara, quella della buona ventura,[19] e la povera madre s'era levati di bocca tre tarì per fargli dire una messa da Don Angelino. Il medico scrollava il capo. – Qui ci vuol altro che la messa di Don Angelino; – dicevano le comari – qui ci vorrebbe il cotone benedetto di frà Sanzio l'eremita, oppure la candela della madonna di Valverde,[20] che fa miracoli dappertutto. – Il ferito, col cotone benedetto sullo stomaco, e la candela davanti alla faccia gialla, spalancava gli occhi appannati, guardando i vicini ad uno ad uno, e cercava di sorridere alla mamma, colle labbra pallide, per farle intendere che si sentiva meglio davvero, con quel cotone miracoloso sullo stomaco. Egli accennava di sì col capo, con quel sorriso tanto triste dei moribondi che dicono di star meglio. Il medico invece diceva di no; che non avrebbe passato la notte. E Don Angelino, per non screditare la mercanzia, ripeteva:

– Ci vuole la fede per fare i miracoli. Se non c'è la fede è come lavare la testa all'asino.[21] I santi, le reliquie, il cotone benedetto, tutte

---

[18]*disciplina*: mazzo di funicelle per percuotersi in atto di penitenza.
[19]*quella... ventura*: una maga.
[20]*il cotone... Valverde*: i consueti oggetti benedetti cui si affida il personaggio popolare come estrema risorsa di salvezza.
[21]*lavare la testa all'asino*: fare qualcosa d'inutile.

belle cose quando si ha la fede. – La povera madre ne aveva tanta della fede, che parlava a tu per tu coi Santi e la Madonna, e diceva alla candela benedetta, presto presto e coi denti stretti: – Signore! Signore! Voi me la farete la grazia! Voi mi lascerete il mio figliuolo, Signore! – E il figliuolo ascoltava, intento, cogli occhi fissi sulla candela, e cercava di sorridere, e dire di sì col capo anche lui.

Tutto il villaggio impazzì a strologare[22] i numeri di quel fatto: ma chi ci vinse l'ambo fu solo la gnà Venera. Anzi ci avrebbe preso il terno se ci metteva anche il sangue che si era trovato nella piazzetta, poiché mastro Cola annaspando e barcollando era andato a cascare giusto nel punto dove l'anno prima aveva fatto il ladro del Mistero. Però la gnà Venera dovette spatriare dal paese, perché nessuno gli comperava più il pane del panchetto, e la chiamavano "la scomunicata". Compare Nanni, anche lui durò un pezzo a scappare di qua e di là, per le sciare e le chiuse, ma alla prima fame dell'inverno lo avevano acchiappato di notte vicino alle prime case del paese, dove aspettava il ragazzo che soleva portargli il pane di nascosto. Gli fecero il processo e se lo portarono di là del mare, col marito di comare Filippa.

Anche lui, se non avesse pensato di mettersi la gonnella della "scomunicata" per fare la Beata Vergine!

---

[22] *strologare*: indovinare.

Malaria

E' vi par di toccarla colle mani – come della terra grassa che fumi, là, dappertutto, torno torno alle montagne che la chiudono, da Agnone al Mongibello[1] incappucciato di neve – stagnante nella pianura, a guisa dell'afa pesante di luglio. Vi nasce e vi muore il sole di brace, e la luna smorta, e la *Puddara*, che sembra navigare in un mare di svapori, e gli uccelli e le margherite bianche della primavera, e l'estate arsa; e vi passano in lunghe file nere le anitre nel nuvolo dell'autunno, e il fiume che luccica quasi fosse di metallo, fra le rive larghe e abbandonate, bianche, slabbrate, sparse di ciottoli; e in fondo il lago di Lentini,[2] come uno stagno, colle sponde piatte, senza una barca, senza un albero sulla riva, liscio ed immobile. Sul greto pascolano svogliatamente i buoi, rari, infangati sino al petto, col pelo irsuto. Quando risuona il campanaccio della mandra, nel gran silenzio, volan via le cutrettole,[3] silenziose, e il pastore istesso, giallo di febbre, e bianco di polvere anche lui, schiude un istante le palpebre gonfie, levando il capo all'ombra dei giunchi secchi.

È che la malaria v'entra nelle ossa col pane che mangiate, e se aprite bocca per parlare, mentre camminate lungo le strade soffocanti di polvere e di sole, e vi sentite mancar le ginocchia, o vi accasciate sul basto della mula che va all'ambio,[4] colla testa bassa. Invano Lentini, e Francofonte, e Paternò,[5] cercano di arrampicarsi come pecore sbrancate sulle prime colline che scappano dalla pianura, e si circondano di aranceti, di vigne, di orti sempre verdi; la malaria acchiappa gli abitanti per le vie spopolate, e li inchioda dinanzi agli

*La novella fu pubblicata nella "Rassegna settimanale di politica, scienze, lettere ed arti", 14 agosto 1881, poi nell'"Illustrazione popolare", 17 dicembre 1882.

[1] *da Agnone al Mongibello*: Agnone è il paese che chiude a sud il golfo di Catania, il Mongibello è il nome antico dell'Etna.

[2] *il lago di Lentini*: l'antico lago nella Piana, poi eliminato con una bonifica perché appunto malsano e causa della malaria.

[3] *cutrettole*: uccelli dalla coda lunga e rapidi nel volo.

[4] *ambio*: particolare tipo di passo del cavallo, quando l'animale muove le zampe prima da un lato e poi dall'altro.

[5] *Lentini, e Francofonte, e Paternò*: tre paesi nella zona fra Siracusa e Catania, situati in alto su poggi.

usci delle case scalcinate dal sole, tremanti di febbre sotto il pastrano, e con tutte le coperte del letto sulle spalle.

Laggiù, nella pianura, le case sono rare e di aspetto malinconico, lungo le strade mangiate dal sole, fra due mucchi di concime fumante, appoggiate alle tettoie crollanti, dove aspettano coll'occhio spento, legati alla mangiatoia vuota, i cavalli di ricambio. – O sulla sponda del lago, colla frasca[6] decrepita dell'osteria appesa all'uscio, le grandi stanzaccie vuote, e l'oste che sonnecchia accoccolato sul limitare, colla testa stretta nel fazzoletto, spiando ad ogni svegliarsi, nella campagna deserta, se arriva un passeggiero assetato. – Oppure come cassette di legno bianco, impennacchiate da quattro eucalipti magri e grigi, lungo la ferrovia che taglia in due la pianura come un colpo d'accetta, dove vola la macchina fischiando al pari di un vento d'autunno, e la notte corruscano[7] scintille infuocate. – O infine qua e là, sul limite dei poderi segnato da un pilastrino appena squadrato, coi tetti appuntellati dal di fuori, colle imposte sconquassate, dinanzi all'aia screpolata, all'ombra delle alte biche[8] di paglia dove dormono le galline colla testa sotto l'ala, e l'asino lascia cascare il capo, colla bocca ancora piena di paglia, e il cane si rizza sospettoso, e abbaia roco al sasso che si stacca dall'intonaco, alla lucertola che striscia, alla foglia che si muove nella campagna inerte.

La sera, appena cade il sole, si affacciano sull'uscio uomini arsi dal sole, sotto il cappellaccio di paglia e colle larghe mutande di tela, sbadigliando e stirandosi le braccia; e donne seminude, colle spalle nere,[9] allattando dei bambini già pallidi e disfatti, che non si sa come si faranno grandi e neri, e come ruzzeranno sull'erba quando tornerà l'inverno, e l'aia diverrà verde un'altra volta, e il cielo azzurro e tutt'intorno la campagna riderà al sole. E non si sa neppure dove stia e perché ci stia tutta quella gente che alla domenica corre per la messa alle chiesuole solitarie, circondate dalle siepi di fichidindia, a dieci miglia in giro, sin dove si ode squillare la campanella fessa[10] nella pianura che non finisce mai.

Però dov'è la malaria è terra benedetta da Dio. In giugno le spighe si coricano dal peso, e i solchi fumano quasi avessero sangue nelle vene appena c'entra il vomero in novembre. Allora bisogna pure che chi semina e chi raccoglie caschi come una spiga matura, perché il Signore ha detto: "Il pane che si mangia bisogna sudarlo". Come il sudore della febbre lascia qualcheduno stecchito sul pagliericcio di granoturco, e non c'è più bisogno di solfato né di decotto d'eucalipto,[11] lo si carica sulla carretta del fieno, o attraverso il basto dell'asino, o su di una scala, come si può, con un sacco sulla faccia, e si va a deporlo alla chiesuola solitaria, sotto i fichidindia spi-

---

[6]*frasca*: il segnale di richiamo dell'osteria.
[7]*corruscano*: lampeggiano.
[8]*biche*: mucchi di covoni.
[9]*spalle nere*: abbronzate dal sole.
[10]*fessa*: dal suono stridulo.
[11]*di solfato... d'eucalipto*: i rimedi consueti contro la malaria.

nosi di cui nessuno perciò mangia i frutti. Le donne piangono in crocchio, e gli uomini stanno a guardare, fumando.

Così s'erano portato il camparo di Valsavoia,[12] che si chiamava Massaro Croce, ed erano trent'anni che inghiottiva solfato e decotto d'eucalipto. In primavera stava meglio, ma d'autunno, come ripassavano le anitre, egli si metteva il fazzoletto in testa, e non si faceva più vedere sull'uscio che ogni due giorni; tanto che si era ridotto pelle ed ossa, e aveva una pancia grossa come un tamburo, che lo chiamavano *il Rospo* anche pel suo fare rozzo e selvatico, e perché gli erano diventati gli occhi smorti e a fior di testa. Egli diceva sempre prima di morire: – Non temete, che pei miei figli il padrone ci penserà! – E con quegli occhiacci attoniti guardava in faccia ad uno ad uno coloro che gli stavano attorno al letto, l'ultima sera, e gli mettevano la candela sotto il naso.[13] Lo zio Menico, il capraio, che se ne intendeva, disse che doveva avere il fegato duro come un sasso e pesante un rotolo e mezzo. Qualcuno aggiungeva pure:

– Adesso se ne impipa! ché s'è ingrassato e fatto ricco a spese del padrone, e i suoi figli non hanno bisogno di nessuno! Credete che l'abbia preso soltanto pei begli occhi del padrone, tutto quel solfato e tutta quella malaria per trent'anni?

Compare Carmine, l'oste del lago, aveva persi allo stesso modo i suoi figliuoli tutt'e cinque, l'un dopo l'altro, tre maschi e due femmine. Pazienza le femmine! Ma i maschi morivano appunto quando erano grandi, nell'età di guadagnarsi il pane. Oramai egli lo sapeva; e come le febbri vincevano il ragazzo, dopo averlo travagliato due o tre anni, non spendeva più un soldo, né per solfato né per decotti, spillava del buon vino e si metteva ad ammannire tutti gli intingoli di pesce che sapeva, onde stuzzicare l'appetito al malato. Andava apposta colla barca a pescare la mattina, tornava carico di cefali, di anguille grosse come il braccio, e poi diceva al figliuolo, ritto dinanzi al letto e colle lagrime agli occhi: – Te'! mangia! – Il resto lo pigliava Nanni, il carrettiere per andare a venderlo in città. – Il lago vi dà e il lago vi piglia! – Gli diceva Nanni, vedendo piangere di nascosto compare Carmine. – Che volete farci, fratel mio? – Il lago gli aveva dato dei bei guadagni. E a Natale, quando le anguille si vendono bene, nella casa in riva al lago, cenavano allegramente dinanzi al fuoco, maccheroni, salsiccia e ogni ben di Dio, mentre il vento urlava di fuori come un lupo che abbia fame e freddo. In tal modo coloro che restavano si consolavano dei morti. Ma a poco a poco andavano assottigliandosi così che la madre divenne curva come un gancio dai crepacuori, e il padre che era grosso e grasso, stava sempre sull'uscio, onde non vedere quelle stanzaccie vuote, dove prima cantavano e lavoravano i suoi ragazzi. L'ultimo rimasto non voleva morire assolutamente, e piangeva e si disperava allorché lo coglieva la febbre, e persino andò a buttarsi nel lago dalla paura della morte.

---

[12]*Valsavoia*: vicino a Lentini.
[13]*la candela sotto il naso*: per controllare se respirava.

Ma il padre che sapeva nuotare lo ripescò, e lo sgridava che quel bagno freddo gli avrebbe fatto tornare la febbre peggio di prima. – Ah! singhiozzava il giovanetto colle mani nei capelli, – per me non c'è più speranza! per me non c'è più speranza! – Tutto sua sorella Agata, che non voleva morire perché era sposa! – osservava compare Carmine di faccia a sua moglie, seduta accanto al letto; e lei, che non piangeva più da un pezzo, confermava col capo, curva al pari di un gancio.

Lei, ridotta a quel modo, e suo marito grasso e grosso avevano il cuoio duro, e rimasero soli a guardar la casa. La malaria non ce l'ha contro di tutti. Alle volte uno vi campa cent'anni, come Cirino lo scimunito, il quale non aveva né re né regno, né arte né parte, né padre né madre, né casa per dormire, né pane da mangiare, e tutti lo conoscevano a quaranta miglia intorno, siccome andava da una fattoria all'altra, aiutando a governare i buoi, a trasportare il concime, a scorticare le bestie morte, a fare gli uffici vili; e pigliava delle pedate e un tozzo di pane; dormiva nei fossati, sul ciglione dei campi, a ridosso delle siepi, sotto le tettoie degli stallazzi; e viveva di carità, errando come un cane senza padrone, scamiciato e scalzo, con due lembi di mutande tenuti insieme da una funicella sulle gambe magre e nere; e andava cantando a squarciagola sotto il sole che gli martellava sulla testa nuda, giallo come lo zafferano. Egli non prendeva più né solfato, né medicine, né pigliava le febbri. Cento volte l'avevano raccolto disteso, quasi fosse morto, attraverso la strada; infine la malaria l'aveva lasciato, perché non sapeva più che farsene di lui. Dopo che gli aveva mangiato il cervello e la polpa delle gambe, e gli era entrata tutta nella pancia gonfia come un otre, l'aveva lasciato contento come una pasqua, a cantare al sole meglio di un grillo. Di preferenza lo scimunito soleva stare dinanzi lo stallatico di Valsavoja, perché ci passava della gente, ed egli correva loro dietro per delle miglia, gridando, uuh! uuh! finché gli buttavano due centesimi. L'oste gli prendeva i centesimi e lo teneva a dormire sotto la tettoia, sullo strame dei cavalli, che quando si tiravano dei calci, Cirino correva a svegliare il padrone gridando uuh! e la mattina li strigliava e li governava.

Più tardi era stato attratto dalla ferrovia che costrussero lì vicino. I vetturali e i viandanti erano diventati più rari sulla strada, e lo scimunito non sapeva che pensare, guardando in aria delle ore le rondini che volavano, e batteva le palpebre al sole per capacitarsene. La prima volta, al vedere tutta quella gente insaccata nei carrozzoni che passavano dalla stazione, parve che indovinasse. E d'allora in poi ogni giorno aspettava il treno, senza sbagliare di un minuto, quasi avesse l'orologio in testa; e mentre gli fuggiva dinanzi, gettandogli contro la faccia il fumo e lo strepito, egli si dava a corrergli dietro, colle braccia in aria, urlando in tuono di collera e di minaccia: uuh! uuh!...

L'oste, anche lui, ogni volta che da lontano vedeva passare il treno sbuffante nella malaria, non diceva nulla, ma gli sputava contro

il fatto suo scrollando il capo, davanti alla tettoia deserta e ai bocca-
li vuoti. Prima gli affari andavano così bene che egli aveva preso
quattro mogli, l'una dopo l'altra, tanto che lo chiamavano "Ammazzamogli" e dicevano che ci aveva fatto il callo, e tirava a pigliarsi la
quinta, se la figlia di massaro Turi Oricchiazza[14] non gli faceva rispondere: – Dio ne liberi! nemmeno se fosse d'oro, quel cristiano! Ei
si mangia il prossimo suo come un coccodrillo! – Ma non era vero
che ci avesse fatto il callo, perché quando gli era morta comare Santa, ed era la terza, egli sino all'ora di colezione non ci aveva messo
un boccone di pane in bocca, né un sorso d'acqua, e piangeva per
davvero dietro il banco dell'osteria. – Stavolta voglio pigliarmi una
che è avvezza alla malaria – aveva detto dopo quel fatto. – Non voglio più soffrirne di questi dispiaceri.

Le mogli gliele ammazzava la malaria, ad una ad una, ma lui lo
lasciava tal quale, vecchio e grinzoso, che non avreste immaginato
come quell'uomo lì ci avesse anche lui il suo bravo omicidio sulle
spalle, quantunque tirasse a prendere la quarta moglie. Pure la moglie ogni volta la cercava giovane e appetitosa, ché senza moglie l'o-
steria non può andare, e per questo gli avventori s'erano diradati.
Ora non restava altri che compare Mommu, il cantoniere della ferrovia lì vicino, un uomo che non parlava mai, e veniva a bere il suo
bicchiere fra un treno e l'altro, mettendosi a sedere sulla panchetta
accanto all'uscio, colle scarpe in mano, per lasciare riposare i piedi.
– Questi qui non li coglie la malaria! – pensava "Ammazzamogli"
senza aprir bocca nemmeno lui, ché se la malaria li avesse fatti cadere come le mosche non ci sarebbe stato chi facesse andare quella
ferrovia là. Il poveraccio, dacché s'era levato dinanzi agli occhi il
solo uomo che gli avvelenava l'esistenza, non ci aveva più che due
nemici al mondo: la ferrovia che gli rubava gli avventori, e la malaria che gli portava via le mogli. Tutti gli altri nella pianura, sin dove
arrivavano gli occhi, provavano un momento di contentezza, anche
se nel lettuccio ci avevano qualcuno che se ne andava a poco a poco,
o se la febbre li abbatteva sull'uscio, col fazzoletto in testa e il tabarro addosso. Si ricreavano guardando il seminato che veniva su prosperoso e verde come il velluto, o le biade che ondeggiavano al par
di un mare, e ascoltavano la cantilena lunga dei mietitori, distesi
come una fila di soldati, e in ogni viottolo si udiva la cornamusa,
dietro la quale arrivavano dalla Calabria degli sciami di contadini
per la messe, polverosi, curvi sotto la bisaccia pesante, gli uomini
avanti e le donne in coda, zoppicanti[15] e guardando la strada che si
allungava con la faccia arsa e stanca. E sull'orlo di ogni fossato, dietro ogni macchia d'aloe,[16] nell'ora in cui cala la sera come un velo
grigio, fischiava lo zufolo del guardiano, in mezzo alle spighe mature che tacevano, immobili al cascare del vento, invase anch'esse dal

---

[14]*Turi Oricchiazza*: forma abbreviata di Salvatore, con in più un soprannome di-
spregiativo da "orecchia".
[15]*zoppicanti*: per il lungo viaggio a piedi.
[16]*aloe*: genere di pianta dal succo molto amaro.

silenzio della notte. – Ecco! – pensava "Ammazzamogli". – Tutta quella gente là se fa tanto di non lasciarci la pelle e di tornare a casa, ci torna con dei denari in tasca.

Ma lui no! lui non aspettava né la raccolta né altro, e non aveva animo di cantare. La sera calava tanto triste, nello stallazzo[17] vuoto e nell'osteria buia. A quell'ora il treno passava da lontano fischiando, e compare Mommu stava accanto al suo casotto colla bandieruola in mano; ma fin lassù, dopo che il treno era svanito nelle tenebre, si udiva Cirino lo scimunito che gli correva dietro urlando, uuh!... E "Ammazzamogli" sulla porta dell'osteria buia e deserta pensava che per quelli lì la malaria non ci era.

Infine quando non poté pagar più l'affitto dell'osteria e dello stallazzo, il padrone lo mandò via dopo 57 anni che c'era stato, e "Ammazzamogli" si ridusse a cercare impiego nella ferrovia anche lui, e a tenere in mano la bandieruola quando passava il treno.

Allora stanco di correre tutto il giorno su e giù lungo le rotaie, rifinito dagli anni e dai malanni, vedeva passare due volte al giorno la lunga fila dei carrozzoni stipati di gente; le allegre brigate di cacciatori che si sparpagliavano per la pianura; alle volte un contadinello che suona l'organetto a capo chino, rincantucciato su di una panchetta di terza classe; le belle signore che affacciavano allo sportello il capo avvolto nel velo; l'argento e l'acciaio brunito dei sacchi e delle borse da viaggio che luccicavano sotto i lampioni smerigliati; le alte spalliere imbottite e coperte di trina. Ah, come si doveva viaggiar bene lì dentro, schiacciando un sonnellino! Sembrava che un pezzo di città sfilasse lì davanti, colla luminaria delle strade, e le botteghe sfavillanti. Poi il treno si perdeva nella vasta nebbia della sera, e il poveraccio, cavandosi un momento le scarpe, seduto sulla panchina, borbottava: – Ah! per questi qui non c'è proprio la malaria![18]

[17] stallazzo: stalla.
[18] Non poteva mancare una novella dedicata interamente alla malattia più diffusa (ma Verga dedica pagine importanti anche al colera). Ritorna inoltre una legge determinante del mondo verghiano, quella del progresso, che condanna il personaggio popolare a cambiare mestiere, costringendolo a diventare ferroviere (ma per il protagonista non è un miglioramento di sua scelta, bensì un ripiego).

Gli orfani

La piccina si affacciò all'uscio, attorcigliando fra le dita la cocca del grembiale, e disse:

– Sono qua.

Poi, come nessuno badava a lei, si mise a guardare peritosa[1] ad una ad una le comari che impastavano il pane, e riprese:

– M'hanno detto – vattene da comare Sidora.[2]

– Vien qua, vien qua, gridò comare Sidora, rossa come un pomodoro, dal bugigattolo del forno. Aspetta ché ti farò una bella focaccia.

– Vuol dire che a comare Nunzia stanno per portarle il Viatico, se hanno mandato via la bambina. Osservò la Licodiana.

Una delle comari che aiutavano ad impastare il pane volse il capo, seguitando a lavorare di pugni nella madia, colle braccia nude sino al gomito, e domandò alla bimba:

– Come sta la tua madrigna?

La bambina che non conosceva la comare, la guardò coi grandi occhi spalancati, e poscia tornando a chinare il capo, e a lavorar in furia colle cocche del grembiale, biascicò sottovoce:

– È a letto.

– Non sentite che c'è il Signore? rispose la Licodiana. Ora le vicine si son messe a strillare sulla porta.

– Quando avrò finito d'infornare il pane, disse comare Sidora, corro anch'io un momento a vedere se hanno bisogno di niente. Compare Meno perde il braccio destro, se gli muore quest'altra moglie.

– Certuni non hanno fortuna colle mogli, come quelli che son disgraziati colle bestie. Tante ne pigliano, e tante ne perdono. Guardate comare Angela!

– Ier sera, aggiunse la Licodiana, ho visto compare Meno sull'uscio, che era tornato dalla vigna prima dell'avemaria,[3] e si soffiava il naso col fazzoletto.

*La novella fu pubblicata in "Fiammetta", 25 dicembre 1881.
[1] *peritosa*: timorosa.
[2] *Sidora*: Isidora.
[3] *prima dell'avemaria*: prima del tramonto (quando suona la campana per esortare a pregare la Madonna).

– Però, aggiunse la comare che impastava il pane, ei ci ha una santa mano ad ammazzare le mogli. In meno di tre anni sono adesso due figlie di curatolo Nino che si è mangiate, l'una dopo l'altra! Ancora un po' e si mangia anche la terza, e si pappa tutta quanta la roba di curatolo Nino.

– Ma cotesta bambina è figlia di comare Nunzia, oppure della prima moglie?

– È figlia della prima. A quest'altra le voleva bene come fosse sua mamma davvero, perché l'orfanella era anche sua nipote.

La piccina, udendo che parlavano di lei, si mise a piangere cheta cheta in un cantuccio, per sfogarsi il cuor grosso, che aveva tenuto a bada giocherellando col grembiale.

– Vien qua, vien qua, riprese comare Sidora. La focaccia è bell'e pronta. Via, non piangere, ché la mamma è in paradiso.

La bambina allora si asciugò gli occhi coi pugni chiusi, tanto più che comare Sidora dava mano a scoperchiare il forno.

– Povera comare Nunzia! venne a dire una vicina affacciandosi sull'uscio. Adesso ci vanno i beccamorti. Sono passati di qua or ora.

– Lontano sia! ché son figlia di Maria![4] esclamarono le comari facendosi la croce.

Comare Sidora levò dal forno la focaccia, la ripulì dalla cenere, e la porse calda calda alla bambina, che la prese nel grembiale, e se ne andava adagio adagio, soffiandovi sopra.

– Dove vai? Le gridò dietro comare Sidora. Resta dove sei. A casa c'è il ba-bau colla faccia nera, che si porta via la gente.

L'orfanella ascoltò seria seria, sgranando gli occhi. Poi riprese colla stessa cantilena cocciuta:

– Vo a portarla alla mamma.

– La mamma non c'è più. Statti qua. Ripeté una vicina. Mangiala tu la focaccia.

Allora la piccina si accoccolò sullo scalino dell'uscio, tutta triste, colla focaccia nelle mani, senza toccarla.

Ad un tratto vedendo arrivare il babbo, si alzò lieta, e gli corse incontro. Compare Meno entrò senza dir nulla, e sedette in un canto colle mani penzoloni fra le ginocchia, la faccia lunga, e le labbra bianche come la carta, ché dal giorno innanzi non ci aveva messo un pezzo di pane in bocca dal crepacuore. Guardava le comari come a dire: Poveretto me!

Le donne, al vedergli il fazzoletto nero al collo, gli fecero cerchio intorno, colle mani intrise di farina, compassionandolo in coro.

– Non me ne parlate, comare Sidora! ripeteva lui, scuotendo il capo e colle spalle grosse. – Questa è spina che non mi si leva più dal cuore! Vera santa era quella donna! che, senza farvi torto, non me la meritavo. Fino ad ieri, che stava tanto male, s'era levata di letto per

<hr />

[4] *Lontano... Maria!*: espressione di scongiuro.

andare a governare il puledro slattato adesso. E non voleva che chiamassi il medico per non spendere e non comprare medicine. Un'altra moglie come quella non la trovo più. Ve lo dico io! Lasciatemi piangere, ché ho ragione!

E seguitava a scrollare il capo, e a gonfiare le spalle, quasi la sua disgrazia gli pesasse assai.

– Quanto a trovarvi un'altra moglie – aggiunse la Licodiana per fargli animo – non avete che a cercarla.

– No! no! badava a ripetere compare Meno colla testa bassa come un mulo. – Un'altra moglie come questa non la trovo più. Stavolta resto vedovo! Ve lo dico io!

Comare Sidora gli diede sulla voce: – Non dite spropositi, ché non sta bene! Un'altra moglie dovete cercarvela, se non altro per rispetto di questa orfanella, altrimenti chi baderà a lei, quando andrete in campagna! volete lasciarla in mezzo alle strade?

– Trovatemela voi un'altra moglie come quella! Che non si lavava per non sporcar l'acqua; e in casa mi serviva meglio di un garzone, affezionata e fedele che non mi avrebbe rubato un pugno di fave dal graticcio, e non apriva mai bocca per dire "datemi!". Con tutto questo una bella dote, roba che valeva tant'oro! E mi tocca restituirla, poiché non ci son figliuoli! Adesso me l'ha detto il sagrestano che veniva coll'acqua benedetta. E come le voleva bene a quella piccina, che le rammentava la sua povera sorella! Un'altra, che non fosse sua zia, me la guarda di malocchio, questa orfanella.

– Se pigliaste la terza figlia di curatolo Nino s'aggiusterebbe ogni cosa, per l'orfana e per la dote. Osservò la Licodiana.

– Questo dico io. Ma non me ne parlate, ché ci ho tuttora la bocca amara come il fiele.

– Non son discorsi da farsi adesso. Appoggiò comare Sidora. – Mangiate un boccone piuttosto, compare Meno, che siete tutto contraffatto.

– No! no! andava ripetendo compare Meno. Non mi parlate di mangiare, che mi sento un nodo nella gola.

Comare Sidora gli mise dinanzi, su di uno scanno, il pane caldo, colle olive nere, un pezzo di formaggio di pecora, e il fiasco del vino. E il poveraccio cominciò a mangiucchiare adagio adagio, seguitando a borbottare col viso lungo.

– Il pane, osservò intenerito, come lo faceva la buon'anima, nessuno lo sa fare. Pareva di semola addirittura! E con una manata di finocchi selvatici vi preparava una minestra da leccarvene le dita. Ora mi toccherà comprare il pane a bottega, da quel ladro di mastro Puddo[5]; e di minestre calde non ne troverò più, ogni volta che torno a casa bagnato come un pulcino. E bisognerà andarmene a letto col lo stomaco freddo. Anche l'altra notte, mentre la vegliavo, che avevo zappato tutto il giorno a dissodare sulla costa, e mi sentivo russa-

---

[5] *Puddo*: forma dialettale abbreviata di Giuseppe.

re io stesso, seduto accanto al letto, tanto ero stanco, la buona anima mi diceva: – Va' a mangiarne due cucchiaiate. Ho lasciato apposta la minestra al caldo nel focolare. – E pensava sempre a me, alla casa, al da fare che ci era, a questo e a quell'altro, che non finiva più di parlare, e di farmi le ultime raccomandazioni, come uno quando parte per un viaggio lungo, che la sentivo brontolare continuamente tra veglia e sonno. E se ne andava contenta all'altro mondo! col crocifisso sul petto, e le mani giunte di sopra. Non ha bisogno di messe e di rosari, quella santa! I denari pel prete sarebbero buttati via.

– Mondo di guai! Esclamò la vicina. – Anche a comare Angela, qui vicino, sta per morire l'asino, dalla doglia.[6]

– I guai miei son più grossi! Finì compare Meno forbendosi la bocca col rovescio della mano. – No, non mi fate mangiare altro, ché i bocconi mi cascano dentro lo stomaco come fossero di piombo. Mangia tu, piuttosto, povera innocente, che non capisci nulla. Ora non avrai più chi ti lavi e chi ti pettini. Ora non avrai più la mamma per tenerti sotto le ali come la chioccia, e sei rovinata come me. Quella te l'avevo trovata; ma un'altra matrigna come questa non l'avrai più figlia mia!

La bimba, intenerita, sporgeva di nuovo il labbro, e si metteva i pugni sugli occhi.

– No, non potete farne a meno – ripeteva comare Sidora. – Bisogna cercarvi un'altra moglie, per riguardo di questa povera orfanella che resta in mezzo a una strada.

– Ed io, come rimango? e il mio puledro? e la mia casa? e alle galline chi ci abbaderà? Lasciatemi piangere, comare Sidora! Avrei fatto meglio a morir io stesso, in scambio della buon'anima.

– State zitto, ché non sapete quello che dite! e non sapete cosa vuol dire una casa senza capo.

– Questo è vero! osservò compare Meno, riconfortato.

– Guardate piuttosto la povera comare Angela! Prima le è morto il marito, poi il figliuolo grande, e adesso le muore anche l'asino!

– L'asino andrebbe salassato dalla cinghiaia,[7] se ha la doglia, disse compare Meno.

– Veniteci voi, che ve ne intendete – aggiunse la vicina. – Farete un'opera di carità per l'anima di vostra moglie.

Compare Meno si alzò per andare da comare Angela, e l'orfanella gli correva dietro come un pulcino, adesso che non aveva altri al mondo. Comare Sidora, buona massaia, gli rammentò:

– E la casa? come la lasciate, ora che non ci è più nessuno?

– Ho chiuso a chiave; e poi lì di faccia ci sta la cugina Alfia, per tenerla d'occhio.

---

[6]*doglia*: parto.
[7]*cinghiaia*: vena vicina alle cinghiature. Col salasso, un'operazione molto in uso nella medicina di un tempo, si faceva defluire il sangue da una vena mediante incisione.

L'asino della vicina Angela era disteso in mezzo al cortile, col muso freddo e le orecchie pendenti, annaspando di tanto in tanto colle quattro zampe in aria, allorché la doglia gli contraeva i fianchi come un mantice. La vedova, seduta lì davanti, sui sassi, colle mani fra i capelli grigi, e gli occhi asciutti e disperati, stava a guardare, pallida come una morta.

Compare Meno si diede a girare intorno alla bestia, toccandole le orecchie, guardandola negli occhi spenti, e come vide che il sangue gli colava ancora dalla cinghiaia, nero, a goccia a goccia, aggrumandosi in cima ai peli irsuti, domandò:

– L'hanno anche salassato?

La vedova gli fissò in volto gli occhi foschi, senza parlare, e disse di sì col capo.

– Allora non c'è più che fare, conchiuse compare Meno; e stette a guardare l'asino che si allungava sui sassi, rigido, col pelo tutto arruffato al pari di un gatto morto.

– È la volontà di Dio, sorella mia! le disse per confortarla. Siamo rovinati tutti e due.

Egli s'era messo a sedere sui sassi, accanto alla vedova, colla figlioletta fra le ginocchia, e rimasero entrambi a guardare la povera bestia che batteva l'aria colle zampe, di tanto in tanto, tale e quale come un moribondo.

Comare Sidora, quand'ebbe finito di sfornare il pane, venne nel cortile anche lei colla cugina Alfia, che si era messa la veste nuova, e il fazzoletto di seta in testa, per far quattro chiacchiere; e disse a compare Meno, tirandolo in disparte:

– Curatolo Nino non ve la darà più l'altra figliuola, ora che con voi gli muoiono come le mosche, e ci perde la dote. Poi la Santa è troppo giovane, e ci sarebbe il pericolo che vi riempisse la casa di figliuoli.

– Se fossero maschi pazienza! Ma c'è anche a temere che vengano delle femmine. Sono tanto disgraziato!

– Ci sarebbe la cugina Alfia. Quella non è più giovane, ed ha il fatto suo: la casa e un pezzo di vigna.

Compare Meno mise gli occhi sulla cugina Alfia, la quale fingeva di guardare l'asino, colle mani sul ventre, e conchiuse:

– Se è così, se ne potrà parlare. Ma sono tanto disgraziato!

Comare Sidora gli diede sulla voce:

– Pensate a coloro che sono più disgraziati di voi, pensate!

– Non ce ne sono, ve lo dico io! Non la trovo un'altra moglie come quella! Non potrò scordarmela mai più, se torno a maritarmi dieci volte! E neppure questa povera orfanella se la scorderà.

– Calmatevi, ché ve la scorderete. E anche la bambina se la scorderà. Non se l'è scordata la sua madre vera? Guardate invece la vicina Angela, ora che le muore l'asino! e non possiede altro! Quella sì che dovrà pensarci sempre!

La cugina Alfia vide che era tempo d'accostarsi anche lei, colla faccia lunga, e ricominciò le lodi della morta. Ella l'aveva acconciata colle sue mani nella bara, e le aveva messo sul viso un fazzoletto di tela fine. Di roba bianca, non faceva per dire, ne aveva molta. Allora compare Meno, intenerito, si volse alla vicina Angela, la quale non si muoveva, come fosse di sasso.

– Ora che ci aspettate a fare scuoiare l'asino? Almeno pigliate i denari della pelle.[8]

[8]Vistose manifestazioni di dolore convivono con lo spirito pratico dettato dalle difficili condizioni di vita: la morte della moglie affligge il personaggio, appropriatamente assistito e confortato dal compianto delle altre donne, che tuttavia gli propongono immediatamente un'alternativa. Secondo la visione del mondo popolare, infatti, è peggio la morte dell'asino, danno economico irreparabile, di quella della moglie, che si può sempre sostituire.

La roba

Il viandante che andava lungo il Biviere[1] di Lentini, steso là
come un pezzo di mare morto, e le stoppie riarse della Piana di Catania, e gli aranci sempre verdi di Francofonte, e i sugheri grigi di
Resecone, e i pascoli deserti di Passaneto e di Passanitello, se domandava, per ingannare la noia della lunga strada polverosa, sotto
il cielo fosco dal caldo, nell'ora in cui i campanelli della lettiga suonano tristemente nell'immensa campagna, e i muli lasciano ciondolare il capo e la coda, e il lettighiere canta la sua canzone malinconica per non lasciarsi vincere dal sonno della malaria: – Qui di chi è?
– sentiva rispondersi: – Di Mazzarò. – E passando vicino a una fattoria grande quanto un paese, coi magazzini che sembravano chiese, e le galline a stormi accoccolate all'ombra del pozzo, e le donne
che si mettevano la mano sugli occhi per vedere chi passava: – E
qui? – Di Mazzarò. – E cammina e cammina, mentre la malaria vi
pesava sugli occhi, e vi scuoteva all'improvviso l'abbaiare di un
cane, passando per una vigna che non finiva più, e si allargava sul
colle e sul piano, immobile, come gli pesasse addosso la polvere, e il
guardiano sdraiato bocconi sullo schioppo, accanto al vallone, levava il capo sonnacchioso, e apriva un occhio per vedere chi fosse: –
Di Mazzarò. – Poi veniva un uliveto folto come un bosco, dove l'erba
non spuntava mai, e la raccolta durava fino a marzo. Erano gli ulivi
di Mazzarò. E verso sera, allorché il sole tramontava rosso come il
fuoco, e la campagna si velava di tristezza, si incontravano le lunghe file degli aratri di Mazzarò che tornavano adagio adagio dal
maggese, e i buoi che passavano il guado lentamente, col muso nel-
l'acqua scura; e si vedevano nei pascoli lontani della Canziria, sulla
pendice brulla, le immense macchie biancastre delle mandre di
Mazzarò; e si udiva il fischio del pastore echeggiare nelle gole, e il
campanaccio che risuonava ora sì ed ora no, e il canto solitario perduto nella valle. – Tutta roba di Mazzarò. Pareva che fosse di

---

*La novella fu pubblicata nella "Rassegna settimanale di politica, scienze, lettere ed
arti", 26 dicembre 1880.
[1]*Biviere*: il lago. Le località citate appartengono all'area catanese.

Mazzarò perfino il sole che tramontava, e le cicale che ronzavano, e gli uccelli che andavano a rannicchiarsi col volo breve dietro le zolle, e il sibilo dell'assiolo nel bosco. Pareva che Mazzarò fosse disteso tutto grande per quanto era grande la terra, e che gli si camminasse sulla pancia. – Invece egli era un omiciattolo, diceva il lettighiere, che non gli avreste dato un baiocco, a vederlo; e di grasso non aveva altro che la pancia, e non si sapeva come facesse a riempirla, perché non mangiava altro che due soldi di pane; e sì ch'era ricco come un maiale; ma aveva la testa ch'era un brillante, quell'uomo.

Infatti, colla testa come un brillante, aveva accumulato tutta quella roba, dove prima veniva da mattina a sera a zappare, a potare, a mietere; col sole, coll'acqua, col vento; senza scarpe ai piedi, e senza uno straccio di cappotto; che tutti si rammentavano di avergli dato dei calci nel di dietro, quelli che ora gli davano dell'*eccellenza*, e gli parlavano col berretto in mano. Né per questo egli era montato in superbia, adesso che tutte le eccellenze del paese erano suoi debitori; e diceva che eccellenza vuol dire povero diavolo e cattivo pagatore; ma egli portava ancora il berretto, soltanto lo portava di seta nera,[2] era la sua sola grandezza, e da ultimo era anche arrivato a mettere il cappello di feltro, perché costava meno del berretto di seta. Della roba ne possedeva fin dove arrivava la vista, ed egli aveva la vista lunga – dappertutto, a destra e a sinistra, davanti e di dietro, nel monte e nella pianura. Più di cinquemila bocche, senza contare gli uccelli del cielo e gli animali della terra, che mangiavano sulla sua terra, e senza contare la sua bocca la quale mangiava meno di tutte, e si contentava di due soldi di pane e un pezzo di formaggio, ingozzato in fretta e in furia, all'impiedi, in un cantuccio del magazzino grande come una chiesa, in mezzo alla polvere del grano, che non ci si vedeva, mentre i contadini scaricavano i sacchi, o a ridosso di un pagliaio, quando il vento spazzava la campagna gelata, al tempo del seminare, o colla testa dentro un corbello, nelle calde giornate della messe. Egli non beveva vino, non fumava, non usava tabacco, e sì che del tabacco ne producevano i suoi orti lungo il fiume, colle foglie larghe ed alte come un fanciullo, di quelle che si vendevano a 95 lire. Non aveva il vizio del giuoco, né quello delle donne. Di donne non aveva mai avuto sulle spalle che sua madre, la quale gli era costata anche 12 tarì, quando aveva dovuto farla portare al camposanto.

Era che ci aveva pensato e ripensato tanto a quel che vuol dire la roba, quando andava senza scarpe a lavorare nella terra che adesso era sua, ed aveva provato quel che ci vuole a fare i tre tarì della giornata, nel mese di luglio, a star colla schiena curva 14 ore, col soprastante a cavallo dietro, che vi piglia a nerbate se fate di rizzarvi un momento. Per questo non aveva lasciato passare un minuto della sua vita che non fosse stato impiegato a fare della roba; e adesso i

---

[2]*berretto... seta nera*: anche fra i "berretti" vi può essere differenza, visto che i poveri portano il berretto bianco, mentre l'arricchito Mazzarò ne esibisce uno di seta nera, segno della sua superiorità economica.

suoi aratri erano numerosi come le lunghe file dei corvi che arrivano in novembre; e altre file di muli, che non finivano più, portavano le sementi; le donne che stavano accoccolate nel fango, da ottobre a marzo, per raccogliere le sue olive, non si potevano contare, come non si possono contare le gazze che vengono a rubarle; e al tempo della vendemmia accorrevano dei villaggi interi alle sue vigne, e fin dove sentivasi cantare, nella campagna, era per la vendemmia di Mazzarò. Alla messe poi i mietitori di Mazzarò sembravano un esercito di soldati, che per mantenere tutta quella gente, col biscotto[3] alla mattina e il pane e l'arancia amara a colazione, e la merenda, e le lasagne alla sera, ci volevano dei denari a manate, e le lasagne si scodellavano nelle madie larghe come tinozze. Perciò adesso, quando andava a cavallo dietro la fila dei suoi mietitori, col nerbo in mano, non ne perdeva d'occhio uno solo, e badava a ripetere: – Curviamoci, ragazzi! – Egli era tutto l'anno colle mani in tasca a spendere, e per la sola fondiaria[4] il re si pigliava tanto che a Mazzarò gli veniva la febbre, ogni volta.

Però ciascun anno tutti quei magazzini grandi come chiese si riempivano di grano che bisognava scoperchiare il tetto per farcelo capire tutto; e ogni volta che Mazzarò vendeva il vino, ci voleva più di un giorno per contare il denaro, tutto di 12 tarì d'argento, ché lui non ne voleva di carta sudicia per la sua roba, e andava a comprare la carta sudicia soltanto quando aveva da pagare il re, o gli altri; e alle fiere gli armenti di Mazzarò coprivano tutto il campo, e ingombravano le strade, che ci voleva mezza giornata per lasciarli sfilare, e il santo, colla banda, alle volte dovevano mutar strada, e cedere il passo.

Tutta quella roba se l'era fatta lui, colle sue mani e colla sua testa, col non dormire la notte, col prendere la febbre dal batticuore o dalla malaria, coll'affaticarsi dall'alba a sera, e andare in giro, sotto il sole e sotto la pioggia, col logorare i suoi stivali e le sue mule – egli solo non si logorava, pensando alla sua roba, ch'era tutto quello ch'ei avesse al mondo; perché non aveva né figli, né nipoti, né parenti; non aveva altro che la sua roba. Quando uno è fatto così, vuol dire che è fatto per la roba.

Ed anche la roba era fatta per lui, che pareva ci avesse la calamita, perché la roba vuol stare con chi sa tenerla, e non la sciupa come quel barone che prima era stato il padrone di Mazzarò, e l'aveva raccolto per carità nudo e crudo ne' suoi campi, ed era stato il padrone di tutti quei prati, e di tutti quei boschi, e di tutte quelle vigne e tutti quegli armenti, che quando veniva nelle sue terre a cavallo coi campieri dietro, pareva il re, e gli preparavano anche l'alloggio e il pranzo, al minchione, sicché ognuno sapeva l'ora e il momento in cui doveva arrivare, e non si faceva sorprendere colle mani nel sacco. – Costui vuol essere rubato per forza! diceva Mazzarò, e schiatta-

<hr />

[3]*biscotto*: pane cotto due volte per conservarlo più a lungo.
[4]*fondiaria*: tassa sui terreni.

va dalle risa quando il barone gli dava dei calci nel di dietro, e si fregava la schiena colle mani, borbottando: "Chi è minchione se ne stia a casa", – "la roba non è di chi l'ha, ma di chi la sa fare". Invece egli, dopo che ebbe fatta la sua roba, non mandava certo a dire se veniva a sorvegliare la messe, o la vendemmia, e quando, e come; ma capitava all'improvviso, a piedi o a cavallo alla mula, senza campieri, con un pezzo di pane in tasca; e dormiva accanto ai suoi covoni, cogli occhi aperti, e lo schioppo fra le gambe.

In tal modo a poco a poco Mazzarò divenne il padrone di tutta la roba del barone; e costui uscì prima dall'uliveto, e poi dalle vigne, e poi dai pascoli, e poi dalle fattorie e infine dal suo palazzo istesso, che non passava giorno che non firmasse delle carte bollate, e Mazzarò ci metteva sotto la sua brava croce. Al barone non rimase altro che lo scudo di pietra[5] ch'era prima sul portone, ed era la sola cosa che non avesse voluto vendere, dicendo a Mazzarò: – Questo solo, di tutta la mia roba, non fa per te. – Ed era vero; Mazzarò non sapeva che farsene, e non l'avrebbe pagato due baiocchi. Il barone gli dava ancora del tu, ma non gli dava più calci nel di dietro.

– Questa è una bella cosa, d'avere la fortuna che ha Mazzarò! diceva la gente; e non sapeva quel che ci era voluto ad acchiappare quella fortuna: quanti pensieri, quante fatiche, quante menzogne, quanti pericoli di andare in galera, e come quella testa che era un brillante avesse lavorato giorno e notte, meglio di una macina del mulino, per fare la roba; e se il proprietario di una chiusa limitrofa si ostinava a non cedergliela, e voleva prendere pel collo Mazzarò, dover trovare uno stratagemma per costringerlo a vendere, e farcelo cascare, malgrado la diffidenza contadinesca. Ei gli andava a vantare, per esempio, la fertilità di una tenuta la quale non produceva nemmeno lupini, e arrivava a fargliela credere una terra promessa, sinché il povero diavolo si lasciava indurre a prenderla in affitto, per specularci sopra, e ci perdeva poi il fitto, la casa e la chiusa, che Mazzarò se l'acchiappava – per un pezzo di pane. – E quante seccature Mazzarò doveva sopportare! – I mezzadri che venivano a lagnarsi delle malannate, i debitori che mandavano in processione le loro donne a strapparsi i capelli e picchiarsi il petto per scongiurarlo di non metterli in mezzo alla strada, col pigliarsi il mulo o l'asinello, che non avevano da mangiare.

– Lo vedete quel che mangio io? rispondeva lui, – pane e cipolla! e sì che ho i magazzini pieni zeppi, e sono il padrone di tutta questa roba. – E se gli domandavano un pugno di fave, di tutta quella roba, ei diceva: – Che, vi pare che l'abbia rubata? Non sapete quanto costano per seminarle, e zapparle, e raccoglierle? – E se gli domandavano un soldo rispondeva che non l'aveva.

E non l'aveva davvero. Ché in tasca non teneva mai 12 tarì, tanti ce ne volevano per far fruttare tutta quella roba, e il denaro entrava ed usciva come un fiume dalla sua casa. Del resto a lui non gliene

[5] *scudo di pietra*: con l'insegna della famiglia aristocratica.

importava del denaro; diceva che non era roba, e appena metteva insieme una certa somma, comprava subito un pezzo di terra; perché voleva arrivare ad avere della terra quanta ne ha il re, ed esser meglio del re, ché il re non può né venderla, né dire ch'è sua.

Di una cosa sola gli doleva, che cominciasse a farsi vecchio, e la terra doveva lasciarla là dov'era. Questa è una ingiustizia di Dio, che dopo di essersi logorata la vita ad acquistare della roba, quando arrivate ad averla, che ne vorreste ancora, dovete lasciarla! E stava delle ore seduto sul corbello, col mento nelle mani, a guardare le sue vigne che gli verdeggiavano sotto gli occhi, e i campi che ondeggiavano di spighe come un mare, e gli oliveti che velavano la montagna come una nebbia, e se un ragazzo seminudo gli passava dinanzi, curvo sotto il peso come un asino stanco, gli lanciava il suo bastone fra le gambe, per invidia, e borbottava: – Guardate chi ha i giorni lunghi! costui che non ha niente!

Sicché quando gli dissero che era tempo di lasciare la sua roba, per pensare all'anima, uscì nel cortile come un pazzo, barcollando, e andava ammazzando a colpi di bastone le sue anitre e i suoi tacchini, e strillava: – Roba mia, vientene con me![6]

[6]Personaggio tragico Mazzarò, che riesce a realizzare tutti i suoi progetti, ma è sconfitto dal passare del tempo, dal destino di vecchiaia e morte, che è il limite invalicabile del genere umano. La vicenda preannuncia quella del protagonista di *Masto-don Gesualdo*, ma qui la figura attinge, nell'essenzialità della narrazione, a un alto livello tragico, soprattutto nella delirante disperazione conclusiva.

Storia dell'asino di S. Giuseppe

L'avevano comperato alla fiera di Buccheri ch'era ancor puledro, e appena vedeva una ciuca, andava a frugarle le poppe; per
questo si buscava testate e botte da orbi sul groppone e avevano un
bel gridargli: "Arriccà!".[1] Compare Neli,[2] come lo vide vispo e cocciuto a quel modo, che si leccava il muso alle legnate, mettendoci su
una scrollatina d'orecchie, disse: "Questo è il fatto mio". E andò diritto al padrone, tenendo nella tasca la mano colle trentacinque lire.

– Il puledro è bello – diceva il padrone – e val più di trentacinque
lire. Non ci badate se ha quel pelame bianco e nero come una gazza.
Ora vi faccio vedere sua madre, che la teniamo lì nel boschetto perché il puledro ha sempre la testa alla poppa. Vedrete la bella bestia
morella! che mi lavora meglio di una mula e mi ha fatti più figli che
non abbia peli addosso. In coscienza mia! non so d'onde sia venuto
quel mantello di gazza al puledro. Ma l'ossatura è buona, ve lo dico
io! Già gli uomini non valgono pel mostaccio. Guardate che petto! e
che pilastri di gambe! Guardate come tiene le orecchie! Un asino
che tiene le orecchie ritte a quel modo lo potete mettere sotto il
carro o sotto l'aratro come volete, e fargli portare quattro tumoli
di farro[3] meglio di un mulo, per la santa giornata che corre oggi!
Sentite questa coda, che vi ci potete appendere voi con tutto il vostro parentado!

Compare Neli lo sapeva meglio di lui; ma non era minchione
per dir di sì, e stava sulla sua colla mano in tasca, alzando le spalle e arricciando il naso, mentre il padrone gli faceva girare il puledro dinanzi.

– Uhm! – borbottava compare Neli. – Con quel pelame lì, che par
l'asino di san Giuseppe![4] Le bestie di quel colore sono tutte *vigliacche*,[5] e quando passate a cavallo pel paese, la gente vi ride in faccia.
Cosa devo regalarvi per l'asino di san Giuseppe?

*La novella fu pubblicata nel "Fanfulla della Domenica", 17 aprile 1881.
[1] *Arriccà!*: richiamo della bestia.
[2] *Neli*: forma dialettale abbreviata di Emanuele.
[3] *farro*: tipo di frumento molto duro.
[4] *asino di san Giuseppe*: tipo di asino senza pregio.
[5] *vigliacche*: inaffidabili, poltrone.

218

Il padrone allora gli voltò le spalle infuriato, gridando che se non conoscevano le bestie, o se non avevano denari per comprare, era meglio non venire alla fiera, e non far perdere il tempo ai cristiani, nella santa giornata che era.

Compare Neli lo lasciò a bestemmiare, e se ne andò con suo fratello, il quale lo tirava per la manica del giubbone, e gli diceva che se voleva buttare i denari per quella brutta bestia, l'avrebbe preso a pedate.

Però di sottecchi non perdevano di vista l'asino di san Giuseppe, e il suo padrone che fingeva di sbucciare delle fave verdi, colla fune della cavezza fra le gambe, mentre compare Neli andava girandolando fra le groppe dei muli e dei cavalli, e si fermava a guardare, e contrattava ora questa ed ora quella delle bestie migliori, senza aprire il pugno che teneva in tasca colle trentacinque lire, come se ci avesse avuto da comprare mezza fiera. Ma suo fratello gli diceva all'orecchio, accennandogli l'asino di san Giuseppe:

– Quello è il fatto nostro.

La padrona dell'asino di tanto in tanto correva a vedere cosa s'era fatto, e al trovare suo marito colla cavezza in mano, gli diceva:

– Che non lo manda oggi la Madonna uno che compri il puledro?

E il marito rispondeva ogni volta:

– Ancora niente! C'è stato uno a contrattare, e gli piaceva. Ma è tirato allo spendere, e se n'è andato coi suoi denari. Vedi, quello là, colla berretta bianca, dietro il branco delle pecore. Però sinora non ha comperato nulla, e vuol dire che tornerà.

La donna avrebbe voluto mettersi a sedere su due sassi, là vicino al suo asino, per vedere se si vendeva. Ma il marito le disse:

– Vattene! Se vedono che aspetti, non conchiudono il negozio.

Il puledro intanto badava a frugare col muso fra le gambe delle somare che passavano, massime che aveva fame, tanto che il padrone, appena apriva bocca per ragliare, lo faceva tacere a bastonate, perché non l'avevano voluto.

– È ancora là! – diceva compare Neli all'orecchio del fratello, fingendo di tornare a passare per cercare quello dei ceci abbrustoliti. – Se aspettiamo sino all'avemaria, potremo averlo per cinque lire meno del prezzo che abbiamo offerto.

Il sole di maggio era caldo, sicché di tratto in tratto in mezzo al vocìo e al brulichìo della fiera, succedeva per tutto il campo un gran silenzio, come non ci fosse più nessuno; e allora la padrona dell'asino tornava a dire a suo marito:

– Non ti ostinare per cinque lire di più o di meno; che stasera non c'è da far la spesa; e poi sai che cinque lire il puledro se le mangia in un mese, se ci resta sulla pancia.

– Se non te ne vai – rispondeva il marito – ti assesto una pedata di quelle buone!

Così passavano le ore alla fiera; ma nessuno di coloro che passavano davanti all'asino di san Giuseppe si fermava a guardarlo; e sì che il padrone aveva scelto il posto più umile, accanto alle bestie di poco prezzo, onde non farlo sfigurare col suo pelame di gazza accanto alle belle mule baie ed ai cavalli lucenti! Ci voleva uno come compare Neli per andare a contrattare l'asino di san Giuseppe, che tutta la fiera si metteva a ridere al vederlo. Il puledro, dal tanto aspettare al sole, lasciava ciondolare il capo e le orecchie, e il suo padrone s'era messo a sedere tristamente sui sassi, colle mani penzoloni anch'esso fra le ginocchia e la cavezza nelle mani, guardando di qua e di là le ombre lunghe che cominciavano a fare nel piano, al sole che tramontava, le gambe di tutte quelle bestie che non avevano trovato un compratore. Compare Neli allora e suo fratello, e un altro amico che avevano raccattato per la circostanza, vennero a passare di là, guardando in aria, che il padrone dell'asino torse il capo anche lui per non far vedere di star lì ad aspettarli; e l'amico di compare Neli disse così, stralunato, come l'idea fosse venuta a lui:

– O guarda l'asino di san Giuseppe! Perché non comprate questo qui, compare Neli?

– L'ho contrattato stamattina; ma è troppo caro. Poi farei ridere la gente con quell'asino bianco e nero. Vedete che nessuno l'ha voluto fino adesso!

– È vero, ma il colore non fa nulla, per quello che vi serve.

E domandò al padrone:

– Quanto vi dobbiamo regalare per l'asino di san Giuseppe?

La padrona dell'asino di san Giuseppe, vedendo che si ripigliava il negozio, andava riaccostandosi quatta, quatta, colle mani giunte sotto la mantellina.

– Non me ne parlate! – cominciò a gridare compare Neli, scappando per il piano. – Non me ne parlate che non ne voglio sentir parlare!

– Se non lo vuole, lasciatelo stare – rispose il padrone. – Se non lo piglia lui, lo piglierà un altro. "Tristo chi non ha più nulla da vendere dopo la fiera!"

– Ed io voglio essere ascoltato, santo diavolone! – strillava l'amico. – Che non posso dire la mia bestialità anch'io?

E correva ad afferrare compare Neli pel giubbone; poi tornava a parlare all'orecchio del padrone dell'asino, il quale voleva tornarsene a casa per forza coll'asinello, e gli buttava le braccia al collo, sussurrandogli:

– Sentite! cinque lire più o meno, se non lo vendete oggi, un minchione come mio compare non lo trovate più da comprarvi la vostra bestia che non vale un sigaro.

Ed abbracciava anche la padrona dell'asino, le parlava all'orecchio, per tirarla dalla sua. Ma ella si stringeva nelle spalle, e rispondeva col viso torvo:

– Sono affari del mio uomo. Io non c'entro. Ma se ve lo dà per meno di quaranta lire è un minchione, in coscienza! Ci costa di più a noi!

– Stamattina ero pazzo ad offrire trentacinque lire! – ripicchiava compare Neli. – Vedete se ha trovato un altro compratore per quel prezzo? In tutta la fiera non c'è più che quattro montoni rognosi e l'asino di san Giuseppe. Adesso trenta lire, se li vuole!

– Pigliatele! – suggeriva piano al marito la padrona dell'asino colle lagrime agli occhi. – Stasera non abbiamo da far la spesa, e a Turiddu gli è tornata la febbre; ci vuole il solfato.

– Santo diavolone! – strillava suo marito. – Se non te ne vai, ti faccio assaggiare la cavezza! – Trentadue e mezzo, via! – gridò infine l'amico, scuotendoli forte per il colletto. – Né voi, né io! Stavolta deve valere la mia parola, per i santi del paradiso! e non voglio neppure un bicchiere di vino! Vedete che il sole è tramontato? Cosa aspettate ancora tutt'e due?

E strappò di mano al padrone la cavezza, mentre compare Neli, bestemmiando, tirava fuori dalla tasca il pugno colle trentacinque lire, e gliele dava senza guardarle, come gli strappassero il fegato. L'amico si tirò in disparte colla padrona dell'asino, a contare i denari su di un sasso, mentre il padrone dell'asino scappava per la fiera come un puledro, bestemmiando e dandosi dei pugni.

Ma poi si lasciò raggiungere dalla moglie, la quale adagio adagio andava contando di nuovo i denari nel fazzoletto, e domandò:

– Ci sono?

– Sì, ci son tutti; sia lodato san Gaetano![6] Ora vado dallo speziale.

– Li ho minchionati! Io glielo avrei dato anche per venti lire; gli asini di quel colore lì sono *vigliacchi*.

E compare Neli, tirandosi dietro il ciuco per la scesa, diceva:

– Com'è vero Dio, glie l'ho rubato il puledro! Il colore non fa niente. Vedete che pilastri di gambe, compare? Questo vale quaranta lire ad occhi chiusi.

– Se non c'ero io – rispose l'amico – non ne facevate nulla. Qui ci ho ancora due lire e mezzo di vostro. E se volete, andremo a berle alla salute dell'asino.

Adesso al puledro gli toccava di aver la salute per guadagnarsi le trentadue lire e cinquanta che era costato, e la paglia che si mangiava. Intanto badava a saltellare dietro a compare Neli, cercando di addentargli il giubbone per giuoco, quasi sapesse che era il giubbone del padrone nuovo, e non gliene importasse di lasciare per sempre la stalla dov'era stato al caldo, accanto alla madre, a fregarsi il muso sulla sponda della mangiatoia, o a fare a testate e a capriole col montone, e andare a stuzzicare il maiale nel suo cantuccio. E la padrona, che contava di nuovo i denari nel fazzoletto davanti al banco dello speziale, non pensava nemmen lei che aveva visto nascere il puledro, tutto bianco e nero colla pelle lucida come seta, che non si reggeva ancora sulle gambe, e stava accovacciato al sole nel cortile, e tutta l'erba con cui s'era fatto grande e grosso le era passata per le mani. La sola che si

---

[6]*san Gaetano*: santo della Provvidenza e quindi da ringraziare per l'affare fatto.

rammentasse del puledro era la ciuca, che allungava il collo ragliando verso l'uscio della stalla; ma quando non ebbe più le poppe gonfie di latte, si scordò del puledro anch'essa.

– Ora questo qui – diceva compare Neli – vedrete che mi porta quattro tumoli di farro meglio di un mulo. E alla messe lo metto a trebbiare.

Alla trebbiatura il puledro, legato in fila per il collo colle altre bestie, muli vecchi e cavalli sciancati, trotterellava sui covoni da mattina a sera, tanto che si riduceva stanco e senza voglia di abboccare[7] nel mucchio della paglia, dove lo mettevano a riposare all'ombra, come si levava il venticello, mentre i contadini spagliavano,[8] gridando: Viva Maria!

Allora lasciava cascare il muso e le orecchie ciondoloni, come un asino fatto, coll'occhio spento, quasi fosse stanco di guardare quella vasta campagna bianca la quale fumava qua e là della polvere delle aie, e pareva non fosse fatta per altro che per lasciar morire di sete e far trottare sui covoni. Alla sera tornava al villaggio colle bisacce piene, e il ragazzo del padrone seguitava a pungerlo nel garrese,[9] lungo le siepi del sentiero che parevano vive dal cinguettìo delle cingallegre e dall'odor di nepitella e di ramerino,[10] e l'asino avrebbe voluto darci una boccata, se non l'avessero fatto trottare sempre, tanto che gli calò il sangue alle gambe, e dovettero portarlo dal maniscalco; ma al padrone non gliene importava nulla, perché la raccolta era stata buona, e il puledro si era buscate le sue trentadue lire e cinquanta. Il padrone diceva: "Ora il lavoro l'ha fatto, e se lo vendo anche per venti lire, ci ho sempre il mio guadagno."

Il solo che volesse bene al puledro era il ragazzo che lo faceva trotterellare pel sentiero, quando tornavano dall'aia; e piangeva mentre il maniscalco gli bruciava le gambe coi ferri roventi, che il puledro si contorceva, colla coda in aria, e le orecchie ritte come quando scorazzava pel campo della fiera, e tentava divincolarsi dalla fune attorcigliata che gli stringeva il labbro, e stralunava gli occhi dallo spasimo quasi avesse il giudizio, quando il garzone del maniscalco veniva a cambiare i ferri rossi qual fuoco, e la pelle fumava e friggeva come il pesce nella padella.[11] Ma compare Neli gridava al suo ragazzo: – Bestia! perché piangi? Ora il suo lavoro l'ha fatto, e giacché la raccolta è andata bene lo venderemo e compreremo un mulo, che è meglio.

[7]*abboccare*: mangiare.
[8]*spagliavano*: toglievano via la paglia.
[9]*garrese*: parte più alta del tronco, fra cervice e dorso.
[10]*di nepitella e di ramerino*: di mentuccia e di rosmarino, erbe aromatiche.
[11]È sicuramente la novella più straziante di Verga per la sequenza di crudeltà (in questo passo addirittura sadica), cui viene sottoposta la bestia. Già marchiato e disprezzato per il suo manto, passa di mano in mano, perdendo sempre più valore economico, quindi con un trattamento sempre peggiore, fino al calcio nel *carcame* (l'asino è ormai considerato soltanto una carcassa). Non è azzardato avvicinare l'animale alle grandi figure di emarginati e perseguitati come Jeli o Rosso, tutti condannati a una vita brutale e dolorosa, che nel caso dell'asino è ancora più negativa, visto che non ha la minima possibilità di reazione.

I ragazzi certe cose non le capiscono, e dopo che vendettero il puledro a massaro Cirino il Licodiano, il figlio di compare Neli andava a fargli visita nella stalla e ad accarezzarlo nel muso e sul collo, ché l'asino si voltava a fiutarlo come se gli fosse rimasto attaccato il cuore a lui, mentre gli asini son fatti per essere legati dove vuole il padrone, e mutano di sorte come cambiano di stalla. Massaro Cirino il Licodiano aveva comprato l'asino di san Giuseppe per poco, giacché aveva ancora la cicatrice al pasturale,[12] che la moglie di compare Neli, quando vedeva passare l'asino col padrone nuovo, diceva: "Quello era la nostra sorte; quel pelame bianco e nero porta allegria nell'aia; e adesso le annate vanno di male in peggio, talché abbiamo venduto anche il mulo".

Massaro Cirino aveva aggiogato l'asino all'aratro, colla cavalla vecchia che ci andava come una pietra d'anello,[13] e tirava via il suo bravo solco tutto il giorno per miglia e miglia, dacché le lodole cominciano a trillare nel cielo bianco dell'alba, sino a quando i pettirossi correvano a rannicchiarsi dietro gli sterpi nudi che tremavano di freddo, col volo breve e il sibilo malinconico, nella nebbia che montava come un mare. Soltanto, siccome l'asino era più piccolo della cavalla, ci avevano messo un cuscinetto di strame sul basto, sotto il giogo, e stentava di più a strappare le zolle indurite dal gelo, a furia di spallate: "Questo mi risparmia la cavalla che è vecchia, diceva massaro Cirino. Ha il cuore grande come la Piana di Catania, quell'asino di san Giuseppe! e non si direbbe".

E diceva pure a sua moglie, la quale gli veniva dietro raggomitolata nella mantellina, a spargere la semente con parsimonia:

– Se gli accadesse una disgrazia, mai sia! siamo rovinati, coll'annata che si prepara.

La donna guardava l'annata che si preparava, nel campicello sassoso e desolato, dove la terra era bianca e screpolata, da tanto che non ci pioveva, e l'acqua veniva tutta in nebbia, di quella che si mangia la semente; e quando fu l'ora di zappare il seminato pareva la barba del diavolo, tanto era rado e giallo, come se l'avessero bruciato coi fiammiferi. "Malgrado quel maggese che ci avevo preparato!" piagnucolava massaro Cirino strappandosi di dosso il giubbone. "Che quell'asino ci ha rimesso la pelle come un mulo! Quello è l'asino della malannata!"

La sua donna aveva un gruppo[14] alla gola dinanzi al seminato arso, e rispondeva coi goccioloni che le venivano giù dagli occhi:

– L'asino non fa nulla. A compare Neli gli ha portato la buon'annata. Ma noi siamo sfortunati.

Così l'asino di san Giuseppe cambiò di padrone un'altra volta, come massaro Cirino se ne tornò colla falce in spalla dal seminato,

---

[12]*pasturale*: fra la nocca e la corona del piede.
[13]*che ci andava... d'anello*: i due animali si adattavano l'uno all'altro come una pietra preziosa all'anello.
[14]*gruppo*: groppo di commozione.

che non ci fu bisogno di mieterlo quell'anno, malgrado ci avessero messo le immagini dei santi infilate alle cannucce, e avessero speso due tarì per farlo benedire dal prete. "Il diavolo ci vuole!" andava bestemmiando massaro Cirino di faccia a quelle spighe tutte ritte come pennacchi, che non ne voleva neppur l'asino; e sputava in aria verso quel cielo turchino senza una goccia d'acqua. Allora compare Luciano il carrettiere, incontrando massaro Cirino il quale si tirava dietro l'asino colle bisacce vuote, gli chiese:

– Cosa volete che vi regali per l'asino di san Giuseppe?

– Datemi quel che volete. Maledetto sia lui e il santo che l'ha fatto! – rispose massaro Cirino. – Ora non abbiamo più pane da mangiare, né orzo da dare alle bestie.

– Io vi do quindici lire perché siete rovinato; ma l'asino non val tanto, che non tira avanti ancora più di sei mesi. Vedete com'è ridotto?

– Avreste potuto chieder di più! – si mise a brontolare la moglie di massaro Cirino dopo che il negozio fu conchiuso. – A compare Luciano gli è morta la mula, e non ha denari da comprarne un'altra. Adesso se non comprava quell'asino di san Giuseppe, non sapeva che farne del suo carro e degli arnesi; e vedrete che quell'asino sarà la sua ricchezza!

L'asino imparò anche a tirare il carro, che era troppo alto di stanghe per lui, e gli pesava tutto sulle spalle, sicché non avrebbe durato nemmeno sei mesi, arrancando per le salite, che ci volevano le legnate di compare Luciano per mettergli un po' di fiato in corpo; e quando andava per la discesa era peggio, perché tutto il carico gli cascava addosso, e lo spingeva in modo che doveva far forza colla schiena in arco, e con quelle povere gambe rose dal fuoco, che la gente vedendolo si metteva a ridere, e quando cascava ci volevano tutti gli angeli del paradiso a farlo rialzare. Ma compare Luciano sapeva che gli portava tre quintali di roba meglio di un mulo, e il carico glielo pagavano a cinque tarì il quintale. – Ogni giorno che campa l'asino di san Giuseppe son quindici tarì guadagnati, diceva, e quanto a mangiare mi costa meno d'un mulo. – Alle volte la gente che saliva a piedi lemme lemme dietro il carro, vedendo quella povera bestia che puntava le zampe senza forza, e inarcava la schiena, col fiato spesso e l'occhio scoraggiato, suggeriva: – Metteteci un sasso sotto le ruote, e lasciategli ripiglia lena a quella povera bestia. – Ma compare Luciano rispondeva: – Se lo lascio fare, quindici tarì al giorno non li guadagno. Col suo cuoio devo rifare il mio. Quando non ne potrà più del tutto lo venderò a quello del gesso, che la bestia è buona e fa per lui; e non è mica vero che gli asini di san Giuseppe sieno *vigliacchi*. Gliel'ho preso per un pezzo di pane a massaro Cirino, ora che è impoverito.

In tal modo l'asino di san Giuseppe capitò in mano di quello del gesso, il quale ne aveva una ventina di asini, tutti macilenti e moribondi, che gli portavano i suoi saccarelli di gesso, e campavano di quelle boccate di erbacce che potevano strappare lungo il cammino. Quello del gesso non lo voleva perché era tutto coperto di cicatrici peggio delle altre sue bestie, colle gambe solcate dal fuoco, e le spalle logore dal pettorale,[15] e il garrese roso dal basto dell'aratro, e i ginocchi rotti dalle cadute, e poi quel pelame bianco e nero gli pareva che non dicesse[16] in mezzo alle altre sue bestie morelle: – Questo non fa niente, rispose compare Luciano. Anzi vi servirà a riconoscere i vostri asini da lontano. – E ribassò ancora due tarì sulle sette lire che aveva domandato, per conchiudere il negozio. Ma l'asino di san Giuseppe non l'avrebbe riconosciuto più nemmeno la padrona che l'aveva visto nascere, tanto era mutato, quando andava col muso a terra e le orecchie a paracqua[17] sotto i saccarelli del gesso, torcendo il groppone alle legnate del ragazzo che guidava il branco. Pure anche la padrona stessa era mutata a quell'ora, colla malannata che c'era stata, e la fame che aveva avuta, e le febbri che avevano preso tutti alla pianura, lei, suo marito e il suo Turiddu, senza denari per comprare il solfato, ché degli asini di san Giuseppe non se ne hanno da vendere tutti i giorni, nemmeno per trentacinque lire.

L'inverno, che il lavoro era più scarso, e la legna da far cuocere il gesso più rara e lontana, e i sentieri gelati non avevano una foglia nelle siepi, o una boccata di stoppia lungo il fossatello gelato, la vita era più dura per quelle povere bestie; e il padrone lo sapeva che l'inverno se ne mangiava la metà; sicché soleva comperarne una buona provvista in primavera. La notte il branco restava allo scoperto, accanto alla fornace, e le bestie si facevano schermo stringendosi fra di loro. Ma quelle stelle che luccicavano come spade li passavano da parte a parte, malgrado il loro cuoio duro, e tutti quei guidaleschi rabbrividivano e tremavano al freddo come avessero la parola.

Pure c'è tanti cristiani che non stanno meglio, e non hanno nemmeno quel cencio di tabarro nel quale il ragazzo che custodiva il branco dormiva raggomitolato davanti alla fornace. Lì vicino abitava una povera vedova, in un casolare più sgangherato della fornace del gesso, dove le stelle penetravano dal tetto come spade, quasi fosse all'aperto, e il vento faceva svolazzare quei quattro cenci di coperta. Prima faceva la lavandaia, ma quello era un magro mestiere, ché la gente i suoi stracci se li lava da sé, quando li lava, ed ora che gli era cresciuto il suo ragazzo campava andando a vendere della legna al villaggio. Ma nessuno aveva conosciuto suo marito, e nessuno sapeva d'onde prendesse la legna che vendeva; lo sapeva il suo ragazzo che andava a racimolarla di qua e di là, a rischio di buscarsi una schioppettata dai campieri. – Se aveste un asino – gli diceva quello del gesso per vendere l'asino di san Giuseppe che non ne poteva più – potreste portare al villaggio dei fasci più grossi, ora che il vostro ragazzo è cresciuto. – La povera donna aveva qualche lira in un

[15]*pettorale*: finimento che passa sul petto.
[16]*non dicesse*: non si confacesse.
[17]*a paracqua*: cadenti.

nodo del fazzoletto, e se la lasciò beccare da quello del gesso, perché si dice che "la roba vecchia muore in casa del pazzo".[18] .

Almeno così il povero asino di san Giuseppe visse meglio gli ultimi giorni; giacché la vedova lo teneva come un tesoro, in grazia di quei soldi che gli era costato, e gli andava a buscare della paglia e del fieno di notte, e lo teneva nel casolare accanto al letto, che scaldava come un focherello anche lui, e a questo mondo una mano lava l'altra. La donna spingendosi innanzi l'asino carico di legna come una montagna, che non gli si vedevano le orecchie, andava facendo dei castelli in aria; e il ragazzo sforacchiava le siepi e si avventurava nel limite del bosco per ammassare il carico, che madre e figlio credevano farsi ricchi a quel mestiere, tanto che finalmente il campiere del barone colse il ragazzo sul fatto a rubar frasche, e lo conciò per le feste dalle legnate. Il medico per curare il ragazzo si mangiò i soldi del fazzoletto, la provvista della legna, e tutto quello che c'era da vendere, e non era molto; sicché la madre una notte che il suo ragazzo farneticava dalla febbre, col viso acceso contro il muro, e non c'era un boccone di pane in casa, uscì fuori smaniando e parlando da sola come avesse la febbre anche lei, e andò a scavezzare un mandorlo lì vicino, che non pareva vero come ci fosse arrivata, e all'alba lo caricò sull'asino per andare a venderlo. Ma l'asino, dal peso, nella salita s'inginocchiò tale e quale come l'asino di san Giuseppe davanti al Bambino Gesù, e non volle più alzarsi.

– Anime sante! – borbottava la donna – portatemelo voialtre quel carico di legna!

E i passanti tiravano l'asino per la coda e gli mordevano gli orecchi per farlo rialzare.

– Non vedete che sta per morire? – disse infine un carrettiere; e così gli altri lo lasciarono in pace, ché l'asino aveva l'occhio di pesce morto, il muso freddo, e per la pelle gli correva un brivido.

La donna intanto pensava al suo ragazzo che farneticava, col viso rosso dalla febbre, e balbettava:

– Ora come faremo? Ora come faremo?

– Se volete venderlo con tutta la legna ve ne do cinque tarì – disse il carrettiere, il quale aveva il carro scarico. E come la donna lo guardava cogli occhi stralunati, soggiunse: – Compro soltanto la legna, perché l'asino ecco cosa vale! – E diede una pedata sul carcame, che suonò come un tamburo sfondato.

---

[18]*la roba... pazzo*: detto siciliano, secondo il quale solo un pazzo può acquistare roba vecchia.

Pane nero

Appena chiuse gli occhi compare Nanni, e ci era ancora il prete colla stola, scoppiò subito la guerra tra i figliuoli, a chi toccasse pagare la spesa del mortorio, ché il reverendo lo mandarono via coll'aspersorio sotto l'ascella.[1]

Perché la malattia di compare Nanni era stata lunga, di quelle che vi mangiano la carne addosso, e la roba della casa. Ogni volta che il medico spiegava il foglio di carta sul ginocchio, per scrivere la ricetta, compare Nanni gli guardava le mani con aria pietosa, e biascicava: – Almeno, vossignoria, scrivetela corta, per carità!

Il medico faceva il suo mestiere. Tutti a questo mondo fanno il loro mestiere. Massaro Nanni nel fare il proprio, aveva acchiappato quelle febbri lì, alla Lamia,[2] terre benedette da Dio, che producevano seminati alti come un uomo. I vicini avevano un bel dirgli: – Compare Nanni, in quella mezzeria della Lamia voi ci lascierete la pelle! – Quasi fossi un barone – rispondeva lui – che può fare quello che gli pare e piace!

I fratelli, che erano come le dita della stessa mano finché viveva il padre, ora dovevano pensare ciascuno ai casi proprii. Santo aveva moglie e figliuoli sulle braccia; Lucia rimaneva senza dote, su di una strada; e Carmenio, se voleva mangiar del pane, bisognava che andasse a buscarselo fuori di casa, e trovarsi un padrone. La mamma poi, vecchia e malaticcia, non si sapeva a chi toccasse mantenerla, di tutti e tre che non avevano niente. L'è che è una bella cosa quando si può piangere i morti, senza pensare ad altro!

I buoi, le pecore, la provvista del granaio, se n'erano andati col padrone. Restava la casa nera, col letto vuoto, e le faccie degli orfani scure anch'esse. Santo vi trasportò le sue robe, colla *Rossa*, e disse che pigliava con sé la mamma. – Così non pagava più la pigione della casa – dicevano gli altri. Carmenio fece il suo fagotto, e andò pa-

*La novella fu pubblicata a puntate nella "Gazzetta letteraria", 25 febbraio-18 marzo 1882, poi in volume nello stesso anno, da Giannotta di Catania.

[1]*aspersorio sotto l'ascella*: l'espressione si riferisce allo strumento per aspergere con l'acqua benedetta, ma qui vuole significare "senza compenso".

[2]*Lamia*: vicino a Vizzini.

store da curatolo Vito, che aveva un pezzetto di pascolo al Camemi[3]; e Lucia per non stare insieme alla cognata, minacciava che sarebbe andata a servizio piuttosto.

– No! – diceva Santo. – Non si dirà che mia sorella abbia a far la serva agli altri. – Ei vorrebbe che la facessi alla *Rossa*! – brontolava Lucia.

La quistione grossa era per questa cognata che s'era ficcata nella parentela come un chiodo. – Cosa posso farci, adesso che ce l'ho? – sospirava Santo stringendosi nelle spalle. E' bisognava dar retta alla buona anima di mio padre, quand'era tempo!

La buon'anima glielo aveva predicato: – Lascia star la Nena,[4] che non ha dote, né tetto, né terra.

Ma la Nena gli era sempre alle costole, al Castelluccio,[5] se zappava, se mieteva, a raccogliergli le spighe, o a levargli colle mani i sassi di sotto ai piedi; e quando si riposava, alla porta del casamento, colle spalle al muro, nell'ora che sui campi moriva il sole, e taceva ogni cosa:

– Compare Santo, se Dio vuole, quest'anno non le avrete perse le vostre fatiche!

– Compare Santo, se il raccolto vi va bene, dovete prendere la chiusa grande, quella del piano; che ci son state le pecore, e riposa da due anni.

– Compare Santo, quest'inverno, se avrò tempo, voglio farvi un par di calzeroni[6] che vi terranno caldo.

Santo aveva conosciuta la Nena quando lavorava al Castelluccio, una ragazza dai capelli rossi, ch'era figlia del camparo, e nessuno la voleva. Essa, poveretta, per questo motivo faceva festa a ogni cane che passasse, e si levava il pan di bocca per regalare a compare Santo la berretta di seta nera, ogni anno a santa Agrippina,[7] e per fargli trovare un fiasco di vino, o un pezzo di formaggio, allorché arrivava al Castelluccio. – Pigliate questo, per amor mio, compare Santo. È di quel che beve il padrone. – Oppure: – Ho pensato che l'altra settimana vi mancava il companatico.

Egli non sapeva dir di no, e intascava ogni cosa. Tutt'al più per gentilezza rispondeva: – Così non va bene, comare Nena, levarvelo di bocca voi, per darlo a me.

– Io son più contenta se l'avete voi.

Poi, ogni sabato sera, come Santo andava a casa, la buon'anima tornava a ripetere al figliuolo: – Lascia star la Nena, che non ha questo; lascia star la Nena, che non ha quest'altro.

– Io lo so che non ho nulla: – diceva la Nena, seduta sul muricciuolo verso il sole che tramontava. – Io non ho né terra, né case; e quel po' di roba bianca ho dovuto levarmela di bocca col pane che

[3]*Camemi*: nella piana di Catania.
[4]*Nena*: forma dialettale abbreviata di Maddalena o Nazzarena.
[5]*Castelluccio*: sempre nel circondario di Vizzini.
[6]*par di calzeroni*: paio di calze grosse.
[7]*santa Agrippina*: il 23 giugno.

mi mangio. Mio padre è un povero camparo, che vive alle spalle del padrone; e nessuno vorrà togliersi addosso il peso della moglie senza dote.

Ella aveva però la nuca bianca, come l'hanno le rosse; e mentre teneva il capo chino, con tutti quei pensieri dentro, il sole le indorava dietro alle orecchie i capelli color d'oro, e le guance che ci avevano la peluria fine come le pesche; e Santo le guardava gli occhi celesti come il fiore del lino, e il petto che gli riempiva il busto, e faceva l'onda al par del seminato. – Non vi angustiate, comare Nena – gli diceva. – Mariti non ve ne mancheranno.

Ella scrollava il capo per dir di no; e gli orecchini rossi che sembravano di corallo gli accarezzavano le guance. – No, no, compare Santo. Lo so che non son bella, e che non mi vuol nessuno.

– Guardate! – disse lui a un tratto, ché gli veniva quell'idea. – Guardate come sono i pareri!... E' dicono che i capelli rossi sieno brutti, e invece ora che li avete voi non mi fanno specie.

La buon'anima di suo padre, quando aveva visto Santo incapricciato della Nena che voleva sposarla, gli aveva detto una domenica:

– Tu la vuoi per forza, la *Rossa*? Di', la vuoi per forza?

Santo, colle spalle al muro e le mani dietro la schiena, non osava levare il capo; ma accennava di sì, di sì, che senza la *Rossa* non sapeva come fare, e la volontà di Dio era quella.

– Ci hai a pensar tu, se ti senti di campare la moglie. Già sai che non posso darti nulla. Una cosa sola abbiamo a dirti, io e tua madre qui presente: pensaci prima di maritarti, che il pane è scarso, e i figliuoli vengono presto.

La mamma, accoccolata sulla scranna,[8] lo tirava pel giubbone, e gli diceva sottovoce colla faccia lunga: – Cerca d'innamorarti della vedova di massaro Mariano, che è ricca, e non avrà molte pretese, perché è accidentata.[9]

– Sì! – brontolava Santo. – Sì, che la vedova di massaro Mariano si contenterà di un pezzente come me!...

Compare Nanni confermò anche lui che la vedova di massaro Mariano cercava un marito ricco al par di lei, tuttoché fosse sciancata. E poi ci sarebbe stato l'altro guaio, di vedersi nascere i nipoti zoppi.

– Tu ci hai a pensare – ripeteva al suo ragazzo. – Pensa che il pane è scarso, e che i figliuoli vengono presto.

Poi, il giorno di Santa Brigida,[10] verso sera, Santo aveva incontrato a caso la *Rossa*, la quale coglieva asparagi lungo il sentiero, e arrossì al vederlo, quasi non lo sapesse che doveva passare di là nel tornare al paese, mentre lasciava ricadere il lembo della sottana che teneva rimboccata alla cintura per andar carponi in mezzo ai fichidindia. Il giovane la guardava, rosso in viso anche lui, e senza dir nulla. Infine si mise a ciarlare che aveva terminata la settimana, e

8*scranna*: panca.
9*accidentata*: sciancata.
10*Santa Brigida*: il 23 luglio.

se ne andava a casa. – Non avete a dirmi nulla pel paese, comare Nena? Comandate.

– Se andassi a vendere gli asparagi verrei con voi, e si farebbe la strada insieme – disse la *Rossa*. E come egli, ingrullito, rispondeva di sì col capo, di sì: ella aggiunse, col mento sul petto che faceva l'onda:

– Ma voi non mi vorreste, ché le donne sono impicci.

– Io vi porterei sulle braccia, comare Nena, vi porterei.

Allora comare Nena si mise a masticare la cocca del fazzoletto rosso che aveva in testa. E compare Santo non sapeva che dire nemmen lui; e la guardava, la guardava, e si passava le bisacce da una spalla all'altra, quasi non trovasse il verso. La nepitella e il ramerino facevano festa, e la costa del monte, lassù fra i fichidindia, era tutta rossa del tramonto. – Ora andatevene, gli diceva Nena, andatevene, che è tardi. – E poi si metteva ad ascoltare le cinciallegre che facevano gazzara. Ma Santo non si muoveva. – Andatevene, ché possono vederci, qui soli.

Compare Santo, che stava per andarsene infine, tornò all'idea di prima, con un'altra spallata per assestare le bisacce, che egli l'avrebbe portata sulle braccia, l'avrebbe portata, se si faceva la strada insieme. E guardava comare Nena negli occhi che lo fuggivano e cercavano gli asparagi in mezzo ai sassi, e nel viso che era infocato come se il tramonto vi battesse sopra.

– No, compare Santo, andatevene solo, che io sono una povera ragazza senza dote.

– Lasciamo fare alla Provvidenza, lasciamo fare...

Ella diceva sempre di no, che non era per lui, stavolta col viso scuro ed imbronciato. Allora compare Santo scoraggiato si assettò la bisaccia sulle spalle e si mosse per andarsene a capo chino. La *Rossa* almeno voleva dargli gli asparagi che aveva colti per lui. Facevano una bella pietanza, se accettava di mangiarli per amor suo. E gli stendeva le due cocche del grembiale colmo. Santo le passò un braccio alla cintola, e la baciò sulla guancia, col cuore che gli squagliava.

In quella arrivò il babbo, e la ragazza scappò via spaventata. Il camparo aveva il fucile ad armacollo, e non sapeva chi lo tenesse di far la festa a compare Santo, che gli giuocava quel tradimento.

– No! non ne faccio di queste cose! – rispondeva Santo colle mani in croce. – Vostra figlia voglio sposarla per davvero. Non per la paura del fucile; ma son figlio di un uomo dabbene, e la Provvidenza ci aiuterà perché non facciamo il male.

Così la domenica appresso s'erano fatti gli sponsali, colla sposa vestita da festa, e suo padre il camparo cogli stivali nuovi, che ci si dondolava dentro come un'anitra domestica. Il vino e le fave tostate[11] misero in allegria anche compare Nanni, sebbene avesse già addosso la malaria; e la mamma tirò fuori dalla cassapanca un rotolo

---

[11] *fave tostate*: fave abbrustolite, leccornie per le feste popolari.

di filato[12] che teneva da parte per la dote di Lucia, la quale aveva già diciott'anni, e prima d'andare alla messa ogni domenica, si strigliava per mezz'ora, specchiandosi nell'acqua del catino.

Santo, colla punta delle dieci dita ficcate nelle tasche del giubbone, gongolava, guardando i capelli rossi della sposa, il filato, e tutta l'allegria che ci era per lui quella domenica. Il camparo, col naso rosso, saltellava dentro gli stivaloni, e voleva baciare tutti quanti ad uno ad uno.

– A me no! – diceva Lucia, imbronciata pel filato che le portavano via. – Questa non è acqua per la mia bocca. – Essa restava in un cantuccio, con tanto di muso, quasi sapesse già quel che le toccava quando avrebbe chiuso gli occhi il genitore.

Ora infatti le toccava cuocere il pane e scopar le stanze per la cognata, la quale come Dio faceva giorno andava al podere col marito, tuttoché fosse gravida un'altra volta, ché per riempir la casa di figliuoli era peggio di una gatta. Adesso ci volevano altro che i regalucci di Pasqua e di santa Agrippina, e le belle paroline che si scambiavano con compare Santo quando si vedevano al Castelluccio. Quel mariuolo del camparo aveva fatto il suo interesse a maritare la figliuola senza dote, e doveva pensarci compare Santo a mantenerla. Dacché aveva la Nena vedeva che gli mancava il pane per tutti e due, e dovevano tirarlo fuori dalla terra di Licciardo,[13] col sudore della loro fronte.

Mentre andavano a Licciardo, colle bisacce in ispalla, asciugandosi il sudore colla manica della camicia, avevano sempre nella testa e dinanzi agli occhi il seminato, ché non vedevano altro fra i sassi della viottola. Gli era come il pensiero di un malato che vi sta sempre grave in cuore, quel seminato: prima giallo, ammelmato[14] dal gran piovere; poi, quando ricominciava a pigliar fiato, le erbacce, che Nena ci si era ridotte le due mani una pietà per strapparle ad una ad una, bocconi, con tanto di pancia, tirando la gonnella sui ginocchi, onde non far danno. E non sentiva il peso della gravidanza, né il dolore delle reni, come se ad ogni filo verde che liberava dalle erbacce, facesse un figliuolo. E quando si accoccolava infine sul ciglione, col fiato ai denti, cacciandosi colle due mani i capelli dietro le orecchie, le sembrava di vedere le spighe alte nel giugno, curvandosi ad onda pel venticello l'una sull'altra; e facevano i conti col marito, nel tempo che egli slacciava i calzeroni fradici, e nettava la zappa sull'erba del ciglione. – Tanta era stata la semente; tanto avrebbe dato se la spiga veniva a 12, o a 10, od anche a 7; il gambo non era robusto ma il seminato era fitto. Bastava che il marzo non fosse troppo asciutto, e che piovesse soltanto quando bisognava. Santa Agrippina benedetta doveva pensarci lei! – Il cielo era netto, e il sole indugiava, color d'oro, sui prati verdi, dal ponente tutto in fuoco, d'onde le lodole calavano cantando sulle zolle, come punti neri. La primavera cominciava a spuntare dap-

---

[12] *filato*: tessuto filato.
[13] *Licciardo*: ancora presso Vizzini.
[14] *ammelmato*: infangato.

pertutto, nelle siepi di fichidindia, nelle macchie della viottola, fra i sassi, sul tetto dei casolari, verde come la speranza; e Santo, camminando pesantemente dietro la sua compagna, curva sotto il sacco dello strame per le bestie, e con tanto di pancia, sentivasi il cuore gonfio di tenerezza per la poveretta, e le andava chiacchierando, colla voce rotta dalla salita, di quel che si avrebbe fatto, se il Signore benediceva i seminati fino all'ultimo. Ora non avevano più a discorrere dei capelli rossi, s'erano belli o brutti, e di altre sciocchezze. E quando il maggio traditore venne a rubare tutte le fatiche e le speranze dell'annata, colle sue nebbie, marito e moglie, seduti un'altra volta sul ciglione a guardare il campo che ingialliva a vista d'occhio, come un malato che se ne va all'altro mondo, non dicevano una parola sola, coi gomiti sui ginocchi, e gli occhi impietriti nella faccia pallida.

– Questo è il castigo di Dio! – borbottava Santo. – La buon'anima di mio padre me l'aveva detto!

E nella casuccia del povero penetrava il malumore della stradicciuola nera e fangosa. Marito e moglie si voltavano le spalle ingrugnati, litigavano ogni volta che la *Rossa* domandava i denari per la spesa, e se il marito tornava a casa tardi, o se non c'era legna per l'inverno, o se la moglie diventava lenta e pigra per la gravidanza: musi lunghi, parolacce ed anche busse. Santo agguantava la Nena pei capelli rossi, e lei gli piantava le unghie sulla faccia; accorrevano i vicini, e la *Rossa* strillava che quello scomunicato voleva farla abortire, e non si curava di mandare un'anima al limbo. Poi, quando Nena partorì, fecero la pace, e compare Santo andava portando sulle braccia la bambina, come se avesse fatto una principessa, e correva a mostrarla ai parenti e agli amici, dalla contentezza. Alla moglie, sinché rimase in letto, le preparava il brodo, le scopava la casa, le mondava il riso, e le si piantava anche ritto dinanzi, acciò non le mancasse nulla. Poi si affacciava sulla porta colla bimba in collo, come una balia; e chi gli domandava, nel passare, rispondeva: – Femmina! compare mio. La disgrazia mi perseguita sin qui, e mi è nata una femmina. Mia moglie non sa far altro.

La *Rossa* quando si pigliava le busse dal marito, sfogavasi colla cognata, che non faceva nulla per aiutare in casa; e Lucia rimbeccava che senza aver marito gli erano toccati i guai dei figliuoli altrui. La suocera, poveretta, cercava di metter pace in quei litigi, e ripeteva:

– La colpa è mia che non son più buona a nulla. Io vi mangio il pane a tradimento.

Ella non era più buona che a sentire tutti quei guai, e a covarseli dentro di sé: le angustie di Santo, i piagnistei di sua moglie, il pensiero dell'altro figlio lontano, che le stava fitto in cuore come un chiodo, il malumore di Lucia, la quale non aveva uno straccio di vestito per la festa e non vedeva passare un cane sotto la sua finestra. La domenica, se la chiamavano nel crocchio delle comari che chiacchieravano all'ombra, rispondeva, alzando le spalle:

– Cosa volete che ci venga a fare! Per far vedere il vestito di seta che non ho?

Nel crocchio delle vicine ci veniva pure qualche volta Pino il Tomo,[15] quello delle rane, che non apriva bocca e stava ad ascoltare colle spalle al muro e le mani in tasca, sputacchiando di qua e di là. Nessuno sapeva cosa ci stesse a fare; ma quando s'affacciava all'uscio comare Lucia, Pino la guardava di soppiatto, fingendo di voltarsi per sputacchiare. La sera poi, come gli usci erano tutti chiusi, s'arrischiava sino a cantarle le canzonette dietro la porta, facendosi il basso da sé – huum! huum! huum! – Alle volte i giovinastri che tornavano a casa tardi, lo conoscevano alla voce, e gli rifacevano il verso della rana, per canzonarlo.

Lucia intanto fingeva di darsi da fare per la casa, colla testa bassa e lontana dal lume, onde non la vedessero in faccia. Ma se la cognata brontolava: – Ora comincia la musica! – si voltava come una vipera a rimbeccare:

– Anche la musica vi dà noia? Già in questa galera non ce ne deve essere né per gli occhi né per le orecchie!

La mamma, che vedeva tutto, e ascoltava anch'essa, guardando la figliuola, diceva che a lei invece quella musica gli metteva allegria dentro. Lucia fingeva di non saper nulla. Però ogni giorno nell'ora in cui passava quello delle rane, non mancava mai di affacciarsi all'uscio, col fuso in mano. Il Tomo appena tornava dal fiume, gira e rigira pel paese, era sempre in volta per quelle parti, colla sua resta di rane in mano, strillando: – Pesci-cantanti! pesci-cantanti![16] – come se i poveretti di quelle straduccie potessero comperare dei pesci-cantanti.

– E' devono essere buoni pei malati! – diceva la Lucia che si struggeva di mettersi a contrattare col Tomo. Ma la mamma non voleva che spendessero per lei.

Il Tomo, vedendo che Lucia lo guardava di soppiatto, col mento sul seno, rallentava il passo dinanzi all'uscio, e la domenica si faceva animo ad accostarsi un poco più, sino a mettersi a sedere sullo scalino del ballatoio accanto, colle mani penzoloni fra le cosce; e raccontava nel crocchio come si facesse a pescare le rane, che ci voleva una malizia del diavolo. Egli era malizioso peggio di un asino rosso,[17] Pino il Tomo, e aspettava che le comari se ne andassero per dire alla gnà Lucia: – E' ci vuol la pioggia pei seminati! – oppure: – Le olive saranno scarse quest'anno.

– A voi cosa ve ne importa? che campate sulle rane – gli diceva Lucia.

– Sentite, sorella mia; siamo tutti come le dita della mano; e come gli embrici,[18] che uno dà acqua all'altro. Se non si raccoglie

[15] il Tomo: soprannome di uomo tarchiato e basso, tracagnotto.
[16] pesci-cantanti: forma dialettale siciliana per "rane".
[17] asino rosso: come per il protagonista di *Rosso Malpelo*, ritorna in questa novella il pregiudizio che il colore rosso sia indizio di cattivo soggetto, sia per la scelta di una donna rossa come moglie da parte di Santo sia anche in questa sola battuta.
[18] embrici: tegole.

né grano, né olio, non entrano denari in paese, e nessuno mi compra le mie rane. Vi capacita?

Alla ragazza quel "sorella mia" le scendeva al cuore dolce come il miele, e ci ripensava tutta la sera, mentre filava zitta accanto al lume; e ci mulinava, ci mulinava sopra, come il fuso che frullava.

La mamma, sembrava che glielo leggesse nel fuso, e come da un par di settimane non si udivano più ariette alla sera, né si vedeva passare quello che vendeva le rane, diceva colla nuora: – Com'è tristo l'inverno! Ora non si sente più un'anima pel vicinato.

Adesso bisognava tener l'uscio chiuso, pel freddo, e dallo sportello non si vedeva altro che la finestra di rimpetto, nera dalla pioggia, o qualche vicino che tornava a casa, sotto il cappotto fradicio. Ma Pino il Tomo non si faceva più vivo, che se un povero malato aveva bisogno di un po' di brodo di rane, diceva la Lucia, non sapeva come fare.

– Sarà andato a buscarsi il pane in qualche altro modo – rispondeva la cognata. – Quello è un mestiere povero, di chi non sa far altro.

Santo, che un sabato sera aveva inteso la chiacchiera, per amor della sorella, le faceva il predicozzo:

– A me non mi piace questa storia del Tomo. Bel partito che sarebbe per mia sorella! Uno che campa delle rane, e sta colle gambe in molle tutto il giorno! Tu devi cercarti un campagnuolo, ché se non ha roba, almeno è fatto della stessa pasta tua.

Lucia stava zitta, a capo basso e colle ciglia aggrottate, e alle volte si mordeva le labbra per non spiattellare: – Dove lo trovo il campagnuolo? – Come se stesse a lei a trovare! Quello solo che aveva trovato, ora non si faceva più vivo, forse perché la *Rossa* gli aveva fatto qualche partaccia, invidiosa e pettegola com'era. Già Santo parlava sempre per dettato di sua moglie, la quale andava dicendo che quello delle rane era un fannullone, e certo era arrivata all'orecchio di compare Pino.

Perciò ad ogni momento scoppiava la guerra tra le due cognate:

– Qui la padrona, non son io! – brontolava Lucia. – In questa casa la padrona è quella che ha saputo abbindolare mio fratello, e chiapparlo per marito.

– Se sapevo quel che veniva dopo, non l'abbindolavo, no, vostro fratello; ché se prima avevo bisogno di un pane, adesso ce ne vogliono cinque.

– A voi che ve ne importa se quello delle rane ha un mestiere o no? Quando fosse mio marito, ci avrebbe a pensar lui a mantenermi.

La mamma, poveretta, si metteva di mezzo, colle buone; ma era donna di poche parole, e non sapeva far altro che correre dall'una all'altra, colle mani nei capelli, balbettando: – Per carità! per carità! – Ma le donne non le davano retta nemmeno, piantandosi le unghie sulla faccia, dopo che la *Rossa* si lasciò scappare una parolaccia "Arrabbiata!".

– Arrabbiata tu! che m'hai rubato il fratello!

Allora sopravveniva Santo, e le picchiava tutte e due per metter pace, e la *Rossa*, piangendo, brontolava:

– Io dicevo per suo bene! ché quando una si marita senza roba, poi i guai vengono presto.

E alla sorella che strillava e si strappava i capelli, Santo per rabbonirla tornava a dire:

– Cosa vuoi che ci faccia, ora ch'è mia moglie? Ma ti vuol bene e parla pel tuo meglio. Lo vedi che bel guadagno ci abbiamo fatto noi due a maritarci?

Lucia si lagnava colla mamma.

– Io voglio farci il guadagno che ci han fatto loro! Piuttosto voglio andare a servire! Qui se si fa vedere un cristiano, ve lo scacciano via. – E pensava a quello delle rane che non si lasciava più vedere.

Dopo si venne a conoscere che era andato a stare colla vedova di massaro Mariano; anzi volevano maritarsi: perché è vero che non aveva un mestiere, ma era un pezzo di giovanotto fatto senza risparmio, e bello come san Vito[19] in carne e in ossa addirittura; e la sciancata aveva roba da pigliarsi il marito che gli pareva e piaceva.

– Guardate qua, compare Pino – gli diceva: – questa è tutta roba bianca, questi son tutti orecchini e collane d'oro; in questa giara qui ci son 12 cafisi[20] d'olio; e quel graticcio è pieno di fave. Se voi siete contento, potete vivere colle mani sulla pancia, e non avrete più bisogno di stare a mezza gamba nel pantano per acchiappar le rane.

– Per me sarei contento – diceva il Tomo. Ma pensava agli occhi neri di Lucia, che lo cercavano di sotto all'impannata[21] della finestra, e ai fianchi della sciancata, che si dimenavano come quelli delle rane, mentre andava di qua e di là per la casa, a fargli vedere tutta quella roba. Però una volta che non aveva potuto buscarsi un grano da tre giorni, e gli era toccato stare in casa della vedova, a mangiare e bere, e a veder piovere dall'uscio, si persuase a dir di sì, per amor del pane.

– È stato per amor del pane, vi giuro! – diceva egli colle mani in croce, quando tornò a cercare comare Lucia dinanzi all'uscio. – Se non fosse stato per la malannata, non sposavo la sciancata, comare Lucia!

– Andate a contarglielo alla sciancata! – gli rispondeva la ragazza, verde dalla bile. – Questo solo voglio dirvi: che qui non ci avete a metter più piede.

E la sciancata gli diceva anche lei che non ci mettesse più piede, se no la scacciava di casa sua, nudo e affamato come l'aveva preso. – Non sai che, prima a Dio, mi hai obbligo del pane che ti mangi?

A suo marito non gli mancava nulla: lui ben vestito, ben pasciuto, colle scarpe ai piedi, senza aver altro da fare che bighellonare in

---

[19]*bello come san Vito*: nell'iconografia il santo, patrono di Chiaramonte Gulfi, vicino a Vizzini, è raffigurato come un giovane avvenente.

[20]*cafisi*: unità di misura dell'olio.

[21]*impannata*: infisso generalmente coperto di tela o panno.

piazza tutto il giorno, dall'ortolano, dal beccaio, dal pescatore, colle mani dietro la schiena, e il ventre pieno, a vedere contrattare la roba. – Quello è il suo mestiere, di fare il vagabondo! – diceva la *Rossa*. E Lucia rimbeccava che non faceva nulla perché aveva la moglie ricca che lo campava. – Se sposava me avrebbe lavorato per campar la moglie. – Santo, colla testa sulle mani, rifletteva che sua madre glielo aveva consigliato, di pigliarsela lui la sciancata, e la colpa era sua di essersi lasciato sfuggire il pan di bocca.

– Quando siamo giovani – predicava alla sorella – ci abbiamo in capo gli stessi grilli che hai tu adesso, e cerchiamo soltanto quel che ci piace, senza pensare al poi. Domandalo ora alla *Rossa* se si dovesse tornare a fare quel che abbiamo fatto!...

La *Rossa*, accoccolata sulla soglia, approvava col capo, mentre i suoi marmocchi le strillavano intorno, tirandola per le vesti e pei capelli. – Almeno il Signore Iddio non dovrebbe mandarci la croce dei figliuoli! – piagnucolava.

Dei figliuoli quelli che poteva se li tirava dietro nel campo, ogni mattina, come una giumenta i suoi puledri, la piccina dentro le bisacce, sulla schiena, e la più grandicella per mano. Ma gli altri era però costretta a lasciarli a casa, a far disperare la cognata. Quella della bisaccia, e quella che le trotterellava dietro zoppicando, strillavano in concerto per la viottola, al freddo dell'alba bianca, e la mamma di tanto in tanto doveva fermarsi, grattandosi la testa e sospirando: – Oh, Signore Iddio! – e scaldava col fiato le manine pavonazze[22] della piccina, o tirava fuori dal sacco la lattante per darle la poppa, seguitando a camminare. Suo marito andava innanzi, curvo sotto il carico, e si voltava appena per darle il tempo di raggiungerlo tutta affannata, tirandosi dietro la bambina per la mano, e col petto nudo – non era per guardare i capelli della *Rossa*, oppure il petto che facesse l'onda dentro il busto, come al Castelluccio. Adesso la *Rossa* lo buttava fuori al sole e al gelo, come roba la quale non serve ad altro che a dar latte, tale e quale come una giumenta. – Una vera bestia da lavoro – quanto a ciò non poteva lagnarsi suo marito – a zappare, a mietere e a seminare, meglio di un uomo, quando tirava su le gonnelle, colle gambe nere sino a metà, nel seminato. Ora ella aveva ventisette anni, e tutt'altro da fare che badare alle scarpette e alle calze turchine. – Siamo vecchi, diceva suo marito, e bisogna pensare ai figliuoli. – Almeno si aiutavano l'un l'altro come due buoi dello stesso aratro. Questo era adesso il matrimonio.[23]

– Pur troppo lo so anch'io! – brontolava Lucia – che ho i guai dei figli, senza aver marito. Quando chiude gli occhi quella vecchierella, se vogliono darmi ancora un pezzo di pane me lo danno. Ma se no, mi mettono in mezzo a una strada.

[22]*pavonazze*: paonazze, rosso-violacee per il freddo.
[23]La novella assume l'aspetto di un piccolo romanzo di famiglia, con le vicende dei tre fratelli che si diramano e s'intrecciano variamente, ma sempre sul filo conduttore di una funesta miseria. Qui è lo scacco di chi ha scelto il matrimonio, condizione che non riserva le gioie presagite e desiderate, ma comporta ancora la solita vita grama e sacrificata.

La mamma, poveretta, non sapeva che rispondere, e stava a sentirla, seduta accanto al letto, col fazzoletto in testa, e la faccia gialla dalla malattia. Di giorno s'affacciava sull'uscio, al sole, e ci stava quieta e zitta sino all'ora in cui il tramonto impallidiva sui tetti nerastri dirimpetto, e le comari chiamavano a raccolta le galline.

Soltanto, quando veniva il dottore a visitarla, e la figliuola le accostava alla faccia la candela, domandava al medico, con un sorriso timido:

– Per carità, vossignoria... È cosa lunga?

Santo, che aveva un cuor d'oro, rispondeva:

– Non me ne importa di spendere in medicine, finché quella povera vecchierella resta qui, e so di trovarla nel suo cantuccio tornando a casa. Poi ha lavorato anch'essa la sua parte, quand'era tempo; e allorché saremo vecchi, i nostri figli faranno altrettanto per noi.

E accadde pure che Carmenio al Camemi aveva acchiappato le febbri. Se il padrone fosse stato ricco gli avrebbe comperato le medicine; ma curatolo Vito era un povero diavolo che campava su di quel po' di mandra, e il ragazzo lo teneva proprio per carità, ché quelle quattro pecore avrebbe potuto guardarsele lui, se non fosse stata la paura della malaria. Poi voleva fare anche l'opera buona di dar pane all'orfanello di compare Nanni per ingraziarsi la Provvidenza che doveva aiutarlo, doveva, se c'era giustizia in cielo. Che poteva farci se possedeva soltanto quel pezzetto di pascolo al Camemi, dove la malaria quagliava[24] come la neve, e Carmenio aveva presa la terzana?[25] Un dì che il ragazzo si sentiva le ossa rotte dalla febbre, e si lasciò vincere dal sonno a ridosso di un pietrone che stampava l'ombra nera sulla viottola polverosa, mentre i mosconi ronzavano nell'afa di maggio, le pecore irruppero nei seminati del vicino, un povero maggese grande quanto un fazzoletto da naso, che l'arsura s'era mezzo mangiato. Nonostante zio Cheli,[26] rincantucciato sotto un tettuccio di frasche, lo guardava come la pupilla degli occhi suoi, quel seminato che gli costava tanti sudori, ed era la speranza dell'annata. Al vedere le pecore che scorazzavano. – Ah! che non ne mangiano pane, quei cristiani? – E Carmenio si svegliò alle busse ed ai calci dello zio Cheli, il quale si mise a correre come un pazzo dietro le pecore sbandate, piangendo ed urlando. Ci volevano proprio quelle legnate per Carmenio, colle ossa che gli aveva già rotte la terzana! Ma gli pagava forse il danno al vicino cogli strilli e cogli ahimè? – Un'annata persa, ed i miei figli senza pane quest'inverno! Ecco il danno che hai fatto, assassino! Se ti levassi la pelle non basterebbe!

Zio Cheli si cercò i testimonii per citarli dinanzi al giudice colle pecore di curatolo Vito. Questi, al giungergli della citazione, fu come un colpo d'accidente per lui e sua moglie. – Ah! quel birbante

[24] *quagliava*: letteralmente si coagulava, cioè quasi si palpava.
[25] *la terzana*: la febbre malarica, così chiamata perché appare a giorni alterni.
[26] *Cheli*: forma dialettale abbreviata di Michele.

di Carmenio ci ha rovinati del tutto! Andate a far del bene, che ve lo rendono in tal maniera! Potevo forse stare nella malaria a guardare le pecore? Ora lo zio Cheli finisce di farci impoverire a spese! – Il poveretto corse al Camemi nell'ora di mezzogiorno, che non ci vedeva dagli occhi dalla disperazione, per tutte le disgrazie che gli piovevano addosso, e ad ogni pedata e ad ogni sorgozzone[27] che assestava a Carmenio, balbettava ansante: – Tu ci hai ridotti sulla paglia! Tu ci hai rovinato, brigante! – Non vedete come son ridotto? – cercava di rispondere Carmenio parando le busse. – Che colpa ci ho se non potevo stare in piedi dalla febbre? Mi colse a tradimento, là, sotto il pietrone! – Ma tant'è dovette far fagotto su due piedi, dir addio al credito di due onze che ci aveva con curatolo Vito, e lasciar la mandra. Che curatolo Vito si contentava di pigliar lui le febbri un'altra volta, tante erano le sue disgrazie.

A casa Carmenio non disse niente, tornando nudo e crudo, col fagotto in spalla infilato al bastone. Solo la mamma si rammaricava di vederlo così pallido e sparuto, e non sapeva che pensare. Lo seppe più tardi da don Venerando, che stava di casa lì vicino, e aveva pure della terra al Camemi, al limite del maggese dello zio Cheli.

– Non dire il motivo per cui lo zio Vito ti ha mandato via! – suggeriva la mamma al ragazzo – se no, nessuno ti piglia per garzone.
– E Santo aggiungeva pure:
– Non dir nulla che hai la terzana, se no nessuno ti vuole, sapendo che sei malato.

Però don Venerando lo prese per la sua mandra di Santa Margherita,[28] dove il curatolo lo rubava a man salva, e gli faceva più danno delle pecore nel seminato. – Ti darò io le medicine; così non avrai il pretesto di metterti a dormire, e di lasciarmi scorazzare le pecore dove vogliono. Don Venerando aveva preso a benvolere tutta la famiglia per amor della Lucia, che la vedeva dal terrazzino quando pigliava il fresco al dopopranzo. – Se volete darmi anche la ragazza gli dò sei tarì al mese. – E diceva pure che Carmenio avrebbe potuto andarsene colla madre a Santa Margherita, perché la vecchia perdeva terreno di giorno in giorno, e almeno alla mandra non le sarebbero mancate le ova, il latte e il brodo di carne di pecora, quando ne moriva qualcuna. La *Rossa* si spogliò del meglio e del buono per metterle insieme un fagottino di roba bianca. Ora veniva il tempo della semina, loro non potevano andare e venire tutti i giorni da Licciardo, e la scarsezza d'ogni cosa arrivava coll'inverno. Lucia stavolta diceva davvero che voleva andarsene a servire in casa di don Venerando.

Misero la vecchiarella sul somaro, Santo da un lato e Carmenio dall'altro, colla roba in groppa; e la mamma, mentre si lasciava fare, diceva alla figliuola, guardandola cogli occhi grevi sulla faccia scialba:

– Chissà se ci vedremo? Chissà se ci vedremo? Hanno detto che tornerò in aprile. Tu statti col timor di Dio, in casa del padrone. Là almeno non ti mancherà nulla.

Lucia singhiozzava nel grembiale; ed anche la *Rossa*, poveretta. In quel momento avevano fatto la pace, e si tenevano abbracciate, piangendo insieme. – La *Rossa* ha il cuore buono – diceva suo marito. – Il guaio è che non siamo ricchi, per volerci sempre bene. Le galline quando non hanno nulla da beccare nella stia, si beccano fra di loro.

Lucia adesso era ben collocata, in casa di don Venerando, e diceva che voleva lasciarla soltanto dopo ch'era morta, come si suole, per dimostrare la gratitudine al padrone. Aveva pane e minestra quanta ne voleva, un bicchiere di vino al giorno, e il suo piatto di carne la domenica e le feste. Intanto la mesata le restava in tasca tale e quale, e la sera aveva tempo anche di filarsi la roba bianca della dote per suo conto. Il partito ce l'aveva già sotto gli occhi nella stessa casa: Brasi,[29] lo sguattero che faceva la cucina, e l'aiutava anche nelle cose di campagna quando bisognava. Il padrone s'era arricchito allo stesso modo, stando al servizio del barone, ed ora aveva il don, e poderi e bestiami a bizzeffe. A Lucia, perché veniva da una famiglia benestante caduta in bassa fortuna, e si sapeva che era onesta, le avevano assegnate le faccende meno dure, lavare i piatti, scendere in cantina, e governare il pollaio; con un sottoscala per dormirvi che pareva uno stanzino, e il letto, il cassettone e ogni cosa; talché Lucia voleva lasciarli soltanto dopo che era morta. In quel mentre faceva l'occhietto a Brasi, e gli confidava che fra due o tre anni si avrebbe avuto un gruzzoletto, e poteva "andare al mondo",[30] se il Signore la chiamava.

Brasi da quell'orecchio non ci sentiva. Ma gli piaceva la Lucia, coi suoi occhi di carbone, e la grazia di Dio che ci aveva addosso. A lei pure le piaceva Brasi, piccolo, ricciuto, col muso fino e malizioso di can volpino. Mentre lavavano i piatti o mettevano legna sotto il calderotto,[31] egli inventava ogni monelleria per farla ridere, come se le facesse il solletico. Le spruzzava l'acqua sulla nuca e le ficcava delle foglie d'indivia[32] fra le trecce. Lucia strillava sottovoce, perché non udissero i padroni; si rincantucciava nell'angolo del forno, rossa in viso al pari della bragia, e gli gettava in faccia gli strofinacci ed i sarmenti, mentre l'acqua gli sgocciolava nella schiena come una delizia.

– "E colla carne si fa le polpette – fate la vostra, ché la mia l'ho fatta".

– Io no! – rispondeva Lucia. – A me non mi piacciono questi scherzi.

Brasi fingeva di restare mortificato. Raccattava la foglia d'indivia che gli aveva buttato in faccia, e se la ficcava in petto, dentro la camicia, brontolando:

[29] *Brasi*: Biagio.
[30] *andare al mondo*: sistemarsi.
[31] *calderotto*: recipiente metallico per cibi.
[32] *indivia*: varietà di cicoria.

– Questa è roba mia. Io non vi tocco. È roba mia e ha da star qui. Se volete mettervi della roba mia allo stesso posto, a voi! – E faceva atto di strapparsi una manciata di capelli per offrirglieli, cacciando fuori tanto di lingua.

Ella lo picchiava con certi pugni sodi da contadina che lo facevano aggobbire,[33] e gli davano dei cattivi sogni la notte, diceva lui. Lo pigliava pei capelli, come un cagnuolo, e sentiva un certo piacere a ficcare le dita in quella lana morbida e ricciuta.

– Sfogatevi! sfogatevi! Io non sono permaloso come voi, e mi lascierei pestare come la salsiccia dalle vostre mani.

Una volta don Venerando li sorprese in quei giuochetti e fece una casa del diavolo. Tresche non ne voleva in casa sua; se no li scacciava fuori a pedate tutt'e due. Piuttosto quando trovava la ragazza sola in cucina, le pigliava il ganascino,[34] e voleva accarezzarla con due dita.

– No! no! – replicava Lucia. – A me questi scherzi non mi piacciono. Se no piglio la mia roba e me ne vado.

– Di lui ti piacciono, di lui! E di me che sono il padrone, no? Cosa vuol dire questa storia? Non sai che posso regalarti degli anelli e dei pendenti di oro, e farti la dote, se ne ho voglia?

Davvero poteva fargliela, confermava Brasi, che il padrone aveva denari quanti ne voleva, e sua moglie portava il manto di seta come una signora, adesso che era magra e vecchia peggio di una mummia; per questo suo marito scendeva in cucina a dir le barzellette colle ragazze. Poi ci veniva per guardarsi i suoi interessi, quanta legna ardeva e quanta carne mettevano al fuoco. Era ricco, sì, ma sapeva quel che ci vuole a far la roba, e litigava tutto il giorno con sua moglie, la quale aveva dei fumi in testa,[35] ora che faceva la signora, e si lagnava del fumo dei sarmenti e del cattivo odore delle cipolle.

– La dote voglio farmela io colle mie mani – rimbeccava Lucia.

– La figlia di mia madre vuol restare una ragazza onorata, se un cristiano la cerca in moglie.

– E tu restaci! – rispondeva il padrone. – Vedrai che bella dote! e quanti verranno a cercartela la tua onestà!

Se i maccheroni erano troppo cotti, se Lucia portava in tavola due ova al tegame che sentivano l'arsiccio,[36] don Venerando la strapazzava per bene, al cospetto della moglie, tutto un altro uomo, col ventre avanti e la voce alta. – Che credevano di far l'intruglio pel maiale? Con due persone di servizio che se lo mangiavano vivo! Un'altra volta le buttava la grazia di Dio sulla faccia! – La signora, benedetta, non voleva quegli schiamazzi, per via dei vicini, e rimandava la serva strillando in falsetto:

– Vattene in cucina; levati di qua, sciamannona![37] paneperso!

---

[33] *lo... aggobbire*: gli facevano piegare il petto.
[34] *le pigliava il ganascino*: le stringeva la guancia.
[35] *aveva dei fumi in testa*: era diventata superba.
[36] *sentivano l'arsiccio*: sapevano di bruciato.
[37] *sciamannona*: sciatta, disordinata.

Lucia andava a piangere nel cantuccio del forno, ma Brasi la consolava, con quella sua faccia da mariuolo:

– Cosa ve ne importa? Lasciateli cantare! Se si desse retta ai padroni, poveri noi! Le ova sentivano l'arsiccio? Peggio per loro! Non potevo spaccar la legna nel cortile, e rivoltar le ova nel tempo istesso. Mi fanno far da cuoco e da garzone, e vogliono essere serviti come il re! Che non si rammentano più quando lui mangiava pane e cipolla sotto un olivo, e lei gli coglieva le spighe nel campo?

Allora serva e cuoco si confidavano la loro "mala sorte" che nascevano di "gente rispettata" e i loro parenti erano stati più ricchi del padrone, già tempo. Il padre di Brasi era carradore, nientemeno! e la colpa era del figliuolo che non aveva voluto attendere al mestiere, e si era incapricciato a vagabondare per le fiere, dietro il carretto del merciaiuolo: con lui aveva imparato a cucinare e a governar le bestie.

Lucia ricominciava la litania dei suoi guai: – il babbo, il bestiame, la *Rossa*, le malannate: – tutt'e due gli stessi, lei e Brasi, in quella cucina; parevano fatti l'uno per l'altra.

– La storia di vostro fratello colla *Rossa*? – rispondeva Brasi. – Grazie tante! – Però non voleva darle quell'affronto lì sul mostaccio. Non gliene importava nulla che ella fosse una contadina. Non ricusava per superbia. Erano poveri tutti e due e sarebbe stato meglio buttarsi nella cisterna con un sasso al collo.

Lucia mandò giù tutto quell'amaro senza dir motto, e se voleva piangere andava a nascondersi nel sottoscala, o nel cantuccio del forno, quando non c'era Brasi. Ormai a quel cristiano gli voleva bene, collo stare insieme davanti al fuoco tutto il giorno. I rabbuffi, le sgridate del padrone, li pigliava per sé, e lasciava a lui il miglior piatto, il bicchier di vino più colmo, andava in corte a spaccare la legna per lui, e aveva imparato a rivoltare le ova e a scodellare i maccheroni in punto. Brasi, come la vedeva fare la croce, colla scodella sulle ginocchia, prima d'accingersi a mangiare, le diceva:

– Che non avete visto mai grazia di Dio?

Egli si lamentava sempre e di ogni cosa: che era una galera, e che aveva soltanto tre ore alla sera da andare a spasso o all'osteria; e se Lucia qualche volta arrivava a dirgli, col capo basso, e facendosi rossa:

– Perché ci andate all'osteria? Lasciatela stare l'osteria, che non fa per voi.

– Si vede che siete una contadina! – rispondeva lui. – Voi altri credete che all'osteria ci sia il diavolo. Io son nato da maestri di bottega, mia cara. Non son mica un villano!

– Lo dico per vostro bene. Vi spendete i soldi, e poi c'è sempre il caso d'attaccar lite con qualcheduno.

Brasi si sentì molle a quelle parole e a quegli occhi che evitavano di guardarlo. E si godeva il solluchero:

– O a voi cosa ve ne importa?

– Nulla me ne importa. Lo dico per voi.

– O voi non vi seccate a star qui in casa tutto il giorno?

– No, ringrazio Iddio del come sto, e vorrei che i miei parenti fossero come me, che non mi manca nulla.

Ella stava spillando il vino, accoccolata colla mezzina[38] fra le gambe, e Brasi era sceso con lei in cantina a farle lume. Come la cantina era grande e scura al pari di una chiesa, e non si udiva una mosca in quel sotterraneo, soli tutti e due, Brasi e Lucia, egli le mise un braccio al collo e la baciò su quella bocca rossa al pari del corallo.

La poveretta l'aspettava sgomenta, mentre stava china tenendo gli occhi sulla brocca, e tacevano entrambi, e udiva il fiato grosso di lui, e il gorgogliare del vino. Ma pure mise un grido soffocato, cacciandosi indietro tutta tremante, così che un po' di spuma rossa si versò per terra.

– O che è stato? – esclamò Brasi. – Come se v'avessi dato uno schiaffo! Dunque non è vero che mi volete bene?

Ella non osava guardarlo in faccia, e si struggeva dalla voglia. Badava al vino versato, imbarazzata, balbettando:

– O povera me! o povera me! che ho fatto? Il vino del padrone!...

– Eh! lasciate correre; ché ne ha tanto il padrone. Date retta a me piuttosto. Che non mi volete bene? Ditelo, sì o no!

Ella stavolta si lasciò prendere la mano, senza rispondere, e quando Brasi le chiese che gli restituisse il bacio, ella glielo diede, rossa di una cosa che non era vergogna soltanto.

– Che non ne avete avuti mai? – domandava Brasi ridendo. – O bella! siete tutta tremante come se avessi detto di ammazzarvi.

– Sì, vi voglio bene anch'io – rispose lei; – e mi struggevo di dirvelo. Se tremo ancora non ci badate. È stata per la paura del vino.

– O guarda! anche voi? E da quando! Perché non me lo avete detto?

– Da quando s'è parlato che eravamo fatti l'uno per l'altro.

– Ah! – disse Brasi, grattandosi il capo. – Andiamo di sopra, che può venire il padrone.

Lucia era tutta contenta dopo quel bacio, e le sembrava che Brasi le avesse suggellato sulla bocca la promessa di sposarla. Ma lui non ne parlava neppure, e se la ragazza gli toccava quel tasto, rispondeva:

– Che premura hai? Poi è inutile mettersi il giogo sul collo, quando possiamo stare insieme come se fossimo maritati.

– No, non è lo stesso. Ora voi state per conto vostro ed io per conto mio; ma quando ci sposeremo, saremo una cosa sola.

– Una bella cosa saremo! Poi non siamo fatti della stessa pasta. Pazienza, se tu avessi un po' di dote!

– Ah! che cuore nero avete voi! No! Voi non mi avete voluto bene mai!

– Sì, che ve n'ho voluto. E son qui tutto per voi; ma senza parlar di quella cosa.

[38]*mezzina*: boccale.

– No! Non ne mangio di quel pane! lasciatemi stare, e non mi guardate più!

Ora lo sapeva com'erano fatti gli uomini. Tutti bugiardi e traditori. Non voleva sentirne più parlare. Voleva buttarsi nella cisterna piuttosto a capo in giù; voleva farsi *Figlia di Maria*[39]; voleva prendere il suo buon nome e gettarlo dalla finestra! A che le serviva, senza dote? Voleva rompersi il collo con quel vecchiaccio del padrone, e procurarsi la dote colla sua vergogna. Ormai!... Ormai!... Don Venerando l'era sempre attorno, ora colle buone, ora colle cattive, per guardarsi i suoi interessi, se mettevano troppa legna al fuoco, quanto olio consumavano per la frittura, mandava via Brasi a comprargli un soldo di tabacco, e cercava di pigliare Lucia pel ganascino, correndole dietro per la cucina, in punta di piedi perché sua moglie non udisse, rimproverando la ragazza che gli mancava di rispetto, col farlo correre a quel modo! – No! no! – ella pareva una gatta inferocita. – Piuttosto pigliava la sua roba, e se ne andava via! – E che mangi? E dove lo trovi un marito senza dote? Guarda questi orecchini! Poi ti regalerei 20 onze per la tua dote. Brasi per 20 onze si fa cavare tutti e due gli occhi!

Ah! quel cuore nero di Brasi! La lasciava nelle manacce del padrone, che la brancicavano tremanti! La lasciava col pensiero della mamma che poco poteva campare, della casa saccheggiata e piena di guai, di Pino il Tomo che l'aveva piantata per andare a mangiare il pane della vedova! La lasciava colla tentazione degli orecchini e delle 20 onze nella testa!

E un giorno entrò in cucina colla faccia tutta stravolta, e i pendenti d'oro che gli sbattevano sulle guance. Brasi sgranava gli occhi, e le diceva:

– Come siete bella così, comare Lucia!

– Ah! vi piaccio così? Va bene, va bene![40]

Brasi ora che vedeva gli orecchini e tutto il resto, si sbracciava a mostrarsi servizievole e premuroso quasi ella fosse diventata un'altra padrona. Le lasciava il piatto più colmo, e il posto migliore accanto al fuoco. Con lei si sfogava a cuore aperto, ché erano poverelli tutte e due, e faceva bene all'anima confidare i guai a una persona che si vuol bene. Se appena appena fosse arrivato a possedere 20 onze, egli metteva su una piccola bettola e prendeva moglie. Lui in cucina, e lei al banco. Così non si stava più al comando altrui. Il padrone se voleva far loro del bene, lo poteva fare senza scomodarsi, giacché 20 onze per lui erano come una presa di tabacco. E Brasi non sarebbe stato schizzinoso, no! Una mano lava l'altra a questo mondo. E non era sua colpa se cercava di guadagnarsi il pane come poteva. Povertà non è peccato.

Ma Lucia si faceva rossa, o pallida, o le si gonfiavano gli occhi di

---

[39] *Figlia di Maria*: aderente all'omonima confraternita religiosa.
[40] Non c'è scampo per il povero, costretto dalla miseria alla degradazione morale: Lucia è portata a cedere al padrone dalle circostanze avverse, dallo stesso comportamento accondiscendente di Brasi, interessato al danaro che pure egli potrà ricavare.

pianto, e si nascondeva il volto nel grembiale. Dopo qualche tempo non si lasciò più vedere nemmeno fuori di casa, né a messa, né a confessare, né a Pasqua, né a Natale.

In cucina si cacciava nell'angolo più scuro, col viso basso, infagottata nella veste nuova che le aveva regalato il padrone, larga di cintura.[41]

Brasi la consolava con buone parole. Le metteva un braccio al collo, le palpava la stoffa fine del vestito, e gliela lodava. Quegli orecchini d'oro parevano fatti per lei. Uno che è ben vestito e ha denari in tasca non ha motivo di vergognarsi e di tenere gli occhi bassi; massime poi quando gli occhi son belli come quelli di comare Lucia. La poveretta si faceva animo a fissarglieli in viso, ancora sbigottita, e balbettava:

– Davvero, mastro Brasi? Mi volete ancora bene?

– Sì, sì, ve ne vorrei! rispondeva Brasi colla mano sulla coscienza. Ma che colpa ci ho se non son ricco per sposarvi? Se aveste 20 onze di dote vi sposerei ad occhi chiusi.

Don Venerando adesso aveva preso a ben volere anche lui, e gli regalava i vestiti smessi e gli stivali rotti. Allorché scendeva in cantina gli dava un bel gotto[42] di vino, dicendogli:

– Te'! bevi alla mia salute.

E il pancione gli ballava dal tanto ridere, al vedere le smorfie che faceva Brasi, e al sentirlo barbugliare[43] alla Lucia, pallido come un morto:

– Il padrone è un galantuomo, comare Lucia! lasciate ciarlare i vicini, tutta gente invidiosa, che muore di fame, e vorrebbero essere al vostro posto.

Santo, il fratello, udì la cosa in piazza qualche mese dopo. E corse dalla moglie trafelato. Poveri erano sempre stati, ma onorati. La *Rossa* allibì anch'essa, e corse dalla cognata tutta sottosopra, che non poteva spiccicar parola. Ma quando tornò a casa da suo marito, era tutt'altra, serena e colle rose in volto.

– Se tu vedessi! Un cassone alto così di roba bianca! anelli, pendenti e collane d'oro fine. Poi vi son anche 20 onze di danaro per la dote. Una vera provvidenza di Dio!

– Non monta![44] – Tornava a dire di tanto in tanto il fratello, il quale non sapeva capacitarsene. – Almeno avesse aspettato che chiudeva gli occhi nostra madre!...

Questo poi accadde l'anno della neve, che crollarono buon numero di tetti, e nel territorio ci fu una gran mortalità di bestiame. Dio liberi!

Alla Lamia e per la montagna di Santa Margherita, come vede-

---

[41] *larga di cintura*: perché Lucia è incinta.
[42] *gotto*: bicchiere.
[43] *barbugliare*: borbottare.
[44] *Non monta!*: non conta.

vano scendere quella sera smorta, carica di nuvoloni di malaugurio, che i buoi si voltavano indietro sospettosi, e muggivano, la gente si affacciava dinanzi ai casolari, a guardar lontano verso il mare, colla mano sugli occhi, senza dir nulla. La campana del Monastero Vecchio, in cima al paese, suonava per scongiurare la malanotte, e sul poggio del Castello c'era un gran brulichìo di comari, nere sull'orizzonte pallido, a vedere in cielo *la coda del drago*, [45] una striscia color di pece, che puzzava di zolfo, dicevano, e voleva essere una brutta notte. Le donne gli facevano gli scongiuri colle dita, al drago, gli mostravano l'abitino della Madonna sul petto nudo, e gli sputavano in faccia, tirando giù la croce sull'ombelico, e pregavano Dio e le anime del purgatorio, e Santa Lucia, che era la sua vigilia, di proteggere i campi, e le bestie, e i loro uomini anch'essi, chi ce li avea fuori del paese. Carmenio al principio dell'inverno era andato colla mandra a Santa Margherita. La mamma quella sera non istava bene, e si affannava pel lettuccio, cogli occhi spalancati, e non voleva star più quieta come prima, e voleva questo, e voleva quell'altro, e voleva alzarsi, e voleva che la voltassero dall'altra parte. Carmenio un po' era corso di qua e di là, a darle retta, e cercare di fare qualche cosa. Poi si era piantato dinanzi al letto, sbigottito, colle mani nei capelli.

Il casolare era dall'altra parte del torrente, in fondo alla valle, fra due grossi pietroni che gli si arrampicavano sul tetto. Di faccia, la costa, ritta in piedi, cominciava a scomparire nel buio che saliva dal vallone, brulla e nera di sassi, fra i quali si perdeva la striscia biancastra del viottolo. Al calar del sole erano venuti i vicini della mandra dei fichidindia, a vedere se occorreva·nulla per l'inferma, che non si moveva più nel suo lettuccio, colla faccia in aria e la fuliggine al naso. [46]

– Cattivo segno! – aveva detto curatolo Decu. [47] – Se non avessi lassù le pecore, con questo tempo che si prepara, non ti lascierei solo stanotte. Chiamami, se mai!

Carmenio rispondeva di sì, col capo appoggiato allo stipite; ma vedendolo allontanare passo passo, che si perdeva nella notte, aveva una gran voglia di corrergli dietro, di mettersi a gridare, di strapparsi i capelli – non sapeva che cosa.

– Se mai – gli gridò curatolo Decu da lontano – corri fino alla mandra dei fichidindia, lassù, che c'è gente.

La mandra si vedeva tuttora sulla roccia, verso il cielo, per quel po' di crepuscolo che si raccoglieva in cima ai monti, e straforava le macchie dei fichidindia. Lontan lontano, alla Lamia e verso la pianura, si udiva l'uggiolare dei cani auuuh!... auuuh!... auuuh!... che arrivava appena sin là, e metteva freddo nelle ossa. Le pecore allora

---

[45]*coda del drago*: locuzione siciliana italianizzata, che sta a indicare un fenomeno atmosferico impetuoso, di nuvole temporalesche, tromba marina, tromba d'aria.
[46]*fuliggine al naso*: indizio di morte, secondo la credenza popolare.
[47]*Decu*: Diego.

si spingevano a scorazzare in frotta pel chiuso, prese da un terrore pazzo, quasi sentissero il lupo nelle vicinanze, e a quello squillare brusco di campanacci sembrava che le tenebre si accendessero di tanti occhi infuocati, tutto in giro. Poi le pecore si arrestavano immobili, strette fra di loro, col muso a terra, e il cane finiva d'abbaiare in un uggiolato lungo e lamentevole, seduto sulla coda.

– Se sapevo! – pensava Carmenio – era meglio dire a curatolo Decu di non lasciarmi solo.

Di fuori, nelle tenebre, di tanto in tanto si udivano i campanacci della mandra che trasalivano. Dallo spiraglio si vedeva il quadro dell'uscio nero come la bocca di un forno; null'altro. E la costa dirimpetto, e la valle profonda, e la pianura della Lamia, tutto si sprofondava in quel nero senza fondo, che pareva si vedesse soltanto il rumore del torrente, laggiù, a montare verso il casolare, gonfio e minaccioso.

Se sapeva, anche questa! prima che annottasse correva al paese a chiamare il fratello; e certo a quell'ora sarebbe qui con lui, ed anche Lucia e la cognata.

Allora la mamma cominciò a parlare, ma non si capiva quello che dicesse, e brancolava pel letto colle mani scarne.

– Mamma! mamma! cosa volete? – domandava Carmenio – ditelo a me che son qui con voi!

Ma la mamma non rispondeva. Dimenava il capo anzi, come volesse dir no! no! non voleva. Il ragazzo le mise la candela sotto il naso, e scoppiò a piangere dalla paura.

– O mamma! mamma mia! – piagnucolava Carmenio – O che sono solo e non posso darvi aiuto!

Aprì l'uscio per chiamare quelli della mandra dei fichidindia. Ma nessuno l'udiva.

Dappertutto era un chiarore denso; sulla costa, nel vallone, laggiù al piano – come un silenzio fatto di bambagia. Ad un tratto arrivò soffocato il suono di una campana che veniva da lontano, 'nton! 'nton! 'nton! e pareva quagliasse[48] nella neve.

– Oh, Madonna santissima! – singhiozzava Carmenio – Che sarà mai quella campana? O della mandra dei fichidindia, aiuto! O santi cristiani, aiuto! Aiuto, santi cristiani! – si mise a gridare.

Infine lassù, in cima al monte dei fichidindia, si udì una voce lontana, come la campana di Francofonte.

– Ooooh... cos'èeee? cos'èeee?...

– Aiuto, santi cristiani! aiuto, qui da curatolo Decuuu!...

– Ooooh... rincorrile le pecoreee!... rincorrileee!...

– No! no! non son le pecore... non sono!

In quella passò una civetta, e si mise a stridere sul casolare.

– Ecco! – mormorò Carmenio facendosi la croce. – Ora la civetta ha sentito l'odore dei morti! Ora la mamma sta per morire!

---

[48] *quagliasse*: si rapprendesse.

A star solo nel casolare colla mamma, la quale non parlava più, gli veniva voglia di piangere. – Mamma, che avete? Mamma, rispondetemi? Mamma avete freddo? – Ella non fiatava, colla faccia scura. Accese il fuoco, fra i due sassi del focolare, e si mise a vedere come ardevano le frasche, che facevano una fiammata, e poi soffiavano come se ci dicessero su delle parole.

Quando erano nelle mandre di Resecone, quello di Francofonte, a veglia, aveva narrato certe storie di streghe che montano a cavallo delle scope, e fanno degli scongiuri sulla fiamma del focolare. Carmenio si rammentava tuttora la gente della fattoria, raccolta ad ascoltare con tanto d'occhi, dinanzi al lumicino appeso al pilastro del gran palmento buio, che a nessuno gli bastava l'animo di andarsene a dormire nel suo cantuccio, quella sera.

Giusto ci aveva l'abitino della Madonna sotto la camicia, e la fettuccia di santa Agrippina[49] legata al polso, che s'era fatta nera dal tempo. Nella stessa tasca ci aveva il suo zufolo di canna, che gli rammentava le sere d'estate – Juh! juh! – quando si lasciano entrare le pecore nelle stoppie gialle come l'oro, dappertutto, e i grilli scoppiettano nell'ora di mezzogiorno, e le lodole calano trillando a rannicchiarsi dietro le zolle col tramonto, e si sveglia l'odore della nepitella e del ramerino. – Juh! juh! Bambino Gesù! – A Natale, quando era andato al paese, suonavano così per la novena, davanti all'altarino illuminato e colle frasche d'arancio, e in ogni casa, davanti all'uscio, i ragazzi giocavano alla *fossetta*,[50] col bel sole di dicembre sulla schiena. Poi s'erano avviati per la messa di mezzanotte, in folla coi vicini, urtandosi e ridendo per le strade buie. Ah! perché adesso ci aveva quella spina in cuore? e la mamma che non diceva più nulla! Ancora per mezzanotte ci voleva un gran pezzo. Fra i sassi delle pareti senza intonaco pareva che ci fossero tanti occhi ad ogni buco, che guardavano dentro, nel focolare, gelati e neri.

Sul suo stramazzo,[51] in un angolo, era buttato un giubbone, lungo disteso, che pareva le maniche si gonfiassero; e il diavolo del San Michele Arcangelo, nella immagine appiccicata a capo del lettuccio, digrignava i denti bianchi, colle mani nei capelli, fra i zig-zag rossi dell'inferno.

L'indomani, pallidi come tanti morti, arrivarono Santo, la *Rossa* coi bambini dietro, e Lucia che in quell'angustia non pensava a nascondere il suo stato.[52] Attorno al lettuccio della morta si strappavano i capelli, e si davano dei pugni in testa, senza pensare ad altro. Poi come Santo si accorse della sorella con tanto di pancia, ch'era una vergogna, si mise a dire in mezzo al piagnisteo:

– Almeno avesse lasciato chiudere gli occhi a quella vecchierella, almeno!...

---

[49]*l'abitino... santa Agrippina*: i consueti oggetti benedetti, portati a propria salvaguardia.
[50]*fossetta*: gioco che consiste nel far entrare una pallina in una piccola buca.
[51]*stramazzo*: il saccone che serve da giaciglio.
[52]*il suo stato*: la gravidanza.

E Lucia dal canto suo:

– L'avessi saputo, l'avessi! Non le facevo mancare il medico e lo speziale, ora che ho 20 onze.

– Ella è in Paradiso e prega Dio per noi peccatori; conchiuse la *Rossa*. Sa che la dote ce l'avete, ed è tranquilla, poveretta. Mastro Brasi ora vi sposerà di certo.

I galantuomini

Sanno scrivere – qui sta il guaio. La brinata dell'alba scura, e il sollione della messe, se li pigliano come tutti gli altri poveri diavoli, giacché son fatti di carne e d'ossa come il prossimo, per andare a sorvegliare che il prossimo non rubi loro il tempo e il denaro della giornata. Ma se avete a far con essi, vi uncinano nome e cognome, e chi vi ha fatto, col beccuccio di quella penna, e non ve ne districate più dai loro libracci, inchiodati nel debito.

– Tu devi ancora due tumoli di grano dell'anno scorso.

– Signore, la raccolta fu scarsa!

– È colpa mia se non piovve? Dovevo forse abbeverare i seminati col bicchiere?

– Signore, gli ho dato il sangue mio alla vostra terra!

– Per questo ti pago, birbante! Ti pago a sangue d'uomo! Io mi dissanguo in spese di cultura,[1] e poi se viene la malannata, mi piantate la mezzeria, e ve ne andate colla falce sotto l'ascella!

E dicono pure: "Val più un pezzente di un potente"; ché non si può cavargli la pelle pel suo debito. Per ciò chi non ha nulla deve pagar la terra più cara degli altri, – il padrone ci arrischia di più – e se la raccolta viene magra, il mezzadro è certo di non prender nulla, e andarsene via con la falce sotto l'ascella. Ma l'andarsene in tal modo è anche una brutta cosa, dopo un anno di fatiche, e colla prospettiva dell'inverno lungo senza pane.

È che la malannata caccia ad ognuno il diavolo in corpo. Una volta, alla messe, che pareva scomunicata da Dio, il frate della cerca arrivò verso mezzogiorno nel podere di don Piddu,[2] spronando cogli zoccoli nella pancia della bella mula baia, e gridando da lontano: "Viva Gesù e Maria!".

Don Piddu era seduto su di un cestone sfondato, guardando tristamente l'aia magra, in mezzo alle stoppie riarse, sotto quel cielo di fuoco che non lo sentiva nemmeno sul capo nudo, dalla disperazione.

---

*La novella fu pubblicata nel "Fanfulla della Domenica", 26 marzo 1882.
[1] *cultura*: coltivazione.
[2] *Piddu*: diminutivo dialettale di Giuseppe.

– Oh! la bella mula che avete, fra Giuseppe! La val meglio di quelle quattro rozze[3] magre, che non hanno nulla da trebbiare né da mangiare!

– È la mula della questua – rispose fra Giuseppe. – Sia lodata la carità del prossimo. Vengo per la cerca.

– Beato voi che senza seminare raccogliete, e al tocco di campana scendete in refettorio, e vi mangiate la carità del prossimo! Io ho cinque figli, e devo pensare al pane per tutti loro. Guardate che bella raccolta! L'anno scorso mi avete acchiappato mezza salma di grano perché S. Francesco mi mandasse la buonannata, e in compenso da tre mesi non piovve dal cielo altro che fuoco.

Fra Giuseppe si asciugava il sudore anche lui col fazzoletto da naso. – Avete caldo, fra Giuseppe? Ora vi faccio dare un rinfresco!

E glielo fece dare per forza da quattro contadini arrabbiati come lui, che gli arrovesciarono il saio sul capo, e gli buttavano addosso a secchi l'acqua verdastra del guazzatoio.[4]

– Santo diavolone! gridava don Piddu. – Poiché non giova nemmeno far la limosina a Cristo, voglio farla al diavolo un'altra volta!

E d'allora non volle più cappuccini per l'aia, e si contentò che per la questua venissero piuttosto quelli di San Francesco di Paola.[5]

Fra Giuseppe se la legò al dito. – Ah! avete voluto veder le mie mutande, don Piddu? Io vi ridurrò şenza mutande e senza camicia!

Era un pezzo di fratacchione con tanto di barba, e la collottola nera e larga come un bue di Modica,[6] perciò nei vicoli e in tutti i cortili era l'oracolo delle comari e dei contadini.

– Con don Piddu non dovete averci che fare. Guardate che è scomunicato da Dio, e la sua terra ha la maledizione addosso!

Quando venivano i missionari, negli ultimi giorni di carnevale, per gli esercizi spirituali della quaresima, e se c'era un peccatore o una mala femmina, od anche gente allegra, andavano a predicargli dietro l'uscio, in processione e colla disciplina al collo pei peccati altrui, fra Giuseppe additava la casa di don Piddu, che non gliene andava bene più una: le malannate, la mortalità nel bestiame, la moglie inferma, le figliuole da maritare, tutte già belle e pronte. Donna Saridda, la maggiore, aveva quasi trent'anni, e si chiamava ancora donna Saridda perché non crescesse tanto presto. Al festino del sindaco, il martedì grasso, aveva acchiappato finalmente uno sposo, ché Pietro Macca dal tinello li aveva visti stringersi la mano con don Giovannino, mentre andavano annaspando nella contraddanza.[7] Don Piddu s'era levato il pan di bocca per condurre la figliuola al festino colla veste di seta aperta a cuore sul petto. Chissà mai! In quella i missionari predicavano contro le tentazioni davanti

---

[3] *rozze*: cavalli vecchi.
[4] *guazzatoio*: pozza d'acqua per animali.
[5] *quelli di San Francesco di Paola*: di un altro ordine.
[6] *Modica*: importante centro del Sud della Sicilia, conosciuto per l'allevamento del bestiame.
[7] *contraddanza*: danza con coppie di ballerini disposti secondo figure ordinate da un maestro.

al portone del sindaco, per tutti quei peccati che si facevano là dentro, e dal sindaco dovettero chiudere le finestre, se no la gente dalla strada rompeva a sassate tutti i vetri.

Donna Saridda se ne tornò a casa tutta contenta, come se ci avesse in tasca il terno al lotto; e non dormì quella notte, pensando a don Giovannino, senza sapere che fra Giuseppe avesse a dirgli:

– Siete pazzo, vossignoria, ad entrare nella casata di don Piddu, che fra poco ci fanno il pignoramento?

Don Giovannino non badava alla dote. Ma il disonore del pignoramento poi era un altro par di maniche! La gente si affollava dinanzi al portone di don Piddu, a vedergli portar via gli armadi e i cassettoni, che lasciavano il segno bianco nel muro dove erano stati tanto tempo, e le figliuole, pallide come cera, avevano un gran da fare per nascondere alla mamma, in fondo a un letto, quel che succedeva. Lei, poveretta, fingeva di non accorgersene. Prima era andata col marito a pregare, a scongiurare, dal notaio, dal giudice: – Pagheremo domani – pagheremo doman l'altro. – E tornavano a casa rasente al muro, lei colla faccia nascosta dentro il manto – ed era sangue di baroni! Il dì del pignoramento donna Saridda, colle lagrime agli occhi, era andata a chiudere tutte le finestre, perché quelli che son nati col *don* vanno soggetti anche alla vergogna. Don Piddu, quando per carità l'avevano preso sorvegliante alle chiuse del Fiumegrande,[8] nel tempo della messe, che la malaria si mangiava i cristiani, non gli rincresceva della malaria: gli doleva solo che i contadini, allorché questionavano con lui, mettevano da parte il *don*, e lo trattavano a tu per tu.

Almeno un povero diavolo, sinché ha le braccia e la salute, trova da buscarsi il pane. – Quello che diceva don Marcantonio Malerba, quando cadde in povertà, carico di figliuoli, la moglie sempre gravida, che doveva fare il pane, preparare la minestra, la biancheria e scopar le stanze. I galantuomini hanno bisogno di tante altre cose, e sono avvezzi in altro modo. I ragazzi di don Marcantonio, quando stavano a ventre vuoto tutto un giorno, non dicevano nulla, ed il più grandicello, se il babbo lo mandava a comprare un pane a credenza, o un fascio di lattughe, ci andava di sera, a viso basso, nascondendolo sotto il mantello rattoppato.

Il papà si dava le mani attorno per buscare qualche cosa, pigliando un pezzo di terra in affitto, o a mezzeria. Tornava a piedi dalla campagna, più tardi di ogni altro, con quello straccio di scialle di sua moglie che chiamava *pled*,[9] e la sua brava giornata di zappare se la faceva anche lui, quando nella viottola non passava nessuno.

Poi la domenica andava a fare il galantuomo insieme agli altri nel casino di conversazione, ciaramellando[10] in crocchio fra di loro, colle mani in tasca e il naso dentro il bavero del cappotto; o giuoca-

[8] *Fiumegrande*: nel circondario di Vizzini.
[9] *pled*: dall'inglese "plaid".
[10] *ciaramellando*: ciarlando.

vano a tressette colla mazza fra le gambe e il cappello in testa. Al tocco di mezzogiorno sgattaiolavano in furia chi di qua e chi di là, ed egli se ne andava a casa, come se ci avesse sempre pronto il desinare anche lui. – Che posso farci? diceva. A giornata non posso andarci coi miei figli! – Anche i ragazzi, allorché il padre li mandava a chiedere in prestito mezza salma di farro per la semina, o qualche tumolo di fave per la minestra, dallo zio Masi, o da massaro Pinu, si facevano rossi, e balbettavano come fossero già grandi.

Quando venne il fuoco da Mongibello, e distrusse vigne e oliveti, chi aveva braccia da lavorare almeno non moriva di fame. Ma i galantuomini che possedevano le loro terre da quelle parti, sarebbe stato meglio che la lava li avesse seppelliti coi poderi, loro, i figliuoli e ogni cosa. La gente che non ci aveva interesse andava a vedere il fuoco fuori del paese, colle mani in tasca. – Oggi aveva preso la vigna del tale, domani sarebbe entrato nel campo del tal altro; ora minacciava il ponte della strada, più tardi circondava la casetta a mano destra. Chi non stava a guardare si affaccendava a levar tegole, imposte, mobili, a sgombrar le camere, e salvar quello che si poteva, perdendo la testa nella fretta e nella disperazione, come un formicaio in scompiglio.

A don Marco gli portarono la notizia mentre era a tavola colla famiglia, dinanzi al piatto dei maccheroni. – Signor don Marco, la lava ha deviato dalla vostra parte, e più tardi avrete il fuoco nella vostra vigna. – Allo sventurato gli cadde di mano la forchetta. Il custode della vigna stava portando via gli attrezzi del palmento, le doghe[11] delle botti, tutto quello che si poteva salvare, e sua moglie andava a piantare al limite della vigna le cannuccie colle immagini dei santi che dovevano proteggerla, biascicando avemarie.

Don Marco arrivò trafelato, cacciandosi innanzi l'asinello, in mezzo al nuvolone scuro che pioveva cenere. Dal cortiletto davanti al palmento si vedeva la montagna nera che si accatastava attorno alla vigna, fumando, franando qua e là, con un acciottolìo come se si fracassasse un monte di stoviglie, spaccandosi per lasciar vedere il fuoco rosso che bolliva dentro. Da lontano, prima ancora che fossero raggiunti, gli alberi più alti s'agitavano e stormivano nell'aria queta; poi fumavano e scricchiolavano; ad un tratto avvampavano e facevano una fiammata sola. Sembravano delle torcie che s'accendessero ad una ad una nel tenebrore della campagna silenziosa, lungo il corso della lava. La moglie del custode della vigna andava sostituendo più in qua le cannuccie colle immagini benedette, man mano che s'accendevano come fiammiferi; e piangeva, spaventata, davanti a quella rovina, pensando che il padrone non aveva più bisogno di custode, e li avrebbe licenziati. E il cane di guardia uggiolava anch'esso dinanzi alla vigna che bruciava. Il palmento, spalancato, senza tetto, con tutta quella roba buttata nel cortile, in

[11] *doghe*: liste che formano il corpo delle botti.

mezzo alla campagna spaventata, sembrava tremasse di paura, mentre lo spogliavano prima di abbandonarlo.

– Che cosa state facendo? chiese don Marco al custode che voleva salvare le botti e gli attrezzi del palmento. – Lasciate stare. Ormai non ho più nulla, e non ho che metterci nelle botti.

Baciò il rastrello[12] della vigna un'ultima volta prima di abbandonarla e se ne tornò indietro, tirandosi per la cavezza l'asinello.

Al nome di Dio! Anche i galantuomini hanno i loro guai, e son fatti di carne e di ossa come il prossimo. Prova donna Marina, l'altra figlia di don Piddu che s'era buttata al ragazzo della stalla, dacché aveva persa la speranza di maritarsi, e stavano in campagna pel bisogno, fra i guai; i genitori la tenevano priva di uno straccio di veste nuova, senza un cane che gli abbaiasse dietro. Nel meriggio di una calda giornata di luglio, mentre i mosconi ronzavano nell'aia deserta, e i genitori cercavano di dormire col naso contro il muro, andò a trovare dietro il pagliaio il ragazzo, il quale si faceva rosso e balbettava ogni volta che ella gli ficcava gli occhi addosso, e l'afferrò pei capelli onde farsi dare un bacio.

Don Piddu sarebbe morto di vergogna. Dopo il pignoramento, dopo la miseria, non avrebbe creduto di poter cascare più giù. La povera madre lo seppe nel comunicarsi a Pasqua. Una santa, colei! Don Piddu era chiuso, insieme a tutti gli altri galantuomini, nel convento dei cappuccini per fare gli esercizi spirituali. I galantuomini si riunivano coi loro contadini a confessarsi e sentir le prediche; anzi, facevano loro le spese del mantenimento, nella speranza che i garzoni si convertissero, se avevano rubato, e restituissero il mal tolto. Quegli otto giorni degli esercizi spirituali, galantuomini e villani tornavano fratelli come al tempo di Adamo ed Eva; e i padroni per umiltà servivano a tavola i garzoni colle loro mani, ché a costoro quella grazia di Dio andava giù di traverso per la soggezione; e nel refettorio, al rumore di tutte quelle mascelle in moto, sembrava che ci fosse una stalla di bestiame, mentre i missionari predicavano l'inferno e il purgatorio. Quell'anno don Piddu non avrebbe voluto andarci, perché non aveva di che pagare la sua parte, e poi non potevano rubargli più nulla i suoi garzoni. Ma lo fece chiamare il giudice, e lo mandò a farsi santo per forza, onde non desse il cattivo esempio. Quegli otto giorni erano una manna per chi ci avesse da fare nella casa di un povero diavolo, senza timore che il marito arrivasse improvviso di campagna a guastar la festa. La porta del convento era chiusa per tutti, ma i giovanotti che avevano da spendere, appena era notte, sgusciavano fuori e non tornavano prima dell'alba.

Ora don Piddu, dopo che gli giunsero all'orecchio certe chiacchiere che s'era lasciato scappare fra Giuseppe, una notte sgattaiolò fuori di nascosto, come se avesse avuto vent'anni, o l'innamorata che l'aspettasse, e non si sa quel che andò a sorprendere a casa sua.

---

[12] *rastrello*: cancello.

Certo quando rincasò prima dell'alba era pallido come un morto, e sembrava invecchiato di cent'anni. Questa volta il contrabbando[13] era stato sorpreso, e come i donnaiuoli tornavano in convento, trovavano il padre missionario inginocchiato dietro l'uscio, a pregare pei peccati che gli altri erano andati a fare. Don Piddu si buttò ginocchioni anche lui, per confessarsi all'orecchio del missionario, piangendo tutte le lagrime che ci aveva negli occhi.

Ah! quel che aveva trovato! lì, a casa sua! in quel camerino di sua figlia che nemmeno c'entrava il sole!... Il ragazzo di stalla, che scappava dalla finestra come una morta che pure osava guardarlo in faccia, e si afferrava colle braccia disperate allo stipite dell'uscio per difendere l'amante. Allora gli passarono dinanzi agli occhi le altre figliuole, e la moglie inferma, e i giudici e i gendarmi, in un mare di sangue. – Tu! tu! balbettava. Ella tremava tutta, la scellerata, ma non rispondeva. Poi cadde sui ginocchi, colle mani giunte come se gli leggesse in faccia il parricidio.[14] Allora egli fuggì via colle mani nei capelli.

Ma il confessore che gli consigliava di offrire a Dio quell'angustia, avrebbe dovuto dirgli:

– Vedete, vossignoria, anche gli altri poveretti, quando gli succede la stessa disgrazia... stanno zitti perché son poveri, e non sanno di lettera, e non sanno sfogarsi altrimenti che coll'andare in galera![15]

[13]*contrabbando*: cioè il male fatto di nascosto.
[14]*parricidio*: genericamente l'omicidio di un familiare.
[15]Nel grande affresco del mondo siciliano la novella introduce, come spesso accade in Verga, un avvenimento riguardante la collettività, qui la disgrazia dell'eruzione e la distruzione causata dalla lava, e insieme una parabola individuale, come la difficile esistenza del ricco decaduto, che deve adattarsi a un diverso tenore di vita.

Libertà

Sciorinarono dal campanile un fazzoletto a tre colori, suonarono le campane a stormo, e cominciarono a gridare in piazza: "Viva la libertà!".

Come il mare in tempesta. La folla spumeggiava e ondeggiava davanti al casino dei *galantuomini*, davanti al Municipio, sugli scalini della chiesa: un mare di berrette bianche; le scuri e le falci che luccicavano. Poi irruppe in una stradicciuola.

– A te prima, barone! che hai fatto nerbare[1] la gente dai tuoi campieri! – Innanzi a tutti gli altri una strega, coi vecchi capelli irti sul capo, armata soltanto delle unghie. – A te, prete del diavolo! che ci hai succhiato l'anima! – A te, ricco epulone,[2] che non puoi scappare nemmeno, tanto sei grasso del sangue del povero! – A te, sbirro! che hai fatto la giustizia solo per chi non aveva niente! – A te, guardaboschi! che hai venduto la tua carne e la carne del prossimo per due tarì al giorno!

E il sangue che fumava ed ubbriacava. Le falci, le mani, i cenci, i sassi, tutto rosso di sangue! – Ai *galantuomini*! Ai *cappelli*![3] Ammazza! ammazza! Addosso ai *cappelli*!

Don Antonio sgattaiolava a casa per le scorciatoie. Il primo colpo lo fece cascare colla faccia insanguinata contro il marciapiede. – Perché? perché mi ammazzate? – Anche tu! al diavolo! – Un monello sciancato raccattò il cappello bisunto e ci sputò dentro. – Abbasso i cappelli! Viva la libertà! – Te'! tu pure! – Al reverendo che predicava l'inferno per chi rubava il pane. Egli tornava dal dir messa, coll'ostia consacrata nel pancione. – Non mi ammazzate, ché sono in peccato mortale! – La gnà Lucia, il peccato mortale; la gnà Lucia che il padre gli aveva venduta a 14 anni, l'inverno della fame, e riempiva la Ruota e le strade di monelli affamati. Se quella carne di

---

*La novella fu pubblicata nella "Domenica letteraria", 12 marzo 1882.
[1] *nerbare*: frustare.
[2] *ricco epulone*: personaggio di una parabola evangelica (*Luca*, 16,19 sgg.), portato a esempio di vita dissipata.
[3] *Ai cappelli!*: il grido riprende la distinzione sociale fra i portatori dei "cappelli" e dei "berretti".

cane fosse valsa a qualche cosa, ora avrebbero potuto satollarsi, mentre la sbrandellavano sugli usci delle case e sui ciottoli della strada a colpi di scure. Anche il lupo allorché capita affamato in una mandra, non pensa a riempirsi il ventre, e sgozza dalla rabbia. – Il figliuolo della Signora, che era accorso per vedere cosa fosse – lo speziale, nel mentre chiudeva in fretta e in furia – don Paolo, il quale tornava dalla vigna a cavallo del somarello, colle bisacce magre in groppa. Pure teneva in capo un berrettino vecchio che la sua ragazza gli aveva ricamato tempo fa, quando il male[4] non aveva ancora colpito la vigna. Sua moglie lo vide cadere dinanzi al portone, mentre aspettava coi cinque figliuoli la scarsa minestra che era nelle bisacce del marito. – Paolo! Paolo! – Il primo lo colse nella spalla con un colpo di scure. Un altro gli fu addosso colla falce, e lo sventrò mentre si attaccava col braccio sanguinante al martello.

Ma il peggio avvenne appena cadde il figliolo del notaio, un ragazzo di undici anni, biondo come l'oro, non si sa come, travolto nella folla. Suo padre si era rialzato due o tre volte prima di strascinarsi a finire nel mondezzaio, gridandogli: – Neddu! Neddu! – Neddu fuggiva, dal terrore, cogli occhi e la bocca spalancati senza poter gridare. Lo rovesciarono; si rizzò anch'esso su di un ginocchio come suo padre; il torrente gli passò di sopra; uno gli aveva messo lo scarpone sulla guancia e glie l'aveva sfracellata; nonostante il ragazzo chiedeva ancora grazia colle mani. – Non voleva morire, no, come aveva visto ammazzare suo padre; – strappava il cuore! – Il taglialegna, dalla pietà, gli menò un gran colpo di scure colle due mani, quasi avesse dovuto abbattere un rovere di cinquant'anni – e tremava come una foglia – Un altro gridò: – Bah! egli sarebbe stato notaio, anche lui!

Non importa! Ora che si avevano le mani rosse di quel sangue, bisognava versare tutto il resto. Tutti! tutti i *cappelli*! – Non era più la fame, le bastonate, le soperchierie che facevano ribollire la collera. Era il sangue innocente. Le donne più feroci ancora, agitando le braccia scarne, strillando d'ira in falsetto, colle carni tenere sotto i brindelli delle vesti. – Tu che venivi a pregare il buon Dio colla veste di seta! – Tu che avevi a schifo d'inginocchiarti accanto alla povera gente! – Te'! Te'! – Nelle case, su per le scale, dentro le alcove,[5] lacerando la seta e la tela fine. Quanti orecchini su delle facce insanguinate! e quanti anelli d'oro nelle mani che cercavano di parare i colpi di scure!

La baronessa aveva fatto barricare il portone: travi, carri di campagna, botti piene, dietro; e i campieri che sparavano dalle finestre per vender cara la pelle. La folla chinava il capo alle schioppettate, perché non aveva armi da rispondere. Prima c'era la pena di morte chi tenesse armi da fuoco. – Viva la libertà! – E sfondarono il portone. Poi nella corte, sulle gradinate, scavalcando i feriti. La-

---

[4] *male*: la malattia della vite.
[5] *alcove*: camere da letto.

sciarono stare i campieri. – I campieri dopo! – Prima volevano le carni della baronessa, le carni fatte di pernici e di vin buono. Ella correva di stanza in stanza col lattante al seno, scarmigliata – e le stanze erano molte. Si udiva la folla urlare per quegli andirivieni, avvicinandosi come la piena di un fiume. Il figlio maggiore, di 16 anni, ancora colle carni bianche anch'esso, puntellava l'uscio colle sue mani tremanti, gridando: – Mamà! mamà! – Al primo urto gli rovesciarono l'uscio addosso. Egli si afferrava alle gambe che lo calpestavano. Non gridava più. Sua madre s'era rifugiata nel balcone, tenendo avvinghiato il bambino, chiudendogli la bocca colla mano perché non gridasse, pazza. L'altro figliolo voleva difenderla col suo corpo, stralunato,[6] quasi avesse avute cento mani, afferrando pel taglio tutte quelle scuri. Li separarono in un lampo. Uno abbrancò lei pei capelli, un altro per i fianchi, un altro per le vesti, sollevandola al di sopra della ringhiera. Il carbonaio le strappò dalle braccia il bambino lattante. L'altro fratello non vide niente; non vedeva altro che nero e rosso. Lo calpestavano, gli macinavano le ossa a colpi di tacchi ferrati; egli aveva addentato una mano che lo stringeva alla gola e non la lasciava più. Le scuri non potevano colpire nel mucchio e luccicavano in aria.

E in quel carnevale furibondo del mese di luglio, in mezzo agli urli briachi della folla digiuna, continuava a suonare a stormo la campana di Dio, fino a sera, senza avemaria, senza mezzogiorno, come in paese di turchi.[7] Cominciavano a sbandarsi, stanchi della carneficina, mogi, mogi, ciascuno fuggendo il compagno. Prima di notte tutti gli usci erano chiusi, paurosi, e in ogni casa vegliava il lume. Per le stradicciuole non si udivano altro che i cani, frugando per i canti,[8] con un rosicchiare secco di ossa, nel chiaro di luna che lavava ogni cosa, e mostrava spalancati i portoni e le finestre delle case deserte.

Aggiornava; una domenica senza gente in piazza né messa che suonasse. Il sagrestano s'era rintanato; di preti non se ne trovavano più. I primi che cominciarono a far capannello sul sagrato si guardavano in faccia sospettosi; ciascuno ripensando a quel che doveva avere sulla coscienza il vicino. Poi, quando furono in molti, si diedero a mormorare. – Senza messa non potevano starci, un giorno di domenica, come i cani! – Il casino dei *galantuomini* era sbarrato, e non si sapeva dove andare a prendere gli ordini dei padroni per la settimana. Dal campanile penzolava sempre il fazzoletto tricolore, floscio, nella caldura gialla di luglio.

E come l'ombra s'impiccioliva lentamente sul sagrato, la folla si ammassava tutta in un canto. Fra due casucce della piazza, in fondo ad una stradicciola che scendeva a precipizio, si vedevano i campi

---

[6]*stralunato*: fuori di sé.
[7]L'insurrezione popolare, scoppiata storicamente nei primi giorni di agosto del 1860, è descritta da Verga come una carneficina, con il popolo trasformato in un'orda assetata di sangue.
[8]*canti*: angoli.

giallastri nella pianura, i boschi cupi sui fianchi dell'Etna. Ora dovevano spartirsi quei boschi e quei campi. Ciascuno fra di sé calcolava colle dita quello che gli sarebbe toccato di sua parte, e guardava in cagnesco il vicino. – Libertà voleva dire che doveva essercene per tutti! – Quel Nino Bestia, e quel Ramurazzo, avrebbero preteso di continuare le prepotenze dei *cappelli*! – Se non c'era più il perito per misurare la terra, e il notaio per metterla sulla carta, ognuno avrebbe fatto a riffa e a raffa! – E se tu ti mangi la tua parte all'osteria, dopo bisogna tornare a spartire da capo? – Ladro tu e ladro io. – Ora che c'era la libertà, chi voleva mangiare avrebbe avuto la sua festa come quella dei *galantuomini*! – Il taglialegna brandiva in aria la mano quasi ci avesse ancora la scure.

Il giorno dopo si udì che veniva a far giustizia il generale,[9] quello che faceva tremare la gente. Si vedevano le camice rosse dei suoi soldati salire lentamente per il burrone, verso il paesetto; sarebbe bastato rotolare dall'alto delle pietre per schiacciarli tutti. Ma nessuno si mosse. Le donne strillavano e si strappavano i capelli. Ormai gli uomini, neri e colle barbe lunghe, stavano sul monte, colle mani fra le cosce, a vedere arrivare quei giovanetti stanchi, curvi sotto il fucile arrugginito, e quel generale piccino sopra il suo gran cavallo nero, innanzi a tutti, solo.[10]

Il generale fece portare della paglia nella chiesa, e mise a dormire i suoi ragazzi come un padre. La mattina, prima dell'alba, se non si levavano al suono della tromba, egli entrava nella chiesa a cavallo, sacramentando come un turco. Questo era l'uomo. E subito ordinò che glie ne fucilassero cinque o sei, Pippo, il nano, Pizzanello, i primi che capitarono. Il taglialegna, mentre lo facevano inginocchiare addosso al muro del cimitero, piangeva come un ragazzo, per certe parole che gli aveva dette sua madre, e pel grido che essa aveva cacciato quando glie lo strapparono dalle braccia. Da lontano, nelle viuzze più remote del paesetto, dietro gli usci, si udivano quelle schioppettate in fila come i mortaletti della festa.

Dopo arrivarono i giudici per davvero, dei galantuomini cogli occhiali, arrampicati sulle mule, disfatti dal viaggio, che si lagnavano ancora dello strapazzo mentre interrogavano gli accusati nel refettorio del convento, seduti di fianco sulla scranna, e dicendo ahi! ogni volta che mutavano lato. Un processo lungo che non finiva più. I colpevoli li condussero in città, a piedi, incatenati a coppia, fra due file di soldati col moschetto pronto. Le loro donne li seguivano correndo per le lunghe strade di campagna, in mezzo ai solchi, in mezzo ai fichidindia, in mezzo alle vigne, in mezzo alle biade color d'oro, trafelate, zoppicando, chiamandoli a nome ogni volta che la

[9]*il generale*: Nino Bixio.
[10]Finita l'esaltazione, i popolani non sanno organizzarsi socialmente (vorrebbero persino il notaio per spartirsi la terra) né difendersi dai soldati che arrivano dal basso. Così traluce, nonostante il presunto atteggiamento impassibile e oggettivo del narratore, la condanna severa di Verga sull'irredimibile ignoranza e arretratezza del mondo popolare.

strada faceva gomito, e si potevano vedere in faccia i prigionieri. Alla città li chiusero nel gran carcere alto e vasto come un convento, tutto bucherellato da finestre colle inferriate; e se le donne volevano vedere i loro uomini, soltanto il lunedì, in presenza dei guardiani, dietro il cancello di ferro. E i poveretti divenivano sempre più gialli in quell'ombra perenne, senza scorgere mai il sole. Ogni lunedì erano più taciturni, rispondevano appena, si lagnavano meno. Gli altri giorni, se le donne ronzavano per la piazza attorno alla prigione, le sentinelle minacciavano col fucile. Poi non sapere che fare, dove trovare lavoro nella città, né come buscarsi il pane. Il letto nello stallazzo costava due soldi; il pane bianco si mangiava in un boccone e non riempiva lo stomaco; se si accoccolavano a passare una notte sull'uscio di una chiesa, le guardie le arrestavano. A poco a poco rimpatriarono, prima le mogli, poi le mamme. Un bel pezzo di giovinetta si perdette nella città e non se ne seppe più nulla. Tutti gli altri in paese erano tornati a fare quello che facevano prima. I *galantuomini* non potevano lavorare le loro terre colle proprie mani, e la povera gente non poteva vivere senza i *galantuomini*. Fecero la pace. L'orfano dello speziale rubò la moglie a Neli Pirru, e gli parve una bella cosa, per vendicarsi di lui che gli aveva ammazzato il padre. Alla donna che aveva di tanto in tanto certe ubbie,[11] e temeva che suo marito le tagliasse la faccia, all'uscire dal carcere, egli ripeteva: – Sta' tranquilla che non ne esce più. – Ormai nessuno ci pensava; solamente qualche madre, qualche vecchiarello, se gli correvano gli occhi verso la pianura, dove era la città, o la domenica, al vedere gli altri che parlavano tranquillamente dei loro affari coi *galantuomini*, dinanzi al casino di conversazione, col berretto in mano, e si persuadevano che all'aria ci vanno i cenci.[12]

Il processo durò tre anni, nientemeno! tre anni di prigione e senza vedere il sole. Sicché quegli accusati parevano tanti morti della sepoltura, ogni volta che li conducevano ammanettati al tribunale. Tutti quelli che potevano erano accorsi dal villaggio: testimoni, parenti, curiosi, come a una festa, per vedere i compaesani, dopo tanto tempo, stipati nella capponaia[13] – ché capponi davvero si diventava là dentro! e Neli Pirru doveva vedersi sul mostaccio quello dello speziale, che s'era imparentato a tradimento con lui! Li facevano alzare in piedi ad uno ad uno. – Voi come vi chiamate? – E ciascuno si sentiva dire la sua, nome e cognome e quel che aveva fatto. Gli avvocati armeggiavano fra le chiacchiere, coi larghi maniconi pendenti, e si scalmanavano, facevano la schiuma alla bocca, asciugandosela subito col fazzoletto bianco, tirandoci su una presa di tabacco. I giudici sonnecchiavano, dietro le lenti dei loro occhiali, che agghiacciavano il cuore. Di faccia erano seduti in fila dodici *galantuomini*, stanchi, annoiati, che sbadigliavano, si grattavano la barba, o ciangottavano fra di loro. Certo si dicevano che l'avevano

---

[11] *ubbie*: scrupoli.
[12] *all'aria ci vanno i cenci*: a rimetterci sono sempre i più deboli.
[13] *capponaia*: gabbia degli accusati.

scappata bella a non essere stati dei galantuomini di quel paesetto lassù, quando avevano fatto la libertà. E quei poveretti cercavano di leggere nelle loro facce. Poi se ne andarono a confabulare fra di loro, e gli imputati aspettavano pallidi, e cogli occhi fissi su quell'uscio chiuso. Come rientrarono, il loro capo, quello che parlava colla mano sulla pancia, era quasi pallido al pari degli accusati, e disse: – Sul mio onore e sulla mia coscienza!...

Il carbonaio, mentre tornavano a mettergli le manette, balbettava: – Dove mi conducete? – In galera? – O perché? Non mi è toccato neppure un palmo di terra! Se avevano detto che c'era la libertà!...[14]

[14]Di grande profondità analitica questa conclusione, con la messa in scena del processo, dove risaltano l'incomunicabilità e l'inconciliabilità fra i due mondi separati dei borghesi (giudici, avvocati, giurati) e dei popolani (processati e pubblico). La battuta conclusiva è analoga a quella di *Jeli il pastore*, con il personaggio a palesare tutta la sua incapacità (e impossibilità) di capire i meccanismi sociali e il processo storico-politico in atto.

Di là del mare

Ella ascoltava, avviluppata nella pelliccia, e colle spalle appoggiate alla cabina, fissando i grandi occhi pensosi nelle ombre vaganti del mare. Le stelle scintillavano sul loro capo, e attorno a loro non si udiva altro che il sordo rumore della macchina, e il muggito delle onde che si perdevano verso orizzonti sconfinati. A poppa, dietro le loro spalle, una voce che sembrava lontana, canticchiava sommessamente una canzone popolare, accompagnandosi coll'organetto.

Ella pensava forse alle calde emozioni provate la sera innanzi alla rappresentazione del San Carlo; o alla riviera di Chiaia,[1] sfolgorante di luce, che si erano lasciata dietro le loro spalle. Aveva preso il braccio di lui mollemente, coll'abbandono dell'isolamento in cui erano, e s'era appoggiata al parapetto, guardando la striscia fosforescente che segnava il battello, e in cui l'elica spalancava abissi inesplorati, quasi cercasse di indovinare il mistero di altre esistenze ignorate. Dal lato opposto, verso le terre su cui Orione[2] inchinavasi, altre esistenze sconosciute e quasi misteriose palpitavano e sentivano, chissà? povere gioie e poveri dolori, simili a quelli da lui narrati. – La donna ci pensava vagamente colle labbra strette, gli occhi fissi nel buio dell'orizzonte.

Prima di separarsi stettero un altro po' sull'uscio della cabina, al chiarore vacillante della lampada che dondolava. Il cameriere, rifinito dalla fatica, dormiva accoccolato sulla scala, sognando forse la sua casetta di Genova. A poppa il lume della bussola rischiarava appena la figura membruta dell'uomo che era al timone, immobile, cogli occhi fissi sul quadrante, e la mente chissà dove. A prua si udiva sempre la mesta cantilena siciliana, che narrava a modo suo di gioie, di dolori, o di speranze umili, in mezzo al muggito uniforme del mare, e al va e vieni regolare e impassibile dello stantuffo.

Sembrava che la donna non sapesse risolversi a lasciare la ma-

*La novella fu pubblicata per la prima volta direttamente nel volume *Novelle rusticane*.
[1]*San Carlo... Chiaia*: il teatro dell'opera e una delle più rinomate strade di Napoli.
[2]*Orione*: costellazione.

no di lui. Infine alzò gli occhi e gli sorrise tristamente: – Domani! sospirò.

Egli chinò il capo senza rispondere.

– Vi ricorderete sempre di questa ultima sera?

Egli non rispose. – Io sì! – aggiunse la donna.

All'alba si rividero sul ponte. Il visetto delicato di lei sembrava abbattuto dall'insonnia. La brezza le scomponeva i morbidi capelli neri. Diggià la Sicilia sorgeva come una nuvola in fondo all'orizzonte. Poi l'Etna si accese tutt'a un tratto d'oro e di rubini, e la costa bianchiccia si squarciò qua e là in seni e promontorii oscuri. A bordo cominciava l'affaccendarsi del primo servizio mattutino. I passeggieri salivano ad uno ad uno sul ponte, pallidi, stralunati, imbacuccati diversamente, masticando un sigaro e barcollando. La grù cominciava a stridere, e la canzone della notte taceva come sbigottita e disorientata in tutto quel movimento. Sul mare turchino e lucente, delle grandi vele spiegate passavano a poppa, dondolando i vasti scafi che sembravano vuoti, con i pochi uomini a bordo che si mettevano la mano sugli occhi per vedere passare il vapore superbo. In fondo, delle altre barchette più piccole ancora, come punti neri, e le coste che si coronavano di spuma; a sinistra la Calabria, a destra la Punta del Faro, sabbiosa, Cariddi che allungava le braccia bianche verso Scilla rocciosa e altera.

All'improvviso, nella lunga linea della costa che sembrava unita, si aperse lo stretto come un fiume turchino, e al di là il mare che si allargava nuovamente, sterminato. La donna fece un'esclamazione di meraviglia. Poi voleva che egli le indicasse le montagne di Licodia e la Piana di Catania, o il Biviere di Lentini dalle sponde piatte. Egli le accennava da lontano, dietro le montagne azzurre, le linee larghe e melanconiche della pianura biancastra, le chine molli e grigie d'ulivi, le rupi aspre di fichidindia, le alpestri viottole erbose e profumate. Pareva che quei luoghi si animassero dei personaggi della leggenda, mentre egli li accennava ad uno ad uno. Colà la Malaria; su quel versante dell'Etna il paesetto dove la libertà irruppe come una vendetta; laggiù gli umili drammi del Mistero, e la giustizia ironica di Don Licciu Papa. Ella ascoltando dimenticava persino il dramma palpitante in cui loro due si agitavano, mentre Messina si avanzava verso di loro col vasto semicerchio della sua *Palazzata*.[3] Tutt'a un tratto si riscosse e mormorò:

– Eccolo!

Dalla riva si staccava una barchetta, in cui un fazzoletto bianco si agitava per salutare come un alcione[4] nella tempesta.

– Addio! mormorò il giovane.

La donna non rispose e chinò il capo. Poi gli strinse forte la mano sotto la pelliccia e si scostò di un passo.

– Non addio. Arrivederci!

[3] *Palazzata*: grande ed estesa costruzione neoclassica sul mare, distrutta nel terremoto di Messina del 1908.

[4] *alcione*: gabbiano.

– Quando?

– Non lo so. Ma non addio.

Ed egli la vide porgere le labbra all'uomo che era venuto ad incontrarla nella barchetta. E nella mente gli passavano delle larve sinistre, i fantasmi dei personaggi delle sue leggende, col cipiglio bieco e il coltellaccio in mano.

Il velo azzurro di lei scompariva verso la riva, in mezzo alla folla delle barche e alle catene delle áncore.

Passarono i mesi. Finalmente ella gli scrisse che poteva andarla a trovare.

"In una casetta isolata, in mezzo alle vigne – ci sarà una croce segnata col gesso sull'uscio. Io verrò dal sentiero fra i campi. Aspettatemi. Non vi fate scorgere, o sono perduta."

Era d'autunno ancora, ma pioveva e tirava vento come d'inverno. Egli nascosto dietro l'uscio, ansioso, col cuore che gli martellava, spiava avidamente se le righe di pioggia che solcavano lo spiraglio cominciassero a diradarsi. Le foglie secche turbinavano dietro la soglia come il fruscìo di una veste. Che faceva essa? Sarebbe venuta? L'orologio rispondeva sempre di no, di no, ad ogni quarto d'ora, dal paesetto vicino. Finalmente un raggio di sole penetrò da una tegola smossa. La campagna tutta s'irradiava. I carrubbi stormivano sul tetto, e in fondo, dietro i viali sgocciolanti, si apriva il sentieruolo fiorito di margherite gialle e bianche. Di là sarebbe comparso il suo ombrellino bianco, di là, o al di sopra del muricciuolo a destra. Una vespa ronzava nel raggio dorato che penetrava dalle commessure, e urtava contro le imposte, dicendo: Viene! viene! – Tutt'a un tratto qualcuno spinse bruscamente la porticina a sinistra. – Come un tuffo nel sangue! – Era lei! bianca, tutta bianca, dalla veste al viso pallido. Al primo vederlo gli cadde fra le braccia, colla bocca contro la bocca di lui.

Quante ore passarono in quella povera stanzuccia affumicata? Quante cose si dissero? Il tarlo impassibile e monotono continuava a rodere i vecchi travicelli del tetto. L'orologio del paesetto vicino lasciava cadere le ore ad una ad una. Da un buco del muro potevano scorgersi i riflessi delle foglie che si agitavano, e alternavano ombre e luce verde come in fondo a un lago.

Così la vita. – Ad un tratto ella siccome stralunata, passandosi le mani sugli occhi, aprì l'uscio per vedere il sole che tramontava. Poscia, risolutamente, gli buttò le braccia al collo, dicendogli: – Non ti lascio più.

A piedi, tenendosi a braccetto, andarono a raggiungere la piccola stazione vicina, perduta nella pianura deserta. Non lasciarsi più! Che gioia sterminata e trepida! Andavano stretti l'un contro l'altro, taciti, come sbigottiti, per la campagna silenziosa, nell'ora mesta della sera.

Degli insetti ronzavano sul ciglione del sentiero. Dalla terra screpolata si levava una nebbia grave e mesta. Non una voce umana, non un abbaiare di cani. Lontano ammiccava nelle tenebre un lume solitario. Finalmente arrivò il treno sbuffante e impennacchiato. Partirono insieme, andarono lontano, lontano, in mezzo a quelle montagne misteriose di cui egli le aveva parlato, che a lei sembrava di conoscere.

Per sempre!

Per sempre. Essi si levavano col giorno, scorazzavano pei campi, nelle prime rugiade, sedevano al meriggio nel folto delle piante, all'ombra degli abeti, di cui le foglie bianche fremevano senza vento, felici di sentirsi soli, nel gran silenzio. Indugiavano a tarda sera, per veder morire il giorno sulle vette dei monti, quando i vetri si accendevano a un tratto e scoprivano casupole lontane. L'ombra saliva lungo le viottole della valle che assumevano un aspetto malinconico; poi il raggio color d'oro si fermava un istante su di un cespuglio in cima al muricciuolo. Anche quel cespuglio aveva la sua ora, e il suo raggio di sole. Degli insetti minuscoli vi ronzavano intorno, nella luce tepida. Al tornare dell'inverno il cespuglio sarebbe scomparso e il sole e la notte si sarebbero alternate ancora sui sassi nudi e tristi, umidi di pioggia. Così erano scomparsi il casolare del gesso, e l'osteria di "Ammazzamogli" in cima al monticello deserto. Soltanto le rovine sbocconcellate si disegnavano nere nella porpora del tramonto. Il Biviere si stendeva sempre in fondo alla pianura come uno specchio appannato. Più in qua i vasti campi di Mazzarò, i folti oliveti grigi su cui il tramonto scendeva più fosco, le vigne verdi, i pascoli sconfinati che svanivano nella gloria dell'occidente, sul cocuzzolo dei monti; e dell'altra gente si affacciava ancora agli usci delle fattorie grandi come villaggi, per veder passare degli altri viandanti. Nessuno sapeva più di Cirino, di compare Carmine, o di altri. Le larve erano passate. Solo rimaneva solenne e immutabile il paesaggio, colle larghe linee orientali, dai toni caldi e robusti. Sfinge misteriosa, che rappresentava i fantasmi passeggieri, con un carattere di necessità fatale. Nel paesello i figli delle vittime avevano fatto pace cogli strumenti ciechi e sanguinarii della libertà; curatolo Arcangelo strascinava la tarda vecchiaia a spese del signorino; una figlia di compare Santo era andata sposa nella casa di mastro Cola. All'osteria del Biviere un cane spelato e mezzo cieco, che i diversi padroni nel succedersi l'uno all'altro avevano dimenticato sulla porta, abbaiava tristamente ai rari viandanti che passavano.

Poi il cespuglio si faceva smorto anch'esso a poco a poco, e l'assiolo si metteva a cantare nel bosco lontano.

Addio, tramonti del paese lontano! Addio abeti solitari alla cui ombra ella aveva tante volte ascoltato le storie che egli le narrava, che stormivate al loro passaggio, e avete visto passare tanta gente, e sorgere e tramontare il sole tante volte laggiù! Addio! Anch'essa è lontana.[5]

---

[5] La novella assume l'aspetto di una postfazione teorica: sono sinteticamente ricordati alcuni fatti e personaggi delle novelle della raccolta, ma rivisitati secondo l'ottica dei personaggi borghesi, cioè dei potenziali lettori dei racconti (come in *Fantasticheria*).

Un giorno venne dalla città una cattiva notizia. Era bastata una parola, di un uomo lontano, di cui ella non poteva parlare senza impallidire e piegare il capo. Innamorati, giovani, ricchi tutti e due, tutti e due che s'erano detti di voler restare uniti per sempre, era bastata una parola di quell'uomo per separarli. Non era il bisogno del pane, com'era accaduto a Pino il Tomo, né il coltellaccio del geloso che li divideva. Era qualcosa di più sottile e di più forte che li separava. Era la vita in cui vivevano e di cui erano fatti. Gli amanti ammutolivano e chinavano il capo dinanzi alla volontà del marito. Ora ella sembrava che temesse e sfuggisse l'altro. Al momento di lasciarlo pianse tutte le sue lagrime che egli bevve avidamente; ma partì. Chissà quante volte si rammentano ancora di quel tempo, in mezzo alle ebbrezze diverse, alle feste febbrili, al turbinoso avvicendarsi degli eventi, alle aspre bisogne della vita? Quante volte ella si sarà ricordata del paesetto lontano, del deserto in cui erano stati soli col loro amore, della ceppaia[6] al cui rezzo ella aveva reclinato il capo sulla spalla di lui, e gli aveva detto sorridendo: – L'uggia per le camelie![7]

Delle camelie ce n'erano tante e superbe, nella splendida serra in cui giungevano soffocati gli allegri rumori della festa, molto tempo dopo, quando un altro ne aveva spiccata per lei una purpurea come di sangue, e glie la aveva messa nei capelli. Addio, tramonti lontani del paese lontano! Anche lui, allorché levava il capo stanco a fissare nell'aureola della lampada solitaria le larve del passato, quante immagini e quanti ricordi! di qua e di là pel mondo, nella solitudine dei campi, e nel turbinìo delle grandi città! Quante cose erano trascorse! e quanto avevano vissuto quei due cuori lontano l'uno dall'altro!

Infine si rivedevano nella vertigine del carnevale. Egli era andato alla festa per veder lei, coll'anima stanca e il cuore serrato d'angoscia. Ella era là difatti, splendente, circondata e lusingata in cento modi. Pure aveva il viso stanco anch'essa, e il sorriso triste e distratto. I loro occhi s'incontrarono e scintillarono. Nulla più. Sul tardi si trovarono accanto come per caso, nell'ombra dei grandi palmizii immobili. – Domani! gli disse. – Domani, alla tal'ora e nel tal luogo. Avvenga che può! voglio vedervi! – Il seno bianco e delicato le tempestava dentro il merletto trasparente, e il ventaglio le tremava fra le mani. Poi chinò il capo, cogli occhi fissi ed astratti; lievi e fugaci rossori le passavano sulla nuca del color della magnolia. Come batteva forte il cuore a lui! come era squisita e trepidante la gioia di quel momento! Ma allorché si rividero l'indomani non era più la stessa cosa. Chissà perché?... Essi avevano assaporato il frutto velenoso della scienza mondana; il piacere raffinato dello sguardo e della parola scambiati di nascosto in mezzo a duecento persone, di una promessa che val più della realtà, perché è mormorata dietro il

6 *ceppaia*: la parte inferiore dell'albero.
7 *L'uggia per le camelie*: l'ombra (*uggia*) adatta per la fioritura delle camelie.

ventaglio e in mezzo al profumo dei fiori, allo scintillìo delle gemme e all'eccitamento della musica. Allorché si buttarono nelle braccia l'uno dell'altro, quando si dissero che si amavano nella bocca, entrambi pensavano con desiderio molle ed acuto al rapido momento della sera innanzi, in cui sottovoce, senza guardarsi, quasi senza parole, si erano detto che il cuore turbinava loro in petto ad entrambi nel trovarsi accanto. Quando si lasciarono, e si strinsero la mano, sulla soglia, erano tristi tutti e due, e non tristi soltanto perché dovevano dirsi addio – quasi mancasse loro qualche cosa. Pure si tenevano sempre per mano, ad entrambi veniva per istinto la domanda. – Ti rammenti? – E non osavano. Ella aveva detto che partiva l'indomani col primo treno, ed egli la lasciava partire.

L'aveva vista allontanarsi pel viale deserto, e rimaneva là, colla fronte contro le stecche di quella persiana. La sera calava. Un organino suonava in lontananza alla porta di un'osteria.

Ella partiva l'indomani col primo treno. Gli aveva detto: – Bisogna che vada con *lui*! – Anch'egli aveva ricevuto un telegramma che lo chiamava lontano. Su quel foglio ella aveva scritto *Per sempre*, e una data. La vita li ripigliava entrambi, l'una di qua e l'altro di là, inesorabilmente. La sera dopo anch'esso era alla stazione, triste e solo. Della gente si abbracciava e si diceva addio; degli sposi partivano sorridenti; una mamma, povera vecchierella del contado, si strascinava lagrimosa dietro il suo ragazzo, robusto giovanotto in uniforme da bersagliere, col sacco in spalla, che cercava l'uscita di porta in porta.

Il treno si mosse. Prima scomparve la città, le vie formicolanti di lumi, il sobborgo festante di brigatelle allegre. Poi cominciò a passare come un lampo la campagna solitaria, i prati aperti, i fiumicelli che luccicavano nell'ombra. Di tanto in tanto un casolare che fumava, della gente raccolta dinanzi a un uscio. Sul muricciuolo di una piccola stazione, dove il convoglio si era arrestato un momento sbuffante, due innamorati avevano lasciato scritto a gran lettere di carbone i loro nomi oscuri. Egli pensava che anch'essa era passata di là il mattino, e aveva visto quei nomi.

Lontano lontano, molto tempo dopo, nella immensa città nebbiosa e triste, egli si ricordava ancora qualche volta di quei due nomi umili e sconosciuti, in mezzo al via vai affollato e frettoloso, al frastuono incessante, alla febbre dell'immensa attività generale, affannosa e inesorabile, ai cocchi sfarzosi, agli uomini che passavano nel fango, fra due assi coperte d'affissi,[8] dinanzi alle splendide vetrine scintillanti di gemme, accanto alle stamberghe che schieravano in fila teschi umani[9] e scarpe vecchie. Di tratto in tratto si udiva il sibilo di un treno che passava sotterra o per aria, e si perdeva in lontananza, verso gli orizzonti pallidi, quasi con un desiderio dei paesi del sole. Allora gli tornava in mente il nome di quei due

[8]*uomini... affissi*: uomini che giravano con appesi alle spalle cartelli di propaganda.
[9]*teschi umani*: volti magrissimi.

sconosciuti che avevano scritto la storia delle loro umili gioie sul muro di una casa davanti alla quale tanta gente passava. Due giovanetti biondi e calmi passeggiavano lentamente pei larghi viali del giardino tenendosi per mano; il giovane aveva regalato alla ragazza un mazzolino di rose purpuree che aveva mercanteggiato ansiosamente un quarto d'ora da una vecchierella cenciosa e triste; la giovinetta, colle sue rose in seno, come una regina, dileguavasi secolui lontano dalla folla delle amazzoni e dei cocchi superbi. Quando furono soli sotto i grandi alberi della riviera, sedettero accanto, parlandosi sottovoce colla calma espansione del loro affetto.

Il sole tramontava nell'occidente smorto; e anche là, nei viali solitari, giungeva il suono di un organino, con cui un mendicante dei paesi lontani andava cercando il pane in una lingua sconosciuta.

Addio, dolce melanconia del tramonto, ombre discrete e larghi orizzonti solitari del noto paese. Addio, viottole profumate dove era così bello passeggiare tenendosi abbracciati. Addio, povera gente ignota che sgranavate gli occhi al veder passare i due felici.

Alle volte, quando lo assaliva la dolce mestizia di quelle memorie, egli ripensava agli umili attori degli umili drammi con un'aspirazione vaga e incosciente di pace e d'obblio, a quella data e a quelle due parole – *per sempre* – che ella gli aveva lasciato in un momento d'angoscia, rimasto vivo più d'ogni gioia febbrile nella sua memoria e nel suo cuore. E allora avrebbe voluto mettere il nome di lei su di una pagina o su di un sasso, al pari di quei due sconosciuti che avevano scritto il ricordo del loro amore sul muro di una stazione lontana.

PER LE VIE

Il bastione di Monforte

Nel vano della finestra s'incorniciano i castagni d'India[1] del viale, verdi sotto l'azzurro immenso – con tutte le tinte verdi della vasta campagna – il verde fresco dei pascoli prima, dove il sole bacia le frondi; più in là l'ombrìa[2] misteriosa dei boschi. Fra i rami che agita il venticello s'intravvede ondeggiante un lembo di cielo, quasi visione di patria lontana. Al muoversi delle foglie le ombre e la luce scorrono e s'inseguono in tutta la distesa frastagliata di verde e di sole come una brezza che vi giunga da orizzonti sconosciuti. E nel folto, invisibili, i passeri garriscono la loro allegra giornata con un fruscìo d'ale fresco e carezzevole anch'esso.[3]

Sotto, nel largo viale, la città arriva ancora col passo affaccendato di qualche viandante, col lento vagabondaggio di una coppia furtiva. Ella va a capo chino, segnando i passi coll'appoggiare cadenzato dell'ombrellino, e l'ondeggiamento carezzevole del vestito attillato, che il sole ricama di bizzarri disegni, mentre l'ombre mobili delle frondi giuocano sul biondo dei capelli e sulla nuca bianca come rapidi baci che la sfiorino tutta. Ed egli le parla gesticolando, acceso della sua parola istessa che gli suona innamorata. A un tratto levano il capo entrambi al sopraggiungere di un legno[4] che va adagio, dondolando come una culla, colle tendine chiuse; e la giovinetta si fa rossa, pensando alla penombra azzurra di quelle tende che addormentò le sue prime ritrosie. Un vecchio che va curvo per la sua strada alza il capo soltanto per vedere se la giornata gli darà il sole.

E passa il rumore di un carro di cui si vedono le sole ruote polve-

---

*La novella fu pubblicata nel "Fanfulla della Domenica", 20 maggio 1883.

[1] *castagni d'India*: ippocastani.

[2] *ombrìa*: ombra.

[3] La descrizione riguarda la zona di Porta Monforte, presso cui Verga aveva abitato nei suoi soggiorni milanesi (i bastioni erano antiche fortificazioni, successivamente abbattute). La narrazione è condotta sul filo della memoria, alla stessa maniera di *Fantasticheria* e *Di là del mare*, senza una vicenda precisa, ma con attenzione al quadro generale del paesaggio, costellato di cose e figurine umane, colte e fissate in un attimo della loro dispersa esistenza.

[4] *legno*: carrozza.

rose girare al di sotto dei rami bassi, e ciondolare addormentati del pari il muso del cavallo e le gambe del carrettiere penzoloni, rigate di sole. Poscia il trotto rapido di un cavallo, col lampo del morso lucente; o la fuggevole visione di una *vittoria*[5] bruna, nella quale si adagia mollemente fra le piume e il velluto una forma bianca e vaporosa. Così si dileguano in alto le nuvole viaggiando per lidi ignoti, e la dama bianca vi cerca cogli occhi i sogni o i ricordi dell'ultimo ballo che vagano lontano, mollemente del pari.

E le foglioline si agitano fra di loro, con un tremolìo fresco d'ombre e di luce; a un tratto, nell'ebbrezza di sentirsi vivere al sole, stormiscono insieme, e cantano al limite della città rumorosa la vita quieta dei boschi. Le coppie innamorate tacciono, quasi comprese di un sentimento più vasto del loro; e colla mano nella mano, vanno, sognando. Più in là li desta il trotto stracco del carrozzino postale che passa barcollando, portando svogliatamente la noia quotidiana di tutte le faccenduole umane che va a raccogliere dalle cassette, e strascina sempre per la stessa via, al suono fesso della sonagliera, addormentato sotto il gran mantice[6] tentennante. Dall'altro lato risponde il fischio del convoglio che corre laggiù, verso il sole, tirandosi dietro il pensiero, lontano, lontano, verso altri luoghi, verso il passato.

Ecco, fra i rami degli ippocastani c'è una linea d'ombra che sprofonda nel vuoto, come un viale tagliato nel dosso di un monticello, sotto un gran pennacchio di carrubbi. Le belle passeggiate d'allora nel meriggio caldo e silenzioso, quando le cicale stridevano nella valletta addormentata al sole! Accanto serpeggia verso l'alto la linea bruna di un tronco, rendendo immagine del sentiero che ascendeva fra i pascoli ed il sommacco di un noto poggio; e in cima, dove l'azzurro scappa infine libero, sembra di scorgere quella vetta che vedeva tanta campagna intorno. Un dì che voci allegre fra i sommacchi di quel poggio e le vigne di quel monticello! e tutta la comitiva che s'arrampicava festante per l'erta in quel dolce tramonto d'ottobre! E il chiaro di luna della sera in cui si aspettavano da quella vetta i fuochi della festa al paesetto lontano e che bagna ancora l'anima di luce malinconica al tornare di queste memorie! Quanto tempo è trascorso? Quanto è lontano ormai quel paesetto? Ora il carrozzino postale vi porta la sola cosa viva che rimanga di tanta festa, sotto un francobollo da venti centesimi. E una farfalletta bianca s'affatica a svolazzare su pel viale immaginario, fra i rami dei castagni d'India, aspirando forse alle cime troppo alte per le sue alucce.

Così quella donna che viene ogni giorno a passeggiare pel viale, e aspetta, e torna a rileggere un foglio spiegazzato che trae di tasca, e guarda ansiosa di qua e di là ad ogni passo che faccia scricchiolare la sabbia, rizzando il capo con tal moto che sembra vederle brillare tutta l'anima negli occhi. Ogni tanto si ferma sotto un albero colle

---

[5]*vittoria*: carrozza elegante.
[6]*mantice*: copertura della carrozza, che si può sollevare o abbassare.

braccia penzoloni e l'atteggiamento stanco. Anch'essa andò a chiedere trepidante quella lettera al postino che ne scorreva un fascio sbadigliando. Ora legge e rilegge la parola luminosa che ci dev'essere per rischiarare l'ombra uggiosa di quel viale, per ravvivare il verde di quegli alberi che le sono passati dinanzi agli occhi con mille gradazioni di tinte nelle desolate ore d'attesa. L'organetto che suonava il mattino gaio, in qualche osteria del sobborgo, e le cantava in cuore tutte le liete promesse della speranza, torna a passare collo stesso motivo già velato dalla mestizia della sera. Gli amanti che si tengono per mano in mezzo a quella festa d'azzurro e di verde, si voltano ridendo al vederla aspettare ancora, sola, vestita di nero. La sera giunge, e l'ombra s'allunga malinconica.

A quell'ora, ogni giorno, suol passare uno sconosciuto alto e pallido, coll'andatura svogliata e l'occhio vagabondo di chi voglia ingannare l'ora del pranzo. Allorché incontrò la donna vestita di nero egli volse a fissarle il volto magro e austero in cui la percezione acuta della vita ha scavato come dei solchi. E chinò il capo quasi indovinasse, stanco della stanchezza di quella derelitta. Ma fu un lampo, e seguitò ad andare diritto e fiero per la sua via, portando negli occhi la visione di tutte le camerette nude e fredde in cui si sono strascinati i suoi sogni di giovinezza e i suoi bauli sconquassati, pieni solo di scartafacci, nel vagabondare dietro un sogno. Quanti dolori ha incontrato per quella via, e quante grida d'amore o di fame ha sentito attraverso le pareti sottili di quelle camerette? Più tardi forse andrà a pranzare con una tazza di caffè e latte fra gli specchi e le dorature del Biffi, pensando a quella donna che aspettava colla stanchezza dell'anima negli occhi, mentre l'orchestra suona la mazurca dell'*Excelsior*.[7] Ora l'operaio che gli passa allato, strascinando un carretto, non gli bada neppure. La città è troppo vasta, e ce ne son tanti.

E il tramonto in alto si spegne, tranquillo, in un cinguettìo confuso, con mille rumori indistinti che dileguano insieme all'azzurro che svanisce lontano, lontano, verso il paese dei sogni e delle memorie; e vi trasporta ai giorni in cui sentiste le prime mestizie della sera, e la prima canzone d'amore vi si gonfiò melodiosa nell'anima.

Ora la canzone passa vagabonda e avvinazzata[8] pel viale, al casto lume della luna che stampa in terra le larghe orme nere dei castagni addormentati – la canzone in cui suonano le note rauche della rissa d'osteria e la noia delle querimonie[9] che aspettano a casa colla donna – o la gaiezza dolorosa di chi non vuol pensare al domani senza pane – oppure la brutale galanteria che si lascia alle spalle l'ospedale e la prigione, o il richiamo caldo che cerca l'ora molle d'amore dopo la dura giornata dell'operaio. Solo il bisbiglìo di due

[7] *Excelsior*: ballo andato in scena alla Scala nel 1881, su musica di Romualdo Marenco e coreografia di Luigi Manzotti, imperniato su temi e figure del progresso moderno, che riscosse un notevole successo.
[8] *vagabonda e avvinazzata*: nel senso che è cantata da un vagabondo ubriaco.
[9] *querimonie*: lamentele.

voci sommesse che si nascondono nell'ombra canta la primavera innamorata e pudibonda. E a un tratto, nella tarda ora silenziosa, in mezzo alla gran luce d'argento che piove sui rami, da una macchia nell'oscurità si leva una nota d'argento anch'essa, e canta la festa dei nidi alle ragazze che ascoltano alla finestra. In fondo, fra i rami, s'intravvede lontano un lumicino, in una stanzuccia solitaria.

A quest'ora pure la cascatella mormora laggiù nel paese lontano, tutta sola in quell'angolo della rupe paurosa, sotto i grappoli di ca-pelvenere,[10] dinanzi la valletta che si stende bianca di luna.

O i molli plenilunî estivi, in cui la giovinezza canta e sogna per le strade, e le memorie sorgono dolci e candide dal passato ad una ad una! – E le fredde lune d'acciaio del Natale, quando i grandi scheletri dei castagni d'India segnano di nero l'azzurro profondo e cupo, e il turbine strappa le foglie dimenticate dall'autunno con un mugolìo che viene da lungi, dalle notti remote in cui passava dietro l'uscio chiuso sulla famigliuola raccolta intorno al ceppo, e spazza-va via tutto! – E l'albe livide, i meriggi foschi sui rami inargentati di neve, i gemiti lunghi che vengono col vento dalle notti remote, e i giorni che scorrono silenziosi e deserti sul viale bianco di neve. Ora di tanto in tanto passa il carro funebre senza far rumore, come una macchia nera, ricamato di neve anch'esso, quasi recasse la fioritura della morte; e il doganiere che inganna la lunga guardia facendo quattro ciarle colla servotta dietro il muro, sbircia sospettoso se mai il drappo funebre dei morti non nasconda il contrabbando dei vivi.

---

[10]*capelvenere*: pianta medicinale della famiglia delle felci.

In piazza della Scala

Pazienza l'estate! Le notti sono corte; non è freddo; fin dopo il tocco[1] c'è ancora della gente che si fa scarrozzare a prendere il fresco sui Bastioni, e se calan le tendine, c'è da buscarsi una buona mancia. Si fanno quattro chiacchiere coi compagni per iscacciare il sonno, e i cavalli dormono col muso sulle zampe. Quello è il vero carnevale! Ma quando arriva l'altro, l'è duro da rosicare per i poveri diavoli che stanno a cassetta ad aspettare una corsa di un franco, colle redini gelate in mano, bianchi di neve come la statua dal barbone, che sta lì a guardare, in mezzo ai lampioni, coi suoi quattro figliuoletti d'attorno.[2]

E' dicono che mette allegria la neve, quelli che escono dal Cova,[3] col naso rosso, e quelle altre che vanno a scaldarsi al veglione della Scala, colle gambe nude. Accidenti! Almeno s'avesse il robone[4] di marmo, come la statua! e i figliuoli di marmo anch'essi, che non mangiano!

Ma quelli di carne e d'ossa, se mangiano! e il cavallo, e il padrone di casa, e questo, e quest'altro! che al 31 dicembre, quando la gente va ad aspettare l'anno nuovo coi piedi sotto la tavola nelle trattorie, il Bigio[5] tornava a imprecare: – Mostro di un anno! Vattene in malora! Cinque lire sole non ho potuto metterle da parte.

Prima i denari si spendevano allegramente all'osteria, dal liquorista lì vicino; e che belle scampagnate cogli amici, a Loreto e alla Cagnola[6]; senza moglie né figli, né pensieri. Ah! se non fosse stato per la Ghita[7] che tirava su le gonnelle sugli zoccoletti, per far vedere le calze rosse, trottando lesta lesta in piazza della Scala! Delle calze

*La novella fu pubblicata nella "Rassegna settimanale di politica, scienze, lettere ed arti", 1° gennaio 1882.

[1] *tocco*: l'una di notte.

[2] *come la statua... d'attorno*: la statua di Leonardo da Vinci con quattro suoi discepoli.

[3] *Cova*: uno dei locali più alla moda del tempo.

[4] *robone*: veste ricca ed elegante.

[5] *Bigio*: Luigi.

[6] *a Loreto e alla Cagnola*: allora sobborghi milanesi fuori porta. Costante è l'attenzione alla topografia cittadina, quasi secondo una riproduzione fotografica della realtà, come nei dettami della poetica naturalista.

[7] *Ghita*: forma abbreviata di Margherita.

che vi mangiavano gli occhi. E certa grazietta nel muovere i fianchi, che il Bigio ammiccava ogni volta, e le gridava dietro: – Vettura?

Lei da prima si faceva rossa: ma poi ci tirava su un sorrisetto, e finì col prenderla davvero la vettura; e scarrozzando, il Bigio, voltato verso i cristalli, le spiattellava tante chiacchiere, tante, che una domenica la condusse al municipio, e pregò un camerata di tenergli d'occhio il cavallo, intanto che andava a sposare la Ghitina.

Adesso che la Ghitina si era fatta bolsa[8] come il cavallo, lui vedeva trottare allo stesso modo la figliuola, cogli stivaletti alti e il cappellino a sghimbescio, sotto pretesto che imparava a far la modista, e sempre nelle ore in cui il caffè lì di faccia era pieno di fannulloni, che le dicevano cogli occhi tante cose sfacciate.

Bisognava aver pazienza, perché quello era il mestiere dell'Adelina; e la Ghita, ogni volta che il Bigio cercava di metterci il naso, gli spifferava il fatto suo, che le ragazze bisogna si cerchino fortuna; e se ella avesse avuto giudizio come l'Adelina, a quest'ora forse andrebbe in carrozza per conto suo, invece di tenerci il marito a buscarsi da vivere.

Tant'è, suo marito, quando vedeva passare l'Adele, dondolandosi come la mamma nel vestitino nero, sotto quelle occhiate che gridavano anch'esse: – Vettura? – non poteva frenarsi di far schioccare la frusta, a rischio di tirarsi addosso il *cappellone*[9] di guardia lì vicino.

Ma là! Bisognava masticare la briglia,[10] che non s'era più puledri scapoli, e adattarsi al finimento che s'erano messi addosso, lui e la Ghita, la quale continuava a far figliuoli, che non pareva vero, e non si sapeva più come impiegarli. Il maggiore, nel treno militare, 1° reggimento, e sarebbe stato un bel pezzo di cocchiere. L'altro, stalliere della società degli *omnibus*. L'ultimo aveva voluto fare lo stampatore, perché aveva visto i ragazzi della tipografia, lì nella contrada, comprar le mele cotte a colazione, col berrettino di carta in testa. E infine una manata di ragazzine cenciose, che l'Adelina non permetteva le andassero dietro, e si vergognava se le incontrava per la strada. Voleva andar sola, lei, per le strade; tanto che un bel giorno spiccò il volo, e non tornò più in via della Stella. Al Bigio che si disperava e voleva correre col suo legno chissà dove, la Ghita ripeteva:

– Che pretendi? L'Adelina era fatta per esser signora, cagna d'una miseria!

Lei si consolava colla portinaia lì sotto, scaldandosi al braciere, o dal liquorista, dove andava a comprare di soppiatto un bicchierino sotto il grembiule. Ma il Bigio aveva un bel fermarsi a tutte le osterie, ché quando era acceso vedeva la figliuola in ogni coppia

---

[8]*bolsa*: debole. Si rilevi la coerente pratica della prospettiva dal basso, col narratore che adotta la stessa ottica del protagonista, donde l'attributo dato alla moglie di *bolsa*, che è proprio del mondo equino (la bolsaggine è malattia cronica all'apparato respiratorio dei cavalli).

[9]*cappellone*: vigile.

[10]*masticare la briglia*: tollerare.

misteriosa che gli faceva segno di fermarsi, e ordinava soltanto: – Gira! – lei voltandosi dall'altra parte, e tenendo il manicotto sul viso, – e quando incontrava un legno sui Bastioni, lemme lemme, colle tendine calate, e quando al veglione smontava una ragazza, che di nascosto non aveva altro che il viso, egli brontolava, qualunque fosse la mancia, e si guastava cogli avventori.

Cagna miseria! come diceva la Ghita. Denari! tutto sta nei denari a questo mondo! Quelli che scarrozzavano colle tendine chiuse, quelli che facevano la posta alle ragazze dinanzi al caffè, quelli che si fregavan le mani, col naso rosso, uscendo dal Cova! c'era gente che spendeva cento lire, e più, al veglione, o al teatro; e delle signore che per coprirsi le spalle nude avevano bisogno di una pelliccia di mille lire, gli era stato detto; e quella fila di carrozze scintillanti che aspettavano, lì contro il Marino,[11] col tintinnìo superbo dei morsi e dei freni d'acciaio, e gli staffieri accanto che vi guardavano dall'alto in basso, quasi ci avessero avuto il freno anch'essi. Il suo ragazzo medesimo, quello dell'*Anonima*,[12] allorché gli facevano fare il servizio delle vetture di rimessa,[13] dopo che si era insaccate le mani sudicie nei guanti di cotone, se le teneva sulle cosce al pari della statua dal robone, e non avrebbe guardato in faccia suo padre che l'aveva fatto. Piuttosto preferiva l'altro suo figliuolo, quello che aiutava a stampare il giornale. Il Bigio spendeva un soldo per leggere a cassetta, fra una corsa e l'altra, tutte le ingiustizie e le birbonate che ci sono al mondo, e sfogarsi colle parole stampate.

Aveva ragione il giornale. Bisognava finirla colle ingiustizie e le birbonate di questo mondo! Tutti eguali come Dio ci ha fatti.[14] Non mantelli da mille lire, né ragazze che scappano per cercar fortuna, né denari per comperarle, né carrozze che costano tante migliaia di lire, né omnibus, né tramvai, che levano il pane di bocca alla povera gente. Se ci hanno a essere delle vetture devono lasciarsi soltanto quelle che fanno il mestiere, in piazza della Scala, e levar di mezzo anche quella del n. 26, che trova sempre il modo di mettersi in capofila.

Il Bigio la sapeva lunga, a furia di leggere il giornale. In piazza della Scala teneva cattedra, e chiacchierava come un predicatore in mezzo ai camerati, tutta notte, l'estate, vociando e rincorrendosi fra le ruote delle vetture per passare il tempo, e di tanto in tanto davano una capatina dal liquorista che aveva tutta la sua bottega lì nella cesta, sulla panca della piazza. L'è un divertimento a stare in crocchio a quell'ora, al fresco, e di tanto in tanto vi pigliano anche per qualche corsa. Il posto è buono, c'è lì vicino la Galleria, due teatri, sette

[11] *Marino*: palazzo in piazza della Scala, oggi sede del Comune.
[12] *Anonima*: l'azienda di trasporto pubblico.
[13] *di rimessa*: a noleggio.
[14] Queste novelle milanesi sono prive sostanzialmente di vicende, di "fatti diversi", come invece quelle siciliane, ma ricche – ed è questa la grande novità – di descrizioni realistiche della vita minuta della città, riprodotta sempre attraverso la visione del mondo di un protagonista popolare (in questo caso in grado anche di leggere ed esprimere idee progressiste, quindi di più alto livello culturale rispetto ai personaggi siciliani).

caffè, e se fanno una dimostrazione a Milano, non può mancare di passare di là, colla banda in testa. Ma in inverno e' s'ha tutt'altra voglia! Le ore non iscorrono mai, in quella piazza bianca che sembra un camposanto, con quei lumi solitari attorno a quelle statue fredde anch'esse. Allora vengono altri pensieri in mente – e le scuderie dei signori dove non c'è freddo e l'Adele che ha trovato da stare al caldo. – Anche colui che predica di giorno l'eguaglianza nel giornale, a quell'ora dorme tranquillamente, o se ne torna dal teatro, col naso dentro la pelliccia.

Il caffè Martini[15] sta aperto sin tardi, illuminato a giorno che par si debba scaldarsi soltanto a passar vicino ai vetri delle porte, tutti appannati dal gran freddo che è di fuori; così quelli che ci fanno tardi bevendo non son visti da nessuno, e se un povero diavolo invece piglia una sbornia per le strade, tutti gli corrono dietro a dargli la baia. Di facciata le finestre del club[16] sono aperte anch'esse sino all'alba. Lì c'è dei signori che non sanno cosa fare del loro tempo e del loro denaro. E allorché sono stanchi di giuocare fanno suonare il fischietto, e se ne vanno a casa in legno, spendendo solo una lira. Ah! se fosse a cassetta quella povera donna che sta l'intera notte sotto l'arco della galleria, per vendere del caffè a due soldi la tazza, e sapesse che porta delle migliaia di lire, vinte al giuoco in due ore, nel paletò[17] di un signore mezzo addormentato, passando lungo il Naviglio, di notte, al buio!...

O quegli altri poveri diavoli, che fingono di spassarsi andando su e giù per la galleria deserta, col vento che vi soffia gelato da ogni parte, aspettando che il custode volti il capo, o finga di chiudere gli occhi, per sdraiarsi nel vano di una porta, raggomitolati in un soprabito cencioso.

Questi qui non isbraitano, non stampano giornali, non si mettono in prima fila nelle dimostrazioni. Le dimostrazioni gli altri, alla fin fine, le fanno a piedi, senza spendere un soldo di carrozza.

[15]*Martini*: altro rinomato locale sulla piazza.
[16]*club*: il ritrovo del caffè Cova.
[17]*paletò*: cappotto (francesismo).

Al veglione

C'era andato a portare un paniere di bottiglie, di quelle col collo inargentato,[1] nel palco della contessa, e s'era fermato col pretesto di aspettare che le vuotassero; tanto, in cinque com'erano nel palchetto, non potevano asciugarle tutte, e qualcosa sarebbe rimasta anche in fondo ai piatti. Sicché alle sue donne aveva detto:
– Aspettatemi alla porta del teatro, in mezzo alla gente che sta a veder passare i signori.

Lì, sull'uscio del palchetto, i servitori lo guardavano in cagnesco, coi loro faccioni da prete, ché i padroni stessi, là dentro il palco, come li aveva visti da una sbirciatina attraverso il cristallo, non stavano così impalati e superbiosi come quei servitori nelle loro livree nuove fiammanti.

Nel palco era un va e vieni di signori colla cravatta bianca, e il fiore alla bottoniera,[2] come i lacchè delle carrozze di gala, che pareva un porto di mare. E ogni volta che l'uscio si apriva arrivava come uno sbuffo di musica e d'allegria, una luminaria di tutti i palchetti di faccia, e una folla di colori rossi, bianchi, turchini, di spalle e di braccia nude, e di petti di camicia bianchi. Anche la contessa aveva le spalle nude e le voltava al teatro, per far vedere che non gliene importava nulla. Un signore che le stava dietro, col naso proprio sulle spalle, le parlava serio serio, e non si muoveva più di lì, che doveva sentir di buono quel posto. L'altra amica, una bella bionda, badava invece a rosicarsi[3] il ventaglio, guardando di qua e di là fuori del palco, come se cercasse un terno al lotto, e si voltava ogni momento verso l'uscio del corridoio, con quei suoi occhi celesti e quel bel musino color di rosa, tanto che il povero Pinella[4] si faceva rosso in viso, come c'entrasse per qualcosa anche lui.

Ah, la Luisina che era lì fuori, nella folla, non gli era sembrata

*La novella apparve prima nella raccolta *Per le vie*, poi nell'"Illustrazione popolare", 24 febbraio 1884.
[1]*collo inargentato*: bottiglie di vino pregiato, spumante o altro.
[2]*bottoniera*: occhiello.
[3]*rosicarsi*: il personaggio agita nervosamente il ventaglio vicino alle labbra, come se lo stesse rosicchiando.
[4]*Pinella*: diminutivo dialettale di Giuseppe.

fatta di quella pasta nemmeno quando l'aspettava alla porta dei padroni, via S. Antonio, la domenica, che s'erano picchiati col servitore del pian di sotto, il quale pretendeva che la Luisina desse retta a lui, perché ci aveva il soprabitone coi bottoni inargentati.

Quest'altro, quel del faccione da prete, impalato dietro l'uscio, gli disse: – E lei? Cosa sta ad aspettare qui?

– Aspetto le bottiglie, rispose Pinella.

– Le bottiglie? Gliele daremo poi, le bottiglie; dopo cena. C'è tempo, c'è tempo.

– Fossi matto! pensava Pinella sgattaiolando pel corridoio. Di qui non mi muovo!

Egli aveva visto che il suo padrone di casa per entrare in teatro aveva pagato 10 lire, sbuffando, anzimando pel grasso, rosso come un tacchino dentro il suo zimarrone[5] di pelliccia, tastando i biglietti nel portafogli colle dita corte. Fortuna che non aveva scorto Pinella, se no gli chiedeva lì stesso i denari della pigione.

Egli era già salito due volte sino al quinto piano, soffiando, per riscuoterli. Ma la Luisina aveva acchiappato un reuma alla gamba, collo star di notte a vendere il caffè sotto l'arco della Galleria, e quei pochi soldi che buscava la Carlotta vendendo paralumi per le strade e nei caffè, se n'erano andati tutti in quel mese che la mamma era stata in letto.

Per le scale, e nei corridoi, c'era folla anche là. Mascherine che strillavano e si rincorrevano; signore incappucciate, giovanotti col cappello sotto il braccio che le appostavano a chiacchierare sottovoce in un cantuccio all'oscuro. Pinella riescì a ficcarsi in un andito, fra le assi del palcoscenico, dietro una gran tela dipinta, dove c'erano degli strappi che parevano fatti apposta per mettervi un occhio. Là si stava da papa. Sembrava una lanterna magica.[6] Vedevasi tutto il teatro, pieno zeppo, dappertutto fin sulle pareti, per cinque piani. Lumi, pietre preziose, cravatte bianche, vesti di seta, ricami d'oro, braccia nude, gambe nude, gente tutta nera, strilli, colpi di gran cassa, squilli di tromba, stappare di bottiglie, un brulichìo, una baraonda.

– Bello! eh? gli soffiò dietro le orecchie un ragazzone che era entrato di straforo come lui.

– Eccome! esclamò Pinella. E' si divertono per 10 lire! – Lì davanti, su di una panca a ridosso della scena, erano sedute due mascherine, e cercavano di esser sole anche loro, perché avevano un mondo di cose da dirsi. Lui, il giovanotto, gliele lasciava cascare sul collo, che la ragazza aveva bianco e delicato, così che quei ricciolini sulla nuca tremavano come avessero freddo, e le spalle pure trasalivano, e si facevano rosse mentre ella chinava il capo, non ricordandosi neppure che ci aveva la maschera sul viso.

– La ci casca! La ci casca! gongolava il vicino di Pinella. Ma il po-

[5]*zimarrone*: grosso soprabito.
[6]*lanterna magica*: apparecchio ottico che ingrandisce immagini dipinte su vetro.

vero Pinella in quel momento osservava che la ragazza era magrolina e aveva i capelli castagni come la Carlotta. E l'altro insisteva, insisteva, col fiato caldo sul collo di lei, che avvampava quasi ci si scaldasse, e ritirava pian piano gli stivalini di raso sotto la panca, come per nascondere le gambe nude, nella maglia color di rosa, che luccicava qua e là, e sembrava arrossire anch'essa.

Ah, la Carlotta aspettava di fuori, al freddo, è vero; ma Pinella era più contento così. – La ci va! La ci va! continuava il suo vicino. La ragazza s'era levata, per forza, col mento sul petto, e il seno che si contraeva come un mantice, sotto i ricami d'oro falso. L'altro le aveva preso il braccio, e la tirava, la tirava. Ella si lasciava tirare, passo passo, colle gambe nude che esitavano l'una dietro l'altra. – Tombola! urlò loro dietro il ragazzaccio. E sparvero nella folla.

Pinella se ne andò anche lui col cuore grosso, pensando che una volta aveva sorpreso la Carlotta in piazza della Rosa, a chiacchierare con un giovanotto, proprio come quest'altra, colle guance rosse e il mento sul petto. Ella aveva trovato il pretesto che il giovanotto era un avventore il quale aveva bisogno di una dozzina di paralumi, a casa sua.

A cavalcioni sul parapetto di un palco in prima fila si vedeva una ragazza, vestita all'incirca tal quale l'aveva messa al mondo sua madre, e a viso scoperto, che era bello come il sole, e non aveva bisogno di nasconder nulla. Colle gambe che lasciava spenzolare fuori del palco, minacciava tutti quelli che le venivano a tiro, giovani, vecchi, signori, quel che fossero, e se uno non chinava il capo nel passare dinanzi a lei, glielo faceva chinare per forza. Né ci era da aversela a male, tanto era bella e allegra col bicchiere in mano e le braccia bianche levate in alto; e conosceva tutti, e li chiamava col tu per nome a uno ad uno. Ad un bel giovane che le sorrideva sotto il palco, ritto e fiero, ella gli vuotò sul capo il bicchiere di sciampagna.

– Questo qui, disse uno nella folla, s'è maritato che non è un mese, e la sposa è lì che guarda, in seconda fila.

La sposa in seconda fila, tutta bianca e col viso di ragazza, stava a vedere, seria seria, e con grand'occhi intenti.

– Adesso, pensò Pinella, l'è ora di andare dalla contessa, per le bottiglie.

Nel palco colle cortine rosse calate, dopo l'allegria di prima, s'erano fatti tutti serii e taciturni, che non vedevano l'ora d'andarsene, e posavano i gomiti sulla tavola, carica di lumi e d'argenterie, coi mazzi di fiori da cento lire buttati in un canto.

Nello stanzino dirimpetto i servitori mangiavano in fretta, mentre sparecchiavano, imboccando le bottiglie a guisa di trombette, appena fuori del palco, cacciando i guanti nelle salse e nei dolciumi, lustri e allegri come mascheroni di fontana. Quello del faccione, il superbioso, appena vide arrivare Pinella, cominciò a sclamare: –

Corpo!... e voleva mandarlo via. Ma un vecchietto tutto bianco e raggricchiato[7] in una livrea color marrone disse:

– No! No! lasciatelo stare. Ce n'è per tutti. È carnevale, allegria! allegria!

Anzi gli tagliò una bella fetta di pasticcio, e un altro, colla bocca piena, bofonchiò:

– E' costa cento lire.

Il vecchietto, rizzando su la personcina, aggiunse: – Quando stavo col duca, nel palco, a ogni veglione, si stappavano delle bottiglie per più di 1000 lire.

– Presto! presto! venne a dire il faccione, forbendosi il mento in furia con una tovaglia sudicia. – I padroni hanno ordinato le carrozze.

A Pinella sembrava invece che andavano via sul più bello, e mentre raccoglieva le bottiglie non sapeva capacitarsi perché si sciupassero tanti denari e tanti pasticci da 100 lire se ci si annoiava così presto. Ora che aveva bevuto si sentiva anch'egli il caldo e la smania dell'allegria. I palchi cominciavano a vuotarsi, e dagli usci spalancati intanto si vedeva la folla irrompere di nuovo in platea come un fiume, coi volti accesi, i capelli arruffati, le vesti discinte, le maglie cascanti, le cravatte per traverso, i cappelli ammaccati, strillando, annaspando, pigiandosi, urlando, in mezzo al suono disperato dei tromboni, ai colpi di gran cassa; e un tanfo, una caldura, una frenesia che saliva da ogni parte, un polverìo che velava ogni cosa, denso, come una nebbia, sulla galoppa[8] che girava in tondo a guisa di un turbine, e da un canto, in mezzo a un cerchio di signori in cravatta bianca, pallidi, intenti, ansiosi, che facevano largo per vedere, una coppia più sfrenata delle altre, cogli occhi schizzanti fuori della maschera come pezzi di carbone acceso, i denti bianchi, ghignando, il viso smorto, la testa accovacciata, gli omeri che scappavano dal busto, le gambe nude che s'intrecciavano, con molli contorcimenti dei fianchi.[9] E in seconda fila lassù, la bella sposina dal viso di ragazza, tutta bianca, ritta dinanzi al parapetto, che spalancava gli occhi curiosi, indugiando, mentre suo marito le poneva la mantiglia sulle spalle, e trasaliva al contatto dei guanti di lui.

La Luisina e la Carlotta aspettavano alla porta del teatro, nella piazza bianca di neve, col viso rosso, battendo i piedi e soffiando sulle dita in mezzo alla folla che spalancava gli occhi per veder passare le belle dame imbacuccate nelle pellicce bianche, dietro i vetri scintillanti delle carrozze. E ad ogni modesto legno di piazza che si avanzava barcollando, la Carlotta guardava le coppie misteriose che vi montavano, accompagnava le gambe in maglia color di rosa cogli stessi grandi occhi avidi e curiosi della sposina tutta bianca, che era in seconda fila.

[7] *raggricchiato*: rattrappito.
[8] *galoppa*: danza dal ritmo molto vivace.
[9] Anche questa novella si dipana dal punto di vista del personaggio, che è un servitore, con la scelta audace di elevare a protagonista chi occupa l'ultimo gradino della scala sociale. La narrazione si risolve quindi in una grande descrizione dello spettacolo della festa, tra lusso, leccornie, cibarie e carni sensuali, ma tutto resta inattingibile come un miraggio per il mondo subalterno.

Il canarino del N. 15

Come il bugigattolo dei portinai non vedeva mai il sole, e avevano una figliuola rachitica, la mettevano a sedere nel vano della finestra, e ve la lasciavano tutto il santo giorno, sicché i vicini la chiamavano "il canarino del n. 15".

Màlia[1] vedeva passar la gente; vedeva accendere i lumi la sera; e se entrava qualcuno a chiedere di un pigionale[2] rispondeva per la mamma, la sora Giuseppina, che stava al fuoco, o a leggere i giornali dei casigliani.[3]

Sinché c'era un po' di luce faceva anche della trina,[4] con quelle sue mani pallide e lunghe; e un giovanetto della stamperia lì dicontro, al veder sempre dietro i vetri quel visetto, che era delicato, e con delle pèsche azzurre[5] sotto gli occhi, se n'era come si dice innamorato. Ma poi seppe la storia del canarino, e di mezza la persona che era morta sino alla cintola, e non alzò più gli occhi, quando andava e veniva dalla stamperia.

Ella pure ci aveva badato: tanto nessuno la guardava mai! e quel po' di sangue che le restava le tingeva come una rosa la faccia pallida, ogni volta che udiva il passo di lui sull'acciottolato. La stradicciuola umida e scura le sembrava gaia, con quello stelo di pianticella magra che si dondolava dal terrazzino del primo piano, e quei finestroni scuri della tipografia dirimpetto, dov'era un gran lavorìo di puleggie, e uno scorrere di striscie di cuoio, lunghe, lunghe, che non finivano mai, e si tiravano dietro il suo cervello, tutto il giorno. Sul muro c'erano dei gran fogli stampati, che ella leggeva e tornava a leggere, sebbene li sapesse a memoria; e la notte li vedeva ancora, nel buio, cogli occhi spalancati, bianchi, rossi, azzurri, mentre si

*La novella fu pubblicata nella "Domenica letteraria", 21 maggio 1882, poi nella raccolta *Per le vie*, infine ristampata nell'"Illustrazione popolare", 7 giugno 1885. Sempre nel 1885 andò in scena, al Manzoni di Milano, senza successo, una trasposizione teatrale in due atti, col titolo *In portineria*.

[1] *Màlia*: Amalia.
[2] *pigionale*: inquilino in affitto.
[3] *casigliani*: inquilini.
[4] *trina*: merletti.
[5] *pèsche azzurre*: occhiaie di color violaceo.

udiva il babbo che tornava a casa cantando con voce rauca: "O Beatrice, il cor mi dice".[6]

Ella pure, la Màlia, si sentiva gonfiare in cuore la canzone, quando i monelli passavano cantando e battendo gli zoccoli sul terreno ghiacciato, nella nebbia fitta. Ascoltava, ascoltava, col mento sul petto, e provava e riprovava la cantilena sottovoce, davvero come un canarino che ripassi la parte.

Diventava anche civettuola. La mattina, prima che la mettessero dietro la finestra, si lisciava i capelli, e ci appuntava un garofano, quando l'aveva, con quelle mani scarne. Come la Gilda, sua sorella, si attillava[7] per andar dalla sarta, col velo nero sulla testolina maliziosa, e scutrettolava[8] vispa vispa nella vestina tutta in fronzoli, la guardava con quel sorriso dolce e malinconico delle sue labbra pallide, poi la chiamava con un cenno del capo, e voleva darle un bacio. Un giorno che la Gilda le regalò un fiocchetto di nastro smesso, ella si fece rossa dal piacere. Alle volte le moriva sulle labbra la domanda se nei giornali non ci fosse un rimedio per lei.

La poveretta non si stancava mai di aspettare che quel giovane tornasse ad alzare il capo verso la finestra. Aspettava, aspettava, cogli occhi alla viuzza, e le dita scarne che facevano andare la spoletta.[9] Ma poi lo vide che accompagnava la Gilda, passo passo, tenendo le mani nelle tasche, e si fermarono ancora a chiacchierare sulla porta.

Si vedeva soltanto la schiena di lui, che le parlava con calore, e la Gilda pensierosa raspava nel selciato colla punta dell'ombrellino. Essa poi disse:

– Qui no, che c'è la Màlia a far la sentinella, ed è una seccatura.

Alfine un sabato sera il giovanotto entrò anche lui insieme alla Gilda, e si misero a chiacchierare colla sora Giuseppina, che metteva delle castagne nella cenere calda. Si chiamava Carlini; era scapolo, compositore-tipografo, e guadagnava 36 lire la settimana. Prima d'andarsene diede la buonasera anche alla Màlia, che stava al buio nel vano della finestra.

D'allora in poi cominciò a venire sovente, poi quasi ogni sera. La sora Giuseppina aveva preso a volergli bene, pel suo fare ben educato, ché non veniva mai colle mani vuote: confetti, mandarini, bruciate, alle volte anche una bottiglia sigillata. Allora si fermava in casa anche il babbo della ragazza, il sor Battista, a chiacchierare col Carlini come un padre, dicendogli che voleva cucirgli lui il primo vestito nuovo, se mai. Egli ci aveva là il banco e le forbici da sarto, e il ferro da stirare, e l'attaccapanni e lo specchio pei clienti. Adesso lo specchio serviva per la Gilda. Mentre il giovane aspettava l'innamorata si metteva a discorrere colla Màlia; le parlava della sorella,

---

[6] *O Beatrice, il cor mi dice*: aria popolare dall'operetta *Boccaccio* di F. von Suppé (1879).

[7] *si attillava*: si vestiva con molta cura.

[8] *scutrettolava*: procedeva con andatura vivace, dondolandosi.

[9] *spoletta*: arnese per tessere i merletti.

le diceva quanto le volesse bene, e che incominciava a mettere dei soldi alla Cassa di Risparmio. Appena tornava la Gilda si mettevano a sussurrare in un cantuccio, bocca contro bocca, pigliandosi le mani allorché la mamma voltava le spalle.

Una sera egli le diede un grosso bacio dietro l'orecchio, mentre la sora Giuseppina sbadigliava in faccia al fuoco, e Carlini credeva che nessuno li vedesse, tanto che alle volte se ne andava senza pensare nemmeno che la Màlia fosse là, per darle la buonanotte. Una domenica arrivò tutto contento colla nuova che aveva trovata la casa che ci voleva: due stanzette a Porta Garibaldi, ed era anche in trattative per comprare i mobili dell'inquilino che sloggiava, un povero diavolo col sequestro sulle spalle, per via della pigione. Il Carlini era così contento che diceva alla Màlia:

– Peccato che non possiate venire a vederla anche voi!

La ragazza si fece rossa. Ma rispose: – La Gilda sarà contenta lei.

Ma la Gilda non sembrava molto contenta. Spesso il Carlini l'aspettava inutilmente, e si lagnava colla Màlia di sua sorella, che non gli voleva bene come lui gliene voleva, e gli lesinava le buone parole e tutto il resto. Allora il povero giovane non la finiva più coi piagnistei; raccontava ogni cosa per filo e per segno: che piacere le aveva fatto la tal parola, come sorrideva con quella smorfietta, come s'era lasciata dare quel bacio. Almeno provava un conforto nello sfogarsi colla Màlia. Gli pareva quasi di parlare colla Gilda, tanto la Màlia somigliava a sua sorella, nell'ombra, mentre lo ascoltava guardandolo con quegli occhi. Arrivava perfino a prenderle la mano, dimenticando che era mezzo morta su quella seggiola.

– Guardate, le diceva. Vorrei che la Gilda foste voi, col cuore che avete!

Stava lì per delle ore, colle mani sui ginocchi, finché tornava la Gilda. Almeno udiva il trottarello lesto dei suoi tacchetti, e la vedeva arrivare con quel visetto rosso dal freddo, e quegli occhi belli che interrogavano in giro tutta la stanzetta al primo entrare. La Gilda era vanarella e ambiziosa; gli aveva proibito di accompagnarla colla sua camiciuola turchina da operaio, quando andava impettita per via. Una sera Màlia la vide tornare a casa in compagnia di un signorino, di cui la tuba[10] lucida passava rasente al davanzale, e si fermarono sulla porta come faceva prima col Carlini. Ma a costui non disse nulla.

Il poveraccio s'era dissestato. La pigione di casa, i mobili da pagare, i regalucci per la ragazza, il tempo che perdeva: tanto che il direttore della tipografia gli aveva detto: "A che giuoco giuochiamo?". Egli tornava a confidarsi colla Màlia, e la pregava:

– Dovreste parlargliene voi a vostra sorella.

Gilda fece una spallucciata, e rispose alla Màlia:

– Piglialo tu.

A capodanno il Carlini portò in regalo un bel taglio di lanina a

---

[10]*tuba*: cappello a cilindro.

righe rosse; tanto rosse che la Gilda diede in uno scoppio di risa, e disse che era adatta per qualche contadina di Desio o di Gorla, come le aveva viste a Loreto.[11] Il giovanotto rimaneva mortificato con l'involto in mano, ripiegandolo adagio adagio, e lo offrì alla Màlia, se lo voleva lei.

Era il primo regalo che la Màlia riceveva e le parve una gran cosa. La sora Giuseppina, per scusare l'uscita della Gilda, prese a dire che quella ragazza era di gusto fine, come una signora, e non trovava mai cosa abbastanza bella pel suo merito. – Per quella figliuola là non sto mica in pena – soleva dire.

La Gilda infatti veniva a casa ora con una mantiglia nuova, che le gonfiava il seno tutto di frange, ora con le scarpine che le strizzavano i piedi, ed ora con un cappellaccio peloso che faceva ombra sugli occhi lucenti al pari di due stelle. Una volta portò un braccialetto d'argento dorato, con una ametista grossa come una nocciuola, che passò di mano in mano per tutto il vicinato. La mamma gongolava e strombazzava i risparmi che faceva la figliuola dalla sarta. La Màlia volle vedere anche lei; e il babbo stava per stendere le mani, e lo chiese in prestito per una sera, onde mostrarlo agli amici, dal tabaccaio e dal liquorista lì accanto. Ma la Gilda di ribellò. Allora il sor Battista cominciò a gridare se ella tornava a casa tardi, e a sfogarsi con Carlini che perdeva il suo tempo e i regalucci dietro quell'ingrata, la quale non aveva cuore nemmeno pei genitori. Gilda un bel giorno gli levò l'incomodo di aspettarla più.

Malgrado le sbravazzate[12] del sor Battista nella casa ci fu il lutto. La sora Giuseppina non fece altro che brontolare e litigare col marito tutta sera. Il sor Battista andò a letto ubbriaco. La Màlia udì sino all'alba il Carlini che aspettava passeggiando nella strada.

Poi la sora Carolina, che vendeva i giornali lì alla cantonata, venne a raccontare qualmente[13] avevano vista la Gilda in Galleria, vestita come una signora. Il babbo giurò che voleva andare col Carlini in traccia del sangue suo, quella domenica, e l'accompagnarono a casa che non si reggeva in piedi.

Il Carlini si era affiatato col sor Battista. Lavorava soltanto quando non poteva farne a meno, ora qua ed ora là nelle piccole stamperie, l'accompagnava all'osteria, e tornavano a braccetto. In casa s'era fatto come un della famiglia per abitudine. Accendeva il fuoco, o il gaz per le scale, menava la tromba,[14] teneva sempre in ordine i ferri del sarto, caso mai servissero, e scopava anche la corte, per risparmiare la sora Giuseppina, giacché suo marito non stava in casa gran fatto. La sora Giuseppina, per gratitudine, voleva fargli credere che la Gilda gli volesse sempre bene, e sarebbe tornata un giorno o l'altro. Egli scuoteva il capo; ma gli piaceva discorrerne

---

[11]*Desio... Gorla... Loreto*: Desio è a pochi chilometri a nord di Milano, gli altri due borghi ora fanno parte della città.
[12]*sbravazzate*: smargiassate.
[13]*qualmente*: come.
[14]*menava la tromba*: manovrava la pompa dell'acqua.

colla vecchia, o colla Màlia, che somigliava tutta a sua sorella. Gli pareva di alleggerirsi il cuore in tal modo, quando ella l'ascoltava fra chiaro e scuro, fissandolo con quegli occhi. E una volta che era stato all'osteria, e si sentiva una gran confusione dalla tenerezza, le diede anche un bacio.

La Màlia non gridò: ma si mise a tremare come una foglia. Già non c'era avvezza; e la mamma per lei non stava in guardia. L'indomani, a testa riposata, Carlini era venuto a chiacchierare come il solito, spensierato e indifferente. Ma la poveretta si sentiva sempre quel bacio sulla bocca, col fiato acre di lui, e vi aveva pensato tutta la notte. Allora in principio di primavera, come se quel bacio fosse stato del fuoco vivo, Màlia cominciò a struggersi e a consumarsi a poco a poco. La mamma ripeteva alla sora Carolina e alla portinaia della casa accanto che il male le saliva dalle gambe per tutta la persona. Il medico glielo avea detto.

Il marzo era piovoso. Tutto il giorno si udiva la grondaia che scrosciava sul tetto di vetro della stamperia, e la gente che sfangava[15] per la stradicciuola. Ogni po' si fermava alla porta un legno grondante acqua, e sbattevano in furia gli sportelli e l'usciale.[16]

– Questa è la Gilda, esclamava la mamma. La Màlia pallida cogli occhi fissi alla porta, non diceva nulla, ma s'affilava in viso. Poi nell'ora malinconica in cui anche la finestra si oscurava, passava la voce lamentevole di quel che vendeva i giornali: – Secolo! il Secolo![17] – come una malinconia che cresceva. E la Gilda non veniva.

Al san Giorgio,[18] com'era tornato il bel tempo, la giornalista[19] lì accanto ed altri vicini progettarono una gita in campagna. Il Carlini, che s'era fatto di casa, fu della partita anche lui. La sera scesero dal tramvai tutti brilli, e portando delle manciate di margheritine e di fiori di campo. Il Carlini, in vena di galanteria, volle regalare alla Màlia tutti quei fiori che gli impacciavano le mani. La povera malata ne fu contenta, come se le avessero portato un pezzo di campagna. Dal suo lettuccio aveva vista la bella giornata di là dalla finestra, sul muro dirimpetto che sembrava più chiaro, colla pianticella del terrazzino che metteva le tenere foglie. Ella voleva che le piantassero quei fiorellini in un po' di terra, perché non morissero, in qualche coccio di stoviglia, che ce ne dovevano essere tante in cucina. Un capriccio da moribonda, si sa. Gli altri rispondevano ridendo che era come far camminare un morto. Per contentarla ne collocarono alcuni in un bicchier d'acqua sul cassettone, e a fine di tenerla allegra tirarono fuori il discorso della veste a righe rosse e nere, tuttora in pezza, che la Màlia si sarebbe fatta fare, quando stava meglio. Suo padre ci aveva lì le forbici, e il refe[20] e tutti i ferri del me-

---

[15]*sfangava*: camminava nel fango.
[16]*usciale*: portiera.
[17]*il Secolo*: giornale milanese di tendenze progressiste.
[18]*Al san Giorgio*: il 24 aprile, giorno di gita secondo l'uso milanese.
[19]*giornalista*: giornalaia.
[20]*refe*: filo.

stiere. La poveretta li ascoltava guardandoli in volto ad uno ad uno, e sorrideva come una bambina. Il giorno dopo i fiori del bicchiere erano morti. Nel bugigattolo mancava l'aria per vivere.

L'estate cresceva. Giorno e notte bisognava tener spalancata la finestra pel gran caldo. Il muro di faccia si era fatto giallo e rugoso. Quando c'era la luna scendeva sin nella stradicciuola in un riflesso chiaro e smorto. Si udivano le mamme e i vicini chiacchierare sulle porte.

Al ferragosto il sor Battista coi denari delle mancie prese una sbornia coi fiocchi, e si picchiarono colla sora Giuseppina. Il Carlini, nel far da paciere, si buscò un pugno che l'accecò mezzo.

La Màlia quella sera stava peggio; e con quello spavento per giunta, il medico che veniva pel primo piano disse chiaro e tondo che poco le restava da penare, povera ragazza.

A quell'annunzio babbo e mamma fecero la pace, e venne anche la Gilda vestita di seta, senza che si sapesse chi glielo aveva detto.

La Màlia invece credeva di star meglio, e chiese che le sciorinassero sul letto il vestito in pezza del Carlini, onde "farci festa" diceva lei. Stava a sedere sul letto, appoggiata ai guanciali, e per respirare si aiutava muovendo le braccia stecchite, come fa un uccelletto colle ali.

La sora Carolina disse che bisognava andare pel prete, e il babbo che quelle minchionerie le aveva sempre disprezzate col *Secolo*, se ne andò all'osteria in segno di protesta. La sora Giuseppina accese due candele, e mise una tovaglia sul cassettone. Màlia, al vedere quei preparativi si scompose in viso, ma si confessò col prete, anche il bacio del Carlini, e dopo volle che la mamma e la sorella non la lasciassero sola.

Il babbo, l'aspettarono, s'intende. La sora Giuseppina si era appisolata sul canapè, e Gilda discorreva sottovoce col Carlini accanto alla finestra, credendo che la Màlia dormisse. Così la poveretta passò senza che se ne accorgessero, e i vicini dissero che era morta proprio come un canarino.[21]

Il babbo il giorno dopo pianse come un vitello, e la sua moglie sospirava:

– Povero angelo! Ha finito di penare! Ma eravamo abituati a vederla là, a quella finestra, come un canarino. Ora ci parrà di esser soli peggio dei cani.

La Gilda promise di tornar spesso e lasciò i denari pel funerale. Ma a poco a poco anche il Carlini diradò le visite, e come aveva cambiato alloggio a San Michele,[22] non si vide più.

Sulla finestra il babbo, per mutar vita, fece inchiodare un pezzetto d'asse, con su l'insegna "Sarto" la quale vi rimase tale e quale come il canarino nel n. 15.

[21]Come in altre novelle verghiane, qui è protagonista un personaggio emarginato, vittima della natura, che lo condanna a morte, della società, per le condizioni disagiate in cui vive, e della famiglia, per la sostanziale insensibilità nei confronti della sua sofferenza morale.

[22]*a San Michele*: il 29 settembre, giorno per convenzione di inizio e scadenza delle locazioni e quindi dei traslochi.

Amore senza benda

Battista, il ciabattino, era morto col crepacuore che Tonio, suo eguale, fosse arrivato a metter bottega in Cordusio, e lui no: la vedova seguitava ad arrabattarsi facendo la levatrice in Borgo degli Ortolani,[1] magra come un'acciuga, con delle mani spolpate che sembrava se le fosse fatte apposta pel suo mestiere. Tutta pel figliuolo, Sandro, un ragazzo promettente, che "l'avrebbe fatta morire nelle lenzuola di tela fine, se Dio voleva, com'era nata", diceva la sora Antonietta a tutto il vicinato; e si turava il naso colle dita gialle quando saliva certe scale. Dell'altra figlia non parlava mai: che era portinaia in San Pietro all'Orto,[2] e il marito le faceva provar la fame.

Sandrino aveva la sua ambizione anche lui, e gli era venuta una volta che il padrone l'aveva condotto a vedere il ballo del Dal Verme, in galleria. Volle essere artista, comparsa o tramagnino.[3] La sora Antonietta chiudeva gli occhi perché Sandrino era il più bel brunetto di Milano, – non lo diceva perché l'avesse fatto lei! – ed anche pei cinquanta centesimi che si buscava ogni sera a quel mestiere. Quando ballava la tarantella del Masaniello,[4] vestito da lazzarone,[5] la contessa del palchetto a sinistra se lo mangiava cogli occhi, dicevano.

A lui non gliene importava della contessa, perché era fatta come un salame nella carta inargentata; ma ci aveva gusto pei suoi compagni di bottega, che si martellavano d'invidia a batter la suola tutto il giorno, lo canzonavano e lo chiamavano "sor conte" per gelosia.

La domenica, colla giacchetta attillata, e il virginia da sette[6] al-

---

*La novella fu pubblicata nel "Fanfulla della Domenica", 6 agosto 1882.

[1] *Borgo degli Ortolani*: zona popolare, a differenza della centrale piazza *Cordusio* citata prima.

[2] *San Pietro all'Orto*: zona centrale e mal frequentata.

[3] *tramagnino*: giocoliere, acrobata (dai fratelli Tramagnino, celebri artisti dell'Ottocento).

[4] *Masaniello*: altro nome dell'opera *La muta di Portici* di D.F. Auber (1828).

[5] *lazzarone*: così erano chiamati dagli Spagnoli i popolani che avevano aderito alla rivolta di Masaniello.

[6] *virginia da sette*: sigaro del costo di 7 centesimi.

l'aria, se ne andava girelloni sul corso, più alto un palmo del solito, a veder le contesse.

All'occorrenza parlava di tanti che erano cominciati ballerini, tramagnini al pari di lui, o anche semplici comparse, per arrivare ad essere coreografi, cavalieri, ricchi sfondolati,[7] artisti insomma, tale e quale come il maestro Verdi. – "Artisti da piedi! rispondeva la mamma. – No, no, ci vuol altro!" – Ella aveva messo gli occhi addosso alla figlia unica del padrone di casa, carbonaio, una grassona col naso a trombetta, e le mani piene di geloni sino a tutto aprile. – Con quella lì, quando fosse morto il vecchio c'era da mettere carrozza e cavalli. Perciò teneva l'orfanella come la pupilla degli occhi suoi, le faceva da madre, la lisciava e l'accarezzava. Nelle serate a benefizio della famiglia artistica, quando la Scala rimaneva quasi vuota, si faceva dare gratis dei biglietti di piccionaia,[8] e conduceva al ballo tutta la famiglia, il carbonaio colla camicia di bucato e la ragazza strizzata[9] nello spenserino[10] di seta celeste, per mostrare il suo Sandro, là, quello colle lenticchie d'oro[11] sulle mutande, che faceva girare il lanternone![12] Un ragazzo di talento! Purché non si fosse indotto a far qualche scioccheria colle contesse che sapeva lei! Il carbonaio spalancava gli occhi al veder le ballerine, e diventava rosso che pareva gli stesse per venire un accidente.[13]

Ma Sandrino non voleva saperne della carbonaia. Egli s'era innamorato di Olga, una ragazza *del corpo di ballo*, dal musino di gatta, con tanto di pesche sotto gli occhi, che non aveva ancora sedici anni. La mamma di lei, ortolana in via della Vetra, soleva dire alle vicine:

– Non volevo che facesse la ballerina; ma quella ragazza si sentiva il mestiere nel sangue.

La Olga quando ammazzolava[14] le carote colle mani sudicie, chiamavasi Giovanna, e aveva una vesticciuola sbrindellata indosso. Allorché la Carlotta, lì vicino, le regalava un nastro vecchio, e poteva scappar da lei a infarinarsi[15] il viso, borbottava tutta contenta:

– Vedete, se fossi come la Carlotta! Qui mi si rovinano le mani, ogni anno!

---

[7]*sfondolati*: sfondati.

[8]*piccionaia*: loggione.

[9]*strizzata*: stretta.

[10]*spenserino*: giubbino così chiamato dal lord inglese Spenser, che l'aveva diffuso.

[11]*lenticchie d'oro*: lustrini sul costume.

[12]*lanternone*: grande lampada.

[13]La novella prende di mira il mondo artistico, non quello di successo, ma quello povero, caro a tanta letteratura di questi decenni, già fin dalla Scapigliatura. Al centro è sempre l'artista da strapazzo, illuso di far fortuna e poi costretto alla resa (e quindi spesso simbolo in parallelo della parabola dell'artista in generale e della degradazione dell'arte nella vita prosaica della società moderna). Lo stesso titolo va collegato alla mitologia dell'amore bendato (così veniva talvolta rappresentato Cupido, il dio dell'amore), mentre qui i rapporti amorosi si demistificano da soli, visto che l'autentico movente dell'azione di tutti i personaggi è l'interesse economico.

[14]*ammazzolava*: faceva mazzi.

[15]*infarinarsi*: incipriarsi.

E tutta sola, davanti allo specchio della ballerina, tirava su le gonnelle, e studiava i passi e le smorfie, e a dimenare i fianchi.

Alla Scala da principio se ne stava lì grulla, ritta sulle zampe come il pellicano, non sapendo cosa farne. Sandrino prese a proteggerla perché le altre ragazze la tormentavano coi motteggi. – Non dia retta, sora Giovannina. Son canaglia, che hanno la superbia nel vestito; ma se vedesse che camicie, nello spogliatoio! – Ella, per riconoscenza, gli piantava addosso quegli occhi che facevano girare il capo.

La prima volta che si lasciò rubare un bacio, al buio nel corridoio, gli si attaccò al collo, come una sanguisuga, e giurarono di amarsi sempre. La sora Antonietta inferocita, non voleva sentirne parlare; e sbuffava ogni volta che Sandrino gliela conduceva a casa la domenica. Solo il carbonaio l'accoglieva amorevolmente, e le prendeva il ganascino, colle mani sudicie che lasciavano il segno. Sandro duro come un mulo. Infine sua madre andò a dire il fatto suo a quella di via della Vetra: – "Cosa s'erano messi in testa quei presuntuosi? Volevano far sposare a Sandrino una che mostrava le gambe per cinquanta lire al mese? Meglio di quella glie ne erano passate tante per le mani, che erano cadute per l'ambizione di chiappare il sole e la luna!" – "Il sole e la luna! – rimbeccò l'ortolana – col bel mestiere che fa la mamma, che ogni momento vi chiamano in questura e dinanzi al giudice!"[16] Sandrino, quella volta, s'era presi degli schiaffi nel mettere pace; e la Olga, causa innocente, per consolarlo alla prova[17] gli saltò in mutandine sulle ginocchia, come una bambina.

– Quando quella ragazza si farà – dicevano le più esperte della scuola – vedrete!

Intanto cominciarono a ronzarle attorno i mosconi[18] delle sedie d'orchestra, e la Nana, a cui Sandrino giurava di voler raddrizzar le gambe storte,[19] portava i bigliettini e i mazzi di fiori. La Olga resisteva. Ma quando il barone delle poltrone le piantava addosso l'occhialetto, la ragazza tendeva il garretto,[20] e lasciava correre in platea delle occhiate nere come il diavolo.

La Carlotta, vedendo che quella pitocca[21] raccolta da lei stessa, alla sua porta, voleva levargli il pane, sputava veleno contro Sandrino che vedeva e taceva. – No che non taccio! – sclamava Sandrino. – Sentirete quel che farò se me ne accorgo io!

Una sera stava vestendosi pel ballo, col cappellaccio a piume, e il mantello ricamato d'oro quando vide passare la Nana, con un mazzo di fiori, che infilava arrancando il corridoio delle ballerine.

– Sangue di!... corpo di!... – cominciò a sbraitare; ma pel mo-

---

[16]*ogni momento... giudice*: allusione a pratiche illecite nel suo mestiere di levatrice.
[17]*alla prova*: alla prova dello spettacolo.
[18]*mosconi*: corteggiatori.
[19]*raddrizzar le gambe storte*: passare a vie di fatto per darle una lezione.
[20]*garretto*: gamba.
[21]*pitocca*: poveraccia.

mento non poté far altro, ché di fuori chiamavano pel ballo. Olga comparve l'ultima, infarinata come un pesce, scutrettolando più che mai, e col garretto teso, quasi avesse preso un terno secco quella sera.

– Olga, – le disse Sandrino sotto la fontana di carta, mentre le ragazze si schieravano scalpicciando e sciorinando le gonnelline. – Olga, non mi fare la civetta, o guai a te!...

La Olga avrebbe potuto stare nella prima quadriglia,[22] tanto si sbracciava e dimenava i fianchi, che bisognava scorgerla per forza. – O che non l'abbassa mai l'occhialetto quello sfacciato! – borbottava lui, mentre sgambettava con grazia reggendo la ghirlanda di fiori di tela, sotto la quale Olga passava e ripassava luccicante e con tutte le vele al vento. Ella, per togliersi la seccatura, gli rispose che quel signore voleva godersi i denari che spendeva. – E tu ci hai gusto! – insisteva Sandro. – Lo fai apposta! Quando hai a passare sotto la ghirlanda, ti chini come se io fossi nano. – Mi chino come mi piace! – rispose lei alfine. E per giunta il direttore assestò a lui la multa.

Al vederla così caparbia, con quegli occhi indiavolati, che buttava all'aria ogni cosa, egli se la mangiava con li sguardi come quell'altro, e ballava fuori tempo dalla rabbia. La Olga pareva che lo facesse apposta a girargli intorno senza farsi cogliere. Infine, nel galoppo finale, poté balbettarle ansante sulla nuca:

– Se tu cerchi l'amoroso nelle poltrone, troverò anch'io qualcosa nei palchi.

– Bravo! – rispose lei. – Ingégnati!

Egli si strappava i pizzi e i ricami di dosso, buttandoli sul tavolaccio unto, e sbuffava e giurava che voleva aspettar davvero la contessa. Ma questa gli passò accanto sotto il portico senza vederlo nemmeno, e il cocchiere, impellicciato sino al naso, gli andava quasi addosso coi cavalli, senza dir: ehi!

Sandrino tornò mogio mogio in via Filodrammatici, donde le ragazze uscivano in frotta, e la Irma strapazzava per bene il suo banchiere che non l'aveva aspettata come al solito sotto il portico dell'Accademia.[23] Olga veniva l'ultima, lemme lemme, col suo sciaretto bianco che metteva freddo a vederlo, e un bel mazzo di rose sotto il naso.

– Vedi come la Irma sa farsi rispettare? – disse a Sandro. – Ed è un signore con cavalli e carrozza!

Sandrino pretendeva invece che gli dicesse chi le aveva date quelle rose. Ma ella non volle dirglielo. Poi gli inventò che gliele aveva regalate la Bionda.

– Vengono da Genova, – osservò. – E costan molto!

In questa li raggiunse una carrozza, all'angolo di via Torino, e il signore delle poltrone si affacciò allo sportello per buttare un bacio alla ragazza. Sandrino gridava e sacramentava che voleva correr

[22]*quadriglia*: danza figurata.
[23]*portico dell'Accademia*: l'Accademia di Brera. In tutte queste novelle milanesi lo scrittore continua a descrivere dettagliatamente (secondo le regole del realismo) la topografia cittadina e la geografia dei dintorni.

dietro al legno. Ma lei lo trattenne per le falde del soprabito un po'
malandato, sicché Sandrino si chetò subito.

– Perché hanno dei denari!... Ma Dio Madonna!...

– Se mi accompagni per far di queste scene preferisco andarmene tutta sola, – disse lei.

– Lo so che sei già stufa! Se sei stufa, dimmelo che me ne vado!

Ella non rispondeva, a capo chino, dimenando i fianchi, talché
Sandrino si ammansò da lì a poco. Quando era colla Olga non sentiva né il freddo, né la stanchezza, e l'avrebbe accompagnata in capo
al mondo.

– Però, – brontolò lei, – qualche volta potresti pigliare un
brum,[24] col freddo che fa. Sento la neve dai buchi delle scarpe.

– Vuoi che pigliamo il brum?

– No, adesso è inutile, adesso!

E seguitava a brontolare.

– Del resto, pel gusto che c'è... sono due anni che ho questo scialletto, e pare una tela di ragno! Come se tua madre non fosse venuta
sino a casa mia per dire che volevano rubargli il figliuolo! Non siamo mica dei pezzenti, sai!

– Lascia stare, lascia stare – rispondeva lui, ma vedendo che infilava già la chiave nella toppa: – Così mi lasci, senza darmi un bacio?...

La Olga si volse e glielo diede. Poi entrò nell'andito e chiuse l'u-
scio.

Il domani, Sandrino si fece anticipare quindici lire dal principale, e comperò un manicotto e una pellegrina[25] di pelle di gatto. Ma
la Olga non venne alla prova. Il giorno dopo le appiopparono la
multa, ed ella snocciolò le lirette una sull'altra, sorridendo come
niente fosse.

– Grandezze! – esclamò Sandrino, masticando veleno. – Ha preso l'ambo, sora Olga!

Giurò che voleva darle due schiaffi se la incontrava col barone,
in parola d'onore! E glieli diede davvero, al caffè Merlo dei Giardini
Pubblici, una domenica mentre pigliava il sorbetto, coi guanti sino
al gomito, sotto un cappellone tutto piume. Pinf! panf! Il barone,
pallido come un cencio, voleva compromettersi. Però la Olga se lo
condusse via, gridandogli di non sporcarsi le mani con quello straccione.

– Straccione! – borbottava lui, – Ora che ci hai di meglio son diventato uno straccione! E' par tisico in terzo grado il tuo barone! È
vero che a questo mondo tutto sta nei denari!

Ed ora faceva l'occhio di triglia alla sora Mariettina, la figlia del
padrone di casa, dalla finestra del cortiletto puzzolente. – La sta
bene, sora Mariettina? Gran bella giornata oggi! – La mamma sottomano aggiungeva: – Quel ragazzo è innamorato morto di lei. Ne

[24]*brum*: tipo di carrozza chiusa (dal nome del lord inglese Brougham, che ne aveva
diffuso la moda).
[25]*pellegrina*: mantellina.

farà una malattia, ne farà! – E si asciugava gli occhi col grembiule. La sora Marietta si sentiva gonfiare il petto sino al naso. Scendeva nel cortile, a pigliar aria, e si perdeva per la scaletta col giovane. Il babbo, sempre in mezzo al suo carbone, non si accorgeva di nulla. Quando la sora Antonietta vide i ferri ben scaldati,[26] annunziò che avrebbe fatto San Michele e se ne sarebbe andata via di quella casa per impedire il male, se era tempo.

Sandrino sospirava, guardando la ragazza; e tutti e due volevano buttarsi nel Naviglio, se avevano a lasciarsi. – Non te l'avevo detto? – esclamava la madre; e tremava che non avesse a succedere qualche guaio grosso. Quello scrupolo non le faceva chiuder occhio nella notte, e se ne confessava col sor prevosto perché ne parlasse al padre della ragazza. Ma il carbonaio, che aveva l'anima nera come la pece, non volle sentir ragione.

– Bugie! Tutta invenzione della levatrice, che non si contenta di fare quel mestiere solo.

Allora la Mariettina, a provare ch'era vero, scappò via con Sandro. Egli le aveva detto come alla Olga: – O lei, o nessun'altra!

In tal modo Sandrino ebbe la Mariettina, ma senza dote. E la levatrice dovette adattarvisi pel decoro dell'impiego. Allora il suocero si riconciliò con tutta la brigata, e andava dicendo che il veder quelle due tortorelle gli metteva il pizzicore di fare come loro, benedetti! Già, gli avevano preso la figliuola, e solo non poteva starci.

La sora Antonietta, abbaiando come un cane da caccia, venne a scoprire che il vecchio "impostore" gira e rigira era andato a cascare nella Olga, a Porta Renza, e gli costava un occhio del capo all'avaraccio: appartamento, donna di servizio, e mobili di mogano. Il vecchio adesso voleva sposarla per fare economia, e mettersi in grazia di Dio. La Olga che non era più una ragazzina, pensava all'avvenire, e si lasciava sposare.

Sandrino, al sentire che gli portavano in casa quella poco di buono, montò sulle furie, e voleva anche piantar la moglie; tanto, colla figlia unica o senza, gli toccava sempre tirar lo spago, nella bottega del calzolaio. Sua madre più giudiziosa lo calmò dicendogli che era meglio aver la suocera sott'occhio, per poterla sorvegliare. – "Il peggio è se gli appioppa qualche figliuolo!" – osservava lei che se ne intendeva. – E se il vecchio non c'era cascato sino a quel giorno, non voleva dire; che il sacramento del matrimonio fa dei miracoli peggio di quello.

La Olga, credendo diventar signora, fece il suo malanno[27] col mettersi in grazia di Dio, e gli toccò subirsi il marito, il quale intendeva fare economia dei denari spesi prima, e per giunta la sora Antonietta, tornata in pace, che non la lasciava un momento solo, onde dimostrarle che non aveva fiele in corpo.

– Tutti quei dissapori devono aver fine – diceva alla Olga ed al Sandro. – Adesso siete quasi come madre e figlio.

[26]*i ferri ben scaldati*: il rapporto fra i due era andato troppo avanti.
[27]*fece il suo malanno*: fece il proprio danno.

La Olga dalla noia di non veder altri in casa sua, si era riconciliata col Sandrino. Gli pareva di tornare a quei bei tempi, quando non era così grassa; e anche lui si scordava della Marietta che s'era messa sulle spalle proprio per nulla. L'altra negli occhi ci aveva sempre quella guardatura che a lui gli metteva le pulci nel sangue,[28] e quando lo baciò per far la pace, gli parve come quando l'accompagnava ogni sera in via della Vetra. – Bei tempi, eh? sora Olga? – Ella raccontava che la Irma s'era fatta sposare dal banchiere, e la Carlotta era andata a cercar fortuna in America.

– Io sola non ho sorte!

– Bada a quel che fai! – predicava la sora Antonietta; – se affibbia un figliolo al vecchio, dell'eredità vi leccherete i baffi.[29]

La Marietta, lì presente, approvava del capo.

– Siete matte? – rispondeva Sandro. – La roba di mia moglie! O per chi mi pigliate?

Egli corteggiava la madrigna allo scopo di tenerla d'occhio, né più né meno, come faceva la sora Antonietta. L'accompagnava in via della Vetra, ché la Olga non aveva ombra di superbia, e gli piaceva stare nella bottega come quand'era ragazza. L'ortolana diceva ai due ragazzi: – Vedete! chi l'avrebbe detto? Eppure ci siete tornati! Ma la sua mamma è pure una gran linguaccia, sor Sandrino! – Lasci stare, lasci stare! – ripeteva lui. E nell'andarsene, la sera Olga gli pigiava il gomito, come a dire: – Si ricorda?

Era là, in quella stessa stradicciuola scura e tortuosa. Una volta che non passava gente, egli la strinse fra le braccia. D'allora non ebbero più pace; il sangue bolliva nelle vene a tutti e due, e si correvano dietro come due gatti in febbraio. La sora Antonietta predicava: – Bada a quel che fai! Bada veh! – Lui turbato, coi capelli arruffati e gli occhi fuori del capo, rispondeva sempre:

– No! No! siete matta? Quello no. State tranquilla!

Il vecchio era geloso delle visite alla mamma e della gente che ci aveva sempre fra i piedi. Lagnavasi che gli avevano fatto la chiave falsa,[30] e l'ortolana si pappava i suoi denari; la levatrice s'era tirata anche in casa la figliuola, quella di San Pietro all'Orto, e mangiavano tutti alle sue spalle, diceva. Quei dispiaceri gli accorciarono la vita. La Olga stava chiacchierando con Sandrino allato alla tromba, colla secchia in mano, poiché arrivavano anche a quei pretesti per vedersi, e non sapevano più stare alle mosse.[31] Egli voleva toglierle la secchia dalle mani, tutto tremante. – No! No! rispondeva lei, a capo chino, col petto ansante, perché era gelosa della Marietta. E Sandro balbettava che la Marietta era un'altra cosa. Lo giurava anche. Volergli bene sì, ma...

In questo momento dalla finestra gridarono che al marito della sora Olga era venuto un accidente. Sandrino scappò a chiamare la

---

[28]*gli metteva... sangue*: lo eccitava.
[29]*vi leccherete i baffi*: in senso ironico negativo.
[30]*gli avevano... falsa*: cioè si sentiva ingannato.
[31]*stare alle mosse*: trattenersi.

moglie e la suocera. E tutti si piantarono dinanzi al letto, col viso arcigno. Appena il vecchio poté dar segno di vita, prima che venisse il prete, mandarono pel notaio. Il moribondo nel punto di comparire al giudizio di Dio, biascicò: – La roba a chi tocca.[32] – E se ne andò in santa pace.

Quanto all'Olga la cacciarono fuori a pedate, e Sandrino giurò che voleva tenerle gli occhi addosso anche se si mutava di camicia, per impedirle di portar via la roba della sua Mariettina. Lei, sulle scale, gridava che il vecchio ladro gli aveva rubata la gioventù, e voleva litigare e dir tutte le porcherie di quella casa. Ma Sandrino, trattenendo la moglie per le sottane l'accarezzava e le diceva: – Non dar retta! Lasciala sgolare! Sai che donnaccia! Non ti guastare il sangue per colei! Ora vogliamo stare allegri.

---

[32]*La roba a chi tocca*: parte di un proverbio siciliano che dice "L'anima a Dio e la roba a chi tocca".

Semplice storia

Balestra era arrivato da poco al reggimento, insaccato nel cappotto; Femia[1] stava bambinaia in via Cusani: così incontravansi spesso in piazza Castello, davanti alla banda, Femia leticando coi bambini della padrona, lui perso nella baraonda di Milano, e pensando al suo paese, colla mano sulla daga. Un bel giorno finirono col mettersi a sedere, sotto i castagni d'India in fiore, e scambiarono qualche parola intorno alla folla che vi era quella domenica, ai bambini della Femia i quali le davano di quelle paure col tramvai lì vicino. Carletto l'altro giorno s'era ammaccato il naso cadendo lungo disteso. – Ella baciava il fanciullo che non voleva saperne, e strillava. – Quando si è soli al mondo ci si attacca anche alle pietre. – Tale e quale come lui! Al reggimento non aveva né amici né parenti.

Da principio non si capivano; perché Balestra era di quelle parti là del mezzogiorno, dove parlano che Dio sa come facciano ad intendersi. Alle volte, dopo aver chiacchierato e chiacchierato, conchiudevano col guardarsi in faccia, grulli, e si mettevano a ridere. Ma ci avevano preso gusto lo stesso a stare insieme. Ogni giorno, mentre Balestra aspettava la ritirata sul sedile, colle gambe ciondoloni, Femia arrivava col suo grembiale bianco, correndo dietro i marmocchi, e si davano la buona sera. Egli, chiacchierone, a poco a poco le narrò ogni cosa dei fatti suoi; che era di Tiriolo, vicino a Catanzaro, e ci aveva casa e parenti laggiù, all'estremità del paese, dove cominciavano i prati, come quel pezzetto di verde che si vedeva verso l'Arco del Sempione, – quattro fratelli, e il padre carrettiere; l'avrebbero voluto in cavalleria per questo motivo, se non era il deputato che aveva da fare con suo padre – un ricco signore. Ma Balestra non vedeva l'ora di tornarsene a casa, quando piaceva a Dio, perché ci aveva l'innamorata, Anna Maria della Pinta; che gli aveva promesso d'aspettarlo, se tornava vivo. – E tirava fuori dal cappotto anche le lettere sudicie e logore di Anna Maria – sapeva di lettere

*La novella fu pubblicata direttamente nella raccolta *Per le vie*.
[1] *Femia*: Eufemia.

– un pezzo di ragazza così. Femia, che non aveva avuto mai un cane intorno, s'inteneriva, gli guardava commossa gli occhietti lustri di quelle memorie, e il naso a trombetta che sembrava parlare anch'esso, tanto aveva il cuore pieno, e acconsentiva del capo. Anche lei ci aveva in testa un cristiano delle sue parti là del Bergamasco, il quale era andato fuori regno[2] a cercare fortuna. Erano vicini di casa e lo vedeva andare e venire ogni giorno; null'altro. Prima di partire egli l'aveva pregata di tenergli d'occhio la casa, mentr'era via. Quando non se ne ha,[3] bisogna ingegnarsi. Ella si era messa a servire per raggranellare un po' di corredo. Ora aveva il bisognevole e ogni cosa meglio di prima; ma pensava sempre al suo paese, quantunque non ci avesse più nessuno.

Un giorno il caporale si alzò colle lune a rovescio,[4] e appioppò otto giorni di consegna[5] a Balestra, per un bottone che mancava alla stringa[6] del cappotto. – E al superiore non si risponde nemmeno che non si possono avere gli occhi di dietro. – Femia, inquieta, si avventurò sino alla porta del castello, in mezzo alle carrette degli aranci, e ai soldati di cavalleria che strascinavano le sciabole. Allorché lo rivide finalmente la domenica, coi guanti di bucato, fu una vera festa.

– O come?

– Ma già! – rispose lui. – Questo vuol dire militare!

Alle volte le dava del tu, all'uso del suo paese. Ma ella si faceva rossa dalla contentezza, come se fosse per un altro motivo. Allora si lagnò che stesse zitto, se aveva bisogno che gli attaccassero un bottone, o altro, quasi gli amici non ci fossero per nulla.

Balestra grato la regalò di sorbetti,[7] lei ed i bambini, schierati dinanzi alla carretta, che ficcavano le mani nella sorbettiera; e Femia leccava il cucchiarino, adagio adagio, guardandolo negli occhi. Lui pagava da principe, coi guanti di cotone, e la treccia al chepì.[8] Come suonava la banda, lì in piazza, si sentiva dentro il petto quelle trombe e quei colpi di gran cassa. Poi la ritirata si mise a squillare con una gran malinconia, davanti al castello tutto nero, in fondo alla piazza formicolante di lumi. Egli non sapeva risolversi a lasciare la mano di Femia, che gli stringeva le dita di tanto in tanto, anch'essa senza parlare. I bambini che si seccavano strillavano per andare alla giostra.

Femia non aveva soldi, e la mamma era tirchia. La prima volta che sgridarono Carletto perché s'era fatto uno strappo ai calzoncini, il ragazzo accusò Femia che si faceva regalare il sorbetto dal militare col quale andava a spasso.

– Cos'è questa storia del militare? – chiese la padrona. – Mi avevi

[2] *fuori regno*: all'estero.
[3] *non se ne ha*: di denaro.
[4] *colle lune a rovescio*: cioè nervoso.
[5] *consegna*: punizione.
[6] *stringa*: piccola cintura applicata posteriormente.
[7] *la regalò di sorbetti*: costruzione alla toscana (*sorbetti* sono gelati).
[8] *chepì*: copricapo militare, dove la *treccia* è un fiocco.

assicurato d'essere una ragazza onesta. – Il padrone invece scoppiò a ridere. – La Femia, con quella faccia lì?!

La poveraccia si mise a piangere. Eppure del male non ne facevano. Ma adesso, quando Balestra voleva condurla verso l'Arco del Sempione, ella diceva di no, che non stava bene. Per acchetare i bambini, che non volevano allontanarsi dalla banda, gli toccava spendere; e non ostante, a ogni pretesto, la minacciavano di dir tutto alla mamma.

– Così piccoli! – diceva la Femia. – E hanno già la malizia come i grandi!

A quei discorsi, la malizia spuntava anche nel Balestra, il quale cercava sempre i posti all'ombra sotto gli alberi, e voleva menarla alla Cagnola nel tramvai, e inventava dei pretesti per levarsi d'attorno i bimbi, che sgranavano gli occhi, neri così. Di soppiatto le stringeva la mano, dietro la schiena; o faceva finta di nulla, lasciandosi andare sulla spalla di lei, mentre camminavano passo passo, guardando in terra, e spingendo i ciottoli col piede, sentendo un gran piacere a quella spalla che toccava l'altra. Una volta arrivò a darle una strappata alla gonnella, di nascosto, colla faccia rossa e gli occhi che fingevano di guardare altrove, ma gli schizzavano dalla visiera del chepì. Infine spiattellò: – Mi vuoi bene, neh? – E non sapeva come l'amore fosse venuto.

Femia gli voleva bene. Ma terminata la ferma egli se ne sarebbe andato via, e perciò era meglio lasciar stare. Balestra pensava che quando sarebbe tornato a casa, avrebbe trovato l'Anna Maria che l'aspettava, se Dio vuole. – Non importa. Intanto c'era tempo. Piuttosto lei, che pensava ancora a quell'altro, di là fuori regno. Gli faceva delle scene di gelosia per quel cosaccio. Femia giurava che non ci pensava più, davanti a Dio!

– Così farete anche voi, quando ve ne andrete via di qua.

– Intanto abbiamo tempo, – rispondeva lui. – Ho ancora trenta mesi[9] da star soldato.

Gli pareva che da soldato dovesse sempre stare a Milano. Però un giorno arrivò dalla Femia tutto sossopra, coll'annunzio che partiva per Monza tutto il battaglione. Ella non voleva crederci, lì sull'uscio della portinaia, la quale fingeva di non veder nulla. Poi osservò che almeno Monza non era lontana; ma al risalir le scale sentì al tremore delle gambe la gran disgrazia che l'era piombata addosso. La padrona, non si sa come, venne a sapere del militare che bazzicava in portineria, e le diede gli otto giorni per cercarsi un'altra casa. Femia sbalordita com'era dall'angustia, non sentì nemmeno il colpo. Il domani, a qualunque costo, volle andare .a salutare Balestra alla stazione.

Erano tutti sul piazzale, coi sacchi in fila per terra, pigiandosi attorno alle carrette dei fruttivendoli. Balestra le corse incontro, coi suoi arnesi da viaggio a tracolla, e il chepì foderato di bianco. Che

[9]*trenta mesi*: la ferma durava allora cinque anni.

crepacuore, al vederlo così! Andavano su e giù pel viale, col cuore stretto; e quando fu il momento di partire, egli la tirò in disparte e la baciò.

Per fortuna Monza non era lontana. Ella gli aveva promesso di andarlo subito a trovare. Ma quegli otto giorni in piazza Castello pareva che non ci fosse più nessuno, e ogni soldato che passava i bambini, poveri innocenti, chiedevano: – Balestra perché non viene? – Infine i padroni la mandarono via tutta contenta, col suo fardelletto di roba e quel gruzzolo di salario che aveva raggranellato. Gli rincresceva solo pei ragazzi, che avevano fatto il male senza saperlo. Arrivò a Monza il sabato sera; ma lui non poté vederlo, perché era di guardia. Allora si sentì sconfortata, in quella città dove non conosceva nessuno.

Per Balestra il rivederla fu una festa. Desinarono insieme, e la condusse a vedere il Parco,[10] che ognuno poteva andarci. Là gli pareva di essere nei campi del suo paese, coll'Anna Maria, e Femia si lasciava baciare come voleva lui, tutta contenta che gli volesse bene. – Peccato che non si possa star soli insieme! – diceva Balestra. Ella non rispondeva nulla.[11]

La sera, in caserma, i camerati che l'avevano visto con quella marmotta si burlavano di lui, e gli dicevano: – Che ti pareva non ce ne fossero di meglio a Monza? – Ma egli era un ragazzo costante. Piuttosto gli rincresceva che Femia ci avesse a patire negli interessi,[12] per star dove era lui. Ei non voleva far del male ad alcuno; no davvero! Femia invece era contenta di lavorare alla filanda, lì vicino. Che gliene importava di un boccone di più o di meno? – Già non ho altri al mondo, ve l'ho detto! – Almeno si vedevano ogni domenica, perché lei esciva dal filatoio quando era già suonata la ritirata, e ci entrava appena giorno.

Balestra progettava di affittare una stanza, dove potessero vedersi in santa pace, giacché in caserma non poteva condurla, e non era un bel divertimento star sempre a passeggiare nel Parco. Ella non disse di no; ma lo guardava timorosa, con quell'innocenza che l'era rimasta perché non aveva trovato mai un cane che la volesse. Nel frattempo le capitò la disgrazia d'ammalarsi. Fu un pezzo più di là che di qua, e la portarono all'ospedale di Milano. Balestra scrisse due volte. Poi seppe che aveva il vaiuolo.[13]

Dopo circa due mesi Femia guarì, ma col viso tutto butterato; talché si vergognava a farsi vedere da Balestra in quello stato. Pas-

---

[10]*Parco*: il Parco di Monza, creato nel 1806 su una grande area alle spalle della Villa Reale.

[11]La novella s'incentra, come si usava spesso nel realismo del secondo Ottocento, su due ritratti di anime semplici, dalla psicologia elementare, secondo schemi di comportamento prevedibili. Risalta tuttavia la dedizione e la sofferenza della donna, vittima incompresa e paziente del destino (la malattia) e del cinismo umano (l'atteggiamento dell'uomo).

[12]*a patire negli interessi*: a rimetterci economicamente.

[13]*vaiuolo*: malattia contagiosa, spesso mortale, che lascia profondi segni nella pelle anche dopo la guarigione.

sarono giorni e settimane prima che si decidesse a tornare al filatoio. A poco a poco il gruzzolo di denari se n'era andato, ed era proprio necessario! Però in cuor suo era contenta che fosse necessario,
perché voleva vedere cosa ne dicesse lui. Andò a Monza un sabato,
come l'altra volta, per aspettare la domenica all'albergo. Il cuore le
batteva, mentre vedeva i soldati che escivano dalla caserma a schie-
re di quattro o cinque. Balestra era dei primi, e quasi non la ricono-
sceva. Poi disse: – Oh, poveretta, come siete ridotta!

Andarono insieme al Parco, come al solito, discorrendo dei casi
loro. Egli stava per terminare la ferma, e aspettava il congedo. –
Ora, disse, me ne vado al mio paese.

Femia domandava se avesse notizie dell'Anna Maria. – No, da
un gran pezzo – lo sapete il proverbio: lontan dagli occhi lontan dal
cuore. – Non importa, conchiuse. Sono contento ad ogni modo di
tornarmene a casa.

Da che non s'erano più visti, egli si era trovata un'altra amante,
lì nelle vicinanze. Femia lo vide insieme a lei qualche giorno dopo,
che camminavano a braccetto pel viale.

Balestra era stato zitto. Quando Femia gliene parlò la prima volta, gli venne un risolino furbo, fra pelle e pelle, sotto il naso a trombetta.

– Ah, la Giulia? Come lo sapete?

Ella glielo disse. Balestra voleva sapere pure che gliene sembrava. – E così, conchiuse Femia, se partite, lasciate anche lei?

– Già, non posso mica tirarmi dietro tutti quelli che vorrei. A
questo mondo, si sa!... Ma ancora non le ho detto nulla.

Femia andava a cercarlo, ogni volta che poteva, timidamente,
per chiedergli se gli occorresse qualche cosa. Lui, grazie, non gli occorreva nulla. Quando si vedevano parlavano anche della Giulia e
del congedo che non arrivava, e del poco lavoro che ci era al filatoio.
Poi Balestra scappava per correre dall'altra, la quale era gelosa.
Guai se sapesse! Questa era la sola carezza[14] che toccasse a Femia:
– guai se Giulia sapesse!

Infine venne il giorno della partenza. Femia almeno desiderava
accompagnarlo alla stazione, se si poteva... – Perché no? disse Balestra. – Ormai, quell'altra... me ne vado via! – Del resto se pure la vedeva, si capiva che erano butteri venuti dopo, come può capitare a
tutti, ed egli non l'aveva presa con quella faccia. Discorrevano sotto
la tettoia, aspettando il treno, Balestra guardando di qua e di là se
spuntava la Giulia. – Ma si sa, a questo mondo!... Specie ora che la
Giulia era certa di non vederlo più. – Inoltre si erano un po' guastati
perché lei aspettava che Balestra le lasciasse un regaluccio. Femia
ci pensava, e non osava dirgli che gli aveva comperato apposta un
anellino colla pietra. Balestra intanto accennava che Anna Maria,
dopo tanto tempo, chissà?... Femia domandava da che parte fosse il
suo paese, e quando contava d'arrivare.

[14]*carezza*: l'unico atto gentile, detto ironicamente, cioè questa confidenza.

In questa sopraggiunse il treno, sbuffando. Balestra raccattò in fretta le sue robe, zaino, sacco, cappotto. – Doveva tenerli di conto pel debito di massa.[15] – Intanto ella facendosi rossa gli aveva cacciato in mano l'anello messo nella carta. Egli non ebbe il tempo di domandare cosa fosse, né perché avesse gli occhi pieni di lagrime. – Partenza! partenza! gridava il conduttore.

[15] *debito di massa*: l'insieme dell'equipaggiamento, da restituire alla fine della ferma.

L'osteria dei "Buoni Amici"

La prima volta che agguantarono Tonino in questura, un sabato grasso, fu per via di quelle donne di San Vittorello,[1] che l'Orbo l'aveva strascinato a far baldoria coi denari della settimana. Per fortuna non gli trovarono addosso la grossa chiave colla quale aveva mezzo accoppato il Magnocchi, merciaio.

Erano stati a mangiare e a bere all'osteria dei *Buoni Amici*, lì in San Calimero, e l'Orbo aveva raccattato pure il Basletta[2] e Marco il Nano – pagava Tonino.

Dopo, pettoruto per la spesa che aveva fatto, disse: – S'ha da andare al Carcano? – che c'era veglione quella sera. Ma subito rientrato in sé si pentì della scappata, e contava nella tasca adagio adagio i soldi che gli restavano.

Gli altri lo sbeffeggiavano. – Hai paura della mamma, neh? o della Barberina che ti tratta a sculacciate, come un bambino? – Già se loro andavano al veglione il biglietto lo pagavano a spintoni, tutti e tre ragazzi che gli bastava l'animo di passare sotto il naso delle guardie col mozzicone in bocca. E lì in teatro brancicamenti e pizzicotti alle mascherine, che non cercavano altro, tanto che il Nano e Basletta escirono a cazzotti, nel tempo che Tonino aveva condotto a bere una Selvaggia,[3] la quale leticava coi *cappelloni* ogni volta, a motivo di quel gonnellino di piume che sventolava come una bandiera. Al caffè, coi gomiti sul tavolino, si erano dette delle sciocchezze, e la Selvaggia ci rideva su, col petto che gli saltava fuori, dall'allegria. Tonino gli avrebbe pagata mezza la bottega, sinché ne aveva in tasca, tanto erano ladri[4] quegli occhi tinti col carbone, e quel fiore di pezza nei capelli, che gli avevano fatto come un'imbriacatura. E gli proponeva questo, e gli proponeva quell'altro, come uno che se ne intendeva

*La novella fu pubblicata nel "Fanfulla della Domenica", 17 dicembre 1882.

[1] *San Vittorello*: via dell'antica Milano. Come la successiva via *San Calimero*, era situata in un rione popolare.

[2] *Basletta*: soprannome dialettale; in milanese il termine assume più significati, indicando il mento sporgente, ma anche un piatto povero, fatto con avanzi.

[3] *una Selvaggia*: una giovane così chiamata per il costume indossato al veglione.

[4] *ladri*: la metafora popolare riporta al parlar figurato d'argomento amoroso; gli occhi sono *ladri* nel senso che "rubano" il cuore, in grado cioè di sedurre.

ed era del mestiere, tavoleggiante[5] al caffè della Rosa, lì a San Cel-so.[6] L'Orbo, accorso all'odor del trattamento,[7] andava dicendo che Tonino era figlio della prima erbaiuola del Verziere,[8] e poteva spen-dere. Ma la ragazza voleva tornare a ballare, to'! Era venuta pel ve-glione. Poi non aveva più sete; grazie tante; un'altra volta. Tonino più s'accendeva: – Ancora un valzer, bellezza! – E ci si metteva tut-to, col suo bel garbo di giovane di caffè, pettinato a riccioloni, dime-nando il busto, le gambe che s'intrecciavano a quelle di lei, e sotto il naso quel petto che gli infarinava il vestito. – Mi lasci andare, caro lei, in parola d'onore. Ci ho lì il mio ballerino che mi ha pagato il co-stume, quel turco[9] che fa gli occhiacci. Se vuol venire a trovarmi sa dove sto di casa, a San Vittorello; cerchi dell'Assunta.

Tonino, rosso come un gallo, gli avrebbe mangiato il naso a quel turco, anima sacchetta![10] L'Orbo, che gli stava alle costole non avendo altro da fare, lo calmava così:

– Finiscila e andiamo a bere.

Là fuori aspettavano Marco il Nano e Basletta, masticando un mozzicone di sigaro, e colle mani in tasca. Per scaldarsi andarono insieme dal Gaina.[11] Tonino, che gli bruciava il sangue dal bere e dalla gelosia, ed anche di quel che gli dicevano che stesse sotto le gonnelle di sua sorella, sbraitava che voleva fare uno sproposito, por-ca l'oca! Voleva andare ad aspettare l'Assunta in barba al turco, proprio sulla sua porta, a San Vittorello! E gli altri, Marco il Nano e Basletta, a ridergli sul naso.

Lui, per mostrare che era in sensi,[12] non l'avrebbero tenuto in quattro. – Lascia andare, via! A quest'ora non ci aprono più ti dico. Piuttosto andiamo dal Malacarne[13] che ha il valpolicella[14] buono! – Tonino, buon figliuolo, da un momento all'altro, dimenticava ogni cosa e si lasciava condurre dove volevano, allegro come un pesce, sgolandosi a cantare la Mariettina,[15] e come incontravano delle ma-schere gli gridavano dietro delle porcherie.

Il Nano che aveva il vino donnaiuolo,[16] tornò al discorso dell'As-sunta, un bel tocco di ragazza, per bacco, con quel vestito da selvag-gia! E allora Tonino s'infuriava coi compagni che non lo lasciavano andare dove gli pareva e piaceva, e lo tenevano davvero per un ra-gazzo! Così leticando, e colla lingua grossa, avevano fatto senza ac-corgersene il corso di San Celso e via Maddalena, che Tonino alla cantonata si mise a correre per via San Vittorello, e voleva che gli

[5]tavoleggiante: cameriere.
[6]San Celso: l'attuale corso Italia.
[7]del trattamento: cioè della serata a sbafo.
[8]Verziere: il mercato delle erbe.
[9]turco: uno spasimante col costume da turco.
[10]anima sacchetta!: esclamazione d'origine dialettale.
[11]Gaina: nome di un'osteria.
[12]in sensi: lucido.
[13]Malacarne: un'altra osteria.
[14]valpolicella: vino del Veronese.
[15]Mariettina: una canzone popolare.
[16]vino donnaiuolo: nel senso che il vino lo spingeva a parlare di donne.

aprissero a ogni costo, giacché di sopra c'era ancora il lume. Le donne al sentire i sassi alle finestre e i calci con cui picchiavano alla porta, si misero a gridare come se venissero ad accopparle, e non per altro.

Magnocchi il quale era ancora di sopra coi compagni, scese in istrada. – Cosa venivano a cercare? Voleano un salasso pel vino che avevano in corpo? – Te lo darò io il salasso, barabba![17]

Nel parapiglia si udì gridare: – Ahi! m'ammazzano! – E l'Orbo fu appena in tempo di buttar via la chiave con cui Tonino aveva rotto il capo a quell'altro, che il ragazzo, pallido come un morto, non sapeva da che parte scappare, e già si udivano gli stivali delle guardie.

Ai parenti andarono a dirglielo il giorno dopo, mentre la sora Gnesa[18] disfaceva il banco,[19] e la Barberina, fuori la baracca, guardava inquieta di qua e di là se spuntasse il fratello, perché il padrone del caffè l'aveva mandato a cercare. Fu l'Adele, la ragazza del barbiere che era venuta a vedere se ci avessero ancora due soldi di ravanelli rossi, per dopo tavola, e l'aveva sentita in bottega. – Hanno ammazzato quel che vende i nastri in via San Vittorello, e Tonino era nella rissa. – Per fortuna il Magnocchi non era morto; ma le donne, madre e figlia, si misero a strillare che Tonino li aveva precipitati.[20] In un momento tutto il Verziere fu in rivoluzione. Barberina afferrò in mano le sottane, e a chiamare il babbo, che solennizzava la domenica grassa dall'Ambrogio, il primogenito, il quale teneva pizzicheria[21] in via della Signora. – Hanno arrestato Tonino in via San Vittorello! – Il sor Mattia, ancora male in gambe, prese il cappello per correre a San Fedele,[22] e Ambrogio anche lui, scongiurando la sorella di chetarsi, per non rovinargli il negozio. In Questura li accolsero come cani, padre e figlio. Li lasciavano lì, sulla panchetta, senza che nessuno gli badasse, a far perder tempo al pizzicagnolo, quella giornata, col cappello fra le mani. Il maresciallo che lo conosceva, gli disse burbero: – Torni domattina. Ha un bell'arnese di fratello, sa!

Poi Tonino escì a libertà, col cappelluccio sulle ventitré.[23] Alla sora Gnesa che piagnucolava e brontolava, rimbeccò:

– Orsù! finitela, mamma! Che son stufo, veh!

E accese la pipetta. La Barberina invece non voleva finirla. Gli strillava che era un boia, e loro marcivano sotto la tenda in Verziere per mantener il signorino in prigione e pagargli i vizii. Tanto che il fratello voleva darle due ceffoni, e fregarle[24] quella sua faccia di pet-

---

[17]*barabba!*: furfante (Barabba era il ladrone liberato in luogo di Cristo).
[18]*Gnesa*: Agnese.
[19]*banco*: il banco di vendita al mercato.
[20]*li aveva precipitati*: li aveva mandati in rovina.
[21]*teneva pizzicheria*: aveva una bottega di salumeria.
[22]*San Fedele*: allora sede della Questura.
[23]*sulle ventitré*: poggiato di sbieco in segno di baldanza (le ventitré indicavano l'ora del tramonto).
[24]*fregarle*: strofinarle (per punizione).

tegola colla sua stessa insalata, fregarle! In quella arrivò il babbo, e si rimise la pipa in tasca, mogio mogio.

– Brigante! cominciò il sor Mattia. Cattivo arnese! non vedi come si lavora noi, tua mamma, tua sorella e Ambrogio? Ti pare che abbiamo a mantenere i tuoi vizii? Prima che ti accoppino gli sbirri voglio strozzarti colle mie mani piuttosto! Voglio romperti le ossa!

– Ohé! sclamava Tonino pallido come un cencio, e schermendosi coi gomiti. – Ohé! non giocate colle mani, babbo! non giocate!

La sora Gnesa strillava peggio di un'oca, e la Barberina faceva accorrere tutto il Verziere. Il babbo diceva le sue ragioni a tutti. Per dargli uno stato aveva messo Tonino cameriere al caffè della Rosa, uno dei primi, e il padrone era suo amico. Quando si fosse impratichito si poteva aprir bottega anche loro; Ambrogio pizzicagnolo, le donne erbaiuole, lui al banco, tutta un'architettura che faceva rovinare quello scapestrato! Il sor Mattia soffocava dalla bile. Per non lasciarsi andare a qualche sproposito se ne tornò in via della Signora.

Ambrogio corse a trovare il padrone del Caffè, pregandolo di ripigliare Tonino, che era pentito e prometteva di far giudizio.

– Caro lei, è impossibile. Nel mio mestiere è un affare serio. Ora che in questura hanno preso gusto a vostro fratello, non mi piace di vedermi quelle faccie tutto il giorno in bottega, che vengono a cercarmelo in cucina e dietro il banco. Ci va del mio negozio. Voi lo pigliereste?

Ambrogio non voleva che suo fratello bazzicasse neppure nella sua bottega, dacché un questurino gli aveva battuto sulla spalla come a un vecchio amico.

Le donne, il babbo e tutti si sfogavano allora sul malcapitato, buono a nulla, che restava di peso alla famiglia, e nessuno lo voleva.

– Ero buono soltanto quando portavo a casa i denari delle mance! – Brontolava il ragazzone, che gli facevano mancare quel che si dice il bisognevole, e lo tenevano in casa come un pitocco.

Un giorno che Basletta lo incontrò a girandolare fra i banchi del mercato esclamò:

– To'! Sei qui? È un pezzo che non ti si vede. Mi paghi da bere?

Tonino rispose che non aveva soldi. I suoi di casa gli avevano fatte delle scene per quella storia di San Vittorello. Basletta, come passavano vicino alla baracca della sora Gnesa, adocchiò la Barberina che ammazzolava delle rape, colle belle braccia rosse, nude sino al gomito.

– Finiscila! borbottò Tonino. Non mi piacciono gli scherzi a mia sorella!

– Guarda! adesso che sei stato in tribunale ti sei fatto permaloso! Non te la mangio mica tua sorella! Bel modo di accogliere la gente!

Voleva condurlo a salutar gli amici, cent'anni che non lo vedevano. Tonino nicchiava. – Bestia! pel conto che fanno di te i tuoi parenti! Piantali, via.

Ai *Buoni Amici* trovarono l'Orbo, che voleva salutar Tonino anche lui, e giuocava a briscola in un cantuccio con dei carrettieri. Al Verziere non ci veniva più, perché la sora Gnesa lo accusava di guastargli il figliuolo, e Barberina gli faceva delle partacce. – Un gendarme, quella ragazza! – Poi dissero che volevano andare a cercare il Nano, il quale aveva disertato dai *Buoni Amici* dacché l'oste non gli faceva più credito.

Prima di scovare dove avesse dato fondo[25] il Nano, dovettero girare una mezza dozzina d'osterie. Marco adesso era come un uccello sul ramo, dacché aveva piantato i *Buoni Amici*. L'Orbo, che aveva vinto a briscola, pagò due volte da bere. Poi col Nano si abbracciarono e baciarono come se uscissero tutti di prigione; e stavolta pagò il Nano.

– Voi altri, – conchiuse, – vi fate ancora rubare i quattrini da quel dei *Buoni Amici*. – Belli, quegli amici! Tutte guardie travestite, la sera!

Sicché, per farla corta, escirono in istrada ch'era acceso il gas, e Basletta doveva ancora andare a fare la mezza giornata del lunedì col principale, che l'aspettava in via dei Bigli,[26] – c'era da mettere dei tappeti, prima di sera, che arrivano i padroni! – Orbè! rispose il Nano. – Arriveranno senza tappeti, e il principale aspetterà. Io ho piantato il mio, e piglio lavoro in casa, quando capita, da ebanista. È che ci vogliono capitali. Ma intendo lavorare a modo mio.

L'Orbo non gliene importava, perché s'era guadagnata la giornata a briscola. Egli non aveva mestiere fisso. Faceva di tutto, facchino, tosatore di cani, stalliere, sensale. Guadagnava dippiù, ed era libero come l'aria. – Viva la libertà! esclamò Basletta. Quando verrà la repubblica non ci saranno più né giovani né principali.

E tutti e quattro andavano ciondolando sul bastione, cantando a squarciagola, e giuocando a spintoni verso il fossato.

Prima d'arrivare a Porta Romana videro luccicare nel buio le placche[27] dei carabinieri. Risposero che tornavano dal lavoro. Tonino allora salutò la compagnia.

– Torna a casa, va', ragazzo! Se no la Barberina ti dà le sculacciate! gli gridavano dietro.

– Dacché è stato a San Fedele quel ragazzo è diventato un pulcino bagnato, disse l'Orbo. Ma ei non dava retta. All'Orbo, che lo stuzzicava più davvicino, gli diede una gomitata che quasi lo faceva ruzzolare nel fossato.

In casa aiutava al negozio delle donne. Si alzava di notte, per scaricare i carri degli ortolani, rizzava il banco, accendeva il caldaro[28] per le bruciate. Più tardi scambiava delle barzellette coi banchi vicini, giuocava di mano colle servotte, pispolava[29] alle ragazze che passavano. Poi sbadigliava e si stirava le braccia. Ogni giorno leticava colla sorella che gli lesinava il soldo per la pipa.

---

[25]*avesse dato fondo*: fosse finito.
[26]*via dei Bigli*: via del centro cittadino.
[27]*placche*: distintivi del corpo di appartenenza.
[28]*caldaro*: pentola per arrostire le castagne.
[29]*pispolava*: fischiava.

– Gli serve per quelle donnacce di via Pantano,[30] che gli fanno pissi pissi[31] dietro le persiane! – borbottava la Barberina. Ella non avrebbe dato un cavolo a credenza neppure al sor Domenico, il vinaio lì sulla cantonata, che era un uomo stagionato e facoltoso, e doveva sposarla. Tutta intenta al suo negozio, quella ragazza! Il sor Domenico stesso, alle volte, si muoveva a compassione del ragazzaccio, e gli dava il soldo ridendo. Tonino, rosso come un pomodoro, lo prendeva perché dovevano essere cognati; ma gli cuoceva dentro, perbacco!

– Lavora! gli rinfacciava il sor Mattia. Fa' quello che facciamo noi, poltronaccio! – E non si sarebbe mosso per cento lire dal suo posto, accanto al banco del pizzicagnolo, colle mani in croce sul bastone.

Gli amici, ogni volta che incontravano Tonino, gli dicevano:

– O scioccone! non vedi che ti tengono peggio di un cane? Fossi in te li pianterei, loro e il pane che ti fanno sudare.

L'Orbo aggiungeva che lui non voleva mischiarcisi, perché la Barberina minacciava di cavargli gli occhi, se lo vedeva a bazzicare con suo fratello.

Un accidente, quella ragazza! – Ora lui cercava di vivere in pace e avere il suo pane assicurato. S'era messo a fare il facchino in una drogheria. Un buon impiego, niente da fare, e qualcosa spesso da mettersi in tasca. Tonino giurava che a lui gli bastava l'animo di pestargli il muso come i gatti, a sua sorella. Volevano vedere?

Ai *Buoni Amici* era una vergogna dovere accettare sempre le gentilezze degli altri; o se facevano un litro alla mora,[32] e gli toccava pagarlo, esser costretto a segnarlo sul muro, col carbone. Gli davano a credenza perché sapevano di chi era figlio, e che in fin dei conti avrebbe pagato. Inoltre s'ingegnava con le carte da giuoco, a briscola o a zecchinetta,[33] talché alle volte andava a finire a pugni e a calci, e l'oste li cacciava tutti fuori, per non compromettere l'osteria. Già i questurini la tenevano d'occhio, a motivo di quelle facce che vi bazzicavano, e ogni volta che c'era da fare una retata per primo mettevano le mani ai *Buoni Amici*.

Aveva ragione il Nano di dire che quel posto era peggio del bosco della Merlata.[34] Non si era mai sicuri d'andare a dormire nel suo letto, quando si passava la sera in quella bettola. Ma egli stesso vi era tornato per la malinconia di non poterne fare a meno. Là si radunavano l'Orbo, Basletta, ed altri amici dello stesso fare, che alle volte conducevano pure delle donne, e si stava allegri, mondo birbone!

A trovare il Basletta veniva spesso Lippa,[35] una bruna alta appe-

[30]*via Pantano*: zona malfamata.
[31]*pissi pissi*: richiamo a bassa voce.
[32]*mora*: la morra è un gioco popolare in cui i giocatori mostrano alcune dita della mano e gridano un numero; vince chi indovina il numero equivalente alla somma delle dita di entrambi.
[33]*zecchinetta*: gioco d'azzardo con le carte.
[34]*bosco della Merlata*: zona verde a nord di Milano, malfamata e pericolosa.
[35]*Lippa*: forma abbreviata di Filippa.

na così, ma col diavolo in corpo, e dicevano che doveva sposarla *in estremis*.[36] Basletta brontolava quando lo chiappava a cena; ma ella gli ficcava le mani nel piatto senza domandare il permesso, e come non bastasse, alle volte, si tirava dietro anche la Bionda, magra e allampanata, che ci volevano gli spintoni per risolverla ad entrare, e si mangiava i piatti cogli occhi. Tonino stesso, per compassione, una volta l'aveva invitata, e così s'era fatta la conoscenza. Dopo venivano fuori a passeggiare all'aria aperta sul bastione.

– Mia sorella non vuol capirla che alla mia età ho bisogno di denari anch'io! – brontolava fra dì sé. – Gli par che tutti non abbiano altro in mente fuori del negozio, come il suo vinaio.

– E tu ingégnati! – gli rispose l'Orbo. Marco il Nano in quei giorni aveva fatto un negozio,[37] che arrivava sempre colle tasche piene, e gli altri ne parlavano sottovoce fra di loro. Le guardie di questura quando venivano a fiutare il vento, e vedevano che cambiavano discorso, o tacevano subito, battevano sulla spalla di Tonino, e gli ripetevano – Bada bene, che ci torni a San Fedele!

La Bionda, se leticavano sul bastione, perché Tonino era geloso, gli diceva colla faccia pallida: – Hai ragione, to'! ma io sono una povera ragazza, e bisogna che m'aìuti! – Lui si struggeva sentendosela spiattellare in faccia, con quella voce calma, e quegli occhi grigi che lo guardavano tranquillamente sotto il lampione. Spesso erano insieme, lui, l'Orbo e Marco il Nano colla Bionda, briachi tutti e quattro, che ogni volta allungavano le manacce Tonino avrebbe fatto un omicidio. E poi da solo ruminava ciò che gli rinfacciava la Barberina, che bisognava prima d'ogni altro ingegnarsi.

E s'ingegnò davvero. La Barberina non sapeva che dovesse ingegnarsi appunto col suo cassetto, una notte che tutti dormivano in bottega, e che si era messo a lavorare attorno al banco con un chiodo storto in punta. Fatto il tiro[38] spalancò l'uscio, e si mise a gridare al ladro, come se la Barberina fosse donna da lasciarsi infinocchiare. Ma essa lo abbrancò pel collo, in camicia com'era, e voleva mandarlo in galera senza dar retta a lui che giurava e spergiurava, colle mani in croce, di non saper nulla. Accorsero la mamma, Ambrogio e il sor Mattia, a fargli vomitare il morto,[39] e così lo cacciarono via nudo e crudo, che la Bionda, quando lo vide arrivare con quella faccia, non ebbe il coraggio di chiudergli l'uscio sul naso.

---

[36] *in estremis*: all'ultimo, perché in attesa di un figlio.

[37] *un negozio*: un affare, un colpo. La novella è dedicata alla piccola delinquenza tipica della grande città, con personaggi emarginati e un po' balordi, che vivono di espedienti e furtarelli, nel costante rischio di essere sorpresi. Qui si manifesta una delle costanti del mondo popolare secondo la visione del realismo: quando si lasciano traviare dal miraggio del denaro, l'uomo finisce delinquente e la donna prostituta. Per arricchire il quadro, Verga aggiunge in antitesi anche personaggi positivi, che lavorano duramente in una decorosa povertà (i parenti commercianti del protagonista). Si rilevi infine lo straordinario stile della narrazione, con l'efficace mimesi, sia nelle descrizioni sia nelle vivaci battute dei dialoghi, del caratteristico linguaggio di questo ambiente, secondo una perfetta realizzazione dei principi veristici.

[38] *Fatto il tiro*: rubati i soldi.

[39] *vomitare il morto*: restituire quello che aveva sottratto.

L'Orbo, che era diventato amico di casa, gli predicava:

– Se vuoi vivere alle spalle di quella povera ragazza, sei un maiale ve'!

Lei pure gli seccava d'averlo sempre attaccato alle sottane, che non gli lasciava mezz'ora di libertà colla sua gelosia; e lo mandava a lavorare. Egli sospettava che fosse per godersela insieme all'Orbo.

– Ti giuro che voglio bene soltanto a te! – rispondeva lei. – Ma che vuoi farci? Non sono mica una signora!

E lui se ne andava, col cuore stretto in un pugno.

Un bel giorno arrestarono il Nano e Basletta, per un furto di certi pacchi di candele nella drogheria dov'era l'Orbo, e Tonino pure, col pretesto che l'avevano trovato sul canto di via Armorari a far la guardia.[40] Lui e il suo avvocato giuravano che era a far tutt'altro, e ci si trovava per una sua occorrenza.[41] Ma fu inutile: lo condannarono alla prigione. Nel carcere però correva voce che la Bionda s'era messa coll'Orbo, e aveva fatto la spia per levarsi Tonino di fra i piedi, e papparsi le tre lire della denuncia.

Tonino non voleva crederci; eppure il babbo, la mamma, suo fratello Ambrogio, persino la Barberina, erano venuti a visitarlo in carcere, rinfacciandogli che glielo avevano predetto. – Ma tant'è, erano venuti! E lui piangeva e si sentiva alleggerire il cuore. – Ma la Bionda no!

Dicevano che avevano visto l'Orbo coi panni di Tonino, una giacchetta a scacchi, che era ancora nel cassettone della Bionda, quando l'avevano arrestato.

[40] *a far la guardia*: a fare il palo.
[41] *occorrenza*: bisogno (fisico).

Gelosia

Il Bobbia disse fra di sé: – Voglio vedere se è vero, o no! – E si mise in agguato sul canto di San Damiano. Crescioni stava là di faccia: c'era il lume alla finestra. Verso le nove, come gli avevano detto, eccoti la Carlotta che passava il ponte, colle sottane in mano,[1] e infilava la porta di Crescioni. Vi andava proprio in gala, quella sfacciata! Allora – sangue di Diana!... In quattro salti la raggiunse in cima al pianerottolo, ché lei volava su per la scala; e Crescioni se li vide capitar dentro in mazzo,[2] Carlotta e il suo uomo, acciuffati pei capelli.

Successe un terremoto! Lui a scansar le botte; il Bobbia, colla schiuma alla bocca, che aveva tirato fuori di tasca qualche accidente; la Carlotta poi strillava per tutti e tre. Crescioni, svelto, ti agguanta la coperta del letto, già bello e preparato, e te l'insacca sul Bobbia, che se no, guai! Il sor Gostino,[3] un pezzo d'uomo che avrebbe potuto fare il portinaio in un palazzo, menava giù nel mucchio, col manico della scopa, per chetarli.

Accorsero le guardie e li condussero in questura. Là, colle ossa peste, cominciarono a ragionare. Carlotta sbraitava che non era vero niente, in coscienza sua! Ma con quell'omaccio non voleva più starci, ora che l'aveva sospettata! Tanto non erano marito e moglie.

– Se non siete marito e moglie... – disse il Delegato.[4]

– Dopo cinque mesi che si stava insieme come se lo fossimo! – rinfacciava il Bobbia. – Cosa gli è mancato in cinque mesi, dica, sor Delegato? E vestiti, e stivaletti, e scampagnate, le feste e le domeniche! Allora avrei dovuto aprire gli occhi, quando si perdeva nei boschetti a Gorla, con questo e con quello, sotto pretesto di cogliere i pamporcini.[5] E lasciavo fare come fossimo marito e moglie!

– Io non ne sapevo nulla! borbottò Crescioni, asciugandosi il sangue dal naso.

---

*La novella fu pubblicata nel "Fanfulla della Domenica", 21 gennaio 1883.
[1]*colle sottane in mano*: per camminare più in fretta.
[2]*in mazzo*: attaccati l'uno all'altra.
[3]*Gostino*: Agostino.
[4]*Delegato*: commissario di polizia.
[5]*pamporcini*: ciclamini.

– Giacché non ne sapeva nulla, stia tranquillo che non pretendo restare a carico suo, se non mi vuole! – strillò Carlotta, inviperita nel passare in rassegna gli strappi del vestito nuovo.

Il sor Gostino, testimonio, metteva buone parole. – Via, non è nulla! Dev'essere un malinteso. – Ma il Bobbia s'era cacciato per forza in casa altrui, a fare il prepotente; e fu miracolo a cavarsela con un po' di carcere. – Tanto, non era vostra moglie! – profferì il Delegato. E il Bobbia rispose:

– Per me gliela lascio volentieri, quella gioia! Oramai ne sono stufo.

L'amante si grattava il capo. Però Carlotta gli buttò le braccia al collo, dinanzi al sor Delegato, e gli giurò che d'ora innanzi voleva esser sua o di nessun altro.

Il sor Gostino l'aiutò a portar la roba dal Crescioni; ma intanto andava predicando che bisognava far la pace col Bobbia, appena usciva di prigione; se no, un giorno o l'altro, andava a finir male.

– Col Crescioni? – gridò poi il Bobbia. – Con quel traditore che mi faceva l'amico?...

– Be'! ora che s'è presa la Carlotta! Faccia conto che siano marito e moglie, e il torto glielo abbia fatto lei pel primo.

Con questi discorsi non la finivano più, passo passo, dall'osteria di San Damiano alla porta del sor Gostino, sino a dopo mezzanotte, ciangottando colla lingua grossa. Una sera incontrarono la Carlotta a braccetto del Crescioni, e leticavano nel buio. Un'altra volta il Bobbia la vide che comprava della verdura dinanzi alla porta, e frugava nel carro dell'ortolano, colle braccia nude e spettinata. Talché pareva che gli fosse rimasto attaccato il cuore da quelle parti. Quando incontrava il Crescioni, aggobbito, colla barba di otto giorni che gli faceva il viso d'ammalato, si fregava le mani.

– Ci vuol altro che quel biondino per la Carlotta, ci vuole!

– Ogni giorno e' sono liti e botte da orbi, – narrava il sor Gostino. – Ieri ancora la è scappata nel mio casotto[6] seminuda, ché il Crescioni voleva accopparla. Dice che lo fa per levarsela dattorno.

La vigilia di Natale, come Dio volle, riescì a farli bere insieme. – Volete incominciare l'anno nuovo colla ruggine in corpo? – La Carlotta stava sulla sua, in fronzoli, e arricciando il naso a ogni bicchiere, perché c'era il Bobbia presente. Carina, con quella frangia di capelli sul naso! Ma Crescioni aveva il vino cattivo,[7] stava ingrugnato, colle spalle al muro, e tossiva di malumore. – Gli avete portato via l'amante, al Bobbia! O cosa volete d'altro? – gli sussurrò all'orecchio il sor Gostino. Il Bobbia, invece, si sentiva tutto rammollire, e pagava una bottiglia dopo l'altra, senza batter ciglio.

– Mi rammento – disse alla Carlotta nell'orecchio, mi rammento quando siamo andati insieme a casa mia, la prima volta. – E Crescioni, con tanto d'occhiacci, cavò fuori il mento dalla ciarpa.[8] Poi

[6]*casotto*: bugigattolo della portineria.
[7]*vino cattivo*: nel senso che il vino lo rendeva di cattivo umore.
[8]*ciarpa*: sciarpa.

la comitiva andò via insieme. Crescioni avanti, colle mani in tasca e annuvolato. Aprì lo sportello e fece passare prima la Carlotta, borbottando:

– Sta' a vedere che mi vuoi fare col Bobbia quel servizio che gli ho fatto io!

Il sor Gostino sogghignava pensando: – Questa notte la mi capita in camicia di certo.

Al Bobbia raccontava in confidenza come la Carlotta gli piacesse anche a lui, per quel suo fare allegro. – Senza ombra di malizia, veh! – Fortuna che sua moglie stava sempre al primo piano, dal padrone, il quale non gliela lasciava un minuto solo. Se no, gelosa com'era, guai! – Il sor Gostino aveva una paura maledetta della sora Bettina, che l'aveva sposato e innalzato a portinaio perché da quarant'anni lei era tutta una cosa col padrone. Tanto che costui, quando leticavano fra marito e moglie, e si udivano nella corte gli improperii e le parolacce della sora Bettina, si affacciava al balcone, in pantofole, e strillava colla voce catarrosa: – *Ohé, Gostino! Cosa l'è sta storia?*[9]

Ma torniamo agli altri due. Crescioni voleva sposare la Carlotta sul serio, perché essa gli andava dicendo che stavolta era proprio necessario. – Almeno, pensava lui, sarò certo che il bambino è roba mia!

Il sor Gostino strizzava l'occhio furbo: – E se cercate un padrino, ve l'ho già bello e trovato!

– Che discorsi! – gridava la sora Carlotta tentando di arrossire.

Il Bobbia era arrabbiato come un cane. Da un pezzo non la vedeva; e la Gigia,[10] tabaccaia, dopo averlo menato pel naso una settimana o due, gli aveva risposto picche, sulla guancia. – Ah! di lui non voleva più saperne, la sora Carlotta, onde farsi sposare dal Crescioni? – Si sentiva la febbre addosso ogni volta che la vedeva, dal bugigattolo del sor Gostino, a menar la tromba, dimenando i fianchi, o a portar su l'acqua, colla pancia in fuori. – Mi lasci andare ad aiutarla, sor Gostino. No, non ho più sete. Il resto lo beva lei per amor mio. – Ma la Carlotta scappava via appena lo vedeva.

– Andatevene! C'è lui in casa. Poi, tutto è finito fra di noi. – Avrebbe voluto batterla e afferrarla per quella collottola grassa che gli faceva bollire il sangue. – Ah! tu c'ingrassi con quel tisico! Tu vuoi farmi morir tisico come lui! Che son fatto di stucco, ti pare?...

– Dovevate pensarci prima. To', questa vi calmerà i bollori.

E Bobbia se ne andava scuotendo l'acqua dal vestito e bestemmiando.

Si fece il matrimonio. Nacque un bambino, due mesi prima del solito, e fu una femmina. Crescioni era sulle furie, perché almeno avrebbe voluto un maschio, e non dover pensare alla dote e a tante altre seccature. – Quanto a ciò non si dia pena per sua figlia – lo confortava il sor Gostino – la farà come sua madre.

---

[9] *Ohé... storia?*: una delle rare inserzioni dialettali, usate dallo scrittore, come nelle novelle siciliane, per dare un po' di colorito pittoresco alla narrazione.
[10] *Gigia*: Luigia.

Sua madre aveva fatto quello che sapevano tutti. S'era lasciata prendere dalle belle parole di un signorino, e dopo era scappata via di casa, per nascondere il marrone,[11] accorgendosi che la mamma le ficcava gli occhi addosso senza dir nulla, e si sentiva salire le fiamme al viso. Fu un sabato grasso; giusto la Luisina era andata ad impegnare roba per fare il carnevale, e disse alla figliuola: – Cos'hai che non mangi? – con cert'occhi! Il giorno dopo trovarono l'uscio aperto; e il babbo, poveraccio, s'era dato al bere dal crepacuore. Che colpa ne aveva lei? Da fanciulletta era andata attorno per le strade e nei caffè, vendendo paralumi. – Come chi dicesse andare a scuola per apprendere il mestiere. – Poi la miseria, l'uggia di tornare a casa colla mercanzia tale e quale, via della Commenda,[12] ch'era tutta una pozzanghera, la tentazione delle vetrine, i discorsi dei monelli, le paroline degli avventori che contrattavano soltanto... Insomma, era destinata! Allorché il suo amante l'aveva piantata in via San Vincenzino, con quattro cenci nel baule e diciassette lire in tasca, era stata costretta a mettersi col Bobbia, il quale la teneva allegra, quando ne aveva da spendere, e la picchiava dopo, per via della bolletta. Cresciomi, invece, non beveva, non bestemmiava, ed era sempre malinconico pensando alla sua poca salute. Ella era andata da lui a sfogarsi dei cattivi trattamenti, e poi c'era rimasta pel piacer suo. Quel giovanotto era preciso come lo voleva lei. Egli predicava: – Vieni di sera. – Vieni di nascosto. – Bada che lui non se ne accorga! – Tale e quale un ragazzo pauroso dell'ombra sua. Sicché quando il Bobbia capitò a fare quel baccano, Carlotta non gliela perdonò mai più. Infine, cos'era stato? Suo padre stesso, quand'era scappata via di casa, non aveva fatto tanto chiasso. Eppure il danno era più grosso! – Per quel Cresciomi, poi, ch'era quasi un ragazzo! – Sentite! finiva lo sfogo col sor Gostino. – Fosse stato geloso di voi, o di qualche altro pezzo d'uomo, pazienza! Ma del Cresciomi?... Veh! Tutta una birbonata del Bobbia per avere il pretesto di piantarmi.

Il sor Gostino si fregava le mani. Non che ci avesse pel capo certe idee!... Poi con quell'accidente di sua moglie sempre sulla testa, alla finestra del padrone!... Perciò aveva preso l'abitudine di spazzar la scala sino in cima, allo scopo di non dar nell'occhio. – O che non le ticate più con vostro marito? È un pezzetto che non vi vedo arrivare in sottanina.

Appoggiava la scopa contro l'uscio, e si fregava le mani un'altra volta.

– No! Stia cheto colle mani! Adesso è finito il tempo delle sciocchezze!

– Non sono sciocchezze, sora Carlotta! Sembro un Sansone,[13] direte. Ma non è vero! Pel cuore sono un ragazzo. E sempre disgrazia-

---

[11]*marrone*: "guaio" (letteralmente, una grossa castagna).
[12]*via della Commenda*: con la consueta attenzione toponomastica dello scrittore viene nominata una via di Porta Romana; la successiva *San Vincenzino* è nei pressi di Porta Genova.
[13]*Sansone*: personaggio biblico di forza eccezionale.

to, veh! Perfino mia moglie, è otto giorni che non la vedo, dacché il padrone è a letto. Anche lei, povera sora Carlotta, le si vede in faccia; suo marito la lascia per correre chissà dove! O pensa tuttora al Bobbia?

– A me non me ne importa. E poi non è vero niente.

Il sor Gostino stava a guardare mentre ella aveva la bambina al petto, grattandosi la barba.

– Non gliene importa?... Dica un po'... E quella bambina che lui dice che è figlia sua?

Carlotta faceva una spallucciata. Il sor Gostino si metteva a ridere anche lui, e ripigliava la scopa, ciondolando per un pezzo prima di decidersi ad andare; oppure si chinava a fare il discorsetto alla bimba, accarezzandola sul seno della mamma colle manacce sudice. – In coscienza, non somiglia a nessuno di loro due.

Crescioni era geloso della bambina, che veniva su bionda e color di rosa. – Se ti vedo ancora dattorno il Bobbia – le diceva – ti fo come la donna tagliata a pezzi!

E si faceva brutto che non pareva vero, con quella faccia dabbene di tisico. Non che fosse geloso della Carlotta, – ormai l'aveva sempre là, davanti agli occhi, sciatta, spettinata, colla figlia al petto. Per altro non gliene importava più dell'amore. Era malato, e aveva altro per il capo. Ma tant'è, poiché era stato lui a sposarla! E ci aveva sciupati i denari e la salute. Il principale gli riduceva il salario di un terzo, adesso che non era più in gamba come prima. E se non era in gamba e non aveva denari, lo sapeva di che cosa era capace la Carlotta! Perfino di viziargli la figliuola, a suo tempo. La malattia gli aveva sconvolta la testa, e gli sembrava di veder la ragazza, già grandicella, lasciarsi baciare da questo e da quello, come sua madre. Perciò arrivava a leticare colla moglie se accarezzava la bambina quasi fosse cosa sua. Anche il sor Gostino con quell'aria di minchione... Insomma, non ce lo voleva più a bazzicare in casa sua!

– Oh Dio! quel povero diavolo! – esclamava la Carlotta. Ma lui, testardo, non si muoveva di casa la domenica a far la guardia, se udiva la scopa per le scale, seduto accanto alla finestra, torvo, col naso nella ciarpa e le mani in tasca, senza dir nulla. Poi, ogni volta che tossiva, saettava delle occhiatacce sulla moglie, e se la bambina strillava, era un casa del diavolo.[14]

– Non toccare mia figlia, o per la Madonna!... Lascia stare d'insegnarle le tue moine piuttosto!

I dispiaceri gli minavano la salute, diceva. A poco a poco anche il principale si stancò, e Crescioni non si mosse più dal letto. Sua moglie, in quei quaranta giorni, impegnò sino le lenzuola. Egli

[14]Dal confronto con le novelle siciliane emerge come la gelosia, che è l'argomento della novella, diventi una specie di fatto ossessivo, maniacale, ma senza portare a gesti esasperati, tragici. La vicenda si dipana in un crescendo di squallore e di degradazione, senza che i personaggi possano attingere un minimo di autentica partecipazione affettiva. Si noti inoltre come la malattia più spesso citata non sia la malaria o il colera, tipiche del Sud, ma la tisi (del resto presente in tanta narrativa settentrionale, a cominciare dalla Scapigliatura).

brontolava che si era ridotto in quello stato per causa sua. All'ospedale però non voleva andarci, perché quando sarebbe stato via, chissà cosa succedeva!

Sino all'ultimo! Se ella usciva un momento a far qualche compera, se scendeva ad attinger l'acqua: – D'onde vieni così scalmanata? T'ho detto che mia figlia non devi condurla attorno! – La tosse lo soffocava sotto le coperte. Allorché lo portarono all'ospedale infine, accusò la moglie di averlo tradito – come Giuda fece a Cristo – per scialarla[15] in libertà. – Non vedi come son ridotta? si scolpava lei. – Non vedi che non ho più neppur latte per la bambina?

– Almeno verrai a trovarmi colla piccina!

Ci andava spesso di fatti. Ma erano altri bocconi amari. La bimba aveva paura di suo padre, al vederlo con quel berrettino in mezzo a tanti visi nuovi. Lui si sfogava a brontolare tutti i guai della settimana.

– Una vitaccia da cani! lamentavasi la Carlotta col sor Gostino. – Affaticarsi da mattina a sera, e la festa poi quel divertimento! – Il sor Gostino l'accompagnava, per bontà sua, e le comprava qualche regaluccio da portare al malato. – Che volete farci? Bisogna aver pazienza finché campa. – Il poveretto aveva il cuoio duro, e non finiva più di penare. La Carlotta si stancò prima di lui d'andare e venire, e di trovarlo sempre lo stesso, con quel berrettino bianco ritto sul guanciale. Si fermava appena due minuti, il tempo di vedere a che punto era, e di portargli qualche cosuccia, senza dire che gliela aveva regalata il portinaio. Ma ei glielo leggeva in faccia, e le guardava le mani, sospettoso, tirandosi la coperta sino al naso, senza dir nulla, e le ficcava in faccia gli occhi neri di febbre, e domandava:

– Hai visto il Bobbia? – T'ha detto nulla il portinaio?

Si capiva che ne aveva tante nello stomaco; ma non parlava perché era confinato in quel letto, e se Carlotta non veniva più restava solo come un cane. Sovente almanaccava dei progetti per quando sarebbe guarito. – Faremo questo. Faremo quest'altro. – Ma ella rimaneva zitta e guardava altrove. Allora disse lui: – Se guarisco, voglio ammazzar qualcuno, dammi retta! – E la bambina si aggrappava al collo della madre, strillando di paura.

Glielo diceva il cuore, al poveraccio. Il sor Gostino era tutto il giorno su e giù per la scala colla granata[16] in mano. Davvero, pel cuore era un ragazzo! Si divertiva a far quattro chiacchiere con lei, o ad accendere il fuoco nel fornello, e farle andar la macchina[17] – gira, gira, gira; – nello stesso tempo dalla finestra, dietro la tendina, teneva d'occhio la porta, e quando cominciava a farsi scuro, che gli vedeva quella testa china sulla macchina, si sentiva dentro lo stesso rimenìo.[18] Gli bastava che dicesse: – Grazie, sor Gostino.

[15]*scialarla*: divertirsi.
[16]*granata*: scopa.
[17]*andar la macchina*: girare la macchina per cucire.
[18]*rimenìo*: rimescolamento.

– Non lo faccio per questo, sora Carlotta. Sono un galantuomo e non fo le cose per secondo fine. – Chi era andato a cercarle del cucito? Chi gli faceva prestar la macchina al bisogno? Chi andava a parlare col padron di casa se tardava la mesata?

La sora Bettina infuriava per queste condiscendenze. Un altro po' la casa diventava un luogo pubblico! E se la pigliava anche col padrone che faceva il comodino[19] per sbarazzarsi del marito. Tutto a riguardo suo!

Il sor Gostino non si dava pace. – O dunque cosa gliene importa a lei? – La Carlotta invece si lagnava: – Signore Iddio! Com'è cattivo il mondo, a pensare il male che non facciamo né voi né io!

Il sor Gostino allora non sapeva che dire, e ruminava cosa dovesse fare onde non sembrare un minchione, o prendeva il partito di posarsi la mano aperta sul costato[20]: – Sono un galantuomo, ve l'ho detto. Vi voglio bene, ma sono un galantuomo!

Però non voleva che il Bobbia tornasse a fare il moscone da quelle parti. Gliel'aveva predicato: – Adesso quella poveraccia è come se fosse vedova.

Appunto! Bobbia ci aveva diritto lui perché era l'amore antico! Il portinaio faceva come il cane dell'ortolano[21] per invidia e per gelosia. Ma se adesso l'aveva lui, voleva averla anche Bobbia, ch'era stato il primo. Si vedeva chiaro: il sor Gostino la teneva sempre in casa pel comodo suo. Il Bobbia dovette aspettarla dieci volte prima di vederla uscire un momento.

– Senti! Se non vieni con me oggi stesso, vi ammazzo tutti, te e il tuo amante.

La poveretta s'era sentito un tuffo nel sangue al vederlo, e affrettava il passo, smorta come un cencio. Egli la raggiunse in via Ciossetto, furibondo, e l'afferrò pel braccio. – Per carità! Non mi fate male! Che amante? Ti giuro! Non ne ho! – Tanto meglio. Allora, se non ne hai, perché non vieni?

E ci andò per la paura. Dopo il Bobbia, appena se ne accorse, montò in furia: – Tu vuoi sempre bene a tuo marito, di'! – Oh, quel poveretto!... – Allora hai per amante il sor Gostino! – No, non è il mio amante. – Ma gli vuoi bene, di'! – Ella tremava e supplicava: – Non son venuta qui? Non ho fatto quel che tu dicevi? Cosa vuoi ancora?

Voleva... voleva... E prima voleva mandarla via di casa a calci, voleva! Poi col sor Gostino avrebbe fatto i conti a tu per tu, e non per gelosia della Carlotta veh... ormai era carne vecchia! – Ma il sor Gostino era un ragazzo soltanto colle donne. Al primo pugno l'accecò mezzo, e se lo mise sotto, giusto nella corte, da pestarlo come l'uva. La sora Bettina, di sopra, buttava acqua, porcherie e male parole, e il padrone, dietro, a strillare: – Ohé, Gostino! Gostino!

<hr>

[19] *faceva il comodino*: si mostrava compiacente.
[20] *prendeva... costato*: decideva di parlar sinceramente.
[21] *cane dell'ortolano*: che, proverbialmente, non tocca e non fa toccare.

Carlotta fu licenziata[22] su due piedi, e dovette sgomberare in otto giorni. La sora Bettina, il padrone, lo stesso sor Gostino, volevano un po' di pace alfine.

Il Bobbia, col muso pesto, andava dicendo: – Non me ne importa di colei. Ma mosche sul naso non me ne lascio posare!

La Carlotta finalmente andò a vedere cosa n'era di suo marito che non moriva mai. Lo trovò sempre nello stesso letto, cogli occhi spalancati, più sfatto, non si lamentava più, e stava immobile colla faccia color di terra. Quegli occhi di fantasima le si ficcavano addosso come chiodi; e pareva che la sua voce uscisse dalla sepoltura: – Dove sei stata tutto questo tempo? – Di', cosa hai fatto?

[22]*licenziata*: sfrattata.

Camerati

– Malerba? – Presente! – Qui ci manca un bottone, dov'è? – Io
non so, caporale. – Consegnato! – Sempre così: il cappotto come un
sacco, i guanti che gli davano noia, e non sapere più cosa farsi delle
mani, la testa più dura di un sasso all'istruzione[1] e in piazza d'armi.
Selvatico poi! Di tutte le belle città dove si trovava di guarnigione,
non andava a vedere né le strade, né i palazzi, né le fiere, nemmeno
i baracconi o le giostre di legno. L'ora di sortita[2] se la passava vagabondo per le vie fuori porta, colle braccia ciondoloni, o stava a guardare le donne che strappavano l'erba, accoccolate per terra in piazza Castello; oppure si piantava davanti il carrettino delle castagne,
e senza spendere mai un soldo. I camerati si divertivano alle sue
spalle. Gallorini gli faceva il ritratto sul muro col carbone, e il nome
sotto. Egli lasciava fare. Ma quando gli rubavano per ischerzo i
mozziconi che teneva nascosti nella canna del fucile, imbestialiva, e
una volta andò in prigione per un pugno che accecò mezzo il Lucchese – si vedeva ancora il segno nero – e lui cocciuto come un mulo
a ripetere: – Non è vero. – O allora, chi gli ha dato il pugno al Lucchese? – Non so. – Poi stava seduto sul tavolaccio, col mento fra le
mani. – Quando torno al mio paese! – Non diceva altro.

– Infine, conta su. Ci hai l'amante al tuo paese? – domandava
Gallorini. Egli lo fissava, sospettoso, e dimenava il capo. Né sì né
no. Poscia si metteva a guardare lontano. Ogni giorno con un pezzetto di lapis faceva un segno su di un piccolo almanacco che aveva
in tasca.

Gallorini invece ci aveva l'amante. Un donnone coi baffi che gli
avevano visto insieme al caffè una domenica, seduti con un bicchier
di birra davanti, e aveva voluto pagar lei. Il Lucchese se ne accorse
ronzando lì intorno colla Gegia,[3] la quale non gli costava mai nulla.
Egli trovava delle Gegie dappertutto, colla sua parlantina graziosa,

*La novella fu pubblicata nel "Fanfulla della Domenica", 25 marzo 1883, poi nel-
l'"Illustrazione italiana", 8 luglio dello stesso anno.
[1]*istruzione*: esercitazione.
[2]*di sortita*: di libera uscita.
[3]*Gegia*: Luigia.

e perché non si avessero a male d'esser messe tutte in fascio sin pel nome, diceva che quello era l'uso del suo paese, quando una si vuol bene, si chiami Teresa, Assunta o Bersabea.

In quel tempo cominciò a correre la voce che s'aveva a far la guerra coi Tedeschi.[4] Va e vieni di soldati, folla per le strade, e gente che veniva a vedere l'esercizio in Piazza d'Armi. Quando il reggimento sfilava fra le bande e i battimani, il Lucchese marciava baldanzoso come se la festa fosse fatta a lui, e Gallorini non la finiva più di salutare amici e conoscenti, col braccio sempre in aria, che voleva tornar morto o ufficiale, diceva.

– Tu non ci vai contento alla guerra? – domandò a Malerba quando fecero i fasci d'armi[5] alla stazione.

Malerba si strinse nelle spalle, e seguitò a guardar la gente che vociava e gridava: Evviva!

Il Lucchese vide pur la Gegia, curiosa, la quale stava a vedere da lontano, in mezzo alla folla, tenendosi alle costole un ragazzaccio in camiciotto che fumava la pipa. – Questo si chiama mettere le mani avanti![6] – borbottava il Lucchese, che non poteva allontanarsi dalle file, e a Gallorini domandava se la sua s'era arruolata nei granatieri, per non lasciarlo.

Era come una festa dappertutto dove arrivavano. Bandiere, luminarie, e i contadini che correvano sull'argine della strada ferrata, a veder passare il treno zeppo di chepì e di fucili. Ma alle volte poi la sera, nell'ora in cui le trombe suonavano il silenzio, si sentivano prendere dalla melanconia della Gegia, degli amici, di tutte le cose lontane. Appena arrivava la posta al campo correvano in folla a stendere le mani. Malerba solo se ne stava in disparte grullo, come uno che non aspettava nulla. Egli faceva sempre il segno nell'almanacco, giorno per giorno. Poi stava a sentire la banda, da lontano, e pensava a chi sa cosa.

Una sera finalmente successe un gran movimento nel campo. Ufficiali che andavano e venivano, carriaggi che sfilavano verso il fiume. La sveglia suonò due ore dopo mezzanotte; nondimeno distribuivano già il rancio e levavano le tende. Poscia il reggimento si mise in marcia.

La giornata voleva esser calda. Malerba, il quale era pratico, lo sentiva alle buffate[7] di vento che sollevavano il polverone. Poi era piovuto a goccioloni radi. Appena cessava l'acquata,[8] di tratto in tratto, e lo stormire del granoturco, i grilli si mettevano a cantare forte, nei campi, di qua e di là dello stradale. Il Lucchese che marciava dietro a Malerba si divertiva alle sue spalle: – Su le zampe, camerata! Cos'hai che non dici nulla? Pensi forse al testamento?

[4]*la guerra coi Tedeschi*: la terza guerra d'indipendenza contro l'Austria, dell'estate del 1866, che vide la sconfitta di Custoza, qui appunto descritta.
[5]*fasci d'armi*: fucili appoggiati verticalmente l'uno contro l'altro.
[6]*mettere le mani avanti!*: premunirsi; infatti la donna s'era già procurata un altro innamorato in vista dell'assenza del primo.
[7]*buffate*: soffi.
[8]*acquata*: temporale.

Malerba con una spallata s'assestò lo zaino sulle spalle, e borbottò: – Cammina! – Lascialo stare, – prese a dire Gallorini. – Sta pensando all'innamorata, che se l'ammazzano i Tedeschi ne piglia un altro.

– Cammina tu pure! – rispose Malerba.

All'improvviso nella notte passò il trotto di un cavallo, e il tintinnìo di una sciabola, fra le due file del reggimento che marciavano dai due lati della strada.

– Buon viaggio! – disse poi il Lucchese, che era il buffo della compagnia. – E tanti saluti ai Tedeschi, se li incontra.

A destra, in una gran macchia scura, biancheggiava un caseggiato. E il cane di guardia latrava furibondo, correndo lungo la siepe.

– Quello è cane tedesco, – osservò Gallorini, che voleva dire la barzelletta come il Lucchese. – Non lo senti all'abbaiare?

La notte era ancora profonda. A sinistra come sopra un nugolone[9] nero, che doveva essere collina, spuntava una stella lucente.

– O che ora sarà mai? – domandò Gallorini. Malerba levò il naso in aria, e rispose tosto:

– Ci vorrà almeno un'ora a spuntare il sole!

– Che sugo![10] – brontolò il Lucchese. – Farci far la levataccia per un bel nulla!

– Alt! – ordinò una voce breve.

Il reggimento scalpicciava ancora, come una mandra di pecore che si aggruppi. – O chi s'aspetta? – borbottò il Lucchese dopo un pezzetto. Passò di nuovo un gruppo di cavalieri. Stavolta nell'alba che cominciava a rompere[11] si videro sventolare le banderuole dei lancieri, e avanti un generale, col berretto gallonato sino in cima, e le mani ficcate nelle tasche dello spenser. Lo stradale cominciava a biancheggiare, diritto, in mezzo ai campi ancora oscuri. Le colline sembravano spuntare ad una ad una nel crepuscolo incerto; e in fondo si vedeva un fuoco acceso, forse di qualche boscaiuolo, o di contadini che erano scappati dinanzi a quella piena di soldati. Gli uccelletti, al mormorìo, si svegliavano a cinguettare sui rami dei gelsi che si stampavano nell'alba.

Poco dopo, a misura che il giorno andavasi schiarendo, si udì un brontolìo cupo verso la sinistra, dove l'orizzonte s'allargava in un chiarore color d'oro e color di rosa, come se tuonasse, e faceva senso in quel cielo senza nuvole. Poteva essere il mormorìo del fiume o il rumore dell'artiglieria in marcia. Ad un tratto corse una voce: – Il cannone! – E tutti si voltavano a guardare verso l'orizzonte color d'oro.

– Io sono stanco! brontolò Gallorini. – Ormai dovrebbero far l'alto![12] appoggiò il Lucchese.

Le chiacchiere andavano morendo a misura che i soldati si avan-

9 *nugolone*: nuvolone.
10 *Che sugo!*: equivale a "Che idea!".
11 *a rompere*: a diffondersi, rompendo il buio.
12 *far l'alto*: ordinare di fermarsi.

zavano nella giornata calda, fra le strisce di terra bruna, di seminati verdi, le vigne che fiorivano sulle colline, i filari di gelsi diritti sin dove arrivava la vista. Qua e là si vedevano dei casolari e delle cascine abbandonate. Accostandosi ad un pozzo, per bere un sorso d'acqua, videro degli arnesi a terra, accanto all'uscio di un cascinale, e un gatto che affacciava il muso fra i battenti sconquassati, miagolando.

– Guarda! fece osservare Malerba. – Ci hanno il grano in spiga, povera gente!

– Vuoi scommettere che non ne mangi di quel pane? – disse il Lucchese.

– Sta' zitto, jettatore! – rispose Malerba. – Io ci ho l'abitino della Madonna. – E fece le corna colle dita.[13]

In quella si udì tuonare anche a sinistra, verso il piano. Da principio, dei colpi rari, che echeggiavano dal monte. Poscia un crepitìo come di razzi, quasi il villaggio fosse in festa. Al di sopra del verde che coronava la vetta si vedeva il campanile tranquillo, nel cielo azzurro.

– No, non è il fiume – disse Gallorini.

– E neppure dei carri che passano.

– Senti! senti! – esclamò Gallorini. – Laggiù la festa è cominciata.

– Alt! ordinarono ancora. Il Lucchese ascoltava, colle ciglia in arco, e non diceva più nulla. Malerba aveva vicino un paracarro, e ci s'era messo a sedere, col fucile fra le gambe.

Il cannoneggiamento doveva essere in pianura. Si vedeva il fumo di ogni colpo, come nuvolette dense, che si levavano appena al di sopra dei filari di gelsi, e si squarciavano lentamente. I prati scendevano quieti verso la pianura, con il canto delle quaglie fra le zolle.

Il colonnello, a cavallo, parlava con un gruppo d'ufficiali, fermi sul ciglione della strada, guardando di tratto in tratto verso la pianura col cannocchiale. Appena si mosse al trotto, le trombe del reggimento squillarono tutte insieme: – Avanti!

A destra e a sinistra si vedevano dei campi nudi. Poi qualche pezza[14] di granoturco ancora. Poi delle vigne, poi delle gore d'acqua, infine degli alberetti nani. Spuntavano le prime case di un villaggio; la strada era ingombra di carriaggi e di vetture. Un vocìo, un tramestìo da sbalordire.

Sopraggiunse di galoppo un cavalleggiero, bianco di polvere. Il suo cavallo, un morello tozzo e tutto crini, aveva le narici rosse e fumanti. Indi passò un ufficiale di stato maggiore, gridando come un ossesso di sgomberare la strada, picchiando colla sciabola a diritta e a manca su quei poveri muli borghesi.[15] Attraverso gli olmi del ciglione si videro sfilare correndo dei bersaglieri neri, colle piume al vento.

Ora si erano messi per una stradicciuola che piegava a diritta. I

---

[13]*le corna colle dita*: gesto di scongiuro.
[14]*pezza*: campo.
[15]*borghesi*: non dell'esercito.

soldati rompevano in mezzo al seminato, talché a Malerba gli piangeva il cuore. Sulla china di un monticello, videro un gruppo d'ufficiali a cavallo, con la scorta di lancieri dietro, e i cappelli a punta di carabinieri. Tre o quattro passi innanzi, a cavallo e col pugno sull'anca, c'era un pezzo grosso, a cui i generali rispondevano colla mano alla visiera, e gli ufficiali passandogli dinanzi, salutavano colla sciabola.

– O chi è colui? chiese Malerba.

– Vittorio,[16] rispose il Lucchese. Che non l'hai mai visto nei soldi, sciocco!

I soldati si voltavano a guardare, finché potevano. Poscia Malerba osservò fra sé: – Quello è il Re!

Più in là c'era un torrentello asciutto. L'altra riva coperta di macchie saliva verso il monte, sparso di olmi scapitozzati.[17] Il cannoneggiamento non si udiva più. Un merlo a quella pace s'era messo a fischiare nella mattinata chiara.

Tutt'a un tratto scoppiò come un uragano. La vetta, il campanile, ogni cosa fu avvolta nel fumo. Dei rami d'albero che scricchiolavano, della polvere che si levava qua e là nella terra, ad ogni palla di cannone. Una granata spazzò via un gruppo di soldati. In cima della collina si udivano di tratto in tratto delle grida immense, come degli urrà. – Madonna santa! – balbettò il Lucchese. I sergenti andavano ordinando di mettere a terra i zaini. Malerba obbedì a malincuore perché ci aveva due camicie nuove e tutta la sua roba.

– Lesti! lesti! – andavano dicendo i sergenti. Da una stradicciuola sassosa arrivarono di galoppo alcuni pezzi d'artiglieria, con un fragore di terremoto; gli ufficiali avanti, i soldati curvi sulla criniera irta dei cavalli fumanti, frustando a tutto andare, i cannonieri aggrappati ai mozzi e alle ruote, che spingevano su per l'erta.

In mezzo al rumore furioso delle cannonate si vide rovinare fuggendo per la china un cavallo ferito, colle tirelle[18] pendenti, nitrendo, scavezzando[19] viti, sparando calci disperati. Più giù, a frotte, soldati laceri, sanguinosi, senza chepì, che agitavano le braccia. Infine dei drappelli interi che rinculavano passo passo, fermandosi a far fuoco alla spicciolata, in mezzo agli alberi. Trombe e tamburi suonarono la carica. Il reggimento si slanciò alla corsa su per l'erta, come un torrente d'uomini.

Al Lucchese gli parlava il cuore – che furia per quel che ci aspetta lassù! – Gallorini gridava: – Savoia! – E a Malerba che aveva il passo pesante: – Su le zampe camerata! – Cammina! ripeteva Malerba.

Appena sulla vetta, in un praticello sassoso, si trovarono di fac-

---

[16]*Vittorio*: Vittorio Emanuele II, il cui ritratto è impresso sulle monete. È l'immagine mitica che si concreta in carne e ossa agli occhi ingenui del popolano, come nella novella siciliana *Cos'è il Re*.

[17]*scapitozzati*: potati.

[18]*tirelle*: finimenti pettorali del cavallo.

[19]*scavezzando*: spezzando la cima.

cia ai Tedeschi che si avanzavano fitti in fila. Corse un lungo lampo su quelle masse che formicolavano; la fucilata crepitò da un capo all'altro. Un giovanetto ufficiale, escito allora dalla scuola, cadde in quel momento, colla sciabola in pugno. Il Lucchese annaspò alquanto, colle braccia aperte, come se inciampasse, e cadde egli pure. Ma dopo non si vide più nulla. Gli uomini si azzuffavano petto a petto, col sangue agli occhi.

– Savoia! Savoia!

Infine i Tedeschi ne ebbero abbastanza, e cominciarono a dare indietro passo passo. I cappotti grigi[20] li inseguivano a stormi. Malerba, nella furia del correre, pigliò come una sassata che lo fece zoppicare. Poi si accorse che gli colava il sangue pei pantaloni. Allora infuriato come un bue si slanciò a testa bassa, menando baionettate. Vide un gran diavolo biondo che gli veniva addosso con la sciabola sul capo, e Gallorini che gli appuntava alla schiena la bocca del fucile.

Le trombe suonavano a raccolta. Ora tutto quello che restava del reggimento, a stormi, a gruppi, correva verso il villaggio, che rideva al sole, in mezzo al verde. Però alle prime case si vide la carneficina che ci era stata. Cannoni, cavalli, bersaglieri feriti, tutto sottosopra. Gli usci sfondati, le imposte delle finestre che pendevano come cenci al sole. In fondo a una corte c'era un mucchio di feriti per terra, e un carro colle stanghe in aria, ancora carico di legna.

– E il Lucchese? – domandò Gallorini senza fiato.

Malerba l'aveva visto cadere. Nondimeno si voltò indietro per istinto verso il monte che formicolava di uomini e di cavalli. Le armi luccicavano al sole. Si vedevano, in mezzo alla spianata, degli ufficiali a piedi, i quali guardavano lontano col cannocchiale. Le compagnie calavano ad una ad una per la china, con dei lampi che correvano lungo le file.

Potevano essere le 10 – le 10 del mese di giugno, al sole. Un ufficiale s'era buttato come arso sull'acqua dove lavavano gli scopoli[21] dei cannoni. Gallorini stava disteso bocconi contro il muro del cimitero, colla faccia sull'erba, là almeno, dalle fosse, nell'erba folta, veniva un po' di frescura. Malerba, seduto per terra, s'ingegnava a legarsi come poteva la gamba col fazzoletto. Pensava al Lucchese, poveretto, che era rimasto per via, a pancia in aria.

– Tornano! tornano! – si udì gridare. La tromba chiamava all'armi. Ah! stavolta era proprio stufo Gallorini! Nemmeno un momento di riposo! Si alzò come una bestia feroce, tutto lacero, e afferrò il fucile. La compagnia si schierava in fretta, alle prime case del paesetto, dietro i muri, alle finestre. Due pezzi di cannone allungavano la gola nera in mezzo alla strada. Si vedevano venire i Tedeschi in file serrate, un battaglione dopo l'altro, che non finivano mai.

Là fu colpito Gallorini. Una palla gli ruppe il braccio. Malerba lo

---

[20]*cappotti grigi*: le uniformi dei soldati italiani.
[21]*scopoli*: lunghe scope per pulire le bocche dei cannoni.

voleva aiutare. – Che cos'hai? – Nulla, lasciami stare. – Il tenente faceva anche lui alle fucilate come un semplice soldato, e bisognò correre a dargli una mano, Malerba dicendo ad ogni colpo: – Lasciate fare a me che è il mio mestiere! – I Tedeschi scomparvero di nuovo. Poi fu ordinata la ritirata. Il reggimento non ne poteva più. Fortunati Gallorini e il Lucchese che riposavano. Gallorini s'era seduto a terra, contro il muro, e non si voleva più muovere. Erano circa le 4, più di otto ore che stavano in quella caldura colla bocca arsa di polvere. Però Malerba ci aveva preso gusto e domandava: – Ora che si fa? – Ma nessuno gli dava retta. Scendevano verso il torrentello, accompagnati sempre dalla musica che facevano le cannonate sul monte. Poscia da lontano videro il villaggio formicolare di uniformi di tela. Non si capiva nulla, né dove andavano, né cosa succedeva. Alla svolta di un ciglione s'imbatterono nella siepe dietro la quale il Lucchese era caduto. E neppure Gallorini non c'era più. Tornavano indietro alla rinfusa, visi nuovi che non si conoscevano, granatieri e fanteria di linea, dietro agli ufficiali che zoppicavano, laceri, strascinando i passi, col fucile pesante sulle spalle.

Calava la sera tranquilla, in un gran silenzio, dappertutto.

A ogni tratto si incontravano carri, cannoni, soldati che andavano al buio, senza trombe e senza tamburi. Quando furono di là del fiume, seppero che avevano persa la battaglia.

– O come? – diceva Malerba. – O come? – E non sapeva capacitarsi.[22]

Poi, terminata la ferma, tornò al suo paese, e trovò la Marta che s'era già maritata, stanca d'aspettarlo. Anche lui non aveva tempo da perdere, e prese una vedova, con del ben di Dio. Qualche tempo dopo, lavorante alla ferrovia lì vicino, arrivò Gallorini, con moglie e figli anche lui.

To' Malerba! O cosa fai tu qui? Io faccio dei lavori a cottimo. Ho imparato il fatto mio all'estero, in Ungheria, quando m'hanno fatto prigioniero, ti rammenti? Mia moglie m'ha portato un capitaletto... Mondo ladro, eh? Credevi fossi arricchito? Eppure il nostro dovere l'abbiamo fatto. Ma chi va in carrozza non siamo noi. Bisogna dare una buona sterrata,[23] e tornare a far conto da capo. – Coi suoi operai ripeteva pure le stesse prediche, la domenica, all'osteria. Essi, poveretti, ascoltavano, e dicevano di sì col capo, sorseggiando il vinetto agro, ristorandosi la schiena al sole, come bruti, al pari di Malerba, il quale non sapeva far altro che seminare, raccogliere e far figliuoli. Egli dimenava il capo per politica,[24] quando parlava il suo camerata, ma non apriva bocca. Gallorini

---

[22] Un altro evento, la guerra, per ampliare il quadro della realtà, sempre secondo la prospettiva del popolano ignaro, che non si rende conto di ciò che accade, neppure quando è ferito (ma si ricordi che la descrizione della battaglia è un luogo comune della narrativa di tutto l'Ottocento).

[23] *sterrata*: ripianamento.

[24] *per politica*: per riguardo, per opportunità.

invece aveva girato il mondo, sapeva il fatto suo in ogni cosa, il diritto e il torto; sopra tutto il torto che gli facevano, costringendolo a sbattezzarsi[25] e lavorare di qua e di là pel mondo, con una covata di figliuoli e la moglie addosso, mentre tanti andavano in carrozza.

– Tu non ne sai nulla del come va il mondo! Tu, se fanno una dimostrazione, e gridano viva questo o morte a quell'altro non sai cosa dire. Tu non capisci nulla di quel che ci vuole!

E Malerba rispondeva sempre col capo di sì. – Adesso ci voleva l'acqua pei seminati. Quest'altro inverno ci voleva il tetto nuovo nella stalla.[26]

[25]*sbattezzarsi*: darsi da fare.
[26]Narrazione rivelatrice, questa, della posizione verghiana: sono messi direttamente a confronto l'operaio settentrionale, che si picca di conoscere il mondo e la società, e il contadino meridionale, legato alla ciclicità delle stagioni e delle coltivazioni; lo scrittore non sceglie, facendo supporre che, al di là delle differenze, la sostanziale condizione di povertà di entrambi resta immodificabile.

Via Crucis

Matilde cercò cogli occhi la Santina, entrando nella bottega della sarta. Indi le si mise accanto, e disse piano.

– Sai? Poldo[1] piglia moglie.

Santina avvampò in viso; poi si fece smorta, e chinò la testa sul lavoro. Non disse nulla; non ci credeva; ma il cuore le si gonfiava di certi presentimenti che adesso le tornavano dinanzi agli occhi. Solo le tremava il labbro nel frenare le lagrime.

Appena poté inventare un pretesto per uscire corse al Municipio, e lesse coi suoi occhi: "Leopoldo Bettoni con Ernestina Mirelli, agiata". Tornando in bottega, cogli occhi gonfi, si buscò una buona lavata di capo.

La sera volle parlargli ad ogni costo. Da un pezzo egli le diceva: – Faccio tardi all'officina. C'è un lavoro da terminare. – Il Renna, che lavorava da indoratore[2] insieme con lui, s'era messo a ridere. – Non dia retta, sora Santina. Le son storie da contare ai morti.[3] – La mamma, al vedere che tornava ad uscire, stralunata, l'afferrava per le vesti. – Dove corri? A quest'ora... – Ella non diceva altro: – Lasciatemi andare. Lasciatemi andare... – cogli occhi fissi. Chi la incontrava così tardi, al vederla correre sul marciapiedi con quella faccia, si fermava a sbirciarla sotto il naso; oppure le buttava dietro un pissi pissi. Ma ella non vedeva e non udiva. Finalmente scoprì Poldo in fondo al caffè delle Cinque Vie, seduto in un crocchio, che guardava pensieroso il bicchiere. Quando uscì sulla strada seguitava a guardarsi attorno come un ladro. Pareva che il cuore glielo dicesse. Ella lo afferrò pel gomito, allo svolto della cantonata. – È vero che prendi moglie? – Poldo giurava di no, colle braccia in croce. Infine disse: – Senti, io non ho nulla. Tu neppure non hai nulla. Si farebbe un bel marrone tutti e due.

*La novella fu pubblicata nel "Fanfulla della Domenica", 29 aprile 1883.
[1] *Poldo*: Leopoldo.
[2] *indoratore*: chi fa lavori di doratura su oggetti di metallo o di legno. Si noti la presenza in queste novelle milanesi di un certo numero di operai, dato rilevante vista la scarsità di tali figure nella narrativa del tempo (e per di più a cogliere tali novità nella società contemporanea è proprio uno scrittore meridionale).
[3] *storie... morti*: fandonie.

Cotesto non glielo aveva detto prima, quando le stava attorno innamorato, e le sussurrava quelle parole traditrici che le facevano squagliare il cuore dentro il petto. Con tali parole s'era lasciata prendere in quella stanza dell'osteria di Gorla, col ritratto del Re e di Garibaldi che le si erano stampati in mente. Ora egli se ne andava passo passo per la sua strada, col dorso curvo.

Da principio sembrava che il cuore le morisse dentro il petto. Poscia a poco a poco si rassegnò. Matilde le diceva: – Sciocca, ne troverai cento altri, non dubitare. – Le compagne cianciavano e ridevano tutto il giorno, e il sabato facevano dei progetti per la festa. Dalla finestra si vedeva il sole di primavera, sui tetti rossi, nei terrazzini pieni di fiori. Allora tornavano a gonfiarlesi in cuore piene di lagrime le parole dolci di Poldo. La domenica per lei spuntava triste, in quella malinconia di via Armorari, e pensava, pensava, coi gomiti appoggiati al davanzale, guardando le botteghe tutte chiuse.

Il Renna, di sopra, stava alla finestra per vedere la Santina affacciata a capo chino, che scopriva la nuca bianca. Non usciva neppur lui. Poscia le buttava dei sassolini. Ella si voltava, col viso in su, e rideva. Era l'unico suo sorriso. Una sera di luna piena, mentre arrivava sin là la canzone della strada, il Renna scese al pian disotto, e Santina uscì sul pianerottolo ad attinger l'acqua. Il giovanotto le prese tutte e due le mani che reggevan la secchia, ed ella gliele lasciò chinando il capo, nella luna piena che allagava il balcone.

Pure non voleva, no; perché a poco a poco aveva preso a volergli bene come a quell'altro, e temeva del poi. Ma il Renna sapeva che ella aveva avuto Poldo per amante, e glielo rinfacciava a ogni momento. Allora Santina dovette piegare il capo anche a costui, per provargli che gli voleva bene. Stavolta fu all'Isola Bella, dopo un desinare che si sentiva la testa pesa[4] come il piombo. Poscia guardava tutta sconfortata gli orti e i prati che impallidivano al tramonto, mentre il Renna fumava alla finestra, in maniche di camicia.

E le disse pure: – Abbiamo fatto un bel marrone! – Sapeva che Beppe, il fratello della ragazza, era un giovanotto schizzinoso, di quelli che non amano far ridere alle proprie spalle. Motivo per cui a poco a poco andava raffreddandosi coll'amante. – Tu sei troppo imprudente, cara mia! Fai le cose in modo da aprire gli occhi a un cieco. – Santina taceva e si struggeva in silenzio. Poi il Renna la esaminava dalla testa ai piedi con un'occhiata. – Cos'hai? Hai un certo viso! Il marrone?... – Allora scoprì pure che egli sgomberava adagio adagio dalla stanza di sopra. Lo sorprese per la scala con un baule sulle spalle. – Te ne vai? Mi pianti? – Anch'egli negava, colle braccia in croce, come quell'altro. Infine gli scappò la pazienza. – Ebbene, cosa vuoi? Già sai che non son stato il primo... – Ella voleva buttarsi dalla finestra, se non fosse stata la paura. La maestra[5] arricciava il naso appena la vedeva entrare in bottega, accasciata, col viso gon-

---

[4]*pesa*: pesante.
[5]*maestra*: sarta e padrona.

fio e disfatto, con tanto di pesche agli occhi. La spogliava dalla testa ai piedi al pari del Renna, con certe occhiate che le leggevano in faccia la vergogna. Infine, quando fu certa di non ingannarsi, le diede il fatto suo, un sabato sera, dietro il banco – cinque lire e ottanta centesimi. – A Santina le pareva di morire. Ma la padrona con un risolino agro ripeteva: – È inutile piangere adesso. Dovevi pensarci prima! – La mamma cacciandosi le mani nei capelli, balbettava: – Cosa hai fatto? Cosa hai fatto? disgraziata! Se lo sapesse tuo fratello!...

Costui appena venne in chiaro della cosa andò a prendere il Renna per il collo, in via Camminadella. – Ti voglio mangiare il fegato, traditore! – Dopo lo portarono a casa colla testa rotta. – Non è nulla, diceva. Ma voglio lavarmi il disonore col sangue di quella sciagurata! Se non va via di casa voglio ammazzare anche lei! – La poveretta scappò come si trovava, la vigilia di Natale. Quel giorno Beppe, contento e all'oscuro di tutto, aveva portato un panettone. La mamma di nascosto le mandò qualche soldo nel fagottino della roba. Le sue compagne non ne seppero più nulla. Dopo tre mesi all'improvviso Matilde se la vide capitare in casa pelle e ossa, in cerca di lavoro. – Del lavoro?... è difficile, sai; la maestra... – No! No lei! – Ma allora... Non saprei... Poverina, come sei ridotta! Ora che farai? – Non so. – E lui, Poldo? – Non so. – Fatti animo. Tornerai bella come prima, vedrai! – Santina non aveva altro da dire, e se ne andava a capo chino. Matilde la richiamò sull'andito. – Dove andrai? – Non so. – Senti, se pigli un altro amante, apri bene gli occhi stavolta, che non sia uno spiantato.

Invece prese un bel giovanotto, ricco come un principe, e buono come il Signore Iddio; tanto che alla poveretta non le pareva vero, e non voleva crederci ogni volta che egli l'aspettava sotto il portico di piazza Mercanti,[6] mentre essa andava a riportare il lavoro di cucito in via Broletto, e le si attaccava alla cintola. – Angelo! Biondina d'oro! – No! Signore Iddio! Mi lasci andare pei fatti miei! – Una sera egli la seguì per la scaletta di casa sua, in via del Pesce,[7] innamorato sino agli occhi. Voleva che la mettesse alla prova se le voleva bene. Spese per lei dei gran denari; le fece abbandonare la camiciaia di via Broletto; le prese in affitto un bel quartierino in via Manara. Spesso la conduceva al Fossati, e in campagna. Le belle passeggiate nel Parco di Monza, tutto di verde e d'azzurro, colle folte ombrìe dei grandi alberi dove dormivano le viole e i pan porcini, e le stelle che filavano silenziose sul loro capo al ritorno, mentre egli le posava la testa fine sulle ginocchia, cullati dalla carrozza! Le pareva di sognare. Cercava di leggergli negli occhi cosa dovesse fare per meritarsi quel paradiso. Anch'esso da qualche tempo sembrava che sognasse. La fissava pensieroso. Rispondeva: – Nulla, non ci badare; ho delle

---

[6]*piazza Mercanti*: vicino a piazza Duomo, come la successiva *via Broletto*.
[7]*via del Pesce*: in una zona popolare, mentre la successiva *via Manara* era in una zona borghese.

seccature. – Un giorno le disse ridendo che suo padre era furibondo contro di lei. Aveva il sorriso pallido. In seguito perse anche quel sorriso. Sovente veniva tardi, di cattivo umore. L'abbracciava in un certo modo per dirle: – Ti voglio tanto bene, sai! – In un momento d'abbandono le confidò che era soprapensiero per certe cambiali; i creditori non volevano aspettare più. Suo padre in collera protestava che non gli avrebbe dato un soldo se non mutava via. Santina chinava il capo tristamente, col martello[8] di perdere il suo amore; giacché non le passava neppure pel capo che potesse sposar lei. Egli dovette andare a Genova, per due o tre giorni onde aggiustare i suoi affari. Al momento di partire, sotto la tettoia della stazione, le aveva detto: – Non dubitare, non dubitare! – colla voce ancora innamorata. Le aveva promesso di scriverle ogni giorno. Ogni giorno Santina andava alla posta a prendere le sue lettere, per tre mesi. Infine ne arrivò un'ultima in cui egli scriveva: "Che posso farci? Mio padre vuole che pigli moglie ad ogni costo". E le mandava un vaglia di mille lire. Un signore che passava dovette afferrarla per il braccio onde non cadesse sotto l'omnibus di Porta Romana.

Ora ella portava i cappelloni a piume, e gli stivalini col tacco alto[9] come la Matilde. La videro in brum chiuso con un ufficiale di cavalleria. Al veglione del Dal Verme prese un premio; e una volta di nascosto mandò cinquanta lire alla mamma. Il giorno dello Statuto[10] in piazza del Duomo le passò a lato Poldo, e la sbirciò dicendo qualche cosa all'orecchio della moglie, una grassona la quale si mise a ridere scotendo il ventre.

Però ebbe giorni di fortuna. Un signore forestiero le pagò un mese di allegra vita e di vetture di rimessa. Poscia fece le sue valigie anche lui, e le lasciò qualche migliaio di lire, tutte in ori e fronzoli, che le mangiò un commesso viaggiatore. Un maestro di musica, malato di petto, che moriva di fame e credeva d'attaccarsi alla vita buttandole le braccia al collo, le promise di sposarla. Ella, quantunque non ci credesse più, fece una vita da santa tutto il tempo che rimase con lui, in una soffitta, a cavarsi gli occhi per comprargli le medicine. Stettero anche quarantotto ore senza mangiare né lei né il suo amante, rannicchiati su uno strapunto[11] sotto l'abbaino. Infine l'accompagnò al cimitero di Porta Magenta, lei sola, col cuore stretto da quella giornata trista di febbraio tutta bianca di neve. La sera andò in una scuola di ballo per cercar da cena.

Poi scese giù nella strada; fece la dolorosa *via crucis*[12] della Galleria e di via Santa Margherita, nell'ora triste della caccia al pranzo, tremante di freddo sotto il mantello di seta, col viso pallido di ci-

---

[8]*martello*: espressione figurata per "paura ossessiva".

[9]*i cappelloni... tacco alto*: un abbigliamento vistoso, per attirare uomini.

[10]*Il giorno dello Statuto*: la ricorrenza dello Statuto si festeggiava la prima domenica di giugno.

[11]*strapunto*: materasso.

[12]*via crucis*: è ricorrente nella narrativa realista la parabola della donna sfortunata, che finisce prostituta per miseria. Verga è fra i primi a fissare tale figura, che diventerà un luogo comune della letteratura degli anni successivi.

pria, sorridendo a tutti colle labbra affamate, scutrettolando coi piedi gonfi rasente agli uomini che la salutavano con un'occhiata sprezzante; senza ripugnanze, senza simpatie, senza stanchezza, senza sonno, senza lagrime, senza un briciolo della sua sciagurata bellezza che le appartenesse più. Una notte di carnevale, in un'orgia, Poldo volle comprare da lei un bacio coi denari della moglie, ed essa glielo diede, sulla bocca avvinazzata.

La stagione era ancora rigida. Lassù nella sua cameruccia sotto i tetti l'acqua gelava nel catino. Se entrava in un caffè per riscaldarsi, il cameriere, in cravatta bianca, le sussurrava qualche parola all'orecchio, ed ella tornava ad alzarsi, a capo chino. Di fuori, alla luce appannata delle grandi invetriate, passavano delle ombre impellicciate come lei, sotto un cappellone piumato. Dietro, i questurini, passo passo. Gli uomini camminavano frettolosi, col bavero rialzato e il sigaro in bocca. Ella sorrideva, colle labbra riarse.

Piazza del Duomo tutta bianca di neve, Santa Margherita colle vetrine scintillanti del Bocconi[13]; lì delle lunghe stazioni[14] all'alito dei sotterranei riscaldati che veniva dalle finestre a livello del marciapiede. La gente passava sogghignando. Indi piazza della Scala, come un camposanto, il teatro sfavillante di lumi, i caffè nella nebbia calda del gas, e di nuovo la Galleria, alta, sonora, coll'arco immenso spalancato sull'altra piazza bianca di neve; e dietro sempre il passo sonoro dei questurini che la scacciavano avanti, sempre avanti. Un vecchietto curvo la sbirciò arricciandosi i baffi tinti. La poveretta sorrideva sempre inutilmente, colle labbra pallide. Infine s'avvicinò a una di quelle ombre che al par di lei passeggiavano eternamente sotto il cappellone piumato, e le disse qualche parola sottovoce. L'altra si strinse nelle spalle. Un signore passava senza darle retta. Poscia tornò indietro e le mise qualcosa nella mano. Allora, chiusa nel suo mantello di seta, colle piume del cappellone sul viso infarinato, andò a comprare del pane. E il garzone le sghignazzava dietro, tornando a sedere dietro il banco accanto alla ragazza che leggeva il *Secolo*, mentre l'altra si allontanava col pane sotto il mantello di seta, come una regina.

.

[13]*Bocconi*: grande ed elegante negozio.
[14]*stazioni*: soste.

Conforti

La donna dell'uovo[1] glielo aveva predetto alla sora Arlìa: "Sarai contenta, ma prima passerai dei guai".

Chi l'avrebbe immaginato quando sposò il Manica colla sua bella bottega di barbiere in via dei Fabbri,[2] lei pettinatora[3] anch'essa, giovani e sani tutti e due! Solo don Calogero, suo zio, non aveva voluto benedire quel matrimonio – per lavarsene le mani come Pilato – diceva. Sapeva come fossero tutti tisici di padre in figlio a casa sua, ed era riescito a mettere un po' di pancia collo scegliere la vita quieta del prevosto.

– Il mondo è pieno di guai, – predicava don Calogero. – Ed è meglio starsene alla larga.

I guai infatti erano venuti a poco a poco. Arlìa, sempre incinta da un anno all'altro, che le clienti stesse disertavano per la malinconia di vederla arrivare col fiato ai denti, e quel castigo di Dio della pancia grossa. Poi le mancava il tempo di stare in giorno[4] colla moda. Suo marito aveva sognato una gran bottega da parrucchiere nel Corso, colle profumerie[5] nella vetrina; ma aveva un bel radere barbe a tre soldi l'una. I figliuoli si facevano tisici uno dopo l'altro, e prima d'andarsene al camposanto si mangiavano colla propria carne il poco guadagno dell'annata.

Angiolino, che non voleva morire così giovane, si lamentava nella febbre: – Mamma, perché m'avete messo al mondo?[6] Tale e quale come gli altri suoi fratelli morti prima. La mamma, allampanata, non sapeva che rispondere, dinanzi al letticciuolo. Avevano fatto l'impossibile; s'erano mangiato il cotto e il crudo: brodi, medicine, pillole piccine come capocchie di spilli. Arlìa aveva speso tre lire

---

*La novella fu pubblicata nella "Cronaca bizantina", 16 maggio 1883.
[1] *La donna dell'uovo*: l'indovina che prevede il futuro dal bianco dell'uovo.
[2] *via dei Fabbri*: nella zona di Porta Ticinese.
[3] *pettinatora*: parrucchiera.
[4] *stare in giorno*: rinnovarsi.
[5] *profumerie*: assortimenti di profumi.
[6] È in sostanza la stessa affermazione delle novelle siciliane sul fatto che è meglio non essere che essere, quando si vive nella miseria e nella sofferenza. La narrazione riprende anche altre tematiche e soluzioni precedenti, come la catena dei figli morti per tisi, che rimanda ai morti di malaria nella novella omonima.

per una messa, ed era andata ad ascoltarla ginocchioni in S. Loren-
zo, picchiandosi il petto pei suoi peccati. La Vergine nel quadro
sembrava che le ammiccasse di sì cogli occhi. Ma il Manica, più giudizioso, si metteva a ridere colla bocca storta, grattandosi la barba.
Infine la povera madre afferrò il velo come una pazza, e corse dalla
donna dell'uovo. Una contessa che voleva tagliarsi i capelli dalla disperazione dell'amante ci aveva trovata la consolazione.

"Sarai contenta, ma prima passerai dei guai", le rispose quella
dell'uovo.

Lo zio prete aveva un bel dire: – Tutte imposture di Satanasso! –
Bisogna provare cosa sia avere il cuore nero d'amarezza, mentre
s'aspetta la sentenza, e quella vecchia vi legge il vostro destino tutto
in un bianco d'uovo! Dopo le pareva di trovare a casa il figliuolo alzato, che le dicesse allegro: – Mamma, sono guarito.

Invece il ragazzo se ne andava a oncia a oncia,[7] stecchito nel lettuccio, e quegli occhi che se lo mangiavano. Don Calogero, che di
morti se ne intendeva, come veniva a vedere il nipote, si chiamava
poi in disparte la mamma, e le diceva: – Pei funerali me ne incarico
io. Non ci pensate.

Però la sventurata sperava sempre, accanto al capezzale. Alle
volte, quando saliva anche Manica a sentire del figliuolo, colla barba lunga di otto giorni e il dorso curvo, provava compassione di lui
che non ci credeva. Come doveva patirci il poveretto! Ella almeno
aveva in cuore le parole della donna dell'uovo, come un lume acceso, sino al momento in cui lo zio prete s'assise ai piedi del letto colla
stola. Poi, quando si portarono via la sua speranza nella bara del figliuolo, le parve che si facesse un gran buio dentro il suo petto. E
balbettava dinanzi a quel lettuccio vuoto: "O dunque cosa m'aveva
promesso quella dell'uovo?" Suo marito dal crepacuore aveva preso
il vizio del bere. Infine, adagio adagio, si fece una gran calma nel
suo cuore. Tale e quale come prima. Ora che i guai l'erano caduti
tutti sulle spalle sarebbe venuta la contentezza. Ai poveretti accade
spesso così.

Fortunata, l'ultima che le restasse di tanti figli, si alzava la mattina pallida e colle pesche color di madreperla agli occhi, a somi-
glianza dei fratelli che eran morti tisici. Le clienti stesse la lasciavano ad una ad una, i debiti crescevano, la bottega si vuotava. Manica,
suo marito, aspettava gli avventori tutto il giorno, col naso contro la
vetrina appannata. Lei chiedeva alla figliuola: – Ti dice di sì il cuore
per quello che ci ha promesso la sorte?

Fortunata non diceva nulla, cogli occhi accerchiati di nero come
i suoi fratelli, fissi in un punto che vedeva lei. Un giorno sua madre
la sorprese per le scale con un giovanotto che sgattajolò in fretta al
veder gente, e lasciò la ragazza tutta rossa.

– Oh, poveretta me!... Che fai tu qui?

Fortunata chinò il capo.

---

[7] *a oncia a oncia*: a poco a poco.

– Chi era quel giovanotto? Che voleva?

– Niente.

– Confidati con tua madre, col sangue tuo. Se tuo padre sapesse!...

Per tutta risposta la ragazza alzò la fronte e le fissò in faccia gli occhi azzurri.

– Mamma, io non voglio morire come gli altri!

Il maggio fioriva, ma la fanciulla s'era mutata in viso, ed era divenuta inquieta sotto gli occhi ansiosi della madre. I vicini le cantavano: – Badi alla sua ragazza, sora Arlìa. – Il marito istesso, colla cera lunga,[8] un giorno l'aveva presa a quattr'occhi nella botteguccia nera, per ripeterle:

– Bada a tua figlia, intendi? Che almeno il sangue nostro sia onorato!

La poveretta non osava interrogare la figliuola al vederla tanto stralunata. Le fissava soltanto addosso certi occhi che passavano il cuore. Una sera, dinanzi alla finestra aperta, mentre dalla strada saliva la canzone di primavera, la ragazza le mise il viso in seno, e confessò ogni cosa piangendo a calde lagrime.

La povera madre cadde su di una seggiola, come se le avessero stroncate le gambe. E tornava a balbettare, colle labbra smorte: "Ah! Ora come faremo?". Le pareva di vedere Manica nell'impeto del vino, col cuore indurito dalle disgrazie. Ma il peggio erano gli occhi con i quali la ragazza rispondeva:

– Vedete questa finestra, mamma?... la vedete com'è alta?...

Il giovane, un galantuomo, aveva mandato dallo zio prete a tastare il terreno per sapere che pesci pigliare. – Don Calogero s'era fatto prete apposta onde non sentir parlare dei guai del mondo. Il Manica si sapeva che non era ricco. L'altro capì l'antifona e fece sentire che gli dispiaceva tanto di non esser ricco lui per fare a meno della dote.

Allora la Fortunata si allettò[9] davvero, e cominciò a tossire come i suoi fratelli. Parlava spesso all'orecchio della mamma, col viso rosso, tenendola abbracciata, e ripeteva:

– Vedete com'è alta quella finestra?...

E la mamma doveva correre di qua e di là a pettinare le signore pel teatro, sempre con lo spavento di quella finestra dinanzi agli occhi se non trovava la dote per la figlia, o se il marito s'accorgeva del marrone.

Di tanto in tanto le tornavano in mente le parole di quella dell'uovo, come uno spiraglio di luce. Una sera che tornava a casa stanca e scoraggiata, passando dinanzi alla vetrina di una lotteria,[10] le

---

[8]*cera lunga*: aspetto burbero.

[9]*si allettò*: si mise a letto.

[10]*lotteria*: ricevitoria del lotto. Nella disperazione la donna non trova altro rifugio che i "conforti" appunto della religione e del gioco. Queste caratteristiche reazioni popolari di fronte all'indigenza e alla sofferenza, come quella del marito che si dà al bere (e così finirà anche la protagonista), diventeranno poi argomento di molti narratori successivi, che imiteranno queste prime acute raffigurazioni verghiane.

caddero sotto gli occhi i numeri stampati, e per la prima volta le venne l'ispirazione di giuocare. Allora con quel fogliolino giallo in tasca le pareva d'avere la salute della figliuola, la ricchezza del marito, e la pace della casa. Pensava anche come una dolcezza all'Angelino e agli altri figliuoli da un pezzo sotterra nel cimitero di Porta Magenta. Era un venerdì, il giorno degli afflitti, nel sereno crepuscolo di primavera.

Così ogni settimana. Si levava di bocca i pochi soldi della giocata per vivere colla speranza di quella grande gioia che doveva capitarle all'improvviso. L'anime sante dei suoi figliuoli ci avrebbero pensato di lassù. Manica, un giorno che i fogliolini gialli saltarono fuori dal cassetto, mentre cercava di nascosto qualche lira da passar mattana[11] all'osteria, montò in una collera maledetta.

– In tal modo se ne andavano dunque i denari?... – Sua moglie non sapeva che rispondere, tutta tremante.

– Però, senti, se il Signore mandasse i numeri?... Bisogna lasciare l'uscio aperto alla fortuna.

E in cuor suo pensava alle parole di quella dell'uovo.

– Se non hai altra speranza, – brontolò Manica con sorriso agro.

– E tu che speranza hai?

– Dammi due lire! – rispose lui bruscamente.

– Due lire! O Madonna!... cosa vuoi farne?

– Dammi una lira sola! – ripeté Manica stravolto.

Era una giornata buia, la neve dappertutto e l'umidità che bagnava le ossa. La sera Manica tornò a casa col viso lustro d'allegria. Fortunata diceva invece:

– Per me sola non c'è conforto.

Alle volte ella avrebbe voluto essere come i suoi fratelli, sotto l'erba del camposanto. Almeno quelli non tribolavano più, ed anche i genitori ci avevano fatto il callo, poveretti.

– Oh! il Signore non ci abbandonerà del tutto, – balbettava Arlìa. – Quella dell'uovo me l'ha detto. Ho qui un'ispirazione.[12]

Il giorno di Natale apparecchiarono la tavola coi fiori e la tovaglia di bucato, e quest'anno invitarono lo zio prete ch'era la sola provvidenza che restasse. Il Manica si fregava le mani e diceva:

– Oggi si ha a stare allegri. – Pure il lume appeso al soffitto ciondolava malinconico.

Ci fu il manzo, il tacchino arrosto, ed anche un panettone col Duomo di Milano. Alle frutta il povero zio, vedendoli piangere, siffatta giornata, con un buon bicchiere in mano di barbera anche lui, non seppe tener duro e dovette promettere la dote alla ragazza. L'amante tornò a galla, Silvio Liotti, commesso di negozio con buone informazioni,[13] pronto a riparare il mal fatto. Manica col bicchiere in mano diceva a don Calogero:

– Vedete, vossignoria; questo qui ne aggiusta tante.

[11] *da passar mattana*: da passare il malumore, distrarsi.
[12] *ispirazione*: speranza.
[13] *informazioni*: referenze.

335

Ma era destino che dove era l'Arlìa la contentezza non durasse. Il genero, ragazzo d'oro, si mangiò la dote della moglie, e dopo sei mesi Fortunata tornava a casa dei genitori a narrar guai e a mostrar le lividure, affamata e colle busse. Ogni anno un figliuolo anche lei come sua madre, e tutti sani come lasche[14] che se la mangiavan viva. Alla nonna sembrava che tornasse a far figliuoli, ché ognuno era un altro guaio, senza morir tisico. Divenuta vecchia, doveva correre sino a Borgo degli Ortolani, e in fondo a Porta Garibaldi, per buscarsi dalle bottegaie qualche mesata da quattro lire. Suo marito anch'esso, che gli tremavano le mani, faceva appena dieci lire al sabato, tutti tagli e tele di ragno[15] per stagnare il sangue. Il resto della settimana poi o dietro la vetrina sudicia ingrugnato, o all'osteria col cappello a sghimbescio sull'orecchio. Anch'essa ora i denari del terno li spendeva in tanta acquavite, di nascosto, sotto il grembiale, e il suo conforto era di sentirsene il cuor caldo, senza pensare a nulla, seduta di faccia alla finestra, guardando di fuori i tetti umidi che sgocciolavano.

---

[14]*sani come lasche*: in ottima salute (la lasca è un pesce d'acqua dolce).
[15]*tele di ragno*: rimedio popolare contro le emorragie.

L'ultima giornata

.

I viaggiatori che erano nelle prime carrozze del treno per Como, poco dopo Sesto,[1] sentirono una scossa, e una vecchia marchesa, capitata per sua disgrazia fra un giovanotto e una damigella di quelle col cappellaccio grande,[2] sgranò gli occhi e arricciò il naso.

Il signorino aveva una magnifica pelliccia, e per galanteria voleva dividerla colla sua vicina più giovane, sebbene fosse primavera avanzata. Fra il sì e il no, stavano appunto aggiustando la partita,[3] nel momento in cui il treno sobbalzò. Per fortuna la marchesa era conosciuta alla stazione di Monza, e si fece dare un posto di cupè.[4]

I giornali della sera raccontavano:

"Oggi, nelle vicinanze di Sesto, fu trovato il cadavere di uno sconosciuto fra le rotaie della ferrovia. L'autorità informa".

I giornali non sapevano altro. Una frotta di contadini che tornavano dalla festa di Gorla si erano trovati tutt'a un tratto quel cadavere fra i piedi, sull'argine della strada ferrata, e avevano fatto crocchio intorno curiosi per vedere com'era. Uno della brigata disse che incontrare un morto la festa porta disgrazia; ma i più ne levano i numeri del lotto.

Il cantoniere, onde sbarazzare le rotaie, aveva adagiato il cadavere nel prato, fra le macchie, e gli aveva messa una manciata d'erbacce sulla faccia, ch'era tutta sfracellata, e faceva un brutto vedere, per chi passava. Fra un treno e l'altro corsero il pretore, le guardie, i vicini, e com'era la festa dell'Ascensione, nei campi verdi si vedevano i pennacchi rossi dei carabinieri e i vestiti nuovi dei curiosi.

Il morto aveva i calzoni tutti stracciati, una giacchetta di fustagno logora, le scarpe tenute insieme collo spago, e una polizza del lotto in tasca. Cogli occhi spalancati nella faccia livida, guardava il cielo azzurro.

* La novella fu pubblicata nel "Fanfulla della Domenica", 12 novembre 1882.
[1] *Sesto*: Sesto San Giovanni.
[2] *cappellaccio grande*: probabile indizio dei facili costumi della *damigella* (così si acconcia anche Santina, la protagonista di *Via Crucis*).
[3] *aggiustando la partita*: accordandosi.
[4] *di cupè*: riservato.

La giustizia cercava se era il caso di un assassinio per furto, o per altro motivo. E fecero il verbale in regola, né più né meno che se in quelle tasche ci fossero state centomila lire. Poi volevano sapere chi fosse, e d'onde venisse; nome, patria, paternità e professione. D'indizi non rimanevano che la barba rossa, lunga di otto giorni, e le mani sudicie e patite: delle mani che non avevano fatto nulla, e avevano avuto fame da un gran pezzo.

Alcuni l'avevano riconosciuto a quei contrassegni. Fra gli altri una brigata allegra che faceva baldoria a Loreto. Le ragazze che ballavano, scalmanate e colle sottane al vento, avevano detto:

– Quello là non ha voglia di ballare!

Egli andava diritto per la sua strada, colle braccia ciondoloni, le gambe fiacche, e aveva un bel da fare a strascinare quelle ciabatte, che non stavano insieme. Un momento s'era fermato a sentir suonare l'organetto, quasi avesse voglia di ballar davvero, e guardava senza dir nulla. Poi seguitò ad allontanarsi per il viale che si stendeva largo e polveroso sin dove arrivava l'occhio. Camminava sulla diritta, sotto gli alberi, a capo chino. Il tramvai era stato a un pelo di schiacciarlo, tanto che il cocchiere gli aveva buttato dietro un'imprecazione e una frustata. Egli aveva fatto un salto disperato per scansare il pericolo.

Più tardi lo videro sul limite di un podere, seduto per terra, in attitudine sospetta. Pareva che strologasse la pezza di granoturco, o che contasse i sassi del canale. Il garzone della cascina accorse col randello, e gli si accostò quatto quatto. Voleva vedere cosa stesse macchinando là quel vagabondo, mentre le pannocchie del granoturco ci voleva del tempo ad esser mature, e in tutto il campo, a farlo apposta, non vi sarebbe stato da rubare un quattrino. Allorché gli fu addosso vide che si era cavate le scarpe, e teneva il mento fra le palme. Il garzone, col randello dietro la schiena, gli domandò cosa stesse a far lì, nella roba altrui; e gli guardava le mani sospettoso. L'altro balbettava senza saper rispondere, e si rimetteva le scarpe mogio mogio. Poi si allontanò di nuovo, col dorso curvo, come un malfattore.

Andava lungo l'argine del canale, sotto i gelsi che mettevano le prime foglie. I prati, a diritta e a sinistra, erano tutti verdi. L'acqua, nell'ombra, scorreva nera, e di tanto in tanto luccicava al sole, un bel sole di primavera, che faceva cinguettare gli uccelli.

Il garzone aggiunse ch'era rimasto più di un'ora in agguato per vedere se tornasse quel vagabondo; e non avrebbe mai creduto che facesse tante storie per andar a finire sotto una locomotiva. L'aveva riconosciuto a quelle scarpe che non si reggevano neppure collo spago, e gli erano saltate fuori dai piedi, di qua e di là dalle rotaie.

– Gli è che al momento in cui le ruote vi son passate di sopra quei piedi hanno dovuto sgambettare! – osservò il cameriere dell'osteria, corso sin là all'odore del morto come un corvo, in giubba nera e col tovagliuolo al braccio. Egli aveva visto passare quello sconosciuto dall'osteria verso mezzogiorno: una di quelle faccie affamate che vi rubano cogli occhi la minestra che bolle in pentola, quando passano. Perfino i cani l'avevano odorato, e gli abbaiavano dietro quelle scarpacce che si slabbravano nella polvere.

Come il sole tramontava l'ombra del cadavere si allungava, dai piedi senza scarpe, a guisa di spaventapassere, e gli uccelli volavano via silenziosi. Dalle osterie vicine giungevano allegri il suono delle voci e la canzone del Barbapedana.[5] In fondo al cortile, dietro le pianticelle magre in fila si vedevano saltare e ballare le ragazze scapigliate. E quando il carro che portava i resti del suicida passò sotto le finestre illuminate, queste si oscurarono subito dalla folla dei curiosi che s'affacciavano per vedere. Dentro, l'organetto continuava a suonare il valzer di *Madama Angôt*.[6]

Più tardi se ne seppe qualche cosa. La affittaletti di Porta Tenaglia aveva visto arrivare quell'uomo dalla barba rossa una sera che pioveva, era un mese, stanco morto, e con un fardelletto sotto il braccio che non doveva dargli gran noia. Ed essa glielo aveva pesato cogli occhi per vedere se ci erano dentro i due soldi pel letto prima di dirgli sì. Egli aveva domandato prima quanto si spendeva per dormire al coperto. Poi ogni giorno che Dio mandava in terra aspettava che gli arrivasse una lettera, e si metteva in viaggio all'alba, per andar a cercare quella risposta, colle scarpe rotte, la schiena curva, stanco di già prima di muoversi. Finalmente la lettera era venuta, col bollino[7] da cinque. Diceva che nell'officina non c'era posto. La donna l'aveva trovata sul materasso, perché lui quel giorno era rimasto sino a tardi col foglio in mano, seduto sul letto, colle gambe ciondoloni.

Nessuno ne sapeva altro. Era venuto da lontano. Gli avevano detto: – A Milano, che è città grande, troverete. – Egli non ci credeva più; ma s'era messo a cercare finché gli restava qualche soldo.

Aveva fatto un po' di tutti i mestieri: scalpellino, fornaciaio, e infine manovale. Dacché si era rotto un braccio non era più quello; e i capomastri se lo rimandavano dall'uno all'altro, per levarselo di fra' piedi. Poi quando fu stanco di cercare il pane si coricò sulle rotaie della ferrovia. A che cosa pensava, mentre aspettava, supino, guardando il cielo limpido e le cime degli alberi verdi? Il giorno innanzi, mentre tornava a casa colle gambe rotte, aveva detto: – Domani!

Era la sera del sabato; tutte le osterie del Foro Bonaparte piene di gente fin sull'uscio, al lume chiaro del gas, dinanzi alle baracche dei saltimbanchi, affollata alle banchette dei venditori ambulanti, perdendosi nell'ombra dei viali, con un bisbiglio di voci sommesse e carezzevoli. Una ragazza in maglia color carne suonava il tamburo sotto un cartellone dipinto. Più in là una coppia di giovani seduti colle spalle al viale si abbracciavano. Un venditore di mele cotte tentava lo stomaco colla sua mercanzia.

---

[5]*Barbapedana*: Enrico Mulocchio, cantastorie milanese del tempo.
[6]*valzer di Madama Angôt*: dall'operetta *La figlia di Madame Angôt* di C. Lecocq (1872).
[7]*bollino*: francobollo.

Passò dinanzi una bottega socchiusa; c'era in fondo una donna che allattava un bimbo, e un uomo, in maniche di camicia, fumava sulla porta. Egli camminando guardava ogni cosa, ma non osava fermarsi; gli sembrava che lo scacciassero via, via, sempre via. I cristiani pareva che sentissero già l'odor del morto, e lo evitavano. Solo una povera donna, che andava a Sesto curva sotto una gran gerla e brontolando, si mise a sedere sul ciglio della strada accanto a lui per riposarsi; e cominciò a chiacchierare e a lamentarsi, come fanno i vecchi, ciarlando dei suoi poveri guai: che aveva una figlia all'ospedale, e il genero la faceva lavorare come una bestia; che gli toccava andare fino a Monza con quella gerla lì, e aveva un dolore fisso nella schiena che gliela mangiavano i cani.[8] Poi anch'essa se ne andò per la sua strada, a far cuocere la polenta del genero che l'aspettava. Al villaggio suonava mezzogiorno, e tutte le campane si misero in festa per l'Ascensione. Quando esse tacevano una gran pace si faceva tutto a un colpo all'intorno per la campagna. A un tratto si udì il sibilo acuto e minaccioso del treno che passava come un lampo.

Il sole era alto e caldo. Di là della strada, verso la ferrovia, le praterie si perdevano a tiro d'occhio sotto i filari ombrosi di gelsi, intersecate dal canale che luccicava fra i pioppi.

– Andiamo, via! è tempo di finirla! Ma non si muoveva, col capo fra le mani. Passò un cagnaccio randagio e affamato, il solo che non gli abbaiasse, e si fermò a guardarlo fra esitante e pauroso; poi cominciò a dimenar la coda. Infine, vedendo che non gli davano nulla, se ne andò anch'esso; e nel silenzio si udì per un pezzetto lo scalpiccìo della povera bestia che vagabondava col ventre magro e la coda penzoloni.

Gli organetti continuarono a suonare, e la baldoria durò sino a tarda sera, nelle osterie. Poi, quando le voci si affiocarono[9] e le ragazze furono stanche di ballare, ricominciarono a parlare del suicidio della giornata. Una raccontò della sua amica, bella come un angelo, che si era asfissiata per amore, e l'avevano trovata col ritratto del suo amante sulle labbra, un traditore che l'aveva piantata per andare a sposare una mercantessa. Ella sapeva la storia con ogni particolare; erano state due anni a cucire allo stesso tavolo. Le compagne ascoltavano mezze sdraiate sul canapè, facendosi vento, ancora rosse e scalmanate. Un giovanotto disse che egli, se avesse avuto motivo di esser geloso, avrebbe fatta la festa a tutti e due, prima lei e poi lui, con quel trincetto[10] che portava indosso, anche quando non era a bottega – non si sa mai! – E si posava[11] colle mani in tasca davanti alle ragazze, che lo ascoltavano intente, bel giovane com'era, coi capelli inanellati che gli scappavano di sotto a un cappelluccio piccino piccino. Il cameriere portò delle altre bottiglie, e tutti,

---

[8]*che gliela mangiavano i cani*: come se gliela mordessero dei cani.
[9]*si affiocarono*: si smorzarono.
[10]*trincetto*: strumento dei calzolai con una lama curva.
[11]*si posava*: si metteva in posa.

coi gomiti allungati sulla tovaglia, parlavano di cose tenere, cogli occhi lustri, stringendosi le mani. – In questo mondo cane non c'è che l'amicizia e un po' di volersi bene. Viva l'allegria! Una bottiglia scaccia una settimana di malinconia. Alcuni si misero in mezzo a rappattumare[12] due pezzi di giovanotti che volevano accopparsi per gli occhi della morettina che andavano dall'uno all'altro senza vergogna. – È il vino! è il vino! si gridava. Viva l'allegria! – I pacieri furono a un pelo di accapigliarsi coll'oste per alcune bottiglie che vedevano di troppo sul conto. Poi tutti uscirono all'aria fresca, nella notte ch'era già alta. L'oste stette un pezzetto sprangando tutte le porte e le finestre, facendo i conti sul libraccio unto. Poi andò a raggiungere la moglie che sonnecchiava dinanzi al banco, col bimbo in grembo. Le voci si perdevano in lontananza per la strada, con scoppi rari e improvvisi di allegria. Tutto intorno, sotto il cielo stellato, si faceva un gran silenzio, e il grillo canterino si mise a stridere sul ciglio della ferrovia.[13]

[12]*rappattumare*: riconciliare.
[13] Anche in questa novella protagonista è un emarginato, uno sconfitto, come nelle novelle siciliane (e ha pure la "barba rossa" come i capelli di Malpelo). Ma Verga introduce alcuni elementi di spiccata novità, che faranno scuola: in primo luogo l'attenta ricostruzione delle ultime ore di vita di un suicida, quando matura la fatale decisione fra il disinteresse e l'estraneità del mondo circostante; in secondo luogo la morte sotto il treno, che è morte tra le più orrorose, ottenuta per di più mediante il simbolo per eccellenza del progresso (si ricordi *Anna Karenina* di Tolstoj del 1875-77). Di qui anche la fondamentale analisi delle reazioni all'evento da parte della folla, che manifesta soltanto una curiosità cinica, propria di un mondo che non forma un'autentica comunità (a differenza delle novelle siciliane, dove ogni evento si attirava la solidarietà di una comunità partecipe).

ANTOLOGIA DELLA CRITICA

N. Mineo
Società, politica, ideologia nell'opera del Verga.
Dal romanzo storico al Verismo,
"Annali della Fondazione Verga", 2, 1985, pp. 62-63

Così Verga [in *Nedda*] si predisponeva all'adesione al verismo. E lo faceva operando in direzione di una non più oleografica descrizione della realtà delle classi povere siciliane. Alle quali guardava non come a oggetti di nostalgia da emigrato o come a mitiche detentrici di valori autentici, come troppo a lungo si è continuato a ripetere, anche se non senza qualche ragione, ma veramente, se teniamo conto del contesto politico-culturale entro cui il racconto si colloca, come a categorie sociali intorno a cui e in rapporto a cui si giuocava il destino dell'Italia unita (come aveva capito Villari e come ribadisce la più attuale riflessione meridionalistica).

Perché poi la pietà di cui si diceva fosse più intensa e incondizionata, Verga opera all'interno della realtà rappresentata, introducendovi un principio di contraddizione, che sarà poi anche ne *I Malavoglia*. Nedda infatti è *diversa* (come *diverso* è lo zio Giovanni – una figura piuttosto enigmatica di "aiutante" nel senso assegnato al termine da Propp) e tale è non perché appartenga al novero delle "timide" e delle "deboli", ma perché si distingue sul piano dell'umanità e dei sentimenti, lei custode di una "religione" della famiglia (la madre, l'amato, la figlia) che sembra aver appreso per eredità matrilineare. La figura del padre infatti è assente in questo racconto e i fratelli – appena una volta ricordati e cancellati per il resto del racconto – sono anch'essi nei suoi confronti dei padroni. Non per nulla più volte Nedda ricorda, per certa sua rassegnazione e per certi moti del cuore, pur nella profonda diversità, la manzoniana Lucia. Potrebbe infatti collocarsi, in una tipologia a grandi linee, tra l'antecedente manzoniano e la sua maggiore sorella, Mena de *I Malavoglia*. Manzoniana in qualche modo è pure la struttura dei rapporti affettivi in cui Nedda è inserita: la madre da una parte, il giovane fidanzato dall'altra. Anche le altre donne la sentono diversa e la condannano, ancora per uno di quegli stravolgimenti su cui si fonda la forza di estraneazione del Verga: "Le comari la chiamavano sfacciata, perché non era stata ipocrita e perché non era snaturata". È evidente che una siffatta diversità è condizione di debolezza e questa è condizione di sconfitta. *Vinti* sono i migliori? I migliori sono i più deboli? Sono interrogativi che si pongono per tutta la produzione matura di Verga. Sembra agire in lui un bisogno di idealizzazione, che punti su determinati personaggi visti operare secondo un sistema di valori che li estranea o li mette in contrasto col loro stesso ambiente. È una forma di costruzione legata anch'essa alla visione del mondo che egli era andato e andava maturando, secondo cui, si può ormai vedere con chiarezza, l'affermazione dei valori è subordinata alla condizione socio-economica, che determina anche gli orientamenti culturali e i comportamenti. A determinati livelli (verso il basso e anche, come si vedrà, verso l'alto) non c'è più che uno spazio ridottissimo per l'ideale e sono problematici anche i buoni sentimenti come problematica o impossibile è la soluzione nella composizione familiare. E ciò in *Nedda* appunto non più per ragioni psicologiche e comportamentali, ma per la totale penetrazione in ogni livello dell'esistenza del condizionamento economico.

G. Debenedetti
Verga e il naturalismo,
Garzanti, Milano 1976, pp. 424-425

Una delle nostre tesi è questa: che quando questi personaggi non escono da ciò che il collettivo può comprendere, non hanno psicologie o casi che il collettivo consideri eccezionali o fuor di misura, la pienezza del Verga è massima. Ma la Lupa, ma Rosso Malpelo escono dalla normalità di vita. Quando le due zone sono a posto: e l'umiliazione è la comune umiliazione, quella di tutti, e l'offesa viene da un'iniziativa o da un torto che potrebbero toccare a tutti, allora il collettivo parla, precisa, racconta senza bisogno di confronti con altro, si sente naturalmente immune dalla paralizzante condizione di doversi spiegare con termini non suoi. Il tono è incorrotto, incontaminato; trova quella ritmica dei nessi larghi, in cui ogni cosa prende spazio. E c'è lo stupore per una mentalità che arriva a dire, a capire tutto quello che le occorre; ma insieme c'è la naturalezza per cui gli eventi, anche grossi, si producono senza meraviglia, enunziati sullo stesso piano delle cose che, ad un estraneo, sembrano prive di importanza. E un pettegolezzo di villaggio prenderà più estensione e sviluppo, occuperà materialmente più durata che una catastrofe o una morte, appunto perché è preso alla sprovvista, e ha costretto il collettivo a farsi un'opinione; mentre i grandi fatti rientrano nell'esperienza che quel collettivo ha già assimilato. Una morte, un naufragio sono cose che la vita sa; ma che la gnà Lola, divenuta moglie del ricco carrettiere Alfio, abbia quei grossi anelli d'oro è una cosa che non capita da che mondo è mondo, dal tempo che Berta filava, e può far parlare la gente.

Finalmente, rispondiamo in fretta alla domanda: ma se il collettivo è l'indifferenziato, come si distinguono tutti quei personaggi? Precisamente per quello che il collettivo riesce a notare in loro. Ciascuno colorisce a suo modo sentimenti, reazioni, atti che gli vengono dal collettivo: l'amore di Turiddu, la gelosia di Santuzza, lo sgomento di Nanni, la pena di Jeli quando gli succede la disgrazia dello *stellato*, e tuttavia non gli impedisce di "godersi" (il verbo è più volte ripetuto), di "godersi" la festa, perché una festa è una festa, e il collettivo non ammette eccezioni su questi luoghi comuni. La forza di Verga è di avere generato quei personaggi, proprio nello stesso

347

modo come, nella vita, sarebbero emersi dal collettivo, con quel contenuto che il collettivo dà ad essi. Questa è l'opera di un grandissimo realista. Ma gli viene dalla identificazione assoluta con quella matrice comune degli stati d'animo. E soprattutto il collettivo si esprime nello stesso modo come Verga vede e rappresenta e giudica. Questa è la radice della sua famosa coralità.

R. Luperini
Verga,
Laterza, Bari 1988³, pp. 43-45

Come in *Jeli il pastore,* anche in *Rosso Malpelo* i rapporti sociali sono sentiti come oggettivi e necessari: la stratificazione della società porta a commettere soprusi e ingiustizie (come quelli che hanno determinato la morte del padre, secondo Malpelo un assassinio perpetrato dal padrone "per trentacinque tarì"); ma ciò è nell'ordine naturale delle cose. In altri termini, la stratificazione della società è presente a livello soggettivo nei personaggi popolari sotto forma di coscienza introiettata della sua necessità naturale. Per questo Rosso non si ribella mai e neppure pensa mai seriamente alla possibilità di mutar mestiere: certo, avrebbe preferito fare il manovale o il carrettiere o il contadino: "Ma quello era stato il mestiere di suo padre, e in quel mestiere era nato lui".

In *Vita dei campi* cede a questa legge anche l'unica forza capace di superare, sia pure temporaneamente, le divisioni sociali (*L'amante di Gramigna*), di infrangere, oltre a queste, l'etica della famiglia (*Cavalleria rusticana*) e la morale comune (*La Lupa*), di negare addirittura il legame di sangue verso la madre (*Pentolaccia*) o verso i figli (ancora *La Lupa* e *L'amante di Gramigna*): cioè l'amore-passione. Alla fine, infatti, l'ordine trionfa sempre. In questo mondo elementare e semplificato, tutto è scarnificato, ridotto ai rapporti di sangue e di proprietà, che finiscono ogni volta col prevalere. Se i sentimenti disinteressati non possono che essere traditi (così come sono traditi Jeli e Turiddu dalle donne di cui adolescenti si sono innamorati), anche l'amore-passione, nonostante la sua forza (una forza che gli deriva dalla natura e dagli istinti), non può alla fine che essere sconfitto: Turiddu e "la Lupa" vengono uccisi, la Peppa si riduce a vivere nell'ammirazione animalesca per quei carabinieri che le hanno portato via per sempre l'amante. Il marito uccide sempre il rivale, il quale tende ad infrangere un ordine sociale e familiare che è sentito immutabile come un ordine naturale. La ineluttabilità di quest'ordine è ben avvertita da Turiddu, che gli si può opporre solo in nome di un'analoga motivazione naturale, quella che nasce dal legame di sangue, dall'affetto per la madre: "Compare Alfio, – cominciò Turiddu [...] – *come è vero Iddio so che ho torto e mi lasce-*

rei ammazzare. Ma prima di venir qui ho visto la mia vecchia che si era alzata per vedermi partire, col pretesto di governare il pollaio, quasi il cuore le parlasse, e quant'è vero Iddio vi ammazzerò come un cane per non far piangere la mia vecchierella".

Il fatto è che più che un'ideologia dell'onore familiare (che, pur fra tanti delitti d'"onore", sarebbe impossibile rintracciare in *Vita dei campi*), si ha in queste novelle la percezione del valore naturale della famiglia: opporsi ad essa – e quindi anche insidiare il legame matrimoniale – significa incrinare l'unica difesa che abbia l'uomo nei rapporti sociali e nelle avversità della natura. Nella società arcaico-rurale la famiglia costituisce una cellula di resistenza, l'ultima possibilità di una solidarietà (garantita da un vincolo di sangue e dunque fondata materialisticamente sulla natura) in un contesto sociale, ove dominano l'egoismo, la legge dell'interesse economico, la prepotenza. In una società tramata di violenza, l'unico che ha voluto bene a Rosso Malpelo è stato il padre, e la madre di "Ranocchio" può piangere la morte del figlio, come se questi (osserva meravigliato Rosso) "fosse di quelli che guadagnano dieci lire la settimana". Se la morte è per Malpelo "il ricongiungimento col padre" (Spinazzola), nel momento supremo della sua vita, quello dell'atto omicida, anche Jeli ha sul volto il pallore del padre il giorno della morte (era "bianco in viso, così bianco come era una volta suo padre il vaccajo, quando tremava dalla febbre accanto al fuoco").

Contro la violenza insita nell'assetto sociale la famiglia rappresenta un argine, fragile, ma sicuro (e infatti la disgrazia per Rosso e per Jeli comincia proprio coll'essere orfani). D'altro canto, però, anche la violenza sociale ha la sua legittimità naturale. I rapporti sociali hanno la fissità di quelli naturali. Per questo non ha senso volerli scardinare, ma solo bisogna accettarli con pazienza o resistere (come avverrà nei *Malavoglia*) con la solidarietà familiare. Scompaginarli significherebbe infatti sovvertire un ordine che non ha possibilità di sostituzione. Appunto su questa convinzione di fondo in *Fantasticheria* Verga teorizza quell'ideale di vita che poi sarà cantato nei *Malavoglia*, l'ideale dell'ostrica, che è un ideale – si badi – di vita sociale desunto dalla vita della natura. Alla sua base c'è una concezione statica della società, in cui la scala gerarchica è fissata una volta per sempre e in cui la vita degli uomini è sostanzialmente ripetizione e tautologia come la vita animale, secondo un'ottica comune alla mentalità positivistica dell'epoca.

A. Asor Rosa

Il primo e l'ultimo uomo del mondo, in *Il caso Verga*,
A cura di A. Asor Rosa, Palumbo, Palermo 1987, pp. 41-43

Che cosa, infatti, ci fa sentire affini questi due racconti [*Jeli il pasto-re* e *Rosso Malpelo*], che pure, per tanti versi, sia stilistici sia tematici, sono profondamente diversi? Io credo che questo elemento d'intima comunanza sia rappresentato dalla rottura di quella medietà sociologica su cui si fondano viceversa le altre novelle della raccolta, e dalla ricerca di soluzioni (anche sociali) estreme, cioè *radicalmente* fuori della norma. A questo punto vale la pena, credo, di discutere la definizione di primitivi, che Luigi Russo attribuì a Jeli e al Rosso, proprio perché può sembrare che essa coincida con quella da me qui implicitamente suggerita. Ma con il termine "primitivi" (alternato con valore pressoché equivalente a quelli di "bruti" e di "barbari") il Russo voleva significare molto fortemente l'origine romantica, anzi vichiana, dell'ispirazione verghiana: un aspetto dello scrittore siciliano, che si può (rinunciando magari a citare Vico...) accettare senza troppe difficoltà. Quello che invece sembra meno accettabile, anzi, francamente deviante, è la genericità, l'approssimazione idealistica, del concetto di primitivo usato in questo luogo e su questa materia, dove esso non ci dà più ragione di certi caratteri specifici, ben determinati, dei personaggi ai quali viene appiccicato. Le infinite reminiscenze, che passano attraverso tale concetto – dai "bestioni" vichiani a Omero, dalle "chansons de geste" ai romantici tedeschi –, servono poi, a mio giudizio, a confondere le idee più che a chiarirle; e peggio avviene quando il primitivo, smettendo il suo contenuto di idoleggiamento romantico dell'incondito e dell'originario, s'identifica *tout court*, come s'è detto, con la "barbarie" e con la "brutalità". Ciò che invece, ai nostri occhi, contraddistingue in modo assolutamente specifico personaggi come Jeli e il Rosso, non è tanto il gusto romantico del primitivo – che senza dubbio c'è – quanto la capacità verghiana d'individuare una precisa situazione sociologica, in cui il primitivo – concetto in sé generico e approssimativo – si cala ed assume un'originalissima forma determinata. In questo senso direi che il tratto veramente caratteristico di Jeli e del Rosso non è di essere dei primitivi, bensì degli asociali, o, più esattamente, dei personaggi che la società in un modo o nell'altro *respinge* o *ignora*.

351

La situazione sociologica di Jeli e del Rosso consisterebbe dunque esattamente nel fatto che essi sono fuori della società, ovvero ne rappresentano i due poli estremi, ciò che viene *prima* e ciò che viene *dopo* uno sviluppo sociale in sé concluso e quindi, entro certi limiti, normale in tutte le sue parti (anche in quelle che, apparentemente, sembrano turbarne l'equilibrio). Il loro rapporto con la società non è per ciò soltanto di frizione costante: è anche questo, beninteso, ma tale stato di frizione esprime poi qualcosa di più, – esprime un'alternativa più estesa e globale, come fra due mondi contrapposti e *a priori* incomunicabili. Il bandito Gramigna è anche lui in lotta contro la società, anzi la contrapposizione arriva qui a manifestarsi in forme aperte e sanguinose: ma egli, *proprio in quanto è un ribelle*, ribadisce la sua appartenenza a una determinata società civile e ne conferma praticamente tutte le leggi (perciò, come abbiamo già scritto, anche la figura del bandito rientra nella norma, e come tale viene rappresentata). In Jeli, nel Rosso, il personaggio comincia invece a vivere nel momento in cui l'organizzazione della società si conclude e *si chiude*, lasciando spazio solo alla disperata, individualistica protesta, oppure ad una specie strana, pura ed autonoma, di testimonianza.

R. Bigazzi
Su Verga novelliere,
Nistri Lischi, Pisa 1975, pp. 75-76

Questo impotente e malinconico contemplare va ricondotto alla consapevolezza, già espressa in *Fantasticheria*, della fine della solidarietà risorgimentale tra città e campagna. Allora, è giustificato che l'artista ceda il posto al "narratore", l'unico che può raccontare *juxta propria principia* un mondo tanto diverso e ormai incomprensibile. Ma con una differenza rispetto a *Vita dei campi*: nelle *Rusticane* si attenua fortemente il contrasto tra "voce" popolare e personaggi, che entrano, l'una con gli altri, in sintonia, perché ugualmente inseriti nel fluire effimero della vita, senza più alcuna alternativa; così, perso lo statuto eroico, la maggiore autenticità di questi personaggi rusticani a paragone di quelli borghesi che si intravedono in *Di là del mare*, risiede nel loro stretto aderire alle crudeli leggi di natura (la "sfinge misteriosa"). Scomparsa l'opposizione tragica tra vecchio e nuovo, tra valori e corruzione, il racconto mirerà dunque a descrivere questa verità effettuale. Poiché si tratta di spiegare, ad esempio, una logica abnorme ("Però dov'è la malaria è terra benedetta da Dio") o un tipo anomalo di ricco e di "eroe" ("Invece egli era un omiciattolo, diceva il lettighiere, che non gli avreste dato un baiocco, a vederlo; e di grasso non aveva altro che la pancia, e non si sapeva come facesse a riempirla, perché non mangiava altro che due soldi di pane..."), nessuno può farlo meglio di chi, come il "narratore", appartiene a quell'universo e ne vive le leggi stravolte, al pari dei personaggi; e a questi potrà anche a volte concedere il cómpito narrativo, senza che si avvertano i bruschi cambiamenti di tono che avevano luogo quando Jeli o i Malavoglia facevano valere il proprio punto di vista.

N. Borsellino
Storia di Verga,
Laterza, Bari 1982, pp. 92-93

In confronto il mondo delle *Rusticane* appare tutto calato in una dimensione fisiologica e determinato da più ferree ragioni ambientali. Le *Rusticane* allungano lo sguardo dai campi verso più complesse condizioni di vita paesana. La storia dell'*Asino di S. Giuseppe* è una parabola elementare sull'esistenza come fatica e soggezione; ma *Il Reverendo* è il racconto della carriera esemplare di un opportunista maturata in un contesto di rapporti economici più evoluti, provinciale ma già a struttura cittadina.

In realtà l'ottica del narratore è mutata rispetto a *Vita dei campi*; non si identifica più con la rigidità naturale del primitivo. Lo scrittore alza il sipario su uno scenario che egli stesso osserva da lontano, *Di là del mare*, come suona il titolo della novella anomala che chiude la raccolta e mette in causa, allo stesso modo che nel *Bastione di Monforte*, e già nell'introduzione a *Nedda* e in *Fantasticheria*, il rapporto dell'autore con la sua materia narrativa. Ancora una volta Verga si traveste da personaggio-testimone e sceglie una interlocutrice con la quale simula in questa occasione la commedia di un amore impossibile intrecciando al *kitsch* galante la memoria del suo mondo narrativo. Il paesaggio siciliano che gli amanti fingono di aver conosciuto insieme è rievocato con continue allusioni alle storie narrate nelle *Rusticane*, agli "umili attori degli umili drammi", alla "mesta cantilena" con cui quei drammi si rivelano. In un fatuo contesto di richiami mondani l'autore chiede al pubblico per il suo mondo siciliano un'adesione che egli ha finora nascosto; come dicesse: sono carico di sentimento anch'io, la mia sofferenza per un amore impossibile (la storia che vi narro) lo testimonia, e l'indifferenza che esibisco nei confronti dei miei personaggi e delle mie storie è solo la maschera che mi consente di lasciare inalterata la rappresentazione della verità.

M. Tropea

Cos'è il Re, in *Novelle rusticane. Letture critiche*,
Palumbo, Palermo 1984, pp. 25-26

Un semplice come compare Cosimo o delle bestie (protervamente maliziose e femmine – come è nella tradizione della letteratura contadina sul villano, dai *fabliaux* al Ruzante – facili a scivolare sui sassi delle stradicciuole o nervose per le mosche cavalline e i mortaretti che le frastornano in mezzo alla festa o durante il tragitto) sono i protagonisti di questa storia [*Cos'è il Re*], analogamente che nelle favole e negli apologhi antichi e popolari che possono essere serviti da lontano modello archetipo del racconto.

Compare Cosimo è anzi, a seguire ancora questa suggestione, un Bertoldo perdente, il villano sconfitto di fronte al re, contrariamente al modello buffonesco e apparentemente ottimistico del libro secentesco di G.C. Croce. Verga qui rovescia in rappresentazione di una situazione contemporanea lo schema giocoso e parodiato del villano beffato conservando, attraverso lo schermo della favola grottesca, il sapore di apologo che è la chiave del suo realismo impassibile e "verista" in parecchie di queste "rusticane".

Anzi la vera antagonista, come in quella letteratura anti-femminista e anti-uxoria di tradizione orale e contadina sopra ricordata (nel *Bertoldo*, appunto) è proprio la femmina, mula o regina che sia, qui la regina, "quella piccolina lì, accanto a suo marito, che non par vero!" che non ne valeva la pena "di riempir d'orzo le mule per portar quella miseria, regina tal quale era!"; la quale è sentita dalla psicologia popolare come la vera nemica, "straniera" (com'è, in verità) col suo linguaggio "che nessuno ci capiva una maledetta", di contro al bel "parlare napoletano" caro ai sudditi del Regno – anche ai più remoti, come compare Cosimo – che usa il re; quella a cui si vorrebbe accollare, come ai vuoti signori di rappresentanza e al vescovo che attorniano il re nella processione menzionata, tutto il torto delle cose che non funzionano.

Coerentemente alla visione rozza e mitologica del popolano di questa società arcaica e immobilista, il "re" sta al di là dei torti e delle storture, nella terribilità grandiosa e paternalista con cui si è manifestato al povero villano; donde lo sbigottimento del lettighiere, nella chiusa, e il suo rifiuto di credere che sia il "re" a pignorargli le mule e a prendersi il figlio per soldato quando, in un baleno di coscienza, gli si fa strada in testa questo concetto.

G. Barberi Squarotti
Giovanni Verga,
Flaccovio, Palermo 1982, pp. 174-175

La figura tragica di Mazzarò [in *La roba*] subisce lo scacco della vita che continua nonostante la sua maledizione, nonostante il suo rifiuto. Contro la vita il bastone gettato fra le gambe del ragazzo è davvero un'arma ridicola, e, per capovolgimento grottesco, finisce quasi ad apparire come l'attribuzione, da parte di Mazzarò, al ragazzo dello strumento del potere (o anche dello strumento della generazione, che a lui, povero schiavo, del resto compete naturalmente, come unica forma di resistenza e di rivincita possibile contro il padrone: là dove Mazzarò, rifiutando di mettere al mondo figli, ha tradito la sua origine, onde giustamente gli è preclusa ogni continuità di possesso per i suoi beni, e l'unica eredità che conta, quella della vita, è riservata a chi non ha niente; né nell'episodio è da escludere una reminiscenza dell'episodio della *nekyia* omerica con l'eroe Achille che rimpiange di non essere povero e schiavo, un ragazzo miserabile ma vivo).

Da questo gesto si sviluppa la finale rivolta di Mazzarò contro la morte: Mazzarò si erge eroicamente e tragicamente contro il suo destino, che sta per compiersi, e dichiara di voler portare con sé la sua roba, in una specie di apocalissi che inizia e deriva proprio dall'imminenza della morte. Quella vita delle vigne, dei campi, degli oliveti, che egli è rimasto a contemplare nella disperazione dell'impotenza, quella giovinezza del ragazzo a cui già, tuttavia, si è ribellato, lanciandole contro il segno del suo potere, lo scettro del suo dominio, non è intangibile, anche se è vittoriosa sopra l'eroe economico: può essere coinvolta nella morte, è anch'essa sottoposta alla distruzione e alla morte. Nel momento in cui l'eroe Mazzarò accetta la sua condizione tragica, cioè la sua mortalità, e la sua stessa fine, proclama la sua estrema ribellione: indifferenti alla sua morte sono i campi, le vigne, gli oliveti, i ragazzi che gli passano davanti curvi sotto il carico, le anatre, i tacchini, tutte le bestie dei suoi possessi, e allora l'eroe tragico ripeterà il gesto di Sansone, e tutto trascinerà nella sua fine: "Sicché quando gli dissero che era tempo di lasciare la sua roba, per pensare all'anima, uscì nel cortile come un pazzo, barcol-

357

lando, e andava ammazzando a colpi di bastone le sue anitre e i suoi tacchini, e strillava: – Roba mia, vientene con me!".

L'eroe si manifesta nella sua tragicità, che oltrepassa ogni misura e ogni ragionevolezza ("come un pazzo", annota il Verga con la consueta similitudine, questa volta estremamente significativa a definire il carattere smisurato dell'ultimo gesto di Mazzarò contro la propria condizione mortale, che lo limita e lo ferma quando ancora sente di avere la forza e la capacità di fare ancora roba). La prospettiva verghiana è davvero mutata a fondo: la novella sembra il ritratto del tipico personaggio esemplare del sistema capitalista, l'uomo che si fa da sé e conquista, provenendo dalla miseria e dal nulla, il potere economico, e proprio perché di esempio si tratta le strutture della rappresentazione che lo scrittore mette in opera sono quelle della fiaba; ma ecco che, alla fine, la figura del protagonista si rivolta, e diviene l'eroe tragico dello scacco, che ne patisce fino in fondo la disperazione, ma che, sia pure conscio dell'inutilità del gesto, si ribella sul confine estremo della morte, gettando la sua inaccettazione della necessità del destino contro la condizione senza uscita in cui si trova.

G. Savoca
Strutture e personaggi,
Bonacci, Roma 1989, pp. 54-55

Io non credo che Verga [in *Pane nero*] arrivi ad esiti di "fredda impassibilità" e di "cattiveria rappresentativa" (come ritiene Luperini, a proposito del passo in cui si descrivono Santo e Nena al faticoso lavoro dei campi, fra timore e speranza per la sorte del seminato). Per parte mia, penso che Verga rappresenti, senza mai condividerla, la cattiveria del mondo umano e della natura, ma che egli lo faccia con dolore prima che con ironia.

In *Pane nero* abbiamo esempi di una "focalizzazione mobile", la quale, nel rifiuto dell'onniscienza del narratore tradizionale, si articola sostanzialmente secondo l'ottica di quello che è stato ben descritto da Baldi come "narratore popolare", e secondo il punto di vista dell'"autore implicito".

Non c'è dubbio, infatti, che la novella sia raccontata seguendo l'ottica della gente, e cioè dal punto di vista di un anonimo che vede e narra lo svolgimento dei fatti come dominato dalle leggi dell'economicità, del bisogno, del compromesso e anche di un certo buon senso. La Rossa che conclude, riferendosi alla morta e a Lucia: "sa che la dote ce l'avete, ed è tranquilla, poveretta. Mastro Brasi ora vi sposerà di certo", si esprime al livello dell'accomodante buon senso popolare. In questa prospettiva, la frequenza del discorso indiretto libero rende bene la polifonia del racconto (la compresenza di più voci del popolo).

Ma quando Verga, dal piano della chiacchiera, della morale e dell'ottica popolari passa alla visione dall'interno, allora il suo punto di vista, proprio nel momento in cui sembra maggiormente aderire al personaggio, diventa sempre più quello dell'autore, che perciò si rivela il "detentore del significato etico del racconto" (Marchese).

A questo punto i personaggi "pensano", e il verbo "pensare" è una spia che il narratore sta dentro il personaggio, ma anche che lo scrittore vede il personaggio (e lo giudica o lo giustifica) al di là dello sguardo e della voce popolari.

La madre pensa al figlio lontano (Carmenio malato nei campi); Lucia pensa a Pino il Tomo che la corteggia, come questi pensa ai suoi occhi neri nello stesso momento in cui accetta il pane della sciancata. E ancora Lucia pensa alla madre malata prima di scendere anche lei al compromesso. E, infine, Carmenio pensa e ricorda fino all'allucinazione.

È qui che Verga attinge il massimo della sua capacità di visione dall'interno e di adesione al dramma del ragazzo lavoratore Carmenio, che di fronte alla madre morente patisce l'impossibilità di una difesa regressiva che lo riporti al tempo della festa e dell'infanzia.

In un mondo decaduto ed egoista, la condizione dell'orfano di cui Carmenio è vittima, insieme a tante altre figure emblematiche del mondo verghiano (Rosso Malpelo per primo), significa la perdita irreversibile del paradiso familiare dell'infanzia felice.

Verga non segue Carmenio dopo la morte della madre. Il narratore popolare riprende il sopravvento, ma le parole della Rossa ("Ella è in Paradiso e prega Dio per noi peccatori") non hanno alcuna sfumatura ironica, e sembrano parlare del filo sottile e tenace che lega i vivi ai morti.

A. Di Grado

I galantuomini, in *Novelle rusticane. Letture critiche*,
Palumbo, Palermo 1984, pp. 143-144

Nella novella [*I galantuomini*], infatti, è dato evincere una nerva-
tura tematica, che al pari d'una frase musicale, attraverso la ripercus-
sione seriale di un elemento che si ripeta a distanza e al tempo stesso
si modifichi secondo la varietà del contesto in cui è ripreso e sottoposto al gioco delle variazioni, delle anticipazioni, dei richiami, mira a
formare una linea implicitamente significativa. Essa si annunzia, in
apertura, nel rosso squillante del "sollione", s'incupisce subito dopo
nel reiterato accenno al "sangue" che padroni e contadini, svenandosi
a furia di spese o di lavoro, versano come tributo alla terra assetata,
poi si ottunde nella irrespirabile opacità delle "stoppie riarse" e del
"cielo di fuoco", quindi svaria nei colori accesi del "martedì grasso" e
successivamente, appunto, dà vita all'umiliante rossore della vergogna. Ma all'improvviso la tenue *petite phrase* del pudore offeso esplo-
de, attraverso un brusco raccordo cromatico ("...si facevano rossi, e
balbettavano come fossero già grandi. Quando venne il fuoco da Mongibello, e distrusse vigne e oliveti..."), nell'imponente trascrizione per
ottoni dell'eruzione. I toni corruschi e wagneriani dell'immane distruzione (la "montagna nera" del magma che avanzava "spaccandosi per
lasciar vedere il fuoco rosso che bolliva dentro", gli alberi che "avvampavano" e "sembravano delle torcie che s'accendessero ad una ad una
nel tenebrore della campagna silenziosa, lungo il corso della lava")
preludono, quasi la rovina avesse coinvolto i valori e le norme e ne au-
torizzasse la trasgressione, al colore altrettanto *flamboyant* che accen-
de l'episodio del peccato di donna Marina, consumato "nel meriggio
di una calda giornata di luglio" con un rozzo garzone di stalla che "si
faceva rosso e balbettava ogni volta che ella gli ficcava gli occhi addosso". E quel colore, infine (il rosso del sole e della lava, della vergogna e
del desiderio), si smorza e s'intorbida nel "mare di sangue" sognato (o
solo paventato) dallo spaesato e declassato don Piddu – e realizzato
nella pagina successiva della raccolta, con una puntualità che non può
far pensare che a una ripresa tematica, da ben altri soggetti storici, gli
insorti di *Libertà*: "E il sangue che fumava ed ubbriacava. Le falci, le
mani, i cenci, i sassi, tutto rosso di sangue!".

Il mondo da lontano,
Fondazione Verga, Catania 1989, pp. 153-155

Di là del mare costruisce tutta la propria narrazione sulla figura dell'allontanamento: fisico nello spazio, psicologico nella memoria, sociale nella gerarchia di classe. La condizione indicata nel titolo se da un lato, sul piano del contenuto mondano-sentimentale, allude al distacco di due amanti, sul piano metanarrativo, in una sorta di sintesi riflessiva sugli oggetti del racconto e sullo stesso processo della loro oggettivazione, indica con precisione il luogo da cui è possibile tale oggettivazione, il punto lontano da cui lo sguardo può cogliere una visione più ampia e più vera delle cose. Soprattutto è da sottolineare la grande maestria con cui Verga, attraverso queste due novelle, compone il quadro d'assieme della sua poetica circoscrivendo con un viaggio, con un arrivo e una partenza, tutta la serie dei racconti dedicati al mondo rusticano. La "cornice" già disegnata in *Nedda*, il fantasticare dinanzi al focolare che creava uno stacco ideologico e narrativo rispetto alla materia novellistica, qui si amplifica e struttura due raccolte di prose che, nel giro di tre anni, disegnano una prospettiva radicalmente nuova del mondo verista, delle sue voci, dei suoi personaggi. Simmetricamente l'approccio narrativo all'universo rusticano accompagna la scoperta che di quel mondo fa un personaggio di ceto sociale superiore, che vive nel "continente" e che, a quell'ambiente, a quella vita, ritorna, facendo ripiombare nel silenzio di una natura sempre uguale a se stessa, le "leggende" che ha fatto a mano a mano rivivere. L'idea romantica dell'arte che salva i valori dall'oblio, assicurando loro vera eternità, si riformula nella visione verista di un mondo che pulsa di vitalità materiale, dalla quale la narrazione coglie alcune forme esemplari, le estrapola, per studiarle e analizzarle, dal *continuum* sempre uguale della natura.

Non è un caso che la raccolta di novelle successive *Per le vie*, apparsa nel luglio 1883 ma in preparazione già da tempo, sia destinata al disegno di quelle *tranches de vie* metropolitane, milanesi, che Capuana annunciava sul "Fanfulla della Domenica", il 14 gennaio di quell'anno: "Pare che colle *Novelle rusticane* lo scrittore voglia prendere congedo dalla sua Sicilia. Il suo occhio osservatore ha già tolto di mira la vita bassa della città e un giorno o l'altro lo vedremo comparire con un volume di *Novelle Milanesi* che faranno un bel riscontro a questi meravigliosi quadretti della vita siciliana: il processo artistico dell'*impersonalità* conterà senza dubbio un trionfo di più". Il narratore ha dunque seguito la donna amata *di là del mare*: continuerà a guardare, dall'osservatorio "coscienzioso" della propria condizione, le storie degli umili.

Ma la vera Milano di Verga è poi ricostruita appunto, come in
una sorta di studio verbale e letterario, sopra un principio di esclu-
sione, sopra una strategia di impartecipazione, e infine, al limite, di
reclusione. Nel *Canarino del n. 15,* la fanciulla rachitica è inchiodata nel "vano della finestra", lì nel bugigattolo della portineria, dal-
l'apertura del racconto, e il "vano della finestra" non è che un'incar-
nazione particolare di quegli "strappi" verghiani da cui si guarda il
mondo, esattamente, e sottolineatamente, come si può "inchiodare", in conclusione, e in sostituzione, l'asse con l'insegna della sarto-
ria, quasi a chiudere proprio, con la vicenda, quello "strappo", che
ha esaurito la sua funzione, ha dato al lettore tutto quello che poteva dare. Ed è come materializzato, mediante un procedimento ana-
logico stretto, e tutt'altro che infrequente nel volume, l'effetto di
straniamento fondato sopra un'alienazione spaesante, così percetti-
vamente come psicologicamente, così otticamente come sociologi-
camente. I momenti in cui è trasceso l'orizzonte dell'aneddoto facile, il limite del bozzetto prevedibile, sono allora agevolmente indi-
viduabili. E basterà pensare, da ultimo, a *Semplice storia,* che è anche un titolo emblematico, dove le due figurine, del militare meridionale e della bambinaia bergamasca, sono agite come due figure
di esclusi, che prendono gusto a "stare insieme", anche se "da principio non si capivano", lì "nella baraonda di Milano", e che sono naturalmente destinate a perdersi, nel loro idillio a termine. Ma in
bocca alla Femia, che ritrova, dopo gli otto giorni di consegna in caserma, il suo Balestra, risuonerà quel medesimo "O come?" che abbiamo già conosciuto sulle labbra del soldato Malerba.

Non è, probabilmente, una battuta tranquillamente assimilabile
ai tanti raccordi allusivi che collegano queste novelle a polittico tra di
loro, in una rete di echi sottili e calcolati. È la cifra, involontariamente
confessata da Verga, dello straniamento e dell'abbassamento. È la
spia stilistica della linea di condotta dell'autore, per il quale il vero
eroe è un personaggio cui il mondo, al suo non sapere che cosa "questo
vuol dire", non può che rispondere "Ma già!". È così, intanto, in un
lampo, e anche soltanto per un lampo, almeno, rivelarsi nel suo segreto.

G. Tellini

Introduzione a G. Verga, *Le Novelle*,
Salerno Editrice, Roma 1980, pp. XXXIII-XXXIV

La più attiva espressione di vitalità consentita ai popolani di *Per le vie* è devoluta alla pratica dello sguardo. Il vedere prende qui spesso il luogo dell'agire, come segno di un'inutile aspettazione, come atto inefficace che non può tradursi in possesso. Non è l'occhio enumerativo di Mazzarò che scruta gli oggetti per pesarli, valutarli e contarli, per accertarsi di avere fatto bene la somma: è un occhio astrattamente contemplativo, incontrollato ed irrazionale, che non guarda per conoscere o per comprendere ma per smarrirsi e per annullarsi. La vista diventa il correlativo di una condanna, un modo per riversare nelle immagini dell'esterno la misura della propria vacuità e della propria inconsistenza. Il "povero Pinella", capitato per caso alla Scala durante il veglione di carnevale, s'incanta, dal pertugio che è riuscito a scovare fra le assi del palcoscenico, dinanzi a quella "baraonda" e a quella "frenesia", come dinanzi ad una "lanterna magica" che lo stordisce e lo frastorna: "Pinella riuscì a ficcarsi in un andito, fra le assi del palcoscenico, dietro una gran tela dipinta, dove c'erano degli strappi che parevano fatti apposta per mettervi un occhio. Là si stava di papa. Sembrava una lanterna magica" (*Per le vie*, III). La stessa situazione può ripresentarsi anche in tono caricaturale, come capita al carbonaio "colla camicia bianca" che, dalla piccionaia semivuota della Scala, "spalancava gli occhi al veder le ballerine, e diventava rosso che pareva gli stesse per venire un accidente" (ivi, V); in piazza Castello, Balestra e Femia, seduti sulla stessa panchina, "alle volte, dopo aver chiacchierato e chiacchierato, conchiudevano col guardarsi in faccia, grulli, e si mettevano a ridere" (ivi, VI). La frequenza del vedere non manca di assumere l'intensità inquieta di una disperata smemoratezza: come indicano gli "occhi spalancati", "quegli occhi di fantasima" che "si ficcano addosso come chiodi" alla Carlotta, andata in ospedale "finalmente a vedere cosa n'era di suo marito che non moriva mai" (ivi, VIII); come lo sguardo assente della sora Arlìa che, divenuta vecchia, ha la sola compagnia dell'acquavite: "il suo conforto era di sentirsene il cuor caldo, senza pensare a nulla, seduta di faccia alla finestra, guardando di fuori i tetti umidi che sgocciolavano" (ivi, xi). È quanto rimane in serbo alle figure emarginate dal gioco della vita: come Màlia, la "figliuola rachitica" dei portinai, che trascorre "tutto il santo giorno" con il "visetto" attaccato ai vetri "nel vano della finestra" (ivi, iv).

Ne emerge una squallida condizione di reclusi estraniati tra di loro, senza neppure una parvenza di solidarietà, tutti ugualmente angustiati e incattiviti dal ritornello che li attanaglia: "cagna d'una miseria" (ivi, ii); "Cagna miseria! come diceva la Ghita. Denari! tutto sta nei denari a questo mondo!" (ivi,ii); "È vero che a questo mondo tutto sta nei denari" (ivi, v).

M. Pieri
Caso Verga,
Zara, Parma 1990, pp. 27-29

Ricorrere alla metafora pittorica (o, secondo le occasioni, musicale) per coonestare esteticamente dei prodotti dell'arte di parola è un vecchio, insidioso trucco del critico a corto di argomenti e gli si può ottundere fra le dita. Pure, al caso del Verga conviene anzi insistere: l'*unità* del quadro dipinto è pensiero (coincidendo col massimo di condensazione energetica della forma novella, nel "genere"; e, per l'inaugurato teatro d'essenza, con la rivalutazione antiromantica dell'unità di luogo e di tempo) che rastrema il profluvio – istintuale in lui – della empatia romanzesca, dalla "macchia" assunto il gusto di schiette cose (alla ideale storia dei nostri "uomini rappresentativi" manca un incontrò a Firenze del Verga con Giovanni Fattori, con Telemaco Signorini: o con quel Capuana dei pittori ch'ebbe ad essere Diego Martelli) dopo premeditazione e accumulo – essenzialmente etico – fulminate in accento di bruschezza.

E che avventura, solo a guardarsi intorno. Che potenziale d'arte, di "visioni": anche e proprio nel senso che piaceva al Carducci, il poeta ufficiale, condizionante, degli anni "vivi" di quei bravi – e del Verga; salvi dal repertorio delle forme "eroiche" di non eroica accademia. Soldatini a cavallo, le tende militari alla campagna – le nuove insegne sulle vecchie case. L'oro del cóncio sotto la striglia solare. A Milano – condividendo d'anticipo, preparando di lontano, senza pretesa di sistematicità, quel modo di guardare e scompaginare "il mondo" che, nella fin di secolo, con tutto l'orgoglio positivo e scientistico, concentrerà nel moto divisionista – Verga, di suo, scompone/dispone "per le vie" i frutti d'una osservazione rallentata, e d'occasione feriale: un "ostinato" analitico e, ma solo d'intuizione, geometrizzante: – sommo maestro in Italia, di geometria, Luigi Cremona, fratello al pittore Tranquillo: amico al Dossi, al Cameroni (almeno quest'ultimo nella cerchia "documentabile" del Verga milanese).

È un caso doppio – un "doppio gioco", diciamo ad ogni evidenza – di "fissazione". Né solo del Verga sarà questa specie di estasi immobile, di ottusa e imbizzita gravezza: "Si tratta di guardare tutto quello che vogliamo esprimere abbastanza a lungo e con sufficiente attenzione, da scoprirvi un aspetto che non è stato veduto da nessuno" (Flaubert).

Opere di Giovanni Verga

I carbonari della montagna, Galatola, Catania 1861-1862
Sulle lagune, in "La Nuova Europa", 1862-1863
Una peccatrice, Negro, Torino 1866
Storia di una capinera, Lampugnani, Milano 1871
Eva, Treves, Milano 1873
Nedda, Brigola, Milano 1874
Eros, Brigola, Milano 1875
Tigre reale, Brigola, Milano 1875
Primavera, Brigola, Milano 1876 (con data 1877)
Vita dei campi, Treves, Milano 1880
I Malavoglia, Treves, Milano 1881
Il marito di Elena, Treves, Milano 1882
Novelle rusticane, Casanova, Torino 1883
Per le vie, Treves, Milano 1883
Cavalleria rusticana, *Scene popolari*, Casanova, Torino 1884
Drammi intimi, Sommaruga, Roma 1884
Vagabondaggio, Barbera, Firenze 1887
Mastro-don Gesualdo, Treves, Milano 1889
I ricordi del capitano d'Arce, Treves, Milano 1891
Don Candeloro e C.i., Treves, Milano 1894
Teatro, Treves, Milano 1896
La caccia al lupo. La caccia alla volpe, Treves, Milano 1902
Dal tuo al mio, Treves, Milano 1906
Teatro, Treves, Milano 1912

La Fondazione Verga di Catania, sotto la presidenza di Francesco Branciforti, ha meritoriamente intrapreso l'Edizione Nazionale delle opere dello scrittore per i tipi della Le Monnier di Firenze. Finora sono stati pubblicati quattro volumi di edizioni critiche, più uno di introduzione generale:

I tempi e le opere di Giovanni Verga (G. Galasso, *La Sicilia dei tempi di Verga*; F. Branciforti, *Lo scrittoio del verista*), 1986
Drammi intimi, a cura di G. Alfieri, 1987
Vita dei campi, a cura di C. Riccardi, 1987
I carbonari delle montagne – Sulle lagune, a cura di R. Verdirame, 1988
Tigre reale I, a cura di M. Spampìnato Beretta, 1988

Bibliografia
della critica

L. Russo, *Giovanni Verga*, Ricciardi, Napoli 1920

G. Cattaneo, *Giovanni Verga*, Utet, Torino 1963

G. Cecchetti, *Il Verga maggiore*, La Nuova Italia, Firenze 1968

E. Giachery, *Verga e D'Annunzio*, Silva, Milano 1968

R. Luperini, *Pessimismo e verismo in Giovanni Verga*, Liviana, Padova 1968

R. Bigazzi, *I colori del vero*, Nistri Lischi, Pisa 1969

P. De Meijer, *Costanti del mondo verghiano*, Sciascia, Caltanissetta 1969

G. Santangelo, *Storia della critica verghiana*, La Nuova Italia, Firenze 1969

G.P. Marchi, *Concordanze verghiane*, Fiorini, Verona 1970

V. Masiello, *Verga tra ideologia e realtà*, De Donato, Bari 1970

L. Sciascia, *La corda pazza*, Einaudi, Torino 1970

N. Bonifazi, *L'alibi del realismo*, La Nuova Italia, Firenze 1972

G. Raya, *Bibliografia verghiana*, Ciranna, Roma 1972

C.A. Madrignani, *Ideologia e narrativa dopo l'Unificazione*, Savelli, Roma 1974

R. Bigazzi, *Su Verga novelliere*, Nistri Lischi, Pisa 1975

G. Debenedetti, *Verga e il naturalismo*, Garzanti, Milano 1976

G. Pirodda, *L'eclisse dell'autore*, Editrice democratica sarda, Cagliari 1976

F. Portinari, *Le parabole del reale*, Einaudi, Torino 1976

R. Scrivano, *La narrativa di Giovanni Verga*, Bulzoni, Roma 1977

F. Spera, *Un'idea di realtà*, Marietti, Torino 1977

V. Spinazzola, *Verismo e positivismo*, Garzanti, Milano 1977

Verga inedito, in "Sigma", IX, 1-2, 1977

S. Zappulla Muscarà, *Invito alla lettura di Verga*, Mursia, Milano 1977

S. Campailla, *Anatomie verghiane*, Patron, Bologna 1978

N. Merola, *Su Verga e D'Annunzio*, Ateneo, Roma 1978

E. Ghidetti, *Verga. Guida storico-critica*, Editori Riuniti, Roma 1979

G. Baldi, *L'artificio della regressione*, Liguori, Napoli 1980

C. Musumarra, *Verga e la sua eredità novecentesca*, La Scuola, Brescia 1981

I romanzi catanesi di Giovanni Verga, Atti del I Convegno di Studi, Fondazione Verga, Catania 1981

I romanzi fiorentini di Giovanni Verga, Atti del II Convegno di Studi, Fondazione Verga, Catania 1981

G. Barberi Squarotti, *Giovanni Verga*, Flaccovio, Palermo 1982

N. Borsellino, *Storia di Verga*, Laterza, Bari 1982

I Malavoglia, Atti del Congresso Internazionale di Studi, Fondazione Verga, Catania 1982

Verga. L'ideologia, le strutture narrative, il "caso" critico, a cura di R Luperini, Milella, Lecce 1982

M. Musitelli Paladini, *Verga*, Milella, Lecce 1984

Novelle rusticane. Letture critiche, a cura di C. Musumarra, Palumbo, Palermo 1984

P.M. Sipala, *Il romanzo di 'Ntoni Malavoglia e altri saggi*, Patron, Bologna 1984

G. Mazzacurati, *Giovanni Verga*, Liguori, Napoli 1985

V. Guarracino, *Guida alla lettura di Verga*, Mondadori, Milano 1986

Il punto su Verga, a cura di V. Masiello, Laterza, Bari 1986

Il caso Verga, a cura di A. Asor Rosa, Palumbo, Palermo 1987

G.P. Marchi, *Verga e il rifiuto della storia*, Sellerio, Palermo 1987

Naturalismo e verismo, Atti del Congresso Internazionale di Studi, Fondazione Verga, Catania 1988

Altro su Verga. Studi verghiani nel mondo, a cura di N. Mineo, Prova d'Autore, Catania 1989

R. Luperini, *Simbolo e costruzione allegorica in Verga*, Il Mulino, Bologna 1989

G. Patrizi, *Il mondo da lontano*, Fondazione Verga, Catania 1989

M. Pieri, *Caso Verga*, Zara, Parma 1990

Indice

Ultimi volumi pubblicati in "Universale Economica" – I CLASSICI

Horace Walpole, *Il castello di Otranto*. Prefazione di P. Éluard. A cura di G. Carlotti

Charles Dickens, *Tempi difficili*. A cura di B. Amato

Honoré de Balzac, *Eugénie Grandet*. A cura di F. Ieva

Francis Scott Fitzgerald, *Tenera è la notte*. A cura di E. Pantaleo

Gabriele d'Annunzio, *Il piacere*. Postfazione di S. Micali

Jane Austen, *Persuasione*. Traduzione di M. Baiocchi e S. Tagliavini. Postfazione di S. Poledrelli. In appendice il capitolo soppresso dall'Autrice

Eleusis e Orfismo. I Misteri e la tradizione iniziatica greca. A cura di A. Tonelli. Testo originale a fronte

Friedrich Nietzsche, *La nascita della tragedia*. A cura di S. Mati

Lev Nikolaevič Tolstoj, *Guerra e rivoluzione*. Prefazione di G.P. Serino. Cura di R. Coaloa

Tucidide, *I discorsi della democrazia*. A cura di D. Susanetti. Testo originale a fronte

Fëdor Dostoevskij, *Le notti bianche - La cronaca di Pietroburgo*. A cura di S. Prina

Arthur Conan Doyle, *Uno studio in rosso*. A cura di G. Carlotti. In appendice l'autobiografia di Conan Doyle

Sibilla Aleramo, Dino Campana, *Un viaggio chiamato amore*. Lettere 1916-1918. A cura di B. Conti

Virginia Woolf, *Gli anni*. A cura di A. Bibbò. In appendice le parti omesse dall'Autrice

Antoine de Saint-Exupéry, *Il Piccolo Principe*. Con le illustrazioni dell'autore. Prefazione di C. Gamberale. Traduzione e postfazione di Y. Melaouah

D.A.F. de Sade, *Le centoventi giornate di Sodoma*. Introduzione di D.A.F. de Sade. Con uno scritto di G. Bataille. A cura di G. De Col

Ester. Traduzione e cura di E. De Luca. Illustrazioni di S. Martini

Joseph Conrad, *La linea d'ombra*. A cura di S. Barillari

Nathaniel Hawthorne, *La lettera scarlatta*. A cura di E. Terrinoni

François de La Rochefoucauld, *Massime morali*. A cura di F. Ieva

Émile Zola, *Nanà*. A cura di D. Feroldi
Charles Dickens, *Oliver Twist*. A cura di B. Amato
Lev Nikolaevič Tolstoj, *Guerra e pace*. A cura di G. Pacini
Irène Némirovsky, *Suite francese*. A cura di C. Bigliosi
L. Frank Baum, *Il meraviglioso mago di Oz*. A cura di S. Sacchini. Postfazione di R. Bradbury
Rudyard Kipling, *Il libro della giungla*. A cura di S. Rota Sperti
Panait Istrati, *Kyra Kyralina*. Prefazione di G. Fofi. Nota introduttiva di R. Rolland. Traduzione di G. Lupi
William Shakespeare, *Cimbelino*. A cura di P. Boitani. Testo originale a fronte
Catullo, *Carmina*. Il libro delle poesie. A cura di N. Gardini. Testo originale a fronte
Emily Dickinson, *Sillabe di seta*. A cura di B. Lanati. Testo originale a fronte
Charlotte Brontë, *Jane Eyre*. A cura di S. Sacchini. Postfazione di R. Ceserani
Étienne de la Boétie, *Discorso della servitù volontaria*. A cura di E. Donaggio. Interventi di M. Benasayag e M. Abensour
Fëdor Dostoevskij, *I fratelli Karamazov*. A cura di S. Prina
Jack London, *Zanna Bianca*. A cura di D. Sapienza
Jules Verne, *Il giro del mondo in ottanta giorni*. A cura di S. Valenti. Postfazione di D. Bidussa
Italo Svevo, *La coscienza di Zeno*. A cura di C. Benussi. Prefazione di F. Marcoaldi
Giovanni Verga, *I Malavoglia*. A cura di E. Ghidetti. Prefazione di E. Sanguineti
Emily Dickinson, *Silenzi*. A cura di B. Lanati. Testo originale a fronte
Johann Wolfgang Goethe, *I dolori del giovane Werther*. A cura di P. Capriolo
Johann Wolfgang Goethe, *Faust e Urfaust*. A cura di G.V. Amoretti. Testo originale a fronte. Nuova edizione in un unico volume
Lev Nikolaevič Tolstoj, *La morte di Ivan Il'ič*. A cura di P. Nori

Printed in Great Britain
by Amazon

38173442R00219